LES CHIENNES D'HADÈS

INTÉGRALE

LES CHIENNES D'HADÈS

Émilie Chevallier

Crédits
Couverture : @Émilie Chevallier
Illustrations intérieures : @Hannah Sternjakob
Correction : @Émilie Chevallier
Maquette intérieure : @Émilie Chevallier

Dépôt légal : Juin 2022
Première édition : Juin 2022
ISBN : 9782958563240

I
MEG
LES CHIENNES D'HADÈS
ÉMILIE CHEVALLIER

VENGEANCE

Ploc. Ploc. Ploc.

Goutte après goutte.

Lentement, presque sensuellement, la vie, en minces et sombres filets sanglants, fuyait le corps martyrisé de Baptiste Beauchamps.

Le vieil homme, ligoté sur une chaise de bois à l'assise imbibée d'ichor, ne gémissait plus. C'est à peine si un léger spasme agitait encore ses lèvres fines et décolorées.

La grande et belle femme qui lui faisait face se pencha vers lui. Elle huma, presque avec délectation, l'haleine déjà faisandée du meurtrier en fin de vie, s'inclina pour comprendre les mots emmêlés dans ces derniers souffles.

Merci, lui sembla-t-il entendre. *Merci pour tout.*

— Eh bien, de rien, mon vieux ! Il était temps, hein ? Ça fait combien d'années qu'elle te pourrissait la vie, l'antique Furie ? Un vrai pitbull, celle-là, n'est-ce pas ? Tu verras, tu ne regretteras pas le voyage. La demi-mesure, c'est ce qu'il y a de plus chiant. Souffrir sur cette terre, mais quelle horreur ! Au moins, dans l'Érèbe, tu pourras laisser libre cours à toutes tes envies, à toutes tes pulsions, et ce pour l'éternité ! Alors, oui, bon, tu devras peut-être endurer tes semblables, te faire torturer un peu, mais, entre nous, c'est toujours mieux que de supporter tous ces bien-pensants, non ?

Un gargouillis écœurant lui répondit.

— Oui. Je sais. Tu veux ta vengeance sur cette harpie. Mais tu l'auras, je te le promets. Je m'y engage ! Mais ne sois pas trop pressé non plus, hein, mon petit Baptiste ? Déjà, je suis venu te libérer de tes souffrances. Non, mais ! Subir la justice des humains, et ensuite, comme si cela ne suffisait pas, subir le harcèlement de cette folle d'Alecto ? Invraisemblable ! Crois-moi, je ne saurais laisser autant d'arrogance impunie. Des siècles, que dis-je ! Des millénaires que je ronge mon frein ! Mais là, c'en est trop !

Elle fit le tour de la chaise, laissant traîner ses doigts dans le sang qui dégouttait toujours du cou ouvert du vieillard. Revenue devant lui, elle s'arrêta, observa ses ongles poisseux avant de se mettre à les suçoter.

— De toute façon, tu veux que je te dise, plus personne ne se souvient de nous, les anciennes divinités. Et pour tout te dire, il y en a pas mal qui se sont évanouies dans la nature, comme ça, *plop* ! Ou *pffft* ? Enfin, quoi qu'il en soit, c'était le moment pour moi. Notre pouvoir s'effrite peu à peu, tombe dans l'oubli… Qui se souciera de la disparition des Chiennes d'Hadès, hein ? Je te le demande ! Encore, moi, je m'en tire pas trop mal, j'avais prévu le coup. On a toujours besoin d'une bonne petite vengeance. Mais alors, les trois autres greluches, là…

La femme gonfla ses joues parfaitement lisses, en une vaine grimace. Ses traits restaient d'une beauté marmoréenne, comme inaltérable. Même la légère croûte de sang séché, juste sous son nez à l'élégance hellène, ne parvenait pas à la tourner en ridicule.

— Baptiste ? Baptiste ? Tu ne m'écoutes plus ? Tu exagères tout de même, écoute donc comment j'ai prévu de me venger de ces sales petites pestes…

De son talon aiguille, elle écrasa le pied en charentaise du pauvre Beauchamps. Il gémit une dernière fois, eut à peine un soubresaut, avant de rendre l'âme de façon définitive.

La femme grogna.

— Ces humains. Jamais dignes de confiance. Fait chier, bordel de merde.

CHAPITRE 1

Je flotte dans un liquide chaud, un peu visqueux. Ce n'est pas de l'eau. À chaque mouvement que je fais, malgré moi, je sens une légère résistance. C'est comme… C'est comme si j'évoluais dans une substance gélifiée, à peine tiède, douce et soyeuse.

Je ne devrais pas avoir conscience de tout ça.

Je ne devrais rien ressentir.

Je ne devrais même pas être en train de me dire que je ressens quelque chose et que ce n'est pas normal.

Je ne devrais pas…

Putain.

C'est qui le connard qui est en train de me réveiller de ma stase ?

Avec un bruit horrible, j'aspire une première goulée d'air. Ça me déchire la gorge ; je tousse et vomis en même temps.

Revenir à la vie, c'est pas toujours glamour, quoi qu'on en dise. Y a que les humains pour croire qu'il y a un prince charmant derrière toute résurrection.

Une fois que j'ai bien vidé le contenu de mes poumons et de mon estomac de l'étrange matière scintillante qui m'a maintenue en vie ces derniers siècles, je m'allonge sur le dos et contemple le plafond. Ou plutôt, l'absence de plafond.

Il règne autour de moi une chaleur agréable, mais, pourtant, je frissonne. La substance est en train de sécher sur ma peau nue, et la flaque dans laquelle je gis me donne froid.

Je ne vois rien. Mais ça ne me dérange pas. Cette transition est bienvenue. J'espère que mon éveil est une erreur, que quelqu'un va venir pour me remettre gentiment dans ma cuve, et qu'on va m'y oublier à nouveau pour les siècles des siècles.

Parce qu'avec la conscience et toutes les contingences physiques pas super agréables qui vont avec, la douleur est revenue.

Sourde, lancinante, poignante. Paralysante.

Après toutes ces années de sommeil, j'ai conservé tous mes souvenirs.

Madeleine…

Je fais taire ce nom, le laisse mourir sur mes lèvres sèches.

Je ne veux pas me souvenir, je ne veux pas souffrir encore.

Ce qu'elle a fait, ce que j'ai fait… Toutes deux enfermées dans ces rôles, dans ces costumes de pantins qui nous allaient si mal.

Je ne veux plus jamais voir le destin à l'œuvre. Surtout pas le mien.

Je suis une abomination.

J'ai tué celle que j'aimais, parce que ma nature profonde me l'imposait. De mes mains, j'ai déchiré sa chair tendre. De mes yeux, j'ai vu la lueur sacrée de la vie s'éteindre dans ses yeux sombres. De ma bouche, j'ai bu le fluide rouge, puis je m'en suis barbouillé le corps, dans cette transe vengeresse et haineuse qui nous caractérise, mes sœurs et moi.

La vérité… La vérité, c'est que je n'ai rien fait de tout cela. Non. Rien de tout cela. J'ai tout fait pour la rendre heureuse, mais elle était humaine et a fini par s'éteindre. Pourtant, au fond de moi, je n'ai jamais pu me départir d'un profond sentiment de culpabilité. Comme si j'avais été la principale responsable de son destin tragique. Elle a souffert, tellement.

Et moi, je suis un monstre par nature.

Je ne suis rien de plus que ceux que je traque, pour leur faire souffrir mille morts.

Je suis une meurtrière.

INTERMÈDE

La brume ne s'est pas encore levée que Madeleine court déjà la campagne. Par monts et par vaux, dans les prés et les champs détrempés, sa silhouette encapuchonnée bondit, légère. À main droite, une serpette d'argent et à gauche, un petit panier d'osier finement tressé.

C'est l'heure qu'elle aime le plus, Madeleine, quand le froid humide de la nuit lui pique encore son petit nez mignon et que des gouttelettes d'eau baignent ses pieds blancs. Arrivée au bord de la rivière, elle lâche ses outils pour entortiller ses doigts dans la brumaille qui monte de l'eau. Elle rit de ces bijoux vaporeux, bien plus beaux que tous ceux qu'elle n'aura jamais. Elle dégage sa lourde chevelure de son capuchon et sent la rosée poser un diadème de reine à son front.

Elle n'a plus froid maintenant et se veut toute vêtue de brouillard gris et de perles d'eau. Elle se déshabille avec hardiesse. Nul ne viendra la surprendre ici, elle en est sûre. Car tout le monde dort, en cette heure matinale, n'est-ce pas ?

Sur les galets ronds, elle danse et danse encore. Parfois, ses orteils viennent effleurer l'onde noire et s'y déploient des orbes parfaits. Elle ne s'arrête que lorsque le soleil vient enfin caresser sa peau nue. Elle cligne de ses yeux clairs, verts comme l'eau que le soleil du petit matin éclaire, ouvre une bouche étonnée et tâtonne à la recherche de sa houppelande.

Furtive comme une biche aux abois, elle s'enfuit et rentre chez elle, délaissant sur la plage sa serpette et son petit panier.

CHAPITRE 2

— Mégère ? Ma chérie ?

Ce prénom… Clairement, dès ma naissance, quelque chose a mal tourné.

Malgré tout, entendre la voix de mon père, en cet instant, me coupe le souffle. C'est dingue toutes les émotions que cela fait remonter en moi. J'ai tout à la fois envie de lui sauter dans les bras, de fourrer mon nez dans son cou brun et puissant pour qu'il me fasse un câlin, et de me jeter sur lui pour le frapper de toutes mes forces.

Est-il possible que le séjour prolongé en cuve de stase ait altéré ma santé mentale ?

Toujours allongée sur le sol, je grimace. On ne peut pas dire que, niveau santé mentale, je sois un modèle de neurotypie.

À ma décharge, quand on a pour géniteurs Hadès et Perséphone *themselves*, il ne faut pas s'étonner non plus que l'on manque d'un certain équilibre psychologique.

Et pourtant, tout immortels et souverains des Enfers qu'ils soient, j'aime mes parents. À leur façon, ils ont toujours tenté de nous protéger de nous-mêmes, de nos congénères divins, et des humains.

Certes, ils ont lamentablement échoué. Mais est-ce pour autant que je dois les haïr à mort ?

Avec un soupir, je me redresse. Me laisse retomber aussitôt. Je me sens vidée, sans force. Mon corps, autrefois si souple et si puissant, est faible.

J'entends les pas lents de mon père qui s'approchent de moi. Une vive lueur me brûle les paupières. Je cligne des yeux, pressée de m'habituer à la lumière.

— Mégère ? répète Hadès. Tu vas bien ?

Putain, mais non. Il va falloir qu'il y mette du sien, aussi, s'il souhaite que les choses ne se passent pas trop mal entre nous. Comment pourrais-je aller bien ? J'avais émis le désir de rester en stase jusqu'à la fin des temps. J'avais expressément demandé à ce qu'on me foute une paix ROYALE. Ou DIVINE, d'ailleurs.

— Je ne crois pas non, croassé-je.

Ma propre voix me surprend. Rauque, complètement éraillée.

Génial. Je suis aussi faible qu'un chaton nouveau-né, j'ai la voix d'une gorgone, et je me pèle les miches, couchée à poil par terre.

— Ma chérie, soupire mon paternel. Je sais bien que tu ne souhaitais pas qu'on te réveille, mais…

— Mais vous aviez une bonne raison, c'est ça ? L'anniversaire de grand-mamie Déméter, peut-être ? Ou vous voulez m'annoncer que vous divorcez, avec maman ?

Nouveau soupir. Un poil exaspéré, j'ai l'impression. Mon père est plutôt sympa, mais soupe au lait, parfois. Faut pas l'emmerder, quoi.

— Tu ne veux pas te lever ? Il faut qu'on discute, toi et moi.

Je refais une tentative. Nouvel échec.

— Daddy, va falloir que tu m'aides, je crois.

Aussitôt, il s'approche de moi, s'agenouille à mes côtés. Je sens sa grande main chaude me caresser les cheveux. Je détourne la tête, des larmes me brûlent les yeux. Hors de question qu'il s'en aperçoive. Il serait capable de se mettre à chialer aussi, et on n'en sortirait pas.

— Ma très chère fille… Tu n'es pas obligée de me croire, mais je suis très heureux de te revoir enfin.

— C'est bon, Daddy. Arrête ton char, un peu. Il te restait mes deux sœurs adorées, après tout.

— Non. Seulement Alecto. Tisiphone… Tisiphone dort aussi.

Alors ça, ça m'en bouche un coin. La grande et belle Tisiphone ? En cuve de stase ? Clairement, j'ai manqué pas mal d'épisodes des *Feux de l'Enfer*.

De façon un peu décalée, je me fais la réflexion qu'il me vient d'étranges références en tête. Je pense à un célèbre *soap opera*, avec des acteurs au brushing impeccable et à la peau beaucoup trop orange pour être honnête, alors que je ne suis absolument pas censée savoir ce qu'est un *soap opera*.

À mon époque, enfin juste avant que j'exige d'entrer en stase, on en était resté à des troubadours sur des estrades de bois branlantes. Et là, je visualise à la perfection une espèce de boîte lumineuse, où des gugus ridicules s'envoient des whiskies en se lançant des regards ravageurs. Et je ne veux même pas m'attarder sur les blondasses en tailleur rouge et leurs airs de mauvaises conspiratrices.

Étrange.

— Et Alecto ? je demande aussitôt.

Alors là, si ma sœur Alecto fait dodo aussi, je crois que je vais m'étouffer sur place. D'ailleurs, Hadès rit doucement.

— Non, Alecto est toujours parmi nous. Tu la connais…

Oui, tout à fait. Alecto l'Implacable. Elle n'a pas volé son surnom. Elle n'a jamais vécu que pour accomplir son « devoir ». À croire qu'elle n'est qu'une machine, qu'elle n'a aucun sentiment pour personne…

— Ma chérie, ajoute mon père. Sois sympa avec elle. Ça n'a pas toujours été facile pour elle, sans vous…

Je ne réponds rien, mais je n'en pense pas moins. Évidemment que je tiens à elle, c'est aussi ma sœur après tout. Mais on va dire qu'elle n'a pas toujours fait preuve de mansuétude à mon égard. Qu'elle ne m'a pas beaucoup soutenue quand j'en avais besoin.

On ne refera pas l'histoire, mais je ne suis pas allée me réfugier dans une cuve pour rien, hein.

Hadès m'aide à me relever. Je pèse sur lui de tout mon poids, mais ça ne représente pas grand-chose pour lui. C'est un véritable colosse, alors que moi, je suis du genre format de voyage.

— On va où ?

— Ça te dit d'aller dans les jardins de ta mère ?

Je hoche la tête. Pourquoi pas ? C'est un endroit plutôt agréable, comparé à d'autres, dans l'Érèbe.

— Elle est là ?

— Non. Elle est à la surface. Je te l'ai dit, les choses sont un peu… compliquées en ce moment. Mais je l'ai prévenue que j'allais te réveiller. Elle ne va sûrement pas tarder.

Mouais. Enfin, Perséphone n'a pas besoin que les choses soient compliquées pour se barrer dès qu'elle en a l'occasion. Elle n'a jamais bien supporté l'ambiance d'enfer qui règne ici. Ça lui flingue le moral, a-t-elle coutume de dire.

— OK, allons-y alors.

Toujours chancelante, je suis mon père dans les méandres obscurs de l'Érèbe. Mon foyer. Ma maison. Chez moi, quoi.

Nous ne croisons personne. Pas un seul diablotin, pas une seule âme en peine. J'imagine qu'Hadès a fait passer le mot. C'est gentil de sa part, je n'aurais pas apprécié un comité d'accueil au grand complet, avec banderoles, petits fours et coupettes de posca, ce vin aigre et coupé d'eau qu'on s'envoyait à grandes lampées, autrefois.

Au fur et à mesure de notre avancée, mon pas s'affermit. Je vais vite récupérer. Enfin, mon corps va vite récupérer. Le sang divin, tout ça. Par contre, je mobilise toutes mes forces pour tenir la douleur sourde et lancinante qui ne me quitte pas depuis mon réveil, ainsi que les souvenirs qui me reviennent par vagues brûlantes.

— Du temps a passé, tu sais, ma chérie…

Sans blague.

— Combien ?

— Sept siècles.

La vache. Ça fait une paye, effectivement. Le monde a dû…

— Le monde a bien changé, enchaîne mon père. Malgré tout, la nature humaine reste ce qu'elle est.

— Jolie façon pour sous-entendre que c'est toujours la même merde.

— Mégère, je t'ai déjà dit que je n'aimais pas ce langage.

— Daddy, je t'ai déjà dit que je détestais que tu m'appelles Mégère.

— C'est ton prénom.

— Il craint, ce prénom.

— Si ça peut te rassurer, tu vas devoir en utiliser un autre.

— C'est vrai ?

Je suis soufflée. Je n'aurais jamais cru que Daddy m'autoriserait à ça.

— On va dire qu'il serait trop… connoté.

— Comment ça ?

— Eh bien, il est en quelque sorte… tombé dans le langage courant.

— Honhon. Et il veut dire quoi, maintenant, mon prénom ?

Il laisse passer quelques secondes de silence. Je sens que sa réponse va me plaire.

— Une mégère, c'est… enfin… C'est-à-dire que…

— Daddy, accouche.

— C'est une femme agressive, violente, criarde… Voilà, je te dis ce que dit le dictionnaire, hein. Ça ne vient pas de moi.

— OK. Et c'est pareil pour Tisiphone et Alecto ?

— Euh… Non. Elles, on les a un peu oubliées. Toi aussi, d'une certaine façon. On a retenu que ton nom.

Elles ont toujours eu plus de cul que moi, de toute façon.

— Bon. Très bien. Et tu as pensé à quelque chose en particulier ?

— Meg. Ça te plairait, Meg ?

— Parce que c'est un vrai prénom, Meg ? T'es sérieux, Daddy ?

— Oh, tu sais, aujourd'hui, les prénoms… Mais ça passera incognito chez les humains, c'est le principal.

— Si tu le dis. Va pour Meg, alors.

Tout en parlant, nous parvenons enfin devant les portes d'airain qui ferment les jardins de Perséphone. Je lâche le bras de mon père pour aller caresser les gravures végétales qui les ornent avec délicatesse. Je me sens suffisamment forte à présent pour franchir les lourds battants, qui s'ouvrent en grinçant un peu.

— Eh ben, alors, t'as oublié de faire graisser les gonds ? ironisé-je.

Il ne répond pas, mais je comprends à sa mine sombre que quelque chose l'ennuie.

— Elle est partie depuis longtemps ?

— Ça commence à dater, oui.

Je lui souris le plus gentiment possible. Pauvre Daddy. Il a toujours eu du mal à supporter les absences de ma mère. Lui n'aime pas trop les séjours à la surface, chez les humains, alors que Perséphone en raffole.

Je m'empare de sa grande main, la serre un peu.

Je devrais lui en vouloir de m'avoir réveillée, mais en fait, je suis contente de le revoir.

— Allez, viens.

D'un pas déterminé, j'entre dans les jardins de pierres précieuses, si chers au cœur de ma génitrice.

INTERMÈDE

Mais qu'elle est donc naïve, Madeleine ! Le faune Lidoire se cachait là, derrière les buissons. Il a tout vu, enfin presque, agacé qu'il était par les longues écharpes de brume que le petit matin accrochait au cou de la belle. Et lorsque l'astre du jour, enfin, vint faire étinceler de ses doigts d'or les perles de rosée sur le corps de la jeune fille… Quel enchantement de tous les sens ! Il ne se priva pas de la jouissance d'un tel spectacle, et c'est la terre lourde, à l'odeur entêtante, qu'il féconda de sa semence.

Mais loin d'en être soulagé, il jura sur ses cornes de posséder bientôt la jolie Madeleine.

CHAPITRE 3

Les lieux n'ont pas changé. C'est marrant, on aurait pu croire qu'une personne comme ma mère, si avide de vie, de mouvement et d'exaltation des sens, aurait souhaité modifier la déco une fois de temps en temps.

Mais il n'en est rien. Ces jardins semblent tout aussi immuables que l'Érèbe lui-même. Ou que mon père. Ou qu'elle-même, finalement.

Je fais quelques pas dans une allée empierrée de marbre blanc veiné de bleu. Tout autour de moi s'élèvent des arbres aux fûts d'obsidienne et aux lourdes branches chargées de toutes sortes de fruits minéraux. Pommes de rubis, oranges de saphir, diamants étoilés en guise de fleurs.

C'est magnifique, quoiqu'un poil rigide à mon goût. Tout ici est ordonné et propre. Ma mère… Je souris en y pensant. Quel paradoxe que cette déesse qui m'a donné le jour ! Partout où elle va, elle ne fait que passer. Son pas léger l'entraîne aux confins du monde des humains, elle y foule les étendues sauvages comme les champs cultivés, ne se pose jamais, distribuant tout autour d'elle des trésors de joie.

Lorsqu'elle daigne redescendre en son foyer, elle redevient l'immuable immortelle, la reine incontestée des Enfers, l'épouse choyée d'Hadès.

Je l'imagine arpenter ces jardins, fixant son regard aussi vert qu'une émeraude sur chaque feuille précieuse, sur chaque fleur brillante, sur chaque fruit que nul ne goûtera jamais. J'imagine aussi sa main douce effleurer l'herbe roide, et son cœur se désoler de l'absence d'insectes pour féconder ces inestimables bijoux.

Et, quand la nostalgie du monde d'en haut se fait trop lourde, trop pressante, sans rien dire, elle repart, laissant derrière elle ses responsabilités, ses enfants et son époux.

— Elle ne change pas, hein ? murmuré-je à l'adresse de mon père.

Un soupir.

— Et je ne le voudrais pour rien au monde.

Daddy. Tellement prêt à tout pour le bonheur de celle qu'il a enlevée par la force au tout début du monde. Cette déesse qu'il ne comprend pas, enfin pas vraiment, mais qu'il aime tant qu'il pourrait admettre qu'elle ne revienne jamais auprès de lui.

Un instant, l'idée fugitive d'avoir été égoïste en demandant la stase et en abandonnant mon père me traverse. Mais non, je n'ai pas sa capacité à accepter l'inacceptable.

— Mégère…

— Meg.

Nouveau soupir.

— Tu ne veux pas me laisser le temps de m'habituer ?

— Il y a des choses auxquelles on ne s'habitue jamais. Comme mon vrai prénom, par exemple.

Il rit.

— Meg… N'es-tu pas au moins un peu heureuse d'être de retour ?

Que dois-je lui répondre ? Je ne sais pas, en fait. Ces lieux sont pour moi empreints de nostalgie. Comme ma mère, j'aimais me mêler aux humains, même si j'étais destinée à semer la haine et la désolation dans leurs rangs.

Mégère, la Furie. Mégère, la Haine. Mégère, la Chienne d'Hadès.

Nous atteignons enfin un charmant kiosque de métal ouvragé. Tout le long de ses montants s'entrelacent des lianes d'antigorite, d'un vert presque noir.

Sur la petite estrade, nous nous asseyons sur deux chaises, disposées autour d'une minuscule table ronde en fer forgé.

Dès l'instant où je pose une fesse sur l'assise froide, un grand verre d'orangeade apparaît devant moi. Ah, l'Érèbe et son petit confort.

Je ressens une vague sensation de faim et, à peine en ai-je pris conscience qu'une assiette couverte de petits gâteaux secs apparaît sous mes yeux. Je ne sais même pas si « apparaître » est le bon mot. Il sous-entendrait une espèce de surgissement brutal. Or, là, l'assiette me fait face comme si elle était posée sur cette table depuis toujours.

Je hausse les épaules et m'empare d'un biscuit, que je fais passer avec une grande gorgée d'orangeade. Daddy continue de m'observer. Ses yeux d'un noir profond, étoilé, brillent d'une lueur d'amusement.

— De vous trois, c'est bien toi qui t'intégreras le mieux au monde d'aujourd'hui.

La bouche pleine, je lui réponds, dans une avalanche de postillons sablés :

— Est-ce que ça n'a pas toujours été le cas ?

Il hoche la tête.

— Bien sûr que si. Mais l'époque contemporaine… Il n'y a que ta mère pour s'y faire aussi bien. Nous – et je veux dire par là, les autres divinités – sommes très perturbées par tout ce qu'il se passe aujourd'hui.

— Chacun chez soi, du coup ?

Cette fois, il se frotte le visage d'une main lasse.

— Nous ne sommes plus si nombreux.

J'allais prendre un nouveau gâteau, mais je suspends mon geste. Ah. Il y a eu du rififi chez les Dieux. Une guerre ? Encore ?

— Vous vous êtes encore disputés comme des sales gosses ? Vous vous êtes jetés des gros rochers, vous avez orchestré de très vilains complots, tout ça ?

— Et… non, figure-toi. Je crois simplement que notre temps dans cette dimension touche à sa fin. Et je crois aussi que ça fait bien longtemps que ce processus a commencé. Il avait peut-être même commencé à ton époque. C'est juste que nous n'avions pas voulu le voir. Nous pensions, pauvres fous, qu'il y aurait toujours quelques humains pour croire aux grands concepts, aux grandes idées, aux forces de la nature… Mais…

Il secoue la tête. Je n'arrive pas à savoir s'il est affligé de la situation, ou au contraire très serein.

— Est-ce que c'est pour ça que tu m'as réveillée ? Tu crois que je peux y faire quelque chose ?

— Peut-être. Pourquoi pas, après tout ?

Soudain glacée, je repose mon verre. D'une main distraite, j'essuie la goutte de condensation qui coule le long de sa paroi.

— Qu'est-ce qui a pu te faire présumer que j'aurais envie de sauver les meubles ? Enfin, je veux dire… Daddy ! Tout ceci peut bien tomber en poussière, je ne lèverai pas le petit doigt pour passer la balayette.

D'un geste large, j'englobe les jardins autour de nous. Mais aussi l'Érèbe, la divinité et tout ce que ça peut bien vouloir dire encore.

— Je comprends que notre… mode de vie… ne t'intéresse plus. Mais… laisserais-tu mourir l'une de tes sœurs ?

Si Tisiphone dort, il doit vouloir parler d'Alecto.

Alecto. L'Implacable. Aussi glaciale que certains niveaux de l'Érèbe. On ne peut pas dire qu'on se soit souvent marré ensemble, hein.

— Je ne lui souhaite aucun mal, tenté-je d'esquiver.

— Mégère…

— Meg. Il me plaît bien, ce prénom, finalement. J'ai l'impression que toi, tu as quelques difficultés, par contre.

— Alex… Parce qu'elle aussi a un nouveau prénom, justement… a de gros problèmes chez les humains.

— Alex… Mais putain, c'est pas genre un diminutif d'Alexandra, ça ?

— Ce n'est pas le sujet. Mais si, tu as raison. C'est juste qu'on a tenté de trouver quelque chose qui se rapproche le plus possible de vos vrais noms. Nous sommes vos parents après tout. C'est nous qui avons choisi vos prénoms à votre naissance.

Ouais. Et on pourrait encore parler de leurs goûts de chiotte, mais on a déjà eu cette conversation il y a quelques siècles.

— Et Tisiphone du coup ? Ça donne quoi ? Tis ?

— Tess.

Magnifique. Les Furies, les Chiennes d'Hadès, Mégère, Tisiphone et Alecto, s'appellent désormais Meg, Tess et Alex. Mais je décide de fermer ma grande bouche. Daddy serait capable de me dire que, de toute façon, je ne suis jamais contente.

— Bon. OK. Raconte-moi.

— Après que tu as choisi de… faire un somme, tes deux sœurs ont poursuivi leur mission.

— Torturer les criminels pour l'éternité, tout ça, joie, bonne humeur et paix sur le monde.

— Tu vas m'interrompre à chaque phrase pour faire ton petit cinéma ?

Oups. Daddy pas content.

— Bref, Tisiphone a rencontré quelques… difficultés. Elle t'en parlera si elle le souhaite.

— Tu vas la réveiller aussi ?

Il me fait les gros yeux. Moi, je lève les miens au ciel. Ça va, si on ne peut plus rien dire…

— Alecto a continué seule. Et elle n'a pas fait du mauvais travail, d'ailleurs. Mais… dernièrement, des événements sont venus troubler ce bel équilibre. Il y a quelqu'un qui lui met des bâtons dans les roues. Quelqu'un qui s'interpose dans ses châtiments divins.

— C'est-à-dire ?

— Ses… victimes… disparaissent les unes après les autres.

— Comment ça, *« disparaissent »* ?

— Elles ne disparaissent pas vraiment, puisqu'elles finissent par atterrir ici. Mais tu sais qu'une fois dans l'Érèbe, ta sœur ne peut plus appliquer son juste courroux.

Juste courroux. Mon cul, oui. On nous a donné pour mission de faire souffrir les meurtriers, enfin tous ceux qui ont contrevenu à l'ordre établi, jusqu'à leur mort, et peu importe qu'ils aient été jugés par les leurs ou pas.

— Bon, ils meurent, OK. Et après ? On s'en fiche, non ? Ça lui fait moins de boulot, à Alecto ? Mais, t'as raison, elle a ce côté « bonne élève », à toujours vouloir en faire de trop…

— Mégère.

— Meg.

Je ne sais pas pourquoi, mais quelque chose me dit que cette histoire de prénom risque de compliquer un peu nos discussions.

— Il y a des éléments qui nous laissent penser que ta sœur pourrait être l'une des prochaines victimes.

Ah ? C'est intéressant, ça.

— Et pourquoi donc ? En quoi a-t-elle contrevenu à l'ordre établi, la petite fille préférée à son Daddy ?

Il ne relève pas. Même pas drôle.

— Il semblerait que ce… justicier… ait un compte personnel à régler avec ta sœur. Ce que nous cherchons à comprendre, pour le moment, c'est si ce n'est qu'avec elle, ou alors avec vous trois.

— Honhon. Tu m'as donc réveillée pour que j'aille promener mon charmant petit cul chez les humains, façon « Youhou, je suis là, si tu veux me tuer, je t'attends » ?

— Absolument. Je veux que tu épaules ta sœur dans cette enquête pour le moins… inhabituelle. Et puis, de toute façon, il y a toujours du boulot pour trois, ne te fais aucune illusion.

— Quoi ? Les humains n'ont pas changé ? Ils sont encore capables de tuer père, mère et enfants pour d'obscures raisons, telles qu'assouvir des pulsions malsaines ou s'enrichir sur le dos des autres ? Je suis choquée, Daddy.

Je pose une main sur ma maigre poitrine, tout en écarquillant grand les yeux. Mais apparemment, je suis assez nulle lorsqu'il s'agit de mimer l'innocence.

— Je suis content de te revoir, Mégère.

— Me…

Au dernier moment, je décide de me taire. Quand on n'a pas vu son paternel depuis des siècles, est-ce qu'on ne peut pas le laisser radoter un peu, finalement ? J'observe ses longs cheveux blancs, lisses comme de la soie, qui encadrent un visage aux traits parfaits. Ses lèvres au dessin ferme esquissent un vague sourire, et le regard qu'il pose sur moi est bienveillant.

— Moi aussi, Daddy. Moi aussi.

Un étrange silence passe entre nous. On s'aime, bien sûr. Malgré tout, nous ne sommes pas une famille modèle, et trop de démonstrations dégoulinantes ont tendance à nous faire fuir.

Je finis donc par me racler la gorge.

— Euh… Et c'est quoi la suite, du coup ?

INTERMÈDE

La nuit va tomber, bientôt. Madeleine est rentrée chez elle depuis longtemps, a mis en ordre sa petite maison. Des branchages fleuris, en cours de séchage, pendent des solives. Ça sent la tisane et la poussière ensoleillée. Orpheline, elle vit seule et s'en trouve bien. Les femmes du village la pressent de prendre mari, mais elle n'en a nulle envie. Un homme, pour quoi faire ? Elle est forte et robuste, et aime trop sa liberté. Que ferait-elle d'un pareil ours, qui l'empêcherait sûrement de sortir à l'aube et lui jetterait toute une marmaille dans les jambes. Les autres la disent sorcière, les villageois la dévorent des yeux, mais elle n'en a cure.

Alors qu'elle s'apprête à monter se coucher dans son petit lit aux draps raides et à la bonne odeur de savon, elle entend gratter à sa porte. Elle n'attend personne, va ouvrir tout de même.

— Lidoire ! Que fais-tu là ?

Le jeune faune est blême, ses traits sont tirés. Ses yeux jaunes et fendus luisent d'un éclat fiévreux. Madeleine s'en effraie.

— Tu ne vas pas bien, Lidoire ? Entre donc un instant pour te reposer !

Et Lidoire entre en titubant. Ses sabots s'enfoncent dans la terre battue. Ses mains se posent lourdement sur les épaules de la jeune fille.

— Madeleine… grogne-t-il dans un souffle.

Il lui fait mal ! Mais qu'a-t-il donc, ce soir, le gentil Lidoire ? Lui qui la salue tous les dimanches avec courtoisie, et qui l'aide à porter ses emplettes lorsqu'ils se croisent sur le chemin ?

Voilà maintenant qu'il lui retrousse ses jupes, dénudant ses jambes d'albâtre. Ses mains dures, couvertes de poils noirs, s'accrochent à son corsage. Madeleine a compris. Elle rue et se débat. Elle croit encore qu'elle pourra avoir le dessus, mais le gentil Lidoire la retourne et la plaque sur la vieille table de bois. La jeune fille sanglote enfin, pas encore prise, déjà vaincue.

Le faune la possède et la déchire et la pistonne. Il remue en elle comme un fer rouge et enfin se délivre dans un grand cri de jouissance, rauque et mugissant. Madeleine, elle, hurle comme une suppliciée, même si elle sait que rien ne viendra abréger son éternité de souffrance, ce gouffre qui s'ouvre dans son ventre labourée. L'inconscience, bienfaisante, l'accueille dans sa pénombre ouatée. Sur ses fesses lisses et blanches, les simples cueillies au petit matin laissent tomber leur pollen couleur de soleil levant.

Lidoire, le gentil Lidoire, est parti depuis longtemps.

CHAPITRE 4

J'attends. Et je n'aime pas trop ça, attendre. Surtout quand je me retrouve à moitié à poil dans un lieu inconnu.

Daddy m'a parachutée en plein milieu de Paris, cette ville puante, grouillante de… de gens. Des gens ! Mais quelle horreur !

Est-ce qu'il n'aurait pas pu me laisser quelques jours tranquille ? Ou, je ne sais pas, moi, me préparer une adaptation en douceur en me déposant gentiment sur un plateau isolé du reste du monde ? Ou sur une île déserte ? Ça doit bien exister encore, les îles désertes.

À bien y réfléchir, ce n'est même pas sûr. Je n'ai jamais vu autant de monde réuni au même endroit. Il faut dire que, de mon temps, les êtres humains n'étaient pas aussi nombreux, si j'ai bien compris les vagues explications qu'Hadès m'a données.

Il m'a indiqué la localisation de cette ville en pointant du doigt un minuscule point sur une carte. J'ai bien reconnu les découpes du continent concerné, mais, dans mon souvenir, il n'y avait là qu'un regroupement de bouseux.

Enfin… C'est dans cette même région que j'ai connu Madeleine. Madeleine, l'amour de ma vie, ma perte infinie.

Je secoue la tête. J'ai froid, et encore plus si je pense à elle. À son regard terrifié lorsqu'elle a compris que, malgré mes sentiments, je m'acquitterais de ma tâche sans faillir.

Je frissonne. Rabats sur mes épaules les pans de ma toge noire. Le monde a bien changé. La mode aussi apparemment. Autour de moi virevoltent des étoffes bariolées. Il n'y a aucune espèce d'uniformisation dans les vêtements que portent les habitants de cette ville.

Là, une grande perche, avec une espèce de ceinture large qui lui tient lieu de jupette. Ses jambes sont gainées dans une espèce de… pantalon ? Mais avec des trous en forme de losanges. Elle vacille sur des talons aiguilles d'un rouge criard.

Là-bas, un homme engoncé dans un manteau bleu marine. Dessous, il porte un pantalon de même couleur, une chemise blanche et une sorte de veste boutonnée. Autour de son cou, j'aperçois comme une corde, avec un joli nœud sur le devant. Un condamné à mort, peut-être ? Alors pourquoi tient-il dans sa main droite une petite valise ? Personne ne lui a dit qu'on a besoin de rien, dans l'Érèbe ?

Un peu plus loin encore, une dame, la tête surmontée d'un monceau d'étoffes aux couleurs joyeuses, s'avance, entourée d'une marmaille bruyante.

Des enfants. Il y en a partout. Ça crie, ça braille, ça court dans tous les sens. Tout autant que leurs parents, qui semblent dépassés par la situation.

Dans mon dos, un courant d'air glacial me remonte l'échine. Je suis assise sur un petit muret et adossée à une grille métallique. Des marches s'enfoncent dans les profondeurs de la terre et, de loin en loin, le sol vibre sous mes pieds. Quelle bête infernale fait ainsi remuer les entrailles de ce monde étrange ? Daddy ne m'a rien dit à ce sujet.

Néanmoins, durant ma longue attente, de drôles d'idées émergent sous mon crâne. Je suis installée devant une bouche de métro. Voilà, c'est ça. Le métro parisien. Et tous ces gens, là, sont des habitants de cette ville.

Nous sommes au XXIe siècle. En 2030. Mazette ! Le temps passe vite quand on dort profondément.

Les êtres humains se sont répandus sur cette planète comme des sauterelles s'abattant sur des récoltes abondantes. Ils n'ont plus besoin de locomotion animale. Ils peuvent communiquer à distance, et ont pour cela envoyé dans l'espace tout un tas de ferraille. Ils mangent mal, ne bougent plus assez, mais se croient pourtant libres de faire ce qu'ils veulent en saccageant la Terre.

Bien.

Finalement, je sais déjà le principal sur cette nouvelle civilisation. De la merde en boîte.

De longues minutes s'écoulent. J'en connais une qui va bien se faire remonter les bretelles quand elle va se décider à pointer son nez.

Alecto a toujours été difficile. Plus que moi, c'est dire. Elle semble se foutre de tout. Rien ne l'affecte, elle est aussi imperturbable qu'un morceau de marbre.

Pourtant, mon cœur d'immortelle bat un peu plus fort à l'idée de la revoir. C'est ma sœur, après tout. Elle n'est pas parfaite, mais aucune de nous trois ne l'a jamais été. Famille dysfonctionnelle, tout ça…

Un parfum de sauge, tout à fait déplacé au milieu des effluves pourrissants qui m'assaillent, vient m'effleurer les narines.

— Mégère ?

— Meg.

Je lève les yeux. Devant moi se dresse enfin ma sœur. J'écarquille les yeux de surprise. Alors, là ! Si je m'attendais à ça !

— Alecto ?

— Alex.

Malgré moi, j'éclate de rire.

— Va pour Alex. Mais dis-moi, qu'est-ce qu'il t'est arrivé ?

Elle lève une main, observe sa peau si pâle, puis baisse ses grands yeux d'un bleu cristallin, presque transparent, sur son corps vêtu d'une ample robe aux couleurs vives. Moi, je détaille sa longue chevelure ondulée, d'un blond de bébé. Putain, elle en jette, ma sœur. Elle est superbe ! Elle ressemble à ces femmes du nord du monde, elle a ce même profil fier, cette même assurance tranquille, cette même beauté intemporelle.

— Aujourd'hui, tu peux choisir l'apparence que tu souhaites.

De la main, elle me désigne la foule qui nous entoure. Effectivement, toutes les ethnies possibles y sont représentées. C'est sûr que ça change de ma vision des humains dans cette région du monde au moyen-âge.

— Ça te va très bien, en tout cas. Mieux que cette espèce de blond fadasse que tu te traînais à l'époque.

Elle sourit. Elle sourit ! Eh ben dis donc ! Je crois que je ne suis pas au bout de mes surprises.

— Allez, viens, me dit-elle. Je t'emmène à la maison. Il faut qu'on fasse quelque chose pour toi aussi. Daddy aurait pu s'en occuper tout de même.

— Comment ça ? Que veux-tu dire ?

— Tu ne peux pas rester comme ça, voyons !

Je baisse les yeux. Ah oui ! Ma toge !

— D'accord, allons-y.

À sa suite, je descends les marches. J'ai hâte de voir ce fameux métro. Pas sûre que ça me plaise, les odeurs qui remontent de cette bouche de l'enfer ne vendent pas du rêve. Nous croisons des flots de gens pressés. Où vont-ils ? Pourquoi ? Les réponses me viennent spontanément. Ils vont travailler pour gagner un maigre salaire, puis ils iront le dépenser sans discernement.

Je soupire. Les hommes ont donc troqué une vie d'esclavage… contre une vie d'esclavage. Finalement, le monde n'a pas tant changé que ça.

Sur le quai, j'observe les carreaux de faïence blanche et sale qui ornent les murs. C'est froid et sans âme.

Soudain, le sol vibre, un rugissement me parvient de l'une des ouvertures du tunnel. Un monstre de métal s'immobilise devant nous.

— Attends, me dit Alex.

Le monstre vomit une bile humaine. Les odeurs de corps suants me prennent à la gorge. Mais putain, rendez-moi un bout de campagne, une berge de rivière, peu importe, mais, par pitié, que mes tourments cessent !

Enfin, Alex me prend par la main, et je la suis à l'intérieur de la carcasse. J'aperçois des gens assis. Tous ont le regard rivé sur leur smartphone – comment est-ce que je connais ce mot d'ailleurs ?. Visages tristes, gris, à peine éclairés par les lueurs de leur écran.

Alex s'adosse à une barre métallique. Je vais pour y poser la main.

— Je serais toi, je ferais pas ça, me balance-t-elle.

Je lui adresse un regard interrogatif. Du menton, elle désigne la foule pressée tout autour de nous.

— Tu veux toucher ce qu'eux ont touché ?

Euh… non.

Mais, du coup, quand le monstre s'ébranle pour reprendre son incessant voyage souterrain, je vacille. Elle me retient de justesse par ma toge, le tissu glisse sur mon épaule, et je me retrouve les seins à l'air.

— Alex, fais gaffe, merde !

Elle rit. Moi, je ne trouve pas ça très drôle. Je suis plutôt pudique. Un homme, juste à côté de moi, ricane, avec un petit air égrillard dans le regard. Je décide de l'ignorer, mais sursaute quand je sens une main baladeuse me pincer la fesse.

— Non, mais ça va pas !

Alex rit plus fort encore. Je retire tout ce que j'ai dit sur le plaisir des retrouvailles.

L'homme insiste, se colle à moi. Je jette un regard affolé à ma sœur, qui se décide enfin à intervenir.

— Hey ! Toi, là ! dit-elle d'une voix forte. Tu la lâches, OK ?

Aussitôt, des regards gênés, presque fuyants, se posent sur nous. Je gage que personne n'a franchement envie de se mêler de ça. L'homme doit le savoir, car il pose sa main sur son sexe en un geste évocateur.

— J'en ai pour vous deux, mes petites coquines.

C'en est trop pour moi. Il semblerait donc que la culture du viol soit inhérente à la nature humaine. Le souvenir fugitif de Madeleine et de son supplice envahissent mon esprit.

J'explose. Ma main se projette vers la gorge du sale type, et je commence à serrer. Je regarde son visage virer au rouge, sa bouche s'ouvrir comme celle d'un poisson hors de l'eau, tandis que des murmures s'élèvent autour de moi.

Alors que je me sens capable de le tuer là, sur place, en plein milieu de cette foule lâche et stupide, Alex intervient. Elle pose une main qui se veut apaisante sur la mienne.

— Meg. Lâche-le.

— Pourquoi ?

— Tu ne peux pas faire ce que tu veux.

Ah. Et depuis quand ? Nous sommes les Furies, les Chiennes d'Hadès, et les hommes nous doivent une dévotion absolue. Non ?

Ma sœur se penche à mon oreille.

— Désormais, nous sommes forcées d'agir dans l'ombre. Nous ne sommes plus rien, pour eux.

Stupéfaite, je relâche la pression. Aussitôt, l'homme se met à brailler comme un cochon.

— Espèce de salope ! Non, mais vous avez vu ce qu'elle m'a fait ? Elle se trimballe à moitié à poil dans le métro, et en plus elle agresse les honnêtes gens ! Je vais te crever, sale petite pute !

Alex m'a lâchée, elle fait à présent face à mon agresseur.

— Excusez-là, monsieur. Elle n'est pas d'ici.

— Et alors, c'est quoi ? Une sauvage ? Putain, mais on est envahi par la racaille, dans ce pays ! Je vais porter plainte, je vous le dis ! Vous savez pas qui je suis !

Un sale con ? Mais je reste silencieuse, abasourdie. C'est quoi ce délire ? J'écoute Alex qui tente de l'apaiser. De l'apaiser !

Finalement, comme cela ne semble pas fonctionner des masses, ma sœur me prend par la main et me fait descendre à l'arrêt suivant. Je n'ai toujours pas les mots pour décrire ce que je ressens. Derrière la vitre, l'homme tambourine encore au carreau. Ses yeux sont fous, injectés de sang. Est-ce un démon en goguette, échappé du royaume de Daddy ? Non, si tel était le cas, il aurait su qui nous étions et n'aurait jamais posé la main sur moi.

Enfin, le métro redémarre et s'éloigne.

— Bon, soupire Alex. Je crois qu'on va plutôt prendre un taxi pour rentrer.

INTERMÈDE

Madeleine ne va plus au bord de la rivière, elle ne danse plus sur les galets ronds. Elle a fermé son corsage. Elle reste dans sa petite maison, à s'occuper de ses récoltes de plantes médicinales. Et puis, elle a son herbularium, à désherber, arroser et soigner. Elle ne s'ennuie pas. Jamais.

Quand vient le soir, elle barre sa porte et mouche la bougie. Qu'on ne vienne pas frapper chez elle, elle n'ouvrira plus à personne.

De temps à autre, tout de même, elle descend au village. Plus personne ne lui parle. Elle sent bien les regards qui s'accrochent à son dos, les murmures qui roulent dans ses jupes et dans lesquels elle se prend les pieds, honteuse et le rouge aux joues.

Parfois, elle croise Lidoire, le gentil Lidoire. Il rayonne, il pavane, le torse bombé et la barbiche fière. Seulement, seulement, ce n'est qu'une façade, ça, c'est sûr. Mais plus jamais il ne lui porte son panier ni ne la salue.

CHAPITRE 5

C'est cosy.

Je ne suis pas bien sûre de la signification de ce nouveau mot, mais c'est celui qui me vient immédiatement à l'esprit, à l'instant même où j'entre dans « notre » maison. Il doit vouloir dire lumineux, agréable. Confortable.

Mon nouveau chez-moi se situe dans un joli quartier et donne sur une ruelle calme et pavée, bordée de jolies habitations aux façades de briques ou de meulières. Derrière les grilles envahies de rosiers et de glycines, je devine de petites cours coquettes et ombragées. On est loin de l'agitation qui régnait dans le métro.

Justement, Alex pousse une grille, qui s'ouvre en émettant un grincement sonore. Mais même ce son, au lieu d'être sinistre, a un petit côté charmant.

« Le charme de l'ancien », me dit Alex.

Mouais. Moi, j'en suis restée aux huttes recouvertes de paille, alors bon… Je le lui dis, évidemment, mais elle lève les yeux au ciel.

— Crois-moi, dans quelques jours, tu ne pourras plus te passer du confort que nous offre ce siècle.

Et je dois avouer que j'ai les mirettes qui s'écarquillent à la vue des hautes fenêtres et du plancher blond, recouvert ça et là par des tapis aux tons clairs et d'apparence moelleuse.

Je sentirais presque un léger ronronnement me remonter dans la gorge, et une subite envie d'aller me vautrer parmi les coussins de l'immense sofa bleu canard me prend.

— Mouais. Ça va. Ça aurait pu être pire.

Alex ne daigne même pas me répondre. J'avais oublié à quel point elle pouvait se montrer imperturbable en toute circonstance. Imperturbable ? Un vrai glaçon, ouais. J'ai bien l'impression qu'elle n'a pas dû beaucoup faire la fiesta, sans nous. De toute façon, la boute-en-train de notre trio, ça a toujours été Tisiphone.

Moi, je suis la taciturne. Il paraît que je suis sortie des cuisses de Perséphone en faisant la gueule. J'ai pas trop de mal à le croire, mais je m'en tape.

Je m'en tape de tout.

Surtout depuis Madeleine.

Mais bon, ça ne m'empêche pas de me jeter à plat ventre sur le sofa. Et ce petit coquin tient toutes ses promesses. Je suis épuisée et je n'ai qu'une envie, m'endormir là, le nez dans les douces étoffes qui m'entourent.

— Qu'est-ce que tu fais, là ?

— Mmmh ?

— Qu'est-ce que tu fais, LÀ ?

— Nan, mais ça va, j'avais bien compris, la première fois. Mais ce que je veux savoir, c'est pourquoi tu me demandes ça ? Je suis crevée, j'ai besoin de repos.

— Meg, tu viens de dormir durant sept siècles. Tu n'es pas un peu curieuse du monde qui t'entoure ? Tu n'as pas envie de décider de ta nouvelle apparence ?

— Mmmh… Nan.

Et je replonge le nez dans les coussins.

Pour deux secondes à peine.

— Meg.

— Mais quoi, « Meg » ? C'est pas toi qu'on a réveillée brutalement pour être balancée direct dans le grand bain. J'ai rien demandé, moi. J'étais très bien là où j'étais.

— Tu n'avais conscience de rien, soupire Alex.

— Justement. C'était parfait. Absolument parfait.

Je la sens qui s'assoit à côté de moi. Aussi légère qu'une plume. Malgré moi, son parfum de sauge s'insinue dans mes narines. Au moins un truc qui n'a pas changé.

— Meg. Tu es partie si vite… Je n'ai jamais eu le temps de te dire…

Oh ? Une petite confession ? L'instant larmichette ?

— … que je trouvais tout à fait exaspérante cette tendance que tu as à te poser en victime.

Ah ben non. Loupé. De toute façon, si Alex m'avait sorti la boîte de Kleenex, je crois que j'en serais venue à douter du sens de la vie.

— Alex, c'est quoi un Kleenex ?

— Euh… un mouchoir en papier ?

— En papier ? On se mouche dans du papier. Sérieusement ? Et ça choque personne ?

Cette fois, je m'assois pour lui faire face. Je ramène mes genoux cagneux contre mon absence de poitrine pour la regarder avec des yeux ronds.

— Meg, tu n'es pas au bout de tes surprises, tu sais. On s'essuie aussi les… enfin, tu vois…

— Euh… Non. La bouche ? Les dents ? Les mains ? Les cheveux ?

Elle fait non de la tête. Deux ronds roses ont fait l'apparition sur ses joues pâles. Honhon, elle est mal à l'aise. J'adore ça.

— J'ai trouvé ! On s'essuie le cul avec du papier !

Bingo, elle est écarlate ! Je me bidonne tant que je peux.

En fait, il y a bien deux ou trois trucs qui m'ont manqué pendant mon gros dodo.

Et faire chier ma sœur arrive largement en tête.

— Allez la blonde, montre ce que tu as en stock pour moi. La toge, c'est *so* Antiquité.

Alex me fait visiter.

Après le grand salon, très clair, une petite cuisine blanche et fonctionnelle. Je ne comprends pas bien à quoi servent toutes ces… choses… mais, de toute façon, la cuisine, ça n'a jamais été mon truc. Plutôt celui de Tisiphone, alors j'espère que Daddy va bouger ses petites fesses divines et nous la renvoyer rapidement. Tisiphone, elle est douée pour tout, ou presque.

Ensuite, une salle de bain carrelée de bleu. Je grimace.

— Euh… C'est moche, un peu, non ?

Alex hausse les épaules.

— Je n'ai pas encore eu le temps de faire refaire cette pièce. Mais si tu as envie de t'en occuper, n'hésite pas. Tu as carte blanche.

Gnagnagna.

Arrivent enfin les chambres, au nombre de trois. Ça tombe bien, non ?

Celle d'Alex est à l'image du salon. Claire, épurée, minimaliste. Elle doit pas trop se prendre la tête pour faire la poussière, du coup. Le lit est bas et un immense bureau prend la lumière sous la fenêtre.

Et sur le bureau… Que vois-je ? Un chat ! Mais alors un chat comme je n'en avais encore jamais vu. Énorme, avec des poils roux et un museau complètement aplati qui lui donne l'air particulièrement renfrogné. Et… des oreilles roulées sur elles-mêmes ?

— Mais qu'est-ce que c'est que cette chose ?

— Mon chat.

— C'est un chat, ça ? Et comment il fait pour respirer ? Il est sourd aussi ?

— Pffff, t'es toujours aussi bête. C'est une Scottish Fold, et elle coûte une blinde.

— T'as *acheté* un chat ?

— Non. Je suis contre le fait d'acheter des animaux. Je l'ai récupérée par hasard, j'imagine que ses anciens propriétaires ne voulaient plus d'elle. Depuis, Bloody Hell me tient compagnie. Contrairement à ma propre famille.

Fermer ma bouche, ne faire aucune remarque sur le nom de ce chat et surtout, faire comme si elle n'avait pas sous-entendu que nous l'avions abandonnée, en même temps que nos responsabilités.

Enfin, elle ne l'a pas vraiment sous-entendu. Elle l'a carrément affirmé. Je décide d'en prendre note et de chercher, à l'occasion, une ligne de défense potable.

Elle me mène ensuite vers une autre chambre.

— Celle-ci, ce sera la tienne. Je n'ai pas touché à la déco. Je me suis dit que ça pouvait être bien pour toi de… comment dire ? Commencer à te faire ta place ?

Holly shit. Quoi que ça puisse vouloir dire.

— Euh… Sympa. Merci.

En vrai, je suis atterrée. Cette pièce n'a rien à voir avec le reste de la maison. Les murs sont recouverts d'une sorte de… papier fleuri, dans tous les tons possibles de rose. Un matelas au sol, dans un coin. Et une grande armoire en bois, à moitié effondrée.

— Ne t'inquiète pas, je te donnerai tous les renseignements pour trouver des artisans qui pourraient t'aider. Pour la peinture, par exemple.

— Il faut vraiment qu'on s'occupe de ce genre de choses, aujourd'hui ?

Alex m'adresse un petit sourire en coin.

— Je te l'ai dit. Les choses ont bien changé depuis… ton époque.

Dit comme ça, je me sens comme une vieillerie, une sorte de fossile qu'on viendrait de mettre au jour lors de fouilles titanesques. Enfin… Finalement, c'est un peu ce que je suis, non ?

Ma sœur se dirige vers l'armoire, tire sur la poignée. Un instant, je crains que l'ensemble ne s'éboule sur son crâne. Mais non, la porte s'ouvre en grinçant, révélant des entrailles aussi obscures que le fin fond de l'Érèbe.

— Alors, voyons voir ce que l'on a là-dedans.

Et hop, elle disparaît dans l'armoire ! Ça me fait quand même bien plaisir de voir qu'il nous reste quelques pouvoirs. À ce sujet…

— Alex, crié-je soudain. On a toujours nos pouvoirs ?

— D'après toi ?

— Ben, honnêtement, je me pose des questions, là…

Je vois réapparaître la tête blonde d'Alex. Et là, sous mes yeux, ses longues mèches se mettent à onduler. Ce sont à présent une myriade de serpents albinos, aux yeux rubis, qui sifflent avec rage dans ma direction. Des larmes de sang se mettent à couler sur ses joues si lisses, puis à goutter sur le sol.

— OK, ça va. Si on peut toujours être flippantes, je suis rassurée.

— Quand on aura fini notre petite séance d'essayage, tu pourras t'amuser avec tes pouvoirs, si tu veux.

Alex me connaît bien. Elle sait comment me motiver. J'ai toujours aimé sentir le pouvoir couler en moi comme une rivière impétueuse. On va dire que, physiquement, je ne casse pas trois pattes à un canard – qu'est-ce que c'est que cette expression, encore ? –, mais je suis puissante, autant que mes sœurs. Et je compte bien renouer avec cette part obscure de ma personnalité.

— Bon, allez, me décidé-je. Qu'est-ce que tu as à me proposer ?

Dans l'instant, je regrette ma question.

Alex ressort de l'armoire avec un monceau de vêtements dans ses bras. Du pied, elle pousse devant elle des paires de chaussures en tous genres.

Elle balance tout par terre et me dit tranquillement :

— Voilà, fais ton choix.

Je me baisse et ramène un escarpin doré.

— Euh… T'es sûre de toi, là ?

— Mais oui, Meg. Aujourd'hui, tu peux t'habiller comme tu le souhaites. Et si tu veux changer ta couleur de peau, de cheveux… Tout est possible !

Changer mon enveloppe charnelle ? C'est vrai qu'après tout, elle l'a fait, elle. Mais Alex est une métamorphe, elle est tout à fait à l'aise avec la malléabilité de son corps. C'est loin d'être mon cas.

Je suis une petite chose maigrichonne, aux traits secs, aux cheveux noirs ébouriffés et à l'air renfrogné. Et le pire, c'est que ça me convient.

— Mmmh, non, c'est gentil, mais je préfère rester comme ça. Trop de changements, tu sais…

Elle lève ses yeux cristallins vers le plafond.

— J'aurais dû me douter que tu ne voudrais pas changer.

— Ben, tu sais, ça fait une éternité que je baigne dans mes défauts, alors bon…

— Bon, OK. Mais niveau coupe de cheveux ? Vêtements ? Tu peux peut-être te lâcher un peu ?

Je regarde d'un air suspicieux la robe bleu ciel qu'elle me tend.

— Je peux essayer.

Elle claque des doigts. Aussitôt, ma toge disparaît, pour laisser la place à la fameuse petite robe. Oh, pour l'amour de Daddy ! Comment peut-on porter ce genre de choses ?

Ce morceau de tissu ne fait qu'attirer l'attention sur mes jambes maigres et ma poitrine plate.

— Dis donc, avec ce genre de trucs, je risque pas de me faire agresser dans le métro ?

Avec une moue boudeuse, Alex me répond :

— Pour être honnête, à partir du moment où tu es une nana, tu risques de te faire agresser dans le métro.

— Ouais, ben justement, on pourrait peut-être limiter les risques. Si toi tu gères les connards de cette ville, moi je risque de tout faire péter. Hors de question qu'un type me remette la main au panier, c'est clair ?

— Très clair. Essaie ça.

Nouveau claquement de doigts.

Cette fois, je me retrouve en tailleur-pantalon.

No. Way.

— Alex. Je mesure un mètre moins douze. J'ai l'air perdue, là-dedans.

— Non, mais attends. Essaie avec les escarpins !

Docile – comme quoi, je peux l'être, parfois –, j'enfile la paire qu'elle me tend.

— Aaaaaaaah !

— Quoi ? Qu'est-ce qu'il y a ?

— Mais ça va pas ! T'es une grande malade ! Personne ne peut marcher avec ça…

Je jette les chaussures loin de moi, m'assois sur le parquet pour masser mes pauvres petits pieds martyrisés.

— Daddy sait que ce genre de choses existe ? J'espère qu'il en a équipé l'Érèbe ?

— Meg, tu exagères. Beaucoup de femmes portent ce genre de choses…

— Super, tant mieux pour elles si elles ont des péchés à expier. Moi, je veux pas.

En soupirant, ma sœur vient s'asseoir à côté de moi.

— Je ne sais pas quoi te proposer, en fait.

C'est qu'elle me ferait presque de la peine, avec son petit visage en cœur tout chiffonné.

— Tu aurais du noir ? lui proposé-je, dans un élan de compassion pour la vanité de ses efforts à mon égard.

— Euh… Oui. Certainement.

Elle farfouille dans le tas, en extirpe une petite robe en soie noire.

— Euh… Alors, c'est un début. C'est bien. Mais… euh… Est-ce que tu n'aurais pas quelque chose de plus couvrant ? Genre, on ne voit pas mes jambes, pas mes seins, pas mes bras ?

— Meg…

— Allez, s'il te plaît. On essaie à ma façon, OK ?

Elle hoche la tête, farfouille à nouveau. Cette fois, elle me sort un pantalon en cuir noir.

— Comme ça ? me demande-t-elle.

— Vas-y, claque des doigts.

Le tailleur-pantalon disparaît, remplacé par celui, bien plus moulant, qu'elle vient de me monter. La sensation est… tellement agréable.

Bonheur. Absolu.

— C'est parfait, soufflé-je, le rouge aux joues.

— Je croyais que tu ne voulais pas qu'on voie tes jambes ?

— Non, mais là, c'est pas pareil. Encore.

— Encore quoi ?

— En haut ? Tu me proposes quoi ?

Elle doit me prendre pour une folle. Encore qu'elle devrait avoir l'habitude, depuis le temps.

— Euh… Attends.

À leur tour, le chemisier et la veste disparaissent, remplacés par un tee-shirt noir, orné d'un énorme majeur rouge sur le devant, sur laquelle vient se placer un blouson de cuir, noir également.

Je me sens débordée par l'euphorie.

— Des chaussures ! Vite ! haleté-je.

— Oui, oui, ça vient !

Dans mes pieds, des boots noires, énormes, absolument pas féminines, mais teeeeellement confortables.

J'ai l'impression de revivre.

— Il faut que je me voie. Absolument ! Tout de suite !

Alex reste immobile, médusée par ma réaction.

Le mur face à moi se trouble, les horribles motifs se dissolvent dans une brume argentée, avant de laisser la place à un immense miroir.

Et là, le choc. La révélation.

C'est moi.

Tout à fait moi.

Je me trouve parfaite.

Le pantalon noir gaine le bas de mon corps juste comme il le faut. Le blouson me donne un air assuré. L'ensemble apporte quelque chose de masculin à ma silhouette, et j'adore ça.

Il n'y a plus qu'une seule chose qui cloche.

— Mes cheveux.

Alex soupire.

— J'étais sûre que tu allais dire ça.

— Non, mais regarde ! Ça ne va pas du tout avec le reste !

Mes longs cheveux noirs pendent en mèches tristounettes autour de mon visage.

— Plus court ! Des ciseaux !

— Non ! crie ma sœur. Tu me laisses faire ! Je me souviens encore de la dernière fois que tu as voulu te couper les cheveux. Il est hors de question que je m'affiche avec toi si tu recommences.

Ouais. J'avoue. J'avais voulu tenter de me ratiboiser la tignasse, mais je n'ai pas le talent d'Alex pour ce genre de choses.

— OK, je te laisse faire. Mais attention, hein. Tu fais ça bien.

— Meg… Ça ne pourrait pas être pire que ce que tu fais toi.

Je grogne.

Elle attrape une chaise à l'assise défoncée et me fait asseoir dessus.

— Ne bouge pas. Et ferme les yeux. Surtout, tu ne les rouvres pas tant que je ne te l'ai pas demandé.

Elle pose ses deux mains sur ma tête, commence à me caresser les cheveux en chantonnant. Une envie de ronronner de plaisir me reprend. Ma sœur est peut-être surnommée l'Implacable, mais elle est aussi capable d'apaiser les plus rebelles d'entre nous. Ça fait partie de son charme.

À chaque minute qui s'égrène, j'ai la sensation qu'un poids m'est ôté. Je me sens de plus en plus légère.

Trop tôt, bien trop tôt, elle me dit :

— C'est bon !

J'ouvre un œil, puis l'autre.

— Aleeeeeeex ! crié-je d'une voix suraiguë.

— Ça te plaît ?

— C'est trop bien !

— Bon, ce n'est pas ultra tendance en ce moment, mais si c'est ce que tu veux…

La coupe qu'elle m'a concoctée est parfaite. Ultra courte derrière, avec une longue mèche qui vient cacher mes yeux sur le devant. Ça me fait une toute petite tête. J'adore !

— Pourquoi tu ne m'as jamais fait ça avant ?

— Ben, disons qu'à l'époque… Ça ne se faisait pas trop, tu vois. Mais comme je te l'ai dit, aujourd'hui, tu fais un peu ce que tu veux avec tes fringues, ton corps et tes cheveux.

— Mouais, j'ai un doute. D'après ce que j'ai vu, les hommes, et surtout les femmes, ont délaissé une tyrannie pour une autre.

— Rien n'est jamais parfait, tu le sais…

Ça…

— Bon, te voilà prête à affronter le monde. Comment tu te sens ?

— Bien. Enfin… Je crois. C'est quoi le programme, après ?

— On va te laisser le temps de t'adapter un peu. Mais pas trop non plus. Je ne sais pas ce que Daddy t'a raconté, mais la situation n'est pas des plus simples.

— Oui, j'ai cru comprendre. Quelqu'un chasse sur tes terres ?

— On peut dire ça comme ça. Je suis seule depuis longtemps, donc j'ai maintenu les choses à flots comme je l'ai pu. Je me concentre sur des criminels bien particuliers. Parricides, infanticides… Tout ce qui touche à la famille et, crois-moi, c'est déjà beaucoup. Je les torture tant que je peux en attendant qu'ils meurent et tombent entre les griffes de Daddy.

— Bon. Ben, c'est déjà pas si mal, non ? Personnellement, tu sais ce que j'en pense. Nous avons parfois poursuivi des êtres humains qui ne le méritaient pas vraiment.

À l'instant où je prononce ces mots, le fantôme de Madeleine semble s'interposer entre nous. Je ferme les yeux et me passe une main sur le visage.

Madeleine, mon amour, il va falloir que tu me laisses un peu en paix, tu sais…

— Je sais, Meg. Mais nous sommes nées pour ça, tu t'en souviens, tout de même ?

— La justice divine et toutes ces conneries. Ouais, je sais. Mais les hommes ont leur propre justice. Qu'ils se débrouillent avec, tu ne crois pas ?

— Eh bien, je crois que celui ou celle qui me met des bâtons dans les roues a un peu le même avis que toi.

— D'accord. Donc tu me demandes de t'aider à lutter contre quelqu'un dont je partage l'opinion ?

— Ça va plus loin que ça. Je pense que l'objectif de cette personne est de nous éliminer.

— Nous ?

— Nous trois. Et peut-être plus que ça encore, pour ce que j'en sais.

— Euh… Enfin, toi, surtout. Parce que Tisiphone et moi, on est hors course depuis un moment.

— Il n'empêche que tant que vous êtes en vie, vous représentez une menace potentielle.

Je me lève de ma chaise. Elle grince. Il va vraiment falloir que je fasse quelque chose pour cette déco.

— Soit. Mais si j'ai bien compris, tout le monde s'en tape de nous. Enfin, de nous… Des immortels, quoi.

— Oui… Oui. Plus ou moins. La majorité des humains fantasme sur nous, comme des dieux n'ayant jamais existé… On nous étudie comme des légendes, on écrit des livres sur nous, on sort des films…

Une vague image d'une salle obscure, avec des sièges couverts de velours rouges, face à un écran immense et lumineux traverse mon esprit. Mouais. Pourquoi pas.

— Mais on ne nous craint pas.

Alex secoue sa longue chevelure blonde. On dirait qu'elle m'agite un morceau de soie moirée sous le nez.

Je soupire. Par la fenêtre, je remarque que le jour touche à sa fin. Ce n'est pas que nous ayons un énorme besoin de sommeil, ou de quoi qui puisse s'apparenter à du repos, mais là, tout de suite, j'ai bien envie d'un peu de solitude pour digérer tout ça.

Ma sœur semble le comprendre sans que j'aie même besoin de le lui dire.

— Je vais te laisser, Meg. On reparlera de tout ceci demain.

— Ouaip. C'est quoi le programme ?

— Mmmh. Déjà, je vais contacter deux ou trois personnes pour m'occuper de ta chambre, ça te va ? Et puis tu pourras peut-être faire un tour dans le quartier, pour voir un peu les choses par toi-même ?

Ça m'énerve un peu, j'ai l'impression qu'elle me prend pour une convalescente. Je ne suis pas malade, je viens juste de me réveiller de sept siècles de sommeil profond.

Mais je ne dis rien. Alex a toujours été la plus solitaire de nous trois, la plus étrange. Et je trouve qu'elle a fait beaucoup d'effort aujourd'hui pour m'accueillir. Il y a quelque chose de changé en elle, comme si elle s'était coulée avec plus d'aisance dans le moule de cette nouvelle époque.

Je décide donc de ne rien dire et me contente de hocher la tête.

Lorsqu'elle referme la porte de ma chambre, je reste debout au milieu de la pièce, les bras ballants.

Et maintenant ?

INTERMÈDE

— Dis-moi, la Madeleine, tu vas ?

La belle enfant ne répond pas. Elle avance dans le jardin aromatique de la vieille Sélène. Ses yeux clairs errent d'une plante à l'autre, sautillent et ne se posent jamais. L'ancêtre pose une main crochue sur son bras pour la forcer à se tourner.

Madeleine chancelle et s'éteint, regard baissé, mâchoires serrées, obstinément. Une rondeur nouvelle s'interpose entre les deux femmes. Sélène n'a pas besoin de la regarder. Elle sent la vie nouvelle qui palpite dans le ventre de son apprentie. Elle fait un pas en avant, et ses seins vides frôlent le giron gravide.

— Tu vas en faire quoi ?

La voix est rude, charrie des cailloux aux arêtes aiguës. Madeleine lève les yeux au ciel, ses cils papillonnent sous l'afflux de la lumière blanche, crue, de ce début d'automne. D'une main pâle, elle désigne les herbes qu'elle piétine.

— Tu sais ce qu'ils vont dire au village ?

La jeune femme hausse les épaules. Elle s'en fiche. Hier, on a craché dans ses pas. Demain, on lui crachera au visage. Mais ce petit, avec ses cornes et ses sabots, elle n'en veut pas.

— Viens, viens, ma Madeleine.

L'ancêtre la tire par le bras, l'emmène au fond de son jardin.

— Là, regarde.

Sélène tombe à genoux, l'entraîne dans sa chute. La terre est humide, Madeleine le sent à travers le tissu épais de sa robe sage. Devant les deux femmes, un arbrisseau chargé de petits soleils jaunes. La vieille arrache quelques feuilles pétiolées et soyeuses, vert grisâtre dessus, argenté dessous, se les fourre dans la bouche et mâche avec application.

Madeleine frémit. Elle a froid. Cette humidité qui remonte du sol et qui lui glace les os.

— Petite, tu ne feras pas ça toute seule.

Sélène lui lève le menton, pour forcer son regard.

Dans l'odeur pénétrante, presque vireuse, de la grande absinthe, les larmes de Madeleine coulent enfin. La vieille sorcière remet des feuilles dans sa bouche et mâche encore. Elle les crachera à la nouvelle lune.

CHAPITRE 6

Le salon est inondé de lumière matinale.

Dans les rayons de soleil, des grains de poussière dorée poudroient et viennent illuminer le parquet blond.

Bloody Hell se prélasse sur le sofa. Avec paresse, elle daigne m'adresser un regard ambré, cligne une fois des yeux avant de retourner à sa sieste.

Mon pantalon de cuir noir moulant semble un peu déplacé dans cet environnement serein. En fait, je crois que c'est plutôt moi qui suis déplacée. Je me suis toujours sentie en décalage partout où je suis allée. Sauf une fois… Sauf avec une seule personne…

J'ai appelé Alex, personne ne m'a répondu. Je n'ai pas osé aller dans sa chambre. Elle doit déjà être sortie. Dans une carafe de verre posée sur une drôle de machine – une cafetière ? –, j'ai découvert un liquide noir et odorant. Je m'en suis servi une tasse.

Bon. J'ai trouvé que c'était horriblement mauvais, mais ça ne m'a pas empêchée de m'en servir une deuxième, puis une troisième. Ça m'a typiquement l'air d'une sorte de drogue à laquelle je pourrais m'habituer.

Finalement, en désespoir de cause, je décide de sortir. Après tout, que j'aille explorer les environs fait partie du programme du jour.

Je déboule dans la cour inondée de soleil, passe les grilles, et me retrouve enfin dans la rue.

C'est vraiment calme par ici. Il n'y a aucun de ces véhicules que j'ai vus autour de la station de métro hier soir. C'était peut-être un mauvais rêve, après tout. De l'autre côté de la chaussée pavée, une mère de famille promène une poussette.

C'est à peu près tout ce qu'il y a à voir.

Pour un quartier de grande ville, ça manque un peu d'animation, non ?

Je regarde à gauche. Rien. À droite, rien non plus. Je choisis donc une direction au hasard. Là ou ailleurs…

Mes grosses boots me portent donc durant un bon quart d'heure. J'emprunte des rues de plus en plus fréquentées. Le bruit des voitures, les gens qui parlent fort me font tourner la tête. Enfin, j'aperçois une trouée végétale dans cet environnement urbain qui me déstabilise tant.

Derrière de hautes grilles métalliques, c'est la bouffée d'air pur. On est loin de l'environnement froid et minéral de la rue. Ici, c'est une débauche d'arbres et de plantes en tous genres, autour d'allées elliptiques de gravier blanc.

J'avance un peu, respirant à pleins poumons. Depuis que je me suis éveillée de ma stase, je n'ai fait que respirer les odeurs soufrées de l'Érèbe, ou les effluves pollués de cette capitale, qui n'était, à mon époque, qu'un ramassis de huttes.

Il ne faut pas croire, j'aime bien la nature. Les petits oiseaux, tout ça. C'est plutôt les gens que je n'aime pas.

Soudain, je croise une femme habillée d'un collant et d'un débardeur dont je ne parviens pas à définir la couleur. On dirait de l'orange… mais un orange qui vous ferait saigner des yeux. Elle me dépasse en courant, d'une foulée de gazelle. Elle est rouge – ce qui jure horriblement avec l'orange –, suante, et une musique tonitruante s'échappe de petites oreillettes qu'elle porte comme des bijoux. Étrange.

Une petite voix sous mon crâne me susurre qu'elle s'adonne au *jogging*. Elle court, quoi. Aujourd'hui, les gens courent donc pour le plaisir. Soit.

Je remercie cette petite voix, d'ailleurs, car sans elle j'aurais pu croire que quelqu'un avait invoqué quelque démone mineure des bas-fonds de l'Érèbe et j'aurais tenté de la renvoyer chez Daddy avec un coup de pied au cul.

J'en croise d'autres, des comme elle. J'imagine que le *jogging* doit être un sport très prisé. Et qu'on a inventé de nouvelles couleurs qui sont un véritable affront à ma rétine.

Je finis par atteindre une petite fontaine. Le clapotis de l'eau m'attire irrésistiblement. Je m'assois sur la margelle de pierre, laisse tremper le bout de mes doigts dans l'onde transparente. Quelques pétales de fleurs jaunes parsèment la surface agitée de remous.

Madeleine…

C'est un peu comme si sa présence s'était dissoute dans toutes les sources, rivières, et fontaines de ce monde, et se rappelait sans cesse à moi. Comment vais-je faire pour accomplir ma nouvelle mission, si je la vois partout ?

— Bonjour !

Je sursaute. Mes pensées m'avaient entraînée loin, très loin d'ici, sur les bords d'une rivière, tout enrubannée de brumaille et aux berges couvertes de galets ronds et blancs.

— Euh… Bonjour ?

De l'autre côté de la fontaine se tient une jeune femme. Elle est simplement vêtue d'un jean, d'un chemisier bleu pâle et de baskets blanches en toile. Ses longs cheveux roux cascadent sur ses épaules et se déroulent jusqu'à sa taille.

Elle me regarde avec douceur, de ses grands yeux gris. Je remarque malgré moi ses rondeurs et sa peau opalescente, à peine parsemée de quelques taches de rousseur sur son petit nez.

— J'aurais besoin d'un peu d'aide, me dit-elle très naturellement.

Je hoche la tête, attendant la suite.

Qui ne vient pas.

L'inconnue continue de me fixer. Un peu comme si elle évaluait ses chances d'obtenir ce qu'elle voulait de moi. Je m'attends au pire.

— Euh… Oui ? En quoi puis-je t'aider ?

— J'ai trouvé un chien blessé, là-bas.

De la main, elle me désigne les fourrés derrière elle. Je remarque au passage l'anneau d'or, tout simple, qui orne son annulaire gauche.

Mariée, claironne la petite voix dans ma tête.

Tant pis, on ne m'a pas réveillée pour me permettre de conter fleurette à la première venue. Et puis… À nouveau, je lutte pour oublier la silhouette dansante au clair de lune qui ne cesse de me hanter.

— Un chien ?

— Euh… Oui, un chien. Tu sais, un museau, quatre pattes, des poils…

— Je sais ce qu'est un chien.

Ce que je comprends moins, c'est l'intérêt qu'elle lui porte.

— Et… euh… Que veux-tu que je fasse ?

— Eh bien, je crois que si on le laisse là, il va mourir. Il n'a pas l'air en forme.

— Eh bien, tu ne peux pas le prendre, toi ?

Je ne comprends rien à cette conversation. Des chiens, il y en a partout. Tout le monde s'en fiche, non ? À moins qu'aujourd'hui, les choses soient différentes.

Au même instant, sous mes yeux ébahis, passe une femme âgée tenant en laisse un minuscule représentant de la gent canine, revêtu d'un manteau blanc orné de cœurs rouges.

— Un chien… comme ça ? demandé-je à la jeune inconnue.

— Oui, un chien quoi. Enfin, celui que j'ai trouvé est un peu plus gros.

Elle fronce les sourcils et me regarde à présent en penchant la tête sur le côté.

— Tu vas bien ? me demande-t-elle. Tu as l'air bizarre…

Question bizarrerie, je me demande qui l'emporte de nous deux, hein. Mais je réponds en tentant de paraître la plus naturelle possible.

— Oh, oui. Très bien. Je suis juste étonnée que quelqu'un veuille sauver un chien abandonné.

— Il ne mérite pas de mourir là, tout seul.

Sa voix est ferme, et son regard gris étincelle. De colère ?

Je soupire, lève mes maigres fesses de la margelle. Alex a dit que je devais explorer pour mieux comprendre ce monde et les gens qui le peuplent.

Sauver un chien errant ou visiter la ville, peu importe finalement.

— Allez, je te suis. Allons-y. J'ai pas toute la journée.

Enfin, si. Mais elle est pas obligée de le savoir.

À l'instant où j'ai accepté de la suivre, un large sourire est venu s'afficher sur son mignon visage. Et depuis, elle babille sans s'arrêter.

— C'est trop gentil d'avoir accepté de venir. Je traversais le parc pour aller au travail, quand j'ai entendu cette pauvre bête pleurer dans les buissons. Si tu voyais comme il est maigre, le pauvre ! Je ne sais pas s'il s'est perdu ou s'il a été abandonné, mais on ne peut pas le laisser comme ça, sans rien faire !

Je l'écoute d'une oreille distraite. Je suis bien plus perturbée par son odeur. Un parfum de mimosa émane d'elle à chacun des pas qu'elle fait sur le chemin blanc.

— Tu me réponds ?

— Mmmh. Quoi ?

— Je t'ai demandé comment tu t'appelais.

— Ah. Még… Euh. Meg.

— OK, Meg. Enchantée. Moi, c'est Julia.

— Enchantée, Julia.

— Et tu fais quoi dans la vie ?

Merde. J'ai pas eu le temps de réfléchir à ça. Si je tente « je suis la fille d'Hadès et de Perséphone et je persécute les meurtriers jusqu'à leur mort, mais là, je suis un peu rouillée après sept siècles de stase », ça passe ou pas ? Je préfère néanmoins garder cette vérité pour moi et opte pour quelque chose de plus passe-partout.

— Je… je cherche du travail.

— Oh ? Ça ne doit pas être facile, en ce moment.

Ah, ben non. D'autant plus quand on a jamais vraiment travaillé de sa vie. Mais elle ne s'arrête pas pour autant.

— Et tu cherches dans quel domaine ?

Je hausse les épaules. Mon imagination a des limites, contrairement à sa capacité à poser des questions gênantes.

— Tu sais, ma sœur est la propriétaire d'une boîte de nuit. Si ça ne te gêne pas de faire des horaires décalés, je pourrais lui parler de toi. Tu me feras passer un C.V. ?

Elle me dit ça avec un large sourire.

Curriculum Vitae ! Ensemble des indications relatives à l'état civil, aux capacités, aux diplômes et aux activités d'une personne.

Merci, petite voix. Je ne sais pas du tout d'où elle sort, celle-là, mais je ne peux déjà plus m'en passer.

Mais bon, pour le C.V., je me demande si *« élève des serpents dans ses cheveux, se transforme en brume à volonté et sème la haine partout où elle passe »* rentre dans les cases.

— Euh, j'en ai pas sur moi, là.

— Oui, je comprends. Mais je vais te donner mon adresse mail et tu me l'enverras.

Dépassée par la conversation, je roule des yeux affolés.

— Euh… Où est ton ami à quatre pattes ?

— Là ! Caché derrière ce buisson. Viens.

Avec un naturel déconcertant, elle s'empare de ma main et m'entraîne à sa suite. Cette fille me met clairement mal à l'aise.

De sa main libre, elle écarte les branches, dont certaines sont épineuses.

— Oh, non ! J'ai déchiré mon chemisier.

Elle me lâche, se redresse, et je la vois tenter de remettre de l'ordre dans sa tenue. Malgré moi, mon regard s'égare dans les profondeurs de son décolleté. Finalement, elle remonte les manches sur ses coudes, quand, soudain, je me fige.

— Qu'est-ce que tu as, là ?

Sur ses avant-bras s'étalent de larges marques rouges, ainsi que ce qui ressemble fortement à des marques de griffures.

Successivement, elle rougit, puis blêmit.

— Euh, ce n'est rien. Je suis très maladroite, comme fille, tu sais.

Je ne réponds rien. Mais, question maltraitance, j'en connais un rayon. Mes sœurs et moi, nous nous occupons tout particulièrement des criminels qui exercent dans le cercle familial.

Mais est-ce le bon moment de me lancer dans ce genre de vendetta ?

— D'accord, soufflé-je, alors que je retiens difficilement une bouffée de haine envers tous les parricides, les infanticides, les féminicides et autres responsables d'incestes qui ne cessent d'enlaidir la race humaine.

— Regarde, il est là, me souffle Julia, qui a repris contenance.

Moi je continue de l'observer du coin de l'œil. Est-ce une ecchymose qui orne son cou gracile ?

Mais elle insiste, alors je tourne la tête dans la direction qu'elle m'indique.

Oh. Par Daddy.

Qu'est-ce que c'est donc que cette chose ?

Étendue au sol, juste sous mes yeux, une carpette pelée, maigre et puante, me fait face.

— C'est un chien, ça ? ne puis-je m'empêcher de m'exclamer.

Julia me jette un regard noir.

— Mais oui, le pauvre ! Tu n'as donc pas de cœur ?

En fait, si. Même si les hommes ont longtemps cru que nous étions juste d'horribles harpies impitoyables, mes sœurs et moi sommes des êtres sensibles. Trop, peut-être.

Mais, en plus d'un cœur, j'ai aussi des yeux et des narines, et cette chose est… dans un état lamentable et pue autant qu'un cadavre en décomposition.

— Bon, OK, Julia. Et que veux-tu qu'on fasse maintenant ?

— Eh bien, je pensais que peut-être…

Je lève les yeux au ciel. Sous ses airs ingénus, cette petite demoiselle commence sérieusement à m'exaspérer.

— Tu pensais quoi ? Que tu pouvais aborder une inconnue dans un parc pour lui demander d'adopter un chien moisi ?

— Euh… Eh bien, oui, en fait.

Cette fois, ce n'est plus de l'exaspération qui m'envahit, mais bel et bien une vague de colère. Il faut que je prenne sur moi, parce que ça peut vite partir en vrille. Si je laisse mes émotions se diffuser, ça va se terminer en carnage.

— Et qu'est-ce qui a pu te laisser penser une telle chose ?

Elle me regarde de la tête au pied. Je vois bien qu'elle est perdue. Mais, vraiment, je ne parviens pas à comprendre ce qui a pu lui laisser croire que j'allais adopter ce clebs.

— Ben, il paraît que les gens comme toi, souvent…

— Les gens comme moi ? je glapis d'une voix suraiguë. Ça veut dire quoi exactement ?

— Ben, tu sais, un peu punk, quoi. Habillés… Ben habillés comme toi, quoi. Ils ont souvent des chiens avec eux. Je me suis dit que c'était mieux que rien, pour lui.

Cette fois, c'est moi qui baisse le regard sur mes boots et mon pantalon. En plus, elle sous-entend que c'est à peine si je suis à la hauteur pour récupérer ce chien.

D'ailleurs, celui-ci vient se mêler à notre conversation. Il nous regarde alternativement, Julia et moi, en gémissant doucement. Daddy, qu'il est moche ! Pas plus haut que mon genou, d'une maigreur affolante, il possède des poils rêches, vaguement beiges, qui se hérissent autour d'un museau rond. Il s'avance vers moi avec difficulté, s'assoit sur son derrière osseux et me contemple de ses grands yeux noirs.

Et merde.

Fait chier.

Les animaux m'ont toujours adorée, je me demande bien pourquoi. Peut-être pour compenser le fait que je déteste la compagnie des humains ?

— Oh, regarde, c'est tellement mignon ! s'exclame Julia.

Elle se baisse à côté du chien et lui caresse doucement la tête. Mais c'est à peine s'il la regarde. Il continue de me fixer.

Saloperie de bestiole.

Alex va me tuer si je ramène cette carpette malodorante dans sa si jolie maison. Alex va détester ça.

Un sourire pervers étire mes lèvres.

— OK. T'as gagné. Je le prends.

— Ouiiii.

Julia se relève d'un bond et me saute au cou. Son parfum de mimosa m'assaille à nouveau et, pour une raison inconnue, me serre la gorge.

— Hey, ça va, t'emballe pas non plus, hein. J'ai pas dit que j'allais le garder pour toute la vie. Je te dépanne, c'est tout. Mais toi, tu me fais la promesse d'essayer de lui trouver une famille, d'accord ?

Avec vigueur, elle me fait oui de la tête.

— D'ailleurs, tu ne m'as pas dit, pourquoi tu ne peux pas le prendre, toi ?

Elle baisse un regard gêné sur ses avant-bras, sur lesquels elle replace ses manches de chemisier. Les horribles traces disparaissent à ma vue.

Ne pas m'en mêler, surtout pas. Daddy m'a réveillée pour une mission bien précise, je ne m'occuperai de rien d'autre. Fini de jouer les justicières.

— Chez moi, c'est un peu compliqué. Je ne veux pas qu'il lui arrive pire que ce qu'il a déjà traversé, tu vois ?

Je vois très bien. Ça sent la nana maltraitée à plein nez.

— OK, je me contente de dire. Mais tu lui trouves une famille vite fait.

— Je te le promets. Tu me donnes ton numéro de téléphone ?

— Euh… Non. Euh… Je viens de le casser !

— Oh, mince. Alors, si ça ne te dérange pas, je peux t'accompagner jusque chez toi, ou… là où tu squattes. Comme ça, je saurai où te trouver.

Elle ne se pose même pas la question de savoir si j'ai autre chose à faire de ma journée que de m'occuper de chiens errants. Et puis, c'est quoi, cette histoire de squat ?

Squat, logement occupé par une ou plusieurs personnes ne possédant ni titre de propriété ni bail de location.

Bien. Je ne sais pas pour qui me prend cette fille, mais je ne suis pas sûre de vouloir vraiment le savoir.

Mielleuse, je lui réponds :

— Mais oui, suis-moi, je vais te montrer.

Je suis à peu près sûre que le quartier où vit Alex n'est pas un squat. Et j'ai tellement hâte de voir la tête de Julia une fois devant la grille de la maison. Ah ah.

Nous quittons le fourré, et le chien nous suit. Il remue même vaguement la queue. Malgré tout, il n'a pas l'air bien en forme et nous adaptons notre rythme au sien.

Durant tout le trajet, j'écoute Julia parler de tout et de rien. De rien, surtout. Je sens bien que cette fille a des problèmes ; malgré tout, elle pépie comme un petit moineau au printemps.

J'apprends qu'elle travaille dans un bureau, sans que je comprenne bien en quoi consistent ses tâches. Quand la petite voix dans ma tête s'apprête à me faire son exposé, je la fais taire immédiatement.

Elle me reparle aussi de sa sœur, m'assure qu'elle va l'appeler dans la journée pour lui parler de moi. Elle cherche quelqu'un, une serveuse ou une barmaid, pour la dépanner.

Je n'ai à mon avis pas besoin de travailler, mais je la laisse dire. Alex a dit qu'il fallait que je donne l'impression d'être normale pour m'intégrer dans ce nouveau monde.

Nous arrivons enfin devant la magnifique grille ouvragée.

Comme je m'y attendais, Julia ouvre des yeux ronds comme des soucoupes.

— Euh… Tu habites ici ?

— Oui. Tu t'attendais à quoi, précisément ?

— Oh ! À rien de particulier, je t'assure.

Elle ment terriblement mal, et ça me fait sourire.

— Je viens juste d'emménager en fait, chez ma sœur.

— Elle t'accueille ? C'est gentil de sa part.

Oui, les chiens errants, ça doit être notre truc dans la famille. Enfin, plutôt les âmes en perdition, mais bon, ne jouons pas sur les mots.

— Tu veux entrer ? lui demandé-je.

— Non, je te remercie, je suis vraiment très en retard, maintenant. Est-ce que… est-ce que je peux repasser demain soir pour voir comment va notre ami ? Et je te dirais aussi, pour ma sœur.

— D'accord.

Elle semble attendre quelque chose. Mais quoi ? Elle se penche vers une espèce de tableau métallique incrustée dans le mur, près de la grille.

— Tu me dis où je dois sonner pour te prévenir ? À l'interphone ?

Merde. De quoi parle-t-elle ? Et évidemment, mademoiselle-petite-voix-je-sais-tout s'est vexée que je la fasse taire.

— Comment ça ?

— L'interphone. Je sonne là ?

Elle me désigne un bouton, avec un nom à côté.

— Oh !Oui ! À Alex !

— Alex… Alex comment ?

Je m'approche, l'air de rien, de l'interphone.

— Mmmh…

Heureusement, j'aperçois tout de suite le nom qu'il me faut. Alex Fury. Évidemment.

— Ici, regarde. Tu peux sonner à Alex Fury.

— Tu t'appelles donc Meg Fury. Vous êtes d'origine anglo-saxonne ?

— Oui. Voilà, c'est ça. Anglo-saxonne.

— Bon… Eh bien, je te souhaite une bonne installation.

Un instant, j'ai cru qu'elle s'adressait à moi. Mais non, elle s'agenouille auprès de la gargouille poilue qui nous accompagne et commence à lui roucouler des mots d'amour.

— Tu vas pas être en retard ?

— Ah, si. Mais je n'ai tellement pas envie de le laisser. Regarde comme il est chou.

Mouais. Un chou en décomposition, alors.

— Allez, je vous laisse. On se voit demain ! Amusez-vous bien !

Sur un dernier signe de la main, Julia s'éloigne. Je l'observe jusqu'à ce qu'elle tourne au coin de la rue. À chaque pas qu'elle fait, ses épaules se voûtent un peu plus.

Cette fille a vraiment de gros problèmes.

Et il ne faut vraiment pas que je m'en mêle.

VENGEANCE

— Corinne Soubille ?

Une femme au teint gris, d'un âge incertain, vient d'ouvrir la porte de son logement délabré, pour faire face à une superbe créature aux yeux de braise.

— Quoi ? Qu'est-ce que tu me veux ?

C'est à peine si la magnifique femme en tailleur rouge-rubis lève les yeux au ciel devant autant de rudesse.

— Je suis ici pour vous parler d'une affaire importante, qui pourrait nous apporter beaucoup à toutes les deux. Puis-je entrer une minute ?

— Je fais pas rentrer n'importe qui chez moi, m'dame. C'est pas parce que vous avez de jolies chaussures et des cheveux bien coiffés que vous pouvez vous croire tout permis.

— Oui, bien sûr, susurre la visiteuse. Néanmoins, puis-je me permettre d'insister ?

— Dégage, je te dis.

Mais à l'instant où Corinne Soubille tente de fermer sa porte branlante, l'autre insère son pied dans l'embrasure et repousse le battant avec une force phénoménale.

— Écoute, la vieille, grogne-t-elle finalement, sans pour autant que ses traits marmoréens s'altèrent. On n'est pas parties sur les bonnes bases. Alors, tu vas gentiment me laisser entrer, d'accord ?

Tremblante, Corinne Soubille recule lentement, jusqu'à se retrouver dos au mur de son entrée. Autour d'elle, des lambeaux de tapisserie viennent s'échouer dans un léger froissement.

— Voilà, c'est bien, roucoule la femme en posant un escarpin distingué sur le sol poisseux. Dis donc, c'est quoi cette piaule ? Tu pourrais peut-être faire un peu le ménage de temps en temps, non ?

Les yeux vitreux de Corinne Soubille s'étrécissent sous le coup d'une vaine colère.

— Mais qu'est-ce que ça peut te foutre ce que je fais chez moi, d'abord ?

— Chut. Ne me parle pas comme ça. Tu vas m'énerver, et ce n'est jamais une bonne idée. Allons, viens, suis-moi.

Et, comme si elle était chez elle, la grande et belle femme s'avance vers le salon. Manifestement, qu'elle soit dans un bouge ou dans un palais, sa démarche reste royale et conquérante.

Déjà vaincue, Corinne Soubille la suit.

— Vous voulez quoi ? gémit-elle dans son dos.

— Assieds-toi là, je vais tout t'expliquer, ne t'inquiète pas. Tu vas voir, tu as tout à gagner à me laisser faire aujourd'hui.

La propriétaire des lieux lisse sa robe à fleurs, toute tachée de matières diverses et peu ragoûtantes, avant d'obtempérer du bout des fesses.

— Alors, chère Corinne, mettons-nous au clair. Tu es bien la Corinne Soubille accusée d'avoir noyé son propre enfant dans son bain, il y a vingt ans de cela ?

— Je l'ai pas fait ! C'était un accident ! s'égosille la femme, soudain terrifiée.

— D'accord, d'accord. Calme-toi. Mais n'est-ce pas toi qui as jeté son deuxième enfant dans une poubelle, le laissant pour mort ? Celui-ci a eu plus de chance, on l'a retrouvé à temps. Il vit à présent dans sa famille adoptive et est très heureux.

À présent, Corinne Soubille sanglote.

— On me laisse même pas le voir. C'est mon garçon, pourtant. Y a pas de justice dans ce pays. J'ai pas eu la vie facile, moi, vous savez, m'dame. On aurait dû me rendre mon garçon.

— Je ne vais pas te mentir, ma chère Corinne. Je pense qu'au contraire, c'est une très bonne chose que ce garçon n'ait plus aucun contact avec sa mère biologique. Enfin, regarde-toi. Tu es un véritable déchet. Une honte pour le genre humain.

— Je comprends pas ce que vous me voulez… J'ai été condamnée, j'ai fait de la prison, et aujourd'hui, regardez ma vie… J'ai pas de travail, pas d'amis, je suis en mauvaise santé…

Elle baisse la voix pour murmurer encore :

— Et je crois que je suis hantée.

— Hantée ? Vraiment ? interroge la beauté incendiaire.

— Oui, parfois j'ai l'impression d'être suivie, il ne m'arrive que d'horribles choses. J'entends une voix aussi, elle me raconte ce que serait devenue ma petite fille si… enfin, si…

— Si tu ne l'avais pas noyée ?

— Je l'ai pas noyée ! hurle Corinne.

Dans la seconde, la main de la visiteuse s'est refermée autour de son cou flasque.

— Pas de ça avec moi. Nous savons toutes les deux ce qu'il en est. Tu étais défoncée, droguée jusqu'aux yeux, et tu as plongé cette gosse dans une eau bouillante, tu as appuyé sur son petit crâne chauve jusqu'à ce qu'elle s'asphyxie. Tu es un monstre, Corinne Soubille.

À présent, la morve et les larmes dégoulinent sur le menton de la femme.

— Oui, oui, c'est vrai. J'ai fait ça. Et je le paye chaque jour !

— Je sais, je sais, l'apaise enfin sa bourrelle en relâchant la pression sur sa gorge. C'est pour cela que je suis là. Je crois que tu as assez payé pour tes crimes. Je suis venue te libérer.

— Co… Comment ça ?

— Figure-toi que tu n'es pas folle quand tu dis être « hantée ». Tu es maudite, même. Tu as beau avoir été jugée par les hommes, il n'en reste pas moins que tu es soumise à la « justice » divine. Enfin, la justice… Je ne sais pas si ce terme convient à la Furie qui te poursuit depuis des décennies. Tu vois, je suis plutôt du genre à penser que les gens comme toi devraient être éliminés comme de la vermine. À quoi cela sert-il de vous laisser vivre dans une telle misère ? Alors je suis venue pour te libérer. Tu vas pouvoir rejoindre l'Érèbe. Oh, tu y souffriras aussi. Mais au moins, tu y seras à ta place. Et surtout, cette Chienne des Enfers ne pourra plus te poursuivre.

— L'Érèbe ? Je… je ne comprends pas.

— C'est normal, ne t'inquiète pas. Je vais m'occuper de tout.

La femme aux traits marmoréens fait surgir du vide une longue lame effilée. Elle l'approche du visage terrifié de Corinne Soubille.

— Noooon, je… je ne veux pas mourir…

— Mais je te le promets, cela sera une vraie libération pour toi. Tu le sais bien, pourtant, que tu ne mérites pas de vivre, après ce que tu as fait à ta si jolie petite fille. Souviens-toi comme elle était belle et souriante, pleine de vie…

— Noooon. Noooon. Pitié…

— As-tu eu la moindre pitié pour tes enfants ? Non ? Même après toutes ces années, tu persistes à te plaindre de ton sort. Il est temps que cela cesse, tu ne crois pas ?

D'un geste lent, précis, à l'élégance consommée, la femme au tailleur rubis fait glisser sa lame sur la joue de Corinne Soubille. Un sang vif vient s'ajouter aux fluides qui maculent déjà son visage et le devant de sa robe sale.

La vieille meurtrière crie. Elle ne récolte qu'une nouvelle entaille, plus profonde encore, sur la deuxième joue.

— Je préférerais que tu restes silencieuse. Mais bon, qui viendra voir ce qu'il se passe dans la demeure d'une infanticide ?

Et, malgré les hurlements de sa victime, la visiteuse exerce son art vengeur et purificateur durant de longues minutes.

À aucun moment elle ne s'affole.

Quand, enfin, tout est terminé, elle fait glisser la lame sur sa jupe sans plis.

— Alecto, je te salue, murmure-t-elle avec un sourire aussi effilé que son couteau. J'ai tellement hâte que nous nous retrouvions.

CHAPITRE 7

J'avais oublié Bloody Hell.

À peine ai-je fait un pas dans l'appartement que l'enfer se déchaîne autour de moi.

La précieuse chatte d'Alex, dressée sur ses quatre pattes, fait le gros dos et feule tant qu'elle peut. Paniquée, elle se jette sur un buffet bas et en fait valser les bibelots. J'ai comme dans l'idée qu'ils valent une sacrée somme, eux aussi.

Le chien que je ramène, et que Julia croyait à l'agonie, se réveille soudain et décide de pourchasser le délicat félin. Dans son sillage, il laisse de la terre, des débris de feuilles et tout un tas de déchets non identifiables.

Je grimace, impuissante. Qu'est-ce que j'ai fait encore comme connerie ? Heureusement qu'Alex n'est pas là…

— Meg ? C'est toi ? Je commençais à m'inquié… Par Daddy, mais qu'est-ce qu'il se passe ici ?

Ah, ben si. Alex est là. Je la vois arriver dans le salon de son pas majestueux. Ses longs cheveux blonds lui font comme un voile autour de son visage angélique – un comble ! – et la longue robe crème en tissu léger qu'elle porte aujourd'hui met joliment en valeur ses yeux de porcelaine bleue.

Alors que je m'apprête à répondre par une excuse bidon, elle tend un doigt outré vers le chien errant que je viens de ramener.

— Par l'Enfer, mais quelle est cette chose ?

Intéressant, ce vibrato dans sa voix. Mais, vite, trouver quelque chose pour me défendre.

— Euh… Je l'ai trouvé dans le parc. Il avait l'air d'avoir faim, alors bon, je ne pouvais pas le laisser…

— Quoi ?

Cette fois, je grince des dents. C'est comme si ma sœur venait de faire crisser ses ongles sur un tableau noir. J'ai pas vraiment la référence, mais ça me parle, cette expression.

— Tu as ramené un chien errant ? Probablement malade et plein de… plein de… puces !

— Euh… On peut le traiter ? Vous avez pas des trucs maintenant, pour les puces ?

— Si. Mais c'est pas la question. Tu vas en faire quoi en attendant de le déparasiter ? Et il faut le faire vacciner. Et vermifuger. ET LAVER ! Tant qu'il n'est pas propre et qu'il n'a pas vu un véto, je t'interdis de le laisser poser une patte chez moi.

— C'est plus chez nous, du coup ?

Alex s'empourpre. Je sais bien que ce n'est pas la meilleure des idées de la mettre en colère, mais là, je ne peux pas m'empêcher. Je suis ses conseils, je sors de cet appartement pour visiter le coin, je discute avec une charmante jeune femme qui sent bon le mimosa… Et c'est encore de ma faute si je me retrouve avec un chien malodorant sur les bras !

Heureusement pour moi, Alex prend une grande inspiration, puis expire longuement.

— Voilà ce qu'on va faire. Il y a un vétérinaire dans le quartier. C'est quelqu'un de bien. Tu vas y aller avec… cette chose et on décidera ensuite, d'accord ?

Je hoche la tête. Se contenter de petites victoires, toujours.

— Est-ce qu'on peut le nourrir, avant ? Regarde, il est tout maigre.

Comme pour appuyer ma demande, le chien s'assoit devant ma sœur et lui jette son fameux regard « je-suis-trop-malheureux-il-faut-que-tu-m'aimes ». Ce n'est pas un immense succès, mais Alex a au moins l'air de s'adoucir un peu.

— Bon. Mais qu'est-ce que tu veux qu'on lui donne ?

— Ça mange de la viande, les chiens. Vous ne savez plus ça, dans votre monde moderne ?

— Je n'ai pas de viande ici, soupire Alex.

— Ah bon ? Et tu manges quoi ?

— Je suis végan.

— Tu es quoi ?

— Végan. Je ne mange rien qui provienne d'un animal, je ne porte aucune matière animale…

— Et tes chaussures ? Tu mets quoi à tes pieds ? Et le miel ? Tu aimais ça, le miel, pourtant ?

— Laisse tomber pour le moment, Meg. C'est compliqué, ça fait partie des valeurs qui ont émergé depuis peu. Ta mise à jour ne va pas se faire toute seule, tu sais.

— Oh, j'ai une petite voix dans la tête qui m'aide pas mal.

— Une petite voix ?

Oui, elle me donne des définitions, des repères… C'est assez pratique, je dois dire, même si elle m'a l'air un peu soupe au lait.

Alex me regarde bizarrement. Peut-être qu'elle ne me croit pas. Je ne lui en veux pas, d'ailleurs. C'est vrai que c'est surprenant, cette histoire de voix.

— Bon. Tu crois que ton nouvel ami mangerait des boîtes pour chat ?

— Euh. Les chats mangent des boîtes ?

— Demande à ton amie la voix, me balance Alex.

Ah. Ah. Ah. Quel humour décapant.

Je la suis dans la cuisine, la regarde fouiller dans un placard et en sortir une toute petite boîte avec, en photo sur le dessus, le même chat que Bloody Hell, mais en blanc.

— Me dis pas que ces chats ont colonisé toute la planète, tout de même ?

— Non. Mais ils sont très prisés. Il existe une grande variété de races, pour tous les goûts. Les humains ont poussé très loin leurs connaissances des lignées génétiques. Ils ont fait pareil pour les chevaux, le bétail, les chiens…

— Et pour eux-mêmes ?

Elle grimace.

— Ils ont essayé. Pour le moment, c'est sous contrôle, mais avec eux, rien n'est jamais acquis.

Je hausse les épaules. De tout temps, les humains se sont montrés ingérables. C'est d'ailleurs un peu pour ça que Daddy et Perséphone nous ont donné naissance. Pour les contrôler par la peur et la promesse de tourments éternels.

Je la regarde ouvrir la petite boîte. L'odeur qui s'en échappe me fait grimacer.

— Beurk.

— Oh, ça va. Fais pas ta mijaurée. On a vu pire, tu ne crois pas.

— Oui, mais je n'aurais jamais souhaité ça même à mon pire ennemi.

— Tu as toujours été trop sensible, au fond.

Elle vide le contenu de la boîte dans une petite assiette blanche, qu'elle pose au sol, juste devant la truffe de la paillasse que j'ai ramenée.

Sans trop de surprise, ce dernier se jette dessus, avale le tout en quelques secondes, puis nous regarde à nouveau, l'air absolument désespéré.

— Je crois qu'il en veut encore.

— Je veux bien lui en donner une deuxième, mais on s'arrête là, après. Je ne suis pas sûre que la nourriture pour chat soit adaptée pour lui.

Tandis que nous le regardons engloutir aussi vite la seconde assiette, Alex me demande d'un ton dégagé :

— Tu as pu parler un peu avec des gens, durant ta promenade ? Ou tu ne t'es occupée que de ce chien ?

— Non, c'est une jeune femme qui m'a amenée à lui. Elle ne pouvait pas le prendre chez elle. Je crois qu'elle a des problèmes.

À ces mots, Alex se raidit et me jette un regard pénétrant.

— Attention, Meg. Ne te mêle de rien tant que tu ne possèdes pas parfaitement tous les codes de la société dans laquelle nous évoluons aujourd'hui. Tu ne peux pas intervenir à la vue de tous, comme nous le faisions avant. Si on te prenait à châtier un criminel, c'est toi que l'on condamnerait.

— Je ne sais pas comment tu fais pour supporter ça. Enfin quand même ! Nous sommes les Furies ! Les Chiennes d'Hadès ! Pas des espèces… d'héroïnes masquées ! Des… Catwomen. Enfin, moi je serais plutôt une Dogwoman, du coup.

Merci, petite voix, pour cette référence de dernière minute. Elle illustre parfaitement ce que je pense.

— On n'a pas le choix, Meg, soupire Alex. Et puis, avec le temps, j'ai trouvé d'autres moyens d'intervention. Je fais en sorte que ces ordures passent entre les mains de la justice humaine, puis je m'occupe discrètement de leur pourrir la vie jusqu'à leur mort.

— On a peut-être le choix, en fait. Si les humains ne se souviennent plus de nous, s'ils ne croient plus en nous, il serait peut-être temps de raccrocher le fouet et les serpents venimeux, tu ne crois pas ?

— Et donc ? Se mettre en stase pour l'éternité, comme toi ? Ce n'est pas dans mon caractère.

— Bon, OK, la stase, c'est peut-être un peu extrême. Mais nous pourrions nous contenter de ce que l'Érèbe nous offre. Couler des nuits heureuses en enfer…

— Quel ennui !

— Tu ne feras jamais de concessions, hein ? Pas ton genre, ça.

— En fait, j'aime bien les humains, malgré tous leurs défauts. Je dois tenir ça de maman. J'aime leur passion, leur entêtement, leurs contradictions, leur complexité.

Je grimace.

— Tout ce que je déteste, quoi.

— Tu n'as pas eu de chance, petite sœur. Si tu n'avais jamais rencontré Madeleine, aurais-tu tout abandonné comme tu l'as fait ?

Non, probablement que non. Mais qui sait ? L'amour d'une humaine m'a touchée, a fait vaciller mes convictions et sa mort m'a plongée dans les affres du désespoir.

— Je n'avais pas le choix, tu le sais, Meg.

Oui, et le fait que mes sœurs n'aient rien fait pour m'aider dans mon histoire avec mon amour perdu, ça ne m'a pas aidée à avoir l'envie de continuer à leurs côtés.

Mais il est encore trop tôt pour parler de ça.

— Je vais être honnête avec toi, Alex. Je t'aide sur ce coup-là, mais je compte bien retourner dans ma petite bulle dès que ce sera terminé.

Mon ton sec a claqué dans le silence, à peine troublé par les gémissements du chien que je viens de ramener.

— OK, Meg. Je comprends. Allez, viens, je t'accompagne chez Léo.

— Léo ?

— Oui, le vétérinaire dont je t'ai parlé. Je le connais bien, je vais te le présenter.

— D'accord. Tu viens, chien ?

— Il va falloir que tu lui trouves un nom, si tu le gardes.

— Chien, c'est pas bien ?

— Disons que c'est un peu trop généraliste.

— Bon. Je vais y réfléchir, alors.

INTERMÈDE

Sur la longue table de bois, il y a une tasse renversée. Un liquide vert pâle goutte doucement au sol. Sur un fauteuil, Sélène s'est endormie et ronfle doucement, le menton posé sur sa poitrine plate.

Madeleine n'est plus là, elle est sortie avant même les premières lueurs. Elle respire à pleins poumons, pour tenir la douleur à distance. Son esprit est clair, clair et pur comme l'eau de la rivière qui cascatelle un peu plus bas. Elle a entendu dire que c'était l'un des effets de la grande absinthe. Elle sent tout ce qui se passe dans son corps, les muscles lisses de son ventre qui se contractent au rythme de la vie qui s'enfuit, le liquide chaud qui dévale le long de ses cuisses et imbibe sa longue chemise blanche.

Elle se souvient de ce dernier matin au bord de la rivière, avant Lidoire, avant la souffrance et la honte, avant l'enfant et la douleur. Elle laisse tomber sa chemise à ses pieds, elle a froid, mais ne s'en préoccupe pas. Le cours d'eau n'est pas loin. D'ailleurs, les premiers cailloux ronds s'éboulent sous ses pieds. Elle danse et danse encore, le corps agité de spasmes. Ses cris éveillent les oiseaux mieux que les premiers rayons de soleil, frêles et timides.

Elle tient son ventre à présent, il est si tendu, si lourd, qu'il l'entraîne vers l'onde obscure. Les premiers remous viennent laver ses pieds rouges. Mais quand elle se penche sur le miroir de l'eau, ce n'est pas son visage qu'elle voit. C'est celui de l'enfant cornu qui fuit dans les remous frissonnants. Elle tend une main pour le retenir, trébuche et suffoque. Des algues traîtresses s'emmêlent à ses cheveux, l'attirent vers un palais de cristal dans les profondeurs vertes, vertes comme l'infusion que la vieille Sélène lui a fait boire. Elle tombe, ouvre grand la bouche, que l'eau vienne remplir ce trou dans son ventre. Alors qu'elle s'enfonce doucement dans l'obscurité, elle le voit encore courir à la surface de l'eau, dans l'aube dorée. Sa peau a le vert argenté de la grande absinthe et ses cheveux sont comme de petits soleils d'or. Il rit et danse, et ses sabots minuscules ricochent à n'en plus finir. Madeleine rit aussi et s'émerveille des bulles qui s'échappent de sa bouche. La douleur et la honte s'estompent, puis s'en vont pour toujours. Madeleine et l'enfant vert et or se sont enfuis aussi, dans la petite rivière qui n'en finit pas de pleurer les larmes de l'ondine.

CHAPITRE 8

Alex me fait pénétrer dans une salle blanche, froide et aseptisée. Ça sent une drôle d'odeur de désinfectant, mêlée à des effluves animaux.

Sur les murs, quelques rares affiches de chats et de chiens à l'air joyeux tentent d'égayer l'ensemble.

Ma recrue du jour se serre contre mes jambes. Elle n'en mène pas large, et je peux la comprendre.

Heureusement, un homme vient rapidement nous accueillir. Grand, plutôt charmant, il arbore un large sourire encadré d'une barbe dorée. On dirait le frère jumeau d'Alex, c'est incroyable.

— Alex ! Je suis ravi de te voir ! Bloody Hell va bien ?

— Parfaitement bien, je te remercie. Je viens pour… euh… ma sœur. Meg.

Elle me désigne de la main, manifestement mal à l'aise. Quoi ? Je suis pas assez grande et blonde pour eux, ou quoi ?

Mais le regard que pose sur moi le vétérinaire est dénué de la moindre animosité. Il est même chaleureux. Mince, il pourrait presque m'être sympathique, c'est dire.

— Ah, et qu'est-ce que je vois là ? Viens par là, mon tout beau.

Ma petite carpette s'avance vers l'homme en remuant la queue. Lui aussi a l'air de l'apprécier.

— Eh bien, mon pépère, tu es dans un sale état. Il va falloir qu'on s'occupe de toi.

Sur ces mots, le chien roule au sol, exposant son ventre maculé de boue. Aucune dignité.

Je renifle pour attirer l'attention sur moi.

— Je l'ai trouvé ce matin, dans un parc pas très loin d'ici.

— Tu as bien fait. Les gens adoptent des chiots, et les abandonnent dès qu'ils les gênent. Et ils finissent par mourir dans la rue, de faim, de maladie, ou d'accident. Bon, alors, comment on va l'appeler ?

— Moisi.

Le mot a jailli de ma bouche, sans que je puisse le retenir. Les deux grands blonds me regardent avec des yeux écarquillés.

— Ben quoi ? Moisi, c'est bien, non ? Vous sentez pas son odeur ?

Léo reprend contenance le premier. Il est bien, ce garçon.

— OK, va pour Moisi. Au moins, c'est original. Allez, suivez-moi, toutes les deux. On va lui faire passer une visite en règle.

Alors que nous nous engageons derrière le vétérinaire, Alex vient me murmurer à l'oreille :

— Non, mais tu es sérieuse ? Tu te vois promener ton chien au parc et l'appeler « Au pied, Moisi ! » ?

— Et pourquoi pas ? Moi, je trouve que ça lui va bien. Et puis, je ne suis pas comme toi, je m'en fiche, de ce que les gens pensent.

Elle me jette un long regard songeur, comme si elle ne me croyait pas vraiment.

Nous arrivons dans une salle minuscule, avec, au milieu, une table métallique. Léo appuie sur une pédale, et la table d'examen s'abaisse. Dingue. Je me demande s'il me laisserait jouer avec, après.

Sans se faire prier, Moisi grimpe dessus, et Léo fait remonter la table pour pouvoir l'examiner tranquillement.

— Bon, voyons voir. Qu'avons-nous là, mon gros ?

Et pendant de longues minutes, nous le regardons palper Moisi, qui semble plutôt apprécier le traitement et tente par tous les moyens possibles de léchouiller le vétérinaire.

— À part le fait qu'il soit sous-alimenté, Moisi est en pleine forme. Je lui fais ses vaccins, je lui donne un vermifuge et un antiparasite, et tout sera bon !

En un tour de main, la consultation est terminée.

— Combien je te dois ? demande Alex au charmant vétérinaire.

— Tu le sais bien. Si seulement tu acceptais de venir prendre un verre avec moi…

— Léo…

Je les regarde tour à tour, stupéfaite. C'est quoi, ce délire ? Ce type est en train de draguer ma sœur. Ma sœur ?!

Je n'ai jamais connu la moindre liaison à Alex. Elle est aussi froide que le marbre. Je ne sais même pas si elle s'est un jour laissé tenter par la bagatelle.

Alors qu'ils échangent un long regard, que je ne parviens d'ailleurs pas à interpréter, j'hésite entre me mettre à sautiller sur place pour leur signaler ma présence ou bien fuir le plus vite possible.

Peut-être devrais-je dire discrètement à ce beau vétérinaire qu'il perd son temps ?

Finalement, je décide de ne pas m'en mêler et d'observer le plafond. Très bien peint, ce plafond, d'ailleurs.

Malgré tout, je ne suis pas sourde.

— Juste un verre, Alex.

Et là, tout à coup, une idée me traverse, comme une fulgurance.

— Et si tu venais manger à la maison ? Je ne connais personne ici, ça me ferait plaisir de faire ta connaissance.

— Avec plaisir, s'exclame Léo avec un sourire chaleureux à mon encontre.

Par contre, « chaleureux » n'est pas l'adjectif qui convient au regard que me jette Alex. Pas grave, on réglera nos comptes plus tard.

— Demain soir, ça te dit ? Quelqu'un doit me rendre visite aussi, ça tombe bien.

Là, je sens que ma sœur est sur le point d'exploser. De colère. Et moi, je me rengorge du tour que je suis en train de lui jouer.

Ah, elle a voulu que Daddy me réveille ! Eh bien, elle va vite se rendre compte qu'elle a fait entrer un éléphant dans son joli magasin de porcelaine.

Même si je me demande bien ce que pourrait foutre un éléphant dans un magasin de porcelaine.

Je passe donc la journée du lendemain à ne rien faire. Moisi dort dans une flaque de soleil, ne se levant que pour manger et boire. On lui a ramené de chez Léo un énorme paquet de croquettes. Je ne comprends toujours pas pourquoi les chiens mangent ça, de nos jours.

« C'est plus pratique », m'a dit Alex.

Mouais. C'est sûr que ça salit moins son joli parquet. Mais bon, on ne m'enlèvera pas de l'idée que ce n'est pas naturel.

En parlant d'Alex, je ne l'ai pas revue depuis hier. La soirée ne s'est pas bien terminée. On va dire qu'il n'y a pas que les animaux qui ont une alimentation étrange. Ce qu'elle m'a servi était… proprement infernal.

Ces espèces de cubes blancs, légèrement caoutchouteux, accompagnés de rares haricots surgelés… J'en frémis encore de dégoût.

Ma sœur m'a rappelé qu'elle ne mangeait pas de viande et que, si je n'étais pas contente, je n'avais qu'à aller me faire cuire un steak.

Excellente idée.

Reste à savoir où on trouve de la viande.

Boucherie du coin, 165, rue de…

Oh, ta gueule, toi.

Non, mais c'est vrai. C'est hyper utile, cette petite voix, mais pas quand elle intervient à tout bout de champ.

Avant que je la vexe sur ses habitudes culinaires, Alex a tout de même pris le temps de me montrer comment fonctionne l'immense écran noir qui trône dans son salon.

Révélation.

À partir de l'instant précis où je pose mes fesses sur le sofa et allume la « télé », le temps semble se suspendre. Je « zappe » de chaîne en chaîne. Parfois, une musique tonitruante envahit l'appartement, parfois des voix coléreuses et pontifiantes résonnent sous le haut plafond. Des images sublimes alternent avec des visuels froids de plateaux-TV, ou encore avec de violentes scènes de rue.

Tout ceci me conforte dans mon idée première : ce monde est malade. L'humanité est malade. Non pas que mon respect pour elle en soit impacté, non, il me faut être honnête. Mais je ne sais vraiment pas si le bond technologique qu'ils ont effectué pendant mon sommeil est une bonne chose.

Néanmoins, ma fascination pour cette nouvelle ère est sans borne. Je me gave d'images et de sons, à tel point que je n'entends même pas Alex rentrer.

— Oh, Meg ! Je te parle !

— Mmmh ? Quoi ? Ah ! Tu es là ! Salut, je lui réponds sans même quitter l'écran du regard.

Je réalise soudain que les yeux me piquent et je les frotte avec véhémence.

— Ça rend aveugle, ton truc, là ?

— Non, ça ne rend pas aveugle, mais ça rend stupide tous ceux qui restent trop longtemps devant. Comme toi aujourd'hui, apparemment ! Tu n'as fait que regarder la télé depuis ce matin ?

Je hoche la tête, sans pourtant lâcher l'écran du regard. Soudain, il redevient noir. Je reste immobile, complètement hébétée.

— Mais, Alex, protesté-je faiblement.

— Non, ça suffit. Tu vas te lever et aller te laver. Puis tu me rejoindras en cuisine. Je te rappelle que tu as invité des gens chez nous ce soir. Alors je ne vais pas m'occuper de ça à ta place, ma grande.

En grommelant, je me lève et titube vers la salle de bain. Je ne l'admettrai pas devant ma sœur, mais j'ai mal aux yeux et au crâne. J'ai mal partout en fait. Rester dans le canapé toute la journée, c'était pas l'idée du siècle.

Et puis, le bleu qui pare cette pièce me file clairement la gerbe. Il va vraiment falloir faire quelque chose rapidement. Cela me fait penser que je ne me suis pas non plus occupée de ma propre chambre.

La télé, c'est le mal. Définitivement. J'imagine sans peine les nombreuses salles de l'Érèbe, toutes tapissées d'écrans plats gigantesques, et des hordes d'âmes en peine suspendues juste devant, les images et les bruits leur vrillant le crâne. Vraiment, les humains n'ont pas besoin de nous pour se punir de leur propre vanité.

Je prends tout de même le temps de me préparer. J'aime bien me maquiller de temps en temps, et ma sœur a une belle collection de produits. Là aussi, on a progressé. Ça n'a plus rien à voir avec ce que j'utilisais à mon époque. Je reste néanmoins sur des choses que je connais. Poudre, fard noir et une sorte de bâton qui doit être à destination des lèvres.

Le résultat est assez satisfaisant. Mes yeux très sombres flamboient dans mon visage au teint pâle, le rouge profond que je viens d'appliquer sur mes lèvres rehausse l'ensemble.

J'arrange la longue mèche qui vient cacher mon œil gauche, ébouriffe un peu mes courts cheveux à l'arrière de mon crâne et enfile mon déjà traditionnel ensemble pantalon noir/tee-shirt noir.

Voilà, ainsi, je me sens à la fois jolie et à l'aise. C'est bien mieux que les robes que nous étions tenues de porter dans le temps.

Mes préparatifs achevés, je rejoins Alex dans la cuisine. Je pensais la trouver en pleine bataille contre des brocolis et des poivrons, mais non, pas du tout. Elle déballe deux grandes boîtes cartonnées, d'où s'élèvent des odeurs alléchantes.

— Mmmh… Qu'est-ce que c'est ?

— Je suis passée chez le traiteur. Vu nos goûts… euh… irréconciliables, je me suis dit que c'était le meilleur compromis. Tu as donc un assortiment végan, et un autre pour… les gens comme toi, me dit-elle en reniflant avec dédain.

Ça sent le mépris à plein nez. Si un jour j'avais imaginé être montrée du doigt pour mon régime alimentaire…

Soudain, une sonnerie me bousille les tympans. Je pose mes mains sur mes oreilles et manque hurler de terreur.

— Calme-toi, c'est bon. Ce n'est que la sonnette.

Ah. OK. Je me détends. Un tout petit peu.

— Tiens, regarde, je te sors ces deux plats et tu installes les verrines dessus. Surtout, tu ne les mélanges pas, on est bien d'accord ?

Je fais oui de la tête.

— Très bien, je vais ouvrir.

À peine passe-t-elle le seuil de la cuisine que l'envie terrible de mettre le bordel dans la nourriture me prend.

« Résiste », me dis-je en serrant les dents.

Je connais bien ma tendance naturelle à instiller la haine et à orchestrer des conflits. C'est même l'un de mes talents particuliers, comme celui de me transformer en brume argentée pour m'infiltrer partout en cas de besoin.

Mais j'essaie de garder ces dons pour les autres. Je ne suis pas sûre que me mettre ma sœur à dos soit la meilleure des idées.

Du salon me parvient une voix féminine qui n'est pas celle d'Alex.

Julia.

Bizarrement, ça me fait un petit coup au cœur. Je me sens joyeuse à l'idée de la revoir et, en même temps, le souvenir des marques sur ses avant-bras me revient avec force.

— Meg ! Ton invitée est là, viens l'accueillir, je vais prendre le relais en cuisine, me crie Alex.

Aussitôt, je m'essuie les mains sur un torchon qui traîne là et me précipite dans la pièce d'à-côté.

Julia est agenouillée à côté de Moisi et lui gratouille la tête. Un large sourire illumine son visage pailleté d'éphélides.

Je ne sais pas si elle est vraiment jolie. Enfin, si, mais ce n'est pas ça qui me fascine chez elle. C'est plutôt cette espèce de douceur et de candeur qui animent chacun de ses traits. Et aussi cette fragilité que je peux sentir derrière cette façade douce et enveloppante.

Cette fille souffre, c'est une évidence. Malgré tout, elle parvient à maintenir une allure joyeuse, comme si faire preuve d'empathie pour son entourage, c'était se protéger de ses démons intérieurs.

Encore une fois, j'inspire profondément. Ne pas m'en mêler. Je ne suis pas là pour ça. Et Julia ne m'a rien demandé.

Enfin, elle m'aperçoit et se lève en me tendant les mains. Le simple contact de ses doigts sur mes paumes ouvertes me fait frémir. Sept siècles que personne ne m'a touchée, bon sang. Ça fait long.

Et la présence de Julia est tellement… solaire. Elle m'attire dans sa lumière, comme un papillon de nuit vers une lanterne.

Oserai-je me brûler à son contact ?

Non. On a dit non.

Enfin, qui a dit non ?

Moi. Mais je peux aussi décider de changer d'avis, après tout.

Si les choses étaient gravées dans le marbre, ça se saurait.

Et puis, nous ne sommes pas des vestales. Nous sommes immortelles, mais aussi faites de chair et de sang. Les passions coulent dans nos veines comme un ichor tumultueux.

Je réalise soudain que Julia est en train de me parler. J'avoue, j'étais en train de me perdre dans ses prunelles grises.

— C'est génial ce que tu as fait pour lui. Il a déjà l'air de s'être requinqué, c'est incroyable !

— Euh… Oui. D'ailleurs, le vétérinaire qui s'est occupé de lui est un ami de ma sœur Alex. Il ne va pas tarder à nous rejoindre. Ça ne te dérange pas de rester un peu ?

— Pas du tout, je n'avais rien de prévu. Enfin… Je n'ai pas d'obligations, ce soir.

Elle prononce ces derniers mots dans un souffle, les yeux baissés.

Ah. Elle doit parler de son mari. Ces dernières paroles laissent un malaise palpable flotter entre nous. J'imagine donc que c'est à cette sombre merde qu'elle doit les marques sur son corps.

— Oh, tu as un quelqu'un dans ta vie ?

— Euh, murmure-t-elle. Non… C'est juste un peu… un peu compliqué en ce moment.

Pourtant, l'anneau à son doigt… Dans ma nuque, de courts cheveux se dressent. Attention, si je me laisse submerger par la colère et la haine, il me sera difficile de maitriser les réactions de mon corps.

J'ai comme dans l'idée que prendre l'apéro avec une Furie ayant des serpents venimeux en guise de cheveux et du sang s'écoulant de ses yeux ne fait pas partie des habitudes humaines de ce siècle.

— Rien de grave, j'espère ? dis-je de ma voix la plus neutre.

Intérieurement, je me félicite. À peine un léger tremblement dans ma voix. Sinon, top maîtrise de mes pulsions dévastatrices.

— Non. Non. On va dire que j'ai une personne dans ma vie qui n'aime pas trop que je fasse ce dont j'ai envie et qui n'apprécie pas… ce que je suis. Et… elle a besoin de moi…

OK. J'ai compris. Des comme ça, on en a connu à toutes les époques. Et on en a torturé plus d'un. C'est bien dommage que nous n'ayons plus les mêmes prérogatives.

— Tu ne lui as pas dit que tu étais capable de te débrouiller par toi-même ?

— Si, bien sûr. Mais tu sais, c'est compliqué. Je n'ai pas très envie de parler de tout ça, ce soir.

Elle se mord les lèvres. Je lis dans son regard qu'elle s'en veut d'en avoir déjà trop dit. Je décide de ne pas insister et lui serre la main avec toute la douceur dont je suis capable. Et oui, je suis parfois capable de beaucoup de douceur, contrairement aux apparences.

— Allez, viens t'asseoir. Moisi, viens.

Julia se fige.

— Comment tu l'as appelé ?

— Euh… Moisi ?

— Non, tu n'as pas osé ?

— Ben…

Alors que je cherche comment me justifier, elle me surprend en éclatant de rire. Elle rit tellement que de petites larmes perlent au coin de ses yeux.

— Mais c'est tellement… tellement parfait ! Heureusement que tu l'as lavé, parce que l'odeur qu'il dégageait… C'était pas possible, quoi !

Je reste ébahie par sa réaction. Mais, avant que je ne trouve la réaction adéquate à son hilarité, la sonnette retentit à nouveau. Alex sort comme une tornade de la cuisine pour se précipiter vers la porte d'entrée.

Finalement, elle n'est peut-être pas si indifférente que ça au beau vétérinaire. Se pourrait-il que ma sœur se soit un peu « ouverte », durant mon absence ?

Quand Léo arrive enfin sur le palier, les bras chargés d'un énorme bouquet de fleurs, Alex l'accueille en lui déposant un baiser chaste sur la joue.

Mouais. C'est pas gagné. Je suis plus démonstrative envers Julia, que j'ai rencontrée hier, que ma sœur envers le mec qui la drague manifestement depuis des années.

Je tape dans les mains.

— Bon, puisque tout le monde est là, installez-vous.

J'invite Julia et Léo à s'asseoir. Puis je suis Alex dans la cuisine. Alors que nous nous chargeons des deux plateaux, je lui balance :

— Y a un truc entre toi et Mister Véto-Sexy ?

Et voilà. La réaction habituelle de ma sœur. Son visage se ferme, sa nuque se raidit.

— Nous sommes amis, c'est tout.

— Non, toi, tu es amie. Lui est un peu plus que ça.

— Mêle-toi de tes affaires, Mégère.

Quelle salope ! En grinçant des dents, je retourne au salon.

Je me cale sur un petit banc de bois clair, joli, mais totalement inconfortable. Nos deux invités sont assis sur le canapé et discutent déjà comme s'ils se connaissaient depuis des lustres.

Une idée horrible s'insère sous mon crâne. Et si ces deux-là… Non, pas possible, je ne veux même pas y penser.

Je reporte mon attention sur ma sœur qui demande à chacun ce qu'il veut boire. Tout le monde choisit du vin. Très bien. Allons-y. Je fais signe à Alex de me servir la même chose.

Je les écoute ensuite dérouler des banalités, la famille, le boulot, les dernières vacances… Je me demande l'effet que ça leur ferait, à Julia et Léo, si j'ouvrais ma bouche pour dire : « Hey ! Alors moi, mon papa s'appelle Hadès, c'est le Grand Chef des Enfers, mais je l'appelle Daddy, parce qu'il est adorable. Et ma mère, c'est Perséphone, toujours à droite et à gauche, plutôt mère indigne quoi. Niveau boulot ? Oh, ben, j'ai fait un burn-out il y a sept cents ans environ, j'étais en congé à durée indéterminée, du coup… »

Comment fait donc Alex pour gérer ce genre de situations ? Elle les regarde tour à tour, sourit, rit même parfois, hoche la tête, s'étonne en faisant sa moue spéciale cul de poule… Je ne lui connaissais pas ces talents d'actrice. J'imagine qu'il va falloir que je m'y mette.

J'en suis là de mes réflexions quand, soudain, Julia m'interpelle :

— Au fait, Meg, tu te souviens, je t'avais promis de parler de toi à ma sœur, pour un boulot dans sa boîte de nuit…

Euh… À vrai dire, j'avais oublié. Mais, prenant exemple sur ma sœur, j'étire mes lèvres en un sourire hésitant.

— Oui ? Tu crois que mon profil pourrait l'intéresser ?

— Absolument ! D'ailleurs, ça vous dit si on y va tous ensemble, ce soir ?

Noooon. Je n'ai pas envie. Ma petite voix m'a expliqué ce qu'était une boîte de nuit. Si j'ai bien compris, c'est entre la fête de village et les orgies seigneuriales. Je déteste ce genre de trucs. Ça sent la sueur, les gens sont collés les uns contre les autres…

Je ne m'inquiète pas, Alex est encore plus…

— Comment s'appelle la boîte de ta sœur, Julia ? demande ma sœur d'un ton dégagé.

— *Les Portes de l'Enfer*.

— Oui, j'en ai entendu parler. C'est un endroit très à la mode en ce moment.

— Oui, ça marche pas mal pour Domi. Je suis contente pour elle.

— Écoute, c'est une excellente idée, Julia. Nous allons venir, n'est-ce pas, Meg ?

QUOI ? Mais c'est une blague ? Depuis quand ma chère sœur traîne-t-elle ses antiques sandales dans ce genre d'endroits ? C'est juste impossible !

Je sens ma tête faire un aller-retour entre le haut et le bas.

À ma gauche, Léo s'enthousiasme.

— Mais oui, allons-y ! Ça fait bien longtemps que je ne suis pas allé danser !

Danser ? No way. Les Chiennes d'Hadès ne dansent pas. Elles ne tortillent pas du cul devant les humains, ni même *avec* les humains !

Sauf pour… sauf pour assouvir certains besoins physiques. Parce que bon, faut pas se leurrer, s'envoyer en l'air avec d'autres immortels, c'est très surfait. Et puis, ils ne nous aiment pas trop. Tout ce qui a l'odeur du soufre les débecte un peu, ces superbes divinités de l'Olympe. Existent-elles encore d'ailleurs ?

Le regard brillant de défi de ma sœur se pose sur moi. On en est là, alors ? On joue à qui aura la plus grosse ? À qui pissera le plus loin ? Ben, ma grande, je brûle d'envie de lui dire, t'es pas sortie des ronces, avec moi.

Je vais lui mettre la misère, au point de lui faire regretter d'avoir demandé à Daddy de me réveiller et de la faire pleurer pour que Tisiphone nous rejoigne.

C'est peut-être cela qui manque. La dernière de notre trio. Tisiphone a toujours été la plus sympathique de nous trois. Elle est gaie, enjouée, empathique… Enfin, c'est ce que je croyais. Si elle a décidé de s'endormir comme moi, c'est qu'il a dû se passer quelque chose pendant ma longue absence.

— Meg ? Youhou ?

Je reviens au présent. Je suis toujours furax du sale coup que vient de me faire Alex, mais je me force à sourire à Julia et à grignoter un peu.

— Tu n'es pas trop nerveuse, j'espère ? Tu verras, Domi est adorable. Un peu trop, même, elle se fait avoir à chaque fois en embauchant tous les chats errants.

— C'est un truc de famille, alors ?

J'adoucis le mordant de mon propos par un léger sourire. Heureusement, cette fille a de l'humour et un certain recul sur elle-même, car elle me sourit en retour :

— Tu as raison, je ne vaux pas mieux ! Mais regarde, parfois, cela permet de faire de chouettes rencontres. Tu as été un ange avec Moisi !

Un ange. Un. Ange. Voilà. J'ai envie de hurler, de libérer les serpents qui sommeillent sous la peau de mon crâne et de pleurer des larmes de sang en faisant claquer mon fouet. Putain, mais donnez-moi un criminel à torturer, tout de suite, avant que je pète un câble !

Alex doit sentir venir la crise, car elle se lève et commence à ranger.

— Meg ! Viens m'aider un peu.

Tête basse, poings serrés, je la suis.

— Respire, me balance-t-elle à peine avons-nous posé un pied dans la cuisine.

— Alex, comment tu peux supporter ça ? Pourquoi tu veux m'imposer d'aller dans cet… endroit ?

— Tu as l'air de croire que c'est uniquement pour t'embêter.

— Pourquoi, ce n'est pas le cas ?

— Un peu… mais pas seulement.

Le visage grave de ma sœur m'alerte. J'aurais dû me douter que l'envie de me pourrir la vie ne pouvait être suffisante pour l'obliger à se traîner dans une boîte de nuit.

— Un de mes « protégés » y travaille. Il est potentiellement sur la liste de la personne qui cherche à nous nuire. Peut-être pourras-tu garder un œil dessus, si tu obtiens le job.

— Non, mais Alex, tu te fous de moi ou quoi ? Il va falloir que je *travaille* ? Pour de vrai ? C'est quoi, ce délire ? Si c'est pour ça, je retourne direct dans l'Érèbe.

— Mais tu crois que je fais quoi de mes journées, ma petite mère ? Que je me tourne les pouces ?

J'ouvre et referme la bouche comme un poisson hors de l'eau. Alex travaille aussi ?

— Mais enfin, Daddy possède des richesses…

— Je te le répète, nous sommes riches, soit. Mais nous sommes des anonymes. Et mon travail me permet d'avoir un accès facilité à mes victimes.

— Tu fais quoi ?

— Je suis assistante sociale.

Assistante sociale, professionnelle du secteur social ayant pour mission d'intervenir auprès des individus, des familles ou des groupes en difficulté afin de favoriser leur bien-être, leur insertion sociale ou leur autonomie.

— Ah, ta gueule !

— Quoi ?

— Non, pas toi !

— Qui, alors ?

— La voix dans ma tête.

— T'es sûre que ça va ?

— Mais non, ça ne va pas ! Enfin, Alex, comment peux-tu accepter de vivre comme ça ?

— Tu t'y feras.

Je lève les yeux au ciel. Alex l'Implacable. Tu parles. Implacable avec elle-même, oui.

— Et si ce n'est pas le cas ? Enfin, Alex, arrête de te faire du mal pour rien. Ça suffit. En quoi avons-nous encore le droit de nous mêler des histoires des humains ? Ils ne se souviennent plus de nous, et on s'en fiche, d'eux.

— Meg… Tu ne comprends pas, je…

— Les filles ? Vous êtes prêtes ?

Julia nous a rejoints. J'espère qu'elle n'a rien entendu.

— On y va ? rajoute-t-elle d'un ton hésitant, quand je me tourne vers elle, furibonde.

Mais elle n'y est pour rien, au fond. C'est juste une gentille fille qui ne cherche qu'à aider les autres, alors qu'elle est elle-même dans une merde noire.

Je tente un sourire vacillant.

— Oui. C'est bon. Nous arrivons.

Je défie Alex du regard une dernière fois, avant d'aller enfiler mon blouson de cuir et mes boots. Je prends tout de même un malin plaisir à marcher avec dans tout le salon avant de partir. Alex déteste, ça laisse des traces noires qu'elle est obligée de frotter ensuite.

INTERMÈDE

Madeleine a cru qu'elle partirait avec l'enfant-soleil.

Madeleine a cru qu'elle rejoindrait le palais sous l'onde noire.

Qu'elle y rêverait pour l'éternité, loin des hommes, loin des faunes, loin du monde.

Oh, comme elle était innocente, encore !

Pour elle, pour la mère infanticide qu'elle est devenue, il n'y aura pas de répit, pas de mansuétude.

Sur les galets ronds, elle gît. Elle ne danse plus, ses petits pieds sont bleus de froid. Sur la pente qui mène à la rivière, de fins ruisselets de sang n'en finissent plus de s'écouler.

La brume ne la vêt plus, mais lui fait une lourde couverture humide. Elle s'entrouvre néanmoins pour laisser le passage à une silhouette menue, drapée dans une robe de soie noire. Sur le tissu précieux, les gouttelettes d'humidité sont comme des diamants étincelants.

La nouvelle venue se penche sur le corps torturé de Madeleine. D'une main aux longs ongles griffus, elle caresse le front blanc de la pauvre petite. À ce simple contact, la lourde chevelure brune de la Furie se dresse en sifflant.

L'heure des tourments éternels a sonné.

CHAPITRE 9

Dans la file d'attente, déjà, l'envie de fuir me saisit. Je regarde autour de moi, et je suis à deux doigts de perdre le contrôle.

Il y a là des dizaines de personnes qui patientent gentiment qu'un type taillé comme un colosse leur donne l'autorisation d'entrer. Parfois il la donne, parfois il ne la donne pas. Ce qui, en général, suscite des protestations sans fin de la part des personnes refoulées.

En fait, c'est toujours le même cinéma. Un « non » du colosse entraîne un tollé, le colosse repousse violemment le freluquet, qui revient tout de même à la charge, comme si son cerveau débile avait du mal à imprimer l'information. Du coup, d'autres colosses jaillissent par la porte d'entrée, bousculent tout le monde, se saisissent de l'importun et l'entraînent à l'écart pour avoir « une sérieuse conversation ».

Bref. Je me penche vers Julia pour lui murmurer à l'oreille :

— C'est pas ta sœur, la patronne ?

— Euh… Si, me répond-elle.

— Alors, pourquoi on fait la queue comme tout le monde ?

— Tu crois que…

Je lève les yeux au ciel. Pourquoi a-t-il fallu que moi, Chienne d'Hadès, je tombe sur la nana la plus intègre de cette foutue planète ?

Je l'attrape par la main, fais un signe à Alex et Léo, qui discutent tranquillement à l'écart, pour leur dire de nous suivre.

Puis je sors de la file et commence à la remonter résolument vers l'entrée. Le regard du colosse se pose sur moi. Un sourire amusé vient plier ses lèvres fines. C'est tout à fait le genre de type qui aime user et abuser de son pouvoir.

Peut-être est-ce lui dont Alex me parlait ?

Eh bien, nous allons commencer par les présentations.

— Bonsoir, Monsieur. Nous souhaiterions entrer.

Espérant sûrement se donner l'air intelligent, le type fait voyager son regard entre la longue file et notre petit groupe.

— Et, donc, tu as cru qu'il te suffisait de passer devant tout le monde ?

— Et vous, vous avez cru avoir l'autorisation de tutoyer tout le monde en buvant vos protéines au petit-déjeuner ?

Tout son visage se renfrogne. C'est rigolo, on dirait à présent que l'ensemble des éléments de son visage se trouvent rassemblés au milieu de sa face en un gros tas informe.

— Alors, écoute-moi bien, petite…

— Te fatigue pas, gros naze. Je te présente la sœur de ta patronne, ça te va, comme ça ?

Je lève la petite main de Julia, que je tiens toujours serrée dans la mienne.

Le colosse regarde la fragile créature à mes côtés. Je n'ai même pas besoin de la regarder pour savoir qu'elle doit être rouge écrevisse.

Je l'entends tout de même murmurer :

— Bonsoir, Monsieur. Je m'appelle Julia et je suis la sœur de Domitille.

— Domitille ? Ah, ouais, Domi. Et si j'ai pas envie de te croire, comment on fait ?

Cette fois, c'est moi qui m'empourpre. Il commence à me fatiguer sévèrement, celui-là. Je lâche Julia, m'approche du colosse. Évidemment, on n'aurait pu croire que, vu ma taille de mini pouce, j'allais être obligée de me mettre sur la pointe des pieds et de me dévisser le cou pour soutenir le regard du gros balourd.

Mais non. Il y a comme une légère odeur de soufre dans l'air, cette nuit. Je me retrouve à la même hauteur que le videur.

— Écoute, mon grand. Tu vas être mignon et tu vas nous faire rentrer.

Quelques mots, comme ça, tout simples. La communication avec les mortels peut être si facile, parfois. Surtout lorsqu'elle s'accompagne de légers sifflements de serpents venimeux et d'yeux rouges.

L'homme acquiesce vigoureusement. Seul lui a pu percevoir quelque chose dans mon regard. D'expérience, je sais qu'il se demandera toujours s'il a rêvé ou non. Tant pis pour lui, il n'avait qu'à être aimable. Faut pas emmerder une Furie fraîchement réveillée.

Quand je relâche le col du videur, je constate que le silence règne alentour.

— Ben quoi ?

Le regard d'Alex étincelle. De colère ? D'amusement ? Aucune idée, mais tant pis. Les humains autour de nous ont la bouche béante.

— Ça va… Je vous avais pas dit que je faisais du krav maga ?

Aussitôt, les regards se détournent de moi et les conversations reprennent. Il n'y a que Léo et Julia pour continuer à me fixer.

Je grogne, et cela suffit à régler le problème. Provisoirement, du moins, car je sais bien qu'ils vont continuer à se poser des questions, eux aussi. Avant, ils seraient tous les deux tombés à genoux devant moi pour me vénérer. Mais le doute semble être de mise, aujourd'hui.

Nous entrons enfin dans la boîte de nuit, après force courbettes du videur hébété.

— Comment tu t'appelles ? je lui demande tout de même, avant de me perdre dans les basses assourdissantes et les lumières stroboscopiques.

— Ian, me répond-il, encore sous le choc.

Pauvre chaton, j'y suis peut-être allée un peu fort. Mais je n'ai pas le temps de m'attarder sur l'état post-traumatique de mon nouvel ami, et je m'engouffre à la suite de Julia, Léo et Alex.

Par Daddy ! Si je m'attendais à ça.

Il fait à la fois chaud et froid. Chaud parce que l'endroit est bondé, et froid parce qu'il doit y avoir des espèces de courants d'air glacés qui passent au-dessus de nous.

Climatisation, moyens employés pour obtenir, dans un lieu fermé, une atmosphère constante (température, humidité), à l'aide d'appareils.

OK. Bon, par contre, pour « l'atmosphère constante », on repassera. J'ai l'impression étrange que deux masses d'air s'entrechoquent, l'une brûlante, charriant de lourdes odeurs de sueurs et de parfums bas de gamme, et l'autre, froide et poussiéreuse.

Sur ma droite, un long bar rutilant occupe tout le mur aux vieilles pierres apparentes. Derrière s'agite et danse toute une équipe de barmans survoltés. Tout en assurant le spectacle, ils envoient les consommations des clients agglutinés devant eux à une vitesse hallucinante. Des cris fusent, des explosions de joie pure, bien que fortement avinée, me parviennent de toutes parts.

Mais le divertissement ne s'arrête pas là. Devant moi s'ouvre une immense piste de danse, noire de monde. Au rythme de la musique diabolique qui s'échappe des énormes enceintes, des corps se cherchent, s'enlacent et se séparent pour mieux se retrouver. L'odeur qui monte de cet enchevêtrement organique me prend à la gorge.

Je ne suis pas choquée de la vision qui s'offre à moi. Non, bien sûr que non. J'ai traîné mes pieds nus, puis mes sandales, puis mes poulaines dans à peu près tous les types de fiestas organisées par les humains. Que ce soit autour de feux de bois dans des grottes, dans des palais impériaux, ou sur des places de village.

Bref, rien de nouveau sous le soleil. Ou sous les spots. Oui, parce que là, ce qui m'en bouche un coin, ce sont les lumières colorées qui palpitent derrière un écran de fumée blanche, au rythme de la musique, donnant à la scène un côté irréel. Malgré moi, mon corps se met à bouger. Je lève un poing et me surprends à crier :

— Youhou !

Alex se tourne, me fixe.

— Mais qu'est-ce qui te prend ?

— Il me prend que j'ai dormi pendant sept cents ans et que j'ai envie de me défouler un peu. Allez chercher de quoi boire, je vous rejoins.

Je les plante là et me précipite dans la foule.

Les silhouettes de mes compagnons disparaissent rapidement. Dans la foule, je suffoque. Il me faut un peu de temps pour prendre mes repères. Ou pour comprendre que je dois les perdre, ces repères. Je tente de faire le vide sous mon crâne, de me laisser aller contre ces corps qui m'entourent.

Ces corps humains… Ces corps moites, chauds, transpirants, qui se pressent contre moi.

Peu à peu, je fais le vide. Je ne suis plus qu'un être de chair et de sang, un cœur qui bat à l'unisson de ceux qui l'entourent.

J'oublie que je peux moi aussi me transformer en fumée et me glisser par le plus petit des interstices, que je peux distiller la haine en tout être vivant, que je suis née pour exercer une juste vengeance sur les humains coupables de crime sur les membres de leur propre famille.

J'oublie que, si je me laisse aller à ma vraie nature, des serpents venimeux viendront coiffer mon front blanc, et des larmes de sang viendront s'écouler en torrents vifs sur mes joues trop creuses. J'oublie qu'à tout moment, je peux faire surgir du néant un fouet vengeur pour châtier les coupables et les obliger à me supplier d'enfin mettre fin à leurs souffrances.

J'oublie que je suis Mégère, Chienne d'Hadès.

Car, sur l'instant, je suis Meg. Juste Meg.

Les yeux fermés, je me laisse porter par la houle extatique de cette marée humaine. Plus rien ne compte.

Je sens que des mains inconnues caressent mon corps. Mes bras sont nus, j'ai dû perdre mon blouson quelque part sur la piste. Je sens des doigts curieux courir le long de mon tatouage reptilien, sur mon biceps droit. Sous mon crâne, les serpents s'agitent.

Quand l'envie m'en prend, je me laisse évaporer pour me transporter plus loin, ailleurs, au milieu d'autres personnes. Des hommes et des femmes s'embrassent. On m'embrasse.

Pourquoi pas ?

Madeleine est morte depuis longtemps, ses os ne sont plus. Seul son souvenir demeure dans mon esprit. Je m'y accroche comme une moule à son rocher. Il serait temps que cela cesse.

Soudain, je sens deux mains se poser sur mes hanches étroites. Un bassin se colle au mien, ses mouvements épousent ceux de mon corps. Je me laisse aller.

Parmi les nombreux effluves qui assaillent mes narines, un parfum frais, léger, me parvient.

Julia.

Mais…

Je me retourne pour lui faire face. Ses yeux gris sont aussi noirs que le fin fond de l'Érèbe. Les miens se posent sur ses lèvres entrouvertes, sur lesquelles viennent s'accrocher de longues mèches humides. Ses taches de rousseur contrastent avec violence avec sa peau pâle.

Elle doit percevoir ma surprise et elle me sourit ; ses mains remontent pour enserrer ma taille.

— Je te cherchais, me dit-elle en se penchant à mon oreille.

Au passage, elle laisse traîner sa langue dans mon cou. Étrangement, ce simple contact me fait reculer. Non pas qu'il soit désagréable. Au contraire. Au contraire… Je fais un pas en avant, pose mon front contre son épaule, passe mon bras derrière son cou pour la rapprocher de moi. J'ai soif de contact, soif de peau, soif de tendresse.

Elle attrape mon menton pour me regarder. Mais ce que je lis dans ses yeux m'effraie. Il ne s'agit pas que de désir physique. Ce qu'elle attend de moi, c'est juste… C'est juste trop. Je recule d'un pas et un courant d'air froid s'insinue entre nous, malgré la foule qui nous entoure.

Elle laisse retomber ses mains de chaque côté de son corps. Je lis une sorte de déception dans son regard. J'aimerais lui expliquer… Quoi ?

Que je ne suis pas celle qu'elle croit ? Que je suis embarquée dans une histoire dont pour l'instant je ne connais ni les tenants ni les aboutissants ? Que… Que mon cœur est déjà pris, par le souvenir d'une femme morte depuis des siècles ?

Mais pourquoi je viens mêler le cœur à tout ceci ? Pourquoi ne puis-je me contenter de l'embrasser, comme me hurle de le faire chaque fibre de mon corps ? Depuis quand les immortels se soucient-ils d'expliquer leurs motivations aux humains ?

Depuis que toi-même tu as aimé une femme, me susurre mon amie la petite voix.

Elle ne devait pas se contenter de jouer au dictionnaire, celle-là ?

Mais elle n'a pas tort. Et puis je repense à ces marques, sur les bras de Julia. Sur tout son corps, probablement. À l'anneau qu'elle porte. Je ne veux pas m'embarquer là-dedans. Je l'ai déjà vécu, avec Madeleine. Si je dois un jour avoir à exercer mon courroux sur elle, je ne veux pas ressentir quoi que ce soit.

Je dois me protéger.

Durant de longues secondes, nous restons l'une en face de l'autre, silencieuses et immobiles. Autour de nous, la foule se déchaîne, hurle sa joie et se déhanche.

Finalement, Julia me prend la main.

— Ce n'est pas grave. Viens.

Docile, je la suis.

Elle me mène jusqu'à une table reculée, autour de laquelle nous attendent Alex et Léo.

Ma sœur me regarde avec intensité. Je l'ignore. Cela peut attendre.

Je m'empare d'un tout petit verre, ingurgite son contenu. Ensuite seulement, je jette un œil à la bouteille. Vodka.

Vodka, eau-de-vie de grain (orge, seigle), généralement blanche.

Ouais, de l'alcool fort, quoi. Parfait.

Julia se penche à nouveau vers moi. Elle n'a pas l'air de m'en vouloir, pour ne pas avoir répondu à ses avances. Et pourtant, Daddy sait que j'ai violemment envie d'elle.

— Ma sœur va nous rejoindre. Comme ça, tu pourras la rencontrer… Ça te plaît, ici ?

Je hoche la tête, tout en regardant un serveur onduler entre les tables.

— Oui. Mais j'imagine que je ne pourrai pas danser toutes les nuits.

Elle rit. Ses dents blanches jettent un éclair éblouissant.

— Ah non. Je crois qu'elle a besoin de quelqu'un au bar.

Je me détourne d'elle. Sa simplicité, son naturel, sa beauté fragile, tout en elle me donne envie de la protéger. Et, clairement, je ne suis pas ici pour ça.

J'enchaîne sur un autre verre. Léo et Alex sont en pleine discussion. Malgré tout, rien qu'à les voir, je grimace. Léo drague ma sœur sans retenue. Enfin, quand je dis ça… Il ne se montre ni lourd ni insistant. Mais tout en lui, chacun de ses gestes, de ses sourires, la façon dont il passe la main dans ses cheveux, montre qu'il en pince pour elle. La posture de ma sœur indique l'inverse exact.

Je ne la comprends pas. Je ne l'ai jamais comprise. Elle est incapable de se laisser aller. Elle est plutôt sociable, pourtant, contrairement à moi. Mais niveau relations amoureuses… Rien, le néant, que dalle. Et impossible d'ouvrir la moindre conversation sur le sujet. Tisiphone a toujours été une croqueuse d'hommes, sous couvert d'un romantisme effréné. Moi, j'aime les femmes. Bon après, ni l'une ni l'autre n'avons jamais été très regardantes sur le sexe de nos partenaires humains. Il n'y a que les immortels, ceux de notre propre race, dont nous nous sommes toujours tenues éloignées. Nous avons compris très tôt que nous leur faisions peur. Il faut dire que les anciens dieux sont loin d'être des enfants de chœur.

Enfin, bref, Alex ne semble pas intéressée par la bagatelle.

Je hausse les épaules. Pourquoi pas, en fait ? Elle n'a pas l'air malheureuse. Mais il faudrait peut-être qu'elle en informe ce pauvre vétérinaire sexy avant qu'il s'ouvre les veines de désespoir avec sa serviette en papier.

J'en suis là de mes réflexions lorsqu'un nouveau personnage apparaît. Je suis soufflée par son excentricité. Très grande, la femme qui me fait face abaisse sur moi un regard ourlé par de longs cils d'un bleu pailleté, qui n'ont évidemment rien de naturel.

Mais que s'est-il passé ces derniers siècles pour que tout le monde soit si grand ? Je sais bien que j'ai toujours été petite, mais là, j'ai la sensation d'être hors normes.

La nouvelle venue prend Julia dans ses bras. Je suis étonnée du contraste qui règne entre elles. Julia est plutôt classique dans son apparence, alors que sa sœur est tout à fait extravagante, dans son fourreau de satin bleu nuit bordé de strass. Dans son dos nu cascade une étonnante crinière brune et bouclée.

— Bonsoir, ma chérie. Je suis heureuse de te voir ici, c'est tellement rare.

— Je sais, Domi. Je suis désolée, mais tu comprends…

La patronne de la boîte hoche la tête.

— Je comprends, ne t'inquiète pas. Tu t'occupes de tout ce dont je ne suis pas capable de m'occuper, et je t'en remercie.

Moi. Je. Ne. Comprends. Rien.

Il y a manifestement d'étranges secrets dans cette famille. J'ai envie de boucher ma capacité à entendre le moindre échange à voix basse. Je ne veux rien savoir, et ne pas avoir à me mêler de quoi que ce soit.

Me prenant de court, Domi s'incline rapidement devant ma sœur.

— Madame Fury… Vous n'avez décidément pas changé.

— Vous non plus, Domitille.

Ces deux-là se connaissent ? Je ne sais pas quoi en penser. J'imagine qu'il ne s'agit que d'une coïncidence.

Enfin, Domi s'installe sur un fauteuil. D'un geste royal, elle m'indique d'en faire de même. J'obtempère. Je ne suis pas là pour faire mauvaise impression. D'autant plus que j'ai aperçu les chaussures à plateforme qu'elle porte. Je me disais bien, aussi, que tout le monde ne pouvait pas être aussi grand. La vilaine petite tricheuse.

— Alors, c'est toi que ma sœur veut absolument que j'embauche comme barmaid aux *Portes de l'Enfer* ?

Question rhétorique. Je me contente de hocher la tête.

— Pas bavarde. Parfait. Tu as déjà fait ça ?

Je jette un œil vers le long comptoir. J'observe les humains s'agiter en tous sens, ouvrir des frigos, servir des verres, mettre des pics avec des rondelles de fruits dans lesdits verres… Mouais.

— Non. Mais ça n'a pas l'air trop difficile.

Les yeux de Domi s'étrécissent dangereusement. Alerte, alerte. Ne pas critiquer le métier de la dame.

— Enfin, je veux dire, je suis sûre qu'avec beaucoup de volonté, je peux y arriver. Et je pourrai compter sur mes futurs collègues pour m'aider…

Léger sourire sur les lèvres fines de Domi. Ouf, c'est mieux. Il ne faut pas que j'oublie ce que m'a dit Alex. Faire profil bas, s'intégrer. Mais, par Daddy, que c'est compliqué !

— Bon, j'imagine que, pour ma petite sœur adorée, je peux faire un effort. Tu veux faire un essai demain soir ?

— Bien sûr.

— Est-ce que tu peux… envisager une autre tenue ?

Ah, non ! Ça ne va pas recommencer ! De prime abord, on a l'impression que ces humains ont toute latitude dans le choix de leurs vêtements, mais j'ai de plus en plus la sensation que tout est codifié.

— C'est-à-dire ?

À mes oreilles, ma voix sonne particulièrement glaciale. Domi doit le sentir, car elle se penche en avant pour me parler.

— Écoute, prends ça comme un déguisement, OK ? Tu arrives habillée comme tu veux, et tu repars habillée comme tu veux. Et pendant ton temps de travail, tu me fais un petit effort.

— Un petit effort pour quoi ?

— Pour être un peu plus… féminine…

— Non.

Elle sursaute.

— Comment ça, non ?

— Non. Je ne ferai pas le moindre effort pour être plus féminine. C'est comme ça, ou rien.

Pendant quelques secondes, la patronne des *Portes de l'Enfer* me contemple avec des yeux ronds. Elle a d'ailleurs de forts beaux yeux d'un bleu très sombre.

Puis elle éclate d'un rire sonore et haut perché.

— Très bien ! Tu as du caractère, c'est aussi bien qu'une petite jupe ras-la-touffe. C'est bon. Je t'attends demain soir vers vingt-deux heures. Je t'expliquerai les bases, puis je te confierai à la chef barmid. Ça te va ?

— Parfaitement.

Malgré moi, je glisse un regard vers Julia. Elle se tient assise à côté de moi, tout en sirotant sa boisson. Elle semble comprendre ma question implicite.

— Je ne serai pas là. J'ai d'autres… obligations.

Encore des mystères. Mais je me suis promis de ne pas chercher à en savoir plus.

Léo se lève et nous regarde, un large sourire sur sa face avenante. Manifestement, il a un peu forcé sur la vodka.

— Allez ! On va danser !

À ma grande surprise, Julia et Alex se lèvent pour le suivre. Je regarde Domitille, qui m'indique la voie de la piste de danse d'un signe élégant de la main.

Je ne me le fais pas dire deux fois et me précipite pour me fondre dans la foule extatique.

INTERMÈDE

Madeleine n'en peut plus.

Elle aimerait tant que tout cela cesse.

Elle aimerait tant pouvoir mettre fin à ses jours, rejoindre l'enfant dans son palais sous l'eau, rire avec lui des soleils jaunes qui tournent et tournent encore dans le flot incessant.

Mais, partout où elle va, elle sent l'ombre de la Furie la suivre.

Partout.

Toujours.

Nul répit ne lui est accordé.

Elle a tué son petit à naître et, à ce titre, elle expiera jusqu'à ce que la mort l'emporte. Mais pas une mort choisie, non. La Furie s'en assure à chaque instant. Il faut qu'elle reste en vie pour subir mille souffrances.

Si elle meurt, ce ne sera que lorsque son heure aura sonné.

Alors, elle fuit. Elle laisse derrière elle la petite maison aux solives chargées d'herbes séchées. Elle laisse Sélène, la vieille sorcière, seule dans son jardin de simples. Elle laisse le village, dont les habitants ne font qu'admirer Lidoire, le beau Lidoire, ses petites cornes fières et ses sabots fendus. Elle laisse la rivière qui chante et son écharpe de brume, dernière demeure de l'enfant du viol.

Elle laisse tout, se jette sur les routes, connaît la faim et la misère.

Mais ce n'est jamais assez pour l'ombre qui la poursuit. Cela ne sera jamais assez.

Nul répit pour les mères infanticides.

Et peu importe qu'elles aient connu les pires outrages.

CHAPITRE 10

Peu avant l'aube, nous sortons des *Portes de l'Enfer*.

Pour la première fois depuis mon réveil, je me sens bien. Vivante. Forte. Prête à affronter les pires épreuves.

Pour Léo, par contre, la journée qui s'annonce ne sera pas des plus simples. Il titube. Des cernes cendreux lui grignotent le regard.

— Ça va aller, pour rentrer ? lui demande gentiment Alex.

— Tu me raccompagnes ? Allez, s'il te plaît…

Il n'y a aucune forme d'agressivité dans le ton du jeune vétérinaire. Il semble juste… déboussolé. Perdu. Triste.

Il me fait de la peine. Sa façon de regarder ma sœur…

Alex secoue la tête.

— Tu habites en bas de notre rue. On va passer devant chez toi et nous assurer que tu rentres en un seul morceau, OK ?

Il hoche la tête. Ce n'est pas ce qu'il espérait, mais il s'en contentera.

Je réalise soudain que Julia a glissé sa petite main dans la mienne. Je ne sais pas trop quoi en faire. La serrer ? Mais ce serait peut-être l'inciter à espérer plus. La lâcher ? Oui, sauf que je n'en ai pas la moindre envie.

Alors je reste immobile, comme si je n'avais rien remarqué, ou comme si cela n'avait pas plus d'importance que ça.

— Moi, je vais vous laisser. Je vais rester un peu avec Domi. Nous avons quelques petites choses à discuter. Des histoires de famille.

Je lui glisse un coup d'œil en coin. Et je lui serre un peu la main. Tant pis si elle s'imagine des trucs, on avisera plus tard.

Elle se tourne alors vers moi :

— Je peux repasser, dans la semaine, pour voir Moisi ?

— Oui. Enfin, tu as moyen de connaître mon emploi du temps, donc tu fais comme tu veux.

Elle hoche la tête, avec un petit sourire réjoui. Bon, ben si je voulais éviter qu'elle s'imagine des trucs, c'est loupé. Mais je ne peux pas m'empêcher de regarder quelques secondes de plus son joli profil de poupée de porcelaine, ses joues un peu trop rondes, à la peau veloutée. Quelques mèches follement rousses viennent balayer son front haut.

Je décide qu'elle est belle. Non, je ne décide rien du tout, elle l'est, tout simplement.

— Meg ? m'interpelle Alex. On y va ?

Dans les yeux de ma sœur, je lis un avertissement silencieux.

— Oui, allons-y. À bientôt, Julia.

Je lui serre la main une dernière fois, avec douceur, en caressant le dos de sa main avec mon pouce. Elle me fait un petit signe et s'éloigne dans la direction opposée à la nôtre. J'admire ses hanches girondes et ses bras blancs, soupire, et emboîte le pas à mes compagnons.

Nous déposons rapidement Léo devant chez lui. Le pauvre, je ne sais pas comment il va faire s'il a des consultations dans les heures à venir.

Nous remontons ensuite notre rue, d'un pas tranquille. À cette heure trop matinale, il n'y a personne dans la rue. Je remarque des espèces d'énormes boîtes en plastique sur le bord du trottoir.

Des poubelles.

— OK. Mais elles vont rester là ?

— Qu'est-ce que tu dis ?

— Oh. Rien. Je répondais à ma petite voix.

Alex me regarde d'un air soupçonneux.

— Comment ça, ta petite voix ?

— Ben oui, je te l'ai dit, j'ai une petite voix qui me donne des explications sur les trucs bizarres. Comme ces poubelles, là…

— Tu veux dire que tu as Wikipédia dans ta tête ?

Wikipédia, encyclopédie universelle et multilingue, créée par Jimmy Wales et Larry Sanger le 15 janvier 2001. Il s'agit d'une œuvre libre, c'est-à-dire que chacun est libre de la…

— Euh… Ben apparemment, oui. Pourquoi, tu l'as pas, toi ?

— Non, carrément pas.

— Mais c'est peut-être parce que tu n'en as pas besoin. Vu que tu n'as jamais quitté le monde des humains. Tu es mise à jour naturellement, quoi.

— Ça doit être ça. On va voir si Tisiphone est équipée du même dispositif quand elle nous rejoindra.

Tisiphone… Je soupire.

— Tu crois qu'elle sera là bientôt ?

— Aucune idée. La situation a l'air de s'être un peu calmée, ces derniers temps. Peut-être que Daddy attend un peu avant de la réveiller, elle aussi.

Une bouffée de jalousie m'étreint. Moi, on n'a pas hésité à me sortir de ma cuve avec un coup de pied au cul. Mais évidemment, la pauvre et gentille Tisiphone… Enfin, merde, quoi, elle aussi est une Chienne d'Hadès ! Je ne comprends pas pourquoi toute la famille a toujours pris plus soin d'elle que de moi.

— Meg… Je sais exactement ce que tu penses.

— Que c'est injuste ? Eh bien, tu as raison, je trouve que c'est injuste.

— Je veux que tu saches que nous n'avons pas pris cette décision à la légère. Certes, j'ai besoin de toi à mes côtés. Mais on espérait aussi… Enfin, je veux dire…

— Que mon caprice serait terminé ? Que sept siècles à bouder dans mon coin, c'était assez ?

— Meg…

— Non, mais vous avez cru quoi, en vrai ? Que j'avais pris cette décision à la légère ? Que c'était une lubie ?

Alex soupire.

— Je ne veux pas qu'on se dispute pour ça. Tu me croiras ou non, mais tu m'as manqué. Vraiment. Et je suis heureuse que tu sois ici.

Ah. OK. Comment me neutraliser en deux secondes. Les marques d'affection de ma sœur sont exceptionnellement rares. Les miennes aussi d'ailleurs. Ce doit être une forme de norme familiale.

Alors que nous restons silencieuses, nous parvenons devant notre maison. Nous montons les escaliers tranquillement. Nous ne sommes pas fatiguées. Nous ne ressentons jamais vraiment la fatigue. Merci Daddy, merci Perséphone, et tous nos gènes divins.

Malgré tout, je ressens une forme étrange de lassitude. Comme si cet afflux de stimuli sensoriels, d'émotions et de nouveautés avait saturé mon esprit.

— Meg.

La voix de ma sœur me sort de ma torpeur. Elle s'est arrêtée devant la porte de notre chez-nous, le trousseau de clés dans la main droite. Ses yeux sont vissés sur le sol.

Je suis son regard.

Une enveloppe. Juste posée contre le battant de bois.

Sur l'épais papier de couleur crème, il est écrit, d'une plume habile : « Pour les Chiennes ».

— Bon. Ben je crois que Daddy va devoir se bouger pour réveiller Tisiphone, soupire Alex.

D'un mouvement souple, accompagnée de sa longue chevelure d'un blond presque blanc sous les tout derniers rayons de lune, elle se penche pour récupérer la lettre.

Nous pénétrons dans notre salon. Moisi se précipite vers moi et me fait une fête de tous les diables.

— Attends avant d'ouvrir, je jette à ma sœur. Je vais sortir mon fauve avant qu'il fasse pipi sur ton joli parquet.

— OK, mais pas deux heures, alors.

Sans rien répondre, j'empoigne mon toutou pelé, lui mets une laisse et le redescends dans la rue. Tout naturellement, je reprends le chemin du parc où Julia l'a trouvé. Je laisse Moisi gambader un peu, s'ébattre dans l'herbe mouillée de rosée. Le jour se lève à présent, et je croise les premiers joggers. Motivés, les gars. Tous me regardent un peu bizarrement. J'imagine que je détonne, toute de noir vêtue, avec mon teint blafard et mes cheveux sombres et coupés court, au milieu d'eux, en leggings fluo.

Je ne m'attarde pas et remonte rapidement pour rejoindre Alex. Je la trouve faisant les cent pas dans son salon. La lettre est posée bien en évidence sur la table basse. Ma sœur a tout de même pris le temps de nettoyer les quelques vestiges de notre soirée. Tout est nickel. Ce n'est plus une Furie, mais une véritable fée du logis.

— Enfin ! s'exclame-t-elle en me voyant.

Elle se précipite sur l'enveloppe, la tourne et la retourne entre ses mains. Au bout d'une bonne minute, je craque.

— Tu vas l'ouvrir ou quoi ? C'est bon, on a compris que ça nous était adressé et que quelqu'un connaissait notre véritable identité. Ce qui est tout de même étonnant, si j'en crois ce que tu m'as dit sur les humains d'aujourd'hui.

Alex prend une grande inspiration et me tend l'enveloppe.

— À toi l'honneur.

En levant les yeux au ciel d'exaspération, je m'empare du pli et commence à le décacheter. J'en sors tout d'abord un paquet d'une dizaine de photos. Je les passe en revue. On y voit une femme, attachée à une chaise. Martyrisée, la chair profondément entaillée en de nombreux endroits, manifestement par une lame aiguisée. À ses pieds, de larges flaques sombres.

Je retourne l'une des photos. La même écriture que sur l'enveloppe.

— Corinne Soubille, ça te parle ?

Alex prend une grande inspiration, puis expire avec lenteur.

— Oui. Une mère infanticide. Elle a noyé sa première enfant et abandonné son deuxième dans une poubelle. Lui a survécu. Corinne a été jugée et condamnée par les humains, mais…

— Mais, en bonne Chienne d'Hadès que tu es, tu te devais de la poursuivre de ta haine implacable, bla bla bla…

— Oh, ça va, Meg. Je n'ai pas besoin de tes leçons de morale. Je te rappelle que tu n'as pas fait mieux que moi, pendant des millénaires.

— Jusqu'à ce que je comprenne que tout cela était injuste

— Quoi ? Pourquoi ? Parce qu'une fois tu as rencontré une mère infanticide dont tu es tombée amoureuse ? Que tu as sabordé ta propre mission ? Que tu as tourné le dos à tes responsabilités ? À ta famille ? Et qu'est-ce qu'on fait de tous ces autres criminels ? Ne me dis pas qu'ils ne méritent pas leur sort ! Tu sais très bien que la plupart sont des monstres !

— La plupart. Pas tous. Ce que nous faisons est injuste, car nous appliquons aveuglément nos châtiments. Madeleine ne méritait pas…

— Et c'est reparti avec Madeleine ! Quand vas-tu cesser de nous casser les pieds avec elle ? Elle est morte depuis sept cents ans !

C'en est trop. La colère déborde. Je sens mes cheveux se dresser sur ma tête en une centaine de serpents venimeux.

— Mais j'ai voulu cesser ! C'est pour ça que j'ai demandé la stase ! Ne viens pas te plaindre maintenant, puisque c'est toi qui as demandé mon réveil.

Alex s'assoit soudain sur le canapé, la tête entre ses fines mains blanches. Sur son crâne aussi, de longues mèches blondes s'agitent. Mais faiblement, comme si ma sœur manquait de force pour vraiment se mettre en colère.

Soudain, j'ai pitié d'elle. Elle a dû se sentir si seule ces derniers siècles. Je n'ai même pas pensé à lui demander depuis combien de temps exactement Tisiphone dormait.

— Alex… lui dis-je en m'asseyant à ses côtés.

Moisi s'installe à mes pieds et nous regarde de ses grands yeux larmoyants. Merde, je crois qu'il m'aime déjà.

— Tu vas m'expliquer un peu tout ce qu'il s'est passé ces derniers temps, OK ? Il faut qu'on prenne le temps de se parler, je crois.

Le visage toujours enfoui dans ses mains, elle prend une grande inspiration. Quand elle me fait face à nouveau, ses traits ont retrouvé leur calme habituel. Ses prunelles cristallines sont à nouveau aussi étales qu'un lac de montagne sous le soleil. Elle me sourit, mais ce sourire ne vient pas perturber les eaux pures de son regard.

— Tu nous as lâchées il y a sept cents ans, Tisiphone s'est endormie il y a deux cents ans.

— Pourquoi ? Elle est tombée amoureuse ?

Alex secoue la tête.

— Oui, mais rien à voir avec ce qui t'est arrivé. Plutôt une lassitude, une perte de sens dans ce qu'elle faisait. L'immortalité… L'immortalité nous pèse à tous, tu sais. Elle a fini par péter les plombs et par faire une grosse bêtise. Nous avons dû… Enfin, nous n'avons pas eu le choix… mais je crois que c'est mieux si c'est elle qui t'explique ce qu'il s'est passé.

Ma sœur soupire avant de reprendre :

— C'était plus agréable quand le monde était jeune et les humains plus crédules. Nous agissions en toute impunité, parfois bien, parfois mal. Mais lorsque les humains ont commencé à élargir leur connaissance du monde… Ils ont tout d'abord commencé à croire plus fréquemment en un Dieu unique, et puis, aujourd'hui, ils ne croient plus en grand-chose, finalement. Alors, beaucoup d'entre nous ont fait le choix de s'endormir, comme toi. D'autres sont devenus fous et ont dû être maîtrisés, comme Tisiphone. D'autres ont disparu, tout simplement. Se sont-ils intégrés plus profondément dans la société humaine ? Aucune idée.

Je laisse passer un moment de silence. Et puis quoi ? Est-ce si grave ? Si nous disparaissons, si nous ne nous accrochons pas à la vie, c'est peut-être que nous n'avons plus rien à faire dans ce monde. Grandeur et décadence. La grandeur, nous l'avons connue. La décadence, aussi. Il est peut-être temps de tourner la page définitivement.

Est-ce qu'Alex suit le cours de mes pensées ? Toujours est-il qu'elle me surprend en continuant :

— Je crois qu'une fois que nous aurons réglé toute cette histoire, ensemble, toutes les trois, moi aussi, j'arrêterai.

— Comment ça ?

Je connais ma sœur. Je ne suis pas certaine qu'elle parle d'un long somme de plusieurs siècles. Elle est plutôt du genre radical, dans ses décisions.

Elle me sourit encore, agite un peu la main.

— Nous verrons ça plus tard. De toute façon, j'imagine que tu as hâte de retourner en stase ?

La réponse s'impose d'emblée et me surprend moi-même.

— Je ne sais pas. Je…

Alex me fixe, intriguée. Dans ma tête défilent les images de la nuit que l'on vient de vivre. La musique, la danse, cette union extatique entre les gens... Julia.

— Il sera toujours temps de voir quand nous aurons fait ce que nous avons à faire.

Alex pouffe. Dans le même temps, elle s'assoit en tailleur sur le sofa.

— Tu as toujours été la plus sentimentale de nous trois.

— Pourquoi tu dis ça ?

— Madeleine, déjà.

— Rien à voir. Madeleine, c'était...

L'émotion me serre la gorge. Madeleine a été la révélation de ma longue vie d'immortelle. L'éclairage sans concession sur ma mission de Furie, sur mon rôle auprès des humains. Vide de sens.

— OK, je ne veux pas te lancer sur le sujet. Mais même avant elle, et malgré tout ce que tu pouvais prétendre et les airs que tu pouvais te donner, tu as toujours eu tendance à aimer te mêler à eux. Tu dois tenir ça de maman.

Je grimace. Maman et ses allers-retours entre l'Érèbe et le monde des humains. Le cul entre deux chaises, à jamais.

— Au fait, en parlant de maman... Comment elle va ?

Oui, on aurait pu imaginer qu'elle aurait souhaité être présente à mon réveil. Mais ce n'est pas trop le genre de Perséphone.

— Elle va bien. Aux dernières nouvelles, elle se trouve dans un monastère bouddhiste au Népal. Ou peut-être que maintenant elle est au fin fond de la forêt amazonienne... Pour ce que j'en sais ! Elle a retrouvé une raison d'être en s'engageant dans des ONG pour la préservation de l'environnement. Tu sais, la nature et elle...

ONG, Organisation Non Gouvernementale, association à but non lucratif, d'intérêt public, qui ne relève ni de l'État, ni d'institutions internationales.

Merci, Wiki. Oui, j'ai décidé d'appeler ma petite voix Wiki. Et alors ?

Je hausse les épaules. Connaissant ma chère génitrice, elle finira bien par débarquer à l'improviste. Elle aime soigner ses entrées. Je me souviens de la dernière fois que je l'ai vue, au moment d'entrer en stase.

Elle s'était couverte de voiles noirs, en mode *mater dolorosa*, hurlait son chagrin pour la perte d'une fille que, de toute façon, elle ne voyait qu'une fois par siècle, grand maximum. Elle s'était griffé le visage tellement fort que le sang jaillissait de ses orbites. Un carnage. Daddy avait été obligé de la faire sortir.

Il a toujours été extraordinaire avec elle. D'une patience infinie. Je crois que, pour ma part, je lui aurais dégoté depuis longtemps un petit puits obscur pour l'y déposer éternellement. Avec tout mon amour filial, évidemment.

— Bon, OK. Laissons notre mère adorée où elle est pour le moment. Dis-m'en plus sur ce qui vous a poussés, Daddy et toi, à me réveiller.

— Nous pensons qu'un immortel veut s'en prendre à nous.

— À nous ? Nous, les Chiennes d'Hadès, spécifiquement ? Ou nous, les vilaines créatures chthoniennes qui peuplent l'Érèbe et se nourrissent des âmes des humains ?

— Pour l'instant, il n'y a que moi qui suis visée. Tisiphone et toi aussi, du coup, même si c'est d'une façon indirecte.

— Et comment ça se manifeste ?

— Eh bien, mes petits « protégés » se font assassiner. Toujours selon le même procédé, celui que tu as pu découvrir sur les photos.

— Et à chaque fois, tu reçois le petit reportage dans une jolie enveloppe ?

Alex hoche la tête.

— Oui. Mais d'habitude, c'est à mon nom uniquement et sur mon lieu de travail. C'est la première fois que le pli est adressé à nous trois. J'en déduis donc que nous avons à faire à une personne bien informée de ce qui se passe aux Enfers. Quelqu'un qui y a ses entrées.

— Pas d'incursions de mortels à déplorer ces derniers temps ?

— Des tentatives, mais de plus en plus rares. Je te l'ai dit, les humains ne croient plus en nous. Donc quel intérêt auraient-ils à nous chercher…

Pas faux. Ceci dit…

— Ils croient qu'ils se passent quoi, après leur mort, du coup ?

— De plus en plus souvent, ils pensent qu'il n'y a rien. Rien de rien. L'âme n'existe pas, ils meurent, leur corps se décompose, et basta. D'autres ont une vision plus manichéenne de la survie des âmes après la mort. Soit ils ont été bons, ont suivi les préceptes de leur Dieu unique et vont au Paradis, c'est-à-dire l'équivalent de nos Champs Élysées. Soit ils ont été mauvais et filent direct dans le Tartare, qu'ils appellent l'Enfer. Ils ont aussi parfois une espèce de lieu intermédiaire, dont on ne sait pas trop à quoi il sert… Ils appellent ça les Limbes. Je pense que c'est ce qui se rapproche le plus des Prés d'Asphodèle. Et pour finir, certains croient en la réincarnation. Bon. Voilà. Rien de bien nouveau sous le soleil des hommes. Mais on constate bel et bien un affaiblissement global des croyances.

— OK. Mais finalement, en quoi les agissements de cette personne nous gênent-ils ? Je comprends l'immense frustration que tu peux ressentir à l'idée de ne pas pouvoir torturer des criminels durant toute leur vie, mais à part ça ? Ça te fait moins de boulot, non ?

— S'il ne s'était agi que d'un humain se prenant pour un justicier, crois-moi, je n'aurais pas fait appel à toi ni à Tisiphone. Mais là, le fait que ces photos me soient adressées… Que l'on s'en prenne uniquement à mes victimes… Non, Meg, Daddy et moi pensons de plus en plus que nous avons affaire à quelqu'un qui nous en veut directement. Réfléchis, que se passera-t-il le jour où je n'aurais plus rien à faire ?

— Euh… Tu te reposeras ? Tu accompagneras maman pour un stage d'ayurveda en Inde ?

— Je disparaîtrai, espèce de nouille. Si nous perdons notre fonction, nous disparaissons.

— Ouais. Et alors ? Tu disais à l'instant que tu en avais ta claque, de tout ça…

C'est plus fort que moi, il a fallu que ça sorte.

Alex se lève et se met à faire les cent pas. Elle dérange au passage la terrible Bloody Hell, qui miaule et feule avant de quitter la pièce d'un pas de reine outragée.

— Et alors ? Eh bien, je ne sais plus, figure-toi. Avant ton éveil, ça me paraissait important, maintenant que tu es là… Je ne sais plus. Vraiment plus.

— Tu ne sais plus quoi ?

— Je ne sais plus si tout ça a de l'intérêt, en fait. Tant que Daddy et tous ses copains sont là pour s'occuper des âmes, finalement…

— Oui, tant qu'il y a du monde pour tenir la boutique, nous n'avons plus tant d'importance que ça. Mais je te l'ai déjà dit il y a sept cents ans.

— Tu n'avais pas tort déjà à l'époque, et c'est encore plus vrai aujourd'hui. Mais tu as lâché, Tisiphone a lâché, et si je lâche à mon tour… Qui nous dit que Daddy, Charon, Minos, Éaque, Radamanthe… S'ils lâchent aussi ?

J'ai bien envie de lui dire qu'on s'en fichera un peu, parce que nous ne serons plus là pour voir ça. Mais je sais bien ce qui l'ennuie au fond. J'ai eu la part belle, de pouvoir m'endormir si longtemps en sachant que le boulot était assuré par d'autres. Tisiphone aussi.

Mais sans tout ce petit monde qui bosse aux Enfers, ça peut vite devenir le bordel sur Terre. En fait, on ne sait pas trop ce que ça peut donner. Un joyeux mélange des âmes défuntes et des vivants façon *rave party* ?

— Tu proposes quoi, alors ? On va au moins essayer de régler cette histoire, et on décidera quoi faire ensuite. Ça te va ?

Alex opine. Ça, c'est ma sœur, toujours raisonnable.

— Je propose que nous renforcions la surveillance de certains de mes protégés. Nous devons trouver qui les tue. Il y a un traître dans les rangs des immortels. Et il est hors de question qu'il vienne jouer sur nos plates-bandes sans demander l'autorisation.

VENGEANCE

Dans le petit bistrot, qui vient à peine d'ouvrir, une grande femme, à l'élégance consommée, vient d'entrer. Ses talons hauts claquent sur le sol de marbre moucheté.

D'une démarche assurée, elle s'avance vers le comptoir de bois lisse et brillant, pose ses coudes sur le zinc après avoir rejeté en arrière sa longue et opulente chevelure d'un noir de nuit.

Le gérant, cinquantenaire bedonnant, la fixe de ses yeux écarquillés.

— B… bon… bonjour, Madame. Que… que puis-je faire… pour vous ? balbutie-t-il avec peine.

— Un café bien noir, s'il vous plaît, mon brave.

C'est à peine s'il tique à cette appellation. Pourtant, ce n'est pas commun, une femme de cette classe, et qui l'interpelle d'un « mon brave » condescendant.

Non, il n'y prend même pas garde et se précipite sur sa machine à percolateurs. Rapidement, l'arôme puissant du café vient couvrir celui des produits nettoyants et désinfectants qui règnent encore un peu sur les lieux. Dans quelques heures à peine, cela sentira la sueur, l'alcool et les haleines rances.

D'un geste négligent, la beauté incendiaire pose quelques pièces sur le comptoir. Dès que le cafetier lui sert sa minuscule tasse, elle s'en empare et désigne une petite table ronde près de la devanture. Deux chaises sont encore posées dessus.

— Serait-il possible que je m'installe à cette table ?

L'homme hoche la tête de haut en bas. Sans prononcer le moindre mot, il débarrasse le plateau, le nettoie à l'aide d'un chiffon à l'hygiène douteuse.

— Voilà, madame. Cela vous convient-il ? prononce-t-il d'une voix obséquieuse.

Au fond de lui, quelque chose s'agite. Cela ne lui ressemble pas de se montrer si servile, même envers ses clients.

— Oui, je vous remercie. Vous pouvez disposer, lui répond la femme en agitant une main presque agacée. Je vous appellerai si j'ai besoin de vous.

Avec souplesse, elle s'installe à la table, calant ses jambes interminables sous le plateau. Elle grimace légèrement. Peut-être imagine-t-elle la dizaine de chewing-gums collés, et qui viennent frôler ses bas de soie.

Mais tant pis. Elle reporte rapidement son regard sur la façade de la boîte de nuit, de l'autre côté de la rue.

Les Portes de l'Enfer.

Quelle ironie.

Sur le mur sont dessinées des divinités aux poses absurdes. En souriant, elle s'amuse à reconnaître Hadès. Sa représentation est un curieux mélange de la divinité antique et du diable chrétien. Le visage marmoréen et les sabots. Un peu plus loin, une silhouette gracieuse, couverte de fleurs. Sûrement cette écervelée de Perséphone.

Et puis Charon, Cerbère, Hermès et, tout en haut, trois silhouettes féminines, couronnées de serpents et armées de fouets.

Ces trois salopes de Furies.

Malgré la colère et la jalousie qui font flamboyer les yeux de la femme comme des escarboucles, elle esquisse un sourire presque réjoui.

La journée va être longue, mais, dans quelques heures, elle aura fait un premier pas vers sa nouvelle proie. Oh, bien sûr, elle ne se précipite jamais. Elle prend toujours son temps pour observer les habitudes de ses victimes.

De son sac en cuir, elle sort un dossier rouge, aux coins impeccables. Elle n'aime pas trop quand les pochettes cartonnées sont cornées.

Sur la couverture est épinglée une photo. Celle d'un véritable colosse, aux muscles puissants et aux traits insipides.

Elle ouvre la pochette et relit les informations qu'elle a déjà collectées au sujet de cet homme. Condamné à de multiples reprises pour violences conjugales. Sorti récemment de prison. Rien à lui reprocher depuis.

Mais il n'empêche que son ex-compagne a gardé de terribles et graves séquelles de leur dernière rencontre. Et qu'Alecto l'a pris sous son aile, pour le poursuivre de sa malédiction.

Bref, cet homme, le videur des *Portes de l'Enfer*, est une cible parfaite pour elle.

Elle soulève délicatement la tasse de sa coupelle blanche et la porte à ses lèvres laquées de rouge.

Fait chier. Le café est immonde.

Mais elle sait qu'il faut parfois savoir payer de sa personne pour assouvir sa vengeance. Surtout lorsque ladite vengeance couve depuis des millénaires.

Si elle parvient à mener son plan à bien, les Furies rejoindront bientôt la longue liste des immortels disparus dans l'Éther. D'ailleurs, beaucoup y sont grâce à ses soins.

Aucun d'eux n'avait été capable de reconnaître sa supériorité. Dommage pour eux, ils ne sont plus rien aujourd'hui.

CHAPITRE 11

Le soir même, je me rends aux *Portes de l'Enfer*. Dans la tenue que j'ai adoptée en arrivant dans le monde des humains, et Domi devra en prendre son parti. Alex m'a bien fait la morale sur le sujet, mais il est hors de question que je transige.

Il n'est pas encore vingt-deux heures, et la rue est déserte. Le bistrot juste en face, qui porte le nom ô combien original de *Café du Coin*, est en train de fermer. Quelques ivrognes titubent sur le trottoir. Plus bas, dans la rue, j'aperçois une élégante silhouette, tailleur et talons hauts, qui s'éloigne d'un pas tranquille.

Pas de quoi fouetter un chat. Tiens, elle est marrante, cette expression. Pourquoi quelqu'un aurait l'idée bizarre de fouetter un chat ? Moi-même, je manie fort bien le fouet, mais ces petits félins sont beaucoup trop terrifiants pour que j'aie la moindre envie de m'en prendre à eux.

J'entre dans le hall de la boîte. De dos, je reconnais immédiatement la silhouette aux larges épaules du videur. Mon nouvel « ami ». Je sais grâce aux informations données par ma sœur qu'il est une cible potentielle de notre ennemi anonyme.

Non pas que j'ai la moindre envie de protéger un type qui a battu sa nana. Mais s'il peut nous permettre de remonter la piste, c'est dans notre intérêt de le surveiller et de le garder à l'abri.

— Salut, gros.

Il se retourne, baisse les yeux sur moi. C'est vrai qu'il est drôlement grand en fait. Drôlement costaud. Fut un temps, il aurait fait merveille dans les arènes de Rome. Ou alors dans la chevalerie. Enfin, dans tous les métiers qui demandent d'utiliser ses muscles plutôt que son cerveau.

— Je m'appelle pas « gros ». T'es pas au courant que ça se dit pas, ce genre de choses ?

Un point pour lui. Serait-il plus subtil qu'il en a l'air ? Je décide de laisser sa chance au produit. Déjà, si je dois garder un œil sur lui, ce sera bien plus agréable s'il a un minimum de conversation.

— OK. C'est quoi, ton petit nom, déjà ?

— Ian.

Merde, c'est vrai qu'il me l'avait déjà dit. Je m'en souviens, maintenant.

— Et toi, princesse ? me demande-t-il.

— Meg.

Il a une moue dubitative. Quoi, j'ai pas une tête à m'appeler Meg, moi ?

— Allez, viens. Domi n'est pas encore prête et m'a demandé de t'attendre. Je vais te présenter à tes collègues.

Il ouvre un rideau de velours rouge et me fait signe de passer devant. De l'intérieur me parvient un souffle d'air glacé. Manifestement, la climatisation fonctionne à fond les ballons. Sûrement en prévision de la foule à venir.

Je rejoins rapidement le bar. Me hausse sur un tabouret, pose les coudes sur le zinc. Je ne vois personne pour le moment.

— Où sont-ils ?

— Ils ne vont pas tarder. Ils vont et viennent entre la réserve et le bar, à cette heure-là. Histoire que tout soit prêt quand je vais ouvrir les portes.

Mais c'est qu'il est bavard, en fait, mon nouvel ami. Je vais en profiter pour creuser un peu.

— Ça fait longtemps que tu bosses ici ?

Il se redresse, se regarde dans le miroir qui lui fait face, de l'autre côté du comptoir. Il a l'air fier de lui, soudain.

— Deux ans bientôt.

— Et tu te plais ?

— Pourquoi tu me poses ces questions ? T'es de la police ou quoi ?

Arf.

— Mais non ! Je me demande juste si c'est un bon endroit pour bosser. Si Domi est une bonne patronne, tout ça… Je veux savoir où je mets les pieds, tu comprends.

Il hoche la tête.

— Écoute-moi bien. Tu m'as pas l'air d'un ange, toi non plus. Et tu vois, Domi, elle recueille les gens comme nous. Les gens qu'ont fait des conneries, qui se sont brûlés les ailes, ou qu'ont juste pas eu de chance. Si Domi avait pas été là… Chai pas, soit je serais mort, soit je traînerais dans la rue.

— T'as pas eu de chance dans la vie ?

Parce que moi, je connais la vérité. Je sais que ce type a fait des choses horribles. Alors il a beau être plutôt sympathique, ce soir, je ne suis pas pour autant prête à lui pardonner quoi que ce soit.

— J'ai pas eu de chance. Et je me suis pas aidé non plus. Je suis loin d'être fier de tout ce que j'ai fait. Mais aujourd'hui, j'ai payé pour mes crimes, et je suis bien content qu'il y ait des gens comme Domi pour me donner une nouvelle chance dans la vie. Alors, je te préviens. Si un jour je t'entends dire du mal d'elle, piquer dans la caisse ou lui faire la moindre crasse, je te préviens, je te pète en deux.

Charmant. Niveau rédemption, il reste encore un peu de boulot sur la gestion de la violence, à mon humble avis. Mais son avis sur Domi est intéressant.

D'ailleurs, je l'aperçois qui entre dans l'espace aussi froid qu'un congélateur. Elle porte une simple paire de jeans avec un tee-shirt blanc. Ainsi, je lui trouve plus de ressemblance avec Julia que la nuit passée.

Néanmoins, quand elle s'approche de moi, je sursaute. Une légère ombre bleutée vient souligner la ligne brute de sa mâchoire. Je n'avais absolument pas remarqué, la veille, que Domi était en fait un homme. Ou une femme. Ou… Arf, je ne sais pas.

Transidentité. La transidentité est le fait, pour une personne transgenre, d'avoir une identité de genre différente du sexe assigné à la naissance, contrairement à une personne cisgenre. Les termes « transsexuel » et « transsexualisme » sont des termes médicaux anciens, abandonnés par les médecins et considérés comme pathologisants par certains militants.

OK. Je sens que j'ai quelques notions à rattraper. Non pas que le concept soit nouveau, en ce qui me concerne. Je ne me suis jamais sentie particulièrement « déesse ». Mais j'ai la sensation que les mots ont, dans toute cette affaire, une importance particulière.

— Salut, Meg. Tu es arrivée en avance, à ce que je vois. Tu fais connaissance avec Ian ?

Domi pose une main manucurée sur l'épaule colossale de son videur. Celui-ci est immobile, comme au garde-à-vous. Le regard qu'il pose sur sa patronne déborde de reconnaissance et de respect. On dirait Moisi face à moi quand je m'apprête à lui servir ses croquettes.

— Oui, nous papotions rédemption et seconde chance.

Domi éclate d'un rire qui me semble légèrement désabusé.

— Oui, c'est un sujet qui tient à cœur à Ian. À moi aussi, en fait. On ne naît pas tous au bon endroit ni au bon moment. Ni dans le bon corps, d'ailleurs. On ne fait pas tous les bons choix. Et on n'a pas tous les mêmes chances.

Elle se passe l'autre main sur le visage.

— Quoi qu'il en soit, reprend-elle, tu peux lui faire confiance. Allez, viens, je vais te montrer la suite.

Elle passe derrière le bar, et je la suis. Derrière une porte dérobée, un escalier descend vers les sous-sols.

— En bas, il y a les réserves. Toute l'équipe du bar doit y être en ce moment, pour préparer les bouteilles à remonter, couper les fruits, enfin, bref, toute l'intendance pour que la fête puisse être absolument merveilleuse.

Une fois en bas, elle me désigne un couloir carrelé de blanc, d'une propreté absolue. Puis, un autre, aux murs peints en bleu nuit.

— Par là, c'est mon domaine. Ma loge, mon bureau, comme tu voudras l'appeler. Je vis quasiment ici, de toute façon. Je vais te présenter à tes nouveaux collègues, puis j'irai me préparer. Une patronne à barbe, ça ne va pas le faire !

Elle rit, et moi je souris. Je l'aime bien, Domi. Une main de fer dans un gant de velours. Elle sait s'attirer la sympathie de ses proches, mais je devine en elle une volonté implacable.

— Salut tout le monde !

— Salut patronne !

Dans une vaste salle, qui ressemble plus à un labo qu'autre chose, quatre personnes nous font face. Deux hommes et deux femmes. Tous sont vêtus de noir. Intérieurement, j'apprécie cette marque de bon goût.

— Je vous présente Meg. Elle vient remplacer Lucia qui, comme vous le savez, est partie couver son petit. Même si je ne comprends toujours pas l'envie qu'elle a pu avoir de nous quitter pour accoucher d'un braillard, sourit Domi avec malice.

Les autres rient.

— Elle nous prépare notre future clientèle, patronne !

— Un point pour toi.

Du doigt, Domi me désigne mes collègues.

— Là, avec la touffe de cheveux roux, c'est Lionel. Tu verras, il est d'une efficacité redoutable quand il s'agit de concocter de nouvelles recettes de cocktail. Là, la belle blonde, c'est Ginny. C'est la plus ancienne derrière le bar, une vraie bible. Elle te montrera tout ce que tu as besoin de savoir pour maîtriser les bases. Et là, tu as Scott et Pauline. Ce sont les derniers rentrés, mais ils nous sont déjà indispensables.

Tout le monde s'écrie en chœur :

— Salut Meg !

Alors, ça, c'est carrément flippant, et ça me donne envie de fuir loin, très loin. Jusque dans les toges de mon père, par exemple. C'est quoi ces gens qui vous accueillent la bouche en cul de poule ? La méfiance, tout ça ? Ça ne leur dit rien du tout ?

Je décide malgré tout de profiter de l'aubaine. Tant qu'à bosser comme une misérable humaine, autant le faire dans la joie et la bonne humeur, non ?

— Allez, les enfants, je vous laisse. Je vais me faire belle pour vous faire honneur, ce soir.

Sur un dernier signe de la main, Domi nous quitte.

Le silence s'installe. Me serais-je trompée ? Si ça se trouve, ils faisaient tous semblant devant la patronne, et…

Et non, en fait. Ginny s'approche de moi et m'attrape par la main. Elle commence par me faire faire le tour des équipements présents, tandis que les trois autres retournent à leurs préparations.

Elle me parle, m'explique tout un tas de choses, mais je ne l'écoute que d'une oreille discrète.

— Tu vois, ici, on conçoit nos cocktails comme des œuvres d'art. D'ailleurs, quand tu maîtriseras les bases, nous serons à l'écoute de toutes tes suggestions. Mais pour le moment, on va surtout te demander de nous appuyer à l'arrière. S'il nous manque des choses, tu devras descendre et nous les ramener, par exemple. S'il faut couper des fruits pendant la nuit, mixer des ingrédients, laver et essuyer des verres, ce sera pour toi.

Chouette. Ça m'enthousiasme à un point…

Ginny doit lire cet engouement sur mon visage, car elle reprend aussitôt.

— Ne t'inquiète pas. Les choses évolueront petit à petit. Quand tu te sentiras prête, tu pourras venir avec nous sur le devant de la scène.

C'est drôle comme elle parle de son boulot. J'ai la sensation qu'ils se voient tous comme de vrais artistes.

— Tu comprendras mieux de quoi je te parle cette nuit. Tu vas voir, une fois que tu y as goûté, tu ne peux plus t'en passer.

Mais cette fille a une espèce de don de voyance ou quoi ? Je pense à un truc, et elle y répond dans sa phrase suivante. Elle rit sous mon regard soupçonneux.

— On est tous passés par là en arrivant ici, explique-t-elle simplement en haussant les épaules.

Tout ceci me confirme que Domi est du genre à ramasser tous les chats errants qu'elle trouve sur son chemin. Ça en dit long sur l'effet que j'ai fait à Julia lors de notre première rencontre. Je ne sais pas bien comment je dois le prendre, du coup.

Julia… Elle m'a bien dit qu'elle ne passerait pas ce soir… Malgré tout, je me rends compte que je serais absolument ravie de la revoir. Il ne semblait pas y avoir de malaise entre nous ce matin quand nous nous sommes quittées, mais…

— Tu connais Julia, c'est ça ? me lance Lionel depuis son plan de travail.

Les bras m'en tombent. Ils ont tous la capacité de lire dans les pensées, j'en suis sûre à présent.

— Euh… Oui, c'est ça.

— Vous vous connaissez depuis longtemps ?

Tiens, c'est donc mon tour de subir un interrogatoire ? Mais après tout, c'est de bonne guerre et Alex m'a dit que je devais faire preuve d'amabilité.

— Euh… Non. On s'est rencontrées il y a trois jours.

— La pauvre petite Julia. C'est vraiment une brave gosse, me dit Ginny d'un air désolé.

Ah. Je me rends compte que je suis sûrement la seule à ignorer la cause des malheurs de ma supposée grande amie.

— Euh… Oui.

Rester prudente me paraît la meilleure des options. Si je n'en dis pas trop, aucune raison qu'on me soupçonne d'usurper mon rôle.

Puis, soudain, je me détends. Je n'usurpe aucun rôle. J'ai rencontré Julia dans un parc, j'ai sauvé un chien et elle m'a proposé de rencontrer sa sœur, patronne d'une boîte de nuit, pour obtenir un job. Je n'ai rien demandé à personne, après tout.

Le fait qu'Ian, le videur, soit un protégé d'Alex est simplement une coïncidence.

Une coïncidence.

Les coïncidences, en général, je m'en méfie. Je connaissais une déesse, Tyché, qui gérait ça, le destin, le hasard, tout ça… Faudrait que je pense à demander à Alex de ses nouvelles, d'ailleurs, même si j'ai tendance à penser que c'était une sacrée connasse.

Finalement, je me mets à charrier des caisses et des caisses de bouteilles. Scott, en passant à côté de moi, s'exclame :

— Ben dis donc, vu ton gabarit, j'aurais pas cru que tu avais autant de force ! Ça va nous être bien utile, une nana solide comme toi !

L'ambiance qui règne dans cet espace froid et sans âme est tellement bon enfant, la musique que Lionel a lancée depuis son smartphone tellement entraînante, que je me surprends à sourire largement au jeune homme. Il a un visage avenant, couvert de taches de rousseur. Ce qui, immanquablement, me fait repenser à Julia.

Il faut que j'arrête avec elle. Peut-être que si je me trouve un plan d'une nuit, ça me passera l'envie de lui tourner autour. Elle me paraît tellement fragile que je refuse d'intervenir dans sa vie et de tout chambouler.

Je jette un regard en coin à Pauline. Elle est charmante, elle aussi. Pas aussi gironde que la sœur de la patronne, mais vraiment agréable. Grande, les épaules carrées, mais souple et féline… Sauf que je surprends rapidement un regard entre elle et Lionel. OK, ça va pas le faire. Je ne vais pas commencer à aller chasser sur les territoires des autres. Et puis, je sais bien que ce n'est jamais une bonne idée d'entretenir des relations sexuelles avec ses collègues de travail.

Ça ne l'était pas il y a mille ans, je suppose que c'est toujours le cas aujourd'hui.

Avec un soupir, je me remets au boulot. Qui sait, en tant que nouvelle barmaid des *Portes de l'Enfer*, je vais peut-être pouvoir faire connaissance avec de nouvelles personnes. Je ne suis pas comme Alex, moi. J'ai besoin de contacts physiques. J'ai besoin de prendre du plaisir et d'en donner.

La seule chose que je me refuse, c'est de ressentir à nouveau des sentiments comme j'ai pu en avoir pour Madeleine.

Je préfère encore retourner immédiatement dans ma bulle de stase. Et que tout ce petit monde se débrouille sans moi. De toute façon, les âmes humaines finiront toutes chez nous, que mes sœurs et moi soyons là ou pas.

INTERMÈDE

Madeleine laisse l'eau pure de la source courir sur ses pieds. Ils ne sont plus blancs ni ronds, ses pieds. Une corne dure orne ses talons, les ongles de ses orteils sont brisés. La fraîcheur de l'onde apaise ses brûlures.

Elle marche tellement. Elle marche tellement qu'elle ne sait plus vraiment où elle se trouve. Sa petite maison est loin. Sélène aussi. Il n'y a plus qu'elle, elle et son désespoir.

Ah, si, il y a toujours cette ombre qui la suit où qu'elle aille, et qui la chasse du moindre abri qu'elle se déniche.

Une obscure résolution naît dans son cœur. Elle va affronter l'importune. Après tout, si cette silhouette vengeresse doit l'accompagner tout au long des années qu'il lui reste à vivre, autant faire connaissance.

— Tu es là ? murmure Madeleine d'une voix rauque, étouffée.

Elle n'a plus tant l'habitude de parler. La solitude n'y est pas propice.

Seul un souffle d'air lui répond. Est-il chaud ou froid ? Madeleine serait bien en peine d'y répondre. Toujours est-il qu'il lui fait courir un frisson incoercible tout le long de l'échine.

— Bien sûr que tu es là, continue-t-elle, encouragée par cette réponse impalpable. Tu ne me lâcheras donc jamais ? Mais si c'était pour me faire souffrir ainsi, pourquoi ne m'as-tu pas laissée mourir dans la rivière, ce jour-là ?

Que voit-elle, en face, de l'autre côté de la source fraîche et ombragée ?

— Ah, te voilà donc…

Peut-être devrait-elle avoir peur de ce qu'elle voit en cet instant. Peut-être devrait-elle craindre l'apparition, toute de noir vêtue. Mais aucun de ses muscles ne frémit. Quand bien même elle contrarierait la divinité qui la poursuit, quelle souffrance supplémentaire pourrait-elle donc lui infliger ?

— C'est donc toi, qui me suis… soupire-t-elle. Viens donc t'asseoir à mes côtés. Quitte à cheminer ensemble, autant le faire ouvertement.

Mais les contours de la silhouette tremblent et se troublent. Elle se délite en d'infimes filaments obscurs, pour se perdre dans la luminosité douce de ce petit matin.

La rencontre n'aura pas lieu aujourd'hui.

Avec lassitude, Madeleine ramène ses pieds contre elle et les essuie du bas de sa robe de laine brune. Une fois sa peau séchée, elle remet ses bas et ses sabots. Il est temps de reprendre la route.

Peut-être trouvera-t-elle à manger, aujourd'hui ? Elle ne se souvient même pas de la dernière fois qu'elle a pu se nourrir. Souvent, on lui fait mauvais accueil dans les fermes ou les villages qu'elle traverse.

L'ombre ne se contente pas de la suivre. Elle la marque aussi d'une souillure infâme, que tous semblent sentir sur elle, qui les détourne d'elle.

Parfois, même, on lui lance des cailloux ou toute autre sorte de déchets.

— Sorcière ! lui crie-t-on.

Pourtant, elle n'est pas une sorcière. Ni une fée.

Elle n'est qu'une femme marquée par le malheur.

CHAPITRE 12

À l'aube, je reprends le chemin de l'appartement.

Je crois que c'est le moment que je préfère. Quitter l'atmosphère confinée des *Portes de l'Enfer*, pour prendre de petites rues vides, dans un calme absolu.

Mes oreilles bourdonnent encore des musiques électroniques qui ont animé mes dernières heures et, si je ferme les yeux, je vois encore des flashs colorés passer sous mes paupières closes.

Une étrange excitation circule dans mon corps, dans chacune de mes veines, dans chacun de mes muscles.

Seules la sérénité et la fraîcheur de l'aube me permettent de redescendre en pression.

J'ai enchaîné les trois dernières nuits. Si au début j'ai un peu déchanté quant à mon rôle réel dans cette machinerie bien huilée, je me suis vite rassurée. Certes, je ne suis pas vraiment barmaid. Plutôt commis, en fait. Mais l'ambiance est bonne et il y a toujours un moment où je parviens à m'éclipser, sous la forme d'une brume argentée, pour aller rejoindre la piste de danse.

Seul Scott s'est inquiété une fois de savoir où j'étais. Il m'a suffi de dire que j'étais sortie fumer une cigarette.

Je garde un œil attentif sur Ian, évidemment. Mais pour l'instant, rien à signaler.

Quand j'arrive devant les grilles de notre maison, j'aperçois une silhouette adossée au muret. Je ralentis le pas. D'expérience, je ne raffole pas des surprises.

Puis la silhouette se tourne vers moi et agite une petite main blanche.

Julia.

Je me demandais bien où elle était passée, ces derniers jours.

Quand j'arrive à son niveau, elle me saute au cou.

— Salut Meg, me dit-elle simplement. Je suis désolée, je voulais me libérer plus tôt, mais j'ai eu des empêchements… Comment se passe ton nouveau travail ? Domi est sympa avec toi ?

Je l'écarte doucement de moi pour l'observer. Dans sa voix, j'entends des choses qui ne me plaisent pas, comme si elle était au bord des larmes. Que se passe-t-il encore ?

Mon regard sur elle semble la gêner, elle détourne les yeux, tente de se dégager. Mais je résiste. Sur son visage, je discerne une ecchymose qui vient d'éclore comme une fleur fraîche.

La haine m'envahit, je fais tout pour la maîtriser, pour endiguer cette vague potentiellement dévastatrice.

D'un doigt tremblant, je viens faire le contour de son bleu.

— Aïe, gémit-elle doucement.

— Julia…

— Ne t'inquiète pas, ce n'est pas grave.

— Comment ça, ce n'est pas grave ? Quelqu'un te maltraite, et ce n'est pas grave ?

— Ce n'est pas ce que tu crois.

Peut-être. Peut-être pas. Mais j'ai du mal à croire qu'elle puisse me surprendre. Je crois que j'ai tout vu, durant ma longue vie d'immortelle.

Je secoue la tête, en respirant le plus profondément, le plus calmement possible.

— Tu ne peux pas continuer. Je ne sais pas qui te fait subir ça, mais, un jour, il te tuera. Ou tu le tueras. Et c'est là que tout commencera.

— Que quoi ? Je ne comprends pas…

— Laisse tomber. Viens, je t'offre un café.

Nous pénétrons dans la cour, montons l'escalier, entrons.

Moisi nous attend derrière la porte et se roule devant Julia, les quatre pattes en l'air. J'ai pas droit à ça, moi, quand je rentre du boulot au petit matin. Il ne se lève même pas, en général. Ce chien est d'une ingratitude…

— Oh, regarde comme il se fait beau, chantonne Julia en lui grattant le ventre. Ses poils repoussent déjà et il s'est bien remplumé.

C'est vrai qu'il est moins moche. Et il a un petit air plus guilleret. Il est presque mignon, même.

Je les laisse à leurs débordements sentimentaux et me dirige vers la cuisine, pour revenir avec deux tasses de café.

Je m'habitue bien à ce breuvage. J'en bois des litres et des litres, sous le regard souvent réprobateur d'Alex.

Assise sur le canapé, j'attends que Julia ait terminé. Elle me rejoint finalement, tout échevelée par les assauts enthousiastes de Moisi. Mais au moins, elle a retrouvé le sourire, ses yeux gris brillent de plaisir, et ses joues se parent d'un joli rose.

— Alors, raconte-moi. Ça te plaît, *Les Portes de l'Enfer* ?

— Oui, beaucoup. Je crois que c'était le job parfait pour moi. Je te remercie de ton intervention auprès de Domi. C'est un sacré personnage, ta sœur.

— N'est-ce pas ? rit-elle. La reine de la nuit !

— Tous les soirs, on fait des paris sur sa tenue et on attend avec impatience qu'elle remonte de sa loge. C'est incroyable ! Où peut-elle ranger autant de vêtements et de chaussures ? Et est-ce qu'elle ne les porte vraiment qu'une fois ?

— Même moi je ne sais pas ! Elle garde ses petits secrets ! Mais, tu sais, reprend-elle plus sérieusement, elle n'a pas toujours eu la vie facile.

Je hoche la tête, sans rien dire. Ça sent la famille dysfonctionnelle à plein nez. Si Julia veut m'en parler, tant mieux. Mais je me suis juré de ne poser aucune question.

Comme je m'en doutais, elle change de sujet. Nous parlons de tout et de rien. Je vois Alex traverser le salon, elle nous fait un léger signe de la main, puis part bosser à son tour. Notre rythme inversé nous convient bien. Elle passe ses journées à veiller sur ses protégés, et je sais qu'elle me prépare une petite liste de meurtriers à torturer pour que je puisse la soulager d'une partie de sa mission. Je ne ressens aucune impatience à reprendre du service, donc pour le moment, je profite au maximum de ma liberté.

Les heures défilent sans que je m'en rende compte. Au bout d'un moment, Julia s'exclame :

— Mais je n'avais pas vu l'heure ! Tu as peut-être besoin de dormir !

En fait, non. Il m'arrive de dormir, mais je n'en ressens pas réellement la nécessité. Ceci dit, je me vois mal lui expliquer le concept.

— Je ne bosse pas ce soir, je dormirai mieux la nuit prochaine, lui dis-je pour la rassurer.

— Est-ce que tu as envie de sortir un peu ? Tu n'as pas dû beaucoup t'aérer ces derniers jours…

Je jette un coup d'œil à Moisi. Il fait la carpette devant la porte d'entrée et me regarde avec ses petits yeux malheureux.

— On peut aller promener Moisi, si tu veux ?

Julia s'enthousiasme.

— Oui, allons-y ! C'est une super idée ! Tu sais quoi, je vais aller récupérer ma voiture, et je t'emmène faire un tour hors de la ville, ça te va ? Et on se fait un pique-nique ?

— Allez. Bonne idée. Tu en as pour combien de temps ?

— Le temps que je rentre et que je revienne… Une bonne demi-heure, ça te convient ? Pas de risque que tu t'endormes ?

Je fais non de la tête.

Elle se lève souplement, et ce simple mouvement m'envoie une bouffée de son parfum si frais et fleuri. Sans que je puisse m'y attendre, elle m'embrasse sur la joue avant de sortir comme un courant d'air printanier.

De longues secondes après son départ, je reste immobile sur le sofa, les doigts posés où l'étaient ses lèvres quelques instants auparavant.

Deux heures plus tard, nous nous retrouvons sur les berges d'une rivière aux eaux claires.

Je n'aime pas les rivières. Ou je ne les aime plus. Mais je n'ose pas le dire à Julia. Je n'ai pas envie de lui faire de la peine.

Elle pépie comme un petit oiseau, installant une large couverture sur l'herbe verte. Avant de revenir nous chercher, Moisi et moi, elle s'est arrêtée faire « quelques courses ». En vrai, elle a prévu de la nourriture pour un régiment.

Je la regarde faire. Je ne me sens pas à l'aise. Je me sens aussi déplacée qu'une statue grecque dans un supermarché.

Supermarché, magasin à grande surface (de 400 à 2 500 m^2*) proposant en libre-service la vente de produits alimentaires et d'articles d'usage courant.*

Thanks, Wiki. Il est évident qu'on ne trouve pas de statues grecques dans ce genre d'endroit.

— Meg ! Viens t'asseoir ! Tu dois avoir chaud en plein soleil.

Un point pour elle. Je sue dans mes vêtements noirs. Je me réfugie près d'elle, sur la couverture, ôte mon nouveau blouson de cuir, fourni par ma très chère sœur, et retrousse le bas de mon pantalon, exposant ainsi la pâleur de ma peau.

Mais je garde un œil méfiant sur l'eau qui cascatelle à quelques mètres de nous.

Par contre, Moisi semble vivre l'un des moments les plus heureux de toute son existence canine. Il gambade en tous sens, saute sur les papillons et les sauterelles, se roule dans l'herbe… et finit par se jeter dans la rivière, en grandes éclaboussures étincelantes.

Tout le monde a l'air à l'aise. Sauf moi. Mince alors, voilà que je me tape un sacré cafard.

— Ça va ? me demande Julia, qui perçoit manifestement mon trouble.

— Je… Je ne suis pas fan des rivières, en fait.

— Tu as peur de l'eau ?

— Non. C'est… C'est une vieille histoire. Ça me rappelle de mauvais souvenirs.

— Je vois. Tu veux en parler ?

— Non.

Je me rends compte de la sécheresse de ma réponse. Je tente aussitôt de me rattraper.

— Non, c'est encore douloureux… J'aime autant ne pas replonger dans mes souvenirs.

— Je comprends, me répond-elle en me prenant la main.

Je frémis à son contact. Se rend-elle compte de la difficulté que j'ai de résister à la tentation de la prendre dans mes bras, là, tout de suite, maintenant ? Et la présence sensible du spectre de Madeleine ne m'aide pas, contrairement à ce que j'aurais pu croire.

Bien au contraire, je ressens la furieuse envie d'effacer les réminiscences qui m'assaillent en embrassant Julia.

D'ailleurs, cette dernière se rapproche encore de moi.

— Meg, soupire-t-elle. Je ne veux pas qu'il y ait le moindre malentendu entre nous… après ce qu'il s'est passé aux *Portes de l'Enfer*.

Un malentendu ? Non, tout me paraît clair. Je lui plais, elle me plaît, mais rien n'est possible entre nous.

— Ne t'inquiète pas, Julia. Ce n'est pas toi, c'est juste que… Je commence une nouvelle vie, et je ne suis pas sûre de pouvoir répondre à tes attentes.

La main qu'elle avait levée vers mon visage retombe lourdement sur la couverture.

— Qui te dit que j'attends quoi que ce soit ?

— Eh bien…

C'est vrai, ça. Je lui prête des intentions qui ne sont peut-être pas les bonnes. On a beau être presque aussi vieille que le monde, on peut encore faire des erreurs de débutante. Il faut dire que les humains sont parfois déroutants.

— Je croyais que…

— Écoute-moi bien, Meg. Ma vie est loin d'être simple, tu sais. Je dois faire face à beaucoup de problèmes. J'adore ma sœur, mais elle ne m'aide pas beaucoup. J'ai peu d'occasions de sortir et de rencontrer du monde. Ça ne peut pas être le hasard, si je suis tombée sur toi, ce matin-là.

Et je sais que je ne te suis pas indifférente non plus. Alors, est-ce qu'on ne pourrait pas décider de simplement profiter de l'instant présent ?

Je gémis intérieurement. Comment cette fille peut-elle avoir l'air aussi fragile et être aussi déterminée ?

Je détourne la tête, pour ne pas qu'elle voie à quel point je suis troublée. Mais elle ne m'en laisse même pas le loisir, m'attrape par le menton et fait pivoter mon visage vers elle. Aussitôt, je plonge dans ses grands yeux gris. Et je maudis la faiblesse de ma chair.

Ses lèvres s'approchent des miennes, son souffle balaie mon visage comme une brise parfumée. Cette fois, je gémis pour de bon. Pitié, si sa bouche effleure la mienne, je crois que je ne pourrais plus me retenir.

Ça y est. L'émotion qui me traverse est d'une violence à couper le souffle. Sept siècles. Sept siècles sans le moindre contact avec une peau étrangère. Sept siècles sans la moindre douceur, la moindre caresse.

Qui aurait pu croire que la terrible Mégère soit aussi avide de tendresse ? Personne. Et pourtant, cela a toujours été ma faiblesse. Et la rencontre avec Madeleine a fini d'ouvrir toutes les brèches de mon âme. Je le savais, déjà à l'époque. C'est aussi pour cela que j'ai voulu dormir. J'ai toujours été consciente que plus jamais je ne pourrais redevenir pleinement une gentille Chienne à son papa.

Mes doigts agrippent le chemisier pastel de Julia. C'est plus fort que moi. Maintenant que sa bouche est sur la mienne, je la veux plus près, encore plus près.

Elle ne se fait pas prier et vient se blottir contre moi. Ses mains encadrent mon visage, ses lèvres s'entrouvrent. Ma langue s'y engouffre, joue avec la sienne.

Nos souffles s'accélèrent.

Mes mains descendent le long de ses flancs. Trouvent ses fesses rebondies. Je me laisse tomber en arrière, l'entraînant avec moi.

Comment ai-je pu croire un instant que je pourrais lui résister ? Toutes les légendes et les mythologies sur nous, les dieux, les immortels, ont raison. Nous sommes faibles. Prompts à la colère, à la vengeance, mais aussi enclins à nous laisser aller à la moindre passion, surtout charnelle. Alex n'est que l'une des exceptions qui viennent confirmer cette règle. Les humains sont notre talon d'Achille.

À présent, mes doigts tâtonnent sur les boutons minuscules de son chemisier. Je tremble tellement que je n'arrive pas à les défaire. Julia rit doucement ; se moque-t-elle de ma maladresse ?

En rejetant sa longue chevelure d'un roux flamboyant dans son dos, elle se redresse. Ses yeux ne quittent pas les miens et me promettent mille délices. Lentement, comme pour me torturer un peu plus, elle détache une à une les petites choses de nacre qui m'empêchaient d'accéder à l'objet de mes désirs.

Peu à peu, sa peau d'un blanc laiteux, parsemée de quelques éphélides, se dévoile sous mon regard émerveillé. Mes doigts se crispent un peu plus sur les cuisses de ma partenaire. Je maudis cette épaisse toile bleue qu'elle porte. C'est sa peau veloutée que je veux sentir sous ma paume.

Enfin, je vois apparaître le fin coton blanc de son soutien-gorge…

Soutien-gorge, sous-vêtement féminin destiné à soutenir les seins…

Mais ta gueule, Wiki ! Tu crois vraiment que c'est le moment, là ? De venir me susurrer des définitions dont tout le monde se fout ? Si encore tu me donnais la meilleure façon de faire voler cette chose au loin, passe encore. Mais non, même pas !

Julia continue de défaire les boutons. C'est son ventre à présent que j'aperçois. Légèrement rebondi, tendre et moelleux. Ainsi, me dominant dans le soleil éblouissant de cette mi-journée, auréolée de lumière, elle me fait penser à une déesse des temps anciens.

Le feu se répand dans mon ventre, amollit chacun de mes membres. Je laisse retomber mes mains sur le sol, déjà vaincue. À présent, elle peut faire ce qu'elle veut de moi.

D'un geste langoureux, elle ôte définitivement son chemisier, se penche un peu sur moi. Sa langue vient se promener dans mon cou, juste sous mon oreille. Je grogne, et mon corps s'arque sous cette caresse que j'ai toujours appréciée. Je ne peux plus résister, ma main attrape la nuque gracile de ma partenaire, s'enfouit dans ses cheveux épais pour l'attirer un peu plus contre moi. Je m'empare de sa bouche, haletante.

— Je ne pensais pas te trouver si réceptive, me murmure Julia.

— J'ai très envie de toi, mais je crois toujours que c'est une mauvaise idée, tout ça…

— Peut-être. Mais on s'en fout. Pour le moment, il n'y a que toi et moi. Profitons-en, il sera toujours temps de remettre les pieds sur terre.

Ou en Enfer, me susurre une petite voix. Et je crois que c'est celle de la raison, cette fois.

Mais tant pis, je me laisse aller. Je n'ai plus la volonté de lutter contre mon attirance, contre mon désir d'elle. D'un mouvement fluide, je la fais basculer sous moi. En me redressant, à genoux, je prends le temps de l'admirer. Ses cheveux lui font une couronne d'or en fusion et de longues boucles viennent s'échouer sur sa poitrine haletante, s'abaissant à un rythme rapide sous l'effet du désir et de l'impatience. Et pourtant, ses yeux se perdent dans l'immensité du ciel, au-dessus de nous. Elle s'offre ainsi à mon regard, en toute simplicité.

Mais, de mon côté, la passion s'éteint brutalement. Je ne vois plus que la large ecchymose qui orne son épaule droite. De longues secondes passent ainsi, jusqu'à ce que Julia soupire enfin.

— Que se passe-t-il ? me demande-t-elle, mais je pense qu'elle connaît déjà ma réponse.

Sans dire un mot, je désigne la marque de coup. Elle lève sa main gauche, vient caresser sa peau meurtrie.

— Et si je te dis que ce n'est rien ?

Je secoue la tête. Ce n'est pas rien. Quelqu'un lui fait du mal. Quelqu'un de proche. C'est toujours quelqu'un de proche. Et je suis tellement bien placée pour savoir comment ce genre d'histoires se termine. Même si, pour l'instant, il n'est pas question de sentiments entre elle et moi, il est hors de question que je prenne le risque de revivre une nouvelle fois ce que j'ai vécu avec Madeleine.

La question de savoir qui lui fait subir tout ceci me brûle les lèvres. Mais je sais que si les mots franchissent la barrière de ma bouche, je ne pourrais plus rester en dehors de tout ça.

Et on ne m'a pas réveillée pour que je joue les justicières. On m'a réveillée pour aider ma sœur à découvrir qui nous en veut. Point. Après, retour en stase. Et si je ne m'envoie pas en l'air durant ce laps de temps, tant pis pour moi. Ou alors, je me trouverai une autre aventure à vivre, mais sans lendemain.

Je me relève et m'éloigne de Julia. Mes yeux sont fixés sur l'eau qui court sans jamais s'arrêter, et mes pensées suivent le même chemin. Dans mon dos, je sens qu'elle se redresse et commence à reboutonner son chemisier.

Sa tristesse et sa frustration sont presque palpables. Ou alors sont-ce mes propres sentiments ? Que doit-elle penser en cet instant ? Ne lui suffit-il pas d'être battue et humiliée, il faut encore que je la rejette ? Je n'ose même pas imaginer ce qu'elle ressent en cet instant.

Dans un soupir, je me retourne. Constate les larmes qui ruissellent sur ses joues aux courbes douces.

— Julia…

— C'est bon, laisse tomber, Meg. Tu avais été claire, l'autre soir. J'ai voulu insister, mais je savais que c'était une mauvaise idée. Tu n'as à t'en vouloir de rien.

Alors, pourquoi je me sens comme une merde ?

Sans réfléchir, je la rejoins et la prends dans mes bras. Je la serre fort. Dans ses cheveux qui sentent si bon, je murmure :

— Ça n'a rien à voir avec toi, Julia.

Elle se laisse faire, mais ne me répond pas. Ne s'écarte pas non plus. Rien que de la sentir contre moi rallume le brasier dans mes veines. Je n'ai qu'un seul besoin, céder à la tentation. Alors que des désirs contradictoires mènent une bataille rageuse dans mon esprit, que mes mains brûlent de caresser son corps et mes lèvres de s'emparer de sa bouche, une douche glacée vient calmer mes ardeurs.

— Moisi !

Mon adorable chien vient de terminer sa séance d'ablutions et se secoue tant qu'il le peut à nos pieds, nous éclaboussant généreusement. L'humidité ne lui sied pas, car voilà qu'il répand à nouveau ce délicieux fumet de fourrure mal séchée.

Julia éclate de rire, avant de se précipiter vers sa voiture pour y prendre une nouvelle couverture.

— Moisi, viens !

De bonne composition, ma carpette la rejoint et se laisse frictionner avec des grognements bienheureux.

Pour un peu, je serais jalouse de mon chien. Car ce n'est pas moi, aujourd'hui, qui vais profiter d'un tel traitement.

VENGEANCE

Des jours déjà qu'elle observe le ballet bien rodé des employés de cette boîte de nuit, *Les Portes de l'Enfer*. Et elle trouve cela d'un ennui… absolument soporifique. Mortel, pour tout dire.

Bientôt, il sera temps de passer à l'offensive. Le meurtre – pardon, la délivrance – de Corinne Soubille, c'est déjà de l'histoire ancienne. Il est temps de se rappeler au bon souvenir des Furies.

Son seul problème, c'est que sa cible est particulièrement difficile d'accès. Cette fameuse Domi, la patronne de ce lieu de débauche, se terre dans les entrailles de cet établissement comme un véritable cafard.

Elle ne l'a aperçue qu'en de très rares occasions hors des murs protecteurs du bâtiment.

Mais elle a mis un plan au point. Un plan sans failles.

Car Domi a une réputation. Celle d'être très proche de ses employés, de donner une seconde chance à tous ceux qui ont fauté. Or, dans le lot, il n'y a pas que des enfants de chœur. Loin de là. Il lui a suffi de trouver le point faible, le maillon prêt à lâcher sous la pression. Celui pour qui la loyauté n'a pas la même importance que pour les autres.

Et il y en a toujours un, prêt à trahir. Il y a en a toujours un, que ce soit par appât du gain, par crainte que d'autres vilains secrets soient dévoilés sur la place publique ou par peur des représailles sur des proches. Tout autant d'outils qu'elle sait manier à la perfection.

Ces longues journées dans ce bistrot minable, au sol poisseux, n'auront pas été vaines, puisque la femme aux traits marmoréens a trouvé le traître, celui qui rendra possible sa vengeance et l'exécution de son plan.

C'est cette personne qu'elle attend, d'ailleurs, devant un énième café au goût dégueulasse.

À côté de la petite tasse aux bords épais, une enveloppe jaune. Dans l'enveloppe jaune, quelques liasses de billets. Oui, car cette fois, l'argent a suffi.

Que les humains sont faibles et vénaux ! Presque autant que les immortels.

Les lèvres fines de la femme s'étirent en un sourire cruel. Rien ne lui a échappé. Elle a eu une jolie surprise, durant ses heures de surveillance. Elle a bien vu la nouvelle barmaid, fraîchement employée.

Une petite brune, aux membres secs, aux traits acérés. Toute de noir vêtue.

Mégère, Mégère… Tu ne changeras donc jamais… Toujours à traîner tes guenilles là où il ne faut pas.

Elle sait que la Chienne d'Hadès a été éveillée de son long sommeil pour venir en aide à sa sœur Alecto. Elle sait que, bientôt, la dernière Furie, Tisiphone, les rejoindra. Si elle le peut, ce qui ne sera pas facile, elle s'en est assurée.

Et alors, alors seulement, elle pourra se dévoiler au grand jour pour l'affrontement final.

Elle n'a aucune raison de craindre l'échec, surtout quand elle voit avec quelle insouciance Mégère se mêle à cette vermine humaine. Elle est faible, elle l'a toujours été, d'ailleurs. La tragédie « Madeleine » n'a fait qu'exposer aux yeux de tous la fragilité de cette immortelle.

À cette évocation, le sourire de la femme s'élargit encore. Quel merveilleux souvenir ! Madeleine… Déjà, à l'époque, elle avait si bien manœuvré. Elle savait qu'ainsi, elle briserait à jamais la volonté de la fille d'Hadès et mettrait à mal l'union déjà fragile des trois sœurs.

Un éclat de rire lui échappe. Le cafetier la regarde, une peur immense déborde de ses yeux larmoyants. Elle lui envoie un baiser du bout des lèvres. Il tremble de plus belle. C'est à se demander s'il ne va pas finir par faire dans son froc, à force de la voir arriver tous les matins.

D'ailleurs, si elle regarde autour d'elle, elle s'aperçoit que le reste de la clientèle a fui l'établissement. Ça la fait sourire de plus belle.

Est-elle donc si terrifiante ? Un large miroir occupe le mur au-dessus du comptoir. Un instant, elle s'y contemple. Non, sa beauté est intacte. Seule la folie fuligineuse qui se consume dans ses yeux peut éventuellement trahir son ascendance divine. Mais elle en est fière.

À cet instant, une silhouette sombre s'encadre dans l'embrasure. La clochette qui signale l'arrivée d'un client s'agite et tintinnabule furieusement.

La femme claque des doigts. Aussitôt, le fil qui retenait la clochette au mur casse, et celle-ci s'écrase au sol avec fracas. Avec un glapissement de terreur, le cafetier disparaît derrière son comptoir.

— Je vous attendais. Asseyez-vous donc, que nous puissions conclure notre affaire. Je vous offre un café ?

CHAPITRE 13

— Bon, Alex, il ne se passe toujours rien du côté de la boîte. Je m'ennuie.

Ma sœur grogne une vague réponse. Elle a étendu un tapis sur le sol et se retrouve dans une posture tout à fait étrange, pieds et mains fermement ancrés dans le sol et fesses vers le plafond.

Elle inspire profondément et expire en faisant beaucoup de bruit.

— Comment ça s'appelle, ton truc, là ?

— Du. Yo. Ga.

— Ouais, ça, j'ai compris. Mais ta pose, là ?

— Ma posture. Chien tête en bas.

Chien tête en bas, asana inversé, souvent réalisé lors d'une séquence, notamment durant la salutation au Soleil. Il s'agit de l'une des postures les plus connues et les plus pratiquées…

Bla bla bla.

Avec Moisi, on se regarde. Lui est un vrai chien, et il ne fait jamais ce genre de choses. Comme pour nous narguer, Bloody Hell saute sur le dossier du canapé et s'étire de tout son long.

Non, ça va aller, merci, on préfère rester tout raides, en mauvaise santé et le poil terne, nous. D'ailleurs, je suis affalée dans un fauteuil près de la fenêtre, une tasse de café à la main. Il est onze heures du matin, je suis rentrée à l'aube et, depuis, je tourne en rond dans cette maudite maison.

Je vais exploser. Autant j'apprécie de plus en plus mon travail, autant les journées passées enfermée ici, à peine égayées par les quelques balades que j'offre à ma carpette dans le parc du coin, me dépriment totalement.

— Si tu t'ennuies, tu n'as qu'à appeler Julia. Je suis sûre qu'elle serait ravie de vous emmener promener, Moisi et toi. Et, au moins, tu ne me gâcherais pas mon week-end.

Gnagnagna. J'ai tout à fait conscience de me comporter comme une gamine. Mais l'inactivité n'a jamais été mon fort. Quant à Julia, je n'ai pas eu la moindre nouvelle depuis notre pique-nique-partie-de-jambes-en-l'air avorté.

Ça me bouffe, mais je crois vraiment que c'est mieux comme ça. Ne pas créer de liens. Enfin, je dis ça, mais je m'attache de plus en plus à mes collègues de boulot. Ils ont tous leur fêlure, un petit quelque chose qui me touche et me donne envie de les protéger.

Je ne cherche pas à creuser plus, car je suis persuadée que ce que je découvrirais pourrait les mettre en danger.

Enfin, ma sœur bondit avec grâce et légèreté, et ses pieds se retrouvent entre ses mains posées à l'avant du tapis.

Pfff.

De dépit, je me gratte une aisselle, et Moisi entreprend une séance de léchage en règle.

Après quelques autres postures, elle finit par me rejoindre, un verre empli d'une substance étrange, d'un joli orange, à la main. Devant mon regard interrogateur, elle me dit :

— C'est du lassi, tu en veux ?

— Nope. Ça a l'air un peu trop sain pour moi, si tu veux mon avis.

— Tu as tort, c'est excellent.

Gnagn… Ouais, OK, j'arrête. Je suis vraiment de mauvaise humeur.

— Écoute, Alex. Il va peut-être falloir qu'on prenne des décisions, histoire d'avoir l'avantage sur ce fameux tueur. Ça va quoi, ça fait déjà plusieurs semaines que je suis revenue d'entre les morts, et j'ai franchement l'impression de m'encroûter, là.

— Tisiphone n'est pas encore là.

— Non, d'ailleurs, ça aussi, il faudrait s'en inquiéter. Pas de nouvelles de Daddy ?

— Non, aucune. J'imagine qu'il a d'autres âmes à fouetter.

Je soupire en regardant le plafond.

— T'as quoi à faire aujourd'hui ? je demande à ma sœur.

— Rien de particulier.

— On descend ?

Alex fait la grimace. À chaque fois que nous abordons le sujet de l'Érèbe, elle trouve une échappatoire. Décidément, ses attaches avec les Enfers se sont largement distendues. Malgré tout, elle continue de torturer quelques meurtriers, comme pour se donner bonne conscience.

Oui, voilà ce qui me gêne le plus dans cette histoire. Tout ce que nous faisons est vide de sens. Pourquoi ne pas laisser l'assassin continuer à éliminer nos protégés ? Et ensuite, nous verrons bien. Nous pouvons aussi bien nous mêler aux mortels, ou alors retourner faire un somme. Ou disparaître, me souffle ma conscience. Elle est aussi pénible que Wiki, quand elle s'y met.

— Bon, Alex, j'ai bien compris que tu ne voulais pas descendre voir Daddy. Mais à ce moment-là, assume et dis-le pour de bon.

Renversant la tête en arrière, elle finit son verre d'une grande lampée bruyante. Ça me fait plaisir de voir que, de temps en temps, elle est capable de laisser se craqueler le vernis élégant dont elle s'est parée au fil des siècles. Moi, je n'oublie pas que, en tant que Chienne d'Hadès, elle est capable du pire.

— OK. Allons-y. Mais, clairement, je ne pense pas que cela nous apporte quoi que ce soit. Daddy a suivi un chemin inverse au mien. Il s'est éloigné du monde des humains, de plus en plus. Un jour, il cessera même de tenir le compte des âmes qui entrent dans son royaume.

Je hausse les épaules. Je m'en fiche un peu. Tant qu'on boucle toute cette histoire rapidement, ça me va.

— Ceci dit, ajoute ma sœur, j'ai d'autres moyens de contacter notre cher père.

— Ah bon ?

— Ouaip. Regarde.

Elle s'empare de la télécommande sur la table basse. Quelques touches, un code secret probablement, et une connexion semble s'établir tandis que les flammes d'un chaleureux feu de cheminée viennent animer l'écran de télévision. J'observe avec intérêt leur danse hypnotique.

— Et ? Il va se passer un truc ?

Alors que je prononce ces mots, une démone apparaît sur la surface lisse.

— Bonjour Alecto. Tu vas bien ?

— Bonjour Angatta. Tout va nickel. Et toi ?

— C'est assez calme en ce moment. La routine, quoi, tu sais ce que c'est, j'imagine… Enfin, qu'est-ce que je peux faire pour toi ?

— Je suis avec Mégère.

Je grimace. Je me suis bien habituée à Meg, finalement.

— Nous voudrions avoir un entretien avec Hadès. Il est disponible ?

La démone, une petite jeunette qu'il ne me semble pas avoir déjà croisée, fait une moue gênée.

— Votre mère est arrivée hier soir.

Ah. Alors deux possibilités. Soit ils se sont enfermés dans leurs appartements pour se livrer à leur devoir conjugal de façon totalement débridée. Soit ils se sont enfermés dans leurs appartements pour se pourrir et s'insulter de façon totalement débridée.

Bref, il peut y en avoir pour des jours et des jours. La notion du temps et les immortels…

Avec Alex, nous échangeons un regard. Pas le choix, va falloir y aller.

— Alors, tu veux que je fasse quoi, Alecto ?

— Laisse tomber, Angatta. On va se déplacer, ce sera plus simple.

— Très bien, je fais préparer vos appartements à toutes les deux.

— Merci, mais ça ira. On ne restera pas. À tout à l'heure.

L'écran de la télévision redevient noir.

— T'es prête ? me demande ma sœur.

— Yep. Comment ça se passe, maintenant ? Ça me paraît difficile de trouver une petite grotte suffisamment profonde pour descendre, d'après ce que j'ai vu de cette ville.

— T'as tout compris. Aujourd'hui, le plus simple, c'est le métro. Viens, je vais te montrer.

Une heure plus tard, après être entrées dans la bouche de métro la plus proche de chez nous, c'est-à-dire Gambetta, nous descendons de plus en plus profondément dans les entrailles de la Terre.

Au début de notre périple, nous croisons quelques trains bondés. Puis, plus rien. Les habitants de cette ville sont-ils au courant qu'ils vivent sur un véritable gruyère ?

Des émanations soufrées nous entourent. Le fumet si reconnaissable de l'haleine des Enfers. Quel bonheur. Ça fait du bien de se sentir vraiment chez soi. Et je déconne pas, hein.

Dans l'obscurité, des créatures démoniaques se déplacent furtivement. Je partage avec elles une même origine, mais, pour autant, elles ne se dévoilent pas à nous. Elles constituent la première couche de l'Érèbe, comme des banlieusards infernaux.

Au terme d'une longue marche, un clapotis se fait enfin entendre. Et quand je dis un clapotis… Ce bruit-là me fait plutôt penser à une ventouse qu'on utiliserait pour déboucher des latrines.

Je renifle avec précaution. Oui, même l'odeur y est.

— Nous approchons du Styx ? demandé-je à ma sœur, plus pour la forme qu'autre chose.

— Oui. Ici, le Styx se perd dans des marais puants, c'est une horreur. Pire que l'Achéron. On dirait que le fleuve récupère tous les déchets de cette ville.

Mes pieds s'enfoncent dans une gadoue vaseuse. Beurk. Je suis tout de même bien contente d'avoir chaussé mes grosses boots, même si je pense qu'elles seront bonnes à jeter en remontant à la surface.

Cela dit, je constate avec un plaisir non dissimulé que ma vision de nuit fonctionne toujours aussi bien. Je n'ai pas vraiment eu l'occasion de l'utiliser depuis mon réveil, il y a toujours de la lumière chez les humains. L'électricité…

Électricité… effet du déplacement de particules chargées à l'intérieur d'un matériau conducteur, sous l'effet d'une différence de potentiel aux extrémités de celui-ci. Ce phénomène physique est présent dans de nombreux contextes : l'électricité constitue aussi bien l'influx nerveux des êtres vivants que les éclairs d'un orage. Les découvertes des lois naturelles de l'électricité ont conduit à l'invention de nombreuses techniques regroupées dans l'électrotechnique. Cette dernière est largement utilisée dans les sociétés développées, par exemple pour transporter de grandes quantités d'énergie facilement utilisable.

Ouais, voilà. Super pratique, quoi.

Mais là, on s'enfonce de plus en plus dans les profondeurs de la Terre, nous avons dépassé depuis un moment les derniers néons et, si je me concentre un peu, j'y vois aussi bien qu'en plein jour.

Bon, ce n'est pas que le spectacle vaille vraiment le coup. De la gadoue, des déchets métalliques qui tentent vainement de s'en extirper et, nous enserrant comme dans une prison, d'épais murs de béton grisâtre et suintant d'humidité.

— C'est encore loin ?

— Non, on approche.

Soudain, une grosse voix caverneuse s'élève dans le silence à peine troublé par le bruit de nos pas.

— Qui va là ?

Mon cœur frémit de joie. Mais oui ! C'est ce bon vieux Charon !

— Charon, c'est moi ! m'exclamé-je comme une gamine de dix ans.

Et je m'élance en courant comme une folle pour rejoindre mon vieil ami, le passeur des âmes, le nocher des Enfers. J'atterris dans ses bras solides et musclés, avant que ses effluves rances me prennent à la gorge. Ah, j'avais oublié ce détail. C'est fou comme notre mémoire peut embellir certains souvenirs, en s'amusant par la même occasion à pousser certaines réalités sous le tapis.

— Pouah, mais tu pues toujours autant la vieille charogne ! lui balancé-je avec un large sourire.

— Ah ! C'est que j'espérais bien te revoir un jour, ma douce. Je m'en serais voulu de te perturber avec des nouveautés.

Je ris avec bonheur. J'ai toujours apprécié le vieux Charon. Pas un type sympa au premier abord, non, mais quelqu'un sur qui on peut compter en toute circonstance.

— C'est parfait ! Je ne suis pas du tout choquée.

Je m'écarte un peu du nocher, lève une main pour caresser sa joue sale. Pour un peu, je pourrais verser une petite larme tant je me sens émue. Lui aussi doit l'être d'ailleurs, car il se racle soudain la gorge en désignant sa vieille barque toute moisie.

— Allez, les filles, on y va. J'ai pas que ça à faire, moi.

Ouais, voilà, Charon est un vieillard bourru, mais je l'aime comme il est, et…

— Allez, c'est bon, Mégère. Avance.

Pfff. Ce n'est pas avec l'aide de ma sœur que je vais développer ma sensibilité et extérioriser mes sentiments.

Malgré tout, je m'exécute et grimpe dans la barque.

— Y a pas beaucoup d'eau, là, non ?

— Suffisamment, ma douce. Suffisamment.

Et d'un coup de rame, Charon nous propulse au milieu d'un courant puissant, que je n'aurais pas pu deviner quelques instants plus tôt.

Je m'assois aux côtés d'Alex. Elle regarde pensivement défiler des arbustes aux formes torturées, qui se détachent, noirs, sur la grisaille ambiante. De grosses bulles viennent éclater à la surface de l'eau, libérant au passage des gaz nauséabonds.

— Tu crois qu'on va trouver quoi, chez nous ?

Ma sœur soupire.

— Je t'avoue que je ne sais pas. Je ne suis déjà pas ravie de devoir revenir ici, alors…

J'hésite à poser la question qui me brûle les lèvres. Mais si on veut se sortir de tout ça, il va peut-être falloir faire preuve d'un peu d'honnêteté.

— Dis, Alex. Pourquoi tu fuis l'Érèbe ? Et dis la vérité vraie, pour une fois.

De la main, elle désigne tout ce qui nous entoure.

— Tout ça, quoi ? Les Enfers ? La famille ?

— À toi de me le dire.

— Je ne fuis pas particulièrement… Enfin, je ne crois pas. C'est juste que… enfin, ça a déjà été compliqué quand tu t'es endormie. Ça a été pire après le départ de Tisiphone. Et, d'une façon que je ne m'explique pas, tout a changé. Daddy a changé. Même Perséphone, c'est pour dire.

— Comment ça, « changé » ?

— C'est difficile à expliquer. C'est comme si quelque chose s'était brisé avec votre départ à toutes les deux. Daddy s'est réfugié dans le travail, Perséphone s'est mise à passer de plus en plus de temps en surface, et moi… j'ai fait comme j'ai pu. Et peu à peu, je me suis habituée à ma nouvelle vie. Elle me convient bien, je suis… heureuse ? Oui, d'une certaine façon. Revenir ici me rappelle ce que j'ai perdu et me fait aussi prendre conscience de ce que j'ai gagné.

— Tu culpabiliserais pas un peu, toi ?

Alex tourne son visage pâle vers moi. Le sourire qu'elle m'adresse, doux et triste en même temps, me brise le cœur.

— Si, certainement. Il ne se passe pas une seule journée sans que je me demande pourquoi je ne vous ai pas suivies dans la stase.

J'agrippe son épaule ronde et solide. De lourdes mèches de cheveux d'un blond lunaire y croulent, sous la lumière blafarde de la lampe du nocher des Enfers.

— Allez, c'est bon, va. Je suis là, maintenant.

— Oui, tu as raison. Du coup, ça me fait comprendre que j'étais pas si mal que ça, pendant ton absence.

— Tu as toujours été une sale égoïste.

— Absolument. Et toi, une petite emmerdeuse.

Je ricane. Je connais ma sœur. Nous plaisantons, mais elle est bien capable de penser à moitié les vacheries qu'elle me balance. Si elle veut jouer à ça…

— Au fait, on n'a jamais eu l'occasion encore de…

— De quoi ?

— De parler de ton ami Léo.

Touché. Je la vois rougir, pâlir, et passer par des teintes tout à fait intéressantes. Elle ouvre et ferme la bouche comme un poisson qu'on aurait jeté dans l'eau du Styx et qui suffoquerait dans ce poison liquide.

— Je ne vois pas de quoi tu veux parler. Il n'y a absolument rien à dire. Léo est un ami et…

— Oui, alors je crois qu'il espère un peu plus qu'une merveilleuse amitié avec toi. Ça ne fait pas partie du programme de ta nouvelle vie, de t'envoyer en l'air avec un beau vétérinaire ?

— Euh… Non. Pas du tout.

— Et pourquoi donc ? Il est plutôt agréable à regarder, très gentil et vu la façon dont il te regarde, il serait prêt à décrocher la lune pour te plaire.

Alex soupire.

— Je sais, j'ai remarqué aussi, qu'est-ce que tu crois.

— Ben alors ? Où est le problème ?

— Meg… Tu ne t'es jamais demandé pourquoi je ne vous suivais pas dans vos orgies ? Pourquoi je ne cherchais jamais à séduire un humain ou une humaine ?

— Euh… Si. On te pensait plus discrète que nous, à vrai dire.

— Et non. Je ne suis pas attirée par… ça.

— Ça ? Ça quoi ?

Je ne comprends vraiment pas où elle veut en venir.

— Par le sexe. Par les histoires d'amour. Tout ça.

Alors là, si je m'y attendais.

— Tu veux dire que… enfin… tu es…

— Tout à fait. Je suis vierge. Et je ne suis jamais tombée amoureuse.

Je m'empourpre. Dommage que Tisiphone ne soit pas là, elle aurait su quoi dire, elle.

— Mais… Mais peut-être que tu n'as juste pas rencontré la bonne personne, ou alors que…

Elle fait non de la tête, tout doucement.

— Non, Meg. C'est juste pas mon truc, c'est tout. Je suis asexuelle. Et aromantique aussi, pour corser le tout.

— A-quoi ?

— Asexuelle. Je ne ressens pas le besoin d'entretenir une relation physique. Et aromantique, les papillons dans le ventre et les étoiles dans les yeux, très peu pour moi.

— Ah. Un peu comme cette bêcheuse d'Artémis ?

Je n'ai jamais porté ma cousine dans mon cœur, et le moins que l'on puisse dire, c'est qu'elle m'a toujours rendu mon aversion avec enthousiasme.

— Si tu veux, oui… soupire Alex. Après, je ne m'en enorgueillis pas comme elle. C'est ce que je suis, c'est ma nature. Et aujourd'hui, les différentes orientations sexuelles sont de mieux en mieux tolérées parmi les humains.

— Et Léo ? Il en a entendu parler ? Parce qu'il a pas l'air bien au courant, quand même…

— Léo… Enfin, quand je dis que c'est de mieux en mieux accepté, je ne dis pas non plus que c'est hyper facile pour les gens différents. Je dis juste que les choses avancent… un peu. Léo finira par comprendre.

— Je suis sûre que oui. Si tu lui expliques.

— Je n'ai pas besoin de toi pour me faire la leçon. Je suis parfaitement consciente qu'il va me falloir discuter un peu avec mon ami. Mais… j'ai peur de le blesser, alors j'espère toujours qu'il finisse par s'enticher d'une autre.

— C'est beau, l'espoir.

— Ferme ta bouche, s'il te plaît. Je pourrais aussi te demander pourquoi nous n'avons pas vu cette chère Julia depuis une éternité.

Un point pour ma sœur adorée. Du coup, j'obéis et garde mes lèvres scellées. Elle m'a donné pas mal de trucs à ruminer, je dois dire. Cette histoire d'orientation sexuelle… En fait, c'est tout bête, mais cela éclaire tellement de choses. Je repense à toutes les fois où Tisiphone et moi nous sommes moquées d'elle, où nous l'avons bombardée de questions pour savoir quelle liaison elle nous cachait…

Je comprends mieux finalement qu'elle ait pu ressentir une forme de soulagement à ne plus nous avoir sans cesse sur le dos.

— Les filles, on arrive.

La voix profonde de Charon me sort de ma rêverie. De la brume émerge un ponton aux planches disjointes.

En quelques instants, nous voilà sur la terre ferme. Enfin, ferme. Spongieuse, surtout. D'expérience, je sais qu'il faudra marcher encore un moment avant de ne plus patauger dans la fange.

Enfin, c'est ce que je croyais, mais je suis vite détrompée par l'apparition d'une voiture aux chromes rutilants.

— C'est quoi, ce délire ? dis-je en me penchant par la fenêtre entrouverte.

Au volant, un charmant démon me fait un petit signe de la main. Il possède une plastique sublime, et seuls ses yeux rougeoyants trahissent sa nature démoniaque. Sur son crâne, il a posé une mignonne petite casquette noire.

— Bonjour, mesdames. Que puis-je pour votre service ?

Une nouvelle fois, j'ouvre et referme la bouche sans savoir quoi répondre. Il n'y a pas que chez les humains que la technologie a fait un bond en avant.

Devant mon air stupéfait, Alex hausse les épaules et me désigne une silhouette massive, un peu plus loin.

— Et ça, tu vois, m'explique-t-elle, c'est un bus. Il sert à transporter les âmes vers leur destination.

— Sérieux ?

— Écoute, oui, on avait des plaintes. Les humains d'aujourd'hui ne sont plus vraiment prêts à faire des efforts, même dans la mort.

— Et Daddy a accepté ça ?

— Évidemment. Lui aussi apprécie un certain confort. Allez, on y va.

J'embrasse une dernière fois Charon.

— On se voit bientôt ?

— Quand tu veux, ma douce. Tu sais où me trouver.

— OK. Dès qu'on a mené notre mission à bien, je viendrai passer quelques jours de vacances avec vous tous.

— Tu m'as manqué, ma douce.

— Toi aussi, vieille branche.

Sur ces belles paroles, je grimpe dans le taxi infernal, qui démarre aussitôt en trombe.

— Tu as d'autres surprises pour moi ?

— Oh, sûrement. Mais tu les découvriras au fur et à mesure.

— Je n'aime pas les surprises.

— Mais arrête de râler. Tu n'es pas bien installée, là ?

Dans le rétroviseur, le chauffeur m'adresse un charmant sourire.

— Mesdames, si vous le souhaitez, je peux régler la température de l'habitacle. Vous trouverez aussi des bouteilles d'eau et quelques bonbons à la menthe dans les portières.

Cette fois, c'est bon, je crois que ma mâchoire vient de se décrocher.

— Alex… gémis-je d'un air pitoyable.

— Pouvez-vous monter la vitre de séparation, s'il vous plaît ?

— Bien sûr, répond le jeune homme, même si sa mine chiffonnée prouve qu'il est en réalité vexé comme un pou.

J'imagine que ce n'est pas tous les jours que l'on trimballe des Furies sur le Pré d'Asphodèle.

En effet, nous roulons à présent dans un décor terne et monotone. J'ai toujours aimé le Pré d'Asphodèle, moi. Cet endroit tiédasse, entre deux extrêmes, l'un de souffrance et de damnation, et l'autre de bonheur et de liesse. Entre le Tartare et les Champs Élysées. Ici, sur le Pré, n'errent que des âmes sans relief, vestiges d'êtres qui n'ont été ni bons ni mauvais. Daddy n'avait rien pour les condamner à une éternité de douleur, mais rien non plus pour leur ouvrir les portes d'une perpétuelle félicité.

Cela représente finalement la grande majorité des ombres qui échouent ici. C'est vrai que mes sœurs et moi avons tendance à ne voir que le mal chez les humains, leurs tendances meurtrières et destructrices. Mais si l'on y réfléchit bien, nous ne poursuivons de notre fouet qu'un infime pourcentage de la population. Alors, évidemment, il n'y a pas plus de fréquentation sur les Champs, mais ça s'équilibre plutôt bien, non ?

Le front collé à la vitre, j'observe cette vaste et morne plaine. Du gris, du gris, du gris. C'est reposant. De temps en temps, un arbuste aux branches torturées surgit du néant, accroche mon regard, avant de se perdre derrière notre taxi. Nous croisons aussi quelques silhouettes éthérées, dont je devine les tristes mines. J'aimerais pouvoir les rassurer et leur dire qu'ils ne sont pas si mal lotis que ça.

Mais au loin se dessine déjà la forme élancée du palais de mon très cher paternel. En moi-même, je ricane. Depuis mon réveil, j'ai eu le temps de regarder quelques célèbres dessins animés. Quelle n'a pas été ma surprise en découvrant qu'un très célèbre studio d'animation semble s'être inspiré directement de mon doux foyer !

Le palais d'Hadès, que l'on pourrait imaginer être une horrible place forte, est en fait une charmante et délicate petite chose, toute de tourelles et de passerelles élancées, d'un blanc de nacre, se détachant sur un ciel violacé et traversé d'éclairs aveuglants. Par contre, aujourd'hui, j'aperçois une colonne de fumée qui s'élève au-dessus de la demeure familiale.

— Alex, c'est normal, ça ?

Ma sœur se penche pour jeter un œil.

— Je ne sais pas. Peut-être une expérience de l'un des savants fous de Daddy qui aura mal tourné…

— Oui, peut-être…

Daddy adore les savants fous. Il adore jouer lui-même au savant fou, d'ailleurs. Je ne compte plus les explosions et les diverses contaminations qui ont émaillé mon enfance. Mais bon, il faut bien que mon cher père occupe ses longues journées d'immortel.

Mes pensées me ramènent à l'étrange ressemblance entre le palais d'Hadès et le château de Disney. Perséphone m'a confié une fois qu'elle avait eu un coup de cœur pour cette demeure improbable, et que cela avait quelque peu fait pencher la balance en faveur de son kidnappeur infernal.

Bon, il semblerait que, les siècles passant, elle ait fini par s'en lasser pour lui préférer des masures plus modestes.

Nous nous rapprochons rapidement. Et plus nous nous approchons, plus je me dis que la ressemblance avec ce château couronné de feux d'artifice, si célèbre chez les humains, ne peut pas être fortuite.

— Dis, Alex. Vous avez eu une visite d'humain ces dernières décennies ?

Elle me jette un regard soupçonneux.

— Pourquoi tu dis ça ?

— Tu trouves pas que le palais de Daddy ressemble à… enfin, tu sais, dans les dessins animés. Disney.

Ma sœur éclate de rire.

— Ah ! Ce palais-là !

Ben quoi ? Je ne vois pas pourquoi ma question est si drôle…

— Avoue quand même que la ressemblance est évidente.

— Oui, c'est vrai, et ce n'est pas une coïncidence. On va dire que Perséphone a un peu trop parlé, encore une fois. Et cette fois, ce qu'elle a raconté n'est pas tombé dans l'oreille d'un sourd.

Perséphone… Décidément, elle n'en rate jamais une.

— D'ailleurs, on va la voir, non ?

— Eh bien, oui, je suppose. À moins que tu veuilles à tout prix l'éviter ?

Je ne sais pas. Je n'ai rien contre ma mère, en tant que personne tout du moins. Parce qu'en tant que mère, il y a beaucoup à redire. Je crois qu'elle ne s'est jamais vraiment sentie reliée à nous. Elle nous a mises au monde comme un coucou pond ses œufs, elle nous a nourries le temps nécessaire et dès que nous avons acquis suffisamment d'autonomie, elle a repris son envol, comme un oiseau migrateur, entre l'Érèbe et le monde des humains. Entre mon père et son éternel attachement à la Terre.

Elle ne nous croisait qu'en coup de vent, toujours accompagnée de ce parfum de printemps, toujours jeune et belle, virevoltante, inconséquente, indigne de ses enfants… Je me souviens qu'elle nous pinçait les joues en souriant et en s'extasiant de nous voir si grandes, mais son regard était toujours fuyant, perdu dans un ailleurs qui nous échappait.

Avec un soupir, je réponds tout de même à ma sœur :

— Non. J'imagine que je peux supporter de la croiser.

Alex me jette un regard en coin. Je sais bien que j'ai toujours été la plus blessée par l'attitude de notre mère. Alex a réagi comme elle le fait pour tout, avec détachement et une sorte de fatalisme qui m'est étranger. Tisiphone, elle, semblait s'en foutre royalement. Elle pouvait même avoir de courtes conversations avec Perséphone, rire de quelques-unes de ses blagues et lui confier ses dernières aventures.

Moi, je n'ai jamais pu. Je me murais dans un silence buté et malaisant jusqu'à ce que ma génitrice tourne les talons et reparte s'encanailler parmi les humains, pérorant encore et toujours sur son rôle essentiel au chevet de la nature. Sans elle, point d'avenir ! Les cultures pourriraient dans les champs, l'hiver étendrait ses griffes glacées sur tous les mois de l'année, et l'humanité mourrait de faim à court terme.

Perséphone, la grande Perséphone ! Quelle mascarade… Que peut-elle en dire, aujourd'hui, quand l'on sait les dégâts causés par ses protégés à sa chère nature ? Son optimisme à toute épreuve a dû en prendre un sacré coup.

Le temps que dure ma réflexion, nous arrivons au pied du palais de Daddy. Le chauffeur descend de notre véhicule et vient nous ouvrir la portière. Classe. Mais en descendant, je me rends compte que j'ai oublié de prendre un bonbon. Je me précipite dans l'habitacle pour faire une razzia et m'en fourre plein la bouche. Wahou, ils sont drôlement forts, ces bonbons à la menthe.

— Meg…

— Bah quoi ? C'était gratuit, il a dit, le chauffeur.

Alex secoue la tête en souriant. Elle a toujours aimé me voir faire le clown. Enfin, quand ça ne l'exaspère pas au plus haut point.

Elle me prend le bras, le serre doucement.

— Allez. Tu es prête ?

— Hon hon, je réponds, la bouche pleine.

— Alors, on y va.

Et, toutes les deux, proches comme nous ne l'avons pas été depuis bien longtemps, nous montons les marches scintillantes du palais familial.

INTERMÈDE

Madeleine n'en peut plus. Ses forces sont épuisées depuis bien longtemps. La faim est devenue sa seule compagne.

Pourtant, elle avance, encore et toujours, comme si son corps ne connaissait pas d'autre réponse au malheur.

Quel choix a-t-elle, de toute façon ? C'est ça, ou mourir dans le fossé.

C'est ça, ou…

Mais pourquoi pas, après tout ? N'était-ce pas ce qu'elle voulait ? Suivre l'enfant soleil, l'enfant aux minuscules sabots étincelants dans l'onde pure ?

Alors, qu'importe si, aujourd'hui, c'est un fossé boueux qui accueille son corps épuisé. Qu'importe.

Dans l'au-delà, elle retrouvera son tout-petit, elle en est sûre !

Tandis que cette pensée s'agite et se tortille dans son esprit embrumé de fatigue, elle continue d'avancer. Ses chevilles se tordent dans les ornières, le bas de sa jupe déchiré est maculé de boue. Elle a froid, elle frotte ses doigts rougis les uns contre les autres, souffle dessus ; c'est douloureux.

Tout est devenu douloureux. Chaque pas, chaque geste, chaque respiration. Chaque aube la rappelle à son malheur, chaque coucher de soleil la trouve sanglotante auprès d'un feu maigre qui ne lui apporte plus aucun réconfort.

Ce n'est qu'au dernier moment qu'elle entend les cavaliers arriver à toute vitesse derrière elle. Ce n'est qu'au tout dernier moment qu'elle décide d'en finir.

À l'instant où le premier cavalier arrive à sa hauteur, elle fait un pas de côté et se retourne. Pétrifiée, elle voit l'immense cheval, aussi noir que la nuit, se cabrer au-dessus d'elle. Des cris retentissent, les lourds sabots s'abattent sur elle.

Pendant ce qui lui semble des heures, elle erre dans un paysage de plaines recouvertes de brouillard. Çà et là, quelques arbustes étirent vers un ciel invisible leurs branches torturées. Où sont les cavaliers ? Où est la route sur laquelle elle marchait ? Elle ne reconnaît rien.

Elle ne sait même pas si elle vit ou si elle a enfin pu fuir son existence de misère.

Soudain, une silhouette encapuchonnée surgit d'un tourbillon de brume argentée.

— Madeleine.

— Ou… oui.

— Tu dois y retourner.

Madeleine n'entend aucune méchanceté dans la voix de l'apparition. Juste une grande tristesse.

— Mais pourquoi ? N'ai-je pas mérité le repos éternel ?

La silhouette agite sa capuche de droite et de gauche, avec lenteur.

— Il n'y a nul repos pour les femmes comme toi.

— Comment ça ?

— Tu as tué ton enfant.

— Mon enfant…

Les larmes dévalent les joues creuses de Madeleine. Son enfant. L'enfant de Lidoire. L'enfant du viol. Celui qu'elle aurait tant aimé suivre dans l'oubli. Celui que son âme tout entière aspire à retrouver aujourd'hui.

Elle tombe à genoux. La poussière sur le sol ne s'élève même pas autour d'elle. Quel est donc cet endroit étrange ?

— Combien de temps… Quand pourrais-je…

— Jusqu'à ce que tu meures de mort naturelle. Tu ne pourras jamais écourter tes souffrances. Je… suis désolée.

La silhouette agite une main blanche. Aussitôt, la route si familière à Madeleine réapparaît. Au loin, des cavaliers poursuivent leur route à bride abattue.

Qu'en ont-ils à faire, de cette pauvre folle ?

CHAPITRE 14

— Maîtresse Mégère !

Je grimace. Oui, je crois qu'il va falloir que je m'y fasse. Ici, je serai éternellement Mégère.

Je ne reconnais pas la jeune démone qui vient de m'interpeller. Engoncée dans un uniforme noir et blanc, elle semble particulièrement déplacée en ces lieux. Sa peau verdâtre, parsemée d'écailles, est recouverte d'une fine couche de mucus qui tache le tissu fin de sa robe courte. Elle n'a pas de jambes et se déplace sur une queue de serpent, ce qui confère à tout son corps une espèce de mouvement oscillatoire qui me donne envie de vomir. Je vais finir avec le teint aussi vert que le sien.

Alex prend les choses en main.

— Bonjour Siphonia. Nous venons rendre visite à Hadès et Perséphone. Peux-tu nous annoncer, s'il te plaît ?

Un éclair de panique passe dans le regard de la démone.

— Euh… C'est-à-dire que… Enfin…

Dans un soupir, Alex reprend :

— Que se passe-t-il ? N'aie pas peur, parle !

— Le Seigneur et sa dame… Ils ont détruit toute une aile du palais !

Au moment où Siphonia prononce ces mots, une explosion retentit, ébranlant les murs autour de nous. C'était donc ça, la colonne de fumée qui montait dans le ciel du Pré d'Asphodèle ! Et pas une expérience ratée !

J'hésite entre rire et m'inquiéter. Si le talent approximatif de mon père pour la science est bien connu de tous ici, les disputes entre lui et sa femme le sont tout autant. J'imagine qu'on ne peut pas s'aimer pour l'éternité sans devoir relancer la machine de temps en temps.

— Je vois, tempère Alex. Merci, Siphonia, nous allons nous en occuper. Où sont-ils à présent ?

D'un doigt crochu et tremblant, Siphonia nous désigne un couloir. Je hume l'air. Oui, l'odeur de brûlé vient bien de cette direction.

— Allons-y, me dit ma sœur. Autant s'occuper de ça immédiatement.

Je hoche la tête et lui emboîte le pas.

Dans les couloirs que nous arpentons, nous croisons une multitude d'objets et de meubles en fuite. Ça doit vraiment sentir le roussi.

Je trébuche sur une théière venue s'échouer entre mes pieds. Machinalement, je la ramasse et l'emmène avec moi. Mais elle s'agite tellement, terrorisée, que je finis par la relâcher.

— T'as vu *La Belle et la Bête* ? me demande Alex.

— Ouaip.

— Et alors, t'en penses quoi ?

— Que Perséphone s'est prise pour la Belle. Par contre, je ne trouve pas la Bête très ressemblante.

Ma sœur rit aux éclats.

— Ce qui est dommage, c'est qu'ils ont certes pas mal d'enfants, mais par contre, pour ce qui est de vivre heureux pour toujours…

Des cris de rage nous parviennent. Daddy s'est toujours montré très expressif lors de ses disputes avec notre mère. Il faut dire qu'elle a l'art et la manière de le mettre en colère, avec ses airs de ne pas y toucher.

— Oui, ou alors nos parents ont une conception assez particulière du bonheur.

— J'ai beau savoir que c'est quelque chose d'inné, parfois, je me dis que mon orientation sexuelle ne vient pas de nulle part.

— Ah ça, on est gâtées, question névroses, chez les Furies…

— Carrément.

Nous faisons à présent face à une double porte monumentale, d'un blanc immaculé. Derrière, ce sont les appartements de Perséphone. Par les interstices, une fumée rougeoyante s'échappe.

— Bon, on y va ?

— Il faut bien, soupiré-je.

Alex toque à la porte, doucement tout d'abord, puis, devant l'absence de réponse, un peu plus fort.

— Je crois qu'il va falloir employer les grands moyens, dis-je.

Sans même me regarder, elle donne un coup de pied phénoménal dans les battants, qui éclatent sous l'impact.

— Comme ça ?

— Parfait, sœurette.

Face à nous, c'est une véritable apocalypse. Des flammes infernales lèchent les murs et il ne reste que des braises des tapis moelleux qui couvraient le sol de marbre rose. Au centre de l'immense pièce se tient Daddy. Sa tête couronnée de cheveux blancs comme neige frôle le plafond. Son visage est courroucé. Houlala, il nous fait une grosse colère, Daddy-chou.

Du regard, je cherche Perséphone. Elle se tient droite, assise sur une jolie petite chaise dorée, devant un bureau d'apparence tout aussi précieuse. Elle semble en train de… colorier dans un cahier décoré de fleurs et d'arbres enchevêtrés. Elle ne regarde même pas le dieu des Enfers piquer sa crise. Dommage, elle loupe un sacré spectacle.

— Tu ne repartiras pas ! hurle mon père, ses cordes vocales tendues à se rompre.

Sous le souffle, Alex et moi levons un bras pour nous protéger le visage. Des débris en tous genres traversent la pièce en volant.

— Sois donc un peu raisonnable, mon chéri. À quoi sert-il de t'énerver ainsi ? Crois-tu que ce soit un exemple à donner à tes filles ?

Daddy nous regarde. Sur le moment, il ne semble même pas nous reconnaître. Je crains qu'il ne déploie sa fureur sur nous, mais non, il se dégonfle soudain comme un gros ballon de baudruche percée par une fine aiguille.

Perséphone a toujours été plus forte que lui, le pauvre.

— Salut Daddy ! disons-nous en chœur.

— Oh… Salut les filles… Ça va ? Je… Je ne vous attendais pas aujourd'hui…

Il a repris une taille normale, mais son regard nous fuit. Il erre en sautillant sur le carnage qui règne autour de lui.

Heureusement, notre mère détourne l'attention en se levant pour nous accueillir.

— Alecto ! Mégère ! Je suis tellement ravie de vous voir, pépie-t-elle sur un ton chantant.

Aussitôt, je me crispe. J'avais oublié à quel point je ne la supportais pas.

Mais elle ne me laisse pas le choix et m'attrape pour me serrer dans ses bras.

— Ma chérie ! Tu m'as manqué, tu sais.

Ah ? Sérieux ? Aurais-je été trop dure avec elle ? J'esquisse un sourire timide, lorsqu'elle reprend :

— Tu as sacrément mauvaise mine, par contre. Et tu ne peux pas faire un effort pour t'habiller un peu mieux que ça ? Regarde ta sœur, toujours très classe, propre sur elle…

Ah, ben non. Perséphone n'a pas changé d'un iota. Finalement, ce n'est pas plus mal, je me sens en terrain connu. Je vais pouvoir continuer à la détester cordialement.

— Ouais, c'est ça. Alecto est parfaite, et moi je suis une vilaine petite fille. C'est bon, on peut passer à la suite ? T'avais envie de te faire payer une nouvelle déco ? dis-je en désignant le capharnaüm ambiant.

Mais, comme à son habitude, ma mère laisse glisser le sarcasme sur elle. Pas un frémissement sur son beau visage de déesse. En sept cents ans, elle n'a pas pris une ride. Elle a toujours la fraîcheur de la jeunesse. J'observe sa peau délicatement dorée, ses immenses yeux verts et la longue chevelure d'un blond vénitien qui cascade dans son dos, jusqu'à sa taille fine. Pas étonnant que Daddy soit toujours aussi fou d'elle, malgré son caractère de… euh, son caractère si particulier.

Elle éclate d'un rire charmant, qui me fait grincer des dents.

— Oh, tu exagères. Je n'ai pas besoin d'énerver ton père pour obtenir tout ce que je veux, tu le sais bien.

Un point pour elle et sa lucidité. À quelques mètres de nous, je vois Daddy serrer les poings. De la fumée sort à nouveau de ses oreilles. Vite, changer de sujet.

— Bon alors, quoi de neuf ?

Aussitôt, je me mords la lèvre. Quoi de neuf ? Non, mais sérieux, c'est une façon de détourner l'attention, ça ?

Alex rattrape ma bourde en prenant la parole.

— Nous sommes venus pour vous informer de la tournure que prennent les événements, là-haut. Et pour savoir où on en est, avec Tisiphone. De l'aide serait la bienvenue.

— Vous vous inquiétez pour bien peu de choses, chantonne Perséphone en retournant à son petit bureau. Il se passe des choses bien plus graves dans le monde, actuellement.

— Maman… Je sais bien que tu es préoccupée par le changement climatique et la disparition des espèces animales, mais là, ça n'a rien à voir et…

— Comment ça, rien à voir ?

Cette fois, sa voix est montée dans les aigus. Aïe, sujet sensible. On va avoir droit à tout le discours.

— Les humains détruisent la Terre bien plus vite que je ne parviens à la guérir. La majorité de mes déesses, de mes nymphes, de mes dryades et autres créatures immortelles sont mortes ou ont disparu ! Ce n'est rien ça, peut-être ?

— Maman, ce n'est pas ce que je voulais dire, et tu le sais très bien…

Mais c'est trop tard. Perséphone lève ses bras blancs au ciel, puis pose une main tremblante sur son front lisse.

— Comment pourrais-je être heureuse ici, puisque personne ne fait l'effort de me comprendre ? N'ai-je donc enfanté que des ingrates, des inconscientes ? J'en ai assez, tellement assez…

Le reste se perd dans des sanglots déchirants, qui résonnent dans un silence inconfortable. Daddy, Alex et moi, nous nous regardons, médusés. On ne va pas se mentir, le coup de la mère outragée, on a l'habitude. Mais là, elle y va fort, la déesse de la nature. Pour un peu, on s'attendrait à voir surgir tout un cortège de pleureuses vêtues de noir, en train de se griffer le visage de désespoir.

Pour ma part, je suis atterrée. J'aurais bien dû me douter que ça se passerait comme ça, cette histoire de retrouvailles. C'est du Perséphone tout craché, ça. Et je sais exactement quelle est la conduite à tenir.

Se taire. Ne pas bouger. Laisser passer l'orage.

Quand la Drama Queen qui me sert de mère aura épuisé toutes ses ressources, nous pourrons peut-être avoir une conversation normale. Je dis bien « peut-être ».

Alex aussi reste de marbre à mes côtés. Elle se contente de croiser les bras en levant les yeux au ciel. Mais par contre, je vois bien que Daddy est au point de rupture.

Ses poings massifs s'ouvrent et se ferment de façon convulsive. Ses paupières tressautent sous le coup de la rage qui monte en lui. C'est pas bon, pas bon du tout. J'ai presque envie de me mettre à hurler : « Tous aux abris ! ». Mais bon, pas sûre qu'on m'entende, vu le boucan que fait ma mère.

Soudain, le dieu des Enfers ouvre la bouche. Par réflexe, je couvre mes oreilles de mes mains. Ça ne suffira pas, mais on fait avec ce qu'on a.

— MAIS TU VAS TE TAIRE, BORDEL !

Les murs de la pièce tremblent, de la poussière tombe du plafond en une pluie de flocons scintillants. Des fissures apparaissent au sol. Oh, malheur ! Ça va mal finir, tout ça.

Enfin… peut-être pas. La surprise a fait taire Perséphone. Ses bras levés retombent le long de sa taille fine et elle contemple son époux, bouche ouverte, yeux écarquillés.

— Mais… balbutie-t-elle. Mais… je…

— MAIS RIEN DU TOUT ! TU TE TAIS ET TU ÉCOUTES ! ÇA FAIT UNE ÉTERNITÉ QUE JE SUPPORTE TES CAPRICES ! TU ES ÉGOCENTRIQUE ET PÉNIBLE ! JE NE TE SUPPORTE PLUS !

Oh la la… Si je m'attendais à ça… Mes parents vont-ils se séparer ? Vont-ils divorcer ? S'il faut en choisir un, je le dis de suite : je veux rester avec Daddy !

Mais là n'est pas le sujet. Enfin, pas pour le moment, en tout cas. J'observe Perséphone, dont la bouche s'ouvre et se ferme comme si elle était un poisson rouge qu'on aurait oublié de remettre dans son bocal. Elle est blafarde.

Alex, qui a plus de présence d'esprit que moi sur ce coup-là, se précipite vers elle pour la soutenir.

— Allez, maman, ça va aller, hein. On est tous un peu sur les nerfs. On va prendre cinq minutes pour se détendre, boire un peu d'eau fraîche, et puis on s'assiéra autour d'une table pour discuter calmement de tout ça, OK ?

— NON, dit Hadès d'une voix grondante.

À présent, ses longs cheveux de neige volent autour de son visage parfait. Bon, il n'a pas l'air tout à fait disposé à se calmer, mon Daddy-Chou.

— Daddy, écoute… Arrête de faire ta grosse voix, et contrôle-toi un peu aussi, tu veux ? tente de le raisonner Alex.

— J'AI DIT « NON ».

— Daddy…

— IL SUFFIT, ALECTO. TA MÈRE EST ALLÉE TROP LOIN. JE NE PEUX PLUS TOLÉRER SON ATTITUDE. PUISQU'ELLE N'EST PAS HEUREUSE ICI, QU'ELLE S'EN AILLE.

Sur ces belles paroles, il fait demi-tour et sort de la pièce d'un pas impérial. Mais pas par la porte, non. D'un coup de poing phénoménal, il explose le mur en face de nous. Mais, en grand seigneur, il se retourne une dernière fois vers nous.

— JE VOUS ATTENDS DANS MES APPARTEMENTS. VENEZ M'Y REJOINDRE QUAND VOUS AUREZ CALMÉ VOTRE HYSTÉRIQUE DE MÈRE.

Et là, Perséphone se remet à pleurer. Mince… Je crois que même dans mes pires cauchemars, je n'aurais pas pu imaginer une telle situation.

Nous avons bien galéré à raisonner notre chère mère, mais ça y est, elle dort enfin paisiblement. Enfin… Elle dort surtout sous l'effet du joint qu'Alex lui a roulé pour la calmer. Apparemment, ma mère a toujours un peu d'herbe sur elle.

Nous nous tenons à présent devant la porte des appartements de notre père. C'est la seule porte noire de tout le palais. Il n'a jamais voulu céder à Perséphone sur le sujet. « Tu fais ce que tu veux dans ce palais, mais tu fous la paix à ma chambre », avait-il coutume de lui dire.

C'est vrai que des murs roses et blancs, des plaids en macramé et des tapis moelleux, pour le dieu des Enfers, ça n'aurait pas été hyper raccord.

— Bon, on y va ?

— Allez, je réponds à ma sœur.

Elle toque, résolument. Qu'est-ce qu'elle est courageuse, tout de même ! Moi, je dois avouer que je n'en mène pas large. J'irais bien me cacher dans un petit trou de souris.

La porte s'ouvre sans que j'aie le temps de tourner les talons pour m'enfuir. Daddy nous fait face, tout sourire. Apparemment, il s'est calmé sans notre aide. Ses traits sont détendus, ses cheveux reposent mollement sur ses larges épaules. En fait, il a l'air parfaitement serein. Et peut-être même… soulagé ?

— Entrez, les filles. Je vous attendais.

En silence, nous pénétrons dans le vaste hall. Quand Hadès parle de ses appartements, il ne veut pas simplement dire « ma chambre et ma salle de bain ». Non, ses appartements sont aussi vastes que… Que quoi, en fait ? Je ne saurais même pas le dire. Il y a certes toutes les commodités que l'on pourrait s'attendre à trouver chez le seigneur des lieux, mais aussi de multiples replis cachés menant à des réalités alternatives. Par ces replis, notre père peut atteindre n'importe quel lieu, n'importe quelle époque, n'importe quelle autre dimension. Enfin, c'est Hadès, tout de même. Pas le premier immortel venu.

Pour l'heure, nous traversons plusieurs pièces à la décoration sobre. Murs noirs, sols noirs, tapis noirs, meubles noirs… Seules des bougies éclairent notre progression. Mais j'avoue que j'ai toujours bien aimé venir me réfugier ici. Il y règne une atmosphère bien plus en adéquation avec notre nature profonde que les cours riantes ou les salles de bal étincelantes que ma mère apprécie tant.

Finalement, nous arrivons dans un salon plutôt cosy, un peu moins sombre que l'enfilade de pièces qui vient de précéder.

D'un geste, Daddy nous invite à nous asseoir dans les larges fauteuils moelleux qui nous tendent les bras. Aussitôt, je me jette dans le plus proche et m'y vautre avec un ronronnement de plaisir. Celui-là, c'est mon fauteuil, celui dans lequel j'ai toujours aimé m'asseoir pour discuter de longues heures avec mon Daddy adoré.

Alex, quant à elle, s'installe avec grâce sur le bord d'un canapé de cuir, les mains croisées entre ses genoux. Mais, à la lueur qui brille dans ses yeux clairs, je n'ai aucun doute sur le plaisir qu'elle a à se retrouver ici. Peut-être qu'elle va retrouver plus facilement le chemin de l'Érèbe, à présent.

Toujours parfaitement détendu, Hadès s'adosse à la pierre noire de la belle cheminée qui nous fait face. Un feu crépite dans l'âtre, même s'il ne fait pas particulièrement froid. D'ailleurs, ce feu de bois diffuse-t-il la moindre chaleur ? Ce n'est peut-être qu'une illusion entretenue par mon père pour parfaire le confort ressenti par ses visiteurs.

— Daddy… commence Alex, je crois que…

— Alecto, ma chérie. Je vais être clair avec toi. Mes histoires avec ta mère ne vous regardent pas. Vous n'avez pas à vous interposer entre nous, et sache que je ferai tout pour que vous ne souffriez pas de la situation.

— Mais… quelle situation ? tenté-je de demander. Vous allez divorcer ?

— Je ne sais pas si nous autres immortels pouvons vraiment « divorcer », me répond mon père en riant. Mais il se peut qu'une certaine distance s'instaure entre nous, oui.

— Bah, ça changerait quoi ? Vous ne vous voyez pas tant que ça, vu que Perséphone n'est jamais là…

— Tout à fait. Sauf que cette fois, cette distance est à mon initiative. Pas à la sienne. Je ne veux plus d'elle ici. C'est terminé.

Je blêmis. Je crois que c'est la première fois que j'entends mon père avoir des paroles aussi dures envers ma mère. Lui qui s'est toujours montré d'une patience à toute épreuve, toujours fol amoureux de son épouse fantasque…

— Mais enfin, Daddy… Sans toi, que va-t-elle devenir ?

Oui, car je réalise soudain que Perséphone, sous ses airs de femme indépendante, vient toujours se réfugier dans l'Érèbe quand elle en ressent le besoin.

— Ce n'est plus de ma responsabilité. J'ai tout fait pour qu'elle se sente bien ici, pour qu'elle ait envie de rester à mes côtés, pour qu'elle s'occupe de vous… En vain. Elle n'a fait que piétiner mon cœur et mes bonnes intentions.

Un point pour Daddy-Chou. Perséphone n'a jamais fait preuve de beaucoup d'empathie pour sa famille. Peut-être qu'elle mérite ce qui lui arrive, au fond.

Je jette un coup d'œil à ma sœur. Elle a le regard plongé dans les flammes qui dansent en face d'elle. Que pense-t-elle de tout ça ? M'est avis qu'il me faudra attendre notre retour à la surface pour en savoir plus.

Comme elle ne semble pas décidée à prendre la parole, j'enchaîne.

— OK, Daddy. Ça ne nous regarde pas, et nous te laissons gérer cette situation tout seul comme un grand. Mais nous n'étions pas venues pour ramasser la vaisselle cassée, de toute façon.

— Je t'écoute, Mégère, me répond-il, se fichant manifestement de ma grimace à l'évocation de mon prénom.

— Voilà, on voudrait savoir où on en est pour le réveil de Tisiphone. Nous allons avoir besoin d'aide rapidement.

Une ombre passe sur le visage de notre père.

— Je t'avoue que nous n'avons pas beaucoup avancé sur le sujet… Il semblerait qu'il y ait quelques soucis avec la stase de ta sœur. Mes démons spécialistes du sujet se demandent si quelqu'un n'aurait pas saboté la machine qui gère les fluides de la cuve.

— QUOI ? nous exclamons-nous en chœur. Et Tisiphone risque quelque chose ?

Daddy hoche la tête.

— Oui, c'est possible. Nous ne savons pas exactement. Toujours est-il que nous avançons prudemment. Je ne supporterais pas que quelque chose arrive à ma fille pendant la phase d'éveil.

Alex se lève et commence à faire les cent pas dans le salon, mains croisées dans le dos.

— Ça craint, finit-elle par dire.

— Comment ça ? lui demande Hadès.

— Ne trouves-tu pas que ça ferait une bien étrange coïncidence, que nous ayons deux ennemis différents ? Qui pourrait vouloir empêcher l'éveil de Tisiphone, à part la personne qui nous met des bâtons dans les roues en surface ? Mmmh ? Tu peux me dire ?

Notre père fait non de la tête. Je l'imite. Effectivement, il y a de fortes probabilités pour que nous ayons affaire à la même personne.

— D'accord, Alex, finit par lui répondre Hadès. Je te l'accorde. Mais avez-vous un peu progressé, de votre côté ?

Alex me jette un long regard. À quoi réfléchit-elle ? D'un signe, elle m'enjoint de continuer, tandis qu'elle reprend ses allées et venues devant la cheminée.

— Une autre des protégés d'Alex a été supprimée, mais tu dois déjà le savoir, elle a dû arriver ici, j'imagine. Nous en surveillons un autre, que nous pensons être une cible potentielle. Nous ne pouvons plus nous contenter d'attendre les lettres d'amour de notre ennemi, et nous misons donc beaucoup sur cette surveillance.

— Et c'est tout ?

— Euh… Oui…

Un instant, je me demande s'il ne va pas s'emporter à nouveau. J'ai eu mon compte de grosse voix, de cris et de pleurs pour aujourd'hui. S'il s'énerve, je m'en vais. Non mais.

— Nous sommes donc dans une impasse, dans l'attente du prochain mouvement de ce tueur, si je comprends bien ? se contente-t-il de demander, d'une voix bien plus calme que ce que j'imaginais.

— Tu as une autre idée ? lui balance Alex, sans prendre de gants.

Dans un soupir, Daddy vient s'asseoir à la place qu'elle occupait quelques instants auparavant. Comme par magie, trois whiskies apparaissent sur la table basse. Il en attrape un, en avale le contenu d'une seule gorgée. Quand il le repose, le verre en cristal se remplit aussitôt. Il y a tout de même des avantages à vivre dans l'Érèbe.

Pour ma part, je me contente d'une petite gorgée. L'alcool fort se fraie un chemin dans ma gorge serrée. Je n'avais pas réalisé jusqu'à cet instant à quel point j'étais stressée par tout ça.

Un long silence s'étire entre nous, seulement troublé par les craquements des bûches dans la cheminée.

Finalement, Daddy reprend la parole.

— Je vais accélérer le réveil de votre sœur.

— Mais… commencé-je.

Notre père lève une main pour me faire taire.

— Mégère, nous n'avons pas le choix. À vous trois, les choses seront plus faciles. Et peut-être aussi que la présence de Tisiphone forcera notre ennemi à se dévoiler un peu plus. Nous ne pouvons pas continuer à progresser dans l'obscurité comme ça.

— D'accord, lâche Alex.

— Comment ça, « d'accord » ? m'insurgé-je. Tu as pensé à Tisiphone ? Et si elle y reste ? Tu n'as vraiment pas de cœur.

— Je suis pragmatique pour deux. Daddy a raison. Il faut qu'on reprenne l'avantage. Si notre ennemi voulait neutraliser l'une d'entre nous, ça va lui faire une sacrée surprise de la découvrir au milieu de son chemin.

— Je ne suis pas d'accord. Il faut qu'on se protège. Il faut qu'on protège Tisiphone.

— Tu crois qu'elle est à l'abri dans sa cuve défaillante ?

Un point pour Alex. Je vais finir par perdre le compte.

— Non, mais…

— Non, mais rien du tout. C'est ensemble que nous sommes les plus fortes. Nous devons gérer cette situation toutes les trois, un point c'est tout.

Je sais bien qu'elle a raison. Je le sais. Mais, putain, ça me fait chier de devoir l'admettre.

Alors, du coup, je ne dis rien. Je me contente de m'enfiler whisky sur whisky, puisque mon verre se remplit sans jamais faillir.

Journée de merde.

Il est l'heure de rentrer. Devant le double escalier qui mène aux étages, nous faisons un dernier câlin à notre Daddy.

— Ça va aller ? lui demandé-je gentiment.

— Et pourquoi ça n'irait pas ?

— Ben, tu sais, avec cette histoire de séparation…

À ma grande surprise, il éclate de rire. Je ne me souviens pas de l'avoir jamais vu aussi détendu.

— Tout va bien se passer, ma chérie. Je suis un grand garçon, tout de même. Et puis, je suis le dieu des Enfers, ne l'oublie pas, me chuchote-t-il à l'oreille.

Je souris. J'ai toute confiance en lui. Beaucoup moins en sa capacité à vivre seul. Mais je me rassure en me disant qu'il a des hordes de démons à sa botte. Déjà, il n'a pas à gérer les contingences matérielles de son quotidien.

— Bon, par contre, je vous souhaite bon courage, ajoute-t-il avec un clin d'œil.

— Bon courage pour quoi ? rétorque Alex d'un air soupçonneux.

— Oh, euh… Ben, pour tout ça, répond-il en s'empourprant.

C'est louche. Très très louche. Mais il ne nous laisse pas le temps de chercher à en savoir plus et nous quitte rapidement, sans même un regard.

— T'en penses quoi ? je demande à ma sœur.

— Qu'il y a baleine sous gravillon. Il n'avait pas l'air fier quand même.

— Tu crois qu'il nous a joué un vilain tour ?

Avoir beaucoup de travail, de tâches à accomplir. Avant le début du XXe siècle, cette expression voulait dire tout autre chose, puisqu'elle signifiait « avoir des ressource pour l'avenir, être assuré de ne manquer de ri… »

— Possible, me répond-elle en haussant les épaules. Il a toujours été facétieux, à sa manière. Mais nous verrons bien. Allez, nous avons encore du pain sur la planche.

Du pain sur la planche ?

Ah. Le retour de Wiki. Non, mais là, ça va aller, je pense.

Je fais taire la petite voix sous mon crâne. Un instant, j'ai la sensation qu'elle proteste vaguement, comme si je l'avais vexée. Mais je dois rêver, hein.

Le temps que je procède à ce rapide échange mental, nous rejoignons le même taxi que nous avons pris à l'aller.

Alex ouvre la porte… et là, c'est le drame.

— Perséphone ! Mais qu'est-ce que tu fais ici ?

— Eh bien, je vous attendais ! Et cache ta joie, ma chère fille. Il me semblait pourtant que c'était toi, la moins ingrate du trio.

Alex se redresse. Me regarde. Soupire.

— Alex, non… tenté-je de protester.

— Et que veux-tu qu'on fasse ? Tu as quelque chose à suggérer ?

— Oui, tout à fait. Je suggère qu'on l'attrape, qu'on la bâillonne et qu'on l'attache à l'un de ces vilains arbustes qui pullulent sur le Pré d'Asphodèle.

— Meg… On ne peut pas faire ça.

— Ah bon ? Pourquoi ?

— Parce que c'est notre mère.

— On en est sûres ?

— Comment ça, « on en est sûres » ?

— Ben déjà, je ne me souviens pas d'être sortie d'elle. Et puis bon, on aurait vu plus étrange, chez les immortels, tu ne crois pas ?

— Meg…

— OK. Attends.

Je me penche à mon tour, baisse la tête pour la passer dans l'habitacle aux forts effluves de cuir. C'est encore pire que ce que je m'imaginais. Perséphone est rencognée au fond de la banquette, toute vêtue de noir et le visage dissimulé par une voilette de dentelle sombre.

Mater dolorosa, le retour.

— Perséphone, ça ne va pas être possible.

— Toi, je ne veux même pas te parler, me répond-elle.

— Maman…

— Ne m'appelle pas comme ça ! Je sais bien que tu ne m'as jamais aimée. Tu es comme ton père ! Une ingrate ! Une…

Elle éclate en sanglots déchirants. Quoiqu'un peu forcés, si on me demande mon avis.

— Alors ? m'interroge Alex.

— Alors, ça va, elle a gagné, encore une fois.

— Tu vois, je te l'avais dit.

— Tu passes au milieu. Je ne veux pas être assise à côté d'elle, ronchonné-je.

— Oh, ça va, tu exagères.

— Non, je ne crois pas.

— Tu es pire qu'elle, d'une certaine façon. Tu t'en rends compte ?

Je tends la main pour l'inciter à se taire et à prendre place dans la voiture. Une fois qu'elle est montée, je la suis, mais garde la tête résolument tournée vers la vitre teintée. De loin en loin, Perséphone hoquette et renifle, pour bien nous signifier toute l'étendue de son désespoir.

Lorsque nous arrivons non loin de la bicoque occupée par Charon, Alex finit par lui demander :

— Tu ne veux pas te moucher ? C'est dégoûtant de t'entendre renifler comme ça. Et tu comptes faire quoi, maintenant ?

— Comment ça, je compte faire quoi ?

— Tu retournes en surface. Mais tu as bien des projets, non ? Sauver la planète, les animaux marins, tout ça…

— Ma très chère enfant, j'ai bien compris que vous n'arriviez à rien dans votre mission. Vous avez besoin d'aide, en attendant le réveil de Tisiphone. J'ai donc décidé de vous accompagner pour vous offrir mon aide.

Silence. Mais quand je dis silence, c'est pas celui du genre à couper au couteau. Non, là, c'est une tronçonneuse qu'il nous faudrait. Ou un marteau-piqueur. Bref, du lourd.

Du coin de l'œil, je vois les mains de ma sœur se crisper sur ses genoux. D'une voix étranglée, elle répond à notre mère adorée :

— Oui… Tu es sûre ? J'ai peur que tu t'ennuies. Et puis, tu sais, nous vivons dans une toute petite maison, avec un tout petit jardin, dans une trèèèèèèès grande ville, trèèèèèèès polluée. C'est pas du tout pour toi, ça…

— Pour qui me prends-tu donc, Alecto ? Je sais où vous vivez. Et je suis capable de faire des concessions quand il s'agit du bien-être de mes enfants.

C'en est trop pour moi. J'explose de rire. Mais qu'est-ce qu'il ne faut pas entendre ! Après, ce qui est bien avec Perséphone, c'est que lorsqu'on pense qu'elle ne peut plus nous surprendre, elle arrive encore à aller plus loin dans la performance. Non, vraiment, elle est étonnante.

Malgré tout, je tente une approche à ma façon :

— Et tu as pensé à tenter de te réconcilier avec Daddy ? Je suis sûre qu'il est très malheureux. Tu sais combien il t'aime…

— Tais-toi. Tu ne sais pas de quoi tu parles. Ton père est odieux. Il ne m'a jamais comprise…

Les sanglots reprennent de plus belle. Bon, je crois qu'on va devoir se faire à l'idée d'accueillir une déesse en mode diva éplorée dans notre petit train-train quotidien.

Le voyage retour m'a paru interminable. Le petit tour de barque avec un Charon médusé d'apprendre la séparation du couple infernal – dans tous les sens du terme –, la balade dans les tréfonds du métro parisien, puis dans les rues encombrées, jusqu'à ce qu'enfin Alex donne un tour de clé pour nous ouvrir la porte de notre maison.

Je n'ai qu'une envie, celle de me précipiter pour aller prendre une douche bien chaude et enfiler un bon jogging. C'est que ce n'est pas de tout repos, de remonter des égouts parisiens. Alex n'est pas en meilleur état que moi, et seule Perséphone semble s'être sortie de l'expédition sans avoir l'air chiffonnée. Elle nous a tout de même gratifiées de quelques réflexions concernant le refus de notre père pour moderniser l'accès à l'Érèbe.

Ce n'est qu'à cet instant que je réalise que je me suis très vite adaptée à notre petite vie à deux. Sauf que tout va être chamboulé par mon hystérique de mère.

Nous avons à peine le temps de lui faire visiter notre logement que la sonnette retentit.

Alex et moi nous figeons. Et si cela signifiait une nouvelle enveloppe sur le pas de notre porte ?

Perséphone ne semble pas se rendre compte de notre malaise. En pépiant, elle entreprend de s'installer dans la chambre d'Alex, tandis que ma sœur se dirige d'un pas vif vers la porte d'entrée.

— Euh… Perséphone ?

— Oui ?

— Je ne crois pas que ce soit une bonne idée que tu t'installes ici…

— Ah bon, et pourquoi ?

— C'est la chambre d'Alex.

— Et alors ?

— C'est SA chambre. Tu n'as qu'à prendre celle qui est vide, au fond du couloir.

— Mais… Mais tu as vu dans quel état elle est ? On dirait la tienne. Je ne peux dormir dans un tel environnement, voyons…

— Si, tu peux. Et Alex estime que c'est à nous de faire la déco de notre propre chambre. J'ai juste pas eu le temps de m'en occuper.

Enfin, si, j'aurais eu le temps. Mais elle n'est pas obligée de le savoir.

— Ah. Je peux refaire la déco, alors ?

Je n'aime pas tellement la lueur malsaine qui brille dans ses superbes yeux verts.

— Toi, je ne pense pas. Je te rappelle que c'est censé devenir la chambre de Tisiphone. Tu sais, ta dernière fille, dont on ne sait pas si on pourra la sortir de sa stase un jour…

Mais elle ne m'écoute pas. Son sac sous le bras, elle se rue dans la chambre inoccupée. Elle commence à inspecter les murs, le sol, toque sur les cloisons, ouvre les volets pour se rendre compte, je suppose, de la luminosité.

— Bon, ben, je te laisse, hein… Je vais voir ce que fait Alex.

Avec soulagement, je m'éloigne de cette mère toxique. Malgré moi, je ressens un léger pincement au cœur. L'évocation de Tisiphone n'a même pas eu l'air de l'attrister.

Une surprise m'attend dans le salon. Pas d'enveloppe cette fois, mais Léo, le véto sexy. Il est entouré de Moisi et de Bloody Hell, qui pour l'occasion a accepté de se lever de son sofa.

Alex revient de la cuisine, un verre d'eau fraîche dans chaque main.

— Salut Léo, dis-je à notre presque voisin. Ça va ?

Je m'affale à la place libérée par le chat de ma sœur ; Moisi en profite pour me sauter sur les genoux et entreprend un démaquillage en règle de mon visage. Sauf que je ne suis pas maquillée.

— Oui, Léo a décidé de passer à l'improviste.

Oh, elle n'a pas l'air ravie. Mais pourquoi… ? Avant que je me pose plus de questions, la voix chantante de Perséphone retentit.

— Oh, nous avons de la visite ! Comme c'est charmant ! J'aime tellement recevoir !

Léo, en parfait gentleman, se lève et tend une main amicale à notre mère.

— Vous devez être la dernière sœur d'Alex ? Décidément, la beauté est une bénédiction divine, dans votre famille.

Perséphone glousse et se trémousse, un joli rose lui est monté aux joues.

— Oh, non ! Jeune homme, voyons… Je suis la mère d'Alex, de Meg et de Tess. Vous êtes un vilain petit flatteur…

— Mais… vous paraissez tellement jeune, c'est incroyable !

What ? Mais il a craqué ou quoi ? Comment les hommes ont-ils pu un jour croire que ce genre de propos pouvait plaire à une femme ? D'ailleurs, j'aperçois Alex qui s'empourpre. Elle est à deux doigts de nous faire un malaise.

— Oui, c'est ma mère, mais elle allait partir. N'est-ce pas, Mamounette ? Elle a rendez-vous chez son chirurgien pour son injection de Botox.

— Ne sois pas cruche, ma fille. Je ne vais pas partir alors que nous sommes en si charmante compagnie, lui répond ma mère sans se départir de son sourire. Et ne m'appelle plus jamais comme ça, tu entends ?

Oh, Alex fulmine. Est-ce qu'elle va nous gratifier de l'un de ses rares pétages de plomb ? Franchement, ça ne lui arrive pas souvent, mais c'est mémorable. Je me souviens de la fois où elle s'est énervée contre un gros vilain. Elle lui a fait la totale. Les éclairs, le tonnerre, la métamorphose en ourse, les serpents, la grosse voix… Une dinguerie. Avec Tisiphone, on avait assisté à tout ça en s'envoyant quelques godets de vin épicé. On avait bien rigolé. Mais non, je la vois inspirer profondément, puis expirer avec lenteur. La rougeur à ses joues reflue et ses mains cessent de trembler.

— Très bien, *Maman*. Assieds-toi, je t'en prie.

Aussitôt, elle quitte la pièce. Perséphone ne se fait pas prier et s'installe tout contre Léo. Sous mes yeux incrédules – et horrifiés –, elle commence à flirter avec l'amoureux transi de ma sœur.

— Euh… je crois que Léo était venu NOUS rendre visite. Enfin, à ALEX, plus précisément.

J'accentue certains mots, dans l'espoir vain qu'elle comprenne l'allusion. Mais non, évidemment.

— Oui, oui, je fais connaissance avec votre ami.

Puis elle m'ignore définitivement et abreuve Léo de l'un de ses longs monologues.

— Alors comme ça, vous êtes ami avec mes filles ? Avec Alex surtout ? Oui, elle est bien plus aimable que Mégè… que Meg, pardon. J'imagine que vous ne connaissez pas son petit surnom ? Non ? Ah, mais vous seriez surpris ! Il faut dire que mes filles ne s'occupent pas beaucoup de moi. Je prends de l'âge, même si cela ne se voit pas, je sais. Mais, voilà, j'aimerais tellement passer plus de temps avec elles, n'est-ce pas ? Et vous, vous vous occupez bien de vos parents, j'espère ? C'est important, la famille. Moi je n'ai pas eu de chance. Que des ingrats, autour de moi. Et le pire… c'est leur père. Il a pris un de ces melons, avec le temps, je vous jure !

Écœurée, je me réfugie en cuisine, auprès d'Alex.

— Ça va ?

— Parfaitement bien.

Je remarque ses gestes automatiques, presque saccadés. Je crois qu'elle aurait besoin d'une bonne petite séance de yoga, là, tout de suite.

— Dis, t'as pas une petite bière pour moi ?

— Tu plaisantes, là ?

— Euh… non ?

— C'est pas une bière qu'il nous faut. C'est ça.

Elle tend le bras vers un placard en hauteur – du genre que je ne pourrai jamais, jamais, atteindre –, et en sort une bouteille emplie d'un liquide transparent.

— Vodka ! m'exclamé-je avec joie.

— Absolument.

Elle nous sert deux shots, que nous nous envoyons rapidement derrière la cravate.

— Encore ?

J'opine du chef.

— Carrément.

Au bout de deux verres, ce n'est pas encore l'extase, mais j'ai la sensation d'avoir pris un peu de distance avec la situation. Au troisième, je souris légèrement. Au cinquième, nous nous marrons comme des baleines. Ce qui est sympa chez nous, c'est qu'on peut choisir de subir ou non les effets de l'alcool. Si là, tout de suite, on avait envie d'être sobres, on le pourrait. Mais ce n'est absolument pas le cas. Les divinités ressentent aussi parfois le besoin de décompresser.

Ceci dit, nous rions tellement fort que Léo finit par nous rejoindre, un peu affolé.

— Ça va, les filles ? Vous ne revenez pas au salon ?

— Oh, non, on vous laisse tranquilles, pouffé-je. Elle est sympa, notre mère, non ?

— Mais vous avez bu.

— Parfaitement, lui répond Alex.

Je remarque à ce moment-là qu'elle vacille légèrement sur ses talons.

— J'en veux aussi, chuchote Léo.

— Quoi ?

— J'en peux plus. Je veux bien retourner la supporter pendant que vous picolez, mais soyez sympas, filez-m'en un peu.

En gloussant, Alex lui sert une dose généreuse, qu'il avale cul sec. Il est vraiment sympa, ce type. Mais je me rembrunis rapidement.

— Qu'est-ce que t'as encore ? bégaie ma sœur.

— Ça t'ennuie si je sors faire un tour ?

— Mégè… Meg… Fais gaffe, t'as toujours eu tendance à faire des conneries sous alcool.

— Et pas toi peut-être ? Mais t'inquiète, je voudrais juste aller prendre l'air.

— Tsssss. Pas avec moi. Tu vas aller voir Julia.

Mince. C'est ça, d'avoir passé trop de temps avec ses sœurs. On peut plus rien leur cacher, après.

— Et même si c'était vrai, qu'est-ce que ça peut te faire ?

Elle lève les deux mains, comme pour se défendre d'avoir eu la moindre mauvaise pensée.

— Ah, mais rien… rien du tout, hein. Tu fais ce que tu veux. Mais fais gaffe à toi. Je t'aime bien quand même, tu sais.

Oh la la. Il faut vite que je parte d'ici avant qu'il lui prenne l'idée de me faire un câlin.

— Viens, viens me faire un bisou avant de partir. Je ferai dodo quand tu vas rentrer.

Et là, elle m'enlace et me gratifie d'un baiser sonore sur la joue. Je ne tente même pas de me défendre. Tout est allé beaucoup trop loin, aujourd'hui.

— Je t'ai dit que je t'aimais bien ?

— Oui, à l'instant.

— Et toi, tu m'aimes bien ?

Non, là, c'est trop pour moi. Je me dégage prestement, en vacillant à peine.

— Oui, je t'aime bien. Et va te coucher, Alex. Tu vas vomir sinon.

— Tu sais ça fait combien de siècles que j'ai pas vomi ?

— Non, mais tu me raconteras ça demain, OK ?

— La dernière fois, c'est quand Tisiphone est partie en stase. Et la fois d'avant, c'était pour toi.

Et merde. Voilà, je culpabilise, maintenant. Se pourrait-il que ma sœur ne soit pas le monstre de froideur que je m'imaginais ? Je réalise soudain que Léo nous regarde avec des yeux écarquillés. Il ne doit rien comprendre à ce que ma sœur vient de dire. Et heureusement, d'ailleurs.

— OK, je souffle. Viens, je vais t'aider à te coucher. Léo, tu peux occuper notre chère mère encore un peu, s'il te plaît ?

Il fait oui de la tête, avant de sortir rapidement de la cuisine.

— Allez, Alex, on y va, d'accord ?

— Oui, je veux bien, si tu me fais un câlin avant de partir.

— D'accord, tout ce que tu voudras.

Je traîne ma grande gigue de sœur dans la salle de bain, puis au lit. Elle s'endort presque instantanément. Avant de la quitter, je prends le temps de l'admirer. C'est qu'elle est sensible, Alex, au fond.

INTERMÈDE

Depuis l'incident des cavaliers, sur la route, Madeleine perçoit de plus en plus la présence de l'ombre qui la poursuit.

Crevant de solitude, de misère et de désespoir, elle a pris pour habitude de lui parler chaque soir, quand elle allume son feu malingre et qu'elle s'étend sur le sol, à peine couverte d'une couverture sale et élimée.

Pour n'importe quel voyageur qui se serait aventuré par là, Madeleine serait passée pour une folle, à chuchoter, à rire et à pleurer toute seule à la nuit tombée. Peut-être même l'aurait-on prise pour une sorcière, avant de la brûler sur la grand-place du village le plus proche.

Mais, heureusement, Madeleine a appris à se cacher de ses semblables et n'emprunte que des routes peu fréquentées, à l'écart de toute civilisation. Il est bien rare qu'elle croise quelqu'un et, lorsque c'est le cas, elle sait disparaître dans les fourrés, aussi silencieuse que la silhouette à ses trousses.

— Je ne comprends pas pourquoi tu refuses de te montrer. Je ne peux pas te blesser. Je ne peux pas te causer le moindre tort. Je ne peux pas m'enfuir.

Seul le silence lui répond. Mais, de plus en plus souvent, Madeleine a l'impression que ce silence-là l'écoute avec attention. Parfois, dans le murmure du vent, il lui semble entendre un soupir désolé.

L'ombre compatit-elle à son malheur ? Comprend-elle sa complainte ?

Elle ne saurait le dire. Elle aimerait tellement voir surgir son bourreau d'entre les arbres, puis l'inviter à s'asseoir à ses côtés. Car elle ne s'y trompe pas, l'ombre est en grande partie responsable de son malheur. Mais elle a compris aussi que l'autre n'y prend pas le moindre plaisir.

Madeleine, un soir, se souvient de l'incident des cavaliers. Elle se souvient que cet incident a entraîné une réaction de l'ombre.

L'ombre ne veut pas qu'elle mette fin à ses jours, et elle fera tout pour l'en empêcher.

Voilà peut-être la solution.

Madeleine se saisit du petit coutelas qu'elle range toujours à sa ceinture et, au lieu de s'en servir pour dépecer le lapin qu'elle a attrapé au collet, elle commence à se taillader les veines.

La douleur est intense, intolérable, et pourtant fascinante.

Madeleine regarde le sang presque noir rouler en larges ruisseaux sur sa peau pâle, puis s'égoutter doucement sur le sol. Dans la poussière, il se transforme en une boue épaisse.

Elle taille encore. Et encore. Et encore, jusqu'à ne plus rien ressentir. La tête lui tourne, elle se sent légère. Un rire comme une envolée de tourterelles lui monte aux lèvres. Au-dessus de sa tête, les étoiles scintillent et chantent, l'appellent pour qu'elle les rejoigne.

Peut-être le pourra-t-elle, d'ailleurs, car l'ombre ne se montre toujours pas. Va-t-elle la laisser se vider de son fluide vital, enfin ?

Mais non, la voilà qui sort d'entre les hauts fûts des arbres centenaires.

— Madeleine… encore… que fais-tu ?

— Je vais rejoindre les étoiles.

— Ce n'est pas possible, et tu le sais.

— Et toi, es-tu sûre de ne pas intervenir trop tard ?

Les yeux de Madeleine papillonnent et se ferment. Mais, les paupières closes, elle voit toujours les astres qui dansent à présent une ronde endiablée.

Par-dessus le chant céleste, il lui semble entendre la créature jurer. Comme c'est étrange…

Elle sent qu'on la soulève pour la poser un peu plus loin, allongée sur le sol dur. Une racine noueuse lui lacère le dos, mais c'est à peine si elle prend conscience de cette nouvelle souffrance. C'est si peu de choses, en comparaison de ce qu'elle a déjà vécu…

Une douce chaleur envahit ses poignets, puis ses avant-bras, ses membres, son corps tout entier. Elle tente de résister.

— Non. Non !

La libération était si proche. Du bout des doigts, elle aurait pu toucher les étoiles. Et qui sait, qui sait, peut-être aurait-elle trouvé dans l'océan céleste l'enfant cornu ?

Son corps s'arque, elle hoquette. L'autre est en train de la guérir. Là où elle avait entaillé sa peau, l'autre applique sa magie infernale. L'autre joue de ses pouvoirs pour que lui soit encore refusée la libération.

— Non !

— Ça suffit, Madeleine ! Crois-tu que cela me plaise de te voir souffrir ainsi, chaque jour et chaque nuit ? Mais crois-tu que j'ai le choix ? Je suis Mégère, fille d'Hadès et de Perséphone, sœur d'Alecto et de Tisiphone, je suis une Furie ! Une Chienne des Enfers ! Ma mission est de m'assurer que les âmes des meurtriers ont suffisamment souffert avant de rejoindre le Tartare. Je suis Vengeance, avant d'être Justice.

— Mais qu'ai-je fait ?

— Tu as tué ton enfant, avant de tenter de mettre fin à tes propres jours.

— Mais cet enfant…

— Je sais. Je sais ce que tu as vécu. Je sais que tu fais tout pour le rejoindre enfin. Mais cela ne change rien.

— Pourquoi ?

— Parce que la Vengeance des dieux est aveugle. Parce que seuls les actes comptent, avant les intentions.

— Quand cela s'arrêtera-t-il ?

— Jamais. Un jour, tu mourras, et même moi je n'y pourrai rien, car ton heure sera venue. Mais tu rejoindras le royaume de mon père et tu y souffriras mille morts pour l'éternité.

— Et Lidoire ? Et l'enfant ?

— L'enfant… Tu ne le reverras jamais. Lui errera pour toujours sur le Pré d'Asphodèle. Il n'a jamais vécu. Lidoire n'a tué personne, mais il sera jugé aussi, et puni.

Madeleine ouvre enfin les yeux sur le ciel infini. Les étoiles ne chantent plus. Les étoiles ne dansent plus. D'ailleurs, il n'y a plus qu'un immense dais noir au-dessus d'elle.

CHAPITRE 15

Ce n'est qu'en sortant de notre petite maison, après avoir invoqué une excuse bidon auprès de Léo et de ma mère, que je me souviens que je ne sais pas où vit Julia.

Mais peu importe, puisqu'Alex a dit que nous avions conservé nos pouvoirs intacts, même si nous devons faire preuve de discrétion quand nous les utilisons.

Je me concentre, laisse mon esprit dériver, sentir l'âme de Julia, pour remonter jusqu'à elle. Son parfum de mimosa est partout autour de moi. Je remonte sa présence comme si je m'accrochais à une corde dorée, épaisse et solide. À la vitesse de la pensée, je parviens à la localiser.

Mais je n'ai pas fait que la retrouver. Non, mon corps s'est mué en une vapeur argentée, impalpable, et a remonté la piste.

Je me matérialise à nouveau devant un immeuble à la façade imposante, dont les premiers étages sont dissimulés par une végétation épaisse. Mince, je n'ai pas tout à fait réussi.

Je répète l'opération, pour me matérialiser cette fois devant une porte de bois. Devant, posé sur le sol, un paillasson clame « Bienvenue ! ». Il faut prendre ce que l'on nous donne, je ne suis pas sûre que Julia m'accueillera aussi bien, après l'épisode de l'autre jour.

Je repense à notre flirt raté, aux émotions ressenties.

Pourquoi suis-je venue ce soir ? Que fais-je ici ? Ne devrais-je pas lui foutre la paix ? Sa vie n'a franchement pas l'air facile, alors si j'en rajoute une couche… Ou alors peut-être que c'est moi que je cherche à protéger, et pas elle…

Je suis sur le point de faire demi-tour quand, soudain, des cris retentissent derrière la porte. Des cris étranges, inarticulés, comme si quelqu'un était en train d'étouffer ou était bâillonné. Puis des bruits sourds, comme des coups, me parviennent.

Je ne dois pas m'en mêler. Je ne dois pas m'en mêler. JE NE DOIS PAS…

Mais c'est plus fort que moi. Sous forme de brume, je m'insinue à l'intérieur de l'appartement. Et si c'était notre tueur anonyme, notre ennemi, qui s'en prenait à mon amie pour m'atteindre ? Ou bien si c'était un homme qui levait la main sur elle ? Je ne peux pas simplement tourner le dos et repartir comme si de rien n'était. Je m'en voudrais bien trop s'il arrivait quelque chose à la sœur de ma patronne.

Je me fais la promesse de ne pas me montrer et de n'intervenir que si c'est une question de vie ou de mort.

Même sous ma forme éthérée, j'ai une perception aiguë de la réalité. Je commence par traverser un hall sombre, puis inspecte chaque pièce. Je n'entends plus que quelques borborygmes qui semblent me parvenir d'une chambre tout au fond. La porte en est close. Je me glisse dessous, encore une fois. C'est tellement pratique, je trouve. Je me verrais bien me déplacer dans Paris sous cette forme, mais je ne suis pas sûre qu'Alex apprécierait. Elle ne sait pas faire ça, et elle a toujours été jalouse de cette faculté. Bon, et moi de certains de ses pouvoirs, j'avoue. La transformation en ourse, c'est carrément cool aussi.

Le spectacle qui m'attend me fend le cœur. Sur le sol gît une femme à l'allure dépenaillée, d'une maigreur effrayante. Elle est manifestement tombée d'un lit médicalisé et ne parvient pas à se relever.

Que dois-je faire ? Je suis venue pour Julia ; or, cette femme n'est pas Julia, même si je discerne dans ses traits et ses nombreuses éphélides un fort air de famille. Sur le mur blanc, face à moi, sont accrochés quelques portraits. J'y vois Julia enfant, mignonne petite fille au nez retroussé et aux joues rebondies. Domi aussi, mais en petit garçon aux cheveux longs. Il y a quelque chose dans son regard qui m'émeut, une flamme sauvage, une volonté à toute épreuve, comme si elle savait déjà les épreuves qu'elle aurait à surmonter. Et, pour finir, un couple souriant. Les parents de Julia et Domi, probablement.

La femme qui se tord sur le sol en bavant est donc leur mère, si mes déductions sont bonnes. Que dirait Julia, si elle savait que je suis venue là et que j'ai laissé sa mère dans cet état ? J'imagine qu'elle m'en voudrait.

Dans un soupir, je reprends forme humaine et m'accroupis aux côtés de la femme.

— Madame, je suis une amie de Julia. Je vais vous aider à remonter sur votre lit, si vous le voulez bien.

Elle a cessé de gémir, comme si elle m'écoutait, mais son regard reste perdu dans le vague. Je prends une serviette éponge posée sur le lit et essuie doucement les coins de sa bouche.

Je comprends que cette femme est gravement malade, sans retour possible. Son esprit s'échappe de plus en plus souvent, de plus en plus loin, à moitié dans l'Érèbe et à moitié dans ce monde-ci. C'est terrible, quand ce genre de choses arrivent. À terme, les pauvres affligés ne parviennent plus à faire la différence entre les deux réalités, leur mémoire s'enfuit et leurs capacités cognitives s'éteignent. Et un jour, après de longues souffrances pour eux et pour leurs proches, leur âme malheureuse finit par rejoindre le royaume de mon père.

Je soulève la mère de mon amie avec une facilité déconcertante, elle est aussi légère qu'une plume. Quand le poids des souvenirs s'allège…

Je la repose sur le lit, le plus doucement possible, et la borde avec soin. Puis, attristée par ce que je découvre sur le quotidien de Julia, je m'assois sur un fauteuil, dans un coin de la chambre. Et je reste là, silencieuse et pensive.

C'est la voix éraillée de la femme qui me sort de ma rêverie. Un infime changement dans l'atmosphère de la pièce m'indique que son âme est de retour après une trop longue balade sur le Pré d'Asphodèle.

— Vous êtes qui ?

— Une amie de Julia.

Elle braque sur moi deux petits yeux noirs et mauvais. Je me tortille, mal à l'aise. Ça m'ennuierait de devoir l'envoyer bouler tout de suite.

— Une amie ?

Elle ricane, et ça me donne l'impression que quelqu'un de particulièrement facétieux fait courir ses ongles sur un tableau noir. Ce qui est étrange, d'ailleurs, car je crois que je n'ai jamais entendu un tel son.

— Je les connais, les *amies* de ma fille. Toutes des traînées, comme elle. Des aberrations. Des salopes.

Ah. Je me dis que les mentalités n'ont pas dû tant évoluer que ça et qu'elle se trompe de fille.

— Je suis une amie de Julia, pas de Domitille.

Elle éclate d'un rire sec.

— Domitille, une fille ! Mais bien sûr ! Une aberration aussi, oui !

OK. Cette conversation est absolument malaisante.

— Bien, dis-je en me levant. Maintenant que vous êtes bien installée, je vais vous laisser vous reposer.

— Alors, vous l'avez baisée, ma fille, c'est ça ?

— Non, Madame. Mais même si cela avait été le cas, je n'aurais aucun compte à vous rendre.

— Vous êtes toutes des monstres, la nature vous rejette, et moi je vous vomis…

Je ne sais pas pourquoi, mais, en cet instant, je vois rouge. J'en ai connu pourtant, des gens odieux. Mais là, imaginer que Julia entend chaque jour ces propos odieux, ou que Domi a dû se construire dans le giron d'une telle mère, c'en est trop pour moi.

Je me penche sur le lit, pose mes deux poings fermés autour du visage creusé de la femme et me penche pour lui murmurer.

— Écoute-moi bien, vieille rombière. Les gens comme toi, je les vomis aussi. Vous êtes la honte de l'humanité, et tu ne mérites pas les enfants que tu as eues. Tu vas bientôt crever, et je t'avoue que ça me met plutôt en joie. Alors, laisse-moi t'annoncer la suite du programme. Tu n'accéderas jamais aux Champs-Élysées ni même au Pré d'Asphodèle. Pour toi, ce sera le Tartare pour l'éternité, et ce sera encore trop beau pour toi. Dis-toi aussi que j'y ai mes petites entrées. Je me ferai un plaisir de m'assurer que tu y reçois un traitement digne de…

— Meg ? Qu'est-ce que tu fais là ? Comment tu es entrée ? La porte était fermée…

Et merde. La cata.

Sous moi, la mère de Julia me fixe avec de grands yeux terrorisés. Et pour ne rien arranger, elle se remet à hurler des sons inarticulés tout en battant l'air de ses bras.

— Maman !

Julia me pousse sans ménagement pour se pencher sur sa mère.

— Maman, calme-toi, ça va aller.

Mais la vieille ne veut rien entendre. Elle tente par tous les moyens de frapper sa fille, de la pincer et même de la mordre. Je soupire. Qu'est-ce que j'ai été bête d'imaginer que les marques sur les bras de Julia étaient dues aux coups portés par un homme…

Je me recule prudemment, jusqu'à sortir de la chambre. Je ne peux rien faire pour le moment. Je décide d'attendre Julia dans le salon. Contre toute attente, l'endroit est charmant, clair et lumineux. De grandes bibliothèques ornent les murs, ainsi que quelques aquarelles au charme discret. Un canapé accueillant, des poufs et une table basse en bois verni n'attendent plus que moi. Je m'assois donc, tout en gardant une oreille attentive sur ce qui se passe dans la chambre.

Cris de la vieille folle, tendres supplications de Julia, glapissements de douleur… À chaque fois que j'entends Julia se plaindre, mon corps tout entier se tend. Je lutte contre l'envie de me lever d'un bond, de rejoindre cette horrible chambre et d'arracher mon amie des griffes de sa sorcière de mère. Car, certes, cette femme est malade, mais j'ai lu dans son âme. Elle est mauvaise, elle n'est que jalousie et rancœur, et elle déteste ses deux filles, les voit comme des monstres, des créatures contre nature. Le fiel qu'elle portait en elle a fini par l'empoisonner et la tue à petit feu. Mais c'est encore trop lent à mon goût.

Pourtant, je me force à l'immobilité. Mon expérience de vie me souffle que je n'ai pas le droit d'intervenir. Je dois attendre que Julia en ait terminé. Mais, par Daddy, que c'est difficile !

Peu à peu, les bruits qui me parviennent de la chambre s'estompent dans un silence presque irréel. Je bascule en arrière, profitant de l'assise moelleuse du canapé. Le soleil de la fin de journée me baigne de ses rayons chauds et dorés. Je pourrais presque me laisser aller à somnoler, après une journée aussi remplie d'émotions en tous genres. Quoique, surtout négatives, avouons-le.

— Meg…

La voix douce de Julia me tire de ma torpeur. Je me redresse en hâte, passe une main lasse sur mon visage, replace quelques mèches folles derrière mes oreilles.

Julia, quant à elle, a l'air épuisée. De larges cernes bleutés soulignent ses yeux gris, et le flamboiement de ses cheveux roux dans les dernières lueurs du jour accentue la pâleur de sa peau. Sur sa joue, déjà, je discerne une sombre ecchymose.

Tremblante, elle vient s'asseoir à côté de moi. Sans que je puisse l'anticiper, elle pose sa tête sur mon épaule et se met à sangloter. De tristesse ? D'épuisement ? J'ouvre et ferme la bouche plusieurs fois, sans trouver quoi que ce soit à dire. Je ne me souviens pas de la dernière fois que mon sens de la répartie m'a fait défaut.

Je laisse donc passer la vague. Attentive, je l'écoute refluer peu à peu, la fatigue prendre le dessus sur tout le reste jusqu'à ce qu'enfin, Julia se calme. J'aperçois une boîte de mouchoirs sur la table, tends la main pour en attraper un et le lui donne.

— Merci, me dit-elle. Pour tout.

— C'est qu'un mouchoir, tu sais.

— Je ne parlais pas du mouchoir.

Ah. Elle parle de quoi, alors ? Je pensais qu'elle serait furieuse que je sois intervenue dans sa vie comme ça. Que je sois le témoin de la déchéance de sa mère. Mais apparemment pas.

De longues minutes passent en silence. De temps en temps, Julia renifle. Je sens sa tête devenir de plus en plus lourde sur mon épaule. Autour de nous, la pièce s'assombrit rapidement. Par la grande baie vitrée, j'aperçois les lumières de la ville qui s'allument les unes après les autres. Pas étonnant qu'on ne voit plus les étoiles dans le ciel de cette ville tentaculaire. Je me fais la promesse de m'éloigner un peu de la vie citadine une fois que toute cette affaire sera réglée. M'en éloigner, et réfléchir à ce que je veux faire de ma vie avant de prendre la moindre décision hâtive.

Je crois que Julia dort. Je n'ose pas bouger. Je vais attendre qu'elle se réveille. C'est le moins que je puisse faire pour elle.

On a beau être une Chienne d'Hadès, immortelle, surpuissante et tout le tralala, il n'en reste pas moins que passer une bonne partie de la nuit assise dans un canapé avec une charmante jeune femme qui vous ronfle sur l'épaule, c'est inconfortable.

Heureusement, vers trois heures du matin, ma belle au bois dormant s'éveille de son sommeil profond.

La Belle au bois dormant… est un conte populaire, qui se rattache au conte-type 410, dans les dernières versions de la classification Aarne-Thompson…

Chut, Wiki, c'est pas le moment, là. Ma jolie princesse me regarde dans l'obscurité. Enfin, je pense qu'elle ne voit pas grand-chose, elle. Les humains ne sont pas nyctalopes.

Mais moi, oui. Et je n'en perds pas une miette. J'admire ses grands yeux, presque vif argent sous les pâles reflets de la lune. Ses éphélides ressortent sur sa peau diaphane et veloutée, les ailes délicates de son nez palpitent, comme si elle se fiait plus à son odorat qu'à sa vue.

Durant son sommeil, elle a passé une main autour de ma taille, se lovant encore un peu plus contre moi. Elle ne l'a pas retirée. Au contraire, même, ses doigts s'accrochent un peu plus au tissu de mon tee-shirt.

Malgré moi, je lève une main pour caresser ses lèvres pleines. Mes doigts sentent le soupir qu'elle exhale à ce contact.

Je n'aurais pas dû. Je ne dois pas céder. Mais ne serait-ce pas déjà trop tard ? J'aurais presque envie de maudire le destin. Pourquoi a-t-il fallu que je tombe sur Julia ? N'aurais-je pas pu m'enticher de quelqu'un d'autre, de moins fragile, de moins émouvant, de moins… dangereux, pour moi ?

Mais Julia s'empare de ma main pour y poser les lèvres. Doucement, délicatement, comme un chaton qui se laisserait apprivoiser. A-t-elle peur que je la repousse ? C'est pourtant ce que je devrais faire. Mais je ne m'y résous pas.

Je la laisse embrasser chacun de mes doigts, tourner la paume de ma main pour accéder à l'intérieur de mon poignet, là où la peau est si fine, si sensible…

Par Hadès, que ma chair est faible… Sept cent ans que je n'ai pas connu l'amour charnel. Personne depuis… Je chasse le souvenir de Madeleine, de ses yeux pleins de larmes et de son dernier souffle.

Madeleine, mon amour, tu n'as rien à faire ici… Tu n'es plus là, mais moi oui. Et même si c'est contre mon gré, je dois continuer et avancer.

Ces quelques paroles prononcées en mon for intérieur font tomber toutes mes barrières. Qu'importe l'ennemi dans l'ombre, qu'importe Alex et sa morale, qu'importe Tisiphone et son sommeil prolongé, qu'importe Perséphone et sa capacité de nuisance, qu'importe Daddy et son amour pour nous. Qu'importe mon passé, mon avenir, ma nature même. Qu'importe les problèmes familiaux de Julia, ses failles et ses faiblesses.

Plus rien ne compte, sauf nos souffles entremêlés, nos dents qui s'entrechoquent dans la violence de notre baiser, mes mains qui déchirent son chemisier et les boutons de nacre qui roulent sur le parquet.

Quand, hésitante, elle trouve enfin le chemin de ma peau brûlante, juste sous mon tee-shirt, je perds pied dans un océan de plaisir. Je me mords les lèvres jusqu'au sang tant la violence de mes sensations me foudroie sur place.

Ses lèvres balbutient des mots sans suite, dans lesquels je distingue mon prénom qui revient plusieurs fois. Je n'écoute rien, si ce n'est mon cœur de déesse qui bat comme un oiseau affolé dans ma poitrine.

Pour la faire taire, je m'empare de sa bouche, mêle ma langue à la sienne, humide et chaude, promesse de délices à venir.

Julia se colle un peu plus contre moi, étouffant un premier gémissement. Je glisse un bras sous ses fesses, la soulève avec aisance pour la placer sur moi, à califourchon.

Son chemisier grand ouvert m'offre une vision digne des Champs-Élysées. Sa peau de nacre blanchoie dans l'obscurité et mes doigts ne peuvent s'empêcher d'aller cueillir sa poitrine généreuse, avant de descendre sur son ventre rebondi. Je ne comprends pas cette mode actuelle, de désirer des femmes étiques, sans formes. Moi, je les ai toujours aimées girondes. Sauf Madeleine, mais la vie qu'elle menait ne lui permettait pas de manger à sa faim.

Madeleine, Madeleine… Va-t'en. Laisse-moi en paix.

Julia doit sentir ma crispation.

— Non, ne t'échappe pas encore, me murmure-t-elle. Je te veux, avec moi…

Elle presse doucement son bassin contre le mien, et mes doigts se crispent sur ses hanches rondes. Je la dévore de baisers, lèche sa poitrine, relevant souvent la tête pour admirer sa gorge, et ses épaules ployant sous sa longue chevelure de feu.

Je ne suis plus que vibrations sous cet assaut grisant. Tous les barrages dont je me protégeais cèdent les uns après les autres. Un instant, il me semble voir le fantôme de Madeleine s'enfuir dans l'obscurité. Mais j'ignore ce petit pincement dans mon cœur pour accueillir la vie, le bonheur de partager, enfin.

Je n'en ai jamais assez. Je la fais basculer sur le canapé, m'allonge sur elle, entre ses jambes. Maudit jean. Je regrette le temps des longues jupes qu'il suffisait de trousser. Je me redresse, jette un œil affolé aux boutons qui me tiennent loin du Graal.

Julia rit doucement.

— Tu veux que je m'en occupe ?

Je fais oui de la tête. Elle se relève, fait quelques pas dans le salon. J'ai froid, soudain. Je veux qu'elle revienne. Je veux sentir sa peau sur la mienne, vite. Enfin, elle se tourne vers moi, fait glisser ses mains le long de ses hanches, les fait remonter sur son ventre, vers ses seins lourds. Ma respiration se fait plus hachée. Elle va me rendre dingue.

Enfin, tout doucement, elle déboutonne son pantalon, le fait descendre en se penchant en avant… Je crois que je loupe quelques respirations.

Ses yeux ne me quittent pas, et un sourire mutin joue sur ses lèvres rougies de baisers. Elle rejette son jean un peu plus loin, puis, doucement, sensuellement, se débarrasse du chemisier déjà mis à mal. Ses sous-vêtements noirs contrastent avec la pâleur de sa peau, et ses cheveux flamboyants croulent dans son dos. Elle est belle et sauvage comme une tragédie.

D'un pas presque timide, hésitant, elle s'approche à nouveau de moi. Je lui tends la main.

— Viens, lui dis-je d'une voix rendue rauque par le désir.

Le simple contact de sa peau électrise mon corps tout entier. Je l'attire toujours plus près de moi. Son ventre est à hauteur de ma bouche et je le couvre de baisers, me retenant de la mordre, de la dévorer pour la faire mienne. Ses doigts se crispent sur mes épaules, elle se cambre en gémissant. À travers sa culotte, je sens la chaleur palpitante qui émane de son sexe. C'en est trop pour moi. À nouveau, je la fais basculer sous moi. Mes mains parcourent son corps sans relâche. Et quand ce ne sont pas mes mains, ce sont mes lèvres qui prennent le relais. Sa respiration se fait plus profonde, haletante.

Tout va trop vite. Ou peut-être pas. Ma main se glisse sous le tissu fin de sa culotte, trouve enfin ce qu'elle cherchait. Mes doigts s'introduisent en elle, et mes yeux ne la quittent pas. La voir ainsi me bouleverse et me donne envie de ralentir. Je veux la voir prendre du plaisir, je veux la voir jouir, la sentir vibrer et boire à ses lèvres ses gémissements passionnés.

Mes caresses lui arrachent des frissons en cascade, de plus en plus forts et rapides. Sous les vagues d'extase qui déferlent en elle, je la vois porter les mains à ses seins et titiller ses tétons durcis.

Je continue à jouer de son corps comme on joue d'un instrument de musique de grande valeur, jusqu'à l'amener au plaisir ultime. Quand, enfin, l'orgasme la saisit, je m'empare une dernière fois de ses lèvres pour l'embrasser avec toute la tendresse dont je suis capable et la serre dans mes bras jusqu'au reflux des dernières vagues de jouissance.

Longtemps, nous restons l'une contre l'autre, sans rien dire. Puis nous refaisons l'amour. Cette fois, Julia me montre l'étendue de son savoir-faire. Malgré ma longue expérience, je n'ai rien à lui apprendre. Elle me fait oublier, par la douceur de ses mains et la chaleur de ses baisers, tous les démons et les fantômes qui me hantent.

INTERMÈDE

Désormais, Madeleine ne chemine plus seule. Oh, personne d'autre qu'elle ne voit l'ombre qui l'accompagne. On la prend pour une pauvre folle, à parler ainsi dans le vent qui souffle et emporte loin ses mots de résilience.

Mais ne la prenait-on pas déjà pour une folle, avant cela ? Pour une sorcière ? Pour une femme impie ? Alors qu'importe.

Madeleine est toute à sa joie d'avoir trouvé une compagne, et que cette compagne soit une créature infernale ne la dérange pas, bien au contraire. Entre âmes damnées, on se comprend.

Et puis, l'autre, Mégère, n'est pas de mauvaise compagnie, contrairement à ce qu'elle aurait pu imaginer. Non, celle qui se dit Chienne d'Hadès lui narre des contes et des légendes qui datent de la jeunesse du monde, comme si elle-même y avait assisté.

Et c'est bien possible d'ailleurs. Mégère n'est-elle pas immortelle ?

Cette nouvelle vie pourrait durer toujours, Madeleine ne s'en plaindrait pas. Elle comprend à présent que ce qui lui pesait le plus était la solitude. La présence de Mégère à ses côtés lui rend un semblant de joie de vivre, un soupçon de légèreté, qu'elle croyait enfuis pour toujours.

Malgré tout, elle s'affole parfois, lorsqu'elle voit sa nouvelle amie se rembrunir, plongée dans ses pensées.

— Qu'as-tu, Mégère ? Tu me sembles bien triste en cet instant…

— Oui, Madeleine, je suis triste. Et inquiète…

— Et pourquoi donc ?

— Tout cela ne pourra pas durer.

— Et pourquoi pas ?

— Je suis là pour te poursuivre de mes tourments, pas pour alléger ton malheur. À un moment ou à un autre, on me rappellera à l'ordre.

— Qui donc ? N'es-tu pas toute puissante ?

— As-tu déjà oublié qui est mon père ? Crois-tu que Hadès laissera passer cette incartade ? Et mes sœurs ?

— On leur expliquera…

— Et que voudras-tu leur expliquer, Madeleine ? Que la terrible Mégère a pris sa victime en pitié ? Ton espoir est vain, et nous le savons toutes les deux.

— Mais toi, que veux-tu ?

— Moi… Ça n'a jamais compté, ça. Je ne suis née que pour accomplir une mission. Garantir l'équilibre, la justice divine… Châtier les meurtriers, ceux qui œuvrent dans la sphère familiale et qui, sans nous, s'en sortent bien trop souvent…

— Et cela te convient ?

— Que veux-tu dire ? Ça n'a pas à me convenir. Nous avons tous un destin, et celui-ci est le mien.

Après ce bref échange, la Furie s'était enfoncée dans un profond mutisme. Les pépiements légers de sa compagne humaine n'y firent rien. Elle sentait que le moment de choisir était proche, et elle ne se trompait pas.

Le soir, tandis que Madeleine s'affairait à dresser leur campement de fortune, elle s'éloigna dans les profondeurs d'un sous-bois. Elles étaient là. Ses deux sœurs à la fois aimées et honnies.

— Montrez-vous donc, je sais que vous êtes là.

Dans un soupir, les deux silhouettes bien connues d'Alecto et de Tisiphone apparurent entre les fourrés. Alecto dans sa robe courte et ses sandales de chasseresse, et Tisiphone dans sa longue robe couleur de sang frais, toutes deux un fouet à la main.

— Mégère. Tu nous attendais donc.

— Évidemment. Vous ne pouviez manquer de venir fouiner par ici.

— Mégère…

— Oh, cela va bien, Alecto. Ne me fais donc pas la morale. Qu'ai-je fait de mal après tout ?

— Tu allèges les tourments de cette humaine.

— J'en avais assez de la sauver du suicide tous les trois jours.

— Depuis quand ne sais-tu plus comment doser tes châtiments ? N'es-tu pas experte dans ce domaine ? Aurais-tu perdu la main ? la railla Tisiphone, toujours prompte à la moquerie.

— Je n'ai rien perdu du tout. Je doute simplement de la culpabilité de cette femme.

— N'a-t-elle pas tué son enfant ?

— Un enfant qui n'a jamais vraiment vécu.

— Cela ne compte pas, tu le sais.

— Un enfant conçu lors d'un viol.

— Cela non plus ne compte pas.

— Alors, qu'est-ce qui compte, hein ? N'avons-nous aucun libre arbitre ? Regardez dans votre cœur, s'il vous en reste un. Croyez-vous vraiment que cette femme mérite les tourments éternels ?

— Ce n'est pas à nous d'en juger.

— Et pourquoi pas ? cria Mégère, excédée.

— Tu t'emportes, ma sœur, tenta de la raisonner Alecto, la plus sage des trois Chiennes.

— Oui ! Je m'emporte parce que tout ceci est injuste et nous détourne de notre véritable mission !

Mais, déjà, les silhouettes de ses sœurs se fondaient dans l'air frais de ce début de soirée.

— Nous reviendrons…

Évidemment qu'elles reviendraient. Mégère n'en avait jamais douté.

Pourtant, une autre surprise l'attendait, cette nuit-là. Une autre immortelle lui rendit visite, aux heures les plus sombres, quand les prédateurs chassent et que les chouettes volent dans un silence feutré.

— Mégère, lui susurra une voix rauque surgie de nulle part.

— Que fais-tu là, Némésis ?

La Furie ne portait pas la nouvelle venue dans son cœur. On aurait pu croire que leurs missions étaient complémentaires, mais Némésis avait toujours préféré comploter seule dans son coin.

— Je suis venue t'aider. Tu en as bien besoin, non ?

— Ce n'est pas de ton aide que j'ai besoin.

— En es-tu si sûre ? Je ne crois pas que tu sois en position de refuser la moindre main tendue. Ça jase, dans les sphères immortelles.

— Et bien, que veux-tu que cela me fasse ? Je ne me suis jamais souciée des commérages.

— C'est vrai. Mais certains se proposent de venir exercer leur idéal de justice à ta place.

— Comment cela ?

— Oh, chacun y va de son avis. Ils ont toujours été très inventifs, tu le sais.

Mégère soupira. Non loin d'elle, Madeleine dormait d'un sommeil profond et paisible. Elle ne voulait pas que cela lui soit à nouveau enlevé.

— Et pourquoi n'es-tu pas d'accord avec eux ? Tu es censée représenter la justice, non ?

— Oui, mais je suis assez d'accord avec toi. Cette femme ne mérite pas d'être torturée ainsi. Son tourmenteur, oui, et je propose de m'en charger dès que je te quitterai.

Elle voulait punir Lidoire… Cela n'était pas pour déplaire à la Furie.

— Très bien, je t'écoute. Parle.

CHAPITRE 16

Toutes les bonnes choses ont une fin. Je m'en veux presque d'avoir cru, ou espérer, je ne sais pas, que cette nuit pouvait durer toujours.

Le soleil nous cueille enlacées, nues sur le canapé de Julia. Un silence profond règne autour de nous, à peine troublé par les bruits lointains de la ville.

Je sens mon amante s'étirer tout contre mon corps, alors que je garde mes yeux rivés sur le plafond. Je ne sais pas trop quoi penser, quoi dire, comment agir.

Ignorer mes responsabilités en prétendant n'avoir jamais voulu ce qui est arrivé entre nous serait malhonnête. Et je suis probablement beaucoup de choses, mais je ne suis certainement pas malhonnête.

— Julia… tenté-je d'une voix tendue.

— Surtout, tais-toi, me répond-elle en se penchant au-dessus de moi, avant de m'embrasser avec douceur.

— Mais…

— Chut… Tu vas tout gâcher. Et je ne te laisserai pas tout gâcher. Cette nuit était parfaite. Tu ne me l'enlèveras pas.

Elle se lève d'un mouvement souple. Je la regarde récupérer ses vêtements éparpillés au sol. Enfin, j'admire surtout son corps, sa personne, tout ce qu'elle est et tout ce qu'elle dégage. Je suis sur la mauvaise pente. J'y glisse déjà, devrais-je dire. Je prends même de la vitesse.

— Je vais prendre une douche, me lance-t-elle. Tu veux venir ou tu fais le café ?

Vais-je céder à la tentation ? En fait, cette fille est bien plus diabolique que moi… Mais des gémissements assourdis nous parviennent au même moment.

Dans un soupir las, Julia me lance :

— Bon, ben va faire le café… J'irai prendre une douche plus tard.

Elle se rhabille en hâte, mais elle semble avoir soudain perdu sa grâce féline, comme si la perspective d'entrer dans la chambre de sa mère l'accablait tant qu'elle n'en était plus elle-même.

Je ne dis rien, attends qu'elle ait quitté la pièce pour me lever. Dès qu'elle en sort, je m'habille à mon tour. Dans ma tête, tout est confus. Je me demande si je ne devrais pas fuir, tout simplement. Passer cette porte pour rentrer chez moi, faire comme si rien ne s'était passé.

Mais Julia est plus fine que je ne le crois. Elle repasse la tête par la porte du salon.

— Et tu as intérêt à être là quand je sortirai de la chambre, on est d'accord ?

Je fais oui de la tête. Je me résous donc à aller nous préparer un solide petit-déjeuner.

D'ailleurs, Julia ne tarde pas à me rejoindre.

— Ça va ? je lui demande prudemment.

— Oui. Elle est de bonne composition, ce matin.

— Tu veux dire qu'elle s'est contentée de t'insulter, c'est ça ?

— Meg, soupire-t-elle. J'imagine que ce doit être compliqué à comprendre pour toi. Mais… l'histoire de ma famille est assez… délicate, tu sais.

Je hoche la tête. Ça, je l'avais compris. Mais je ne suis pas certaine que ça puisse tout excuser.

Julia s'assoit en face de moi, à la minuscule table de cuisine. J'ai sorti des paquets de gâteaux d'un placard, fait couler du café et coupé quelques pêches.

— Mmmh, tout ce que j'aime, chantonne Julia en ramenant une jambe sous elle.

Elle attache ses longs cheveux en un chignon grossier, et ce seul geste me serre la gorge. Par Hadès, qu'est-ce qu'elle est belle ! Elle me donne envie de balayer de la main tous les mets disposés sur la table pour lui sauter dessus et l'embrasser jusqu'à ce que nos lèvres prennent feu.

— Alors, cette histoire de famille ? lui demandé-je en prenant un morceau de pêche bien juteux.

Je mange rarement au petit-déjeuner, mais là ça me permet de garder ma bouche occupée et de penser à autre chose qu'à celle de Julia.

Mais j'aurais dû choisir un autre sujet. Elle se rembrunit, et un pli vertical, juste entre ses sourcils délicatement arqués, vient marquer sa peau diaphane.

— Je ne suis pas sûre d'avoir envie de parler de ça dès le matin, surtout après la nuit que nous venons de passer. Tu vas croire que ma famille est complètement dysfonctionnelle. Et tu aurais tout à fait raison, entre toi et moi.

— Je crois que j'en connais un rayon, côté famille dysfonctionnelle, si ça peut te rassurer.

Pour ma part, je suis sereine. Il n'est pas né, l'humain qui pourra rivaliser avec les sagas familiales des immortels.

— Bon, pour te la faire courte, ma mère n'est pas très ouverte sur les sexualités… différentes, on va dire.

— Oui, il m'a semblé, effectivement.

— Mais dis-toi qu'à côté de mon défunt père, elle est un modèle de tolérance.

Je grimace. Ouch, les réunions de famille, ça devait piquer un peu.

— Moi, je dirais que j'ai été relativement épargnée, continue Julia. Ma différence, ma tare, ne se voit pas. Pour Domi, les choses ont été bien plus compliquées. Elle n'a jamais pu être le petit garçon dont rêvaient nos parents. Elle a commencé à s'affirmer très jeune, et les conflits se sont rapidement aggravés… jusqu'au soir du drame.

Un drame ? Je me crispe. Je ne suis pas sûre d'avoir envie d'entendre la suite. Mais Julia, les yeux perdus dans le vague, ne semble plus vouloir s'arrêter.

— Domi, oh, elle était toute jeune encore, est venue manger à la maison avec de la documentation sur sa future transition. Elle ne voulait pas demander leur autorisation, simplement les informer de ce qui allait se passer. Papa… Papa est entré dans une colère terrible.

Je crois que, malgré tous les signes, il espérait encore avoir un fils. Ce déni l'avait un peu protégé, mais là… Ça a été terrible. Une dispute… Ils en sont venus aux mains. Papa était une vraie force de la nature, il a commencé à frapper Domi. Et… ne me demande pas comment c'est arrivé, mais Domi a mis la main sur un couteau et l'a poignardé. Il est mort comme ça, à moitié affalé sur la table, les yeux grand ouverts braqués sur moi. Son sang s'étalait sur la nappe blanche des jours de fête… Je crois que je n'oublierai jamais cette image…

Alors, moi, l'image, je l'ai bien en tête. Et un tas de questions aussi. Il va falloir que j'aie une sacrée conversation avec Alex en rentrant à la maison. J'ai comme dans l'idée qu'elle ne m'a pas tout dit sur l'identité de certains de ses « protégés ».

— C'est terrible, dis-je platement. Et Domi ? Que s'est-il passé ensuite, pour elle ?

— Oh, elle portait les traces des nombreux coups portés par mon père. J'ai témoigné pour elle, même si ma mère a préféré l'accuser. Elle a fini par bénéficier d'un non-lieu. Mais Maman et elle ne se sont jamais revues. Et après ça, Maman est tombée malade… Tu connais la suite. Elle décline rapidement, tandis que Domi vit la nuit, enterrée dans son établissement, comme si elle se sentait toujours sale de ce qui s'est passé ce jour-là. Et moi, je suis obligée d'assurer pour les deux.

— Tu ne peux pas…

Je désigne la direction de la chambre d'un geste de la main.

— La mettre en établissement spécialisé ? Si, j'imagine que je pourrais… Mais je ne m'y résous pas. Et puis, c'est pas comme si j'avais une petite amie ou des enfants à m'occuper. Je suis très seule, tu sais.

Elle baisse les yeux avec pudeur. Je comprends qu'elle ne cherche en rien à déclencher la moindre pitié chez moi. Elle se contente d'énumérer des faits objectifs.

— Mais comment pourrais-tu construire ta vie dans ces conditions ? Tu dis que, d'une certaine façon, Domi est restée prisonnière, mais c'est ton cas aussi, finalement. Tu n'es en rien responsable de tout ça.

— Oh, si tu écoutes ma mère, je suis moi aussi une aberration.

— Mais personne ne devrait écouter ta mère. Et toi, encore moins que les autres.

Elle sourit faiblement, des larmes plein les yeux.

— Tu as raison. Cette situation, c'est n'importe quoi. Je subis ses coups et ses insultes, comme pour me faire pardonner la mort de mon père et sa maladie. Ou peut-être même pour me faire pardonner mon orientation sexuelle. Ou pire, l'identité de ma sœur… Et, regarde, cruche que je suis, je porte même l'alliance de ma mère au doigt.

Julia éclate en sanglots silencieux, le visage plongé entre ses mains à la peau constellée de taches de rousseur. Ses épaules tressautent au rythme de ses pleurs. Durant quelques secondes, je me contente de la regarder sans bouger. Je ne sais pas quoi faire, je me sens paralysée.

Si je me lève, ne risque-t-elle pas de s'imaginer des choses sur nous deux ? Mais si je ne me lève pas…

Oh, mais arrête d'être stupide, finis-je par me dire. *Lève tes fesses et réconforte-la, il sera toujours le temps de voir pour le reste, plus tard.*

Je me précipite vers elle et m'agenouille à côté de sa chaise.

— Allez, ça va aller, arrête de pleurer, s'il te plaît. Je ne disais pas ça pour te faire de la peine, tu sais…

— Je… sais, hoquette-t-elle en reniflant. Ses doigts s'accrochent aux miens et les serrent avec frénésie. Mais tu as raison, tu sais. Je suis tellement malheureuse de les voir toutes les deux comme ça, et de ne trouver aucune solution pour les aider.

— Pour ta mère, je suis désolée, mais il n'y en a pas vraiment. Elle a fait ses choix, et aujourd'hui elle est malade. Tu ne peux que l'accompagner dignement. Mais te laisser brutaliser par elle, ce n'est plus possible. Tu ne mérites pas ça.

Elle fait oui de la tête. J'espère vraiment, de tout mon cœur, que mes mots l'atteignent pour de vrai.

— Pour Domi… C'est plus compliqué. Elle devra vivre à jamais avec le souvenir de ce qui s'est passé ce soir-là. Mais peut-être trouvera-t-elle le moyen de faire la paix avec elle-même. Mais là non plus, ça ne dépend pas de toi. Tu peux simplement la soutenir.

Je ne lui dis pas que, pour Domi, les choses sont probablement bien plus difficiles. Être poursuivie par une Chienne d'Hadès toute sa vie, ça n'aide pas à trouver un équilibre serein.

— Tu as raison, je le sais bien. Tu vois, tu m'es déjà indispensable.

Elle doit sentir mon mouvement de recul, car elle reprend aussitôt :

— Pardon, je ne voulais pas te faire peur. Ne t'inquiète pas, je ne vais pas te séquestrer ici ni te harceler si tu regrettes ce qu'il s'est passé.

— Julia… Écoute, je ne regrette rien. C'est juste que… Je ne sais pas trop où je vais en ce moment. Je ne sais même pas si je resterai dans le coin… Je vis au jour le jour, tu sais.

Même à mes oreilles, cela sonne faux. Vu la légère grimace que Julia m'adresse, aux siennes aussi. Mais elle a la gentillesse de ne pas relever.

— Très bien, me souffle-t-elle dans un sourire. M'honoreras-tu tout de même d'un baiser ?

Comment pourrais-je lui refuser ça ? Je l'embrasse avec toute la tendresse dont une Furie est capable. Ses lèvres ont le goût des larmes et du chagrin. Et là, sans que je m'y attende, se lève en moi l'envie dévorante de la protéger de tout et de tous, malgré toutes les barrières que j'avais érigées en mon cœur.

Mon retour jusqu'à la maison ne ressemble à rien. J'ai pris la décision de marcher, mais, au vu des regards interloqués des passants que je croise, je me demande si c'était vraiment une bonne idée.

Tantôt je sautille et je danse de joie, le cœur et le corps apaisés par ces quelques heures passées dans le refuge des bras de Julia, tantôt j'erre tête basse, assommée par la responsabilité que je viens de prendre envers cette humaine.

Que vais-je dire à Alex ? Que je sais que Domi est l'une de ses protégés ? Et que je refuse qu'elle continue de la torturer parce que je me suis entichée de Julia, et que tout cela lui fait trop de mal ?

Je connais bien la position de ma sœur sur le sujet. Notre mission, notre destinée, notre responsabilité, tout ça… Et puis elle enchaînera sur son refrain préféré, évidemment. Selon elle, je n'ai plus aucune clairvoyance à partir du moment où je me suis envoyée en l'air. Elle arguera que coucher avec une humaine n'est pas une raison valable pour se sentir responsable à vie.

Une fois que je me trouve devant la maison, je me fige. C'est qu'il y a aussi Perséphone, maintenant. Je n'ai aucune envie d'exposer mes revendications et ma vie intime devant ma mère. C'est déjà assez compliqué comme ça avec Alex.

Bon, mais quand faut y aller, faut y aller. Je carre les épaules, lève le menton et monte les quelques marches pour atteindre la porte.

Je tourne la poignée, pousse le battant… et débarque en pleine apocalypse.

Le salon est dévasté. Bloody Hell se tient sur un rebord de fenêtre, les poils complètement hérissés, soufflant et crachant en direction de Moisi. Lui, par contre, a l'air heureux comme tout, c'est déjà ça. Il saute et jappe, ne comprenant manifestement pas pourquoi cette pimbêche de chatte de luxe le repousse. Il a manifestement traîné tous les coussins du sofa au centre de la pièce pour les éventrer, déchirant les jolis plaids d'Alex au passage. Je remarque quelques paires de chaussures déchiquetées, une veste en lambeau, trois lampes au sol… Je repère aussi Alex affalée dans le sofa, une poche de glace sur la tête, une bassine posée au sol, juste à côté d'elle. Et enfin, je remarque une enveloppe au papier crème épais, posée sur la table basse.

Sacré combo d'emmerdes, ça.

— Alex ? Ça va ?

Enfin, je ne suis pas cruche, je vois bien que ça ne va pas. Mais il faut bien commencer quelque part. En attendant la déferlante qui ne devrait pas tarder à me tomber dessus, je rentre ma tête dans mon cou et baisse les yeux vers le sol.

— Aaaaaah… râle Alex d'une voix pâteuse, avant de se redresser et de vomir un filet de bile dans la bassine déjà généreusement garnie.

Se pourrait-il que… ? Non, tout de même pas !

— Alex, t'as la gueule de bois ?

— Cchhhh… Tais-toi. Mal au crâne. Fais taire les bestioles aussi.

— Euh… Oui, ça marche.

Je m'empresse de traîner Moisi jusque dans ma chambre, après lui avoir offert un cadeau de Léo : une corne de buffle à ronger. Il adore ce genre de friandises, ce petit coquin. Cela suffit à désarmer le conflit. Bloody Hell se roule en boule, non sans me jeter l'un de ses regards de diva outragée quand je reviens dans le salon.

— Voilà, c'est fait. Tu as besoin de quelque chose ?

— De l'aspirine ?

Aspirine, l'acide acétylsalicylique (AAS), plus connu sous le nom commercial d'aspirine, est la substance active de nombreux médicaments aux propriétés antalgiques, antipyrétiques et anti-inflammatoires. Il est aussi utilisé comme antiagrégant plaquettaire. Il s'agit d'un anti-inflammatoire non stéroïdien. C'est un acide faible, dont la base conjuguée est l'anion acétylsalicylate. C'est un des médicaments les plus consommés au monde.

Merci Wiki. Mais ça ne m'aide pas à savoir où je peux dénicher cette chose.

— OK, je trouve ça où ?

— Dans la salle de bain.

Quelques minutes après, je lui ramène une espèce de tablette ronde, légèrement friable. Je la lui tends, mais elle la repousse.

— Verre… d'eau…

— Hein ?

— Dans un verre d'eau.

— Ah, d'accord.

Retour cuisine, verre d'eau. Je jette la tablette dedans et éclate de rire. Ce truc est magique ! La tablette fond dans l'eau en pétillant. Le petit bruit est trop rigolo. Cela m'incite à tremper les lèvres dedans et, cette fois, je tords le nez. C'est rigolo, mais c'est aussi franchement dégueulasse.

— Tiens, dis-je à Alex en lui tendant le verre.

Elle le boit presque sans grimacer. Ma sœur, cette héroïne.

Je m'assois juste à côté d'elle, tout en prenant soin d'éloigner la bassine du pied.

— Bon, tu as donc beaucoup trop bu hier soir, et notre ménagerie en a profité pour prendre le dessus. Où est passée Perséphone ?

— Chai pas. Elle n'était pas là, ce matin.

Une idée horrible effleure mon esprit mal tordu. Et si notre mère était partie avec Léo, le véto sexy ? Un frisson de dégoût me remonte l'échine, et je repousse de toutes mes forces les visions dramatiques qui m'assaillent. Évidemment, je ne fais pas part à Alex de mes pensées. Dans son état, elle serait capable de vomir à nouveau, sans jamais pouvoir s'arrêter.

Je me contente d'un :

— Elle va revenir.

— Malheureusement.

— Bon, et cette lettre ?

— Quelle lettre ?

— Euh, celle qui est sur la table basse…

— Quoi ?!!!

Elle se redresse d'un bond, titube, étouffe un rot, mais parvient tout de même à s'emparer de l'enveloppe.

— Depuis quand est-elle là ?

— Aucune idée, je viens de rentrer.

Nous nous regardons avec appréhension. Enfin, moi, je regarde ma sœur, parce que ses yeux à elle ont clairement du mal à faire le point.

De ses doigts tremblants – à cause de l'excitation, de la peur ou d'un taux d'alcoolémie record ? –, elle ouvre l'enveloppe et en sort des photos.

Mais, cette fois, ce ne sont pas les photos d'un cadavre. Non, ce sont des photos de moi. Pas seule, d'ailleurs. Sur chacune d'entre elles, je suis accompagnée soit de Julia, soit de Domi.

Les jambes flageolantes, je me rassois sur le sofa. Alex en fait de même. Je finis par rompre le silence.

— Bon, maintenant, il va falloir que tu me dises tout, tu ne crois pas ?

— Si. Bien sûr que si.

— J'étais avec Julia cette nuit.

— Tu sais déjà presque tout alors.

— L'essentiel, on va dire. J'ai besoin de tes explications, par contre. Domi est l'une de tes protégés ?

Alex fait oui de la tête. Ce simple mouvement semble terriblement douloureux.

— Pourquoi tu ne m'as rien dit ? À cause de Julia ?

— J'ai vu qu'elle te plaisait. Et je sais comment tu as tendance à réagir quand tu t'amouraches d'une humaine.

— Quand je quoi ?

— Quand tu t'amouraches.

— Je ne m'amourache pas.

— Ne joue pas sur les mots, sinon je vomis encore.

— Avec Madeleine, ce n'était pas de l'amourachement.

— Je sais, je te parle de toutes les autres.

— Ah. Oui. Mais j'aime bien mettre des paillettes dans leur vie avant de les quitter.

Des paillettes dans leur vie ? J'aimerais bien savoir d'où me vient cette expression, mais Wiki a décidé de se taire, pour une fois.

— Et Julia ?

— Et Julia quoi ?

— C'est de l'amourachement ? Ou c'est quelque chose de plus sérieux ?

— Je ne sais pas, Alex. Je ne sais vraiment pas, soupiré-je. Bon, allez, crache ta Valda.

— Tu sais tout, je te dis. Domi a tué son père, sa mère ne s'en est jamais remise et, depuis, c'est Julia qui s'occupe de tout. Et moi, je m'occupe de Domi. Pourquoi crois-tu qu'elle reste cloîtrée ainsi dans son royaume ?

— Mais Domi a agi par légitime défense !

— Ça ne compte pas ! Quand est-ce que tu vas te mettre ça dans la tête, une bonne fois pour toutes ? Tout de même, Meg, ça fait des millénaires qu'on joue au même jeu, pourquoi les règles changeraient-elles quand ça t'arrange ?

— Parce que rien n'est immuable en ce monde. Tout peut – non, tout doit ! – changer un jour ou l'autre.

— La Justice est immuable. Nous sommes immuables.

— Faux. Tu m'as dit toi-même que les immortels n'étaient plus si nombreux, ou alors ils se terrent parmi les humains. Notre règne a pris fin, Alex. Quant à la Justice… C'est *notre* justice, rien de plus. Et elle n'est plus qu'un simulacre vide de sens.

— Tu as peut-être raison… Je ne sais plus. Mais crois-moi, je sais que Domi n'est pas un monstre. Je fais tout ce que je peux pour atténuer son châtiment.

Elle se tient la tête, grimace. Elle est vraiment mal en point. Inutile de pousser le sujet plus loin, elle est clairement à l'agonie, même si ses excuses à la con m'écœurent.

— Bon, on fait quoi maintenant ?

Alex se redresse d'un coup avant de vomir un nouveau jet de bile.

— Comment ça se fait que tu sois si sensible à l'alcool ? Je veux dire, t'es une déesse, ça ne devrait pas trop t'affecter, ou alors ça devrait être passé depuis longtemps.

— T'as raison, je ne sais pas trop ce qu'il m'arrive. Peut-être que je suis contrariée, en fait. Toute cette histoire, Tisiphone, Perséphone et Daddy… Je me sens fatiguée, Meg.

Un frisson glacé me remonte l'échine. Je n'aime pas voir ma sœur comme ça. Je pourrais me voiler la face, mais son état ne me paraît pas normal. Se pourrait-il qu'elle soit en train de craquer, comme Tisiphone et moi l'avons fait avant elle ?

Je me laisse glisser à genoux et pose ma tête sur sa hanche. J'écoute sa respiration agitée.

— Alex…

— Mmmh ?

— Tu vas tenir le coup, hein ?

Elle laisse passer un long silence. Une boule douloureuse s'est formée dans ma gorge. Comment ai-je pu l'abandonner pendant si longtemps ?

— Je vais essayer, Meg.

Je redresse la tête, plante mes yeux noirs comme l'Érèbe dans ses prunelles d'un bleu cristallin.

— Je te fais une promesse. Je ne te quitterai plus. Si on doit se retirer, on le fera ensemble. Sinon, on continuera notre chemin toutes les trois.

Elle me sourit faiblement, passe une main dans mes cheveux courts.

— Ne fais pas de promesses que tu n'es pas sûre de pouvoir tenir. Occupons-nous d'abord de notre mission, et nous verrons après, d'accord ?

Mue par un élan de tendresse inattendu, je la serre fort dans mes bras. Oserais-je dire que quelques larmes brûlantes viennent se perdre dans sa chevelure soyeuse ?

Non, il ne faut tout de même pas exagérer.

VENGEANCE

Il est vingt heures. La rue s'est vidée de ses passants, et le petit bistrot juste en face de la boîte de nuit *Les Portes de l'Enfer* est en train de fermer. À la dernière table en terrasse, la grande femme brune, élégamment coiffée d'un chignon impeccable, croise et décroise les jambes. Cela pourrait être considéré comme un signe de nervosité. Pourtant, il n'en est rien. Il ne faut y voir là qu'une impatience de plus en plus difficile à maîtriser.

Quand, enfin, elle estime le moment venu, elle se lève, passe la lanière de son sac à main rouge vernis sur son épaule droite et se dirige vers *Les Portes de l'Enfer*. Derrière son comptoir, le bistrotier reprend sa respiration. Depuis combien de temps la retenait-il ? Il ne saurait le dire. Il a la sensation de vivre en apnée depuis que cette maudite bonne femme a fait irruption dans son établissement.

Pourtant, à la regarder s'éloigner, il se prend à rêver que ce soit la dernière fois que leur chemin se croise. Il y a quelque chose de déterminé dans la démarche de la femme qui lui laisse espérer qu'elle a enfin trouvé une autre victime. Vite, il s'empresse de rentrer la table qu'elle occupait, ainsi que sa chaise, à l'intérieur, puis entreprend de les désinfecter. Peut-être devrait-il même les brûler, après tout. Ou alors… En vitesse, il les remet devant sa devanture. C'est une chose bien connue : si on oublie une table ou une chaise dans la rue, elle aura disparu le lendemain matin.

Une fois ceci fait, il ôte son tablier, le jette par-dessus le zinc, puis s'empresse de fermer. Ce soir, il rentrera tôt, et boira pour oublier cet épisode troublant de sa vie.

La femme se tient devant *Les Portes de l'Enfer*. Elle sonne, regardant fixement l'œil de la caméra de surveillance.

Elle patiente quelques minutes avant qu'on vienne lui ouvrir.

— Bonsoir madame. Nous ne sommes pas encore ouverts, revenez vers vingt-trois heures, lui lance une jeune femme blonde, aux hanches ceintes d'un tablier immaculé.

— Bonsoir. Je ne viens ni pour danser ni pour m'amuser. Je suis ici pour affaires, et je souhaite rencontrer votre patronne.

En prononçant ces mots, ses lèvres laquées d'un rouge sanguinolent se plient de dégoût. Elle n'a jamais aimé les transgenres, ces créatures hybrides, contre nature, amorales, véritables troubles à l'ordre établi. Mais, ce soir, elle pourra rectifier un peu cette anomalie, et elle s'en réjouit intérieurement.

— Et vous êtes ?

— Adria Nemes.

— Connais pas, dit la jeune femme en haussant les épaules et en gonflant les joues.

La belle brune voit les lourds battants se refermer doucement. Quoi ? Cette misérable vermine ose-t-elle vraiment la mettre à la porte ? Son sang ne fait qu'un tour et elle pousse sur la poignée, d'un geste presque négligent. Mais c'est suffisant pour faire voler l'employée, qui va s'écraser sur le mur d'en face.

— Oh, pardon. Décidément, je ne connais pas ma force, glousse la visiteuse. Je ne vous aide pas à vous relever, je vois que vous avez besoin de reprendre vos esprits.

Et elle laisse là la pauvre jeune femme inconsciente.

D'un pas bien plus léger, presque aérien, elle traverse le hall, passe devant les vestiaires. Quelques vestes pendent tristement aux cintres, oubliées là par leurs propriétaires trop éméchés pour se souvenir de leur existence. Enfin, elle écarte un lourd rideau de velours écarlate pour pénétrer dans la boîte de nuit proprement dite.

Il y règne un froid glacial, ce qui n'est pas pour lui déplaire. La climatisation tourne à son maximum, dans l'attente des centaines de clients à venir. Une musique tonitruante résonne déjà dans tout l'espace de la salle, bien loin des musiques commerciales qui seront diffusées pendant la soirée. Derrière le bar, des employés s'agitent déjà. C'est vers eux qu'elle se dirige.

— Bonsoir.

Un jeune garçon aux cheveux roux se redresse pour la dévisager. Ses yeux s'agrandissent légèrement. La femme se demande ce qu'il peut bien pressentir à sa vue. Certains humains sont doués d'une plus grande clairvoyance que d'autres, et se sentent traversés par d'étranges sensations en présence d'immortels. Ce doit manifestement être le cas pour celui-ci.

— Bonsoir, lui répond-il, hésitant. Vous désirez… ?

Malgré lui, son regard s'égare dans les ombres desquelles elle a surgi, comme s'il se demandait d'où elle sortait. Sur ses bras, ses poils dorés se hérissent. Elle espère que la fille de l'entrée ne se remettra pas trop vite. Il ne manquerait plus qu'elle déboule maintenant. Bon, elle s'en sortirait tout de même, mais si elle pouvait s'éviter un déploiement d'efforts trop important, cela lui irait tout aussi bien.

— Voir votre patronne. S'il vous plaît.

Le jeune homme hoche la tête et s'éloigne rapidement. Il descend au sous-sol, revient à peine quelques minutes après.

— Venez, lui dit-il simplement.

Elle le suit dans l'escalier étroit. La personne à laquelle elle rend visite ce soir, l'un des protégés les plus chers au cœur de ses ennemies, aime manifestement se terrer à l'abri des regards. Elle doit être consciente de sa culpabilité dans la mort de son père. Et de sa monstruosité.

Le rouquin la conduit jusqu'à la porte d'un bureau – ou d'une loge ? – et toque d'une main légère.

— Domi ? La personne qui voulait te voir est là.

— Entrez donc, lance une voix à la fois grave et chantante.

Un sourire cruel étire les lèvres de la visiteuse. Elle est si proche de sa proie. Si proche, que plus rien ne pourra l'arrêter à présent. Et, avec la mort qu'elle s'apprête à donner ce soir, elle sait qu'elle blessera profondément les deux Furies. Rien ne pourrait la rendre plus heureuse.

D'impatience, elle bouscule le jeune homme et actionne la poignée de la porte. Elle entre d'un pas résolu, referme derrière elle.

Que les choses sérieuses commencent.

CHAPITRE 17

Ce soir, je travaille. Ça m'ennuie de laisser Alex seule. Quand je suis partie, elle était encore affalée sur le sofa, Bloody Hell blottie contre sa poitrine et Moisi à ses pieds. Étrangement, sa fatigue soudaine semble avoir réconcilié nos deux terreurs.

Tandis que je marche dans les rues pour rejoindre *Les Portes de l'Enfer,* tout un tas de questions vient se cogner aux parois de mon crâne.

Que fait Julia ? La verrai-je ce soir ? Et notre ennemi ? Quand frappera-t-il ? Et où, comment ? Que fait Julia ? Pourquoi ai-je tant envie de l'avoir à mes côtés ? Que manigance Perséphone ? Tisiphone va-t-elle se réveiller ? Que fait Julia ? Est-ce que je trahis mon amour pour Madeleine ?

Je finis par m'arrêter pour respirer profondément. Il faut que je me calme. Par le passé, il ne me semble pas avoir connu ce genre d'épisodes de doutes. Mais, à l'époque, nous étions toutes-puissantes. Aujourd'hui, nous menons la vie de simples humains, et nos pouvoirs ne servent plus guère. Je me demande si l'obligation que nous avons de nous conformer et de nous fondre dans la masse ne finit pas par nous changer. Nous devenons ce que nous paraissons être, en quelque sorte.

J'inspire. J'expire. Je tousse. Satanée pollution. À nouveau, je me refais la promesse de m'éloigner de la ville dès que possible. Et pourquoi pas avec Julia.

J'arrive enfin devant la boîte. Tout est sombre. Et calme. Beaucoup trop sombre et beaucoup trop calme. Aussitôt, mes sens sont en alerte. Il s'est passé quelque chose, j'en suis certaine.

Je regarde à droite, à gauche, la ruelle est complètement vide, si ce n'est une table et une chaise qui traînent devant le bistrot d'en face. Étrange, le propriétaire des lieux n'oublie jamais de rentrer sa terrasse.

Je tente d'ouvrir. La porte est fermée. Je sonne, attends. Personne ne vient m'ouvrir. Ça ne va pas, il y a un problème.

Heureusement, je sais comment m'introduire à l'intérieur sans avoir besoin de qui que ce soit. Je ferme les yeux, me concentre un instant. Il faut que je retrouve la source de mes pouvoirs. Ce n'est pas aussi difficile que je me l'imaginais. Ils sont là, juste sous la surface. Une puissance incroyable se met à rugir dans mes veines, mon corps se dématérialise peu à peu. Comme lorsque je me suis introduite dans l'appartement de Julia, je me transforme en une brume argentée et scintillante.

En un souffle d'air, je me glisse sous la porte. Je reconnais Ginny qui gît au sol, dans une position étrange. Ses cheveux blonds sont poissés de sang. La colère monte en moi. Quelqu'un s'en est pris à Ginny. Une des plus chics filles que j'ai pu rencontrer depuis que je suis revenue au monde.

Pas le temps de m'arrêter. Je traverse le hall, vole jusqu'au bar. Mes collègues sont tous inconscients. Sur la piste, j'aperçois quelques corps désarticulés. Les serveuses. C'est un carnage. Je ne sais pas à qui nous avons affaire, mais cette personne ne recule devant rien.

Toujours sous forme de brume, je descends vers le sous-sol. La porte de la loge de Domi est entrouverte. Pas un bruit ne filtre, mais la lumière est allumée. Une lumière tamisée, d'un rouge malsain. Ce n'est pas une couleur que choisirait Domi. Elle, elle privilégie les bleus sombres et intenses, les gris subtils, les prunes vibrants et le noir profond.

Soudain, une voix de femme, chaude et rauque tout à la fois, s'élève et brise le silence.

— Bienvenue à toi, Mégère.

Merde, comment a-t-on pu savoir que j'étais là ? Et surtout, qui aujourd'hui pourrait me connaître ? Inutile de continuer à jouer les filles de l'air. Encore une expression à la con, en plus.

Jouer les filles de l'air, fuir, s'éclip…

Chut. C'est carrément pas le moment.

Je repose mes deux pieds au sol, un peu déstabilisée par ce retour dans le monde tangible.

— Prends ton temps, je sais bien que tu as besoin de quelques instants pour te remettre de ton petit numéro vaporeux.

Je grimace. Non seulement cette personne sait qui je suis, mais elle connaît, au moins en partie, l'étendue de mes pouvoirs.

— Je te remercie pour ta sollicitude. J'aimerais pourtant savoir à qui j'ai l'honneur, puisque tu as l'air de s'y bien me connaître.

— Quoi ? Tu ne reconnais pas ma voix ? Tu me déçois, mon amie…

Mon amie ? L'autre éclate d'un rire de gorge profond, sensuel.

Réfléchis, Meg, putain, réfléchis !

Et soudain, la lumière se fait, et une froide angoisse s'insinue en moi. Oui, c'est bien à une immortelle que nous avons affaire. Et pas à la plus équilibrée de toutes. Ou peut-être que si, après tout. La jauge n'est quand même pas tout à fait la même, parmi les miens.

— Némésis.

— Bravo !

Némésis m'ouvre grand la porte de la loge. Elle est superbe. Grande, la taille élancée, un teint pâle de jeune fille, qui contraste violemment avec ses cheveux d'un noir de jais, pour le moment retenu en un chignon parfait.

— Je vois que tu n'as pas changé. Tu en jettes toujours autant.

— Merci. Et, euh, toi…

— Non, ne te fatigue pas. Je sais. Mais je n'ai jamais eu ton obsession pour la beauté du corps. Je préfère celle de l'âme.

Némésis me gratifie une nouvelle fois de son rire chaud.

— Je vois que tu as gardé ton sens de la répartie, par contre. Alors, viens donc t'installer, il me semble que nous avons beaucoup de choses à nous dire.

À contrecœur, je m'avance dans la petite pièce. La lueur rouge vient d'une lampe posée sur la coiffeuse de Domi. Némésis y a jeté une étole d'un rouge profond. Elle a toujours eu le sens de la mise en scène et du drame.

Mais ce que je remarque en premier lieu, c'est Domi. Elle est saucissonnée sur son fauteuil de velours bleu nuit, aux pieds recourbés. La pauvre devait être en train de se préparer et ne porte qu'un négligé de soie gris perle, du plus bel effet. Enfin, je crois.

Ses longs cheveux sombres croulent sur ses épaules constellées d'éphélides. Comme celles de Julia. Je ne réalise qu'en cet instant la ressemblance qui existe entre les deux sœurs. La plupart du temps, je ne vois Domi qu'apprêtée, flamboyante dans son rôle de diva, de reine de la nuit. Là, sans maquillage, les yeux écarquillés par la peur, elle a le même air fragile que mon amante de la nuit passée.

— Laisse-la. Je m'occuperai d'elle plus tard. Nous n'allons pas gâcher nos retrouvailles pour une humaine, n'est-ce pas ?

Je ne prends même pas la peine de lui répondre et vais m'affaler dans un fauteuil. Je fais mon maximum pour paraître sûre de moi, alors que j'ai plutôt la sensation de me liquéfier sur place.

Je connais bien Némésis. Elle est complètement cintrée. Elle l'a toujours été. Je lui ai fait confiance une fois, une seule fois, et je m'en mords encore les doigts. Madeleine… Ah non, pas maintenant. J'ai besoin de toute ma concentration pour faire face au danger mortel que ma vieille amie représente.

— Alors, quoi de neuf, ma vieille ? je lui lance en attrapant un verre et une bouteille de vin qui traîne sur la table.

Sans la regarder, je me sers généreusement, avant de m'envoyer une grande lampée dans le gosier. Puis, finalement, je décide de boire cul sec, directement à la bouteille. J'en ai bien besoin, avec toutes ces émotions.

— Je vois que tu as toujours les mêmes manières de soudarde, ma chère Mégère.

— La soudarde t'emmerde, pauvre folle.

— Ah ? On part sur ses bases là, du coup ? Comme c'est dommage…

Une furieuse envie de lui faire remarquer que c'est elle qui a commencé m'envahit. Les immortels ont toujours été de grands enfants. On aime bien se chamailler et se crêper le chignon. Heureusement qu'on ne s'envoie plus des rochers et des éclairs à la tronche, hein. C'est vrai que c'était pas hyper discret, mais on se marrait bien.

— Pourquoi pas ? Le bon vieux temps, tout ça…

En soupirant, elle se sert aussi un petit coup de rouge, avant de s'asseoir en face de moi. Domi, sur sa chaise, gémit de temps à autre. Je fais de mon mieux pour l'ignorer. Némésis est cruelle. Si elle se rend compte que je ferais tout pour sauver cette humaine, elle serait capable de l'achever sur le champ rien que pour contrarier mes plans.

— Alors, repris-je, que nous vaut l'honneur de ta présence ?

Elle affecte un air surpris.

— Mais pourquoi n'aurais-je pas eu envie de venir jouer un peu sur vos plates-bandes ?

— Euh… Ben parce que c'est les nôtres, en fait.

— Oui, mais tu le sais bien, les limites ont toujours été un peu floues entre votre mission et la mienne.

— Ah ? Je trouvais que c'était assez simple pourtant. Tu t'occupes de ceux qui se la pètent un peu trop, et nous des crimes commis pendant les sauteries familiales. Limpide, je te dis.

— Sauf que… Vous n'avez pas vraiment assuré, toutes les trois, ces derniers siècles.

— Comment ça ? J'ai plutôt l'impression qu'Alex a fait du bon boulot.

— Oh, tu connais ta sœur, toujours carrée, toujours parfaite… Mais bon, seule, que voulais-tu qu'elle fasse, la pauvre…

Je revois le visage dévasté d'Alex, la fatigue imprimée sous ses beaux yeux clairs, la lassitude dans sa voix…

— Je suis là, maintenant. Elle n'est plus seule.

— Et Tisiphone ? J'ai entendu dire que son réveil ne s'annonçait pas facile…

Comment peut-elle savoir ça ? Elle doit avoir des espions au palais, c'est pas possible autrement. Ou alors, elle se joue de moi. Oui, voilà, ce doit être ça. Je décide d'entrer dans son jeu.

— C'est en bonne voie, lui rétorqué-je avec bien plus d'assurance que je n'en ressens en réalité.

— Mmmh… Laisse-moi en douter.

— Dis-moi, Némésis. Tu n'y serais pas pour quelque chose, par hasard ?

Elle porte une main outragée à sa poitrine généreuse, mime une expression choquée.

— Moi ? Mais comment oses-tu… Tu me crois vraiment capable de vous nuire ? s'exclame-t-elle avant d'éclater d'un rire malsain.

Je n'ai pas besoin de plus. Némésis, cette vieille morue, ne recule devant rien pour parvenir à ses fins. Ses fins, justement, parlons-en. J'ai du mal à comprendre quel est l'objectif précis de ses manœuvres perverses.

— Pauvre petite déesse incomprise… Ça a toujours été ton problème, en fait. Tu ne supportes pas de ne pas avoir toute l'attention sur toi.

— Je trouve simplement que je n'ai pas la place que je mérite au panthéon des dieux. Je ne l'ai jamais eu. Mais j'ai décidé qu'il était temps pour moi de m'affirmer. Que reste-t-il des anciens dieux, après tout ? Ta sœur, tes parents – et encore, pour Perséphone, on peut en douter, elle passe plus de temps à fricoter avec les humains qu'autre chose… –, et pour les autres, ils sont éparpillés aux quatre coins de la planète, vivotent du peu de foi qu'on leur accorde encore dans ce monde malade, ou alors ils ont disparu il y a belle lurette. Même Zeus, le grand et puissant Zeus, on n'est pas fichus de lui remettre la main dessus. Possible qu'il soit en train de se prélasser dans un lupanar, confortablement assis sur ses anciennes responsabilités.

— Et alors ? Qu'est-ce que ça a à voir avec toi ?

— Eh bien, je suis prête à me dévouer pour reprendre l'affaire. Il faut bien remettre de l'ordre dans tout ça, tu ne crois pas ?

— Les humains ne veulent plus de nous. N'ont plus besoin de nous.

— C'est parce qu'ils nous ont oubliés. Il suffira de leur rafraîchir la mémoire.

— Quel intérêt ? Vraiment, je ne comprends pas. N'es-tu pas lasse de tout ceci ?

— Je ne suis pas comme toi. À fuir dès que ça devient un peu difficile. Non, mais vraiment, ce cirque que tu nous as fait avec ta Madelon, là…

— Madeleine, grincé-je. Et d'ailleurs, si tu n'avais pas foutu la merde, le drame ne serait peut-être jamais arrivé.

— Pardon ? J'ai simplement essayé de t'aider. Je vous ai offert quelques années de bonheur. Que crois-tu qu'il se serait passé, sinon ? Tu aurais été obligée de la poursuivre toute sa vie durant. C'est un peu malsain, non, la victime amoureuse de son bourreau. Ça porte un nom, aujourd'hui, tu sais. Le syndrome de Stockholm.

Syndrome de Stockholm, phénomène psychologique observé chez des otages ayant vécu durant une période prolongée avec leurs geôliers et qui ont développé une sorte d'empathie, de contagion émotionnelle vis-à-vis de ceux-ci, selon des mécanismes complexes d'identification et de survie.

Ouais, OK, j'avais compris l'idée. Faudrait quand même que je trouve le moyen de virer Wiki. Ça devient chiant, à force, d'être toujours interrompue.

— J'ai pas envie de discuter de tout ça maintenant. Venons-en au fait. Que veux-tu ?

— Le pouvoir, évidemment. Et il se trouve que vous êtes sur ma route. Comme je te le disais, on joue parfois dans la même cour, et ça ne peut pas durer. Je n'ai jamais été en accord avec cette histoire de châtiments qui s'étalent sur des années. Je suis bien plus efficace. Crime, jugement, mort. Et basta. C'est ce que je fais avec les protégés de ta sœur. Et si on part par là, vous n'êtes pas toutes blanches non plus, les filles. À quoi ça ressemble de torturer les gens comme ça… Tssss. Vous avez fauté, je vous ai jugées, vous allez mourir. C'est aussi simple que ça.

— Et tu crois qu'on va se laisser faire ?

— Mmmh… Non. Je ne crois pas. Mais je ne crois pas non plus que vous soyez de taille à rivaliser avec moi.

— Nous sommes trois.

— Deux.

— Et Hadès nous viendra en aide. Tu as dû l'oublier, dans ton équation.

— Non, je ne l'ai pas oublié. Mais j'en fais mon affaire.

Je n'aime pas du tout le sourire qui illumine son visage de poupée de porcelaine. Mais alors pas du tout. Je sens bien qu'elle ne dit pas tout.

— Et si je te disais que nous te laissons la place ? Ça t'irait ?

— Mégère… ma très chère Mégère, voilà qui te ressemble bien. Les difficultés, se battre, tout ça… Pas ton truc, hein. Alors, écoute, comme tu as toujours été ma préférée, voilà ce que je te propose. Tisiphone est sur la touche. Tu me laisses éliminer cette rabat-joie d'Alecto, et je te garde comme assistante. Assistante d'une déesse toute-puissante, ça améliorerait bien ton C.V., tu ne crois pas ?

— Tu veux que je trahisse mes sœurs ?

— Allons, allons, ne me fais pas croire que tu ne leur en veux pas de tout ce qu'il s'est passé entre vous… Je ne te croirai pas.

Elle porte son verre de vin à ses lèvres. Je ne vois que ses yeux, brillants comme des escarboucles, qui me fixent avec avidité.

Tout ceci ne mène à rien. Je me lève, ajuste ma veste de cuir noir sur mes épaules.

— Tu me laisses y réfléchir ? Mais d'abord, tu libères Domi. Ça risque d'alerter les gens, si la boîte n'ouvre pas ce soir.

Elle rit encore, rejetant sa tête en arrière.

— Mais on s'en fiche, ma chère, d'alerter les gens ! N'as-tu pas compris que, bientôt, nous ferons tout ce qu'il nous plaît avec les humains ? Comme au bon vieux temps !

J'ai envie de lui dire qu'elle est complètement barrée, mais je sens bien que ce n'est pas le moment.

— Donc on la libère pas ?

— Non. Tu diras qu'elle ne se sentait pas bien.

— OK. Ça me va. Mais il me semble que tu as un peu abîmé tous les employés de la boîte. Je vais avoir du mal à assurer toute seule, tu ne crois pas ?

Elle m'adresse l'un de ses sourires déments. C'est qu'elle doit avoir drôlement mal aux mâchoires, à force.

— Je m'en occupe, ma belle, me dit-elle avec assurance. Suis-moi.

Nous remontons à l'étage. Je n'ai pas jeté un seul regard à Domi en sortant de sa loge, malgré ses gémissements suppliants. Si Némésis pense que je m'inquiète trop d'elle, elle pourrait être tentée de mettre fin à ses jours plus tôt que prévu. À part gagner du temps, je ne vois pas bien ce que je pourrais faire de plus.

Une fois que nous sommes revenues au rez-de-chaussée, ma vieille amie entreprend de réanimer tous les employés de la boîte. Problème, certains sont morts. Mais cela ne semble pas la gêner plus que ça. Elle les embrasse goulûment sur la bouche, et pouf ! Ils se relèvent, le teint cadavérique, du sang suintant de leurs blessures, des membres étrangement tordus.

— Euh… Némésis, ça se voit qu'ils sont morts, tu sais. Ils ont pas l'air très frais.

— Mais non, ne t'inquiète pas. Avec les lumières stroboscopiques, l'alcool qui coule à flots… Tout le monde n'y verra que du feu.

— Et les autres ? Ils vont bien se souvenir de quelque chose…

— Absolument pas, fanfaronne-t-elle en claquant des doigts. Mémoire effacée !

— Tu peux me dire d'où tu tiens tes nouveaux pouvoirs ? Je ne me souviens pas de ces capacités…

— Mmmh… On va dire que j'ai personnellement suivi le parcours de pas mal de nos semblables, au cours des derniers siècles… Et quand j'ai estimé le moment venu…

Elle passe un doigt fin, à l'ongle manucuré, sous son cou blanc. Ça me heurte aussi fort que si elle m'avait asséné un coup de poing dans le bide.

— Tu les as tués ?

— Oh non ! Tu vois, tu me prends encore pour une vilaine… Je les ai juste dépouillés de leurs pouvoirs, rien de plus.

— Mais eux… Que sont devenus les immortels que tu as volés ?

— Bah, ils mènent la même vie que ces misérables humains… Ça va, Mégère, ne me fais pas la morale. Nos semblables n'étaient quand même pas des enfants de chœur. D'ailleurs, j'ai hâte de m'occuper de ta sœur, j'aime bien la perspective de me transformer en ourse. C'est bien, ça, ça en jette.

Je lui adresse un sourire crispé. OK. Némésis est complètement givrée. Mais elle est aussi réellement ultrapuissante. Et je ne peux même pas évaluer à quel point.

J'ai tout de même une dernière question pour elle.

— Bon. Très bien. Mais à quoi rime tout ça, finalement ? La soirée dans cette boîte ? Qu'est-ce que ça va t'apporter ? Pourquoi tu ne vas pas directement zigouiller Alex et te proclamer… je ne sais pas, moi… Déesse ultime, ou ce que tu voudras, hein.

— Tu n'as pas envie de t'amuser un peu ? Il me semble que tu aimais danser autrefois et que tu n'étais pas la dernière pour te faire remarquer dans nos petites sauteries. Et puis, je t'avoue qu'il faut bien que je commence à me faire connaître. Ici ou ailleurs… Je vais me révéler au monde, et la rumeur fera le reste.

— Et c'est tout ?

Elle fronce les sourcils. Voir une fine ride sur son front, allez savoir pourquoi, me procure une intense satisfaction. Mais attention, je ne dois pas trop la contrarier.

— C'est tout quoi ?

— Ben, je me demande si c'est bien à la hauteur de tes ambitions.

— Parce que tu crois que Zeus faisait mieux, à trousser toutes les jolies humaines qu'il croisait ?

— Bah, il avait les éclairs, la grosse voix, tout ça…

Oh. Merde. Devant mes yeux incrédules, je vois ma vieille Némésis grandir de plusieurs dizaines de centimètres, jusqu'à ce que son chignon parfait vienne effleurer le plafond. Je lui dis ou pas qu'il y a une toile d'araignée qui vient de s'accrocher dedans ?

Une étrange aura lumineuse vient border les limites de son corps et ses yeux flamboient. Ouais, ça en jette quand même. Mais je panique un peu quand elle s'empare d'une petite serveuse qui passe par là et la soulève comme un fétu de paille. La gamine ne semble même pas réagir. Je ne sais pas ce qu'elle leur a fait, mais je m'en voudrais qu'elle la tue juste sous mes yeux. Enfin, qu'elle la tue encore plus, je veux dire.

— OK, OK, ça va. Tu peux te calmer maintenant. Tu es la plus belle, la plus forte, et puis on n'en parle plus. Bon, on commence par quoi ?

— Tu vas commencer par convier ta sœur à nous rejoindre. Tu ne parles pas de moi, évidemment.

— Évidemment.

Oulala, je sens qu'on va bien se marrer, cette nuit.

INTERMÈDE

— Madeleine, réveille-toi.

La jeune femme épuisée parvient à ouvrir les yeux. Elle a fait d'étranges rêves, la nuit passée. Des rêves dans lesquels se succédaient de monstrueuses créatures. Elles ressemblaient à des femmes, mais leurs yeux brillaient comme des feux rougeoyants dans l'obscurité. Elles avaient parlé, mais elle n'était pas parvenue à comprendre leurs propos. Elle avait pourtant confusément senti que cette visite la concernait.

Mais, quand Mégère la réveille, elle est seule, et le soleil pointe à peine ses doigts roses et humides à l'horizon.

— Mégère… Je suis tellement fatiguée.

— Je sais, je sais… Viens.

Et Mégère, cette ombre qui n'en est plus une, plus pour elle en tout cas, lui ouvre les bras pour la première fois. Elle s'y blottit, reconnaissante. Le cœur de sa bourrelle bat fort à son oreille.

Madeleine sourit. Après tout, il lui suffit de savoir qu'elle en a un, de cœur.

Mégère pose un baiser léger sur ses cheveux.

— Madeleine. Tu sais que nous enfreignons toutes les règles, tant humaines que divines.

Comment aimer quelqu'un et se gorger des bienfaits de sa présence peut donc être contraire aux règles ?

— C'est que les règles sont mauvaises, il faut les changer, murmure-t-elle contre l'étoffe noire de la robe de Mégère.

— Ce n'est pas si simple.

— Cela devrait.

— Et tu crois que moi je vais pouvoir rectifier la marche du monde, juste parce qu'elle ne nous plaît pas ?

— N'es-tu pas une déesse ?

— C'est très surfait, la divinité. Et puis, le monde change. Vous, les humains, vous tournez de plus en plus vers votre dieu unique. Les créatures extraordinaires disparaissent peu à peu…

— Il en reste encore trop, si tu veux mon avis.

Mégère sait à qui Madeleine fait allusion. À Lidoire le faune. Mais elle sait que ces créatures ne sont pas toutes mauvaises. Pas plus que les humains, et pas plus que les dieux.

— Si les créatures disparaissent, les dieux disparaîtront un jour aussi.

Madeleine ne répond rien. Cela signifie-t-il qu'elle ne trouve pas la perspective si désagréable ? Mégère peut difficilement lui donner tort. Les dieux et les déesses sont, pour la plupart, de sales gosses capricieux.

— Donc toi aussi, tu disparaîtrais ?

— J'imagine que oui.

— Mais tout ce que tu représentes ? La justice, le châtiment…

— Les humains devront s'en charger. C'est déjà le cas, non ?

— Ce n'est pas encore très au point. Notre justice est partiale.

— La nôtre aussi. Enfin, non, justement. C'est tout l'inverse. Nous devons nous montrer tellement impartiales, avec mes sœurs, que je ne suis plus sûre que nous connaissions encore le sens du mot « justice ».

Mégère crache ces derniers mots, comme une bile amère. Combien en a-t-elle poursuivi, des meurtriers, des infanticides, des féminicides et autres monstres pervers ? Beaucoup, beaucoup trop. Mais, de la même façon, combien a-t-elle torturé d'hommes ou de femmes devenus criminels par la force des choses ? Méritaient-ils vraiment leur châtiment ?

— Regarde-toi, Madeleine. Te crois-tu vraiment coupable ?

— J'ai bu la préparation préparée par la vieille Sélène… Je savais ce qui allait se passer. Je l'ai voulu. Ce que je n'avais pas prévu, c'était de survivre à tout cela.

— Oui, mais n'est-ce pas contre toi que le crime a été commis en premier ? N'es-tu pas la première victime ? Comment demander à une femme de porter l'enfant de son bourreau ?

Mégère s'échauffe tellement qu'elle repousse Madeleine pour se lever et faire les cent pas autour du maigre feu. Elle ne comprend pas ce qui lui arrive. Pourquoi se sent-elle si bien en compagnie de la jeune femme ? Pourquoi prend-elle autant à cœur ses déboires, et son funeste destin ?

Jusqu'aujourd'hui, malgré ses doutes, elle est parvenue à garder une certaine forme de distance par rapport à ses victimes. Elle s'est parée d'un vernis d'indifférence, ne fréquentant la plèbe que lorsque sa chair réclame trop fort un peu de plaisir. Elle s'y abandonne, offre quelques menues babioles à son amante d'un soir, avant de disparaître à nouveau dans les ombres.

Pourquoi, aujourd'hui, tout est si différent ? Mégère s'arrête soudain, fait volte-face pour planter ses prunelles aussi noires que la nuit dans celles, claires, de Madeleine. Se peut-il qu'elle soit amoureuse de cette faible créature ? Elle, la terrible Mégère, la Chienne d'Hadès, la Furie ?

Quand Madeleine se lève à son tour et s'approche d'elle, hésitante et timide, ses derniers doutes tombent. Elle accueille entre ses bras le corps épuisé, harassé de douleurs et de fatigue de sa victime et désormais compagne dans l'adversité.

Quand Madeleine se met à pleurer, libérant les torrents de larmes qu'elle s'est refusée jusqu'à présent à verser, Mégère ne peut s'empêcher de goûter au sel de son chagrin. Elle goûte même bien plus.

Leurs souffles se mêlent, nuées blanches dans l'air glacial du petit matin. Leurs mains se trouvent, leurs doigts s'entremêlent, et c'est sur un tapis de feuilles aux teintes automnales qu'elles s'aiment enfin, Mégère la Furie et Madeleine la pécheresse à jamais damnée.

CHAPITRE 18

Cette soirée est pour le moins… étrange. Les serveuses glissent entre les tables comme des âmes en peine, mais d'un pas chaloupé, au rythme des musiques électroniques. J'ai toujours eu du mal avec les morts revenus à la vie. Ça me fait un peu le même effet que les bébés que l'on fait parler comme des adultes dans les publicités que j'ai pu voir à la télé. Glaçant.

Il y a comme de l'électricité dans l'air, ainsi que de vieux relents de pourriture. Grâce à ses nouveaux super pouvoirs, Némésis a réussi à changer la déco raffinée des *Portes de l'Enfer* en un tour de main. Plus de tentures de velours rouge, plus de tables élégantes et d'assises moelleuses. Non, là, le tout a été remplacé par de fines dentelles macabres, comme des toiles d'araignées gigantesques qui se seraient invitées là pour prendre un verre avec leurs amis les humains. Des grilles s'élèvent un peu partout, cloisonnant l'espace habituellement ouvert de l'établissement, et de fausses stèles mortuaires ponctuent le sol de la piste de danse. Ajoutez à ça des vagues brumeuses et vous aurez…

— Tu trouves que ça fait trop Halloween, toi ? me susurre Némésis à l'oreille, tandis que j'admire sa nouvelle déco avec circonspection.

Halloween, fête folklorique et païenne traditionnelle originaire des îles anglos-celtes et célébrée dans la soirée du 31 octobre, veille de la fête chrétienne de la Toussaint. Son nom est une contraction de l'anglais All Hallows-Even, qui signifie "the eve of All Hallows day" en anglaise contemporain et peut se traduire comme « la veille de tous les saints » ou « la veillée de la Toussaint ».

— Ben, j'ai l'impression que tu as un peu d'avance sur la saison, en fait. On n'est jamais qu'en plein été.

Némésis plisse sa jolie bouche fardée en une moue boudeuse.

— C'est vrai. Mais, justement, n'est-ce pas original ?

Une petite voix, et ce n'est pas celle de Wiki, me souffle que je ne dois pas la contrarier. Némésis, déesse de la juste colère et du châtiment céleste, persécutrice des humains qui se rendent coupables d'hybris, fille d'Océan ou d'on ne sait pas trop qui, d'ailleurs, il faut bien l'avouer, a complètement fondu les plombs ces derniers siècles. Quoique je ne puisse en rien affirmer qu'elle ait jamais été un modèle d'équilibre mental. C'est certain, il lui a manqué, comme à beaucoup d'immortels, un environnement familial sain et quelques repères pour bien avancer dans la vie.

— Si. Très original.

Me suis-je montrée suffisamment convaincante ? Je l'espère. Je sens son regard aniline peser sur moi comme un couvercle de fonte.

Soudain, je repère Ian, le videur, qui passe devant moi de son pas lourd. Il a l'air totalement perdu. J'espère qu'il n'est pas mort, lui aussi.

— Hey, Ian ! Comment tu vas, mon pote ? je lui lance.

On ne peut pas dire que Ian et moi soyons vraiment amis, mais, dans les circonstances actuelles, ça me fait drôlement plaisir de le voir marcher presque normalement.

Mais il m'adresse un regard morne, et se fige dès qu'il aperçoit Némésis à mes côtés. Ma montagne de muscles préférée se met à trembloter comme de la gelée sur une assiette plate, et ses traits s'affaissent. Je ne sais pas comment il arrive à faire bouger comme ça tous les éléments de son visage. Quand il est énervé, tout se concentre au milieu de sa face, et quand il a peur, tout retombe sur son menton. C'est tout à fait étonnant.

Mais… attends. Ian aurait… peur ? De Némésis ? Mais alors, ils se connaissent ?

— Oui, Ian, viens donc t'asseoir avec nous ! lance Némésis à mes côtés, comme pour confirmer mes pires soupçons.

D'un pas raide, comme s'il était tiré par une corde invisible, il se dirige vers nous et finit par s'asseoir du bout des fesses sur une stèle de marbre noire.

— Ian ? lui demandé-je avec douceur, même si cela n'a rien de facile pour passer au-dessus de la musique tonitruante. Tu connais…

Du pouce, je désigne ma compagne. Il la regarde par en dessous, bouche béante. Faut dire qu'elle en jette, la vieille peau, ce soir. Robe ultra décolletée, toute d'écailles rubis, ses longs cheveux noirs comme les eaux du Styx lâchés dans son dos à la peau parfaite…

Le videur fait oui de la tête, avale sa salive avec difficulté.

— C'est marrant, ça, fais-je en feignant un intérêt poli. Où vous êtes-vous donc rencontrés ?

C'est Némésis qui me répond, car Ian semble sur le point de tourner de l'œil.

— Dans le bar d'en face. Tu savais que ce pauvre Ian traversait une période difficile, financièrement ? Et il n'osait pas demander ! Heureusement que j'ai été là pour l'aider ! Et comme c'est un charmant garçon, sous ses dehors un peu bourrus, il a accepté de me dire tout ce qu'il savait sur Domi et sa famille. N'est-ce pas adorable ?

Je dois devenir livide, car Némésis explose de rire en effleurant mon épaule de ses longs ongles laqués de rouge.

— Ne fais pas cette tête, ma petite chérie. Tu sais comment sont les humains, tout de même. Jamais dignes de confiance. Je ne comprends pas pourquoi tu leur portes tant d'intérêt, tu sais.

— Parce que je ne cherche pas à les utiliser à des fins personnelles, comme toi. Tu as l'art et la manière de manipuler les gens pour leur faire du mal, Némésis.

— C'est vrai. Mais tout ça sert un noble but, tu le sais maintenant. Rétablir l'ordre chez les immortels, mais aussi chez les humains. Tu verras, je saurai te convaincre. Tu as appelé Alecto, au fait ?

Je fais oui de la tête. Ça fait trois fois qu'elle me pose la question. Oui, j'ai appelé Alex. Non, je ne l'ai pas eue. Oui, je lui ai laissé un message. Non, je ne sais pas si elle l'a déjà écouté.

Mais je sens bien l'impatience de Némésis. Cette soirée, elle s'en fiche un peu, finalement. Elle a prévu autre chose, j'en suis persuadée, mais quoi ?

Il faut que j'en sache plus, et rapidement. J'imagine Alex débouler ici en mode Furie et se casser les dents sur la surpuissante Némésis.

— Bon, et on fait quoi après ? je lui demande d'un air bougon. On s'ennuie un peu, là.

Je mens comme je respire, mais je croise les doigts très fort pour que ma vieille copine ne s'aperçoive de rien. Je ne dois pas trop mal me débrouiller, car elle se contente de me demander :

— Je croyais que tu aimais bien faire la fête et danser ?

— J'ai passé l'âge.

— En fait, on attend ta sœur.

Elle se penche vers moi, langoureuse, et me lèche le cou de sa langue pointue. Malgré moi, un long frisson me parcourt. Cette salope sait exactement comment me faire réagir. Ses lèvres remontent jusqu'au lobe de mon oreille, qu'elle se met à mordiller délicatement du bout des dents. Je retiens de toutes mes forces un ronronnement qui cherche à me remonter dans la gorge. Je ne lui ferai pas ce plaisir. En plus, je sais parfaitement que Némésis est un peu comme Alecto, très peu portée sur la bagatelle. Par contre, au contraire de ma sœur, Némésis n'hésite jamais à user de ses charmes pour parvenir à ses fins. Ma sœur est du genre vierge pure, elle plutôt salope frigide et cruelle.

Mais, soudain, elle me mord brutalement l'oreille. Je crie en sentant un filet chaud me couler le long de la nuque.

— Mais ça va pas ou quoi ?

Elle prend le temps de cracher au sol feu mon petit bout d'oreille, avant de se tourner tranquillement vers moi. Son menton est tout barbouillé de sang rouge.

— Ne joue pas avec moi, Mégère. Je sais bien que tu joues la montre. C'est inutile, sache-le.

— Je t'ai dit que j'avais appelé ma sœur. Que veux-tu que je fasse de plus ?

— Que tu cesses de regarder dans chaque recoin. Je vois que tu cherches une échappatoire. Il n'y en a pas. Mets-toi bien ça dans le crâne. Si tu veux survivre, ta seule option est de m'obéir et de toujours chercher à me complaire.

Je hoche la tête en attrapant une serviette en papier sur la table basse couverte de toiles blanchâtres juste devant nous. Beurk, on dirait que c'est de la vraie soie d'araignée. Ça me colle aux doigts, c'est dégoûtant. Je me tamponne tout de même l'oreille, pour arrêter la mini-hémorragie.

— N'empêche que t'es une connasse de première, Némésis.

En face de nous, Ian nous regarde avec des yeux effarés. Même pour une brute comme lui, voir une nana bouffer l'oreille d'une autre, ça doit être étrange. Et voilà qu'il se passe une langue rose et pointue sur les lèvres et qu'une lueur égrillarde vient illuminer son regard éteint. Me dites pas que ça l'excite en plus ! Ces humains… J'en finirais par tomber d'accord avec Némésis.

Je reporte mon attention sur la piste de danse. Qu'est-ce que je pourrais faire d'autre, de toute façon ? Je suis coincée ici à jouer les toutous de la déesse mégalo. Domi doit toujours être saucissonnée sur son fauteuil, en bas. Julia est en sécurité chez elle, tout du moins je tente de m'en persuader. Par contre, Alex doit être en route. Je me fais la réflexion qu'il y a pas mal de monde ce soir. Si jamais les choses tournent au vinaigre, ça va être un carnage.

Soudain, un mouvement de foule me détourne du spectacle des danseurs survoltés. Là-bas, vers la caisse et le vestiaire, il y a du rififi.

Ian se lève et se dirige de son pas lourd vers l'entrée. Je le suis du regard, tendue. J'aurais imaginé qu'Alex ferait preuve de plus de discrétion suite à mon appel. Ou alors, elle n'a pas compris le message sous-tendu derrière ma demande de venir me rejoindre ici ce soir.

Les choses ne semblent pas se calmer. D'un signe de tête, Némésis m'intime d'y aller.

Je file le plus vite possible. Bizarrement, j'ai un mauvais pressentiment. Il se passe quelque chose de pas net. Enfin, je veux dire, de pire qu'une déesse vieille comme le monde voulant faire main basse sur l'univers tout entier.

À mesure que je m'éloigne de la sono, des cris me parviennent. Quelle n'est pas ma surprise en découvrant ma Julia qui se débat comme une diablesse au milieu de l'équipe de videurs de Ian, dont une bonne moitié est déjà morte ! Quand elle m'aperçoit, elle se met à hurler encore plus fort :

— Meg ! Pourquoi ils veulent pas me laisser passer ? Où est Domi ? Il faut que je la voie tout de…

Sous mes yeux effarés, un grand type maigre au crâne rasé colle une beigne monumentale à la sœur de sa patronne. Non, mais je rêve ! Qu'est-ce qui leur prend, à tous ? Némésis les a-t-elle tous soumis à son pouvoir ?

Mon sang ne fait qu'un tour et je me matérialise aussitôt aux côtés de la brute. J'attrape le type – Bruno, je crois, ou Thibault, mais on s'en tape – par la gorge, et le projette à plusieurs mètres de là. Avec un bruit mat, il heurte le mur et glisse jusqu'au sol. Cette petite démonstration de puissance me vaut les regards médusés de l'équipe de gros costauds.

— C'est rien, je fais du krav maga, je vous l'ai déjà dit, non ? Vous pouvez lâcher ma copine, maintenant ?

Pas de réaction.

— Les gars, je viens de vous le demander gentiment, donc si vous pouviez être sympas…

Mais non, apparemment, ils ont les fils qui se touchent ce soir. Un autre attrape Julia par les cheveux et l'oblige à se mettre à genoux. Ni une ni deux, je lui balance mon poing dans sa sale tronche. Il va vraiment falloir qu'ils se calment, tous.

— Dis, Ian, tu peux pas leur demander d'aller voir ailleurs si j'y suis ?

Il a l'élégance de paraître mal à l'aise.

— Je voudrais bien, Meg, mais elle… (Il jette un regard gêné vers la table où patiente Némésis.) Elle a donné l'ordre de ne pas laisser passer la sœur de Domi.

— Ah. Comme tu as pu le constater, je connais bien ta nouvelle patronne. Alors, laisse-moi gérer ça, OK, et rappelle tes larbins. Ça m'embêterait de te les abîmer de trop.

— Oui, mais…

— Ian. Ta gueule.

Je vois bien qu'il hésite. Il doit se demander qui lui fait le plus peur entre Némésis et moi. Je me tais, parce qu'à mon avis, c'est Némésis la plus dangereuse, ce soir, et je lui lance mon regard le plus noir. Je laisse même quelques larmes de sang s'échapper de mes orbites, pour faire bonne mesure.

Il bat en retraite. J'aurais presque envie de lui tapoter le crâne pour le féliciter. Seul problème : il frôle les deux mètres, et moi pas du tout. Tant pis, je me contente de lui balancer une sévère bourrade dans les côtes. J'ai au moins la satisfaction de le voir grimacer sous l'impact.

J'attrape vite Julia par le bras et la tire à moi. Comme je l'espérais, elle trébuche. Je la rattrape au vol, en profite pour lui murmurer à l'oreille :

— Tu te tais, tu ne bronches pas, est-ce que tu me comprends ?

Dans les lueurs stroboscopiques, j'entraperçois ses yeux vif argent qui me contemplent, écarquillés. Elle a peur. Tant mieux. La peur est un bon moyen de se préserver du danger.

— Domi…

— Ne parle surtout pas d'elle. La seule chose que je peux te dire, c'est que pour l'instant, il ne peut rien lui arriver. Suis-moi. Et je vais te garder avec moi, parce que je suis à peu près sûre qu'il n'y a que là que tu seras à peu près en sécurité… Enfin, au moins, je pourrai te surveiller.

Je passe sous silence le fait que Domi est séquestrée dans sa loge et que sa vie ne tient qu'à la bonne volonté de Némésis. Chaque chose en son temps.

J'entraîne Julia vers la table que j'occupais précédemment. Ma vieille amie nous regarde arriver, l'air contrariée.

— Némésis, je te présente Julia, la sœur de Domi.

— Je sais parfaitement de qui il s'agit. Mais qu'est-ce qu'elle fout là, bordel ?

— Je crois qu'elle s'inquiétait pour sa sœur.

Une lueur mauvaise passe dans les yeux noirs de Némésis. Pourvu qu'elle se taise… Si Julia apprend la vérité, on est bonnes pour une crise d'hystérie en règle. Pour détourner l'attention de la déesse, je balance, innocente :

— Tiens, tu vas être contente, je viens d'avoir un message d'Alex. Elle ne devrait plus tarder.

— C'est quoi, cette déco ? C'est pas Halloween, pourtant… me coupe Julia.

Je grimace. J'avais oublié sa capacité extraordinaire à parler pour ne rien dire. Ce qui est mignon en temps normal est plutôt hyper dangereux là, tout de suite.

— Qu'est-ce qu'il y a ? Ça lui plaît pas, ma déco, à cette misérable humaine ? grogne Némésis.

Julia sursaute.

— Pourquoi « misérable humaine » ? Meg, c'est qui, cette nana ?

Je lève les yeux au ciel ; la situation est totalement en train de m'échapper. Comment ai-je pu croire une seule seconde que j'allais pouvoir sauver tout le monde, ce soir…

— « Meg, c'est qui, cette nana ? », répète Némésis d'une petite voix aiguë. Y a pas à dire, ma vieille, tu les choisis toujours aussi cruches.

La colère m'envahit. De quel droit se permet-elle ? OK, elle a piqué les pouvoirs d'une bonne quantité d'immortels, mais est-ce que c'est une raison pour se croire supérieure à tout le monde ? Oui ? Bien, c'est ce que je pensais.

Mais c'est Julia qui réagit avant moi. Cette fille est absolument incroyable.

— Qu'est-ce qu'elle a, la morue ? Non, mais oh ! C'est pas chez toi, ici ! T'es chez ma sœur, là ! Tu vas voir la raclée qu'elle va te foutre quand elle va revenir…

Elle est incroyable ET sexy. La voir ainsi tenir tête à la grosse méchante au mépris du danger, ça me donne envie de lui sauter dessus et de l'embrasser sauvagement. Mais Némésis ne semble pas du même avis. Elle se lève, se redresse de toute sa taille. Ses yeux se mettent à lancer des flammes. Littéralement, je veux dire. Dans un craquement sinistre, la peau de son dos se craquelle, s'ouvre et libère deux immenses ailes aux plumes noires et rouges.

D'un coup, la déco Halloween paraît un peu plus réaliste. Quelques personnes autour de nous se mettent à hurler. Mais, pour la plupart, les humains ne remarquent rien. Déjà, la plupart des employés sont des zombies, et ceux qui sont encore vivants sont sous influence. Les danseurs sur la piste ont gardé les yeux fermés et ne réalisent pas le drame qui se joue à quelques pas d'eux.

— Meg… balbutie Julia.

— C'est rien. Julia, je te présente Némésis.

— Némésis, comme dans…

— Oui, tout à fait, comme dans, lui dis-je en la plaçant à l'abri derrière moi.

— Elle a pas l'air contente.

— Nope. Je crois qu'elle n'aime pas trop qu'on la contrarie.

— On fait quoi ?

— Toi, tu fais rien. Quand je te le dirai, tu partiras te mettre à l'abri. Où tu veux, mais le plus loin possible d'ici.

— Et toi ?

— Je vais faire ce que je peux.

Face à moi, mon ennemie lévite à présent à quelques centimètres du sol. Dans sa main droite apparaît une épée flamboyante et, dans sa gauche, un fléau.

— Dis donc, t'as laissé tomber la balance, du coup ?

Némésis rejette sa tête en arrière pour laisser échapper un rire dément.

— Tout à fait. Au diable la mesure ! Au diable la pondération ! Aujourd'hui, je m'apprête à prendre la place qui m'est due de toute éternité !

— Super. Ben vas-y.

Un instant, elle a l'air décontenancée.

— Tu ne comptes pas m'en empêcher ?

— Euh… Non.

— Pourquoi ?

— Parce que j'ai mieux à faire.

Dans mon dos, j'attrape la main de Julia et l'attire vers moi. Alors que Némésis déchaîne sur nous sa colère brûlante, sous la forme de vagues de feu éblouissantes, je l'embrasse avec passion. Je la sens devenir toute molle entre mes bras. Quand nos lèvres se séparent enfin, nous échangeons un doux sourire. Délicatement, avec tendresse, je caresse sa joue ronde, à la peau veloutée, puis lui chuchote :

— À mon signal, tu cours, tu t'en vas loin, le plus vite possible.

— Mais… tente-t-elle de me répondre.

— Chut. Et ne te retourne surtout pas.

— Et Domi ?

— Elle est à l'abri. D'une certaine façon.

Je ne mens pas. Enfin, pas vraiment.

Heureusement, Julia fait oui de la tête.

— MÉGÈRE ! hurle ma vieille copine, furieuse qu'on lui prête si peu d'attention.

J'ai l'impression qu'elle a encore pris du volume. La superbe créature aux yeux de braise est bien loin, à présent. J'ai plutôt l'impression d'avoir affaire à une dragonne dopée aux stéroïdes. Ses membres se sont mués en pattes griffues et son corps est couvert d'écailles rubis. Seuls ses seins sont encore faits de chair et de peau.

— C'est MEG ! rugis-je en repoussant Julia le plus loin possible de moi. Tu peux pas te mettre ça dans la tête une bonne fois pour toutes, bordel ?

J'espère que Julia a compris que c'était le moment de mettre les bouts. Mon propre corps est en train de se transformer. Moi, si petite, finit aussi par effleurer le plafond de la tête. Une longue robe de nuit me couvre tout entière, et sa profonde capuche dissimule mon visage. Dans ma dextre, un fouet et dans ma senestre, une torche dont les flammes vertes luisent comme celles de l'Érèbe. Ce soir, c'est la Fête des Lumières aux *Portes de l'Enfer*.

Cette fois, les fêtards ont compris qu'il se passait quelque chose, que la réalité de leur monde était ébranlée. La musique cesse brutalement, et des cris apeurés montent jusqu'à nous, déesses vengeresses. Depuis combien de siècles les humains n'ont-ils pas assisté à un tel spectacle ? Trop, sûrement, pour qu'ils puissent comprendre ce qui est en jeu.

D'un geste fluide, je repousse ma capuche. Sur mon crâne s'agitent des serpents d'un noir veiné d'argent. Leur morsure est mortelle, évidemment ; on n'est pas là pour enfiler des perles, après tout. Je pose un regard courroucé sur cette multitude d'humains qui grouillent à mes pieds. Des gouttes de sang perlent de mes yeux, avant de tomber au sol avec un bruit mat et d'y creuser de petits cratères fumants.

— Partez, misérables ! Partez, avant qu'il ne soit trop tard !

Est-ce que j'en fais trop ? Oui, probablement. Mais à quoi ça sert d'avoir des superpouvoirs si on peut pas en faire un peu trop parfois, hein ? Et puis, je dois avouer que je prends un pied intégral, là, tout de suite et maintenant. Je n'ai pas la moindre pensée pour Domi, c'est à peine si je me pose la question de savoir si Julia s'est bien mise à l'abri.

Non, là, je prends un tel plaisir à sentir le pouvoir couler dans mes veines que je pourrais en rugir de bonheur.

Et Némésis s'en rend compte. Sa bouche s'étire en un large sourire, et on pourrait presque croire que ses lèvres lui font le tour de la tête. Moche, moche, moche.

— Alors, Chienne, tu reprends goût au pouvoir ? Celui qui te coule dans les veines et te donne l'impression d'être vivante ? Comment nous, les immortels, pourrions-nous vivre comme ces misérables fourmis ? L'univers nous a fourni la force et la puissance pour que nous l'exercions, pas pour que nous menions des vies médiocres, tu ne crois pas ?

— J'en sais rien, Nem, et je m'en contrefous, en fait. La seule chose qui m'importe, là, tout de suite, c'est de te foutre la branlée du millénaire.

Elle explose d'un rire dément.

— Parce que tu crois vraiment que tu vas y arriver ? Regarde-toi, tu es faible comme un chaton, après tes siècles de stase. Et puis ça fait bien longtemps que tu n'as plus la niaque. Depuis ta petite Madeleine, non ?

Connasse. Me balancer du Madeleine, là, maintenant, c'est vraiment un coup bas. Mais je l'encaisse, parce qu'en fait, ce que je souhaite, c'est gagner du temps. Je connais bien Némésis, elle aime se la raconter, déblatérer tout un tas de conneries pour se faire mousser. Ça laisse le temps à tous les humains du coin de se mettre à l'abri. Ça laisse le temps à Alex d'arriver.

Parce que, soyons claires, il est certain que je suis incapable de tenir tête à la créature qui me fait face.

Je cherche une idée pour la faire parler à nouveau.

— Alors, dis-moi, que comptes-tu…

Je n'ai jamais été douée pour faire la conversation. Némésis brandit son épée flamboyante vers moi. Un rayon de lumière en jaillit et vient me heurter en pleine poitrine, tellement fort que, malgré mes pieds bien ancrés dans le sol, je recule de plusieurs pas. Mes pieds creusent de larges sillons dans le sol.

— Tu vois, quand je te dis que tu es faible, ma pauvre petite Mégère…

Elle enchaîne les coups, je recule de plus en plus. Bientôt, c'est le zinc du bar qui vient me heurter les jambes. Je vais finir dans le mur, et je ne pourrais rien faire. J'ai beau tenter de jouer du fouet, elle bloque chacun de mes coups avec son fléau, sans jamais se départir de son sourire de vieille folle.

Il me reste une option. La dernière. Je me dissipe en une vapeur argentée et disparais parmi les fumigènes illuminés par les lueurs stroboscopiques que personne n'a songé à éteindre. Ainsi, Némésis ne peut me repérer. Je l'observe tourner sur elle-même, hurlant sa rage et des insultes à n'en plus finir. C'est intéressant, ce savant mélange de langues anciennes et modernes.

Avant de me jeter à nouveau dans cette bataille perdue d'avance, je m'assure que Julia n'est plus dans la boîte. Loupé, je la déniche sous une table renversée.

Dans un souffle éthéré, je lui balance :

— Mais qu'est-ce que tu fous là, putain ?

— M… Meg, bégaie-t-elle, affolée. C'est toi ?

— Et qui veux-tu que ce soit ? On n'est pas cinquante déesses, ce soir. Deux, c'est déjà de trop, si tu veux mon avis.

— T'es une déesse ?

Il me vient tout un tas de réflexions à l'esprit, du genre « ouais, je suis une déesse de l'amour », ou « pour toi, je serai toujours une déesse », mais il me semble tout de même que ce n'est pas approprié.

— On parlera de ça plus tard, tu veux bien. Reste planquée là, et ne bouge sous aucun prétexte.

Je m'échappe de là, retourne vers Némésis.

— Montre-toi, lâche ! Tu as toujours été la plus faible des trois Chiennes. Toujours à te poser des questions. À avoir des états d'âme à la con…

Je me rematérialise dans son dos, balance mon fouet d'un coup sec. Il s'enroule autour du cou de Némésis, et je tire fort vers moi.

— Tu peux répéter ? lui dis-je avec ironie.

Mais non, évidemment, elle ne peut pas. Elle s'étouffe à moitié, et ses pattes griffues lacèrent les écailles plus tendres de son cou.

Un instant, un tout petit instant, je m'imagine avoir pris le dessus sur cette hystérique. Un instant, je relâche mon attention sur elle pour jeter un coup d'œil à la table sous laquelle est cachée Julia.

C'est un instant de trop. Une boule de feu, née des entrailles mêmes de Némésis, l'entoure d'un coup et fait flamber mon fouet, me brûlant la main au passage.

Sans perdre de temps en vaines paroles, profitant de ma surprise, ma vieille ennemie me transperce de son épée flamboyante.

Je ne sais pas si je souffre ou pas. Il me semble plutôt qu'un engourdissement terrible m'enveloppe tout entière. Sous mes pieds, la Terre s'ouvre et j'aperçois Charon qui m'indique de la main le chemin à suivre pour rejoindre son embarcation.

J'aime bien Charon, mais j'ai jamais aimé les bateaux.

INTERMÈDE

Tout d'abord, ce n'est qu'une succession de journées et de nuits enchanteresses. Madeleine et Mégère vivent loin de tout, loin des hommes et loin des dieux, loin des querelles, du devoir à accomplir, et des péchés à expier.

Pour la première fois, elles goûtent au bonheur. Ont-elles la folie de croire que cela peut durer toujours ? Peut-être, peut-être dans les moments simples du quotidien, quand il s'agit d'aller se laver dans une rivière aux eaux limpides, de se réchauffer devant un feu crépitant ou de s'aimer au jour naissant.

Madeleine danse même à nouveau dans les brumes du petit matin. Elle danse comme elle ne l'a plus fait depuis Lidoire, le faune Lidoire et les outrages qu'il lui a fait subir.

Mégère la regarde, sa capuche rejetée en arrière, ses yeux noirs, brillants d'amour pour cette humaine virevoltante. Ici, elle n'a plus à se cacher de personne. Ici, elle n'est plus une Furie, une immortelle au service d'autres immortels et de causes sacrées ; elle est simplement un être de chair et de sang, délaissant ses sombres pouvoirs dans la brise parfumée.

Rien, donc, ne semble pouvoir venir bousculer leur sérénité. Mais Mégère ne se leurre pas pour autant. Chaque matin, chaque soir, elle hume l'air léger de la forêt, à l'affût de celles qui ne manqueront pas de revenir.

Que fera-t-elle alors, quand Alecto et Tisiphone, ses sœurs, aimées et détestées tout à la fois, reviendront la harceler ? Et si Hadès lui-même se décide à quitter son précieux Érèbe ? Non, cela n'est pas possible. Mais une visite de sa mère Perséphone, par contre…

Pourtant, rien ne se passe comme elle l'a prévu. C'est Némésis qui la première revient à elle.

— As-tu réfléchi à ma proposition ?

— Non.

Mégère n'aime pas Némésis. Elle la trouve trop souvent sur son chemin et son ambition dévorante la dérange. Non pas que ce soit inhabituel chez les immortels, mais il y a quelque chose de fêlé, de brisé peut-être, dans la santé mentale de la déesse de la Justice. Comme si l'hybris qu'elle se destine à combattre et à punir la contaminait peu à peu.

— Que vas-tu faire alors ? Crois-tu qu'elles vont te laisser couler des jours heureux, cachée au milieu des bois comme une sauvageonne ?

— Non.

— Non, non, non ! Tu n'as que ce mot à la bouche ! Mais parle donc ! Qu'as-tu prévu ?

— Némésis. Je n'ai rien prévu. Il n'y a rien à faire. Je cherche simplement à profiter de chaque instant avec elle. Chaque journée, chaque heure, chaque minute, et même chaque seconde, est un précieux cadeau que le destin me permet de soustraire à mon devoir. Je serais folle de ne pas en profiter ou d'espérer plus.

Sur le beau visage de Némésis se peint une expression de profond mépris.

— Tu es tellement… lâche. Peu ambitieuse. Docile…

— Tu en as d'autres, de ces mots doux ? Ne te fatigue pas, pauvre folle, rien de ce que tu diras ne me fera changer d'avis.

— Tu imagines ! Je t'offre le pouvoir suprême à mes côtés, j'offre à ton aimée la vie éternelle, et tu refuses tout cela ! Et c'est moi que tu traites de folle !

— Folle, oui, c'est ce que tu es. Tu es folle de croire que tu pourras mener tes projets à terme. Les nôtres ne te laisseront pas faire.

— Les nôtres s'affaiblissent. Ils n'ont plus la volonté.

— Ils sont encore forts. Trop forts pour toi.

— Aujourd'hui peut-être. Mais dans cent ans ? Dans cinq cents ans ?

— Nous verrons. Mais Madeleine ne sera plus là.

— Je peux la cacher dans mon ombre. La mettre à l'abri, la soustraire à l'expiation !

— Mes sœurs le sauront. Hadès aussi.

— Tes sœurs… C'est la seule chose que je te demande. Élimine-les, et je protégerai ta dulcinée.

— Tu me demandes de tuer mes sœurs…

— Oui ! Et ne me fais pas croire que l'amour règne entre vous, je sais bien que vous ne vous entendez pas.

— Tu as raison, nous sommes très différentes. Mais pour autant, je ne les déteste pas et ne leur souhaite aucun mal.

— Tu es donc prête à sacrifier Madeleine pour ces deux harpies ?

— Madeleine est humaine. Ses jours sont comptés. Et il ne doit pas en être autrement.

— Je vois que je ne pourrai rien faire pour te convaincre.

Mégère se contente d'un léger signe de tête. Némésis s'en va alors, battant de ses ailes aux plumes rouges et noires. Dans le cœur sombre de la Furie, quelque chose lui souffle que l'ambitieuse déesse n'a pas dit son dernier mot.

CHAPITRE 19

— Meg ! Meg ! Réveille-toi !

Je reconnais cette voix. Je la reconnais, mais je n'arrive pas à mettre un visage dessus. Ni un nom. Ce serait tellement plus facile si j'arrivais à ouvrir les yeux. Mais mes paupières pèsent une tonne et charrient du verre pilé.

— Meg ! me secoue-t-on encore.

Je grogne. Dans mon esprit, j'adresse un signe de main à Charon, qui me fait un clin d'œil. Le tour en barque, ce sera pour une prochaine fois. Et j'en suis bien contente, en fait, même si le chemin pour revenir à la réalité me paraît quasi insurmontable.

Bim, et en plus je me prends une claque bien retentissante. Dis donc, y a quelqu'un qui est pressé de revoir mes jolis yeux noirs et ma face de rat.

Dans un effort surhumain – ou divin serait un terme plus adapté –, j'ouvre finalement un œil.

— Julia…

Une jolie rousse se tient au-dessus de moi, mais, par contre, elle a une sale tronche. Elle a dû beaucoup pleurer, car ses joues sont toutes barbouillées de noir. Ses cheveux sont emmêlés et pendent misérablement sur ses épaules. Du sang dégouline de son arcade sourcilière. Elle a dû prendre un sacré coup.

— Ça va, ça va… dis-je péniblement pour tenter de la rassurer.

Ça marche moyen, j'ai l'impression. La jeune femme éclate en sanglots et se réfugie dans mes bras.

— Aïe ! gémis-je sans qu'elle y prête la moindre attention.

De la main gauche, je me tâte le flanc et sens une blessure béante sous mes doigts. Bon, les souvenirs me reviennent : je me suis fait embrocher façon méchoui par la vilaine Némésis.

Julia finit par s'écarter.

— Mais tu es blessée !

Sans blague. Heureusement que la lame enflammée de ma vieille copine a tendance à cautériser les plaies au passage, sinon, je serais déjà en train d'écoper l'embarcation moisie de mon pote Charon.

Mon amie m'aide à me redresser en grimaçant. Elle soulève mon tee-shirt, grimace.

— C'est pas très beau, je crois qu'on voit l'intérieur, c'est bizarre… Il faut qu'on aille à l'hôpital…

— Nope, ça va aller.

— Mais…

— Pas d'hôpital.

— Meg…

— Julia, est-ce que tu as vu ce qu'il s'est passé ici ?

— Euh, j'ai beaucoup fermé les yeux, mais… enfin, j'ai vu des choses, mais je crois que je devais délirer un peu, sous le coup de la peur, parce que c'est pas possible ce que j'ai vu, enfin ce que j'ai cru voir, hein, parce que… Et puis à la fin, j'ai perdu connaissance, je viens de me réveiller…

Je l'attire à moi et l'embrasse. Pas du tout parce que j'en ai envie, évidemment, on n'a pas envie de rouler des pelles à qui que ce soit quand on a un trou gros comme le poing dans l'abdomen, mais plutôt pour la faire taire. Elle est capable de parler pendant des heures sans me laisser en placer une.

— Mais… tente-t-elle tout de même.

Je retente le baiser enflammé, mais, décidément, je ne dois pas bien m'y prendre aujourd'hui, car elle me repousse sans douceur.

— Aïeeeeuuh… protesté-je.

— Arrête de jouer à ça avec moi, tu veux bien. Qui es-tu ? Ou plutôt qu'est-ce que tu es ?

Je grimace.

— C'est pas trop le moment, là. Tu pourrais me ramener chez moi avant qu'on ait un débarquement de flics en tous genres, s'il te plaît ?

— Et Domi ? Si tu ne me dis pas où elle est, je te promets que je te laisse là et que je me casse sans me retourner.

Eh ben dis donc, moi qui la prenais pour une mignonne petite chose, toute douce et rose comme de la barbe à papa…

— En bas, dans sa loge…

Je n'ai même pas le temps de finir que Julia m'abandonne sur place pour se précipiter vers les escaliers qui mènent au sous-sol. Tant bien que mal, je me redresse. Autour de moi, c'est une vraie boucherie. Il ne reste plus rien de la déco soignée des *Portes de l'Enfer*. Par contre, je ne vois aucun cadavre ni aucun blessé joncher le sol. Où sont passés les zombies et autres victimes de ma chère Némésis ?

— Elle n'y est pas !

— Comment ça ? La dernière fois que je l'ai vue, elle était solidement attachée à sa chaise… Merde !

— Merde quoi ? Tu sais quelque chose, tu dois me le dire !

— Némésis. Elle a dû emmener ta sœur avec elle.

— Némésis ? La drôle de… Avec ses ailes et tout ça ?

— Oui.

— Mais pourquoi, je ne comprends rien…

Moi non plus, à vrai dire. Je commence aussi à m'inquiéter pour Alex. Où est-elle passée ? Pourquoi n'est-elle pas venue suite à mon message ? Il a dû se passer quelque chose de grave, c'est pas possible.

— Écoute, Julia. Je sais bien que je te dois beaucoup d'explications, mais là, tout de suite, il faut qu'on retourne chez moi. Je dois retrouver Alex. Sans elle, je ne peux pas faire grand-chose.

Je vois mon amie hésiter. A-t-elle encore confiance en moi ? Je ne sais même pas ce qu'elle a vu en vrai. Si elle m'a vue sous ma forme de Furie, j'imagine que je dois la terrifier.

Mais heureusement, elle finit par se décider. Sans trop me ménager, elle m'attrape par le bras et me remet sur mes jambes, ignorant mes protestations de douleur.

— Je ne vais pas pouvoir te ramener à pied, tu sais. Il faut qu'on trouve une solution.

Elle me lâche, et je m'affale à nouveau avec un grognement. Mais putain, je ne suis pas qu'une déesse, je suis aussi une petite chose fragile. Je soulève mon tee-shirt. Heureusement, la cicatrisation est déjà en cours. Je vais pour le dire à Julia, mais elle a déjà dégainé son portable.

— T'appelles qui ?

Elle me fait taire d'un signe de la main.

— Allo ? Léo ? Oui, c'est Julia. Oui, merci, ça va. Et toi ?

J'hallucine. Elle est en train de faire la conversation à Véto-Sexy, et elle lui dit que ça va, en plus ? Elle a dû se prendre un sacré choc. Atterrée, je l'écoute continuer à blablater.

— Oui, dis-moi, on a un petit souci avec Meg. Tu peux venir nous chercher aux *Portes de l'Enfer* ? J'aurais bien pris un taxi, mais vraiment, la situation est compliquée. Oui, je t'expliquerai. Super, merci, à tout de suite !

Elle range son téléphone dans sa poche, avant de remarquer mon air ébahi.

— Bah quoi ?

— Tu viens d'appeler le véto, là, tu sais.

— Ben ouais, et alors ? Tu peux pas marcher, mais tu veux que je te ramène chez toi. On n'a pas trop le choix, il me semble. Tu préfères un taxi qui va poser des questions quand tu auras taché ses sièges en cuir ?

Ouais, nan. Effectivement.

— OK, c'est bon, capitulé-je. Sortons d'ici.

Tant bien que mal, Julia me porte jusqu'à l'entrée de la boîte. De façon totalement incongrue, je remarque que la table et la chaise laissée par le bistrotier d'en face ont disparu. Mais qui peut donc voler ce genre de choses ? C'est quand même pas super discret. Et puis, ça ne m'arrange pas, j'aurais bien aimé me rasseoir, je me sens assez faible, pour tout dire.

Un instant, un voile noir passe devant mes yeux, et je bascule en avant.

— Wow, dit Julia. Reste avec moi. T'es pas bien épaisse, mais je ne suis pas sûre d'arriver à te relever si tu tombes dans les pommes.

— Tomber dans les pommes ? *Origine incertaine. Peut-être de l'expression « être dans les pommes cuites » (attestée chez George Sand) : « être très fatiguée », elle-même sans doute amplification plaisante d'« être cuit », de même sens. Dans les années 1930, Albert Dauzat a proposé pour origine une déformation de « dans les pâmes » (de pâmoison), mais cette dernière expression n'a laissé aucune trace et paraît sollicitée pour les besoins de la cause ; néanmoins, on peut sans doute supposer une attraction de l'expression classique au XVIIe siècle « tomber en pâmoison », qui relève du langage très soutenu.*

Merde, voilà que Wiki s'exprime par ma bouche maintenant. Ça devient n'importe quoi, cette histoire. Julia a l'air de penser la même chose.

— Tu crois vraiment que c'est le moment d'étaler ta science ?

— C'est pas moi. C'est Wiki.

— Wiki ? Qu'est-ce que c'est encore que ce délire ? Non, mais c'est pas possible, j'ai vraiment pas de chance. À chaque fois que je pense tomber sur quelqu'un de bien, ça part en vrille. À croire que toutes les reprises de justice et les évadées d'asiles psychiatriques sont pour bibi… J'ai pas le droit à une vie normale, c'est ça ?

Une voiture se gare devant nous. Léo en descend. Même à cette heure, avec son jean troué et son vieux sweat, il est charmant. Vraiment, je ne comprends pas ma sœur.

— Qu'est-ce qu'il se passe, Julia ? Meg, tu es blessée ?

Sexy, et perspicace. Il rajoute encore une qualité à la longue liste de ses mérites. S'il continue comme ça, on va être obligé de le classer dans la catégorie demi-dieu.

En réponse, je grogne :

— C'est bon, ça va, c'est trois fois rien.

Mais il ne me laisse pas le choix et soulève mon tee-shirt. Si j'étais un peu plus en forme, je lui balancerais bien mon poing dans la tronche, à Véto-Sexy. Non, mais il veut pas voir mes seins, en plus !

Ceci dit, je dois admettre que son geste reste tout à fait professionnel. Avec douceur, il tâte les berges de ma plaie.

— C'est étrange, je ne vois pas avec quoi tu as pu te blesser. On dirait que la plaie a déjà été cautérisée.

Ouais, c'est exactement ça, en fait. Mais je n'ai pas envie de le lui dire. Je préfère le laisser patauger un peu.

— Allez, je vous embarque. On va à l'hôpital.

— Elle veut pas, lui répond Julia.

Léo me jette un long regard soupçonneux. J'ai bien peur que sa merveilleuse perspicacité finisse par devenir gênante.

— Bon, OK, je vous emmène à la clinique.

— Quoi ? je m'exclame tout de même, par principe.

— Il faut bien que je te soigne, Meg. Si je te laisse comme ça, ta sœur serait capable de m'étriper.

Ah, je me disais aussi, c'est pas pour mes beaux yeux.

— Léo, c'est bon, ramène-moi chez moi, je dois voir Alex de toute urgence. Je suis inquiète, elle ne répond pas à mes appels.

— Alex est déjà à la clinique, me balance-t-il le plus naturellement du monde.

— Quoi ?

(Oui, je sais, je ne fais pas toujours preuve d'un vocabulaire ultra-riche).

— Ton protégé a encore fait des siennes.

Mon protégé ? Mais de quoi est-ce qu'il parle ? Putain, je dois être sacrément fatiguée tout de même. Le coup d'épée de Némésis, je veux bien, mais dans mon souvenir, je récupérais un peu plus vite que ça. Alex me dirait certainement que ça vient du manque de foi des humains envers nous. Quelle bande d'ingrats, ah ah !

Heureusement, Julia réagit plus vite que moi.

— Moisi ? Mais qu'est-ce qu'il a fait ?

— Il a bouffé le portable d'Alex. Je viens de lui faire passer une radio, a priori il s'est contenté de le réduire en miettes, ça devrait aller. On va juste devoir le garder un peu sous surveillance.

— Qu…

Je me retiens au dernier moment. Et dire que j'ai failli y passer parce qu'un clébard des rues a eu envie de s'envoyer un petit bijou de technologie dans le gosier. Ça craint. Je pouvais toujours attendre l'arrivée de ma sœur.

— OK, Véto-Sexy, emmène-nous à la clinique. La nuit est loin d'être terminée, je te le dis.

Léo et Julia m'aident gentiment à m'installer sur la banquette arrière, tandis que je retiens une flopée d'injures. Comment ai-je pu envisager une seule seconde de ne pas retourner en stase ? Je n'attends plus qu'une chose, c'est d'exploser la tête de cette salope de Némésis avant de retourner piquer un roupillon. Et le premier qui me sortira de mon dodo éternel à l'avenir se prendra mon fouet dans la tronche, direct, sans sommation.

INTERMÈDE

Elles se sont endormies dans les bras l'une de l'autre, étroitement enlacées, leurs deux corps nus blottis sous d'épaisses fourrures. Elles se sont aimées une partie de la nuit, ne se lassant jamais du souffle de l'autre, de son odeur, et du goût de sa peau.

Pour Madeleine, c'est une renaissance. Comment aurait-elle pu imaginer qu'il puisse exister sur cette terre de misère une telle jouissance, un tel bonheur ? Comment aurait-elle pu croire que l'amour était autre chose que la brutalité d'un mâle en rut ?

Pour Mégère, au contraire, ces amours ont le goût amer du malheur à venir. Comme lorsque l'on brûle la chandelle par les deux bouts, tout en sachant qu'il n'en sortira rien de bon et que l'on finira par s'y brûler.

D'ailleurs, ce matin-là, quand Mégère s'éveille du sommeil léger des immortels, elle sent sur l'instant qu'il se passe quelque chose d'anormal.

Contre elle, le corps de Madeleine semble de marbre. Ses membres roides, blancs et veinés de bleu, reposent sur le sol, sans que le moindre souffle de vie les agite.

Ne voulant croire que le malheur les frappe si tôt, elle secoue son amante de toute la force de son désespoir. Mais rien n'y fait.

Lorsqu'enfin la réalité se fait jour dans son esprit, elle se prosterne, à genoux, et hurle sa colère vers le ciel uniformément gris de ce matin d'automne.

— Alecto ! Tisiphone !

Tout naturellement, ce sont les prénoms de ses sœurs qui lui viennent aux lèvres. Elle sait pourtant qu'elle ne doit en attendre aucun soutien, mais vers qui d'autre se tourner ? Aucun dieu, aucune déesse, n'apprécie de frayer avec les Chiennes d'Hadès, ces créatures hybrides nées de l'Érèbe et de la Terre, destinées à porter partout dans le monde le juste châtiment divin. Personne n'est à l'abri de leur vengeance.

Sur le champ, les deux autres Furies apparaissent. À leur mine désolée, Mégère comprend qu'elles savent déjà.

— Qui ? hoquette-t-elle.

— Le dieu de l'Érèbe lui-même, ma sœur, lui répond Alecto avec douceur, elle qui n'en est pourtant pas coutumière.

— Père ? Mais… pourquoi ?

— Il n'a pas eu le choix. Les dieux eux-mêmes nous craignent. Croyais-tu qu'ils allaient te laisser faire une exception pour une misérable humaine ?

Dans les bras de Mégère, le corps de Madeleine. Il pèse si lourd, lui qui dansait encore hier, aussi léger qu'une brume, sur les cailloux ronds des berges des rivières. Et, pour la première fois de sa vie, ce ne sont pas des larmes de sang que pleure la Furie, mais bel et bien des larmes d'une eau cristalline et salée.

— Laisse-là ton fardeau, lui conseillent ses sœurs. Rejoins-nous dans l'Érèbe. Nous saurons prendre soin de toi, et Père t'attend. Ta mission t'attend. Tu n'es pas seule, Mégère. Nous sommes là. Nous avons toujours été là, et nous le serons toujours.

Mais que pèsent ces mots, quand sur ces lèvres elle goûte encore les effluves sucrés de son amante ? Que pèse cette vaine loyauté, quand tout ce qui compte pour elle vient de lui être arraché ?

— Allez-vous-en, souffle-t-elle à ses sœurs, si différentes et pourtant si semblables.

— Mégère…

— Je ne veux plus jamais vous voir. Vous ne m'avez pas aidée quand je vous l'ai demandé. Vous n'avez pas voulu faire le moindre accroc à la toile vengeresse que vous tissez depuis toujours. Et tout cela pour quoi, l'une d'entre vous peut-elle me le dire ?

— Pour que le crime ne reste pas impuni. Pour préserver les plus faibles. Pour sauvegarder, envers et contre tout, l'amour filial.

— Mais qu'attendiez-vous de Madeleine ? hurle-t-elle enfin, à bout de nerfs, à bout de chagrin. Que doit-on attendre d'une créature ainsi humiliée ? Sommes-nous si irréprochables, nous, les immortels ?

Soupir de Tisiphone, haussement d'épaules d'Alecto.

— Tu sais bien que non, ma sœur. Tu sais bien que nous pouvons poursuivre aussi bien les mortels que les immortels, sans distinction. Nous sommes aveugles à ces contingences, sourdes aux guerres de clocher. Tu n'aurais jamais dû porter ton regard sur cette humaine. Sa mort est ton châtiment.

— Alors, laissez-moi donc expier encore et encore. Partez, je vous dis.

CHAPITRE 20

Le truc, c'est qu'une fois que tout ce petit monde me débarque à la clinique de Véto-Sexy, c'est à peine s'il me reste une rougeur sur le bide.

Léo m'allonge tout de même avec mille précautions sur sa table d'examen. Avec délicatesse, tout en me murmurant des petits mots gentils à l'oreille, il soulève mon tee-shirt.

— Tu vas pas te mettre à me gratouiller entre les oreilles, dis ? lui balancé-je avec une ironie mordante.

Enfin, peut-être pas si mordante que ça, parce qu'il ne me répond pas et se contente de blêmir en voyant ma peau sans le moindre trou béant.

— Mais… Je ne comprends pas…

Alex entre au même instant.

— Salut, ma sœur adorée, je lui lance avec un grand sourire. Dis donc, j'ai failli t'attendre, tu sais.

— Dans quels ennuis tu es encore allée te mettre ? soupire-t-elle.

La confiance. Une valeur sûre dans notre famille, y a pas à dire.

— Alors, écoute, dis-je en me redressant sur les coudes pour lui faire face. Non seulement j'ai découvert qui était notre ennemie, mais en plus, j'en sais un peu plus sur ses motivations. Alors, au lieu de me passer un savon, tu pourrais avoir la gentillesse et la décence de me remercier.

Elle soupire, lève les yeux au ciel.

— Si je ne suis pas venue, c'est parce que ton chien Moisi a bouffé mon portable. Ça te va comme excuse ?

Parce qu'il faudrait que je me sente responsable des conneries que fait ce clébard ?

— Oh, le pauvre chéri, j'avais déjà oublié avec tout ça, s'exclame Julia à mes côtés. Je peux aller le voir ?

Ben oui, tiens. Le chien, c'est plus important que moi, ou même que le fait qu'une déesse complètement barrée se trimballe en liberté dans Paris, hein. Ceci dit, je dois reconnaître qu'il y a quelque chose qui sonne faux dans la voix de la jeune femme. La façon dont elle me regarde… Comme si je lui faisais peur, soudain. Je ne lui en veux pas d'ailleurs. Elle a assisté à des choses auxquelles elle n'avait jamais été préparée.

— Mais bien sûr, Julia. Viens, je t'accompagne, lui propose Léo, toujours aussi gentil et prévenant.

Enfin, gentil et prévenant… Je vois bien la façon dont il me regarde. Je reconnais le doute et la peur dans son regard, à lui aussi. Il sait bien que c'est impossible de guérir aussi vite. Mais son cerveau refuse pour le moment de faire le moindre lien. Je sais pourtant qu'à un moment ou à un autre, il faudra qu'on discute de tout ça. Ça va être coton. Les humains d'aujourd'hui ont l'air vachement moins disposés à appréhender la divinité et tous ces trucs-là.

Alex attend qu'ils sortent pour s'approcher de moi. Elle pose une fesse délicate sur le bord de la table d'examen.

— Bon, alors, c'est moche comment ?

— C'est moche moche. Bien dégueu, même.

— Bon, vas-y, crache ta valda, on va pas y passer la nuit.

— Excuse-moi de te le faire remarquer encore une fois, mais si t'avais été là, j'aurais pas besoin de tout te raconter.

— J'étais pas là. Pardon. Mille excuses. Je vais m'en vouloir pour l'éternité. On passe à la suite ?

— Je sais bien que tu penses même pas tes excuses.

— Meg, putain…

Je regrette presque de ne plus avoir la tripaille à l'air. De toute façon, si on n'est pas à l'article de la mort, aucune chance d'obtenir la moindre marque de compassion, dans cette famille…

— OK, OK… C'est Némésis.

— QUOI ?

— Oui, tu as bien entendu. C'est notre vieille copine Némésis qui est derrière tout ce bordel.

— Mais pourquoi ? Elle veut quoi ? Moi qui la pensais disparue, comme beaucoup d'autres…

— Ben en fait, je crois qu'elle est un peu à l'origine de la disparition de pas mal de nos semblables. Je te raconte pas, elle a fait une de ces razzias sur les pouvoirs des autres… Ça va être chaud de la contrer, si tu veux mon avis.

— C'est possible, ça ? De piquer le pouvoir des autres ?

— Apparemment. Après, je t'avoue qu'elle ne m'a pas expliqué la marche à suivre. J'ai peut-être oublié de demander, aussi…

— Mais elle veut quoi ?

— Oh, le truc classique. Le pouvoir absolu sur les immortels et les humains, tout ça.

— Merde. Mais pourquoi s'en prendre à mes protégés ? À nous ?

— Je crois qu'elle ne nous aime pas trop. Enfin, toi, surtout. Et Tisiphone. Parce que moi, elle m'a proposé de vous trahir et de lui servir d'assistante. C'est tentant, tout de même. Je me vois bien en assistante de la grande Déesse. Je suis sûre qu'elle me laisserait jouer un peu avec ses nouveaux pouvoirs. Ah, et oui, c'est elle qui est derrière les soucis de stase de Tis.

— Ferme-la, un peu. J'ai besoin de réfléchir.

— On n'a pas le temps. Elle a fait un vrai carnage aux *Portes de l'Enfer* et elle s'est barrée avec Domi. Si on ne se bouge pas maintenant, je ne suis pas sûre que ma patronne s'en sorte sans dommages.

— C'est pas le plus grave, là.

Je repense à Julia. Je me vois mal justifier que la vie de sa sœur n'entre pas dans la balance de nos problèmes divins.

— Ben alors, chacune ses priorités. Parce que j'ai vraiment pas envie que Domi se fasse trucider…

— Qui va se faire trucider ?

Et merde. Julia se tient sur le seuil de la salle d'examen. Elle est blafarde.

— Euh… Je… Personne…

Je jette un regard désespéré à Alex. Il faut absolument qu'elle trouve un truc à dire. Je suis trop nulle pour ce genre de trucs.

— Personne ne va se faire trucider, dit enfin ma sœur adorée d'un ton autoritaire.

Mais, à voir la tête de ma petite copine – est-ce que c'est vraiment ma petite copine, en fait ? –, Alex n'a pas su se montrer hyper convaincante.

— Où est Domi ? Meg m'a dit qu'elle était dans sa loge, mais elle n'y était pas. Et pourquoi… Enfin, j'ai vu des trucs, c'est pas possible… Et ta blessure… ajoute-t-elle en me désignant.

Sur ce, arrive Léo-véto-sexy.

— Oui, j'ai bien constaté ton état quand je suis venu vous chercher, tu n'as pas pu guérir aussi vite. Je pensais même que tu allais me claquer entre les doigts.

Avec Alex, on se regarde. Il va falloir leur avouer la vérité. Ou leur mentir. Mais il faut absolument trouver quelque chose.

Dans un soupir, Alex demande à Julia :

— OK. Qu'est-ce que tu as vu ?

— La déco de la boîte avait changé, les employés étaient bizarres, un peu comme dans un film de zombies. Et puis, cette femme-là, avec des ailes, et puis une épée…

— Elle a sorti les ailes ? me demande Alex avec une grimace.

Je fais oui de la tête.

— Quoi d'autre, Julia ?

— Ben, Meg… Elle a grandi, elle a sorti un fouet de nulle part et puis elle avait des serpents dans les cheveux…

Au fur et à mesure qu'elle parle, sa voix se met à trembler. J'ai dû sacrément l'impressionner.

— Meg, putain, tu t'es pas transformée devant une humaine ?

— Hey ! Mais tu crois que j'avais le choix ? Némésis m'a embrochée, tout de même ! J'aurais dû me faire refroidir tranquillement, selon toi ?

— Mais de quoi vous parlez, toutes, là ? s'inquiète enfin Léo. On se fait un trip dieux antiques ou quoi ?

— Ben maintenant que tu en parles… ironisé-je.

Mais je me flétris aussitôt sous le regard courroucé de ma sœur.

— OK. On va vous dire ce qu'on peut. Et vous allez être obligés de nous croire sur parole. Et vous ne posez pas non plus de questions, parce qu'on n'a pas le temps pour ça, désolée. Alors, voilà, Meg et moi, nous sommes des Furies. Des Chiennes d'Hadès, comme on aime bien se faire appeler.

— Des… Furies ? répète Léo.

— Oui. Des Furies. Ou des Érinyes.

— Mais vous êtes pas trois, normalement ?

C'est toujours agréable de s'adresser à des gens cultivés. On gagne du temps.

— Si. Il manque Tisiphone. Daddy n'arrive pas à la réveiller. Mais il va falloir qu'il se bouge un peu les fesses, là.

— Daddy ? répète encore Léo.

— Tu vas tout répéter après moi ? Oui, Daddy, comme dans Hadès, le dieu des Enfers. C'est notre père. La dame que tu as rencontrée chez nous l'autre jour, c'est notre mère, Perséphone.

— Oui, elle a dit qu'elle s'appelait Perséphone… Mais, attends… Perséphone ?

Pendant quelques secondes, le temps semble suspendre son vol. C'est fou comme le silence peut paraître intense parfois. Les deux humains, sur le pas de la porte, nous regardent avec d'immenses yeux écarquillés. Je vois bien qu'ils hésitent à lancer une procédure d'internement d'urgence.

Je me sens obligée d'intervenir.

— Oui, c'est ça, c'est bien notre mère, c'est Perséphone.

— Oh. Merveilleux, répond Julia, dans une vaine tentative de paraître polie. Elle doit être sympa, non ?

— Absolument pas ! C'est une sale gamine capricieuse, et…

Alex m'envoie un coup de coude bien senti dans les côtes.

— Mais aïe ! Tu m'as fait mal !

— Arrête de faire ta chochotte, tu n'as plus rien.

— Oui, mais quand même, c'est pas une raison.

— Bon. Alors, vous en pensez quoi ? lance-t-elle à nos deux humains préférés.

— De quoi ? Du fait que vous soyez des déesses ? Du fait qu'il y en a d'autres comme vous ? Du fait que votre père, ce soit le dieu des Enfers ? lui répond Léo, dont la voix atteint des aiguës tout à fait intéressants.

— Ben de tout ça, effectivement. Il va falloir qu'on s'active, alors on a besoin de savoir si on vous tue tout de suite ou pas.

— Euh…

— Tais-toi, Meg, me rabroue Alex avec froideur.

Oui, mais moi, je n'ai pas très envie qu'on tue Julia. Je l'aime bien, et je sens que je vais avoir grand besoin de passer une nuit dans les bras de quelqu'un, quand tout ça sera fini.

— Tu sais bien que je ne les tuerai pas. J'ai pas le droit en plus.

Ah oui. Les règles, tout ça. Me voilà rassurée.

Finalement, c'est Léo qui se reprend le premier. Brave petit.

— Bon, OK. Même si je n'étais pas dans la boîte au moment des faits, j'ai vu la guérison ultra rapide de Meg. Et ça, tout vétérinaire que je suis, je ne peux pas l'expliquer. Donc pour l'instant, je décide de vous croire.

— Julia ?

C'est Alex qui pose la question, mais je me surprends à arrêter de respirer. J'attends le verdict en mode apnée. Ça me ferait quoi si, là, tout de suite, elle tournait les talons pour aller prévenir la police ou je ne sais quoi ?

Mais Julia accroche son regard au mien. Ses prunelles sondent les miennes. J'y lis un avertissement, quelque chose du genre : « t'as pas intérêt à t'être foutu de ma gueule, je te préviens. » Message reçu cinq sur cinq.

— J'en suis. De toute façon, est-ce que j'ai le choix, si je veux retrouver Domi ?

— À ce sujet, commencé-je en prenant une grande inspiration. Il faut que tu saches…

Ah mince. Je ne sais pas comment lui annoncer les choses avec tact. Encore une fois, je m'en remets à ma sœur. J'admets, je ne sais pas ce que je ferais sans elle.

— Écoute, Julia, Domi court un grave danger, et nous ne pouvons rien te promettre. Je ne sais pas si nous parviendrons à la sauver. Est-ce que tu comprends ?

— Non.

— Non ?

— Non. Vous êtes des êtres divins, vous devez vous démerder pour trouver une solution et me ramener ma sœur vivante. Sinon…

— Pas de menaces inutiles. Si on ne parvient pas à sauver Domi, il y a de gros risques qu'on y passe aussi. Némésis n'a jamais fait dans la dentelle, et il y a peu de chance pour qu'elle commence aujourd'hui.

La tension monte d'un cran dans la pièce minuscule, qui sent le désinfectant et le chien mouillé. Sous mon crâne, de minuscules rouages se mettent en mouvement, tâchant désespérément d'accoucher d'une bonne petite blague pour détendre l'ambiance.

Léo me fauche l'herbe sous le pied en apaisant tout le monde. Cet homme n'a-t-il donc que des qualités ? Je le veux pour beau-frère, tout de suite, maintenant. Et si c'est pas possible, je suis prête à l'épouser moi-même. Je suis presque sûre que mon orientation sexuelle ne le dérangera pas. Mais supportera-t-il d'avoir le dieu des Enfers pour beau-père ? Ou, pire, Perséphone, comme belle-mère ?

Reconcentre-toi, Meg, tu perds de vue l'essentiel.

N'empêche que c'est difficile de s'ôter de l'esprit de telles visions d'horreur.

— Bon, les filles, et si on mettait un plan d'action en place ? Qu'est-ce que vous en pensez ?

Sobre, pertinent, efficace. Du Véto-Sexy tout craché, quoi.

— Je suis partante, claironné-je en levant le bras.

Alex et Julia restent encore quelques instants à s'envoyer des éclairs avec leurs yeux, façon c'est-pas-moi-qui-lâcherai-la-première-mais-c'est-toi. Léo s'empare du bras de Julia, moi de celui de ma sœur. Coup de bol, elles lâchent en même temps. Ouf, l'honneur est sauf, pas de duel à l'horizon.

— Bon, alors on fait quoi ? demande Julia d'une toute petite voix.

Je sens bien qu'elle est sur le point de craquer. Je lui tends la main. En trois pas, elle est dans mes bras, et éclate en sanglots contre ma poitrine. Personne ne peut se sortir indemne d'un combat de regards avec Alex.

Je n'écoute pas les premières propositions de ma sœur et de Léo, et me contente de murmurer des paroles apaisantes aux doux cheveux de mon amante. On n'a tellement pas eu le temps de se connaître, toutes les deux. Ça ne fait que quelques semaines que je suis éveillée de ma stase, et tout part déjà en vrille. Une nuit d'amour, quelques paroles, quelques baisers échangés… Elle mérite tellement plus que ça. Et je sais parfaitement, au fond de moi, que je ne suis pas à la hauteur de ses attentes. Il faudra bien que je l'assume, une fois la crise passée. Sauf si on meurt tous, évidemment. Ça m'arrangerait presque, du coup.

Avec douceur, je repousse un peu Julia. Je soulève son menton et plonge mon regard dans le sien, tout en essuyant ses larmes de mes pouces. Tout doucement, nos lèvres se joignent.

— Ça va, on vous dérange pas trop ? raille Alex. Vous êtes certaines de ne rien avoir d'autre à faire ?

— Chai pas. Vous avez accouché d'un plan ?

— Peut-être, me répond ma sœur. Némésis a pour habitude de zigouiller mes protégés chez eux. Est-ce que Domi a un domicile ? Je veux dire, autre que sa loge dans laquelle elle vit depuis plusieurs années.

Julia fait non de la tête.

— À part chez moi, je ne vois pas.

— Chez toi ? Là où tu vis avec ta mère ?

— Oui, pourquoi ?

Dans mon esprit, tout se met en place.

— Allez, les gars, c'est parti. Ça va pas être du gâteau.

C'est moi qui parle ou c'est Wiki, là ? C'est incroyable le nombre d'expressions à la con que cette époque possède. Comme « à plus dans le bus » par exemple. Non, mais qui pourrait dire ça d'une façon naturelle, hein, franchement ?

Je descends de la table d'examen, manque de me vautrer. Julia me rattrape in extremis.

— J'aurais pu te faire descendre la table, tu sais, me souffle Léo.

Dans son regard, j'aperçois un petit éclat railleur. C'est qu'il cache bien son jeu en fait, le bougre.

— Ça va, je suis pas en sucre, râlé-je.

Si on ne peut même plus faire confiance à Véto-Sexy, où va le monde, sérieusement ?

Nous nous apprêtons tous à passer le seuil de la clinique aux murs blancs, quand Julia s'arrête net.

— On a oublié Moisi !

Même moi, je la regarde avec des yeux écarquillés de stupeur.

— QUOI ?

— Moisi ! Léo a dit qu'on devait le garder en observation !

— Hum, oui, effectivement, mais là… tente le vétérinaire, bien embêté.

— On l'emmène.

— Non, Julia, tenté-je de la ramener à la raison.

— Si. Je ne supporterais pas qu'il lui arrive quelque chose en notre absence.

— Léo, dis-lui que de toute façon tu ne pourras pas opérer ce chien dans la rue.

— Je crois qu'elle le sait, Alex. Écoute, Julia, j'ai quand même eu le temps de lui faire passer une radio abdominale. Je n'ai rien vu d'inquiétant.

Nouvelle bataille de regards. Et là, le choc. Ma sœur baisse les yeux et se passe une main lasse sur le front. Julia gagne par K.O. Putain, j'aurais jamais cru voir ça un jour dans ma longue, trop longue, vie d'immortelle. Comme quoi, même quand on croit avoir fait le tour des choses, le destin peut vous réserver quelques surprises de choix.

Julia ne fanfaronne pas pour autant ; elle se précipite à nouveau dans la clinique et en revient en traînant derrière elle un Moisi tout content de partir en balade. Quand il me voit, il se vautre sur le trottoir, les quatre pattes en l'air. C'est dingue l'effet que je lui fais, tout de même. Je pourrais presque m'en sentir flattée.

— C'est bon, l'équipe est au complet, on peut y aller ?

— Ben, je sais pas, je me demandais si j'allais pas aller chercher Bloody Hell, tant qu'on y est.

— Alex…

— Non, ça va. C'était de l'ironie. De toute façon, mauvaise comme elle est, cette chatte serait capable de conclure une alliance avec Némésis au lieu de nous aider.

Pas faux. Les chats sont sournois, tout le monde le sait.

Sur ces belles paroles, nous nous enfonçons dans les rues éclairées de cette capitale des temps modernes.

VENGEANCE

Il s'en passe des choses dans la minuscule chambre aux murs blancs, seulement ornés de vieilles photographies. De vieilles photographies qui ne disent rien des drames qui se sont joués dans cette famille, d'ailleurs.

La pièce est presque totalement occupée par un énorme lit médicalisé, sur lequel gît une forme maigre, osseuse.

Némésis se penche sur la femme affaiblie, au menton baveux, dont l'esprit dérive manifestement loin de ses visiteuses.

— Ainsi donc, cette… cette… femme… est ta mère ?

Un grommellement étouffé lui répond.

— Ne te fatigue pas à me répondre. Je ne comprendrais rien, de toute façon. Je te rappelle que tu es bâillonnée. Et puis, je n'aime rien tant que parler seule. Tu sais, nous, les immortels, les anciens dieux et autres esprits de la nature, avons pris l'habitude de la solitude. Et je dois avouer que j'ai plus de chance que certains de mes anciens camarades. Je me trouve d'une compagnie exquise.

Un sanglot rageur lui répond cette fois. La belle brune agite une main derrière elle, alors que ses yeux ne quittent pas le visage ravagé de la mère de sa victime.

— Oui, je comprends, tu n'as pas la même chance que moi. Des années que tu te terres pour échapper à tes semblables, ainsi qu'à toi-même… Quelle tristesse ! Mais tout sera bientôt fini. Je me demande d'ailleurs si je ne vais pas en profiter pour libérer l'âme de cette pauvre chose. Tu vois, je suis capable de pitié.

Silence. L'autre a cessé de vouloir lui répondre. Quel intérêt de toute façon ? La patronne des *Portes des Enfers* ne peut pas lutter. Elle a vu la flamme démoniaque dans son regard, elle a vu les dégâts causés à son établissement, et tous ces êtres humains qui la suivaient dans la rue, en un étrange et grotesque cortège.

Où sont-ils d'ailleurs, maintenant ? Domi les imagine errant en bas de l'immeuble, comme les zombies de *The Walking Dead*, claquant du bec au moindre effluve carné, griffant l'air de leurs doigts crochus.

Sont-ils morts, ou simplement sous l'influence de l'étrange créature ? Heureusement, celle qui dit s'appeler Némésis a fait disparaître ses ailes et a repris une taille normale. Sinon, elle n'aurait pu entrer dans l'appartement. Mais son regard reste fou et elle a laissé tomber dans l'entrée son épée et son fléau.

Enfin, Némésis se détourne de la vieille femme et s'assoit sur le rebord du lit pour faire face à sa victime.

— Sais-tu au moins pourquoi tu es là ?

Domi fait non de la tête. Non, elle n'en sait rien. Mais elle a suffisamment lu de thrillers et vu de séries policières sans le moindre intérêt pour se douter qu'à moins d'un miracle, elle ne sortira pas vivante de cet appartement qu'elle espérait ne jamais revoir de sa vie. Trop de souvenirs, trop de souffrances… Comment sa sœur fait-elle donc pour supporter de vivre ici, dans cette prison ? Elle préfère encore se terrer dans sa loge, comme dit l'autre folle, plutôt que de poser un pied dans le grand salon lumineux.

Malgré tout, Domi réfléchit. Son regard erre dans la pièce, cherche à s'accrocher à la moindre aspérité, au moindre espoir. Pour finir, son attention échoue sur la presque morte, dans son lit aussi imposant qu'un tombeau. Serait-elle là pour sa mère ? Mais qu'ont-elles encore à voir ensemble ? Comment imaginer qu'elles sont du même sang, après tout ce qu'il s'est passé entre elles ?

— Oui, tu as raison ! Tu es bien là à cause de ta mère ! Bravo ! s'exclame la folle créature.

Le regard de Domi revient à elle. Encore une fois, elle ne peut s'empêcher de la trouver d'une beauté à couper le souffle, quasi irréelle. Mais pourtant, Némésis lit dans ses yeux de l'incompréhension et s'empresse de s'expliquer. Elle a toujours aimé avoir un public attentif lors de ses prestations.

— Enfin, quand je dis ta mère… Je veux dire, l'ensemble de ta famille, et surtout ton défunt père. Le pauvre, tout de même. Mort par ta faute. Et elle, regarde-la… Si tu n'avais pas été ce que tu es, si tu n'avais pas été un monstre, elle n'en serait pas là, tu ne crois pas ? C'est toi qui es la cause de sa maladie, de sa déchéance, de son malheur. Tu es la source de tous les malheurs de cette famille. As-tu donc pensé à ta petite sœur Julia ? Quel modèle pour elle ! Et tu n'assumes rien, en plus. Tu la laisses se charger de tout cela, préférant te pavaner dans des tenues somptueuses au milieu de tes amis dépravés ! N'as-tu pas honte ?

Domi, sanglotante, épuisée et terrifiée, se demande si l'autre en aura bientôt fini avec elle. L'entendre dire ces choses, ces horreurs, sur elle, sur ce qu'elle est…

Elle a beau savoir que tout cela est faux, chaque mot est un poignard planté dans son cœur, dans son identité, sa féminité. C'est insupportable, intolérable… Plutôt mourir que d'endurer ce discours nauséabond !

— Oh, tu pleures, ma petite chérie… Alors, je vais te soulager rapidement. Vois-tu, mon nom est Némésis. Tu sais qui je suis, je ne te fais pas un dessin, n'est-ce pas ? Mais il se trouve que j'ai bien profité, ces dernières décennies. J'en ai eu assez de la compagnie des humains et de celle de mes congénères, toujours en train de se plaindre… J'ai décidé de reprendre les choses en main, et de prendre le pouvoir sur nos deux mondes. Je sais, je sais, tu te demandes ce que tu as à voir dans tout ça… Eh bien, pas grand-chose, tu n'es qu'un misérable vermisseau… Tu es juste, au même titre que mes précédentes victimes, la personne idéale pour m'aider à faire tomber les Chiennes d'Hadès.

Domi grommelle quelques mots incompréhensibles.

— Oh, les Chiennes d'Hadès ? Vous, les humains, vous leur avez donné tout un tas de noms différents. Les Furies, les Erynies, et je t'en passe. Il n'empêche que ce sont trois petites morveuses qui jouaient sur mes plates-bandes, et pour ça, je leur en ai toujours voulu. Et si tu ne vois pas le rapport, pour tout te dire, Alex, la grande blonde, qui était ton assistante sociale il y a quelques années, est en fait une Chienne. Et elle a une sœur, Meg. Oui, tout à fait, ta nouvelle barmaid.

C'est marrant, non ? Elles ont une troisième sœur, mais on ne devrait pas la voir avant un moment. Je me suis aussi occupée de leur père et de leur mère. Tu vois, la plus douée de tous les immortels, ça n'a jamais été Zeus, ou Hadès, ou cette pétasse de Perséphone. Non, c'est moi, même s'ils se sont tous à un moment ou à un autre foutu de ma gueule.

À présent, Némésis retourne chercher son épée dans l'entrée.

— Regarde avec quoi on va jouer ! Je vais bien t'abîmer, comme ça, Alex et Meg seront très en colère. Leur plus gros défaut, ça a toujours été la gestion des émotions. Surtout pour Meg. Tu te rends compte, elle était même tombée raide dingue d'une humaine ! Je te jure… Pour tout te dire, je crois bien qu'elle est en train de refaire la même connerie avec ta petite sœur adorée… Mais je m'en occuperai, si besoin.

Sous le nez rougi par les pleurs de Domi, l'antique déesse agite sa lame flamboyante, comme s'il s'agissait d'un vulgaire couteau de cuisine.

— Enfin, je parle, je parle, mais il va bien falloir passer aux choses sérieuses, n'est-c…

— C'est qui, la morue, là, dans ma chambre ? On vous a jamais appris qu'il ne fallait pas jouer avec une arme ?

Surprise, Némésis se retourne d'un bloc.

— Oh, mais vous êtes réveillée ! Mais c'est merveilleux ! On va pouvoir avoir une véritable réunion de famille ! Si vous saviez comme j'en rêve. Je n'en ai jamais eu, moi… Je ne suis même pas tout à fait sûre de l'identité de mes parents, Nyx, Thétis, Océan… Allez savoir !

Son rire dément caquette dans le silence de la pièce. La vieille ouvre une bouche édentée et Domi écarquille des yeux affolés. C'est pourtant la malade qui se reprend la première.

— Vous m'avez pas l'air fraîche, quand même. Et pourquoi vous m'avez ramené mon monstre de fils ? J'avais dit que je voulais plus jamais le voir, après ce qu'il a fait à son pauvre père, et à moi. Il nous a détruits, ce sale petit ingrat.

Un tel aplomb déstabilise la déesse.

— Oh, vous n'êtes pas contente de la voir ?

— La ? Je peux vous assurer que quand cette chose est sortie de mon ventre, elle avait bien un petit zizi entre les cuisses, hein. Ce gamin est autant femme que vous la reine d'Angleterre.

Némésis semble dubitative, comme si elle se demandait qui pouvait être cette fameuse reine d'Angleterre. Elle décide finalement que cela n'a que peu d'importance et hausse les épaules.

— Peu importe. C'est vous qui l'avez élevé, vous êtes en partie responsable de ce qu'il, ou elle, est, vous ne croyez pas ?

— Z'avez pas tort. J'ai dû louper l'éducation de mes deux marmots. Celui-là se prend pour une gonzesse, et l'autre, la vraie fille, préfère coucher avec des gens du même sexe. Si c'est pas malheureux…

La vieille essuie la bave qui lui dégouline sur le menton. Elle jette sur son enfant des regards haineux, avant de reporter son attention sur la grande brune qui lui fait face.

— Bon, et vous, vous êtes qui ?

Némésis prend une grande inspiration. Quel bonheur de devoir encore raconter son grand projet ! Elle espère simplement que ces deux-là sauront comprendre la clémence dont elle fait preuve envers eux.

Ce n'est pas toujours facile d'être l'incomprise.

CHAPITRE 21

Devant l'immeuble, c'est un bordel sans nom. Des hordes de zombies errent en grognant. J'essaie de ne pas regarder leur visage. J'ai tellement peur d'y reconnaître celui de Ginny, ou de Lionel, ou de… Oui, même celui de Ian, qui est pourtant un sale traître et qui mériterait de se retrouver là. Nous parvenons sans trop de mal à nous faufiler entre eux. Ils ne sont pas agressifs, juste… perdus.

Nous nous engouffrons dans les escaliers, à la suite de Julia. Elle tient dans l'une de ses mains les clés de chez elle. De l'autre, elle serre mes doigts. Je la laisse faire. Après tout, on ne sait pas ce qui nous attend, alors autant profiter de toutes ces petites choses mignonnes qui font que la vie est à peu près supportable.

Derrière moi, Alex et Léo, silencieux comme des ombres. De ma sœur n'émanent que des vagues de sérénité. Elle n'a pas peur de ce qui va se produire ce soir. Non, elle est déterminée. Par contre, Léo exhale un parfum peu ragoûtant d'effroi et d'angoisse. Enfin, cette odeur n'est décelable que pour mes narines divines, même si je m'en passerais bien.

Finalement, il n'y a que Moisi qui fait un raffut de tous les diables. Ses griffes cliquettent à chaque marche, et il remue la queue avec frénésie. Je ne pense pas me tromper en disant qu'il est content. Il est content juste d'être avec nous, totalement inconscient de ce qui nous attend là-haut.

Enfin, la porte. Aucun bruit n'émane de l'intérieur de l'appartement. Silence absolu.

D'une légère pression sur ses doigts, je fais comprendre à Julia qu'il est temps d'y aller. Ça ne sert à rien d'attendre plus longtemps, même si je peux comprendre ses appréhensions. Que va-t-elle trouver à l'intérieur ? Et si, dans quelques instants, elle découvrait que toute sa famille, aussi imparfaite et défaillante soit-elle, venait d'être décimée ? Je tente de me mettre à sa place, car j'en connais un rayon, niveau famille défaillante.

Presque douloureusement, je réalise que j'aimerais que Tisiphone soit là, avec nous. Je me dis aussi qu'on aurait dû prévenir Daddy, mais on a complètement zappé, dans la précipitation. Et où est donc passée Perséphone ? Je sais qu'elle aurait été ravie d'être là, ce soir, elle qui n'a jamais pu se blairer cette bêcheuse de Némésis. Elle nous aurait peut-être même aidées à lui foutre une raclée, comme au bon vieux temps.

Mais non, il n'y a qu'Alex et moi, ces deux humains et… Moisi. Comme s'il savait que je pensais à lui en cet instant, il vient coller sa truffe froide dans ma paume de main libre. Brave toutou.

Voilà à quoi j'en suis réduite, je me console de la présence d'un chien. On vit vraiment une drôle d'époque.

Heureusement, pendant que je laissais mes pensées dériver, Julia a ouvert la porte. Elle grimace au moment où les gonds grincent.

— Je le savais, que j'aurais dû m'en occuper plus tôt, siffle-t-elle entre ses dents.

Je n'ai pas envie de lui faire de la peine, mais, à mon avis, toutes les précautions qu'on prend, là, tout de suite, sont absolument inutiles.

Ma vieille copine me le confirme en criant d'une voix légèrement trop haut perchée :

— On est là ! Dans la chambre, on vous attendait pour la suite des festivités !

Barrée. Némésis est complètement barrée.

Je pénètre donc à nouveau dans cet appartement. J'ai du mal à croire que la nuit que j'y ai passée soit tout à fait réelle. Si ça se trouve, la chimie divine de mon cerveau m'a fait croire des trucs complètement délirants. Ou peut-être que c'est encore un coup de cette grognasse de vieille déesse.

Mais il me suffit de jeter un coup d'œil à la petite humaine aux cheveux flamboyants, juste à mes côtés, pour comprendre que, non, je n'ai pas rêvé tout cela.

— On arrive, Némésis. Prépare ton épée et ton fléau, ça va saigner ! balancé-je, peut-être un peu trop sûre de moi sur ce coup-là.

Alex a l'air d'accord, vu son sourcil levé juste au-dessus de son regard azur.

— T'es sérieuse, Meg ?

— Bah quoi ? Faut bien qu'on la prévienne, non ?

— Sauf qu'on n'est quand même pas bien sûres d'avoir le dessus.

— Méthode Coué ?

— Parce que tu sais ce que c'est ?

— Wiki me l'a dit.

— Wiki ?

De l'index, je désigne mon crâne.

— Wiki. Ma petite voix. Elle est en train de me susurrer : *« Méthode Coué, méthode fondée sur l'autosuggestion et l'autohypnose, due au psychologue et pharmacien français de la Châtaigneraie (1857-1926). Elle utilise la répétition de prophéties autoréalisatrices, censée entraîner l'adhésion du sujet aux idées positives qu'il s'impose et ainsi un mieux-être psychologique ou physique. Elle se veut autant préventive que… »*

— Ouais, OK, c'est bon. M'enfin, ça change rien au problème.

— Alecto ! Mégère ! Vous comptez vous bouger un peu le derrière ou bien ? nous crie encore Némésis, qui semble proche de perdre ses nerfs une bonne fois pour toute.

— Euh… À qui elle parle ? s'interroge Léo. C'est qui, Alecto et Mégère ?

— Laisse tomber, murmuré-je à Véto-Sexy. Je vais me la faire.

Je reprends plus fort :

— Je m'appelle Meg, maintenant, espèce de morue.

Et, sans plus réfléchir, je me précipite en avant, prête à toutes les batailles. À l'instant où je m'apprête à faire exploser le battant de la porte d'un coup de pied vengeur, celui-ci s'ouvre devant moi. Surprise, je vacille et plonge en avant, pour atterrir sur le sol carrelé, juste au pied du lit médicalisé.

Quand je lève les yeux, je rencontre le regard délavé de la mère de Julia et Domi. Mais comment peut-elle bien s'appeler ? Est-ce que Julia a déjà mentionné son nom ? Et pourquoi est-ce que je m'accroche à ce genre de considérations alors que je viens de me couvrir de ridicule ?

Je me lève tant bien que mal en me frottant les fesses.

— Salut, Némésis.

— Bienvenue, Mégère.

Je cherche une remarque cinglante, ne la trouve pas, capitule en haussant les épaules. Malgré tout, mon esprit analyse rapidement la situation. La vieille sur son lit, avec l'air réjoui de celle qui n'est plus tout à fait seule, à deux doigts de nous sortir le crémant et les petits gâteaux secs. Domi, toujours saucissonnée, mais sur une autre chaise, apparemment moins confortable que son fauteuil dans la loge. Elle ouvre de grands yeux effrayés. La pauvre, c'est vrai qu'un verre de mousseux, ça lui ferait du bien.

Et, enfin, ma chère et tendre Némésis. Sa tête frôle le plafond, et je vois bien que ça l'embête. Elle aimerait nous écraser de sa splendeur, nous montrer sa force et sa beauté. Nous la jouer « Némésis en majesté ».

Je ne sais pas trop pourquoi, mais je n'ai pas tellement envie de lui faire ce plaisir.

— Ça va là-haut ? Pas trop chaud ?

Je grimace aussitôt. Je rêve, ou je viens de lui sortir un équivalent bien naze du « à plus dans le bus » ? Même elle semble très légèrement déconcertée.

— Je t'ai connue plus cinglante, ma vieille amie.

— On n'a jamais été super copines, non plus, hein.

— Même à l'époque où tu cherchais comment sauver ta très chère Madeleine de son funeste destin ?

— Tu peux pas parler normalement, comme les gens d'aujourd'hui ? C'est un peu lourd, ton cinéma.

Je ne sais pas si elle est dupe, mais je cherche très clairement à gagner du temps.

Dans mon dos, je sens que ça s'entasse. C'est que la chambre n'est pas très grande. Julia me bouscule pour se précipiter au centre de la pièce, où elle hésite quelques secondes. Que faire ? Se rendre au chevet de sa mère, ou aller soutenir sa sœur dans cette terrible épreuve ?

Léo se cale dans un coin, Alex se range à mes côtés. Brave petite sœur.

Il n'y a que Moisi que je ne parviens pas à localiser. Quelqu'un l'aurait-il oublié sur le palier ? Si je m'en sors, il va me faire la tronche pendant des jours et des jours, tout ça parce qu'il va se sentir abandonné.

Si on s'en sort, oui… Il faut vraiment que j'arrête de divaguer. Je me demande si la stase n'a pas un peu endommagé mon cerveau.

— Alex, on fait quoi ?

— On la laisse venir.

— T'es sûre ?

— T'as mieux à proposer peut-être ?

— Nope. Mais bon, c'est léger comme plan.

— Tu ne me fais plus confiance ?

Euh… Joker ?

Devant nous, Némésis flambe. Enfin, littéralement, je veux dire. Sa tête glorieuse s'orne de flammes rouges et noires, tandis que ses ailes se déploient dans son dos. Un instant, mes yeux refusent de croire ce qu'ils voient. Tout ceci est impossible, la pièce est beaucoup trop petite pour nous contenir tous et pour permettre à Némésis de déployer tout son tralala de vilaine déesse. D'ailleurs, c'est peut-être là-dessus que comptait notre vieille ennemie. Mais Alex percute bien plus vite que moi. Soudain, je me sens minuscule entre la grande blonde, ses sandales lacées jusqu'à mi-mollet et sa petite jupe de chasseresse, et la créature hybride qui pète le feu en face de nous.

— T'attends quoi, Meg ?

— Mais euh… Ils ne risquent rien ? demandé-je en désignant les humains qui nous accompagnent.

— Pas plus que si on laisse Némésis s'en sortir.

Pas faux.

À mon tour, je laisse la puissance couler dans mes veines, et je me sens grandir, grandir, grandir… Instinctivement, je baisse la tête, avant de me rendre compte qu'il n'y a plus de plafond. Rien qu'un ciel lourd et plombé, qui nous entoure d'une brume opaque. Léo, Julia, Domi et leur mère me paraissent loin, très loin de nous. C'est parfait, nous n'aurons pas à nous préoccuper d'eux.

Dans ma main droite, je sens mon bon vieux fouet. Je le fais claquer d'un coup sec, me souviens de mon plaisir intense à l'utiliser pour châtier les criminels. Je secoue mes courts cheveux noirs, à présent remplacés par une couronne de serpents sifflants. Et ils sont aussi venimeux qu'ils en ont l'air.

Sur mes joues coule un sang rouge et frais, comme sur celles de ma sœur. Par Daddy, mais qu'est-ce que ça fait du bien de se sentir de nouveau surpuissante ! Némésis n'a peut-être pas tort sur toute la ligne. Nous avons oublié qui nous étions, nous sommes devenus fades et ordinaires, alors que nous sommes des déesses, des créatures de légende, immortelles et sans égales.

Dans un cri venu du plus profond de mes entrailles, je hurle ma joie de renouer enfin avec ma nature. Un instant, la tentation de rejoindre Némésis dans sa quête de pouvoir m'effleure. Pourquoi pas, après tout ? Je ne dois rien à personne, je suis libre, je suis ivre de puissance, je…

Je viens de me prendre une claque derrière la tête. Je me retourne, furieuse, pour faire face à ma propre sœur.

— Ne t'avise pas de me la jouer Bloody Hell, on est bien d'accord ?

Sous mon regard furieux, elle se transforme en ourse, se dresse sur ses pattes arrière et rugit, dispersant autour d'elle une bave épaisse. Mais son intervention m'a remis les idées en place. Je suis peut-être lâche, mais je ne suis pas une traîtresse.

Alex retrouve enfin sa posture de quadrupède et s'élance vers Némésis. Mais celle-ci s'envole dans un ricanement moqueur. Ma sœur semble si lourde, si pataude, face à elle.

Je m'élance à mon tour, pour lui proposer mon aide. Derrière les ailes déployées de notre ennemie, des galaxies entières se percutent et explosent dans des gerbes de feu. Un sacré feu d'artifice, on va dire, et je dois avouer que ça en jette grave.

Némésis brandit son épée flamboyante et l'abat sur l'ourse en pleine course. Comment est-ce possible ? Alex ne peut l'éviter et la lame enflammée entame son cuir épais. Elle hurle, tandis que des fumerolles brasillantes s'envolent tout autour d'elle.

Pour autant, elle ne stoppe pas son avancée, et elle vient percuter la déesse vengeresse de tout son poids. Mais c'est à peine si l'autre vacille, elle ne fait que battre de ses ailes gigantesques pour s'extraire du choc titanesque. Elle abaisse son regard, désormais d'un rouge profond, sur l'animal blessé. Des éclairs jaillissent de ses yeux, brûlant le poil et la chair. Une odieuse odeur de viande grillée flotte dans l'air aussi épais et poisseux que de la mélasse.

Alex se tortille au sol, misérable. Peu à peu, malgré elle, elle reprend forme humaine. Par Daddy, elle est dans un sale état ! Derrière moi retentit un cri terrible :

— Alex !

C'est Léo. J'avais presque oublié que nous avions entraîné des humains dans cette lutte en tous points semblable à celles qui faisaient rage dans les premiers temps du monde. La guerre opposant les Titans à une nouvelle génération de dieux. La guerre pour le pouvoir. Mais aujourd'hui, nous combattons pour que l'équilibre demeure.

Le vétérinaire se précipite aux côtés de ma sœur recroquevillée et gémissante. Némésis semble les regarder avec une sorte de tendresse étrange, complètement déplacée dans cette dimension hors du temps et de l'espace. Elle reporte enfin ses yeux étincelants sur moi.

— Alors, Mégère, qu'as-tu décidé ?

J'hésite. Je n'ai aucune chance, seule, face à elle et ses super pouvoirs. Je suis inutile et faible.

Alors, la mort dans l'âme, je lève les deux mains, lâchant mon fouet.

— Tu te rends ? fanfaronne Némésis.

— Ai-je le choix ?

— Pas vraiment. Mais tu aurais pu tenter de combattre, et perdre, comme tous les autres. Il n'existe plus aujourd'hui d'immortels capables de rivaliser avec moi, mis à part ton père, peut-être. Mais je m'en occupe déjà, ricane-t-elle.

Que veut-elle dire ? Je me réfugiais pourtant dans l'espoir que, si Alex et moi échouions ici, Hadès pourrait nous venger et éliminer cette folle dangereuse. Mais aurait-elle fomenté un plan bien plus complexe encore que celui qui nous imaginions ? Après tout, n'a-t-elle pas compromis les chances de réveil de Tisiphone ?

— Très bien, Némésis. Je te demande simplement d'épargner ces humains, dis-je en désignant Léo, Domi et Julia.

Au passage, j'englobe la vieille, même si son sort m'importe peu, je tiens à le dire.

Léo ne nous prête plus aucune attention, complètement absorbé par les premiers soins qu'il tente d'apporter à ma sœur. Domi et Julia, elles, sont blotties l'une contre l'autre, perdues et terrifiées.

— Ma victoire ne serait pas complète, si je ne les tuais pas.

— As-tu donc vraiment besoin de ça ? Ce ne sont que de misérables poussières, en comparaison de ta puissance divine. Laisse-les, et tu récolteras les bienfaits de ta mansuétude.

— Qu'ai-je à faire de mansuétude ? Ne comprends-tu pas que ma victoire est totale ? J'y travaille depuis si longtemps. Mais elle ne sera parfaite que si tu acceptes de me rejoindre…

— Je t'ai dit oui, déjà.

— Oui, mais je te sens contrainte.

Némésis arbore une moue boudeuse. L'effet en est tout à fait étrange. Cette créature gigantesque, de laquelle débordent des vagues d'une puissance inimaginable, battant doucement de ses ailes fantastiques, qui me regarde avec l'air d'une petite fille déçue, prête à taper du pied si on ne satisfait pas son caprice… Ces immortels, vraiment…

Je soupire, prends un air peiné.

— C'est vrai, j'aurais préféré qu'on te mette la pâtée. Mais tu es la plus forte, je m'incline. Je ne vois pas ce que je pourrais faire de plus pour toi.

— Me dire ce que tu cherches pour de vrai ?

Gagner du temps ? Croiser très fort les doigts en espérant que quelqu'un vienne nous filer un coup de main ? Mais c'est vrai, qu'est-ce qu'ils foutent dans l'Érèbe ? Daddy ne pourrait pas un peu bouger ses fesses infernales pour venir sauver ses fifilles adorées ? Mais non, apparemment. Je ne vois rien venir à l'horizon, aucune armée pléthorique, aucun vol de démons enragés. J'imagine que Daddy doit s'être enfermé dans son palais de dessin animé et que Perséphone doit méditer dans un coin de paradis, les doigts plantés dans le sol pour faire pousser des jolies fleurs, comme d'autres mettraient les doigts dans une prise.

On ne peut vraiment pas compter sur la famille.

Ne sachant plus que faire, je mets un genou en terre. Mes serpents n'ont pas l'air d'apprécier et tentent de me mordre dans la nuque. « Ça va, ai-je envie de leur dire, vous allez vous calmer, je suis un peu la seule à tenter de sauver la baraque, pour l'instant, les gars. »

Mon geste déclenche chez Némésis un petit sourire satisfait. Elle revient doucement toucher terre et s'approche de moi. Sa main sur mon épaule me fait tressaillir. Beurk, je préférerais encore un câlin avec Moisi après une balade dans la boue.

— C'est bien, Mégère. Ainsi, tu vas pouvoir admirer tout ce que j'ai mis en place ces derniers siècles, avec patience et constance…

Avec l'acharnement d'un animal enragé, oui. Mais je ne l'interromps pas, je sais à quel point elle aime s'écouter parler.

— Dans un premier temps, nous irons nous établir dans le palais de ton enfance. Nous y serons bien, je ferai faire quelques modifications. Ton père ne le sait pas encore, mais je suis certaine qu'il en sera très heureux. Plus tard, je pense que nous devrons déménager. Nous verrons cela. Mais en attendant…

Elle se penche, ramasse mon fouet et me le tend. Qu'est-ce que son cerveau malade va encore inventer ?

— Tue-les. Tous.

Hein ?

— Ça n'entre pas dans mes attributions. Je n'existe que pour rétablir l'ordre cosmique en punissant les meurtriers.

— Ça tombe bien, tu en as au moins une. Les autres seront des dommages collatéraux. Et tes attributions vont changer, maintenant que tu vas te tenir à mes côtés.

— Némésis…

— Tutututut. Pas de discussion possible. Tu dois me prouver ton allégeance. Regarde, je ne suis pas si insensible. Je me chargerai d'achever Alecto. La pauvre, elle est déjà bien amochée.

Bien amochée, mais elle arrive encore à ramper. Je la vois du coin de l'œil tenter une avancée perdue d'avance. Elle laisse derrière elle de larges traînées de sang. C'est dingue quand même que Némésis ait réussi à la blesser ainsi.

La foldingue me glisse de force le manche de mon arme dans ma main.

— Bon, si tu insistes… Mais tu as intérêt à me réserver les appartements de Perséphone, au palais, hein. Et puis de faire installer une cafetière aussi.

— Tout ce que tu voudras, ma douce… susurre Némésis avec un sourire dément.

D'un pas que j'espère nonchalant, je m'approche du groupe formé par Julia, Domi et leur mère. Merde, je ne sais vraiment pas comment je vais me sortir de toute cette histoire. Je n'ai absolument aucune intention de tuer qui que ce soit. Enfin si, mais ma liste est ultra-courte, elle ne contient qu'un seul nom, et ce n'est pas celui d'un humain.

Mon apparence doit tout de même être terrible, car les trois femmes se recroquevillent devant moi. Les pauvres, j'imagine, les serpents, le sang, la longue robe noire et le fouet… Ça fait beaucoup. D'ailleurs, l'esprit épuisé de la mère de Domi et Julia se remet à battre la campagne.

— Bonjour madame, me dit-elle d'une voix de petite fille. Qui êtes-vous ? Je crois que je ne vous ai jamais vue…

Julia plaque une main tremblante sur la bouche molle de la vieille. Ses jolis yeux gris ne me quittent pas. Je peux y lire toutes les questions qu'elle ne peut formuler et, pour certaines, même pas imaginer.

Elle a peur. Vraiment. Mais je distingue aussi une étrange confiance dans son regard. Comme si elle me pensait incapable d'accomplir l'horreur que Némésis vient de m'ordonner. Si elle savait ce dont je suis réellement capable…

Comme si tout cela n'était qu'une petite routine sans importance, je fais claquer mon fouet à mes pieds. Les serpents se redressent sur ma tête. Braves petits. Je les ai toujours bien aimés, en fait. Peut-être parce que les humains les craignent, alors qu'ils ne sont finalement que des créatures vivantes, au même titre que les autres.

Bon, enfin, c'est pas tout ça, mais il va me falloir prendre rapidement une décision.

INTERMÈDE

Madeleine meurt, un petit matin d'hiver, dans l'aube blanche. Elle expire son dernier souffle comme lorsqu'elle dansait au bord de la rivière, tout en douceur et en légèreté.

Son heure était arrivée, et Mégère l'avait su bien avant le moment fatidique. L'immortelle espère à présent qu'elle a rejoint l'enfant aux sabots et qu'ils virevoltent ensemble dans l'onde claire et les petits soleils d'or.

Elles ont eu une belle vie, ensemble, une vie riche et pleine d'amour, bien que solitaire.

Pendant trois décennies, la Furie a attendu que ses sœurs reviennent pour rétablir l'ordre qu'elle a troublé. Mais personne ne s'est jamais montré.

Alors qu'elle tient dans ses bras le corps encore chaud de son amante, elle se dit qu'il sera bientôt temps de payer le prix de sa déraison. Mais, alors que son cœur se déchire face à l'éternité de chagrin qui l'attend, à présent que Madeleine n'est plus, elle songe que ce prix ne peut être plus élevé que le désespoir qu'elle ressent aujourd'hui.

Face à elle, l'air matinal, aussi transparent que du cristal, se trouble. Voilà, c'est l'instant qu'elle craint depuis si longtemps, la seule ombre au tableau des jours heureux qu'elle a coulés auprès de son humaine. Mais, aujourd'hui, elle l'accueille presque avec bonheur et soulagement. Il est temps.

Pourtant, elle est une nouvelle fois déçue. Alors qu'elle s'attend à voir apparaître deux silhouettes familières, elle n'en voit qu'une, qui se matérialise rapidement.

— Encore toi, siffle-t-elle.

— Je t'ai manqué, à ce que je vois. J'aime tellement être accueillie avec un tel enthousiasme.

— Je ne t'ai pas demandé de venir. Surtout pas aujourd'hui. Tu salis tout ce que tu approches.

— Oh, comme tu y vas. Tu pourrais tout de même remarquer que moi, au moins, je suis venue. Tes sœurs n'ont pas l'air d'avoir l'intention de pointer le bout de leur ravissant petit nez divin.

Mégère reste silencieuse. Ce que dit Némésis est vrai, elle se doit de l'admettre. Où sont donc passées Alecto et Tisiphone ? Pourquoi ne sont-elles jamais venues, depuis le temps ? Pourquoi personne n'est venu, tout simplement ?

Comme émergeant d'un rêve, Mégère secoue la tête. Ses cheveux d'un noir de jais, alourdis de perles de rosée, la gênent. Que ne ferait-elle pas pour pouvoir les porter court !

Pourtant, c'est étrange, quand elle dépose la dépouille de sa bien-aimée sur son lit d'herbes douces et qu'elle se redresse, elle a comme la sensation que le monde, au-delà des arbres, se brouille à sa vue. Le décor est pourtant familier. Là, leur cabane sommaire, mais qu'elles ont su rendre confortable au fil des années. Là, leurs pièges, leur potager, leur grande table pour manger sous un ciel toujours clément… Et, plus bas, la rivière qui cascatelle avec bonheur, les galets ronds et blancs de ses berges joyeuses.

— Où sommes-nous ? s'inquiète-t-elle. Qu'as-tu fait ?

— Moi ? Rien de plus que ce que j'ai fait il y a longtemps déjà.

Devant l'air paniqué de Mégère, la beauté brune ajoute, étonnée :

— Vraiment ? Tu ne te doutais de rien ? Mais ce n'est pas le vrai monde, ici !

— Où sommes-nous ? répète la Furie qui à présent panique.

— Ni dans le monde des humains ni dans celui des immortels. Je me suis découvert cette petite capacité, il y a quelques siècles de cela. Figure-toi que je peux créer des… bulles, des lieux en dehors de l'espace et du temps. Pratique, n'est-ce pas ?

Mégère, avec un coup au cœur, se rend compte qu'elle se leurre depuis plusieurs décennies. Rien, dans l'environnement dans lequel elles ont vécu, n'est vrai. Tout est le fait de l'enchanteresse.

— Mes sœurs me cherchent, alors ? Et Hadès aussi ?

— Même Perséphone, pour tout te dire. Elle joue les mères éplorées dans les hautes sphères, comme parmi toutes les peuplades humaines qu'elle peut rencontrer, et les dieux savent qu'il y en a !

Némésis rit, presque joyeuse. Mais, pour Mégère, le coup est rude. La perte de son amour, l'idée que sa famille la cherche de partout… mais où a-t-elle eu la tête ?

Submergée de désespoir, elle ne peut que se rasseoir à nouveau, à côté de la dépouille désormais froide de la femme qui l'a accompagnée si longtemps.

— Ne t'en veux pas, tu sais. J'ai brouillé tous tes repères. Tant que Madeleine vivait, tu ne pouvais te rendre compte de rien.

Maigre consolation. Elle a été si facile à manipuler !

— Tout de même, je suis déçue que tu ne me remercies pas. Après tout, je t'ai offert les meilleures années de ta longue existence d'immortelle.

— Ce n'était qu'un leurre.

— Oh, comme tu y vas. Tous ces serments d'amour éternel, ces baisers, ces longues nuits à vous enlacer… Je n'ai en aucun cas influé sur vos sentiments. Pour cela, vous vous êtes débrouillées sans moi !

Mégère porte une main tremblante à son front blanc, qu'aucune ride ne vient déparer.

— Et maintenant ?

— Maintenant, je vais te proposer un marché.

— Un marché ? Depuis quand as-tu le pouvoir d'imposer quoi que ce soit aux autres immortels ?

— Depuis que je suis parvenue à te faire passer trente années loin de ta famille, loin de ta « mission sacrée ».

— Que veux-tu ? finit par demander Mégère, de guerre lasse.

— Rejoins-moi.

— Où ça ?

— Et cesse de faire l'idiote. Rejoins-moi dans ma quête de pouvoir. Je veux qu'on me reconnaisse à ma juste valeur, et je suis sûre que toi aussi. Sinon, tu ne te serais pas ainsi opposée à ta famille, pour une simple humaine.

— J'aimais Madeleine. Je l'aimerai à jamais.

— Si tu savais le nombre de fois où j'ai entendu ces propos dans la bouche de nos semblables. Nous sommes de petites choses sensibles, nous nous attachons si facilement aux humains, comme eux à leurs animaux.

— Tu ne comprends rien, Némésis. Et tu es folle à lier.

— Pas tant que ça. Crois-tu que si j'étais aussi folle que tu le dis, je serais parvenue à te cacher aux yeux de tous pendant si longtemps ? Je ne suis pas folle, et je suis puissante. Je ne compte pas m'arrêter en si bon chemin.

— Tu veux la place de Zeus.

— Entre autres, oui. Celle de Zeus, de Poséidon, d'Hadès… De toute façon, leur aura s'estompe, elle se fond dans une entité unique, le Dieu que les humains s'inventent. Dans quelques siècles, nous ne serons plus que des légendes.

— Peu m'importe.

— Si tu ne me suis pas, tu devras répondre de tes actes devant tes sœurs et Hadès.

— Soit. Je m'y étais préparée de longue date.

— Ils ne seront pas tendres avec toi.

— Je le sais. Et je ne leur demande rien. J'ai vécu ce que j'avais à vivre. Ils peuvent bien me précipiter dans le Tartare, pour ce que j'en ai à faire.

— Mégère, l'éternelle rebelle des Chiennes d'Hadès. Tu m'étonnes que même ta mère te déteste.

— Ne t'inquiète pas, je le lui rends bien.

Mais Némésis s'impatiente. Elle n'aurait jamais cru que son plan tombe à l'eau ainsi. Cette Chienne n'a-t-elle donc aucun instinct de survie ? Il paraît que des immortels se fondent parmi les humains, déjà, comme si la divinité avait finalement perdu tout attrait pour eux, avec l'arrivée de ces nouveaux Dieux uniques, il y a déjà plusieurs siècles de cela.

Mais Mégère ? Elle n'aurait jamais cru cela de la fille d'Hadès et de Perséphone.

Finalement, elle décide que ce n'est pas si grave. Elle aurait aimé s'entourer de compagnons dans sa quête éperdue de pouvoir, bénéficier de la reconnaissance de ses pairs, qui lui fait tant défaut depuis sa mystérieuse naissance. Il faut croire que cela ne fait pas partie de son destin.

Elle jette un coup d'œil autour d'elle. C'était joli, pourtant, ici. Elle trouve qu'elle s'est surpassée. Puis elle observe quelques instants de plus la misérable Furie, qui s'est à nouveau recroquevillée sur le corps de son amour perdu.

Si les immortels se mettent à agir de la même façon que les humains, finalement, il n'est peut-être pas plus mal qu'ils disparaissent les uns après les autres.

Némésis claque des doigts, et tout disparaît.

CHAPITRE 22

Dans un premier temps, je décide de m'occuper de la mère de Domi et de Julia. Déjà, parce que c'est une vieille bique, qui a toujours été mauvaise comme une teigne et a tout fait pour briser ses enfants. Ensuite, parce que, de toute façon, elle n'en a plus pour longtemps à vivre. Limite, je lui rends service. Et puis je ne connais même pas son prénom.

Et surtout, surtout, je mise sur le fait que ce geste symbolique satisfasse Némésis, et qu'elle me lâche enfin la grappe. Bon, OK, elle est tellement cintrée qu'il y a peu de chances que cela arrive. Mais, au pire, je gagnerai quelques instants. Et c'est beaucoup, quelques instants, quand on est en danger de mort absolu, comme nous en ce moment.

Je lève mon fouet, haut, très haut, le plus haut possible. Oui, j'ai décidé de donner un peu dans le théâtral. Je suis sûre que mon ennemie appréciera la mise en scène. Au fur et à mesure que mon fouet s'élève vers le ciel plombé, je vois les yeux de Julia et de Domi qui s'agrandissent d'horreur. La confiance dans le regard de Julia vacille même un peu, comme une bougie qu'on viendrait de souffler.

Mais je ne dois pas trembler. Je ne dois pas céder à mes émotions. Si assassiner cette vieille femme me permet de sauver Léo, Julia, Domi et Alex, je ne vais pas m'en priver. Et tant pis si on me déteste ensuite, j'ai l'habitude, je suis capable de le gérer.

Vraiment ? Est-ce que je suis capable de gérer ça ?

Au moment où je m'apprête à faire claquer mon arme, je disparais. Enfin, je disparais… Je me transforme en une brume argentée et me disperse dans l'atmosphère grisâtre. Un œil attentif verrait peut-être la multitude de paillettes, qui, j'en suis sûre, sont du plus bel effet dans ce décor de fin du monde. Je flotte dans l'air, pour me diriger en un éclair dans le dos de la déesse ailée et me rematérialiser.

Or, il semblerait que Némésis ait un œil attentif, malheureusement pour moi. Au moment où je tente de faire claquer mon fouet sur elle, et finalement pas sur la vieille bique, elle se retourne, fait tournoyer son fléau d'armes avant de l'abattre sur mon épaule.

Putain, mais comment a-t-elle fait pour réagir si vite ? C'est à peine si j'ai eu le temps de cligner de l'œil. La douleur est terrible et je m'effondre. Mon bras pend, inutile, contre mon flanc. Ma petite ruse n'a pas fonctionné. Il faut dire qu'elle était un peu grossière, mais avais-je vraiment le choix ?

Némésis me hurle dessus, mais c'est à peine si je l'entends tant les éclairs de douleur qui irradient depuis mon omoplate se font lancinants.

— Tu as essayé de me rouler ! Mais à qui crois-tu donc avoir à faire, traînée ? Tu as toujours été une moins que rien, la honte de ta famille ! Et moi qui pensais te faire une fleur en te proposant d'entrer à mon service. Mais qu'est-ce que je suis stupide parfois !

On est assez d'accord sur la conclusion de sa tirade, même si j'imagine que notre raisonnement diffère fortement. Je n'ai même pas le loisir de lui envoyer une remarque bien sentie dans les dents qu'elle m'assène un nouveau coup de son fléau. En pleine tronche, cette fois. Et j'ai beau être divine, j'ai mal. Vraiment très mal. À en voir trente-six chandelles.

Voir trente-six chandelles, voir une multitude de points lumineux sous l'effet d'un éblouissement, à l'occasion d'une vive douleur, à la suite d'un coup, d'un choc violent.

Merci Wiki. C'est tout à fait conforme à ce que je ressens, là, tout de suite.

Tout à coup retentit une espèce de grognement, entrecoupé d'aboiements.

— Qu'est-ce que… s'interroge Némésis.

Mais elle n'a pas le temps d'en dire plus que Moisi surgit de nulle part, effectue un bond juste incroyable, et vient lui bouffer le mollet. Ce chien est juste dingue. Par amour pour moi, il est prêt à sacrifier une longue vie de croquettes, de gratouilles et de levers de papattes sur tous les lampadaires de Paris.

Quand je pense à toutes les horreurs que j'ai dites sur lui. Heureusement qu'il ne comprend pas le langage humain.

Némésis hurle sa rage et secoue la jambe dans tous les sens. On dirait qu'elle danse le french cancan.

Wiki, tais-toi, je ne veux pas savoir ce qu'est le french cancan. J'ai d'autres priorités, vois-tu.

Mais Moisi tient bon et ne lâche rien. À deux mètres du sol, il est brinquebalé en tous sens par cette hystérique.

Très bien, mais il ne pourra pas tenir éternellement. L'effet de surprise ne durera pas. Et moi, je suis toujours affalée au sol. Je bande mes muscles pour me relever, réunis tout ce qu'il peut me rester d'énergie et de rage pour repartir au combat. J'ai toujours des humains à sauver. Oh, et l'équilibre du cosmos à préserver, accessoirement.

C'est maintenant qu'on aurait besoin d'aide. Mais Alex est hors jeu et…

— Mégère !

Cette voix. Je connais cette voix. Je connais… Oh, c'est pas vrai. Un miracle. Un miracle est en train de se produire.

— C'est Meg, mon nom, putain !

Non, mais c'est vrai, quoi ! Je suis super contente de revoir ma sœur, mais ça suffit maintenant !

Tisiphone est là. À deux mètres sur ma droite, elle vient de se matérialiser, dans une débauche de noirceur fuligineuse.

Péniblement, je lève les yeux sur elle, et c'est à peine si je la reconnais. Elle est sublime, évidemment. Mais, apparemment, elle n'a pas eu besoin d'Alex pour optimiser son apparence physique. Elle se tient droite, entre Némésis et moi, le corps gainé dans une combinaison de cuir rouge. Le peu que je vois de sa peau est d'un noir profond, et sa tête est couronnée d'une étrange coiffure.

Une coupe afro, me chuchote mon petit Wiki.

Merci, mon Wiki.

Mais peu importe, je trouve qu'elle est merveilleusement belle. Et rien à voir avec le fait qu'elle soit en train de me sauver les miches, on est bien d'accord.

Elle tend sa main gauche vers Némésis, qui secoue encore la jambe dans l'espoir vain de se débarrasser de ma carpette de combat. De sa paume jaillissent des centaines de serpents d'une sublime couleur rubis. En sifflant, ils s'abattent comme une grêle venimeuse sur notre ennemie.

— Tu comptes venir m'aider, pour une fois ? me crie Tisiphone.

Ah bon ? Parce qu'en plus de m'être fait détruire l'épaule et la tronche, il faudrait que j'aille donner un coup de main à ma sauveuse ? Bon, soit. Péniblement, je me lève. Mon bras pend toujours de façon inquiétante. Ça va être compliqué pour manier le fouet. Du regard, je cherche Alex. On va avoir besoin d'elle aussi.

Seules, nous ne valons pas grand-chose. C'est ensemble que nous sommes fortes. Je l'ai longtemps oublié. Pour être précise, je l'ai oublié le jour où mes lèvres se sont posées sur celles de Madeleine. Je l'ai oublié pendant sept longs siècles. J'ai abandonné mes sœurs pour une illusion. Et je ne parle pas de mon amour pour cette femme libre et magnifique qui m'a fait vivre les plus belles années de ma longue existence d'immortelle, non. Je parle de l'illusion dans laquelle m'a plongée la déesse qui aujourd'hui souhaite asservir le monde entier.

Je repère enfin Alex. À présent à quatre pattes, elle avance péniblement dans notre direction. Je ne sais pas ce qu'elle a pu lui dire, mais Léo a renoncé à la retenir. Il est assis sur son séant, blême, et ses beaux cheveux blonds en bataille. Pfff, même abattu comme il l'est en ce moment, il reste sexy. Ça me donnerait presque envie de devenir hétéro. Non, je déconne. Même pas en rêve. Non loin derrière lui, il y a Julia, et ses cheveux flamboyants qui claquent dans le vent hurlant, comme un étendard. Elle est d'une beauté tragique, tandis qu'elle serre sa sœur et sa mère contre elle pour les protéger de notre folie.

Je me jette en avant, relève Alex avec mon bras valide. Tisiphone reste concentrée sur Némésis, qui a levé ses deux bras devant elle pour se protéger de la grêle de reptiles. Mais, déjà, elle bat des ailes, dispersant tout autour d'elle ses assaillants à écailles.

Enfin, nous reformons notre trio infernal. Je prends mon fouet de mon autre main. Moins efficace, mais il faudra faire avec. Je le fais claquer avec toute la haine qui me caractérise, celle qui a fait de moi une légende.

Mégère la Malveillante.

Inlassablement, j'abats mon arme, qui claque sur les ailes de Némésis. Elle éprouve de plus en plus de difficultés à se maintenir en l'air.

Alex semble reprendre du poil de la bête. Oui, tout à fait, au sens propre. Même si cela lui est difficile, elle reprend une apparence animale. Pas celle de l'ourse, cette fois, peut-être trop coûteuse en énergie. Ou peut-être estime-t-elle que le gabarit du plantigrade ferait d'elle une cible trop facile.

Du coin de l'œil, je la vois se transformer en… chat ? Oui, elle prend l'apparence de Bloody Hell ! Vive comme l'éclair, elle se jette sur le visage de Némésis et le griffe sans relâche, impitoyable.

Dans un sursaut terrible, la déesse ailée envoie valser Moisi à plusieurs mètres de là. J'entends le choc, suivi de son gémissement pitoyable. Ma si courageuse carpette reste au sol, inanimé. Cette salope de Némésis va me le payer.

Alex ne lâche rien, elle s'acharne tant et si bien que l'antique déesse finit par chuter dans un bruit de fin du monde. Des nuages de poussière grisâtre s'élèvent tout autour d'elle. Le chat reste accroché à son visage, tandis que des gouttelettes d'ichor giclent en tous sens et viennent transformer la poussière en une boue sanglante.

Du coup, Tisiphone et moi en profitons pour en remettre une couche. Serpents et coups de fouet pleuvent sans discontinuer. Miraculeusement, nous ne touchons jamais Alex. Comme quoi, coopérer, c'est comme le vélo, ça ne s'oublie pas. Et peu importe si je ne sais pas ce qu'est un vélo. Je suis certaine que c'est quelque chose de chouette. Non, Wiki, ne dis rien, merci.

Combien de temps luttons-nous ainsi ? Le temps existe-t-il, de toute façon, là où nous nous trouvons ? Je n'en ai pas la moindre idée.

Toujours est-il que, lorsque nous nous autorisons enfin à ralentir notre rythme mortel, Némésis n'est plus qu'une pitoyable loque gémissante, immobile sur le sol glacé.

Tout autour de nous, le ciel est devenu d'un noir d'encre. Plus de décor grandiose, notre ennemie ne doit plus avoir la force suffisante pour entretenir l'illusion. Il fait froid, et je frissonne, tout comme mes sœurs.

Enfin, pour la première fois depuis bien trop longtemps, nous nous retrouvons. Nous mêlons nos larmes de sang, et nos doigts se trouvent. Nous prenons le temps de communier, physiquement et mentalement, et je pleure en comprenant enfin à quel point elles m'ont manqué, ces morues.

— Meg ! Attention !

Ces quelques instants d'inattention ne sont pas sans conséquence. Némésis avait encore suffisamment de ressources pour nous jouer un dernier tour. Avec une vivacité que nous n'aurions pu imaginer, elle s'empare de Léo, qui était le plus proche d'elle. Avec un sourire dément, plaie béante dans son visage ravagé, elle parvient à prendre son envol.

Elle va enlever Véto-Sexy ! Aussitôt, je fais claquer mon fouet, dont l'extrémité vient s'enrouler autour de sa cheville. Mes deux sœurs me tiennent pour ne pas que je sois emportée à mon tour. Mais où Némésis trouve-t-elle encore cette force démoniaque ?

Nos talons raclent la poussière et nous sommes irrésistiblement attirées dans le sillage de la déesse.

— Mégère ! On ne va pas tenir le coup ! Il faut que tu lâches ! hurle Tisiphone.

— Non, elle ne doit pas l'emmener !

— Meg ! Elle a raison ! On le retrouvera, je te le promets !

Cette fois, c'est Alex qui m'exhorte à lâcher. Ça me brise le cœur qu'elle soit prête à le sacrifier aussi facilement. Enfin, merde quoi, elle pourrait se battre un peu plus pour lui, cet homme pourrait décrocher la lune pour elle !

Mais mes forces déclinent, et celles de mes sœurs aussi. Ma main unique glisse sur le manche de mon fouet. En pleurant, je finis par lâcher, et mon arme retombe, molle et sans vie.

Victorieuse, Némésis nous gratifie d'un dernier survol, Léo serré contre sa poitrine. Puis nous la regardons disparaître à l'horizon, tandis que s'estompe autour de nous le paysage de cette étrange réalité.

ÉPILOGUE

Blottie dans le canapé, roulée en boule entre Bloody Hell et Moisi, je regarde passer les artisans. Depuis ce matin, ils vont et viennent dans l'appartement, laissant leurs empreintes boueuses sur le joli parquet blond doré d'Alex.

Avec l'arrivée de Tisiphone, on a décidé de finir les travaux. Un vrai casse-tête pour le choix des couleurs. Au final, Alex a eu gain de cause pour la salle de bain, on va se retrouver avec une ambiance zen, galets au sol, triple vasque, douche à l'italienne et tout le tralala. Tisiphone – pardon, Tess, maintenant – a fait refaire sa chambre dans des tons roses pailletés. Éclatants et joyeux, les roses. Comme elle. Son retour a fait souffler un vent de fraîcheur dans la maison.

Enfin, « aurait fait » souffler un vent de fraîcheur si j'avais eu le moral suffisamment solide pour le supporter. Mais plus elle pépie joyeusement autour de nous, plus je m'enfonce dans une mélancolie que rien ne semble pouvoir alléger. Et je vois bien qu'Alex n'est pas plus en forme, même si elle le cache mieux que moi. Je vois bien tous ces moments où son regard se perd dans le vide, quand elle passe une main absente dans la fourrure rousse de Bloody Hell. Je ne sais pas comment elle ose faire ça, d'ailleurs. Ce chat a le poil tellement épais que j'aurais peur d'y perdre une phalange. Qui sait quelle autre sale bestiole nuisible elle abrite dans son pelage.

On sonne à la porte. Je lève les yeux vers l'entrée. C'est étrange, tout de même, de sonner alors que la porte est ouverte aux quatre vents.

— Salut.

Julia entre et me rejoint. Elle ne dit rien et se contente de pousser Bloody Hell un peu plus loin pour venir s'asseoir à côté de moi. Elle tapote sur sa cuisse pour que je vienne y poser ma tête. C'est mignon. Ça me donne envie de pleurer. Mais je trouve tout de même étrange que ce satané chat ne lui feule pas dessus, à elle. J'imagine que j'ai droit à un traitement de faveur quand elle tente de m'ouvrir les veines avec ses griffes.

— Tu ne veux toujours pas me parler ? chuchote Julia.

Parler ? De quoi ? Je ne sais pas quoi faire de moi, de ma vie... Nous sommes sorties vivantes de toute cette histoire, et pourtant rien n'est réglé. Némésis s'est enfuie et ne cessera sûrement pas ses manigances. Elle est probablement tapie quelque part, comme une énorme araignée, en train de rafistoler sa toile diabolique. Et, au milieu de sa toile, j'imagine Léo, tout saucissonné dans des fils de soie. Ou peut-être qu'elle l'a mangé. Qu'il est déjà mort.

Alex ne cesse de répéter qu'on va les retrouver. Le retrouver. Mais je ne sais pas si je dois m'accrocher à cet espoir.

— Dis-moi plutôt comment va Domi.

C'est plus facile d'écouter Julia me parler. Ça me fait du bien. Elle me fait du bien. Je ne sais pas trop ce qu'il se passe entre nous, en fait. Nous n'avons pas reparlé de notre nuit ensemble, de nos baisers échangés. Elle a compris, sans que j'aie besoin de le lui dire, que j'avais besoin de temps, mais elle reste à mes côtés, venant me voir chaque jour.

— Domi se remet bien. Elle s'est lancée dans des travaux pharaoniques pour remettre *Les Portes de l'Enfer* en état. Elle fourmille d'idées. C'est un peu comme si toute cette histoire lui avait remis un bon coup de pied aux fesses. Elle… elle a demandé de tes nouvelles…

— Pourquoi ?

— Elle aimerait que tu reviennes travailler… quand ce sera possible.

Ginny n'est pas revenue. Lionel non plus. Ian non plus. Et plus personne n'a jamais retrouvé la trace des zombies qui erraient dans les rues de Paris. Quelque part, j'espère qu'ils ont trouvé la paix.

— Je n'ai pas besoin de travailler.

— Je sais. Elle aussi le sait. Mais… je crois que c'est sa façon de te dire merci.

— Merci pour quoi ?

— Pour l'avoir sauvée. Pour avoir été prête à te sacrifier pour nous.

— Julia… Tu es consciente que ça ne change pas le fait que ta sœur est censée expier ses péchés contre sa propre famille ?

— Oh, je crois qu'elle se considère maudite depuis si longtemps qu'elle n'envisageait pas les choses autrement, en fait.

— Si ça peut la rassurer, dis-lui qu'Alex semble avoir d'autres chats à fouetter pour le moment.

Bloody Hell saute du canapé pour venir se planter devant moi et me feuler dessus. Ce chat a définitivement des pouvoirs télépathiques, en plus de ses capacités de nuisance.

— Au sens figuré du terme, Bloody, je m'empresse d'ajouter.

Avec dédain, la chatte entreprend sa toilette réglementaire, ne s'interrompant que pour me jeter des regards de pur mépris. Saloperie, va.

— Qu'est-ce que vous allez faire ? me demande Julia.

— Je ne sais pas. J'imagine que nous allons devoir nous reprendre en main. Enfin, Tess a l'air de vouloir que nous nous reprenions en main.

— Tu ne peux pas rester dans cet état-là, Meg.

— Je sais.

— Tu dois retrouver Léo.

— Je sais.

Alors qu'en fait, je n'ai qu'une envie. Celle de descendre dans l'Érèbe pour supplier Daddy de me remettre en stase pour l'éternité.

— Dis-moi, j'ai une question… un peu indiscrète.

— Vas-y.

— Tu t'appelles vraiment Mégère ?

Et voilà. Quand on pense qu'on a touché le fond, il y a toujours quelqu'un pour vous filer une pelle pour que vous creusiez encore.

— Oui.

— Ça n'a pas dû être facile à porter.

— Oh, tu sais, avant, ce prénom n'avait pas la signification que vous lui donnez aujourd'hui.

— Mais quand même…

— Julia…

— OK, je laisse tomber.

— Merci bien.

Quelques minutes s'écoulent dans un silence quasi parfait, si on fait l'impasse sur les ronflements sonores de Moisi. Lui aussi est encore en convalescence. Némésis l'a bien secoué, le pauvre. Du pied, je lui gratouille le ventre. C'est un brave toutou. Je suis contente de l'avoir sauvé de la rue. Ou que Julia l'ait sauvé.

Ce court instant de calme est interrompu par l'arrivée fracassante de ma sœur. Tess la tornade. Tess l'optimiste. Les légendes disent que son truc à elle, c'est la vengeance, et qu'elle aime beaucoup répandre d'horribles fléaux contagieux sur son chemin. Les légendes disent beaucoup de conneries, finalement.

Tess est la boute-en-train de notre trio. Je suis heureuse qu'elle se soit réveillée.

— Meg, lève-toi, hurle-t-elle, un large sourire accroché à ses lèvres pleines.

Par Daddy, qu'elle est belle. Aussi belle qu'Alex, mais dans un style radicalement différent. Elle est aussi noire qu'Alex est blanche. Et moi, je suis quoi, au milieu d'elles ? Le vilain petit canard, toujours. Avec une forte capacité à m'apitoyer sur mon sort, OK, je veux bien l'admettre.

Je me redresse en soupirant.

— Qu'est-ce qu'il se passe, encore ?

— On est convoquées ! Où est Alex ?

— Convoquées, où ça ?

— Mais chez nous, voyons ! Ordre direct de Daddy-chou.

Daddy-chou… De mieux en mieux. Et puis, qu'est-ce qu'il nous veut, encore ? On ne peut pas dire qu'il ait été d'une grande aide dans toute cette histoire. Je veux bien mettre ça sur le dos de sa séparation d'avec Perséphone, mais tout de même…

— Pas envie.

— Meg, arrête avec ta pseudodépression. C'est pas constructif, là, tout de suite.

— M'en fous.

— Tu veux retrouver Léo ou pas ? Tu veux foutre la pâtée à Némésis, ou pas ? Allez, bouge tes fesses, va t'habiller, j'appelle Alex et je t'attends là.

Je jette un regard désespéré à Julia. J'ai juste envie qu'elle continue de me caresser les cheveux. Est-ce que je pourrais l'emmener en stase avec moi pour qu'elle me papouille pour les siècles des siècles ?

Mais Julia prend le parti de Tess, évidemment.

— Allez, Meg. Ta sœur a raison. Tu as des choses à régler.

En grognant, je me relève.

— OK. Mais j'ai besoin de quelques litres de café, si quelqu'un veut bien se dévouer pour me poser une intraveineuse.

— Je te prépare ça, me répond mon amie avec un gentil sourire.

Qu'elles m'énervent, toutes, avec leur sollicitude. Toujours en râlant, je me dirige vers ma chambre, mais Julia m'interpelle une dernière fois.

— Au fait, tu ne m'as pas dit quelle couleur tu avais choisie pour ta chambre ?

— Noir.

— Quoi ?

— J'ai fait repeindre les murs en noir.

— Ah… Charmant.

— N'est-ce pas ? chantonne Tess. Meg a toujours été notre rayon de soleil.

Doigt d'honneur, l'expression « faire un doigt d'honneur » est, dans les cultures occidentales, une altération de l'expression plus ancienne « faire un doigt ». Le geste correspondant consiste à lever un majeur tendu à la verticale en signe d'hostilité. Il est souvent considéré comme obscène.

Merci, Wiki. Heureusement qu'il y a toujours des choses sur lesquelles on peut compter.

Sur un dernier doigt d'honneur, donc, je file m'habiller. Elles n'ont pas tort finalement. Toute cette histoire n'est pas terminée. Et elle ne le sera pas tant que nous n'aurons pas récupéré Léo et balancé cette connasse de Némésis au fin fond du Tartare.

Après, il sera toujours temps pour moi de décider de ce que je veux faire de l'éternité à venir.

II
TESS
LES CHIENNES D'HADÈS
ÉMILIE CHEVALLIER

PROLOGUE

O*ù suis-je ?*

Je me sens bien, là.

Autour de moi, c'est le silence. Mais pas un silence pesant. Un silence doux, ouaté, comme un cocon protecteur.

Je ne sais même pas si j'ai conscience que cette absence de bruit m'entoure, m'enveloppe, me garde à l'abri.

Quand suis-je ?

Le temps n'a plus aucune espèce d'importance.

En a-t-il jamais eu, d'ailleurs ? Peut-être suis-je ici depuis toujours. Ou peut-être depuis quelques secondes à peine.

Cela m'est égal. Ce pur instant d'éternité, ce moment suspendu, c'est tout ce à quoi j'ai jamais aspiré.

J'ai la sensation d'ouvrir les yeux, mais je n'en suis même pas certaine. Je vois des ciels chatoyants, des pluies de paillettes et admire des vols de licornes. Suis-je folle ? Oui, cela doit être ça. Je suis folle et mon cerveau divin imagine des choses qui n'existent pas.

Je m'en fiche, c'est tellement beau.

Soudain, tout ce qui constitue mon univers se contracte.

Je hurle sous la pression.

J'ai la sensation que l'on me brise en mille morceaux. J'ai la sensation d'avoir froid et de brûler sous l'effet d'un incendie dévastateur.

Le vertige m'emporte, des fourmillements parcourent mon corps. J'ai un corps !

Non, je ne veux pas… Laissez-moi… Mes pensées confuses se muent en acide et s'embrasent.

Qui ose me réveiller ? Qui ose m'arracher à mon refuge ?

Je tousse, et ce son rauque, déchirant, résonne dans une pièce vide.

Vide, ou presque.

Dans un coin d'ombre, je devine une présence. Une présence forte, millénaire, écrasante. Mais pourtant bienveillante.

— Daddy…

— Je suis là, ma toute petite, murmure-t-il. Prends ton temps. Ton réveil a été difficile, et j'ai eu tellement peur de te perdre…

En moi, la douleur sinue. C'est Daddy. Je ne peux pas lui dire que j'aurais préféré y rester, plutôt que de revenir au monde. Il ne comprendrait pas, surtout venant de moi.

Tisiphone, l'enjouée, la rigolote, l'écervelée.

Mais Tisiphone brisée.

— Qu'est-ce que tu veux ? me contenté-je de lui demander.

— Tes sœurs ont besoin de toi. Nous avons besoin de toi.

Je me redresse sur mes avant-bras. Je suis encore trempée par le liquide dans lequel je flottais, bienheureuse. Des yeux, je cherche de quoi m'essuyer, aperçois une serviette épaisse d'un marron terne. Dans mon cerveau, des milliards et des milliards de connexions se font, mes pensées s'éclaircissent peu à peu. Une idée me vient, occultant tout le reste.

— OK. Et est-ce que j'aurais le droit de porter des robes à paillettes ?

MANIPULATION

— Hadès ! Mon chéri ! Où es-tu ?

Hadès ne répond pas. Assis sur une chaise minuscule en comparaison de sa stature, dans les Jardins de Perséphone, il attend. Devant lui, un verre d'orangeade patiente aussi.

Il attend. Quoi ? Il ne le sait pas vraiment. C'est étrange, cette sensation qu'il a si souvent en ce moment, de flotter dans un brouillard épais, d'un gris cotonneux, dont émerge parfois une voix criarde, désagréable à ses oreilles, qui lui demande de faire des choses, de dire des choses, qu'il ne comprend même pas.

— HADÈS !

Et voilà qu'elle crie encore, cette voix. Cette fois, il ne peut empêcher une vilaine grimace de déformer ses traits divins, à la perfection marmoréenne. Mais ce simple spasme musculaire ne l'empêche pas de répondre :

— Oui, ma douce ?

— Où es-tu ?

— Dans le Jardin.

— Mais que fais-tu là, encore ?

La propriétaire de la voix qui lui vrille les tympans depuis ce qui lui semble une éternité vient d'apparaître à ses côtés. Cette tendance qu'elle a à être partout et nulle part en même temps le terrifie. Lui, le Dieu des Enfers, ne se sent plus en sécurité. Il n'est plus chez lui dans son palais. Elle a pris possession de tout. De son corps, de son âme, de son royaume.

Il est comme emprisonné en lui-même, assistant à ce naufrage, ce désastre, sans rien pouvoir y faire.

— Je fais refaire toute la déco pour que tu te sentes bien ici, et tu viens encore te réfugier ici ! Je croyais pourtant que tu en avais soupé, des aménagements de cette vieille folle de Perséphone ? Mmmh ?

— Oui, mais…

— Tutututut. Il n'y a pas de « mais ». Tu vas sortir d'ici et me suivre. De toute façon, je vais faire détruire ces horreurs. On n'a pas idée de faire pousser un jardin de minéraux. On va se faire une jolie serre, mon chéri. Avec des plantes carnivores. Ce sera charmant, n'est-ce pas ?

Némésis bat des mains, comme une enfant excitée par son nouveau caprice.

— Ça va être formidable. Je pourrai y jeter toute personne qui nous manquera de respect. Nous devons tenir notre rang, en tant que couple infernal.

Tenir notre rang… Il lui semble pourtant que c'est ce qu'il a toujours fait. Il est l'un des derniers, Hadès, à remplir sa mission divine. Où sont-ils, ses frères, Zeus et Poséidon ? Et tous les autres dieux ? Les autres déesses ? Où est Perséphone ? Qui, pour le délivrer de ce cauchemar dont il ne parvient pas à se dépêtrer seul ?

— Il n'y a pas à dire, mon bel amour, ton ex-femme était vraiment timbrée. C'est absolument débile de décorer le palais de l'Érèbe en rose et de mettre des froufrous et des dentelles partout comme ça. Enfin, voyons, ça manque de tenue, ce n'est pas de notre standing ! Allez, viens, suis-moi, j'ai une surprise pour toi.

— Une surprise ? balbutie Hadès, tandis qu'un fin filet de bave lui coule sur le menton.

D'un doigt exaspéré, Némésis lui essuie les lèvres pour le rendre présentable.

— N'as-tu pas envie de voir tes filles ? Cela fait longtemps qu'elles ne sont pas venues te rendre visite. Si tu veux mon avis, ce sont de sales gamines ingrates et mal élevées. Mais tu n'y es pour rien, bien sûr. Tu avais d'autres responsabilités, mais maintenant, je suis là pour les remettre dans le droit chemin. Je les ai convoquées. En ton nom, évidemment. Il est temps qu'elles apprennent la bonne nouvelle pour nous, tu ne crois pas ?

— Si, sûrement, ma douce… répond Hadès

Au fin fond du grand corps du Dieu des Enfers, mû par une volonté qui n'est pas la sienne, son esprit tambourine aux portes de son cœur. Peut-il espérer que ses Chiennes viennent enfin le délivrer de ce cauchemar ?

CHAPITRE 1

C'est génial. Cette ville est géniale. Rolala, toute cette agitation, tout ce monde qui grouille de partout, ces couleurs, ces odeurs, cette vie qui palpite dans ces artères bétonnées…

J'adore.

Non, vraiment, j'adore.

J'ai envie d'aller vers les gens, de les serrer dans mes bras pour leur dire à quel point je suis heureuse d'être enfin de retour parmi eux. Que je ne suis pas là uniquement pour torturer tout le monde, hein, mais juste pour faire respecter la Justice, pour faire regretter à ces horribles personnes qui font du mal à leur famille leurs actes passés.

Et que si j'en chope un qui se comporte mal avec l'un de ses proches, alors là, oui, je n'hésiterai pas à me fâcher toute rouge, à sortir l'artillerie lourde, serpents, fouet et pestilence, pour faire de sa vie un enfer.

Mais vraiment, en toute équité. C'est important. Je ne suis pas le genre de déesse à me prévaloir de ma supériorité.

Enfin… J'ai dérapé une fois, et cela m'a largement servi de leçon. Plus jamais je ne prendrai de décisions radicales. J'ai trop souffert. Aujourd'hui, je veux nager dans un océan de paillettes roses.

Des paillettes roses ! Mais oui ! J'aurais dû y songer plus tôt. Dès qu'on remonte de l'Érèbe, je donne de nouvelles instructions aux artisans qui s'occupent de notre maison. Terminé, le rouge. Ce n'était pas une bonne idée. Ça ne me correspond plus. La violence, la rage… ça n'a jamais été moi, tout ça. Je veux des paillettes roses sur mes murs, et peut-être aussi un graffiti arc-en-ciel au-dessus de mon lit. Avec une licorne. Quoique, non. Pourquoi *une* licorne ? Une horde de licornes ! Crinières au vent, cornes étincelantes, petites ailes mignonnes et duveteuses.

Et puis tant que j'y suis, je vais me trouver une nouvelle tenue de Furie. Rose pailletée aussi. Tess, Chienne d'Hadès 2.0. Marre de ma robe rouge sang.

Le film qui se déroule dans ma tête est tellement parfait. Les idées s'enchaînent, j'entrevois une éternité de bonheur et de satisfaction, à tel point que j'en oublie parfois de respirer.

Soudain, devant nous, les cris d'une vieille femme retentissent. Un homme vient de lui prendre ses sacs de course des mains et part en courant, la laissant sur le carreau.

— Dites donc, les filles, les jeunes ont vachement le respect des anciens aujourd'hui. Elle va être super contente de trouver ses courses chez elle, déjà rangées dans le frigo quand elle va rentrer.

— De quoi parles-tu, Tess ? me demande Alex avec cet air pincé dont elle ne se départit jamais.

— Ben, de la dame, là-bas.

— Tu crois qu'il vient de se passer quoi ? Tu peux m'expliquer, j'ai pas bien compris ? grogne Meg sur ma gauche.

Alors, si Alex n'est pas ultra folichonne comme nana, Meg, pour sa part, est carrément sinistre. Mais je suis sûre que je parviendrai à mettre des paillettes dans leur vie, à elles aussi.

— Le jeune homme, qui court là-bas – ah, il vient de tourner au coin de la rue ! –, il donne bien un coup de main à la vieille dame juste devant nous ? Pour lui porter ses courses ?

Mes deux sœurs s'arrêtent net.

— Pourquoi tu crois que cette dame crie, alors ?

— Pour l'encourager ? Je ne comprends rien à ce qu'elle dit, elle a dû perdre son dentier, la pauvre.

— Concentre-toi.

J'aiguise mes sens, projette mon ouïe vers la grand-mère.

— *Au voleur ! Au voleur !*

Mes yeux s'écarquillent de surprise.

— Il lui a volé ses courses ?

Meg soupire, lève les yeux au ciel. Je vois bien qu'elle retient l'un de ses légendaires sarcasmes. Alex, par contre, ne me ménage pas.

— C'est du vol à l'arraché, Tess. Un sport local particulièrement prisé par les jeunes délinquants.

— Mais… pourquoi a-t-il fait ça ?

— J'aimerais te dire que ce gamin représente le mal à l'état pur, qu'il ne cherche qu'à répandre le chaos autour de lui et que nous allons le châtier pour tous ses méfaits, mais la vérité, c'est probablement qu'il n'a pas assez à manger pour lui et sa famille.

— Mais… rien n'a vraiment changé alors ?

— Bienvenue dans le nouveau monde, sœurette.

Tous mes rêves arc-en-ciel s'écroulent. Tout cela est terriblement contrariant. Heureusement, nous passons devant une jolie boutique. Une animalerie.

— Oh, regardez les filles, ils sont tellement mignons, ces petits chiens.

Meg et Alex me contournent pour jeter un œil, je dois les gêner. C'est vrai que je suis grande et bien charpentée, dans cette nouvelle incarnation. J'aime beaucoup ce physique, même si Daddy avait l'air un peu sceptique. Il avait peur que je fasse peur aux gens. Mais je ne vois pas pourquoi.

J'observe mon reflet dans la glace. Ma peau noire est lisse et magnifique, et ma coiffure afro me grandit encore. Aujourd'hui, j'ai revêtu une petite robe à froufrous, d'un rose vif, qui gaine mes formes pleines. J'adore. Je m'adore. Et puis, cerise sur le gâteau, Meg et Alex détestent. Tout est parfait. Les rendre jalouses m'a toujours mise en joie.

— Ce ne sont pas des chiens, Tess.

— Ah bon ? Qu'est-ce que c'est, alors ?

— Une portée de furets.

— Oh ! C'est trop bien ! J'en veux un ! J'en veux un !

— No way, grogne Meg.

De toute façon, celle-ci, elle n'a jamais su s'exprimer qu'en grognant. Je me demande même comment elle arrive à se faire comprendre des humains.

— Mais c'est pas juste ! Alex a Bloody Hell et toi, tu as Moisi.

— Justement, ça va aller, l'Arche de Noé. On est au complet.

— Non, mais les filles, c'est vraiment pas sympa.

Alex me prend par le bras. Sa main peine à faire le tour de mon biceps.

— Allez, viens, Tess, soupire-t-elle. Nous sommes un peu pressées, là, mais je te promets qu'on en reparlera une fois de retour à la maison.

Je hoche la tête et la suis docilement dans la rue. Au passage, je tire la langue à Meg, qui lève son majeur dans ma direction. Depuis qu'elle a appris la signification de ce geste par l'intermédiaire de la petite voix qui lui tient compagnie depuis son réveil – la seule probablement à être obligée de le faire –, elle s'en donne à cœur joie. Depuis peu, elle nous gratifie même de ce qu'elle appelle le « double fuck ». Charmant.

Moi, je n'ai pas de petite voix qui m'accompagne dans mon adaptation. Pas besoin. C'est un peu comme si les mises à jour s'étaient faites toutes seules. La stase, c'est un processus qu'on ne maîtrise pas très bien. Enfin, disons qu'à ma connaissance, Meg et moi sommes les deux seules à en être revenues.

Du coup, je sais utiliser un téléphone, allumer une télé, lire un plan de métro, utiliser Internet et parler une quantité invraisemblable de langues. Dont, a priori, les trois quarts ne me serviront jamais. Comme le piraha ou l'artchi, par exemple. Mais on va dire que j'ai vécu un petit moment de fierté en commandant chinois l'autre soir. Surtout que mon interlocutrice ne connaissait manifestement pas le mandarin, mais plutôt le wu.

À présent, nous descendons dans le métro, station Gambetta. Un souffle d'air glacé semble remonter des entrailles de la Terre. Mais je sais, moi, que c'est l'haleine puante des Enfers qui s'exhalent par cette bouche de béton.

Je frissonne. Je commence à comprendre pourquoi tout le monde porte un manteau et une écharpe, si ce n'est des gants et un bonnet. Je suis la seule à ne porter qu'une petite robe à bretelles. Je m'en fiche, je n'ai pas si froid que ça. Et ça ira mieux une fois que je pourrai me réfugier dans les bras de Daddy.

Durant notre descente, j'observe les humains qui nous entourent. Je leur ai toujours trouvé des airs de fourmi, avec leur petit côté industrieux, grouillant, toujours affairé à droite et à gauche. Sûrement leur côté mortel. C'est vrai que, pour eux, la vie est courte. Ils doivent se dépêcher, s'ils veulent profiter un petit peu de leur existence. Mais au final, de quoi profitent-ils vraiment ? C'est vrai, on pourrait imaginer qu'ils iraient se faire dorer la pilule au soleil, les doigts de pied en éventail. Mais non, ils amassent, ils amassent, ils amassent, sans se lasser. De vraies petites fourmis, sérieuses et gonflées de leur propre importance.

Aujourd'hui, les choses ne semblent vraiment pas s'être arrangées. Bien au contraire. Je suis effarée de les voir se croiser, se bousculer, sans même se voir. L'un d'eux pourrait tomber raide mort, là, comme ça, devant les yeux de ses congénères — pardon, devant l'objectif de leur smartphone –, que personne ne s'en rendrait compte. Ils me donneraient presque l'envie de me mettre à hurler « Mais aimez-vous les uns les autres, bordel ! » Mais je ne suis pas le genre de filles à employer ce langage fleuri.

Je garde ces réflexions pour moi. Je risquerais de choquer mes sœurs. Elles ont tendance à me prendre pour une écervelée. Sauf peut-être Alex. Elle était là, il y a deux siècles, au moment de mon procès et de ma condamnation. Elle sait ce que j'ai fait. Elle sait de quoi je suis capable. Sous le vernis paillette, c'est du béton armé.

Peu à peu, nous nous enfonçons dans les profondeurs de la Terre. Nous ne croisons bientôt plus personne. Quel bonheur, ces odeurs de soufre ! Mon passage dans l'Érèbe, entre mon éveil et mon retour parmi les humains a été bien trop court. Je n'ai pas eu le temps d'en profiter. Je sais bien que, là, nous n'y allons pas pour une visite de courtoisie. Mais tout de même, je suis heureuse de pouvoir y retourner un peu. J'espère aussi qu'il y aura Maman. Daddy a eu l'air particulièrement mal à l'aise quand je lui ai demandé où elle était, et pourquoi elle n'était pas là pour m'accueillir. Je sais bien que je suis la préférée de notre génitrice. Il n'y a qu'avec moi qu'elle peut parler déco, shopping et paix dans le monde, même si je sais que je l'ai beaucoup déçue quand j'ai… dérapé, avec Jules et toute sa famille… Mais je ne veux pas penser à ça, pas maintenant. J'ai décidé de laisser tous ces mauvais souvenirs dans ma cuve de stase et de profiter de chaque instant de bonheur qui se présentera à moi.

Des créatures écailleuses et ronronnantes viennent se presser contre mes jambes.

— Oh ! Et un petit diablotin ? Je peux ?

— Tu peux quoi ? aboie Meg.

Mais qu'elles sont aimables, ces deux morues ! Elles font vraiment tout pour me gâcher mon plaisir, c'est pas possible !

— Je peux en adopter un ? Pour le ramener à la maison ?

— Et tu comptes justifier sa présence comment ? m'interroge Alex d'une voix doucereuse.

— Ben, il restera enfermé…

— Honhon. Donc terminé, le peu de vie sociale qu'on a.

— Comment ?

— Tu comptes dire quoi aux artisans quand ils le verront ?

— Euh… Oui, bon, ça va. On peut pas dire que c'est une espèce d'iguane hyper rare ?

— Ben tiens, pour qu'on se fasse balancer pour détention d'animal sauvage et protégé, qu'on se prenne une peine de prison et une amende salée… Super bonne idée, Tess.

— Vous avez raison, les filles. Le furet, c'est bien mieux.

— D'autant plus que Wiki me dit que c'est un super animal de compagnie.

— Meg… ne l'encourage pas, râle Alex.

— Bah, disons qu'à choisir entre un diablotin ou un furet… Quoique, niveau odeur, je ne sais pas si on y gagne vraiment. Attention, Tess, si on cède, tu te débrouilles pour qu'il n'y ait pas la moindre odeur, on est bien d'accord ?

— Oui ! Je te le promets, Meg. Oh, ça va être génial ! J'ai toujours rêvé d'avoir un animal de compagnie.

— Tu en as déjà eu, je te rappelle.

— Un griffon, c'est pas pareil.

— T'as eu ta période aigle aussi. Puis ta période dragon. Et puis je te rappelle que tu as toujours tes serpents.

— C'est vrai. Mais c'est pas pareil, je te dis. Oh ! On marche dans l'eau ?

— Oui, on approche. Je te l'avais dit, que les sandales à talons, c'était pas la meilleure des idées.

— Surtout quand on mesure un mètre quatre-vingt-dix, ronchonne Meg.

— Ça va, râle pas. Si tu avais voulu, tu aurais pu changer ton apparence.

— Contrairement à vous, je l'assume, moi, mon apparence. Pas besoin d'une longue chevelure blonde ou d'une coupe afro.

— Ben alors, ferme-la, lui balance Alex.

Elles m'ont tellement manqué. Si elles savaient… Enfin, il vaut peut-être mieux qu'elles ne sachent pas, justement.

Floc floc floc.

Je crois que je vais pouvoir jeter mes chaussures, en rentrant. Devant moi, je vois Meg qui avance sans problème, avec ses grosses boots. Même Alex s'en sort, vu qu'elle a chaussé des chaussures de randonnée. Pas très féminines, mais elles doivent être pratiques sur ce terrain, je veux bien le reconnaître.

— On est bientôt arrivées ? je gémis.

— Oui, gamine. Tu es arrivée, me répond une grosse voix, caverneuse et vibrante.

— Charon !

Malgré les ventouses qui me servent de pied, je m'envole vers la lueur vague qui transperce les ténèbres. Charon ! Rolala, qu'est-ce que je suis contente de le revoir !

Je lui saute au cou, et je sens ses bras puissants qui me serrent contre lui.

— Pouah, tu pues toujours autant, vieille charogne !

— Hey, j'ai un standing à préserver, tu crois pas !

— Et tu y arrives parfaitement, mon Charon…

Mes sœurs me rejoignent. Elles saluent aussi notre vieil ami, mais de façon bien plus sobre. Je vois tout de même les yeux de Meg qui pétillent du plaisir de le revoir. Elle a toujours aimé ce vieil asocial de nocher. À croire qu'elle se sent plus d'affinités avec lui qu'avec nous.

— Les filles… commence notre vieil ami. Ça va aller ?

Comment ça, ça va aller ? Mais de quoi parle-t-il ? Alex me devance en interrogeant le maître du Styx.

— Il y a un problème au palais ?

— Euh… oui… enfin, non… enfin… je ne sais pas de quoi vous êtes au courant, en fait. C'est compliqué…

— Charon ? grogne Meg. Balance les infos, s'il te plaît.

Mais le vieux nocher lève ses deux mains, exposant sous notre nez ses paumes sales.

— Ah nan, je suis désolé, les filles. Je vous aime beaucoup, mais c'est pas à vous que va ma loyauté en premier lieu. C'est à votre père. Même si là…

Arc-en-ciel et paillettes ! Mais qu'est-ce qu'il se passe encore ici ? Moi qui espérais pouvoir profiter un peu de Daddy avant de devoir repartir en chasse de la grosse méchante, je crois que c'est loupé. Jamais, de ma trèèèèèès longue vie, je n'ai vu Charon avec un air aussi chagrin. Et pourtant, niveau chagrinerie, il peut aller très loin. Il a même tout appris à ma sœur, c'est dire.

— OK, Charon, je comprends, tempère Alex. Embarque-nous dans ton épave, et emmène-nous découvrir les joyeusetés du palais.

Il hoche la tête et nous ouvre le chemin, tentant d'ignorer le regard de bête blessée que lui jette Meg. Autant pour leur belle complicité.

Pour ma part, fidèle à ma nouvelle philosophie de vie, je décide de profiter de la croisière. Ici, rien n'a changé. C'est presque rassurant. Les grosses bulles dans l'eau noire, les remous étranges, dont je n'ai jamais osé demander l'origine à quiconque aux Enfers de peur de déjà connaître la réponse, les arbustes torturés, qui dressent leurs griffes grisâtres vers le ciel plombé…

— Rolala les filles, je suis super contente d'être là, avec vous…

— T'as bien regardé autour de toi, Tess ? Tu te souviens de l'endroit où tu te trouves ? me répond Meg.

— Fous-lui la paix, soupire Alex. Tu sais comment elle est. Cui cui, les petits oiseaux, tout ça…

— Y a pas d'oiseaux ici.

— T'oublies les aigles. Et les vautours.

— C'est pas *vraiment* des oiseaux. Enfin, si, mais bon, je veux dire, ce sont des rapaces, quoi…

Meg laisse passer un moment de silence avant de marmonner :

— C'est bon, Wiki, lâche-moi la grappe, toi aussi.

— Dis donc, Meg, je t'envie trop, tu sais. Avoir un ami imaginaire… j'en ai toujours rêvé !

— C'est pas un ami imaginaire. Et je vois pas ce qu'il y a à m'envier. J'ai une putain d'encyclopédie dans la tête, Tess.

— Mais c'est génial ! Tu ne te rends pas compte de la chance que tu as, toute la connaissance du monde est à ta portée…

— Ouais, enfin parfois ses sources sont un peu obscures…

— Quoi ?

— Rien, laisse tomber.

Un nouveau silence s'installe entre nous, seulement troublé par le bruit de succion des rames de Charon dans l'eau saumâtre du Styx.

Enfin, nous arrivons au ponton délabré.

— Attendez, les filles, avant de descendre. On va y aller dans l'ordre.

— Pourquoi ? je demande en sentant peser sur moi le regard de tout ce petit monde.

— Ben… t'es imposante, quoi.

— Comment ça, imposante ?

— Tu t'es pas incarnée au format crevette, comme Meg.

— Ça ne vous plaît pas ?

— Si, tu es sublime, tempère Alex. Vraiment. Mais si on fait n'importe quoi, on va faire chavirer Charon. Et tu sais comment il est, prendre le risque de sortir plus propre du Styx, ça lui dit pas.

Je jette un regard à l'eau cracra qui nous entoure. Pas sûre que qui que ce soit puisse sortir plus propre d'un bain de boue dans le Styx.

— Bon, alors on fait comment ?

Charon prend la parole pour organiser le débarquement.

— Alors déjà, tu vas te lever. Doucement. Voilà. Tu avances vers l'avant, et toi, Alex, vers l'arrière. Une fois que tu es au milieu, Meg te rejoint, et moi je vais faire contrepoids pour la fin.

C'est terriblement humiliant, mais je m'exécute. Heureusement, tout se passe à merveille. Enfin, jusqu'à ce que je mette un pied sur le ponton.

— Enfin, Charon, tu veux pas le faire réparer, ton ponton ?

Atterrée, je contemple mon pied qui vient de passer à travers une planche pourrie, tandis que le nocher tente de se justifier :

— Je sais bien que ce ponton ne tient plus guère que par un grand mystère et deux piquets tout droits, mais…

— Elle a pas tout à fait tort, Charon, me défend Alex. C'est que tu en passes, des âmes, par ici.

Le vieux soupire.

— Bon, d'accord. J'imagine que je pourrais le refaire en pierre. Et puis le recouvrir de rondins de bois vert pour garder le charme. Pour garder au fleuve son petit air d'autrefois. J'aime pas le changement, moi. Et j'en suis fier, de mon ponton.

— Je sais, Charon, je sais. Tu veux qu'on demande à Daddy de t'envoyer de l'aide ?

— Euh… c'est sympa, les filles, mais je suis pas sûre que votre père soit disponible pour ça, là… Mais je ne vous en dis pas plus, vous êtes attendues.

— Le taxi n'est pas là ? Celui de la dernière fois, avec le démon sympa ?

— Ah ? Y avait un taxi ? je demande.

C'est intéressant. L'Enfer n'a pas changé depuis des millénaires, je n'aurais pas cru Daddy capable de tolérer la moindre innovation.

— Oui, tu sais, les humains d'aujourd'hui…

— Ah, c'est à cause des humains ? Je suis rassurée, j'ai cru que Daddy avait eu envie de changement…

— Je crois qu'il n'y aura pas de taxi, les filles, nous lance Charon, alors qu'il s'éloigne déjà de la rive boueuse.

Sa silhouette encapuchonnée de brun s'estompe dans la brume, et sa voix nous parvient comme étouffée par du coton.

— Pourquoi ? Putain, Charon, pourquoi tu veux rien nous dire ? crie Meg.

— Vous verrez… Je serai là à votre retour. En attendant, je préfère me mettre en sécurité.

Durant quelques minutes, nous restons seules et silencieuses, à côté du ponton à moitié écroulé. Une drôle d'angoisse me serre le ventre, et quelque chose me dit que mes sœurs n'en mènent pas plus large que moi.

INTERMÈDE

1861, Paris, maison familiale des Thébin

Une animation joyeuse régnait dans le salon des Thébin. Les quatre rejetons de la famille, Alfred, Jules, Dauphine et Eugénie, s'y trouvaient pour une partie de cartes endiablée. En effet, Alfred, l'aîné de la fratrie, s'était piqué d'apprendre à ses cadets le jeu de la Mouche, très en vogue dans la bonne société parisienne.

Les rires et les cris fusaient, sous le regard attendri de Joséphine, leur mère, qui brodait au coin du feu, quand un lourd bruit de pas retentit dans le hall d'entrée de la vaste demeure parisienne.

— C'est Papa ! s'exclama Dauphine, soudain affolée.

En effet, leur père n'approuvait pas que ses enfants se livrassent au jeu. Lui-même connaissait un penchant coupable pour cette activité, et ne tolérait point que d'autres membres de sa famille puissent basculer dans cette addiction.

En hâte, les jeunes Thébin rangèrent l'objet du délit, Eugénie fila au piano et commença ses exercices quotidiens, tandis que Dauphine reprenait sa lecture. Alfred et Jules se saisirent chacun d'un journal et firent mine de s'y plonger, la mine sérieuse et concentrée.

Joséphine soupira. Elle avait tant de peine de voir ses enfants cacher leur enthousiasme pour des fautes qu'ils n'avaient point encore commises… Elle gardait les yeux rivés à la porte, s'attendant d'une seconde à l'autre à voir apparaître son mari. Mais quelle ne fut pas sa surprise d'entendre claquer la porte de son bureau !

Tous, dans la pièce, levèrent les yeux.

— Papa ne vient pas nous saluer ? s'étonne Eugénie.

— Il doit être de méchante humeur, tenta d'expliquer Jules.

Les deux plus jeunes étaient proches de leur père, et Joséphine leur adressa donc un doux sourire pour les rassurer. Mais, au fond d'elle, elle n'était pas sereine. Émile, son époux, lui causait en effet bien du souci depuis de nombreuses semaines. Il ne souriait plus, ne parlait plus… C'est à peine s'il mangeait lorsqu'il daignait se mettre à table avec eux ! Et le soir… Depuis combien de temps son cher époux ne s'était-il pas présenté à la porte de sa chambre ?

Joséphine savait que son mari rencontrait quelques difficultés dans ses affaires, dont elle ignorait d'ailleurs tout, ou presque. Mais il lui avait assuré qu'il avait la situation bien en main, et pourquoi aurait-elle dû mettre sa parole en doute ? Mais à bien y réfléchir… La couturière, la veille, ne lui avait-elle pas fait comprendre qu'elle attendait encore le paiement des robes commandées pour Eugénie et Dauphine ? Elle avait tout d'abord cru à une erreur, mais peut-être que la situation était bien plus grave qu'elle ne l'avait pensé…

Et si… Et s'ils étaient ruinés ? Elle s'imagina devenir la risée de toute la bonne société parisienne, porter des robes rapiécées et… oh mon dieu ! Quitter sa maison ! Non, cela ne se pouvait ! D'un bond fort peu digne de sa position, elle se leva de sa causeuse pour rejoindre le bureau de son mari. Il fallait qu'elle en ait le cœur net.

Mais, à l'instant où elle posait la main sur la délicate poignée de la porte, un coup de feu retentit. Dauphine se piqua le doigt, Eugénie commit une fausse note, Alfred et Jules froissèrent leurs journaux entre leurs doigts crispés.

Quant à Joséphine, elle porta une main tremblante à son collier préféré, un serpent à deux têtes, séparées par un aigle aux ailes ornées de diamants.

CHAPITRE 2

Je regrette de plus en plus ces maudites chaussures à talons. Non, mais, qu'est-ce qu'il m'a pris de croire qu'une descente dans l'Érèbe pouvait être une promenade de santé ! Et j'ai comme dans l'idée que tous les cailloux du coin se sont donné rendez-vous sous mes semelles.

Les kilomètres défilent sans qu'on voie le moindre changement de paysage. C'est triste, c'est morne, c'est gris, on s'ennuie…

Alex et Meg ne sont pas plus réjouies que moi. Alex plisse le front, elle a l'air soucieux des mauvais jours. Enfin, de presque tous les jours, pour elle.

Soudain, nous apercevons, au détour d'une colline basse, une guérite en bois blanc. Qu'est-ce que ce truc vient foutre ici, au beau milieu de nulle part ?

Nous ne sommes pas seules à nous poser la question, car, juste devant, une longue file d'âmes désincarnées patiente.

Dubitatives, nous nous approchons.

— Bonjour ! dis-je en m'approchant de la dernière âme de la file.

L'esprit en question se tourne vers moi. La pauvre, elle a dû prendre cher à la fin de sa vie. Ses traits semblent avoir fondu en un magma chaotique au centre de son visage et quelques rares touffes de cheveux éthérés perdurent encore sur son crâne presque transparent.

— 'ON'OUR, me répond l'âme, ayant visiblement du mal à articuler.

— Oh la la, mon pauvre, que vous est-il donc arrivé ?

— AI 'OUTU E FEU À MA 'ARAK.

— Mmmh. Je vous demanderais bien pourquoi vous avez fait ça, mais je ne suis pas certaine de vouloir connaître la réponse. En tout cas, toutes mes condoléances.

L'âme en peine hausse les épaules.

— PAS 'RAVE. 'ETTE 'ALOP AU'A PAS MA 'AISON.

— Qu'est-ce qu'il a dit ? me chuchote Meg, juste dans mon dos.

— Je crois qu'il a dit : « C'est pas grave, cette salope n'aura pas ma maison. »

— Encore un divorce qui s'est mal passé, si ça se trouve, commente Alex.

— J'en ai bien l'impression.

— Les humains… soupire Meg.

— Je ne sais pas si ce sont les humains, je crois que tu as la mémoire courte. Souviens-toi les engueulades entre Zeus et Héra, quand on était gosses. Un incendie, à côté, c'est de la rigolade, la contre Alex.

— Ouais, c'est pas faux.

— Bon, les filles, repris-je. C'est pas le sujet, là.

Je me tourne à nouveau vers le pauvre type – ou ce qu'il en reste.

— Dites-moi, on attend quoi, ici ?

— UN 'ER'I.

— Un quoi ?

— UN 'ER'I !

— Je comprends pas. Les filles, vous comprenez ce qu'il veut dire ?

— Non.

— Moi non plus.

Meg soupire, agacée.

— Bon, c'est bon, on va pas attendre des heures ici. Ça avance pas, en plus. J'y vais.

De son pas décidé, elle remonte la file. Elle a beau ne pas être bien grande, elle est assez impressionnante quand elle est en colère. Genre, on sent bien qu'il ne faut pas lui casser les pieds.

Du coup, on la suit. Nous aussi, on a envie de savoir ce qu'il se passe ici.

Nous découvrons donc l'enseigne qui surmonte la guérite. Écrits en lettres de sang, nous pouvons lire les mots « Premier check-point, veuillez présenter vos papiers d'identification ».

Mais c'est quoi cette histoire ?

— C'est quoi, des « papiers d'identification » ? demandé-je à une petite vieille toute transparente qui flotte juste à côté de moi.

— Aucune idée, ma jolie, me répond-elle en soupirant. Personne ne comprend rien. Il y a deux démones à l'intérieur qui papotent en se faisant les ongles… Enfin, il y en a une qui vient de partir en pause, d'ailleurs. Si j'avais su à quoi m'attendre, j'aurais été à la messe tous les dimanches et j'aurais fait ma petite prière du soir. Vraiment, je regrette…

— Oh, ne regrettez rien, vraiment. Il n'y a pas de Paradis. Enfin, pas vraiment…

Je la prends par les épaules pour la réconforter. Elle a l'air tellement fatiguée. J'imagine qu'après une longue vie comme la sienne, après avoir travaillé, supporté un mari, eu des enfants, on aspire à un minimum de sérénité dans la mort. Ou alors c'est une horrible femme qui mériterait d'aller pourrir au fond du Tartare, pour ce que j'en sais. Mais je déteste attendre, alors je pourrais compatir avec presque n'importe qui, dans les circonstances actuelles.

Pendant cet échange, Meg a fendu la foule. Une sonnerie stridente de téléphone nous parvient sans discontinuer et me fait grincer des dents. Au début, je n'entends pas la voix de ma sœur et puis, peu à peu, elle commence à s'énerver.

Je me penche vers Alex.

— T'as pas envie de pop-corn ?

— Non. Pourquoi ?

— Parce que j'ai envie de m'asseoir là, par terre, dans la poussière, et de regarder Meg s'énerver en m'empiffrant de pop-corn. Ou de glace à la banane, avec du caramel.

— T'es vraiment timbrée, ma pauvre fille. La stase, ça t'a pas arrangée.

— Oh, arrête, me dis pas que ça te fait pas envie.

Elle me glisse un regard en coin.

— Tu crois vraiment que…

— Allez ! S'il te plaît !

— OK, t'as gagné. Mais hors de question que je m'assois pas terre, je te le dis tout de suite.

Elle claque des doigts, faisant ainsi apparaître deux chaises pliantes d'un joli vert pétant. De mon côté, je brandis un énorme seau de pop-corn – oui, un seau, pourquoi faire dans la mesure – et deux grosses coupes de glace banane-caramel, avec des petits éclats de noisettes sur le dessus. Du sucre. Ce que j'aime le plus au monde. Après les paillettes et les licornes.

Nous nous installons confortablement et commençons notre orgie. Sur le moment, nous ne voyons même pas Meg. Enfin, à peine, par transparence, derrière toutes ces âmes agglutinées autour de la guérite. C'est un peu comme si elle était cachée derrière tout un tas de méduses en train de moisir. Mais peu à peu, notre vision se dégage. Les âmes semblent s'éloigner prudemment, comme si elles pressentaient qu'une apocalypse était sur le point de se produire. Une apocalypse pire que leur propre mort, je veux dire.

Et cette apocalypse, elle s'appelle Meg, elle mesure moins d'un mètre soixante, elle a de courts cheveux bruns et de grosses boots qu'elle semble bien disposée à balancer dans la tronche du premier qui la contrariera.

En l'occurrence, de la première. Une jeune démone fait face à Meg, mâchant un chewing-gum et se limant les ongles. Rolala, ça va dépoter. J'ai trop hâte.

À mes côtés, j'entends Alex qui commence à enchaîner les poignées de pop-corn direct au fond du gosier. Ça y est, elle est ferrée. Le spectacle va être somptueux. Avec un peu de chance, on va avoir la totale, sons et lumières.

Toutes deux, nous affinons notre ouïe, volume au max.

— Bonjour, mademoiselle, lance Meg d'une voix forte et claire.

La jeune démone aux longues mèches décolorées et au maquillage outrancier ne daigne même pas lever les yeux de son limage d'ongles pour répondre à celle qui lui fait face. Est-ce qu'elle réalise seulement qu'elle a une Chienne d'Hadès en face d'elle ? Faut dire que Meg et moi avons été hors circuit pendant un sacré bout de temps. Tous les petits jeunes ne savent pas forcément qui on est.

Mais bon, j'ai comme dans l'idée qu'ils ne vont pas tarder à le savoir.

— BONJOUR, MADEMOISELLE.

— Ça y est, elle a pris sa grosse voix, me chuchote Alex, la bouche pleine de pop-corn.

— Yep. Puis regarde, elle a déjà pris une bonne dizaine de centimètres et ça siffle dans ses cheveux.

— Si elle se retourne, on verra si elle commence déjà à chialer du sang.

— Roooo quand même, elle sait se tenir, notre sœur, laisse-la monter encore un peu en pression.

— JE VOUS AI DIT « BONJOUR, MADEMOISELLE ».

— Vous voulez quoi ? Vous voyez pas que je suis occupée, là ?

— Ouf ! s'exclame Alex.

— Aïe, je renchéris en grimaçant.

— Et vous, vous ne voyez pas la file d'âmes qui poireautent devant votre… votre… Je ne sais pas ce que c'est ! Vous pourriez m'éclairer sur le sujet ?

— C'est un check-point.

— Un check-point ? Et qu'est-ce que c'…

Meg se fige et se tait.

— Ça doit être Wiki.

— Ouais, je pense bien. Quand même, je trouve ça trop pratique. Elle a grave de la chance, Meg.

— Je ne suis pas sûre qu'elle soit de ton avis. Je pense même qu'elle est un peu jalouse du fait que tu sois sortie de stase avec toutes les mises à jour.

— Ben, je sais ce que c'est qu'un check-point, par contre je t'avoue que je ne sais pas à quoi sert celui-ci, en plein milieu des Prés d'Asphodèle.

Justement, Meg semble en être arrivée au même questionnement.

— OK. Très bien. Un check-point. Merveilleux. Et il sert à quoi, votre check-point, juste planté ici ?

— Ben, ça me paraît clair, nan ? On est là pour checker.

Ouh, malheureuse ! Quelle imprudence ! J'enfourne une énorme cuillère de glace banane, lèche d'une langue distraite le caramel qui me dégouline au coin de la lèvre.

— POUR CHECKER QUOI, BORDEL DE MERDE ?

— Oh, ça va, hein. Montez pas sur vos grands dragons, là. Je suis une agente assermentée, moi. Et vous, d'abord, vous êtes qui ?

À présent, le haut de la tête de Meg, toute hérissée de serpents furieux, dépasse largement le toit incliné de la guérite. Elle fait un pas en arrière pour que l'autre démone puisse la contempler dans toute sa puissance. Précipitamment, je lâche la cuillère dans la coupe de crème glacée pour plaquer mes mains sur mes oreilles.

— JE SUIS MÉGÈRE, ESPÈCE DE MISÉRABLE VER DE TERRE.

— Mégère ? Connais pas. Vous appartenez à quelle administration ? Si vous continuez vos tentatives d'intimidation sur agent, je vais appeler mon supérieur. Vous allez voir, c'est pas un commode.

De stupeur, Meg perd quelques centimètres.

— Hein ? Vous ne savez pas qui je suis ? Mégère, fille d'Hadès et de Perséphone ? Sœur d'Alecto et de Tisiphone ? Les Furies ? Les Chiennes d'Hadès ?

— Les quoi ? Et puis, c'est qui encore, ça, Perséphone, Alecto et l'autre, là, que vous avez dit ?

— Perséphone ? La reine des Enfers ? Les Chiennes d'Hadès ?

— Je vous le répète, je ne sais absolument pas de qui vous me parlez. Non, mais c'est vrai, quoi. Avec ce que je gagne, je vais quand même pas me laisser emmerder, tiens. Et puis le droit de retrait ! Je vais l'exercer, et de suite même !

La blonde se met à beugler à la cantonade :

— Le check-point est fermé. N'avez qu'à revenir demain.

Une houle de mécontentement secoue la foule des âmes assemblées.

— Mais on attend là depuis une éternité ! Ça va durer combien de temps encore, cette histoire ? On n'a jamais les bons papiers, c'est pas possible ! On veut voir un responsable !

Mais la jeune démone antipathique baisse le rideau métallique, se dissimulant à la vue de tous. Désemparées, les âmes se dispersent et errent alentour, comme elles n'auraient jamais dû cesser de le faire.

Meg nous rejoint, martelant le sol de ses boots.

— Quelqu'un peut m'expliquer ce qu'il vient de se passer, là ?

— Nope, répond Alex, la bouche pleine.

— Et qu'est-ce que tu fais, toi ? Je croyais que tu bouffais que des trucs vegan-chai-pas-quoi-sans-gluten ?

Alex a le bon goût de rougir.

— Ouais, mais je fais une exception. Tu sais, on est pas sur Terre, là…

— C'est ça, dans l'Érèbe, tout est permis. Ah ben, elles sont belles, tes convictions.

— Calme-toi, Meg, tu veux bien. C'est pas parce que tu n'es pas aussi connue que tu te l'imaginais qu'il faut taper ta crise, hein. Et puis bizarrement, quand il s'agit de passer devant tout le monde, ça te dérange pas d'utiliser ton vrai prénom. « JE SUIS MÉGÈRE, LA VILAINE FURIE, LA TERRIBLE MÉGÈRE, HOUHOU… »

— Ah, c'est bon, Alex, passe-moi du pop-corn au lieu de dire des conneries. On pourrait pas avoir de la pizza aussi ? Je préfère le salé, moi.

— Tu sais pas ce que tu perds, je lui réponds, la bouche pleine de caramel.

D'un claquement de doigts, elle fait apparaître une simple chaise métallique et s'assoit à l'envers, les coudes sur le haut du dossier. Durant quelques minutes, nous savourons notre pique-nique improvisé sur les Prés.

C'est moi qui finis par rompre le charme de ce moment unique.

— Bon, on fait quoi, du coup ?

— On continue, me répond Alex.

— Malgré ça ?

De ma cuillère, je désigne l'immense barrière qui orne le paysage, juste derrière la guérite au rideau baissé. Tout le long se sont dispersées les âmes abandonnées.

— Non, mais t'as vu cette barrière ? On croirait qu'elle est infinie, marmonne Meg.

— Je crois que c'est le cas, en fait, je réponds.

— Bon, les meufs, on n'est pas des âmes d'humains morts, nous. Enfin, je veux dire, on est un peu les Furies. Les Chiennes d'Hadès. Et ici, c'est chez Daddy. C'est pas une jeune morue dans sa cabane moisie qui va nous empêcher de rentrer chez nous, quand même ?

Alex, la voix de la raison.

Soudain remotivée, je me lève brusquement, mais sans lâcher ma coupe de glace dans laquelle reste encore un fond de sauce caramel.

— T'as raison ! On y va ! Pas vrai, Meg ?

— Ouais. Ouais…

— Quoi ?

— Chai pas, je le sens pas. Entre Charon qui nous cachait clairement quelque chose, et ça… Il y a un truc qui cloche, c'est sûr.

— Eh ben justement, on va voir ce que c'est, le truc qui cloche, OK ?

Elle hausse les épaules, enfourne une nouvelle part de la pizza qu'elle vient de faire apparaître dans sa bouche grande ouverte.

— Vous me laissez finir de manger ?

INTERMÈDE

1861, Paris, maison familiale des Thébin

Dans la grande et belle demeure ne résonnait plus aucun rire, plus aucun chant, plus aucun air enjoué de piano.

Les obsèques d'Émile Thébin avaient eu lieu la veille, dans la plus stricte intimité. Comment, en effet, assumer le geste impardonnable de cet homme pourtant respecté de tous ?

Joséphine se trouvait dans le bureau de feu son époux. Devant elle, des tas de papiers. Les chiffres et les lettres dansaient devant ses yeux, et la migraine tapait aux portes de son crâne, sans relâche.

Ruinés… Ils étaient ruinés. Ses enfants n'allaient hériter que des dettes et de l'infamie de leur père. En elle mûrissait une colère dévastatrice. Elle avait épousé Émile alors qu'elle était si jeune… Elle lui avait offert quatre beaux enfants, elle lui avait consacré ses plus belles années, elle lui avait fait confiance, et lui…

Des larmes amères vinrent lui brûler les yeux. En vérité, elle n'avait rien voulu voir. Tous les signes étaient là, pourtant. Mais elle avait préféré les ignorer et continuer à se vautrer dans le luxe.

Mais il n'était pourtant plus temps de s'apitoyer. L'heure était venue de prendre des décisions.

Chancelante, Joséphine Thébin se leva. Une nouvelle fois, elle porta la main à son précieux collier, qu'Émile lui avait offert au début de leur mariage. Oh, elle aurait pu le laisser au fond d'un tiroir, mais elle ne l'avait en fait jamais quitté. Le bijou avait toujours exercé sur elle une étrange fascination.

Mais aujourd'hui, il lui faudrait bien s'en séparer. Il valait une fortune, et elle comptait bien l'utiliser pour sauver l'avenir de ses enfants.

CHAPITRE 3

Bon, ce n'est pas aussi simple qu'on se l'était imaginé. Quand on s'approche de la fameuse barrière, de tout petits diablotins surgissent d'entre les cailloux. C'est dingue, tout de même, cette faculté qu'ils ont de se dissimuler dans les moindres anfractuosités.

Si ça se trouve, on en écrase au moindre pas qu'on fait. Brrrr, et on a de la purée de diablotins sous les semelles. J'ose même pas imaginer la couche que doit se coltiner Meg avec ses boots.

Je lui fais part de mes réflexions, mais ça n'a pas l'air de l'émouvoir plus que ça. Tueuse de diablotins.

Bref, tout ça pour dire que quand on s'est approchées à moins d'un mètre de la barrière, ils ont surgi de partout à la fois et se sont jetés sur nous. Ce qu'il faut absolument savoir sur les diablotins, c'est qu'ils sont armés de dents pointues et de minuscules griffes qui leur permettent de vous grimper sur la jambe pour venir vous mordre les fesses. Et puis ils poussent de petits cris aigus. Avec Alex, on avait évidemment oublié de calmer notre hyperacousie, et on en a pris plein les tympans.

— Putain, la prochaine fois, t'embarques Bloody Hell pour qu'elle bouffe ces saloperies, crie Meg en faisant des bonds partout. On lui aura au moins trouvé une utilité.

— Tu veux bien laisser mon chat en dehors de ça ? gueule Alex.

Je n'ai pas pu résister à l'envie irrépressible d'en ajouter une couche.

— Non, mais c'est vrai que ce chat…

— Ta gueule, Tess.

Arf. Quand Alex commence à dire des gros mots, c'est qu'elle n'est vraiment pas contente. Du coup, je choisis de me taire, tout en continuant à me contorsionner pour me dépêtrer de cette sale engeance. En vain.

— Qu'est-ce qu'on fait ? On s'en débarrasse ? finit par demander Meg, excédée.

— Je ne me sens pas de les tuer tous, je lui réponds. Pris un par un, ils sont plutôt choupi trognons, non ?

Mes deux sœurs lèvent les yeux au ciel, mais ne relèvent pas. Finalement, on s'éloigne de la barrière. Les Chiennes d'Hadès vaincues par des hordes de diablotins enragés. On va éviter de le crier sur les toits, je pense. Ce serait mauvais pour notre réputation, et certains de nos protégés seraient capables de s'en servir contre nous.

— Bon, il va falloir trouver une autre solution, enrage Meg. On va pas pouvoir rester ici pendant une éternité non plus. Le temps presse. Il faut retrouver Némésis, et puis Léo…

— Et puis il se passe un truc pas très net dans l'Érèbe, si tu veux mon avis. C'est pas normal qu'on ne sache absolument pas où est passée Perséphone et que Daddy ne soit pas intervenu durant notre bataille contre Némésis. Et tout semble… désorganisé…

— Commençons par longer cette barrière pour voir si on ne trouve pas un passage, proposé-je.

Mes sœurs me regardent avec un manque de conviction évident. Mais comme elles n'ont rien d'autre à proposer, elles finissent par acquiescer.

— OK, allons-y. De toute façon, je ne vois pas ce qu'on pourrait faire d'autre, soupire Alex.

En silence, toutes trois perdues dans nos pensées, nous avançons, mais c'est partout le même spectacle. Une barrière de planches clouées à la va-vite, tout enrubannée de barbelés menaçants. Et dès qu'on fait un pas de trop vers elle, les diablotins surgissent.

Nous marchons pendant ce qu'il me semble être des heures quand, enfin, nous discernons une nouvelle guérite à l'horizon.

— Regardez, un autre check-point !

Nous nous précipitons dans sa direction. Celui-ci n'a pas le volet baissé, et une foule d'âmes se pressent devant. Le même panneau le surplombe, mais cette fois, il y est inscrit « Garde-frontière – Interdiction de passer sans autorisation, sous peine de damnation éternelle ».

— Qu'est-ce que c'est encore que cette histoire ? marmonne Meg. On ne peut pas garder toutes les âmes ici. Enfin, je veux dire, certaines méritent peut-être les Champs-Élysées. Ou d'autres le Tartare. Ça n'a aucun sens.

— Je vais m'en charger, cette fois, dit Alex.

— Ça veut dire quoi, ça ? lui demande Meg.

— Que toi et la diplomatie, vous êtes fâchées depuis toujours ?

— Je ne vois vraiment pas de quoi tu parles.

Alex me regarde en soupirant, attendant manifestement mon soutien.

— Écoute, Meg, elle a pas tort. Si je devais me faire prendre en otage, je préférerais que ce soit Alex qui négocie ma libération plutôt que toi.

Meg ne répond pas, mais marmonne ce qui ressemble vaguement à une série d'insultes bien senties. Elle finit par nous dire :

— OK. Débrouillez-vous sans moi. Je vais me contenter de vous regarder faire et admirer votre échec.

Alex l'ignore et se dirige d'un pas résolu vers le poste. Elle non plus ne fait pas la queue, provoquant de vives réactions parmi les âmes en peine. Une fois plantée devant la guérite, elle exige d'une voix forte de parler à un responsable.

En face d'elle, pas de démone trop maquillée ou peroxydée, mais un jeune faune à l'air effaré. Sur son torse, épinglé à même sa peau pâle parsemée de touffes de poils bruns, un badge annonce fièrement « Satyos, garde-frontière stagiaire ».

— Bonjour… Satyos, commence Alex d'une voix mielleuse.

— Euh… bonjour… madame, lui répond la créature mythique en tremblant de tous ses membres. Que… que puis-je faire pour vous ?

Ses petites cornes recourbées vibrent sur le sommet de son crâne, et il écarquille des yeux apeurés.

— Mes sœurs et moi-même, les Chiennes d'Hadès, souhaiterions franchir cette barrière. Nous devons rendre visite à Hadès.

— À Hadès ? lui répond le jeune Satyos en sursautant. Mais c'est impossible, voyons. Qui donc oserait demander à voir le Dieu des Enfers en personne ?

— Euh… Ses filles ? Les Furies ? Les Chiennes d'Hadès ? Alecto, Tisiphone et Mégère ?

— Je… pardon, mais je ne comprends pas… Je suis désolé…

— Mais enfin, soupire Alex en parvenant à garder son calme malgré l'affront, vous savez bien qui nous sommes, tout de même ?

— Oui, madame Alecto… Mais c'est que…

— Mais c'est que quoi ?

— Auriez-vous par hasard le formulaire B345V98 ?

— QUOI ?

Houlà, ça y est, elle s'énerve elle aussi. Meg, juste à côté de moi, ne peut retenir un reniflement de dédain.

— Le formulaire B345V98… Vous… vous ne l'avez pas ?

— Non. Non, je n'ai pas ce formulaire B-machin-truc. Et je ne vois même pas de quoi vous voulez parler, en fait.

— Je suis désolé, ma collègue aurait dû vous le délivrer.

— Votre collègue ? Quelle collègue ?

— Une jeune démone, blonde ? À la première guérite ?

— Ah. Elle a baissé le rideau et a quitté son poste.

Le faune se décompose.

— Oh, par Hadès, mais c'est terrible… Tout va être désorganisé !

— Excusez-moi, mais tout me semble *déjà* désorganisé. Pourquoi avons-nous besoin de ce formulaire ? Pouvez-vous me l'expliquer ?

— Euh… c'est-à-dire que… non, je ne sais pas. C'est comme ça, c'est tout. Ce sont les nouvelles procédures.

— Les nouvelles procédures ? Mais qui a décidé de ça ?

— La nouvelle reine.

La nouvelle quoi ? Est-ce que nous avons bien entendu ? Meg et moi échangeons un regard inquiet, tandis qu'Alex se tourne vers nous :

— Vous avez entendu ça, les filles ?

Ah, ça, pour avoir entendu, on a entendu. Mais de là à comprendre de quoi parle le jeune Satyos… Alex se tourne à nouveau vers lui.

— Excusez-moi, Satyos. Pouvez-vous m'expliquer cette histoire de nouvelle reine ? Il semblerait que les informations ne circulent pas bien dans la famille, actuellement. Car, si nouvelle reine il y a, il semblerait que ce royal personnage soit de fait notre belle-mère.

— Je… je ne sais pas si je peux vous en parler.

— Mais si, mais si, voyons. Ne craignez rien.

— Le Dieu des Enfers… votre père… a repris une épouse. Enfin, ils sont juste fiancés, mais il paraît que les noces ne vont pas tarder.

— Impossible.

— Apparemment pas. Perséphone est partie, il se sentait seul, alors…

— Alors quoi ? Pouf pouf, une nouvelle épouse lui est tombée toute cuite dans le bec ? Enfin quoi, c'est pas comme s'il y avait de l'immortelle à tous les coins de rue, non ?

— Ou alors il a choisi une humaine, soufflé-je, horrifiée.

Que les choses soient claires : je n'ai rien contre les humains. Je les apprécie beaucoup. Parfois. De temps en temps. Et dans certaines conditions. Surtout pour les parties de jambes en l'air, en fait. Mais de là à imaginer faire ma vie avec l'un d'entre eux, voire en épouser un… Non ! Même si Meg a l'air de trouver ça chouette. Mais Daddy ne peut pas nous faire ça. Déjà que nous avons subi une mère complètement dysfonctionnelle depuis toujours, nous ramener une inconnue… Non !

— Ce n'est pas une humaine, rassurez-vous, madame Tisiphone, tente de tempérer le jeune faune.

— Tess.

— Madame Tess. Je crois même que vous la connaissez bien, et j'avoue que ses nombreuses qualifications en font une immortelle de choix pour l'Érèbe…

— Mais enfin, tu vas la cracher, ta Valda ! s'énerve Meg, qui jusque là prenait sur elle pour ne pas exploser.

— Ne crie pas, s'il te plaît, lui répond Alex de loin. Satyos va être un gentil petit faune, et il va tout nous dire maintenant, n'est-ce pas ?

— J'aime pas les faunes, marmonne tout de même Meg.

— On le sait, lui répond Alex. Mais celui-ci n'est pas Lidoire, tu en conviendras.

À contrecœur, Meg hoche la tête. En face d'elle, Satyos avale difficilement sa salive. Manifestement, il a eu vent des aventures de Meg et de son humaine.

— Alors, la future nouvelle reine, c'est…

— Moi.

Une voix chaude, un peu rauque, avec une légère pointe d'hystérie… Non ! Pas elle, ce n'est pas possible !

INTERMÈDE

1861, Paris, dans une ruelle obscure à proximité de la maison close Les secrets de Perséphone

Alfred Thébin hâtait le pas. Il avait tellement besoin de s'aérer l'esprit. L'atmosphère de la grande maison familiale était devenue étouffante, pesante, et chaque minute passée entre ses murs lui donnait la sensation de mourir un peu.

Depuis les obsèques, et la découverte par sa mère de la banqueroute à laquelle les mauvais choix d'Émile les avaient menés, plus rien n'était comme avant. Eugénie ne cessait de pleurer, geignant que, sans dot, aucun jeune homme de la bonne société ne voudrait la mener à l'autel. Dauphine s'était murée dans un silence obstiné. Et Jules était toujours en colère.

Quant à leur mère, Joséphine… Elle avait vendu, déjà, quelques bijoux qui avaient fait sa fierté lors de bals ou de pique-niques organisés par la haute bourgeoisie parisienne, afin d'embaucher quelques hommes de loi. Elle avait besoin de réponses, ces réponses à ces questions qu'elle s'était refusée à poser durant de trop longues années. Jusqu'à ce qu'il soit trop tard.

Avec un soupir, Alfred toqua à une lourde porte de bois. De l'extérieur, la bâtisse devant laquelle il se tenait n'avait rien de particulier. Mais quand un homme gigantesque lui ouvrit, de lourdes vapeurs d'encens, ainsi qu'un flot de lumière, de musique et de rires se saisirent de lui.

Il se trouvait devant Les secrets de Perséphone, *l'une des maisons closes les plus élitistes des nuits parisiennes.*

— Monsieur Thébin, gronda la montagne de muscles. Je vous présente mes condoléances pour monsieur votre père.

– Merci, Ivan.

Alfred se glissa à l'intérieur. Une jeune fille aux yeux de biche vint le soulager de son manteau et le conduisit aussitôt dans le grand salon. Malgré les moments difficiles qu'il venait de passer, Alfred sourit. Ça lui faisait du bien, d'être ici.

Il était l'aîné de la famille et avait toujours pris soin de se montrer raisonnable. Mais il avait aussi besoin de ces moments volés, hors du temps, loin de sa famille et des responsabilités qui seraient bientôt les siennes. Il avait besoin de ces moments volés, dans les bras de Thaïs.

Du regard, il fit le tour du salon, et il ne vit la belle jeune femme nulle part. En soupirant, il se dirigea vers l'un des fauteuils moelleux qui égayaient la pièce, décorée dans des couleurs chaudes. Tout autour de lui, hommes en costume et femmes en petite tenue chantaient, riaient et buvaient. Dans les alcôves, des couples s'étaient déjà formés, et les gémissements de plaisir venaient ajouter à l'ambiance détendue des lieux.

À peine fut-il assis qu'une autre jeune femme au décolleté absolument féérique vint lui offrir un verre. Très bien, il en aurait besoin pour attendre l'arrivée de Thaïs. Car, en vérité, il ne goûtait guère les réjouissances que les autres hommes trouvaient en ces lieux.

La première fois qu'il y était venu, c'était avec son père, qui estimait devoir l'initier aux plaisirs masculins de la bonne société. S'il n'avait pas rencontré Thaïs, il ne serait jamais revenu de son plein gré.

Mais quand son regard avait croisé celui, noir et incandescent, de la belle métisse, il n'avait pu résister et avait sombré dans leur abîme profond. Depuis, il revenait de façon régulière, comme pour s'octroyer une bouffée d'oxygène nécessaire à sa survie.

Oh, certes, il ne s'illusionnait pas sur les activités de sa belle lorsqu'il ne se montrait pas. Mais il savait que, d'une façon inexplicable, un lien fort les unissait. Et ce lien ne tenait pas uniquement aux quelques billets dont il se délestait à chacune de ses visites.

— Monsieur, Thaïs vous fait dire qu'elle vous rejoindra dans quelques instants.

Il hocha la tête, masquant difficilement son impatience. Le regard dans le vague, il se laissa aller contre le dossier de son fauteuil, buvant à petites gorgées.

Quand, soudain, un silence admiratif s'installa dans le grand salon, il sut que Thaïs avait fait son apparition. Elle avait beau travailler depuis quelques années dans cette maison close, sa réputation ne s'était jamais ternie, à l'image de sa beauté.

Avec lenteur, Alfred détacha ses yeux du verre dans lequel il faisait tourner un liquide ambré. Il aimait, à chaque fois, prendre le temps de la découvrir. Et, comme à chaque fois, son cœur suspendit sa course face à la grâce et à la puissance que dégageait le corps félin de Thaïs.

Tout d'abord, son regard s'attacha à ses pieds fins, à la peau brune et toujours nue, qui dépassaient sous la longue robe de soie rouge qui vêtait son corps aux rondeurs affolantes. Puis il remonta jusqu'à ses hanches girondes, son ventre légèrement rebondi, puis à son opulente et généreuse poitrine. Il s'attarda sur ses bras ronds, enserrés par de lourds bracelets d'or mimant des serpents plus vrais que nature. Enfin, il découvrit son visage, et une douce chaleur naquit dans son ventre.

Qu'elle était belle, Thaïs ! Avec ses yeux plus noirs que les enfers, sa peau mate et veloutée et sa lourde chevelure, comme douée de vie, on aurait dit une déesse grecque.

D'un pas assuré, elle se dirigea vers lui. La façon dont elle le regardait… Il se sentait enfin unique, remarquable, aimable ! Voilà pourquoi il avait besoin d'elle ! Sa beauté, oui, mais le sentiment qu'elle lui donnait d'être en vie…

— Thaïs… murmura-t-il, déjà à bout de souffle, alors qu'il ne l'avait pas encore touchée.

Elle tendit ses doigts vers lui et, enfin, il put les effleurer. Il en aurait pleuré de gratitude.

— Alfred… Tu n'as pas l'air d'aller bien.

Elle avait l'air sincèrement inquiète et le couvait de son regard de braise. D'aucuns auraient pu se sentir repoussés par les origines créoles de la belle, mais lui adorait la chaleur de sa carnation et le velours de ses yeux. Et quand elle le caressait…

Il ferma les yeux. Il ne pouvait se permettre de se comporter comme un animal. Malgré le désir qu'il éprouvait pour la fille de joie, il ne voulait pas oublier qu'elle était bien plus que cela.

— Tu sais, se contenta-t-il de répondre.

— Oui, les rumeurs se faufilent partout, même en ces lieux clos, lui répondit Thaïs. Veux-tu monter ?

Il acquiesça et la suivit dans les escaliers tapissés de rouge. Thaïs possédait une petite chambre sous les toits. Elle aurait pu prétendre à la plus belle des suites au sein de l'établissement, mais elle n'avait jamais souhaité déménager. Elle disait se sentir bien, dans sa chambre de bonne, à l'abri des regards et des dangers. Alfred n'avait jamais osé lui demander ce qui lui faisait peur. Il aurait aimé la protéger, mais il savait ne pas être un preux chevalier. Il n'était qu'un héritier aux doigts blancs et au cœur lourd.

Une fois qu'ils eurent pénétré dans la petite chambre, Thaïs referma la porte sur eux en douceur. Mais quand elle se tourna vers lui, il ne put ignorer la lueur coquine qui animait son regard de velours. Comme à chaque fois, cela lui fit l'effet d'une décharge d'adrénaline, et il en oublia même sa perte récente et ses soucis.

D'un pas, il réduisit l'espace qui les séparait, enlaça sa taille souple et s'empara de sa bouche, plus douce encore que de la soie.

— Thaïs, gronda-t-il entre ses lèvres, tandis que le désir se levait en lui comme une libération.

Elle posa ses doigts sur sa poitrine et, d'un geste mutin, le poussa en arrière pour le faire tomber sur sa couche. Elle resta là un instant, à l'observer entre ses yeux mi-clos, puis elle fondit sur lui pour le couvrir de baisers.

CHAPITRE 4

D'un bloc, nous nous retournons toutes les trois.

— Némésis, aboie Meg.

— Que fais-tu ici ? feule Alex.

— Salut, je pépie.

Il faut que je me renseigne absolument sur le cri que fait le furet, si jamais je me décide à aller en chercher un dans cette petite boutique que nous avons vue sur le trajet. En plus, c'est facile, il me suffit de poser la question à Meg et son Wiki.

Mais ce n'est pas le moment, donc je reporte mon attention sur Némésis. Dans d'autres circonstances, j'aurais pu être ravie de la revoir. C'est vrai quoi, on se côtoie depuis l'enfance du monde, nous ne sommes pas des inconnues. Alors, oui, c'est une connasse invivable et imbue d'elle-même, et ce n'est pas avec elle que j'irais faire les boutiques pour me trouver des chaussons licornes, mais, malgré tout, on a partagé des choses, et nous avons l'immortalité en commun. C'est pas rien, non ?

Mais maintenant que je sais qu'elle s'en est prise à Alex, puis à Meg, et qu'elle s'en serait volontiers prise à moi, les choses sont différentes. Il semblerait aussi qu'elle se soit attaquée à d'autres immortels, ce qui expliquerait notre démographie en chute libre sur les derniers siècles.

Némésis s'avance vers nous. Je dois admettre qu'elle est superbe, dans un ensemble jupe-tailleur gris anthracite, taillé dans un tissu de premier choix. Elle est juchée sur des escarpins noirs et vernis. Le sol caillouteux ne semble clairement pas la déranger, elle. Et aucun diablotin ne vient s'en prendre à ses bas de soie. Noooon, ils restent planqués derrière leurs petits cailloux, les salopiauds.

— Bonjour, mesdemoiselles. Je suis enchantée de vous revoir ici. J'ai cru comprendre que vous aviez connu quelques désagréments au check-point précédent. J'espère que vous pardonnerez l'inexpérience de mes agents. Nous testons un tout nouveau mode de fonctionnement. Ce n'est pas facile, après des siècles de… désordre.

Némésis secoue la tête d'un air vaguement dégoûté. Manifestement, l'ancienne organisation de l'Érèbe ne devait pas lui plaire des masses.

— Qu'est-ce que tu fous ici ? lui balance Meg, directement dans les dents.

— Je vis ici, désormais.

— Comment ça, « tu vis ici » ? reprend Alex, l'air soupçonneux.

— Mais oui, tu ne le savais donc pas ? Ah, cet Hadès ! Il est tellement tête en l'air… Je lui avais pourtant demandé de vous prévenir, je pensais bien que ça vous ferait un choc, après nos… Comment pourrais-je dire ?

— Après que tu as essayé de nous tuer ?

— Mégère, Mégère… tu as toujours eu cette faculté incroyable à faire un drame de tout… Nous avons simplement eu un différend… Mais ce genre de choses se règlent tout à fait aisément, entre divinités civilisées, non ?

— Généralement, ça se finit avec un immortel transformé en platane, cette histoire, tu le sais, Némésis.

La belle brune agite une main à la blancheur parfaite et aux ongles peints d'un rouge couleur sang frais.

— Encore une fois, vous exagérez. Allez, venez. Je vais vous montrer mes dernières innovations.

Mais Alex refuse de bouger.

— Je ne comprends pas. Qu'est-ce que c'est que cette histoire ? De quel droit apportes-tu des modifications dans le royaume de mon père ?

— Mais parce que je suis chez moi, ici, désormais ! Combien de fois vas-tu me le faire répéter ? lui répond Némésis avec un délicieux rire de gorge.

— Au mieux, tu es une invitée, encore que je m'interroge sur le plaisir que peut avoir mon père de supporter ta présence malveillante…

— Ton père ? Hadès ? Sais-tu que tu parles de mon futur époux ?

Je n'ai pas encore dit un mot, et je le regrette. Je viens de me prendre un tel coup de massue que je ne vois pas ce que je pourrais ajouter à ça. À mes côtés, Meg et Alex sont tout aussi ébahies. Atterrées, même.

— Allez, cessez de faire vos oies blanches et suivez-moi. Enfin, ce n'est quand même pas une surprise d'apprendre que Hadès et Perséphone ne se sont jamais si bien entendus que ça…

D'une voix faiblarde et tremblante, je tente une remarque :

— Enfin, ils ont eu trois enfants, ce n'est pas rien…

— Oh, ça… me répond Némésis en gloussant. C'est un détail, ma chérie. Rien de plus.

Je regarde les deux autres détails qui me servent de sœurs et hausse les épaules. J'avoue, je suis bluffée. On nous a traitées de beaucoup de choses durant notre longue vie, de Furies, de Chiennes d'Hadès, et même de Bienveillantes, c'est dire que parfois c'est allé loin, mais alors de « détails », jamais.

— Oh, je vois que je vous ai choquées. Je voulais simplement dire que se reproduire est à la portée du premier venu. C'est d'ailleurs pour ça que je n'ai jamais donné la vie. Mais récemment, l'instinct maternel m'a rattrapée…

— Si tu comptes jouer à la poupée avec nous, Nem, c'est mort, je te préviens. Je n'ai jamais aimé qu'on me fasse des tresses, grogne Meg.

— Je ne sais pas pour quelles raisons notre père a décidé de t'épouser, mais sache que ça ne change rien entre nous, renchérit Alex.

— Ne vous inquiétez pas. J'ai trouvé bien mieux que vous trois pour me servir d'héritier.

Sur ces mystérieuses paroles, Némésis se détourne de nous. Bien trop absorbée par notre conversation, je ne m'étais pas aperçue que notre vieille ennemie n'était pas venue à pied. Non loin de là, juste de l'autre côté de la fameuse frontière, nous attend un véhicule rutilant, aux vitres teintées.

La portière s'ouvre à son approche, et elle se glisse avec grâce dans l'habitacle, nous faisant signe de la suivre.

Nous nous jetons un regard suspicieux.

— Je crois qu'on n'a pas le choix, finit par soupirer Alex.

— J'aime pas ça, regrogne Meg.

Je crois que, vu la journée que nous passons, elle va rester bloquée sur ce mode de communication. Ce n'est déjà pas facile de parler avec elle au quotidien, mais alors là…

— Allons-y, dis-je en m'obligeant à afficher un grand sourire réjoui.

— Pourquoi tu souris ? me demande Alex.

— Parce que je crois beaucoup à la force de l'autopersuasion.

— Mmmh. Et là, donc, tu tentes de te persuader que tu vas passer un merveilleux moment à boire le thé avec ta nouvelle belle-mère ?

— Oh… non. Mais c'est toujours mieux que de faire la gueule, vous ne croyez pas ?

— Pas sûre, me balance Meg.

— Bon, et puis, pour Daddy ? Après tout, on ne sait pas, peut-être qu'il est tombé amoureux pour de vrai ?

Mes deux sœurs me regardent comme si j'avais pris un coup de soleil sur le crâne.

— Ben quoi ?

— Hadès… amoureux de Némésis ? Non, mais tu te rends compte des bêtises que tu dis ?

Pour un peu, je pourrais presque me mettre en colère. Si elles passent leur temps à me donner tort ou à se foutre de moi, autant que je retourne en stase pour faire des rêves en paillettes.

Du coup, je leur passe devant d'un pas déterminé, traverse la clôture sans aucune difficulté, puis m'engouffre dans la voiture de maître de Némésis.

— Tu as toujours été la plus raisonnable des trois, me susurre-t-elle.

— Absolument pas. Moi, je suis l'optimiste. Si j'étais raisonnable, je ne serais pas montée dans cette voiture et je t'aurais pété la tronche.

Au moins, j'aurais eu la satisfaction de lui faire fermer sa bouche. Il est peut-être temps que je m'affirme un peu plus.

Une nouvelle surprise nous attend au palais.

L'ensemble architectural n'a absolument plus rien à voir avec celui de notre enfance. Enfin, de notre immortalité, quoi.

La charmante petite chose aux tourelles blanches et scintillantes a laissé la place à un énorme cube noire aux arêtes nettes et tranchantes. Un escalier monumental, d'un gris sombre, mène à une simple porte ouverte dans la paroi lisse du bâtiment.

— C'est… commence Alex.

— Intéressant ? je lui réponds.

— Concept, tranche Meg.

— Parfait, s'extasie Némésis, avec des étoiles dans les yeux face à son œuvre.

Nous la suivons sur les marches qui mènent au nouveau palais infernal. Je les trouve très étranges. On n'a pas l'impression qu'elles sont si nombreuses que ça, et pourtant, une fois qu'on en a commencé l'ascension, on n'en voit plus le bout.

— Euh… Némésis ? Tu veux bien arrêter tes conneries, s'il te plaît ? finit par demander Meg, complètement essoufflée.

La pauvre, elle n'a jamais trop aimé faire de l'exercice. Et alors, depuis qu'elle a découvert la télé, je crois que c'est encore pire. Elle passe des heures entières vautrée dans le canapé avec Moisi sur les genoux.

— Ça ne vous plaît pas ? Moi, j'en suis plutôt fière, je dois dire… glousse Némésis. Mais d'accord, puisque vous insistez…

Elle claque des doigts, et les marches de l'escalier cessent de faire n'importe quoi. Rapidement, nous entrons dans le palais. Le hall est tout aussi impressionnant que l'extérieur. Enfin… Si tant est que le vide puisse être impressionnant.

Ça manque un peu de déco, non ? je souffle à Alex.

— On lui enverra le numéro de notre artisan.

Némésis nous foudroie du regard. Oupsie.

— Vous rigolerez moins, dans pas longtemps…

Elle n'a peut-être pas tort. Nous fermons nos grandes bouches et la suivons à nouveau. Mais je ne peux m'empêcher de soupirer à chaque nouveau corridor dans lequel nous nous engouffrons. Ces lieux sont d'une tristesse… Tout se ressemble, tout est gris ou noir, terne, morose, déprimant. Ça manque de paillettes, ça, c'est une certitude.

Et puis, comment se retrouver dans ce dédale ? Je serais bien incapable de retrouver le jardin de pierres précieuses de Perséphone. À moins que…

— Le jardin de ma mère ?

Les mots sont sortis de ma bouche sans que je puisse les retenir.

— Oui ? Eh bien ?

— Tu ne l'as pas fait détruire, j'espère ?

— Cette horreur ? Non, pas encore, mais c'est dans mes projets.

Je serre les poings. Je sais que ce jardin ne fait pas l'unanimité. Mais pour moi, il représente toutes nos valeurs familiales, tout ce que nous avons de dysfonctionnel, et ça, c'est précieux. Oui, les dysfonctionnements de notre famille m'importent. Et alors ? J'aime nos défauts. J'aime nos failles et nos fragilités. Elles sont ce qui nous rend uniques. Bien plus que l'immortalité ou notre nature divine. Dans ce jardin figé à jamais, nous nous sommes tant de fois réunis, nous nous sommes tant de fois disputés, insultés, déchirés. Mais toujours, toujours, nous nous y sommes retrouvés autour d'un verre d'orangeade. Ou de whisky, pour Meg.

Enfin, nous arrivons devant les appartements de Daddy. Mais là, une terrible déconvenue nous attend aussi. Les portes sont ouvertes aux quatre vents, et ce que nous apercevons nous sidère.

— Tu as redécoré les appartements de Daddy… souffle Alex.

— Oui. Cette espèce d'ambiance hyper masculiniste était insupportable, vous n'êtes pas d'accord avec moi ? Toutes ces valeurs patriarcales, condensées dans quelques meubles, ce n'est plus possible, à notre époque.

— Tu te rends bien compte que même Perséphone n'avait jamais osé ? explose Meg, qui finalement se tourne vers moi pour me prendre à partie. Et toi, tu ne dis rien ?

Je hausse les épaules. Je suis très forte à ce jeu-là.

— Ce n'est que de la déco, les filles. Mais bon, si vous voulez mon avis, ça manque de couleurs vives. On se croirait dans un tombeau, ou alors qu'un sociopathe dépressif s'est lâché sur la collection hiver 2030 d'Ikea.

Némésis lève les yeux au ciel. Je savais bien que j'allais l'énerver, avec mon histoire de couleur.

— C'est moi qui ai supervisé la déco de cette aile, et je ne suis absolument pas sociopathe.

J'entends Meg grommeler non loin de moi, et je grimace.

— Oui, Mégère ? Tu as quelque chose à dire ? grince notre bonne vieille déesse de la vengeance.

— Je te donnais raison. Sociopathe n'est clairement pas le terme que j'aurais choisi pour te déf…

Heureusement, Alex réagit à temps et lui balance un coup de coude dans les côtes. Enfin presque.

— Hey, mais fais gaffe, j'ai failli me prendre ton coude en pleine poire ! Je fais pas un mètre quatre-vingt, moi.

Mais Némésis s'impatiente ; elle n'a jamais été fan de nos pitreries, finalement.

— Allez, venez. Votre père vous attend.

Une angoisse sourde s'abat alors sur nous, et nous nous avançons dans l'espace lisse et vide qui nous entoure. Où sont passés les fauteuils en cuir, la cheminée, et tout le tralala qui nous donnaient la sensation de plonger directement dans les bras de notre père adoré ?

En parlant de père adoré… Il se tient assis, face à nous, sur un trône de marbre noir et veiné de rouge.

— Ah, oui, voilà. Parfait, ça, le marbre. Parfait, parfait, ironise Meg.

Mais j'entends bien que sa gorge est serrée. Toutes les trois, nous nous rendons compte que quelque chose cloche. Daddy-Chou n'est carrément pas dans son état normal.

Alex s'avance, avec lenteur.

— Daddy ? Ça va ?

Pas de réponse. Un frisson me remonte l'échine. Je suis une éternelle optimiste, ou en tout cas, j'en ai l'air, mais là, je commence sérieusement à flipper.

Je me contiens comme je peux, mais Meg explose.

— Bordel, Nem, tu lui as fait quoi ?

— Mais rien ! Rien du tout ! Enfin… Il était tellement stressé, mon petit Hadès. Vous et votre mère, vous lui avez causé bien du souci. Mais là, il est bien. Je lui ai débarrassé l'esprit de tout ce qui l'encombrait.

— Tu en as fait un légume, oui !

— Un légume, tout de suite les grands mots… Vous ne vous rendez pas compte, vous. Des millénaires que vous jouez les grosses vilaines parmi les humains. Est-ce que vous avez seulement idée de la pression que ça représente, hein, Dieu de l'Érèbe ? Compter les âmes, les répartir, gérer les juges des Enfers, s'occuper des doléances des uns et des autres, quand c'est pas un humain qui décide de venir chercher sa petite copine sur les Prés d'Asphodèle en jouant de la musique… Regardez donc comme il a l'air reposé !

Mes yeux se détournent à grand-peine de mon père, prostré sur son trône. Il a presque l'air petit et fragile, comme ça, avec ses longs cheveux blancs encadrant son visage brun. Je fixe Némésis, me demandant quelle est la probabilité qu'elle croie à ses propres mensonges.

OK. Probabilité nulle. Je vois bien la lueur cruelle dans son regard. Elle se fout de nous en jouant les innocentes.

— Te fatigue pas, Némésis. On ne te croit pas une seconde. Qu'est-ce que tu veux ?

— Hou ! La gentille Tisiphone montre les dents ! Aurais-tu donc un peu de personnalité ? Comme c'est intéressant…

— Fiche lui la paix, énonce froidement Alex.

— Ah, elle a donc toujours besoin de ses sœurs pour la défendre, j'avais oublié…

— Bon, arrête, répète Alex. Tu as gagné. Qu'est-ce que tu attends de nous, à présent, pour libérer Hadès ?

— Libérer Hadès ? Mais comme tu viens de le dire, j'ai gagné. Il n'y a rien que vous puissiez faire pour que je le laisse reprendre sa place. Je suis la nouvelle souveraine de l'Érèbe et, bientôt, j'étendrai mon pouvoir sur le monde des vivants.

— Oui, toujours le même délire, quoi, la coupe Meg.

— Tout à fait, acquiesce notre ennemie. Mais maintenant…

— Maintenant quoi ?

— Certains paramètres ont changé.

— Lesquels ?

Meg s'impatiente. Elle n'a jamais aimé les chemins détournés. Némésis adore ça, par contre.

— J'ai un héritier, quelqu'un qui partagera le pouvoir avec moi. Je me vois bien rester ici, et le laisser s'occuper de la surface…

— Oh merde. Quelqu'un a accepté de s'envoyer en l'air avec toi ?

La boutade de Meg a au moins le mérite de faire frémir Némésis de dégoût.

— Non, sûrement pas. Les relations charnelles sont… dégradantes. J'ai *adopté*.

— Tu as quoi ?

— J'ai adopté.

— Honhon. Merveilleux. Ben, on va te laisser pouponner alors, hein.

Meg tourne les talons. Ses boots crissent bizarrement sur le sol de marbre. Je ne peux m'empêcher de me dire que le marbre noir, finalement, c'est pas une si mauvaise idée. Moins de traces, tout ça…

— MÉGÈRE, RESTE LÀ.

La puissance de la voix de Némésis nous souffle. Punaise, je n'arrive pas à me faire à l'idée de ses nouveaux pouvoirs. Elle en a encore plus que lorsque je suis partie en stase, il y a un peu moins de deux cents ans.

— Tu ne veux pas que je te présente ton demi-frère ?

— Nan, c'est bon. T'es complètement siphonnée, ma pauvre.

— RETOURNE-TOI !

Cette fois, ma sœur n'a pas le choix. Avec une grimace douloureuse, elle fait à nouveau face à notre nouvelle belle-mère, qui claque des doigts avec élégance. Elle a plaqué un sourire poli sur son visage aux traits marmoréens. La parfaite hôtesse de maison, qui s'envoie du chardonnay en cachette en se livrant à de vilaines petites manigances. Pendant ce temps-là, Daddy-Chou bave toujours sur son trône.

Juste à ses côtés, dans un déploiement un peu too much de fumées rougeâtres, apparaît une silhouette athlétique. Elle a adopté un grand bébé, dis donc.

À mes côtés, je sens Alex qui retient sa respiration, puis j'entends Meg lâcher un hoquet d'horreur, alors que les volutes épaisses se dissipent pour laisser apparaître un homme au corps parfait et au visage avenant.

— Léo ! crie Alex.

Ah. Mince. Je ne l'avais pas reconnu. Faut dire que j'avais à peine eu le temps de le voir, avant qu'il se fasse enlever par notre très chère Némésis.

Comment ai-je pu ne pas remarquer qu'il était aussi beau garçon, ce Léo ?

INTERMÈDE

1861, Paris, dans la maison close Les secrets de Perséphone

Alfred gisait sur le dos. Il se sentait bien. Si bien. Lovée contre lui, Thaïs respirait doucement. Comme toujours, elle avait su trouver les gestes pour apaiser ses angoisses et ses peines. Était-elle donc magicienne ?

— Comment allez-vous faire, alors ? murmura la jeune femme, alors qu'il venait de lui exposer ses difficultés familiales.

— Mère veut que nous reprenions, Jules et moi, les affaires de notre père.

— Les affaires ? Mais n'êtes-vous pas ruinés ?

Cela aussi, c'était Thaïs. Elle ne s'embarrassait jamais de vaines formulations et exprimait sans crainte ses pensées.

— Nous sommes ruinés, oui. Mais Mère possède un collier hors de prix, un véritable joyau, qu'elle se propose de vendre. Et ensuite…

— Et ensuite, quoi ?

— Elle dit qu'elle partira. Je crois que toute cette histoire l'a profondément affectée.

— Elle vient de perdre son mari…

— Et toutes ses illusions.

— Oui. Laisse-la partir. Elle mérite un peu de paix et de tranquillité. Mais dis-moi, ce collier…

— C'est un collier qui est dans la famille de mon père depuis des générations. Une véritable horreur, si tu veux mon avis. Mon père l'a offert à ma mère pour leurs noces, et depuis, elle ne le quitte presque jamais. Je suis surpris, d'ailleurs, qu'elle accepte de s'en débarrasser.

— C'est peut-être aussi une façon pour elle de tourner la page.

— Oui, j'imagine…

Alfred resta un long moment silencieux, son regard se perdait dans les ombres de la petite chambre de Thaïs. De loin, les bruits que faisaient les clients de la maison close lui parvenaient, mélange de rires, de cris de joie, de verres qui s'entrechoquent, mais aussi de gémissements de plaisir provenant des chambres voisines. Il se sentait bien, là, comme dans un cocon protecteur. Mais il était temps pour lui de retrouver le froid des rues parisiennes et de regagner son foyer et ses responsabilités. En soupirant, il se dégagea des bras si doux de son amante.

— Tu t'en vas déjà ? chuchota-t-elle.

— Oui, dit-il en l'embrassant avec douceur. J'ai encore beaucoup de choses à voir pour la succession. Il faut aussi que je trouve un acheteur pour ce maudit collier…

Tandis qu'il se rhabillait, sa peau blanche chatoyant sous les rayons de la lune pleine, Thaïs resta silencieuse. Longtemps après le départ d'Alfred Thébin, elle resta immobile, sombre et pensive.

Ce collier ne pouvait être vendu. Elle devrait s'en assurer, sous peine de voir tous ses efforts produits ces derniers siècles annihilés.

CHAPITRE 5

Durant tout le trajet du retour, je ne dis rien.

Mes sœurs non plus.

Clairement, nous avons du grain à moudre. À ce sujet, je pourrais soumettre cette expression à Meg, je suis sûre que ça ferait plaisir à Wiki d'avoir un peu de boulot.

Toute Chienne d'Hadès que je suis, j'ai mal aux pieds. Mes sandales à talons ont vécu et sont bonnes pour la poubelle. Je ne sais même pas pourquoi j'attends, en fait.

Alors que nous croisons un container à l'odeur pénétrante, je les ôte et les balance.

— Tu vas rentrer pieds nus ? T'es sûre de toi ? me demande Alex, un air clairement réprobateur affiché sur son si joli visage.

— Et pourquoi pas ? Elles sont foutues, de toute façon.

— Je ne sais pas si tu as la moindre idée des saloperies que tu pourrais choper en marchant sans chaussures en plein Paris…

— Alex, lâche-la, c'est pas demain qu'une immortelle va clamser d'une verrue ou d'une coupure sous la voûte plantaire.

— Oui, mais…

— Mais elle se lavera les pieds avant d'entrer dans la maison, ça te rassure, comme ça ?

Alex opine du chef. Un instant, j'ai cru qu'elle s'inquiétait de ma santé. Mais non, c'est pas le genre. Même si Meg m'a dit que je devais être particulièrement gentille avec elle, parce qu'elle avait beaucoup souffert de notre absence. J'ai du mal à y croire, mais c'est peut-être parce que je suis un peu d'humeur chagrine, depuis notre visite au palais.

Le souvenir du regard vide de Daddy-Chou me revient. C'est à peine s'il a semblé nous reconnaître. Il a bavouillé un peu sur son trône pendant que Némésis, sa nouvelle femme, nous expliquait comment elle avait décidé de réformer les Enfers, à grands coups de circulaires officielles et de décrets administratifs.

Je crois qu'à elle seule, Némésis a réussi à rendre encore plus odieux le séjour éternel des âmes. Son imagination est sans bornes. Au lieu d'être fixés sur leur sort dès leur arrivée dans l'Érèbe, les morts se mettront en quête du bon formulaire pour les délivrer de cette attente infinie. Mais, évidemment, ce formulaire n'existe pas. Ils erreront donc de postes-frontière en bâtiments administratifs, accumulant frustration et découragement, pour les siècles des siècles.

Diabolique.

Tout comme son adoption de Léo, d'ailleurs.

Une fois que nous avons compris que nous ne pourrions rien tirer de notre père, c'est sur lui que nous avons reporté toute notre attention.

Il semble très en forme. Au souvenir de son physique particulièrement avantageux, j'ai envie d'ajouter « très très très ».

Mais peut-être que presque deux siècles de stase, et donc d'abstinence, ont un peu brouillé mes sens. J'avoue qu'en le voyant évoluer autour de trône de marbre d'Hadès, il m'est venu quelques bouffées de chaleur. Peut-être même qu'un léger ronronnement m'est remonté dans la gorge quand il s'est passé la main dans ses jolis cheveux blonds. J'ai tout fait pour cacher mon trouble, car je ne suis pas sûre que mes sœurs apprécieraient mon soudain désir pour leur ami, aujourd'hui ennemi.

Alors que nous reprenons notre chemin dans les rues encombrées, je jette un coup d'œil à mes sœurs. J'ai bien l'impression qu'il y a un dossier « Léo », tout de même. Je n'ai pas grand-chose à craindre de Meg, qui est à la colle avec la pétillante Julia. Mais se pourrait-il qu'Alex se soit mise à fricoter avec des humains ? Elle que j'ai toujours connue si chaste…

Je ne peux m'empêcher de poser la question.

— Alex ?

— Mmmh ?

— Est-ce que Léo et toi, vous…

Meg s'étouffe à moitié, juste à côté de moi. Je sens bien qu'elle brûle d'intervenir, mais qu'elle se retient.

— Léo et moi, quoi ?

— Enfin, je veux dire… Vous… Enfin, tu vois, quoi…

— Non, je ne vois pas du tout.

Houlala, ma grande sœur a pris sa voix d'iceberg. Et l'iceberg menace de me percuter de plein fouet, façon *Titanic*. Au désespoir, je finis par battre en retraite.

— Ah. OK. Très bien.

Je baisse les yeux, mais entends malgré tout Meg glousser comme la vilaine hyène qu'elle est. Elle ne perd rien pour attendre, celle-là. J'irai l'interroger dès que possible. Je veux savoir si le beau Léo est sur le marché ou pas. Et tant pis si l'air indifférent qu'il a affiché à notre vue n'est pas de bon augure.

— De toute façon, continue Alex, il est un peu comme un membre de la famille maintenant, non ?

— QUOI ?

Cette fois, Meg n'a pas pu se retenir.

— Ben oui, je veux dire… Némésis l'a adopté et en a fait son héritier. Et Daddy va épouser Némésis. Du coup…

— Alors, première chose, l'union Daddy-Némésis n'est pas encore officielle, et il est hors de question qu'on laisse faire ! Enfin, Alex… Tu déconnes, là…

Meg n'a pas tort. On ne peut pas laisser faire. Une fois que Némésis aura effectivement la mainmise sur les Enfers et sur Daddy, elle aura quasiment des pouvoirs illimités. Et nous avons beau être puissantes, toutes les trois, je doute que nous puissions lui tenir tête lorsqu'elle décidera de s'en prendre à nouveau au monde des humains. Car son ambition est sans limites, et nous le savons.

— Et que veux-tu faire, Meg ?

Le ton d'Alex est las. Je la regarde discrètement, constate ses cernes sombres, tranchant sur sa peau pâle, et son air égaré. Se pourrait-il que Meg ait raison ? Qu'Alex soit bien plus sensible que je ne l'imaginais ?

Nous sommes à présent devant la porte d'entrée de notre maison. Tandis qu'Alex cherche les clefs dans ses poches, je frotte mes pieds sur le paillasson, sur lequel se dessinent les lettres du mot « BIENVENUE ». C'est que nous avons le sens de l'accueil, quand nous le souhaitons. Ou peut-être qu'il n'y avait que ce modèle en stock, au moment de l'achat.

Alors que je m'apprête à suivre mes sœurs à l'intérieur, Alex m'arrête d'une main sur la poitrine.

— Tu restes là.

— Mais…

— Tu. Restes. Là.

— Euh… OK.

Heureusement, Moisi vient me tenir compagnie. Il est mignon, ce toutou. Toujours plein de bonne humeur, toujours prêt à la léchouille et aux gratouillages de bidou. Pas comme cette pimbêche de Bloody Hell. Elle est toujours en train de nous surveiller derrière ses yeux mi-clos, toujours prête à assener un petit coup de griffes vicelard.

J'ai hâte d'avoir mon propre animal de compagnie. Y a pas de raisons que les petits plaisirs soient toujours pour les autres.

Finalement, Meg m'apporte une bassine d'eau. Elle affiche un vague air d'excuse. En soupirant, je me lave les pieds. Avoir ses deux sœurs bordéliques et deux animaux n'a pas arrangé les manies d'Alex, contrairement à ce que l'on aurait pu espérer.

Une fois que je me suis acquittée de ma mission, je pose enfin mon noir peton dans notre doux foyer. L'idée d'aller vérifier si les travaux ont avancé pendant notre absence m'effleure, mais je pense que ce n'est pas la priorité. D'ailleurs, Alex et Meg sont déjà en train de gentiment se crêper le chignon dans la cuisine.

— Bon. Me voilà. J'ai les pieds propres, je balance en les rejoignant, histoire de calmer leurs ardeurs. On en est où ?

Parce que vraiment, je ne pense pas que nous disputer soit la meilleure option, là, tout de suite.

— Nulle part. Alex ne veut rien faire.

— Comment ça ?

Je regarde la grande blonde qui nous fait face, et ne parvient pas à définir l'expression qui hante ses yeux de glace. De la culpabilité ? Mais pourquoi ?

— C'est trop dangereux, et nous ne sommes pas assez fortes.

— On est trois, et elle est seule.

— Vous avez déjà oublié comment les choses se sont passées la dernière fois ? Si Tess n'était pas arrivée par surprise, c'en était fini de nous. On risque trop gros. Nos vies, déjà, même si ce n'est pas le plus important. Mais aussi celle de Daddy, et celle de Léo.

— Parce que tu crois que les laisser végéter dans l'ombre de Némésis, c'est le mieux pour eux ? s'emporte Meg.

— Ce n'est absolument pas ce que je dis !

— Si, c'est…

Et voilà, ça recommence. Une intense lassitude me gagne. Je n'ai pas envie de jouer le rôle de la médiatrice. J'ai envie d'aller m'allonger et de rêver un peu. Rêver d'arcs-en-ciel, de forêts ombreuses, dans lesquelles s'ébattent des licornes, et puis…

— Tess ? Où tu vas, bordel ?

— Je suis fatiguée.

— Quoi ?

Meg n'en revient pas. Il faut dire qu'en règle générale, nous ne sommes pas trop incommodées par la fatigue. Les miracles de notre singulière génétique.

Alex intervient aussi :

— Tu ne te sens pas bien ? Tu es malade ? Je suis sûre que Némésis est capable d'avoir voulu t'empoisonner !

Ah ah. En m'éloignant, j'ai réussi à les rabibocher dans un même élan d'inquiétude pour moi. Je ne sais pas si je dois en ressentir de la gratitude ou de l'agacement. Du coup, je décide de ressentir les deux.

— Non, les filles. J'ai juste besoin d'être un petit peu seule.

Stupéfaites, elles me regardent sortir de la cuisine avec des yeux ronds.

Rien n'a changé dans ma chambre depuis notre départ pour l'Érèbe. J'en suis un peu déçue, j'avoue. J'avais demandé à ce qu'on repeigne trois de mes murs en blanc et le dernier en rose pailleté. Mais les ouvriers n'ont pas dû venir, aujourd'hui.

Toute la déco que j'ai choisie attend dans un coin de la pièce. Je crois que tant que je n'aurai pas installé mon luminaire à plumes blanches et duveteuses, je ne me sentirai pas chez moi.

Je me laisse tomber de tout mon poids sur le matelas posé dans un coin, roule sur le dos, et mon regard se perd dans les fissures du plafond. J'espère qu'ils ne vont pas oublier de les reboucher. Machinalement, ma main passe sous mon oreiller, retrouve un contact familier. Un contact froid, métallique, presque coupant sur la pulpe tendre de mes doigts.

Ce collier, ce n'est pas n'importe quel bijou. C'est celui que j'ai « hérité » des Thébin. Celui que je n'ai pas pu me résoudre à enterrer avec leur lignée, celui que j'ai serré dans ma main, jusqu'à m'endormir dans ma cuve de stase. Pour toujours, avais-je imaginé.

Mais non, Daddy m'a réveillée, et je suis revenue au monde, avec le collier toujours entre mes doigts. Et personne n'y a prêté attention. C'est pourtant un joyau de pouvoir, forgé par Héphaïstos lui-même, légué de génération en génération, depuis Cadmos et Harmonie. Un joyau de malheur, de souffrance, source éternelle de funestes destins. Il paraît même qu'il pourrait rendre la terre stérile.

Je me souviens que Némésis le voulait. Elle le voulait vraiment. À l'époque, je n'avais pas compris pourquoi. Mais aujourd'hui, je réalise que sa quête de pouvoir était déjà lancée. Que dirait-elle aujourd'hui si elle savait cet artefact en ma possession ? Et que diraient mes sœurs ?

Je soupire, passe une main lasse sur mon visage. Je n'ai pas tellement menti en prétextant la fatigue. Mon bel enthousiasme est en train de s'effriter. Après mon réveil de stase, j'ai à peine eu le temps de voir Daddy. Je me suis précipitée au secours de mes sœurs. Mais je le regrette presque, à présent. Qui sait si je retrouverai un jour mon père ?

Et Perséphone ? Où est-elle passée ? Je connais bien les travers de ma mère, mais cela ne lui ressemble pas de baisser les bras devant l'adversité. Est-elle seulement au courant de la situation ? Cela me paraît peu probable. Si elle avait eu vent d'une prétendue aventure entre Hadès et Némésis, elle aurait rappliqué vite fait en mode femme bafouée pour jouer l'outrage. Et alors là, nul doute que tout le cosmos s'en serait retrouvé sens dessus dessous.

Non, Perséphone ne peut pas être au courant. Ou alors, peut-être que Némésis l'a emprisonnée quelque part ? Mince, on aurait dû vérifier le Tartare. Si ça se trouve, de vilains démons sont en train de torturer notre mère, pendant que Daddy bave sur son trône, que Meg et Alex se déchirent et que moi je rêvasse comme la gourde inutile que je su…

Je me redresse d'un bloc. Machinalement, je passe le collier autour de mon cou.

Perséphone.

Notre mère.

Elle est puissante, très puissante, même si cela ne voit pas trop sous ses airs d'ado attardée et capricieuse.

Elle est peut-être la solution à tous nos problèmes.

D'un bond, je sors de ma chambre.

— Alex ! Meg !

Pas de réponse. Tant pis. Je poursuis ma course et déboule dans le salon.

Aïe.

La situation est pire que je ne l'imaginais.

Mes sœurs sont assises chacune à un bout du canapé, avec leur animal respectif sur les genoux. Et tout ce petit monde se lance des éclairs avec les yeux, façon Zeus Revival.

— Euh… On joue à un nouveau jeu ? je tente pour détendre l'atmosphère. Une sorte de « Je te tiens, tu me tiens par la barbichette… » ?

— En quelque sorte. Mais je ne suis pas sûre que le gage soit une tapette.

Ouch. Je n'aurais pas dû les laisser seules plus de cinq minutes. Un instant, je me demande ce qu'elles auraient fait si je ne m'étais jamais réveillée de ma stase.

— Bon, écoutez. J'ai eu une idée.

Est-ce qu'elles tourneraient la tête pour me regarder ? Est-ce qu'elles m'accorderaient la moindre attention ? Non, on est d'accord.

Du coup, je fais quelques pas et m'interpose entre elles. Et ça fonctionne, heureusement.

— Il faut retrouver Perséphone.

Bingo. Alex lève ses yeux pâles sur moi, l'air interrogateur. Quant à Meg, elle grimace. Oui, elle a toujours eu des relations conflictuelles avec notre diva de mère.

— Deux choses. Que fais-tu avec cette antiquité autour du cou ? Et que vient donc faire Perséphone dans cette histoire ? me demande Alex.

— Ben, elle est grave concernée. Je veux dire, Némésis vient de lui piquer son mari et son titre de reine des Enfers. C'est pas rien, quand même.

— Le collier, Tess.

— Oh, ça... Je ne sais pas, je n'y ai pas réfléchi.

— Ce n'est pas une bonne idée, tu dois laisser le passé derrière toi. Ressasser ce qui s'est passé avec les Thébin ne t'apportera rien de bon.

— Je sais...

— Bon, désolée de vous interrompre, mais on parlera quincaillerie plus tard. Pour Perséphone, je sais pas, enchaîne Meg. Après tout, Daddy et elle venaient de se séparer. Là-dessus, Némésis n'a pas tort, ça n'a jamais été la grande entente entre nos chers parents.

— Arrête, Meg. Tu sais très bien que Daddy a toujours été fou de notre mère. Et qu'elle aussi l'aime, même si elle a une drôle de façon de le montrer.

— C'est vrai que se barrer pendant des mois, c'est pas la meilleure façon de paraître aimante, hein.

Je lève les yeux au ciel.

Enfin, bref, on s'en fiche, en fait.

— Ah bon ?

— Oui. Ce qui nous intéresse, finalement, c'est que Perséphone est puissante.

— Moins qu'avant, avec ces histoires de pollution et de réchauffement climatique, elle s'affaiblit en même temps que la Terre... Son pouvoir est intimement lié à l'état de notre monde.

— Moins qu'avant, OK. Mais malgré tout... C'est une déesse majeure. Et j'imagine qu'elle a quelques contacts dans l'Érèbe. Plus que nous aujourd'hui, en tout cas.

Alex hoche la tête. Elle a l'air de suivre mon raisonnement.

— Tu comptes surtout sur une réaction d'orgueil et de jalousie, n'est-ce pas ?

— Tout à fait. Trouvons Perséphone, annonçons-lui la nouvelle, et ensuite, tous aux abris, parce que je suis certaine que ça va dépoter.

À présent, Alex se tapote les lèvres d'un air songeur.

— Bon. C'est pas idiot, j'avoue. Mais où est Perséphone ? Après sa rupture avec Daddy, elle est remontée avec nous. Elle semblait avoir fermement envie de s'incruster dans nos vies, mais pouf ! Elle a disparu sans prévenir.

— C'est vrai que sur le moment, j'ai plutôt été soulagée, intervient Meg. Mais j'avoue que c'est étrange. C'est pas son genre, de manquer une occasion de me faire chier.

— Serait-il possible qu'elle soit retenue quelque part contre son gré ?

Meg acquiesce, semble hésiter à reprendre la parole, puis se lance enfin.

— Il y a un truc… Enfin, on n'a pas vraiment eu le temps d'en parler, après Madeleine…

— Meg, est-ce que c'est le moment de parler de ça ?

— Écoute-moi, Alex. Je pense que ça peut être important. Vous vous souvenez que vous m'avez cherchée pendant longtemps ?

— Oui, dis-je. Il n'y avait aucune trace de vous deux à la surface de cette Terre.

— Eh bien, Némésis nous avait enfermées dans une sorte de… bulle ? Nous n'avions absolument pas conscience qu'elle nous avait soustraites au monde réel. Et regardez ce qu'elle a fait dans la chambre de la mère de Julia…

— Oui, elle nous a projetés dans une zone… Je ne sais même pas comment la qualifier, en fait. Le temps s'y écoulait, mais de façon différente que pour le monde des humains. Et l'espace… Madeleine et moi ne nous sommes jamais aperçues de la supercherie.

— Madeleine était humaine, et toi…

— Alex, j'étais folle amoureuse, certes. Mais tout de même ! Quand j'ai compris ce qu'il s'était passé… Enfin, quand Némésis m'a révélé la vérité, à la mort de Madeleine, c'est comme si le brouillard avait quitté mon esprit. J'ai passé toutes ces années dans une espèce de rêve. Si elle l'a fait pour moi, elle peut l'avoir fait pour Perséphone.

— La soustraire au monde, tu veux dire ?

— Pas forcément. Peut-être qu'elle lui a simplement embrouillé l'esprit et que Perséphone n'a aucune conscience de ce qu'il se passe autour d'elle.

— Ce serait l'option la plus pratique pour nous, je dois avouer. Parce que si Némésis a bel et bien créé une bulle pour emprisonner notre chère génitrice, je ne vois pas comment nous pourrions la retrouver.

Aux mots qu'Alex vient de prononcer, nous ne pouvons qu'acquiescer. Et même si Perséphone n'est pas dans une bulle, la retrouver sur Terre ne sera vraiment pas facile.

Mais Meg semble avoir une idée.

— Alex, tu as les coordonnées de la fondation que gère Perséphone ?

— Oui, j'imagine que je dois avoir ça quelque part…

— OK. Est-ce que tu peux me les trouver ? Je vais les appeler pour découvrir s'ils savent où se trouve leur patronne.

— Et après ?

— Après ?

Meg s'étire, avant de se recaler bien confortablement dans le canapé. Moisi la regarde, légèrement intrigué, se demandant pourquoi elle vient de le déranger si ce n'est pas pour le sortir ou lui donner à manger.

— L'une d'entre nous devra aller la chercher.

Silence. Et même silence pesant. Pas de volontaires, a priori.

— Courte-paille ? lâche Alex au bout de quelques instants.

— Courte-paille, lui répond Meg.

Nous faisons chacune apparaître une tige dans nos mains, puis Alex s'empresse de les réunir. Nous fermons les yeux toutes les trois. Meg en tire une, puis c'est à mon tour. Enfin, nous ouvrons les paupières.

— OK… Bon, je crois que j'ai bien besoin de vacances, maugrée Meg.

Horrifiée, j'ouvre de grands yeux à l'idée que nous soyons de nouveau séparées. De plus, je ne suis pas vraiment pas sûre que ce soit une bonne idée que Meg s'y colle.

— Quoi ? Tu vas partir et nous laisser ?

— C'est bon, Tess. Je ne vous abandonne pas, je pars chercher Perséphone. Je te rappelle que c'était ton idée, au départ. Et puis, tu ne seras pas toute seule. Je te laisse avec Alex.

Autant pour moi et mes envies de renouer avec ma famille. Dès que ça se corse, Meg s'en va et nous abandonne. Et pour aller chercher notre mère indigne, si c'est pas un comble ! Ça me donnerait presque envie de pleurer.

— Et nous, alors, on va faire quoi ? je demande tout de même d'une toute petite voix.

— On pourrait peut-être essayer de faire un petit sondage d'opinion auprès de certains résidents de l'Érèbe ?

— Tu penses à qui en particulier ? l'interrogé-je, même si je me doute de la réponse.

Et cette réponse, d'ailleurs, me met en joie.

— Ben aux trois juges des Enfers, par exemple, et puis il y a Charon, Cerbère… Enfin, je te fais pas la liste complète, hein, tu les connais aussi bien que moi.

Meg, sur ma droite, écarquille de grands yeux.

— Vous voulez dire que vous allez faire la tournée des Grands Ducs sans moi ?

— Ben, pardon, m'enfin toi tu vas explorer l'Asie, ou peut-être le Brésil, ou le Kenya… Va savoir, avec Perséphone… Alors, ça va, on ne va pas rester à se morfondre ici pendant ton absence.

— Ouais, mais quand même…

La suite de sa phrase se perd en grommellements. M'est avis qu'elle risque de bouder un moment, la Mégère. Finalement, quelques mots émergent de cette bouillie verbale.

— Vais emmener Julia, voilà.

Alex saute sur ses jambes.

— Quoi ?

— Je vais emmener Julia. Et t'as rien à me dire. J'ai bien le droit de prendre du bon temps, moi aussi, non ?

— Mais enfin, Meg, tu es totalement inconsciente !

— Pas du tout. Enfin, si, totalement, mais là, je vois pas pourquoi. C'est quoi le problème avec ma copine ?

— Elle est humaine !

— Oui, et alors ? C'est de la discrimination, ce que tu fais, là !

— Ne la mêle pas à cette histoire, c'est dangereux.

— Il me semble que ça ne t'a pas trop dérangée, quand il s'agissait de démasquer Némésis, mmmh ?

— Ce n'était pas pareil. Nous n'avions pas le choix. Là, tu as tout à fait la possibilité de la laisser ici, en sécurité.

Je lève les yeux au ciel. C'est reparti pour un tour. Je me rends compte avec un certain fatalisme que mes deux sœurs parviennent avec une étonnante facilité à me saper mon enthousiasme et ma positive attitude. Comment pourrait-il en être autrement ? Elles ne sont que colère et rancœur. En moi-même, je me fais la promesse de changer tout ça. D'amener un peu de lumière dans leurs yeux, et de leur faire aimer les licornes. Énorme challenge, on est d'accord. Malgré tout, cette perspective me ragaillardit. Et j'écarte la petite voix qui me dit que je cours aussi le risque de devenir comme elles.

— Allez, Alex, lâche-la. Julia est déjà au courant pour nous et nos histoires de famille, de toute façon. Laisse-les profiter un peu. On ne sait pas de quoi demain sera fait.

— Ah ! Parce que tu prends sa défense, maintenant ?

— Pas du tout. Je dis juste qu'il y a des choses plus graves dont nous devons nous préoccuper rapidement. Et Julia est une grande fille. Elle est capable de décider pour elle-même, tu ne crois pas ?

Alex ferme la bouche, mais son regard flamboie de colère. Par contre, Meg exulte. Impossible de satisfaire l'une sans amocher l'autre. De vraies sales gosses.

— Très bien, finit par grincer Alex. Qu'elles y aillent. Je ne perdrai pas mon temps avec ces bêtises.

— Pareil pour moi. Allez vous amuser en Enfer, pendant que je chercherai notre globe-trotteuse de mère.

— Magnifique ! Nous sommes toutes d'accord et…

Et mes deux sœurs se lèvent dans un bel ensemble et quittent le salon d'un pas rageur. Ah, la douceur de la vie de famille…

INTERMÈDE

1861, dans les rues de Paris, à proximité de la demeure familiale des Thébin,

Le froid saisit Jules Thébin à l'instant même où la porte de sa demeure se refermait derrière lui. Il resserra son manteau de laine autour de son torse, baissa la tête et avança d'un pas rapide. Il était sorti à pied, sans vraiment savoir pourquoi, mais espérant que la marche lui éclaircirait les idées. Peine perdue. Une étrange attente le tenaillait, comme si un événement important était sur le point de se produire.

Alors qu'il tournait au coin d'une rue, un choc soudain le fit vaciller. Il tenta de se rattraper maladroitement, s'écorchant la main sur un mur de pierre, et un cri, suivi d'un bruit sourd, retentit non loin de lui.

Il leva la tête pour apercevoir une charmante créature venant d'échouer rudement au sol. Il ne pouvait réellement apercevoir son visage, caché par un large capuchon fourré, mais il fut tout de même soufflé par la grâce qui émanait de la jeune femme. Que faisait-elle donc là, seule, dans une ruelle sombre ?

Aussitôt, il tendit la main pour l'aider à se relever. La jeune femme s'en saisit, et se releva avec élégance malgré sa posture inconfortable.

— Je vous présente mes excuses, belle demoiselle. J'étais perdu dans mes pensées, je n'ai pas fait attention… Êtes-vous blessée ?

C'est alors que la demoiselle releva la tête ; son capuchon glissa le long de sa chevelure de nuit dans laquelle la lune jetait des reflets rouges. Jules, aussitôt, perdit pied dans son regard enténébré. Quand la charmante jeune femme éclata d'un rire cristallin, aussi pur que la nuit qui les entourait, son cœur se mit à battre la chamade.

— Je crois que je me suis foulé une cheville, mais ne vous inquiétez pas, ça va aller. Tout est ma faute, je courais et je ne vous ai pas vu…

— Pourquoi couriez-vous ? Êtes-vous poursuivie ? Que faites-vous seule dehors par une nuit si glaciale ?

La jeune femme secoua la tête.

— Je suis venue rendre visite à une pauvre femme de ma connaissance. Je n'ai pas vu l'heure passer, et la tombée de la nuit m'a surprise. J'ai eu peur et…

— Ne craignez plus rien. Je me nomme Jules Thébin, et je vais prendre soin de vous.

— Enchantée, mon nom est Adria Nemes. Mais je ne veux pas vous importuner… J'ai été sotte, voilà tout…

Adria Nemes… Jules n'avait jamais entendu plus belles sonorités. Adria Nemes… Voilà un nom que l'on pouvait sans peine chanter ou déclamer en poèmes enflammés !

— Non, venez, appuyez-vous sur moi, je vous emmène chez moi, nous ferons venir un médecin pour votre cheville.

— Oh, mais…

— Ne discutez pas. Venez.

Et c'est ainsi que, dans la lumière pure, et peut-être inquiétante, de la lune pleine, Jules Thébin scella son destin, ainsi que celui de toute sa lignée.

CHAPITRE 6

Meg est partie depuis plusieurs jours déjà. Elle et Julia ont fini par retrouver les traces de Perséphone en Afrique, dans un village paumé au beau milieu du désert. Apparemment, notre très chère mère serait en train de planter des arbres.

Nous n'avons pas eu de nouvelles depuis avant-hier. Elles ont dû arriver dans ce fameux village, mais nous ne savons pas encore si Perséphone est emprisonnée dans une bulle, ou si son esprit a simplement été embrumé par les maléfices de Némésis. Je penche largement pour la deuxième option, la première est trop peu vraisemblable.

De notre côté, les choses avancent doucement aussi, mais ne sont pas aussi simples que nous l'aurions souhaité.

— Qu'est-ce qu'on fait alors ? On redescend ? je demande à Alex.

Je suis en train de me peinturlurer les ongles des pieds avec tout un tas de vernis. Je n'arrivais pas à me décider, alors je me suis dit : « Pourquoi choisir ? » Je suis assez contente du résultat. Pour parfaire l'ensemble, je jette mon dévolu sur un top-coat pailleté.

— Ça ne me parait… pas… une bonne idée…

Je lève un œil sur ma sœur. Elle est en train de s'adonner à sa grande passion. Le yoga. Elle est magnifique d'ailleurs, quand elle prend certaines postures. Là, elle s'est figée dans un danseur de toute beauté.

J'ai voulu essayer, moi aussi, après mon retour de stasc. Mais l'équilibre et moi… Après m'être vautrée une bonne dizaine de fois, j'ai décidé que le rôle de spectatrice admirative me seyait bien mieux que celui de yogi en herbe.

Par anticipation, je me lève et marche sur mes talons – pour préserver mes jolis ongles – jusqu'à la cuisine. Alex aura bientôt fini, elle voudra certainement boire son lassi. Oui, je sais, je suis une sœur adorable. Prévenante. Aimante.

En vérité, je m'ennuie comme un rat mort. Les travaux dans ma chambre sont à l'arrêt, du coup, je passe de longues heures à contempler toute la déco que j'achète à chaque fois que je sors. Alex a râlé un peu, d'ailleurs. Il semblerait que nos ressources financières soient limitées. Première nouvelle.

Elle a même parlé de « travail ». Là, j'ai tout de suite compris qu'elle me faisait une blague. Enfin, si elle travaille, c'est juste pour avoir un prétexte à torturer ses victimes. Et je suis sûre que Meg a bossé dans cette fameuse boîte de nuit, *Les Portes de l'Enfer*, pour faire son intéressante. Je ne vois pas d'autres explications.

De toute façon, je ne sais pas bien ce que je pourrais faire, dans la vie. Je veux dire, à part torturer des criminels, je n'ai pas énormément d'aptitudes. Je pourrais peut-être me reconvertir en décoratrice d'intérieur ? Ou alors en prothésiste ongulaire ? Ça doit être chouette, ça, comme boulot. Je suis certaine que cela me plairait beaucoup. Mais, malgré tout, je pense que j'ai beaucoup plus d'expérience dans le domaine du harcèlement et de la torture. Heureusement que nous avons toujours du pain sur la planche dans ce domaine, et que cela m'occupe malgré tout pas mal sur le plan divin. Je regrette simplement que cela n'empiète pas plus sur mon quotidien. Il est loin, le temps où l'on devait se charger de tout, avec mes sœurs…

— Alex, tu le veux à quoi, ton lassi, aujourd'hui ?

— Un classique, à la mangue !

Oui, parce que ma sœur a aussi ses petites exigences. Un jour, c'est vanille, un autre, c'est épices… Et parfois, il lui prend des idées un peu bizarres, niveau alimentation.

Je sors des yaourts végétaux, un lait de soja et commence à peler une belle mangue. L'idée me vient que je pourrais me spécialiser dans la préparation de boissons yogiques. Y a peut-être un créneau à prendre…

Alex a fini sa séance et me rejoint dans la cuisine. Je l'admire encore, à la dérobée. Dans sa tenue à la fois moulante et confortable, elle semble parfaitement à l'aise, totalement intégrée à son époque. Sa beauté intemporelle, bien qu'un peu trop froide à mon goût, est spectaculaire. Et j'aime toujours autant son parfum de sauge. La voir aussi resplendissante me rappelle qu'il y a une discussion que je voulais avoir avec elle.

— Dis, Alex…

— Mmmh…

Elle s'est assise sur le plan de travail et procède à divers étirements. Enfin, je crois. Je ne suis pas bien calée sur le sujet.

— Est ce que… euh… Est-ce que tu…

— Crache ta Valda, Tess. J'aime pas quand tu tournes autour du pot.

— Est-ce que tu as eu quelques amours, depuis que…

— Depuis que tu es partie en stase ? Non, pas du tout.

— Ah…

— Mais pourquoi tu me demandes ça ?

— Bah, je m'intéresse à toi, tu s…

— Arrête ton cinéma, ma belle. Pas de ça entre nous. Qu'est-ce que tu veux savoir, en vrai ?

— Ben, quand on était chez Daddy, et que Némésis nous a présenté son fils adoptif…

— Pas son fils adoptif. Léo.

Son regard d'un bleu translucide a pris des reflets polaires.

— Oui, Léo… Je me suis demandé si…

— Si ?

Rolala, mais elle peut pas se montrer un peu rigolote parfois ? C'est pas possible d'être aussi psychorigide. J'ai l'impression de passer un concours, et que mon examinatrice est la pire des peaux de vache. Je pourrais être en train de me noyer qu'elle continuerait de m'observer, imperturbable, pour voir si je vais avoir l'idée de me rapprocher du rebord. Et si l'idée ne me vient pas, nul doute qu'elle viendra m'enfoncer un peu plus la tête sous l'eau pour juger de la qualité de mes bulles.

— Ah, c'est bon, Alex, laisse tomber.

— Mais je t'écoute, Tess. Je suis même tout ouïe.

— Oui, c'est bien ce qui me gêne.

Une seconde, elle a l'air décontenancée.

— Comment ça ?

— Ben, je sais pas. Tu fais aucun effort pour me mettre à l'aise. Ça a toujours été difficile d'avoir une conversation sérieuse avec toi, mais je crois que ça a encore empiré. Je comprends pourquoi tu n'…

Je m'arrête au dernier moment. J'ai failli aller trop loin. Je suis partisane de dire que toute vérité n'a pas à être énoncée. Surtout dans le cercle familial. Et j'en sais quelque chose, j'en ai vu, des hommes et des femmes se faire assassiner pour un mot de trop, même bien placé.

— Pourquoi je n'ai pas quoi ?

— Vraiment, Alex, laisse tomber. Je n'ai pas envie de parler de ça. C'est pas le moment.

Ma sœur soupire bruyamment dans le silence qui s'est installé entre nous. Je ne sais plus trop où me mettre. Je ne sais plus trop non plus ce que je comptais lui demander. Quelque chose du genre : « hey, si on se sort de toute cette galère, ça t'ennuierait que je me tape ton pote Léo ? Parce que je l'ai trouvé bien mignon, tout de même, et que ça fait longtemps que je ne me suis rien mis sous la dent. »

Mais vraiment, quand j'y repense, c'est tout à fait déplacé comme question, non ? Enfin, je veux dire, on a un peu le monde à sauver. Est-ce vraiment le moment de songer à la bagatelle ?

Je soupire à mon tour, en voyant s'éloigner mes rêves torrides. Soudain, j'envie Meg. Elle a trouvé Julia juste au bon moment. J'ai beau savoir que leur situation est loin d'être facile, car elles ont toutes deux un passif assez lourd, il n'empêche que je contiens à grand-peine une bouffée de jalousie.

Qui finira par mettre des paillettes dans ma vie, hein ? Est-ce qu'on peut éternellement se contenter de chaussons licornes et de robes qui tournent ? Je n'en suis pas certaine, mais il me faudra tout de même faire avec. Et puis, rien n'est figé. Le beau Léo se trouvera probablement encore sur notre route. Notre objectif n'est-il pas en partie de le libérer des griffes de cette connasse de Némésis ? De lui permettre de retrouver sa vie d'avant ? Qui est, je le précise, d'être un charmant vétérinaire exerçant à deux pas de chez nous ? Et, question qui d'un coup prend toute son importance, est-ce qu'un vétérinaire soigne les furets ?

— Bon, OK, finit par dire Alex. Il serait peut-être temps qu'on se bouge. Sinon, Meg va revenir ici avec Perséphone dans ses bagages, et on ne sera pas plus avancées.

— Très bien. Je suis d'accord. Tu as un plan en tête ?

— Pas vraiment. À part contacter discrètement toute la clique de l'Érèbe…

— On passe par Charon ?

— Ouais, ça me paraît pas mal. Mais je n'ai pas trop envie de redescendre, même si c'est pour rester sur la rive du Styx.

— C'est fou que tu sois aussi réfractaire à l'idée de rentrer chez toi, quand même.

— C'est ici, chez moi.

— Ici ? Mais tu y vis depuis quoi ? Quelques décennies, tout au plus ?

— Quand je dis « ici », je veux dire « dans cette époque, dans ce monde, dans cette ville… »

— OK, mais tu en as traversé, des époques. Nous sommes nées avec les hommes, nous les avons vus grandir, faire de belles choses, tout autant que des choses horribles… Ceux que tu côtoies aujourd'hui vont disparaître, leur civilisation va s'effacer, une autre naîtra…

— Oui. Mais ce sera toujours le présent. C'est ça que je veux dire. Avec les humains, on est dans le cœur de l'action. Pas dans un monde illusoire et figé.

— Regarde, l'Érèbe n'est pas si figé que ça. Une Némésis apparaît, et tout est chamboulé…

Alex rit à ma boutade. Je la vois se détendre imperceptiblement, et ça me fait étrangement plaisir. Elle a toujours été froide et distante, mais je trouve que sa carapace s'est encore durcie, depuis mon départ. J'imagine que Meg n'a pas tort, la solitude a dû être si difficile pour elle… Nous avons tout de même été drôlement égoïstes, de l'abandonner comme ça.

Mais je repense aussi aux raisons qui m'ont fait choisir la stase. Les Thébin, leur lignée maudite, et ce que j'ai fait d'horrible pour que cela cesse. Pouvais-je continuer ma mission divine alors que je m'étais laissée aller aux pires agissements ? Même si je sais que je n'avais d'autres choix que d'agir comme je l'ai fait. J'écarte résolument ces pensées. Je ne veux pas penser aux Thébin. Je ne veux pas penser à Jules, à Alfred, à Dauphine ou à Eugénie. Je veux les oublier, comme le monde les a oubliés.

— Bon, je comprends. Enfin, non, mais on fera comme tu voudras. Et puis, je t'avoue aussi que prendre le risque de retomber sur cette hystérique de Némésis…

Une petite voix me susurre que c'est aussi prendre le risque de tomber sur Léo, notre nouveau prince des Enfers. Petite voix que je refuse d'écouter.

Mais Alex ne me laisse pas le temps de creuser la question, car elle enchaîne aussitôt :

— Je connais une démone super sympa qui bosse au standard. Je passe par elle, en général, quand je veux joindre Daddy. Je pense qu'elle me rendra volontiers un petit service.

— Sauf si Némésis lui a aussi retourné le cerveau.

— Tout à fait. Mais bon, elle n'a pas un poste à responsabilité, alors je ne pense pas que notre très chère amie se fatigue avec elle. N'oublie pas qu'elle est snob.

— Pas faux. Comment s'appelle ta copine ?

— Angatta. Allez, laisse-moi aller me doucher, et on la contacte, ça te va ?

— Parfait.

Elle me laisse dans la cuisine pour se rendre dans la salle de bains fraîchement rénovée. Je reste là, les bras ballants, quand il me vient soudain l'envie de faire de la pâtisserie. Il y a quelques jours, j'ai regardé des tutos à n'en plus finir, et j'ai acheté tout ce qu'il fallait. Il va sans dire qu'Alex a râlé pour ça, aussi. Mais je sens que je peux faire des miracles avec un fouet et un four, je ne sais pas pourquoi.

Je me lance, et aussitôt, mes gestes s'enchaînent. C'est fou, c'est comme si pétrir une pâte ou faire une ganache me révélait à moi-même. Je ne vois pas le temps passer.

— Mais qu'est-ce que tu fais ?

Mince, Alex est déjà de retour. En même temps, elle partait prendre une douche, elle n'a pas dû s'absenter plus d'une demi-heure. Je regarde autour de moi.

Oupsie.

— Euh… Je vais ranger, ne t'inquiète pas. Et tu sens cette bonne odeur ? On va se régaler !

Je tente comme je peux de lui faire croire que le bordel dans sa si jolie petite cuisine est tout à fait maîtrisé. En vrai, je me suis peut-être un peu laissé emporter. Il y a de la farine sur tout le plan de travail, de la pâte à sucre colorée dans un superbe rose fuchsia gît non loin de moi, et je suis armée d'une cuillère en bois. Ah, et n'oublions pas le petit tablier à cœurs que j'ai enfilé avant de commencer.

Au même instant, la sonnerie du four retentit. Sauvée par le gong ! Je me précipite pour ouvrir la porte, prends le plat à mains nues – autant que ça serve, d'avoir grandi dans l'Érèbe et d'être fille d'Hadès, hein – et exhibe sous le nez de ma sœur furax un mignon petit cupcake qui n'attend plus que sa décoration.

— Regarde comme c'est joli !

— Tu te fous de moi, Tess ?

— Euh… Non, pourquoi ?

— Je te dis que je vais prendre une douche et qu'après on s'occupe de rameuter toute la clique infernale, et toi, tu te lances dans la pâtisserie ?

— Ben oui, mais…

— Tu es aussi irresponsable que Meg, c'est pas possible…

Je l'ai déçue. Je vois bien que je l'ai déçue. À une première vague de sidération en succède une autre, bien plus violente, qui me coupe le souffle. Elle pousse le bouchon un peu trop loin, là, je trouve.

Maîtrisant avec difficulté le tremblement de mes mains et tentant d'ignorer de mon mieux les sifflements qui commencent à se faire entendre depuis les profondeurs de mon afro, je pose le plus délicatement possible le mignon petit cupcake sur le seul espace dégagé du plan de travail.

— Alex, lui dis-je en lui agitant une cuillère en bois sous le nez. Écoute-moi bien. Je sais que je suis gentille et mignonne, mais n'abuse pas. Ça fait trois jours que j'attends après toi et que je te regarde faire du yoga ou de la méditation de pleine chai-pas-quoi, que je supporte ta bouffe sans calories et tes bruits de la nature passés en boucle. J'en ai ras le bol d'écouter des piafs, OK ?

— Tess…

— Non, tais-toi. Deux minutes. Tu m'as dit de me trouver une occupation. J'en ai trouvé une. Alors tu vas me laisser faire des gâteaux si j'en ai envie, est-ce que tu as compris ?

Alex me contemple avec des yeux ronds comme des soucoupes, ouvre et ferme la bouche sans parvenir à proférer un seul mot. Un instant, je panique. Est-ce qu'elle est en train de faire une attaque ? Est-ce que j'ai tué ma sœur, qui est tout de même immortelle, rappelons-le ?

Mais, à ma grande surprise, elle éclate soudain de rire. Et elle ne s'arrête plus. Je vois même de petites larmes perler au coin de ses yeux translucides. Elle les essuie d'un revers de la main, toujours hilare.

— Oh, merci, Tess. Je crois que j'avais bien besoin que tu me remettes les pendules à l'heure.

Et d'une façon tout à fait déconcertante, elle me prend dans ses bras et me serre fort contre elle. Oh, merde, c'est encore plus grave qu'une attaque. Elle doit souffrir d'une sorte de démence divine. Il paraît que le vieux Cronos a eu ça, aussi. Quand on sait comment il a fini, le pauvre patriarche… Heureusement que le grand Zeus l'a précipité dans le Tartare, parce que, c'est sûr, c'est tout à fait le genre de type qu'on aurait dû harceler et faire souffrir. Et ça n'aurait pas été du gâteau, parce que c'était pas un commode, papi Cronos.

Mais j'éloigne de mon esprit ces pensées saugrenues et décide de profiter de cet instant câlin. La vie n'est pas toujours sympa, alors autant profiter des bons moments.

MANIPULATION

Léo, fraîchement promu Prince des Enfers, se tient devant les immenses portes des appartements d'Hadès. Il n'aime pas cet endroit. Ça sent presque comme dans son ancienne clinique, dont il se souvient de façon brumeuse. Une odeur d'antiseptique flotte dans l'air. Tout est trop propre, trop lisse, trop froid.

Mais il est obligé d'être ici. Némésis l'a convoqué. Et il se doute de la raison de sa présence en ces lieux. Sa mère adoptive veut l'introduire auprès du souverain des Enfers. Il serait temps, d'ailleurs. Cela fait déjà quelques semaines qu'il erre dans ce palais en réfection, sans que personne ne se préoccupe vraiment de lui.

Enfin… Tout le monde pense qu'il reste au palais. Mais la vérité est tout autre. Il a déjà ses petits secrets.

— Ah ! Léo ! Tu es pile à l'heure, c'est merveilleux !

Némésis arrive, toujours sublime dans un tailleur strict. C'est vrai que l'on pourrait imaginer une autre tenue sur le dos d'une déesse multimillénaire, mais apparemment, sa mère adoptive apprécie la modernité. Plus de toge, plus de sandales, mais plutôt une veste au tombé impeccable, une jupe crayon largement fendue, des bas de soie et des talons hauts qui claquent sur le sol de marbre.

— Bien sûr, Mère. Je me suis précipité dès que j'ai eu votre message.

C'est un peu exagéré. En fait, Léo savait qu'il serait convoqué bien avant que le petit morceau de bristol ne soit glissé sous la porte de ses appartements. Elles sont bien pratiques, ces visions de l'avenir, même s'il ne peut encore être sûr de leur fiabilité.

Arrivée juste devant lui, Némésis le détaille de la tête au pied.

— Je ne me suis pas trompée sur toi, mon garçon. Tu étais un bien beau spécimen humain, et tu feras un dieu superbe. Digne de moi.

Pourtant, une ombre chagrine traverse le regard d'obsidienne de la grande déesse.

— Qu'y a-t-il, Mère ? Vous ai-je déplu en quoi que ce soit ? demande Léo, en baissant la tête pour marquer sa soumission.

— Non… Non, ce n'est pas ça. C'est juste que… je pensais que tu aurais plus de pouvoir.

— Je suis capable de me transformer en boule de lumière, et j'ai des ailes…

— Oui, oui… c'est merveilleux… mais j'ai bien peur que cela ne suffise pas, si un jour tu dois te confronter à de terribles ennemis.

— Mais vous serez là, n'est-ce pas ? Vous serez toujours là pour me protéger…

— Évidemment, renifle Némésis d'un air hautain. Ne crois pas que j'envisage de te céder ma place un jour. Tu n'es là que pour me seconder. C'est d'ailleurs pour cela que je t'aurais souhaité plus fort.

— Je ferai tout pour m'améliorer…

— Je le sais. Mais ce que j'attends de toi aujourd'hui est un peu particulier. Tu vas rencontrer Hadès, mais sache qu'il n'est pas… comment dire ? Au meilleur de sa forme.

— J'ai entendu dire qu'il n'était pas dans son assiette, effectivement.

— Oui. Comprends-moi bien. Si je le maintiens dans cet état, c'est pour son bien.

— Pour son bien ?

— Les changements que j'effectue actuellement dans l'Érèbe sont nécessaires, mais le roi n'était peut-être pas capable de s'en rendre compte. Tu sais, quand on a vécu aussi longtemps que nous, il est parfois difficile d'accepter la nouveauté.

— Je comprends tout à fait.

Et c'est vrai, Léo comprend tout à fait le jeu auquel joue Némésis. Mais c'est un jeu dangereux, et il sait bien que les intentions de la déesse ne sont pas aussi nobles que ce qu'elle prétend. Elle est simplement assoiffée de pouvoir, et Hadès ne l'aurait jamais laissée faire s'il avait été en pleine possession de ses moyens.

— Très bien, ajoute Némésis après un long silence. Allons-y.

D'un geste théâtral, elle ouvre les grandes portes. Derrière, ce que découvre Léo le fait frémir. La grande pièce est presque vide, à l'exception d'un immense trône de marbre noir et rouge, sur lequel se trouve un corps gigantesque, mais comme avachi, vidé de sa substance. Est-il possible que le dieu des Enfers ressemble à ce point à un ballon dégonflé ?

Hadès, le terrible Hadès, n'est plus que l'ombre de sa légende. Oh, certes, on devine encore la force qui a dû être la sienne par le passé. Mais là, avec ses cheveux ternes, sa peau flasque et son regard vide… Il est effrayant, non par la puissance qu'il dégage, mais par l'ampleur de sa déchéance.

— Bonjour, mon fiancé, pépie Némésis d'une voix guillerette tout en s'avançant vers le trône. Je suis venue passer un petit moment avec toi, et te présenter mon fils adoptif.

Un peu de bave dégouline au coin de la bouche molle d'Hadès. Léo n'a qu'une envie, se précipiter vers lui pour lui essuyer les lèvres, et peut-être aussi l'enlever à ce lieu malsain pour l'extirper de sa prison se chair. En lui-même, il se fait la promesse de tout faire pour lui rendre sa force d'antan. Pour lui rendre son royaume, sa femme, ses filles, et tout ce qui faisait de lui quelqu'un de juste et de fort.

Parce qu'évidemment, grâce à ses nouvelles facultés, qu'il a tout de suite dissimulées avec grand-soin à Némésis, il se rend compte que les projets de sa mère adoptive pour les Enfers, et pour le monde en général, ne peuvent mener qu'à la ruine. Pourtant, il doit encore cacher son jeu. L'antique déesse de la Justice est à ce jour l'immortelle la plus puissante encore active. L'affronter seul est hors de question.

Alors, Léo s'avance d'un pas lent vers le trône, met un genou en terre devant la parodie de dieu, et baisse la tête.

— Je vous présente mes respects, Hadès. Je tiens aussi à vous dire que je connais deux de vos filles, et…

— Tututut, Hadès ne s'intéresse plus à ces ingrates, voyons. Ne va pas l'ennuyer avec ces histoires. N'est-ce pas, mon chéri ?

Léo relève la tête pour observer le visage inexpressif du souverain. Est-ce une larme qu'il voit rouler sur sa peau brune ? À cet instant, le jeune dieu a la certitude que dans ce corps figé hurle encore une conscience.

— Mais tout de même, reprend la déesse en réajustant sa veste d'un geste gracieux, j'ai une bonne nouvelle pour toi, mon chéri. Nos noces sont en bonne voie. Je fais tout pour les organiser au plus vite. C'est vrai, il ne faut pas laisser perdurer cette situation, nous devons régulariser notre union. Ainsi, plus personne ne pourra contester mon autorité. Et c'est bien ce que tu veux, n'est-ce pas ? Tu étais tellement fatigué d'avoir à gérer tout cela… Maintenant, tu auras quelqu'un pour te seconder, n'est-ce pas merveilleux ?

Némésis pérore encore quelques instants, vantant les améliorations qu'elle compte apporter au fonctionnement de l'Érèbe. Léo reste silencieux. Il n'a d'yeux que pour Hadès, et en lui se lève une colère froide. Non, il ne laissera pas Némésis briser cette puissance. Il ne la laissera pas répandre le chaos et la désolation sur son passage. Il fera tout son possible pour l'empêcher de nuire, et pour rétablir l'équilibre.

Enfin, après un moment qui lui semble interminable, Némésis finit par tirer sa révérence.

— Bien, mon chéri, je vais te laisser te reposer encore et retourner m'atteler à ma tâche. Comme je te comprends, tu sais. Tous ces gens qui viennent se plaindre en permanence, et pas un pour se montrer reconnaissant… Je crois que j'aurais bientôt besoin d'aide. Je songe à recruter.

Le regard de Némésis dérive vers Léo, puis elle se penche à l'oreille de son « fiancé » pour lui murmurer :

— Je sais bien que tu te sens abandonnée par tes filles dans cette période difficile… Mais ne crois-tu pas que mon Léo ferait un merveilleux prétendant pour l'une d'entre elles ? Alex, peut-être ? C'est bien la plus sage du trio, tu ne crois pas ? Allez, mon chéri, je reviens te voir bientôt.

Sur ces quelques mots, Némésis quitte la pièce. Elle ne voit même pas que son fils adoptif est resté immobile, les mâchoires serrées, et les yeux résolument fixés au sol. Quand enfin les portes se referment dans son dos, il se relève et s'approche d'Hadès. Lui aussi a quelque chose à lui dire à l'oreille.

— Hadès. Je sais que vous êtes toujours là. Je veux que vous sachiez que je ne suis pas indifférent à votre sort ni à celui de vos filles. Je vais faire mon possible pour vous tirer de là. J'ai un plan, et les choses se mettent en place peu à peu. Et… elles vont bien. Je garde un œil sur elles, ne vous inquiétez pas.

Quand à son tour il quitte les appartements du roi des Morts, Léo ne voit pas la lueur combative qui éclaire brièvement le regard morne d'Hadès.

CHAPITRE 7

Bilan des opérations : c'est la dépression. Absolue. Et j'ai envie de m'étendre sur le sol en PLS. Ou alors, d'aller faire des gâteaux, plein plein plein de gâteaux, de toutes les formes et de toutes les couleurs. Un truc absolument décadent. J'ai découvert un vieux programme à la télé et je me repasse en boucle toutes les émissions. C'est tout ce que j'aime, du rose, des paillettes, et des sourires plus sucrés que les gâteaux confectionnés face caméra par des candidats suants de stress. N'oublions pas les animateurs et leur sourire plein de dents acérées. Je gage qu'ils ont une ascendance démoniaque, surtout la plus âgée des deux. Une femme nommée Mercotte, qui me file des sueurs froides.

Mais bon, ce n'est pas ça qui va faire avancer notre histoire.

Les juges infernaux et toute leur clique nous ont fait passer un message via Angatta. Ils ne sont manifestement pas très chauds pour un coup d'État.

Ils ont tenté de nous expliquer que d'un point de vie technique, Hadès était toujours leur souverain, qu'il n'avait pas été renversé, et que s'ils avaient supporté les frasques de Perséphone en tant que première dame des Enfers, ils pouvaient bien supporter celles de Némésis.

Une galère pour une autre, en quelque sorte…

Et qui sommes-nous, nous, les filles de Perséphone, pour protester et défendre notre *mater dolorosa* ? On sait bien comment elle est. Mais nous savons aussi que Perséphone aurait pu être bien pire que ce qu'elle a été. C'est vrai, quoi. Finalement, elle n'était pas souvent là et ne s'intéressait pas plus que ça aux affaires courantes de l'Érèbe.

J'ai bien peur qu'avec Némésis, Radamanthe, Éaque et Minos, les trois juges, soient un peu moins à la fête.

Nous avons contacté le vieux Charon, aussi. Lui nous a prêté une oreille plus attentive, mais il attend de savoir qui pourrait nous suivre. Du côté de Cerbère, c'est pas la joie non plus. Il a du plomb dans l'aile, mon vieux toutou. Plus trop la motive pour courir derrière les âmes qu'on lui lance pour jouer. Bref, il préfère rester coucouche panier, tant qu'on lui apporte sa gamelle et qu'un gentil petit démon vient lui gratouiller ses six oreilles.

Hypnos, de son côté, ne va pas bien, il souffre d'insomnie depuis qu'on a perdu toute trace de sa mère, Nyx, la Nuit. Et Gorgyra… Eh bien, il semblerait qu'elle ne veuille pas se mouiller. J'ai bien tenté une blagounette sur le fait que c'était un peu un comble, pour une nymphe, mais Alex n'a pas eu l'air de goûter mon humour. Tant pis.

Les quelques autres que nous avons contactés en première intention n'ont pas encore répondu. D'ailleurs, il faut dire que personne ne sait vraiment où ils se terrent. Les Enfers semblent victime des mêmes maux que la divinité tout entière. Déliquescence, lassitude et effacement.

Je crois que, secrètement, Alex espérait qu'un tel projet les sortirait de leur torpeur séculaire et qu'elle est très déçue de s'être magistralement plantée.

D'un pas lourd, je me dirige vers la cuisine, ouvre un placard, un deuxième, et constate l'évidence. Je n'ai plus rien pour pâtisser, l'heure est gravissime.

— Aleeeeeeeex !

— Mmmh ?

Ma sœur passe la tête par l'embrasure de la porte et me regarde d'un air agacé. Je ne le prends pas pour moi. Tout est en mesure d'agacer Alex en ce moment.

— Pourquoi tu cries comme ça ? Quelqu'un a égorgé un chaton ?

De la main, elle désigne mon pyjama, sur le tissu duquel s'ébattent d'adorables petits bébés chats, à la poursuite de pelotes de laine duveteuses. Trop choupi trognon.

— Arrête de dire n'importe quoi. J'ai plus de farine, plus de sucre, pl…

— Je ne vois pas en quoi ça me concerne. Tu ôtes cette… chose, tu t'habilles de façon décente, et tu vas faire trois courses. Et basta.

— Mais… mais je…

— Mais quoi, Tess ?

— Mais je vais me perdre !

Cette fois, elle lève les yeux au ciel.

— J'aurais jamais cru dire ça un jour, mais Meg s'est vachement mieux acclimatée que toi à ce nouvel environnement, tu sais.

Oui, je sais. Meg sortait, Meg avait trouvé un job, Meg a aidé à résoudre les problèmes d'Alex, Meg s'est même envoyée en l'air avec une mignonne petite humaine.

— Tu me l'as déjà dit. Je suis tout à fait capable de sortir seule, je n'en ai juste pas envie. Allez, viens avec moi, ça va nous faire du bien. Ça fait bientôt une semaine qu'on est enfermées ici sans voir personne ! Et on a aucune nouvelle de Meg, en plus !

— Je suis en vacances, j'ai le droit d'être asociale.

Oui, Alex a posé des vacances pour qu'on puisse gérer toute cette galère. Mais bon, si ça continue, elle va être obligée de poser des congés sans solde.

— Je crois au contraire que sortir te serait bénéfique. Regarde-toi, tu es blafarde, et tu as le cheveu triste.

— Mais pas du tout !

— Si. Va te regarder dans un miroir, tu verras que j'ai raison.

Et j'ai raison, en plus. Elle n'a clairement pas l'air au top de sa forme. Les soucis, tout ça… Et puis Alex a toujours été du genre à prendre tous les problèmes sur son dos. On ne la refera pas.

Elle s'éloigne de la cuisine pour rejoindre la salle de bain et revient en soupirant.

— OK, un point pour toi. Tu veux aller où ?

Une heure plus tard, nous déambulons dans les rues de Paris. C'est l'automne, déjà, alors qu'à mon réveil, c'était encore l'été.

Un vent frais souffle entre les bâtiments qui nous entourent et fait virevolter les pans de mon écharpe rose.

— Tu es sûre de toi ? Tu n'as pas l'impression d'abuser ? grommelle Alex à mes côtés.

— Écoute, la semaine dernière, j'ai eu hyper froid avec ma robe et mes sandales. Cette fois, j'ai fait attention.

— OK. Mais l'écharpe, le bonnet et les gants ? Vraiment ?

— Tu es jalouse, en fait. Moi, je suis bien au chaud, alors que je suis certaine que tu dois être glacée avec ta petite veste en jean et ton foulard en soie.

— Tess… Regarde autour de toi, voyons. Est-ce que les gens portent un gros manteau et des bottes fourrées ? Non, je ne crois pas.

— Bon, eh bien alors on va dire que je suis particulièrement frileuse, si ça peut te faire plaisir. Je te rappelle que j'ai grandi dans l'Érèbe.

— Moi aussi.

— Pas pareil.

— Et pourquoi donc ?

— Chai pas.

Huhu. Je me gondole intérieurement, rien que de voir sa tronche contrariée.

Après un long moment de silence, elle reprend :

— C'est marrant, parce qu'en fait, je trouve que Meg a changé, après son réveil. Elle a changé plutôt en bien. Elle est plus calme, plus mature. Toi, par contre…

— J'ai pas changé ? Mais tant mieux, non ? C'est comme ça que tu m'aimes !

— Je t'aime parce que tu es ma sœur.

— Ah, tu te sens obligée, en fait.

— Un peu, oui. Et puis, bon, on a vécu pas mal de trucs ensemble, et quand tout va bien, tu es plutôt rigolote. Tu as le sens de la fête, aussi, mais…

— Mais quoi ?

— Ben, déjà, j'aime pas trop faire la fête.

— Sans blague.

— Et puis, je ne sais pas, tu sembles totalement déconnectée de la réalité.

— Ben, deux cents ans de stase, tout de même…

Je ne sais même pas pourquoi j'essaie de me justifier. Elle peut bien penser ce qu'elle veut, non ? Quoi qu'il en soit, je suis comme je suis, et si ma propre sœur n'est pas capable de l'accepter…

— Ce n'est pas que ça, Tess. Tu… Tu n'es pas vraiment là.

— Écoute.

Je m'arrête en plein milieu de trottoir, m'attirant ainsi les regards courroucés de quelques mamies aux cheveux violets. Très intéressant, comme couleur, d'ailleurs.

— Je… Je ne comptais pas franchement revenir parmi vous. On m'a réveillée sans me demander mon avis. Je n'ai pas envie d'être là. Le monde est trop sombre, trop violent pour moi. Et les humains ne changeront jamais.

— Mais enfin, Tess, tu es une Furie ! Une Chienne d'Hadès ! me balance ma sœur en m'attrapant par le bras et m'attirant sous un porche. Je veux dire, tu sais ce que c'est la brutalité, l'injustice, tout ça. Et ça ne t'avait jamais posé de problèmes jusqu'à…

— Jusqu'aux Thébin. Tout à fait. C'est là que j'ai compris que je n'en pouvais plus. Mais pour être totalement honnête, je n'ai jamais particulièrement apprécié de faire ce qu'on nous demandait. J'aurais dû être une divinité de la joie, de la fête, de l'amour, de… de la mignonnerie, voilà ! Ou de la mignonnance ? Comment on dit ?

— Ça se dit pas, je crois.

— Aucun des deux ?

— Aucun.

— Ben, tu vois, ils ont même pas de mots pour ça, les humains. Et c'est grave, je trouve.

— C'est grave de ne pas pouvoir qualifier des vidéos de chaton ?

— Oui, c'est grave. Il n'est pas que question de chaton ou de licorne. Je ne suis pas une pauvre fille hystérique obsédée par les paillettes. C'est… je ne sais pas comment dire, un état d'esprit ? Et puis, tout ce qu'on fait est inutile, dans le fond.

À ma grande surprise, Alex acquiesce.

— On en a déjà parlé, avec Meg. Effectivement, je crois que nous sommes au début d'une sorte de quête de sens. Mais pour l'instant, ce n'est pas d'actualité.

— Peut-être que si. Je veux dire, pour en revenir aux Thébin… Durant combien de siècles, voire combien de millénaires, me suis-je occupée de cette famille ? Et il n'y a rien eu à faire. Il y avait quelque chose de pourri dans cette lignée. J'ai eu beau élaguer une branche par-ci, tailler un rameau par-là, ça n'a rien changé !

— Tu as pris la bonne décision, tu sais. J'ai tout fait pour que tu ne sois pas déclarée coupable, mais…

— Je sais. Mais malgré tout, je ne suis pas fière de ce que j'ai fait.

— Je comprends. Mais avais-tu le choix ?

— Oui. J'aurais pu essuyer les pots cassés comme je l'ai toujours fait. Soyons honnêtes, Alex, j'ai pété un plomb, c'est tout. Et quand nous pétons un plomb, ça finit dans un bain de sang. Et moi, j'en ai assez, de tout ça.

Sous mes yeux sidérés, Alex lève une main fine, joliment manucurée, et vient me caresser la joue.

— On va régler ce problème, me souffle-t-elle.

Autour de nous, le monde semble suspendre son cours. Il n'y a plus que nous, dans une sorte de bulle silencieuse, à la douceur ouatée. Même les couleurs automnales semblent moins vives, et la grisaille parisienne moins triste.

Les larmes me montent aux yeux. Cet instant de silence est comme la goutte d'eau qui pourrait faire déborder le vase de mes émotions. Avant cette conversation, je n'avais même pas idée de mon mal-être. Éclatant enfin en sanglots, je me jette dans les bras de ma sœur, j'enfouis mon visage à la peau sombre dans son cou d'une blancheur opalescente. Elle sent bon. Elle a toujours senti bon, un parfum de sauge si doux…

Je sens qu'elle hésite. Je crois que je l'ai mise dans une situation difficile. Mais, finalement, ses bras se resserrent autour de moi, en une étreinte chaleureuse. Meg n'avait peut-être pas tort. Alex a changé. Et nous aussi.

Je finis par me redresser, et essuie les larmes qui maculent mes joues. J'avais mis quelques paillettes sur mes paupières avant de sortir, évidemment.

— J'en ai partout, j'imagine ?

Alex hoche la tête, un pâle sourire accroché à ses lèvres.

— Absolument. Mais sache que tu n'as pas besoin de ça pour briller.

Comme si elle se rendait compte qu'elle était allée beaucoup trop loin niveau sentimentalisme, elle se détourne pour reprendre notre promenade.

— On va où ? je lui demande.

— Où tu veux.

— Oh, j'ai vu sur Internet qu'il y avait une pâtisserie assez cotée dans le quartier. Viens, je t'offre un gâteau d'exception !

— Tu m'offres un gâteau ? Et avec quel argent, je te prie ?

Ah ! Voilà ! Le retour du petit ton aigre et de la bouche pincée ! Ça, c'est ma sœur, comme je l'aime ! Un instant, j'ai cru que Némésis me l'avait volée et remplacée par une poupée télécommandée.

— Avec le tien, bien sûr ! je lui réponds avec un clin d'œil.

Nous reprenons notre chemin, bras dessus bras dessous, et bientôt la pâtisserie en question apparaît au coin de la rue.

— Wahou ! m'exclamé-je. Regarde, Alex, comme c'est beau !

— Moui. Enfin, c'est une pâtisserie, quoi.

Je la regarde, ébahie. On ne doit pas voir la même chose. Derrière une devanture aux adorables couleurs pastels et une vitrine impeccable se dévoilent de véritables bijoux de sucre et de chocolat. Ganaches, crèmes, glaçages et pâte feuilletée, j'ai l'impression de vivre un rêve éveillé. Une douce lumière éclaire le comptoir derrière lequel patiente un charmant jeune homme à l'air rêveur. C'est fou, les émotions que je ressens face à cette vitrine. L'alignement de toutes ces petites merveilles sucrées me réchauffe le cœur et bouleverse quelque chose en moi. Comme si j'avais la sensation, non, la certitude, d'avoir trouvé ma place.

Et cette fois, rien à voir avec une émission télé aux accents surannés.

— Je veux travailler ici.

— Hein ?

— Je veux devenir pâtissière.

— OK…

— Je te jure que ce n'est pas une lubie.

— Ah non, mais je te crois. Mais je ne sais pas si tu te rends compte de la difficulté de ce métier.

— C'est plus dur qu'assistante sociale ?

— C'est… euh… c'est différent. C'est plus physique probablement. Et c'est beaucoup d'heures.

— Et est-ce que c'est plus difficile que barmaid dans une boîte de nuit ?

— Tu ne compares pas des choses comparables, Tess.

— Ah bon ? Ce sont bien trois métiers, pourtant ?

— Oui, mais…

— Alors, en gros, Meg et toi, vous pouvez faire tout ce que vous voulez, mais pas moi.

— Mais si… Je veux juste que tu aies toutes les cartes en main.

— Écoute, je ne sais pas tout sur ce métier, mais c'est celui-ci que je veux faire.

— Il faut faire des études.

— Très bien.

— Ça coûte cher, les études.

— Ça tombe bien, on a des sous, non ?

— Oui, mais pas de façon très officielle.

— Eh bien, tant pis, je m'en fiche. Je demanderai un prêt à Daddy.

— Tu te souviens de son état ?

Très juste. Je carre les épaules et me redresse de toute ma haute taille.

— On va défoncer Némésis. On va lui mettre la misère. On va remettre Daddy-Chou sur des rails, et je vais lui demander un prêt. Voilà.

— C'est un bon plan, me sourit Alex.

— Je trouve aussi. Allez, viens, allons manger un gâteau.

Alex me suit à l'intérieur, et heureusement, je crois que je pourrais m'évanouir de bonheur sous les effluves qui assaillent mes narines. Ça sent tellement bon. La vanille, la brioche, le sucre, le chocolat… C'est bouleversant.

Le jeune homme nous regarde toujours d'un air impassible. C'est peut-être la seule fausse note dans ce décor idyllique. Si je devais avoir ma pâtisserie, j'aimerais que les gens qui y travaillent aient toujours l'air heureux d'être là.

— Bonjour, mesdemoiselles. Que puis-je faire pour vous ?

Ton guindé, froid. Expression hautaine. Grrrr. Ce type est en train de me gâcher mon instant parfait. Je lui jette mon regard le plus noir. Il m'ignore. J'insiste, il m'adresse un sourire dénué de toute sincérité. Re-grrrr. Il veut jouer à ça ? OK. Jouons.

— Nous ne savons pas très bien ce que nous voulons. Pouvez-vous nous présenter *chacune* de vos créations ? *En détail.*

Ah ah ! Voilà ! Enfin, une petite lueur de crainte dans son regard. Alors, certes, j'aurais préféré y voir un éclat de joie pure et de fierté, mais il faut savoir se contenter de peu.

— Non… souffle-t-il presque silencieusement, en jetant des regards affolés aux dizaines de merveilles de délicatesse qui l'entourent.

— Tess, voyons, tu ne vas pas embêter ce jeune homme, tout de même…

— Je ne l'embête pas du tout, susurré-je. Je suis sûre qu'il est ravi de nous présenter chaque pâtisserie, en nous listant chaque ingrédient, n'est-ce pas ?

Hou, que je suis mauvaise. Que je suis vilaine ! Je me délecte de ma cruauté, en bonne Chienne d'Hadès que je suis. Et sans remords, en plus ! J'ai de toute façon très envie d'en savoir plus sur le travail de pâtissier, et commencer par goûter de telles merveilles est un bon début.

— Oui, euh… oui. Je suis là pour ça, après tout, me répond le vendeur, à présent résigné.

Il se dirige avec lenteur, tel un condamné à mort, vers une extrémité de son comptoir et prend une grande inspiration.

— Par ici, vous avez les grands classiques de la pâtisserie française, revisités avec talent par Cyril Saint-Jacques.

OK. Bon, là, il est passé en mode je-récite-ma-leçon-pour-te-montrer-que-j'ai-bien-fait-mes-devoirs-maîtresse. Parfait. J'ouvre mes oreilles et m'apprête à m'abreuver à la source de la science pâtissière.

— Là, voyez la délicatesse de cette religieuse, chou blanc à la vanille et chou chocolat, dans la plus pure des traditions, pour rappeler la coiffe blanche et la robe noire des nonnes du XIXe siècle… Un véritable délice, l'une de nos meilleures ventes, voyez-vous.

Non, je ne vois pas vraiment. Mais pourquoi pas.

— Mmmh. J'attends un peu plus de… d'originalité ? D'audace ?

— Par exemple, cette religieuse à la rose ? Le chou est particulièrement croustillant, et le crémeux à la rose, comme son nom l'indique…

— Non. Non. Plus d'audace !

— Un baba à la framboise, peut-être ? Avec une pâte briochée, un sirop de fr…

Alors que je m'apprête à le pousser plus loin encore dans ses retranchements, ravie de le voir se mettre à transpirer joliment, j'entends le carillon de la boutique résonner derrière moi. Un autre client est entré. Mais je ne me retourne même pas, tout occupée que je suis à torturer mon nouvel ami au seul moyen de mon regard de braise.

— Non. Peut-être me suis-je trompée de boutique, finalement…

— Tess !

— Laisse-moi faire, Alex, s'il te plaît. Je t'ai dit que je t'offrais une pâtisserie, alors…

— Tess ! reprend-elle, plus fort cette fois.

Lentement, je me détourne du vendeur pour lui jeter un coup d'œil et la découvre livide.

— Qu'est-ce que tu as ? Tu ne te sens pas bien ? Alex ?

Encore plus lentement, je me tourne un peu plus, vers la porte d'entrée de la boutique.

Oh.

Une nouvelle gourmandise vient d'entrer. Une gourmandise tout à fait… infernale.

— Léo ? je demande, histoire de briser cet instant un peu trop étrange à mon goût.

Il m'adresse un sourire rayonnant. Lui a l'air très à l'aise. Il est magnifique dans son jean brut, son pull d'un gris nuage qui fait ressortir ses yeux d'un bleu transperçant. C'est dingue, l'effet que me fait cet humain. À peine je l'aperçois que ma bouche s'assèche déjà. Je me fais tout de même la réflexion que l'adoption par Némésis a peut-être modifié légèrement sa nature. Quoi qu'il en soit, c'est plus fort que moi, je réponds à son sourire par un rire de gorge que j'espère tout à fait séducteur.

— Tu as bonne mémoire, Tisiphone.

— Tess, tu le sais, tout de même, gloussé-je.

— Tess, susurre-t-il, et mon nouveau prénom, entre ses lèvres, me fait entrevoir des plaisirs plus gourmands les uns que les autres.

— Que… Que fais-tu ici ? finit par articuler ma sœur.

Elle, par contre, ne se remet pas. J'ai du mal à la comprendre, Léo est tout de même censé être son meilleur ami. Peut-être même un peu plus que ça, je n'ai pas encore réussi à avoir une vision claire de leur relation.

— Je me promène, comme vous. Je vois que vous envisagez de vous offrir un petit plaisir. Puis-je me permettre de vous inviter ?

— Léo… gémit Alex. C'est quoi cette façon de parler ? Je veux dire, c'est pas toi, tout ça.

De la main, elle le désigne tout entier. C'est pas lui ? Comment ça, c'est pas lui ? Moi je le trouve très bien comme ça. Il est beau, poli et… sexy en diable, avec sa courte barbe blonde qui orne sa mâchoire carrée, ses épaules solides et ses…

Tess !

— Mmmh ?

— Ferme la bouche ! C'est tout à fait indécent.

J'obéis. Mais bon, à contrecœur, quoi.

Léo, sur un dernier sourire, se détourne de nous et se dirige vers le jeune vendeur qui est resté pétrifié derrière son comptoir, manifestement sensible à la présence écrasante de notre… Quoi ? Frère adoptif ? Non, après tout, Némésis et Daddy ne sont pas encore mariés. Et même si nous ne parvenons pas à empêcher leurs noces, est-ce que pour autant Léo serait considéré comme faisant partie de ma famille ? Je décide que non, et propose à la morale d'aller se faire voir ailleurs. Après tout, l'experte en drames familiaux, c'est bibi.

Tout entière absorbée dans mes réflexions, je ne vois pas Léo passer derrière moi. Je sursaute simplement quand son bras s'enroule autour de ma taille. Ooooh, noooon…

— Je suis ravi de faire ta connaissance, Tess. Je connaissais déjà tes deux sœurs, mais ta beauté les éclipse sans peine, me chuchote-t-il à l'oreille, tandis que son parfum puissant et épicé m'entraîne sur une pente dangereuse.

Mais il me laisse, et je regrette aussitôt la chaleur de son contact. Je roule des yeux affolés en direction de ma sœur, qui m'observe d'un air dubitatif. Et, pire que tout, elle ne dit rien.

— Alex ? couiné-je.

— J'hésite à sortir de cette boutique. Tu veux que je vous laisse ?

— Non, Alex, c'est juste que…

Léo ne me laisse pas finir.

— Que veux-tu donc, Alex ? Tu n'as jamais été sensible à mon charme, malgré tous mes efforts ces dernières années. Au moins, ta sœur Tess a l'air de me trouver à son goût. Et je la trouve tout à fait charmante, je dois le dire.

— Tu es injuste, Léo. Mais je préfère croire que ce que t'a fait Némésis t'a profondément changé. Tu as manifestement pris certains de ses traits de caractère, lors de ton adoption.

Léo éclate d'un rire sonore. Malgré moi, un frisson brûlant remonte mon échine. Mais c'est qu'il fait chaud, dans cette boutique. Et Alex avait raison, je me suis bien trop couverte !

— Tu n'as pas tort. Némésis m'a offert tellement. Je peux aller et venir entre l'Érèbe et le monde d'en haut, une armée de diablotins se tient prête à me protéger, et je suis capable de tout un tas de menues petites choses…

Il claque des doigts, et une flamme d'un jaune vibrant apparaît au-dessus de sa paume.

— Mouais, fait Alex.

— C'est tout l'effet que ça te fait ? lui rétorque Léo-Prince-des-Enfers avec une moue taquine.

Je jette un coup d'œil en direction de mon petit vendeur de pâtisseries, qui émet à présent d'étranges couinements. Va falloir trouver un moyen de lui faire oublier tout ça.

— Non, mais c'est chouette, hein, je suis ravie pour toi. Mais vu les pouvoirs de ta mère adoptive et de ton futur beau-père, qui est tout de même, je tiens à te le rappeler, le Dieu des morts *himself*, elle aurait pu te filer un peu plus de puissance, je trouve.

L'ancien meilleur ami de ma sœur sourit avec ironie, comme s'il nous cachait quelque chose et qu'il trouvait ça très drôle. Et je me demande bien où Alex veut en venir. Est-ce qu'elle cherche à planter la graine de la discorde entre Léo et Némésis ? Pas con, comme idée, finalement. Mais ça reste un jeu dangereux. Si l'ancien vétérinaire titille un peu trop notre chère belle-mère, je ne garantis pas qu'il fasse de vieux os. Et ce serait du gâchis, à mon humble avis.

Du coup, j'interviens.

— Moi, je trouve ça formidable. Et puis, ça ne sert à rien d'aller trop vite, n'est-ce pas. Je suis certaine que Némésis te confiera de plus en plus de pouvoir, au fil du temps.

— Alex, je crois que ta sœur a raison. Et je la trouve bien plus sympathique que toi.

Il m'adresse un sourire au charme ravageur, auquel je suis immédiatement sensible. Il se dirige ensuite vers moi, me prend par le bras, et nous nous rapprochons de la vitrine derrière laquelle nous attendent toujours de merveilleux gâteaux. Non, je n'ai absolument pas perdu de vue mon objectif premier.

— Quels sont tes goûts, chère Tess ? me demande Léo.

— Je ne suis pas difficile. Tu sais, ça fait tellement longtemps que je n'ai pas… mangé de gâteaux.

— Pfff, lance Alex derrière moi, mais je décide de l'ignorer.

— C'est vrai ? Mais quel dommage ! Alors, laisse-moi te conseiller cette petite douceur au chocolat, juste là. Tu verras, c'est un délice.

— Je vais te faire confiance. Alex, tu veux quelque chose, du coup ?

— Non, ça va aller. Tout ça m'a coupé toute envie de « manger un gâteau ».

— Il faut dire que tu n'aimes pas trop ça, « manger des gâteaux », lui balance Léo.

Ouch. Je suis en train de me dire que nous ne parlons peut-être pas uniquement pâtisserie. Il semble y avoir un sacré passif entre ces deux-là.

— Tess. On s'en va.

La voix d'Alex est… comment dit-on, déjà ? Polaire ? Mmmh, je crois même qu'à elle seule, elle pourrait inverser le changement climatique.

— Quoi ? Mais non, je…

— Je t'autorise à mettre de la farine partout dans la cuisine, si tu veux, mais on s'en va, tout de suite.

Ah. Bon. Je crois que ça ne sert à rien de discuter. Je jette un dernier regard de regrets à Léo et à toutes les merveilleuses pâtisseries qui l'entourent et suis ma sœur.

Au moment de franchir la porte, je me souviens que j'ai oublié quelque chose et me retourne vers le vendeur :

— Oh. Et je reviendrai. J'ai hâte que vous me racontiez l'histoire de toutes les créations de votre chef pâtissier.

Le pauvre, il n'était déjà pas vaillant, mais là, je crois que je viens de l'achever. Je le laisse en compagnie de Léo qui, je l'espère, ne sera pas trop vilain avec lui.

Ceci dit, en croisant le regard du Prince des Enfers, je me dis qu'il y a peu de chance qu'il s'envoie une tartelette à la fraise après notre départ. Il n'a plus l'air tellement d'humeur.

INTERMÈDE

1861, Paris, maison familiale des Thébin

Sous le toit de la maison des Thébin, l'atmosphère était à l'orage.

Joséphine Thébin n'était partie que depuis quelques jours que, déjà, les deux fils de la famille se déchiraient.

— Pourquoi serait-ce à toi de décider de tout, hein, Alfred ?

L'aîné de la fratrie soupira. Il aurait bien répondu que, justement, son statut de premier né lui donnait le droit de prendre les décisions importantes, mais il connaissait son jeune frère, son caractère emporté et son impulsivité. Il préférait, et de loin, le convaincre du bien-fondé de ses décisions.

— Écoute, Jules. J'ai trouvé un acheteur qui semble sérieux, pour le collier. Le vendre résoudrait tous nos problèmes. Nous pourrions assainir nos finances et repartir d'un bon pied dans la société. Nous pourrions doter généreusement nos deux sœurs.

Assises non loin de là, Eugénie et Dauphine se taisaient. Elles qui avaient toujours connu l'harmonie dans leur foyer voyaient depuis quelques semaines leur univers s'effondrer. En face d'elle, la brune et flamboyante Adria Nemes souriait, comme un chat qui aurait mis la truffe dans un pot de crème.

Dauphine détacha son regard d'un bleu de myosotis de son frère Alfred pour le poser sur l'étrange jeune femme. Jules l'avait ramenée dans leur foyer juste après le départ de leur mère, et il ne semblait pas se formaliser qu'elle soit encore là. Il était manifestement fou d'elle et lui passait tous ses caprices, fort nombreux au demeurant.

Il avait fait venir les couturières les plus en vue du moment, lui avait offert sa plus belle haquenée et mis des domestiques à sa disposition. Tout un luxe que ne leur permettait sûrement pas leur situation financière actuelle.

Alfred avait bien essayé de raisonner son cadet, mais rien n'y avait fait. Jules était comme obsédé par la belle Adria Nemes.

— Eh bien, moi, cria soudain Jules, je ne veux pas vendre ce collier ! Il est dans notre famille depuis toujours, à ce qu'on en sait. Nous ne pouvons pas le brader à un inconnu.

— Crois-moi, je ne le brade pas. Cet homme nous en offre une somme tout à fait affolante, dont nous ne pouvons nous passer. Et de toute façon, que ferais-tu de ce collier ? Même notre mère n'en veut plus… À quoi sert de nous attacher au passé, si nous n'avons point d'avenir ?

Dauphine vit clairement Jules glisser un regard à leur étrange invitée. Voulait-il lui offrir ce collier pour l'impressionner, au mépris des affaires familiales ? Décidément, il allait trop loin.

Mais Jules n'osa pas affronter son frère. L'air mauvais, il se leva et sortit en claquant la porte du petit salon.

Adria Nemes, quant à elle, reprit un petit gâteau qu'elle mangea avec la délicatesse d'un petit oiseau malicieux.

CHAPITRE 8

Je ne rentre pas avec Alex. Elle est d'une humeur de chien, comme on dit. Quoique, je n'ai jamais vu Moisi aussi désagréable que ma sœur depuis qu'on est sorties de cette pâtisserie.

Je décide de flâner un peu dans les rues. Depuis que je me suis éveillée de stase, j'ai passé la majeure partie de mon temps avec Meg et Alex, dans notre appartement à superviser les travaux. J'ai besoin de cette pause pour réfléchir, et il est temps que je m'émancipe un peu de la tutelle familiale.

Je me suis rendue une fois ou deux aux *Portes de l'Enfer* en compagnie de Julia, les soirs où Meg travaillait. J'ai trouvé l'endroit génial et Domi absolument renversante. Mais bon, je dois vraiment commencer à me faire vieille, car je n'ai pas eu envie de m'étourdir dans un tourbillon de musiques électroniques et de fumigènes colorés aux néons fluo.

À chaque fois, je suis rentrée à la maison avec un goût amer dans la bouche, une sorte de déception brûlante aux creux des entrailles. Et finalement, j'ai accueilli la sensation avec une certaine joie. Ce n'était pas le vide, ce vide ressenti après avoir exterminé tous les rejetons de la famille Thébin. Ce vide qui m'a poussée à rejoindre Meg en stase pour, je le croyais à l'époque, les siècles des siècles.

Je ne sais pas si mes sœurs ont la moindre idée des sentiments qui m'agitent. Elles ne voient probablement qu'une grande gigue plantureuse et évaporée, fan de pâtisserie, de licornes et de paillettes.

Et c'est vrai que j'aime les paillettes, les licornes et la pâtisserie, peu importe l'ordre dans lequel je les place. Je les aime parce que ça met de la couleur dans mes pensées, de la vie dans mon corps et de la joie sur ma tristesse. Mais malgré tout, c'est comme si je posais un masque de jeunesse sur mon visage de vieille Furie sur le déclin. Un pansement sur une jambe de bois, comme on dit chez les humains. Ça cache la misère, ça habille l'amertume, mais ça ne guérit pas en profondeur. Ça ne soigne pas l'infection qui me gangrène.

Alors que je déambule sans but, je me souviens de nos jeunes années. Notre fougue, notre passion, notre foi en notre mission. Le pouvoir coulait alors à flots dans nos veines, jamais les serpents de notre chevelure ne prenaient de repos, et nous parcourions ces terres sans relâche.

À quel moment avons-nous perdu tout cela ? Je ne saurais vraiment le dire. J'imagine que Meg a été la première à baisser les bras, mais ai-je raison ? Finalement, quand Madeleine est entrée dans sa vie, nous n'étions déjà plus que l'ombre de nous-mêmes.

Je comprends tous ces immortels qui ont fait le choix de disparaître. Quel intérêt peut avoir la divinité quand la vie n'a plus la moindre saveur ? Ce que je comprends moins, c'est pourquoi Némésis ne semble pas affectée par le même mal que nous autres. Y en a-t-il d'autres comme elle ? Des acharnés du pouvoir ? Ou peut-être que, finalement, Némésis aime la vie plus que nous. Elle a gardé une fraîcheur qui nous fait cruellement défaut. Une fraîcheur certes largement assaisonnée de folie furieuse, mais on fait avec ce qu'on a, n'est-ce pas…

Soudain, je m'arrête net. Mes pensées moroses se tapissent au fond de moi, quand je lis sur un panneau : *Les petits Fufu de Paris*. Oh, c'est pas vrai ! C'est forcément un signe du destin ! Mince, c'est qui d'ailleurs qui s'occupait du destin, chez nous ? Je n'arrive pas à remettre le doigt sur le nom de cette personne. Ou de ces personnes… Ah oui, les Moires ! Pas très fun, d'ailleurs, ce trio, contrairement au nôtre.

Je décide de ne surtout pas réfléchir, et pousse la lourde porte en bois, juste à côté du panneau. Je me retrouve dans un hall encombré de cartons et de cages de toutes tailles. Malgré tout, l'endroit est propre et lumineux, car il ouvre sur une cour à l'arrière du bâtiment. Je m'avance, les talons de mes bottes fourrées claquent sur les dalles fendillées.

Sur une table de bois vernis, je trouve un dépliant, que je prends le temps de consulter. Manifestement, je me trouve au cœur d'une association qui recueille des furets malchanceux et les accompagne jusqu'à une nouvelle adoption. L'idée me plaît. Je n'aimais pas trop l'idée d'acheter un compagnon dans une animalerie aseptisée et sans âme.

Alors que je patiente sans trop savoir quoi faire, une femme d'un certain âge m'interpelle. Elle vient de passer la tête par la double porte ouvrant sur la cour.

— Bonjour, mademoiselle !

— Bonjour.

La politesse, une valeur sûre.

— Vous désirez des renseignements ?

Ses yeux pétillent derrière ses toutes petites lunettes rouges. Elle m'inspire une sympathie immédiate, avec sa jolie peau à peine ridée, son rouge à lèvres pimpant et son grand foulard coloré.

— Oui, je… j'aimerais adopter un furet.

— Merveilleux ! Venez, entrez donc, je vais vous préparer une tasse de thé.

Je la suis dans la cour, et elle m'entraîne d'un bon pas vers une ancienne loge de concierge. À l'intérieur, un bureau surchargé de dépliants, de tasses vides, de Post-it et de stylos de toutes les couleurs est rencogné contre un mur, tandis que deux fauteuils en velours nous tendent les bras.

— Asseyez-vous donc. Je vois que vous vous êtes pris un peu de lecture, c'est parfait.

Elle s'affaire à remplir une bouilloire électrique, à laver deux tasses pendant que l'eau chauffe, tout en chantonnant un air improbable.

Je me renfonce dans l'assise du fauteuil, tourne mon visage vers la porte. La lumière de cette fin d'après-midi automnale est si agréable… Je me prends à sentir chacun de mes muscles se détendre et mon esprit dérive sans qu'aucun souci ne vienne entraver sa course lente.

— Mademoiselle ?

— Tess.

— Tess. Vous êtes donc à la recherche du compagnon idéal ?

Malgré moi, je souris. Je ne pensais pas me trouver dans l'antre d'une agence matrimoniale. La dame en face de moi doit comprendre le cours qu'ont suivi mes pensées.

— Ah, excusez-moi. À mon âge, et quand on a perdu l'être aimé, la bagatelle présente un peu moins d'intérêt. Aujourd'hui, mes furets me satisfont pleinement.

À ces mots, une petite créature fourrée déboule de nulle part, grimpe le long de sa jambe et vient se nicher dans sa grosse écharpe. Je ne vois plus dépasser qu'un petit museau frétillant et deux yeux d'un noir de jais.

— Ooooooh, il est trop beau !

— Oui, c'est Robert, le plus pot de colle de ma troupe.

— Vous en avez combien ?

— Six, à ce jour. J'en ai eu plus. Mais c'était énormément de travail.

— Si je n'en prends qu'un, il ne risque pas de s'ennuyer de trop ?

— Non, si vous vous en occupez régulièrement, que vous jouez avec lui… Vous avez d'autres animaux chez vous ?

— Euh… Oui, je vis avec mes sœurs. Alex a un chat et Meg un chien.

— Bon, il va falloir que je vous explique comment faire les présentations entre tout ce petit monde. Ça se passe généralement bien, mais il y a tout de même des règles à respecter.

J'acquiesce. Les règles à respecter, je connais. Je maîtrise, même.

— Vous êtes sûre de vous ? me demande la dame dont je ne connais toujours pas le nom.

— Absolument. J'ai lu pas mal sur le furet et même si je ne sais pas tout, je pense que c'est l'animal qui me conviendra le mieux.

— Je vois que vous vous êtes déjà renseignée. C'est très bien. Alors venez avec moi, nous en avons récupéré quelques-uns il y a quelques jours. Les pauvres, ils vivaient dans des conditions déplorables. Mais heureusement, ils sont tout jeunes et ne demandent qu'à recevoir plein d'amour.

Elle me fait signe de la suivre et nous passons une porte qui donne sur l'intérieur du bâtiment. Nous traversons un couloir et je l'observe sortir un énorme trousseau de clés de sa poche de pantalon.

— Excusez-moi, mais comment vous appelez-vous ?

— On m'appelle Miss Fufu…

Elle doit lire l'incrédulité dans mon regard, car elle s'interrompt, glousse doucement et reprend :

— Appelez-moi Marie.

Marie. Voilà, Marie, c'est très bien.

La porte s'ouvre sur une véritable aire de jeux pour furets. C'est incroyable. Il y a quelques cages à la paille propre, des étagères pour grimper, des cachettes, des balles à grelots dans tous les recoins… Et, de-ci de-là, une bonne dizaine de furets me contemple depuis leur perchoir. Il y en a pour tous les goûts, des blancs, des cannelles, des chocolats, des noirs… Tous dardent leurs petits yeux curieux sur moi.

— Ils restent là tout le temps ?

— Quoi ? Oh non ! Ils sortent régulièrement et passent beaucoup de temps avec moi. C'est important pour leur socialisation. Nous prenons grand soin d'eux, vous savez. Beaucoup de gens ont la lubie d'en adopter un, sans s'intéresser à leurs besoins. Et souvent, cela finit de façon dramatique.

Soudain, le doute m'étreint. Pourquoi est-ce que je tiens tant à adopter un animal ? Pour faire comme mes sœurs ? Ou cela répond-il à un besoin plus profond ? J'avoue que j'ai du mal à faire la part des choses.

— Je vois à votre regard que vous vous posez des questions. C'est bien.

— Vous ne préférez pas des adoptants sûrs d'eux ?

— Surtout pas, rit-elle. J'aime les gens qui doutent et qui se remettent en question.

Je lui souris largement. Elle est bien tombée, avec moi.

Soudain, je ressens un choc sur mon épaule. Une légère pression. J'écarquille les yeux, n'ose plus bouger. Marie pince les lèvres pour se retenir d'éclater de rire. De petites rides viennent égayer le coin de ses yeux.

— Bon, je crois que vous vous êtes fait un ami.

— Ah bon ? Déjà ?

C'est que je n'ai pas l'habitude de me faire des potes comme ça, moi. Ça me surprend, tant de spontanéité. Bon, j'avoue, heureusement que les humains ne vous sautent pas sur l'épaule sous le seul prétexte que vous leur plaisez.

— Je… je peux ? soufflé-je.

— Mais bien sûr ! Il ne va pas vous manger.

Avec la plus grande délicatesse, je tourne la tête vers mon nouvel ami. Mais je n'ai même pas le temps de l'apercevoir qu'il s'est déjà élancé vers mon épaule gauche. Évidemment, je tourne la tête, mais le petit plaisantin va se réfugier sur le sommet de mon crâne.

Pas bête, le fufu, il sait que pour le déloger de mon afro, il faudra se lever tôt.

Devant moi, Marie ne peut plus contenir son hilarité.

— Je comptais vous présenter tous mes pensionnaires pour que vous fassiez votre choix, mais je crois bien que c'est peine perdue. Vous n'avez pas adopté un furet, c'est lui qui vous a choisie.

J'en reste sans voix. Alors, ça y est, c'est fait ? Pas d'arcs-en-ciel pailletés, pas de feux d'artifice, pas de fanfare ? Un petit mammifère m'a posé la patte dessus, et me voilà enchaînée à lui pour le reste de ses jours ? Ou des miens, vu les circonstances actuelles.

Je hausse les épaules et décide que cela me va. Je n'aurais pas été contre un peu plus de débordement de sentiments, mais le fufu perché sur mon crâne n'a pas l'air de vouloir me montrer sa trombine…

— Euh… Mais je ne sais même pas à quoi elle ressemble, cette bestiole…

— Vous êtes l'heureuse meilleure amie d'un furet albinos. Très joli petit furet, au demeurant.

— Un furet albinos ? Mais ça craint pas ?

— Oh, pas de tout ! Schmoute est en pleine santé.

— Sch… Quoi ?

Non, ce n'est pas possible, je ne peux pas adopter un furet qui s'appelle Schmoute ! Mes sœurs ne vont jamais s'en remettre et j'en entendrai parler jusqu'à la fin des temps !

— Schmoute, me confirme néanmoins Marie. Vous pouvez lui changer son nom, si ça vous fait plaisir, mais ce n'est pas dit qu'il réponde au nouveau. Vous n'aimez pas Schmoute ? C'est mignon, pourtant.

Ahem. Alors, je ne suis pas sûre que mignon soit le terme que j'aurais choisi, mais j'acquiesce malgré tout, sous le choc. Je pensais être prête, mais j'ai dû me tromper. Toute cette histoire va beaucoup trop vite pour moi.

— Bon… Euh… J'imagine qu'il y a des papiers à faire ?

— Oui, tout à fait. Je vais aussi vous fournir un kit de base. Vu la vitesse à laquelle s'est déroulée cette adoption, j'imagine que vous n'avez pas le nécessaire chez vous ?

— Vous devinez bien. Je passais par là, et je voulais simplement en discuter…

Les yeux de Marie s'assombrissent.

— Attention, Tess. Je ne veux pas vous forcer la main. On peut attendre que vous soyez vraiment prête, si vous préférez. Je ne veux pas que Schmoute tombe entre de mauvaises mains encore une fois, même si je fais confiance à son instinct et qu'il semble vous avoir adoptée.

Un instant, j'hésite. Puis je sens deux petites pattes gratouiller mon crâne, et je soupire.

— Non, c'est bon… Je crois qu'il faut parfois se laisser porter par les événements, vous ne croyez pas ?

Ce n'est pas Marie qui me répond, mais bien Schmoute, par un petit couinement bien senti.

J'effectue le trajet du retour dans un état étrange, mi-euphorie, mi-effarement. Qu'est-ce qu'il m'a pris de repartir avec ce furet, cette cage d'occasion et ce sac de nourriture ?

OK, on ne parle que d'un furet, mais clairement, je me sens dépassée par la situation. Et, pour rappel, le furet en question a refusé d'entrer dans sa cage et s'est logé autour de mon cou, entre ma peau et mon écharpe, juste au niveau du collier des Thébin.

J'avise un banc non loin de moi, et je ressens le besoin pressant d'aller m'y asseoir pour réfléchir deux minutes.

Je m'y installe avec une grâce toute relative. Je ne sais pas trop ce qu'il m'arrive. Toute cette histoire avec Némésis, Perséphone qui a disparu, Daddy-Chou qui bave dans son palais… Et puis Meg partie à l'autre bout du monde, Alex qui fait la tronche, et le beau Léo… Quel dommage d'ailleurs qu'il ne soit plus de notre côté, je serais allée lui rendre visite avec Schmoute. Pour vérifier qu'il est en bonne santé, évidemment.

Je passe une main dans mes boucles serrées, puis dans ma nuque. Aussitôt, je sens de petites dents pointues pénétrer ma chair.

— Mais ça va pas ! m'écrié-je.

Déjà que je ne sais pas à quoi ressemble cette bestiole, il faut en plus qu'elle me morde ? C'est trop fort ! Un instant, je songe à repartir en sens inverse, retourner chez Marie, et lui rendre son furet. Je ne vais tout de même pas me laisser bouffer par un petit carnivore, tout de même !

Et là, mon petit monde de paillettes roses et dorées s'effondre et j'éclate en sanglots. J'étouffe. Toute cette situation... Je n'ai pas envie de gérer tout ça. J'ai envie de retourner en stase. Personne ne m'a demandé mon avis, avant de me réveiller. Et puis, j'en ai assez de faire semblant d'être douce et joyeuse. Pourquoi mes sœurs auraient-elles le droit d'être odieuses et pas moi ?

Je me rends bien compte que je suis ridicule de m'apitoyer ainsi sur mon sort, mais c'est plus fort que moi. Le trop-plein d'émotions qui menace de me submerger depuis mon réveil est en train de déferler façon tsunami.

Un passant s'arrête devant moi. Je sens sa pitié peser comme du bois mort sur mes épaules secouées par les pleurs.

— Mademoiselle... ? Je peux vous aider ?

— Nooooon...

— Mais vous n'avez pas l'air bien...

— J'ai dit non ! DÉGAGE, JE TE DIS !

Oh, merde. Je crois que je suis en train de fondre les plombs. Je lève les yeux pour m'excuser de mon éclat, mais l'homme plein de sollicitude qui s'était arrêté a déjà fui. Dans mes cheveux, les serpents se sont éveillés, et Schmoute file s'installer dans la capuche de mon manteau.

Mais je continue de pleurer et de pleurer sans plus m'arrêter, jusqu'à ce qu'une voix me sorte de mon marasme.

— Eh bien, alors, Tisiphone, que t'arrive-t-il ?

Surprise d'entendre mon vrai prénom, je sursaute et sors le visage d'entre mes mains.

Oh.

Oh oh.

Le véto.

Enfin, plus vraiment. Aujourd'hui, il est surtout le fils adoptif de notre meilleure ennemie et semble avoir oublié tous les bons moments qu'il a pu passer avec mes sœurs. Autant dire qu'il représente un véritable danger sur pattes.

Et puis que fait-il là, encore ?

— Qu'est-ce que tu fais là ? T'es pas retourné dans les jupons de Némésis ?

— Ma mère adoptive, comme tu dis, a d'autres âmes à fouetter et des plans machiavéliques à orchestrer. Elle m'accorde toute sa confiance et je peux aller et venir selon mon bon plaisir. Et mon bon plaisir, aujourd'hui, c'est de te suivre. Je te trouve très... intéressante. Intrigante, je dirais même.

Je ne relève pas ces derniers mots. Non, ça pue le piège à plein nez, même pour moi, la naïve Tisiphone. Pas besoin d'avoir mon ange Alex et mon démon Meg sur chacune de mes épaules pour me prévenir.

Du coup, je me focalise sur autre chose :

— Est-ce que tu te rends bien compte que Némésis est incapable de faire confiance à qui que ce soit ? Enfin, je veux dire, je suis certaine qu'elle doit avoir un garde à côté de son miroir pour surveiller son propre reflet. Alors, si elle te fait confiance, c'est qu'elle t'a complètement envoûté.

— Peut-être. Je ne sais pas. Et je m'en fiche, en fait. Qu'est-ce que ça peut me faire, après tout ? Je me souviens vaguement de ma vie d'avant, comme d'une succession de jours fades et sans intérêt. Alex, une de mes rares amies, dont j'étais éperdument amoureux, me mène en bateau depuis des années. L'arrivée de Meg a foutu un bordel sans nom dans ma vie tranquille et monotone. On va dire que je leur en veux beaucoup, que cela soit justifié ou pas. Mais cela ne veut pas dire que j'ai envie d'aider Némésis pour autant. Il faut dire que toutes ces valeurs morales qui avaient apparemment beaucoup d'intérêt pour moi n'en ont plus aucun aujourd'hui, et je m'amuse beaucoup de mes nouveaux pouvoirs. Regarde.

Un jeune homme en costard cravate passe devant nous, il a l'air tellement stressé. Ses traits sont blêmes et tirés.

— Tu le vois bien ? me souffle Léo.

J'acquiesce en silence. Je ne sais pas à quoi je m'attends, mais certainement pas au meilleur. J'ai envie de crier au jeune trentenaire qu'il lui faut s'enfuir loin d'ici le plus vite possible, mais pourtant, je n'y arrive pas.

Au moment où le type passe devant nous, sa cravate se rebelle. Elle se redresse et se met à siffler comme un serpent furieux. Elle se resserre sur le cou de l'homme, qui, rapidement, ne peut même plus crier et se contente de se griffer la gorge pour tenter de se dégager de l'étreinte de ce bout de tissu doué d'une vie malsaine.

Sous mon regard effaré, il tombe, genoux en terre. Son visage est rouge et convulsé, ses yeux exorbités. Enfin, je retrouve la force de bouger, et je saute sur mes jambes en criant ;

— Mais, Léo, arrête ça, bordel ! Tu vas pas le tuer en pleine rue, tout de même ! Ça ne se fait pas !

— Ah, et pourquoi pas ? me demande-t-il en observant ses ongles avec la plus grande attention, comme si déjà le spectacle de l'homme agonisant ne l'intéressait plus.

J'en reste comme deux ronds de flanc. Tellement ébahie que je me dis même que cette expression pourrait faire le bonheur du Wiki de ma sœur. Mais Meg n'est pas là, et Alex non plus, pour m'aider à gérer ce véritable psychopathe lâché en plein Paris, pendant que son hystérique de mère adoptive complote pour l'avènement de la fin du monde. Et pendant que mon légume de père, anciennement souverain des Enfers, bave sur son trône, ne l'oublions pas ; il a la place au panthéon de cette situation absolument merdique.

— Bon, si tu ne veux pas libérer ce pauvre homme, je m'en vais.

Léo lève un sourcil étonné vers moi.

— Je ne te pensais pas si sensible. Enfin, je veux dire, tes sœurs et toi avez grandi dans l'Érèbe, alors…

— Ouais, ben justement, le coupé-je. Des horreurs, j'en ai assez vu et j'ai décidé que c'était assez pour toute une vie, même très longue comme la mienne.

— Et tu vas donc tenter d'ignorer la laideur de ce monde ?

— Tout à fait.

— Tu comptes t'y prendre comment, au juste ?

— Licornes, paillettes et cupcakes.

— Mmmh. Chouette programme. M'enfin, tu sais que les licornes n'existent pas, tout de même…

— Pfff. Ça se voit que tu viens d'arriver chez les immortels, toi.

Il arrondit des yeux ébahis. Il est tellement surpris qu'il en oublie de torturer son innocente victime, qui cesse enfin de se tortiller et s'éloigne de nous le plus rapidement possible. Ce qui n'est d'ailleurs pas très rapide, parce qu'il rampe, le pauvre.

— Tu veux dire que…

Je hoche la tête, tout en surveillant la progression de mon protégé d'un soir. Il a atteint un platane. Allez, mon gars, on y est presque. Dans vingt minutes, tu auras tourné au coin de la rue.

— Tu ne dois pas être au courant, vu ta nature, mais les humains ne sont pas si imaginatifs que ça. Les légendes véhiculées durant des siècles par des traditions orales, puis écrites, viennent bien de quelque part, tu ne crois pas ?

— Euh… Je…

— Nan, mais ne cherche pas, pauvre chaton. Comment veux-tu récupérer des siècles d'ignorance en quelques jours ! Némésis ne t'a pas prévenu du fait que tu ne serais jamais à la hauteur ?

Je. Raconte. Nawak.

Je noie ce pauvre Léo sous un torrent de paroles, je ne m'arrête que pour avaler une bouffée d'air pollué de temps en temps, constatant à chaque fois qu'il est un peu plus choqué.

Parfait.

Finalement, je tourne les talons et le plante là. Après tout, y a un furet qui s'appelle Schmoute dans ma capuche. Je ne voudrais pas qu'il s'attaque à mon beau manteau rouge. J'aurais l'air cruche, avec des trous dans mes vêtements.

— Hey !

Parce qu'en plus il croit que je vais me retourner pour lui faire la causette ? Non, mais il rêve, le Prince des Enfers de mes deux.

— Hey ! Tess !

Mais c'est qu'il insiste !

— Mais quoi, à la fin ? Je te rappelle qu'on n'est pas potes ! On est censés se livrer une guerre sans merci, même si ce n'est pas encore très clair, j'avoue.

— Non, ce n'est pas ça. Tu as oublié tes affaires.

Je regarde le petit tas qu'il me montre à ses pieds. La cage de Schmoute, son paquet de croquettes spécial furet, et tout le tralala.

— Ah. Oui. Merci.

Rapidement, je le rejoins et commence à me charger de tout mon barda.

— Tu vas adopter un animal de compagnie ?

Étrangement, il n'y a aucune trace d'ironie dans sa voix. Il paraît simplement intéressé par ce que je suis en train de faire.

— Déjà fait.

Il se penche en avant, regarde dans la cage, puis me regarde à nouveau.

— C'est un furet invisible ?

— Mais non, soupiré-je, exaspérée. Mais cette bestiole a décidé de se planquer.

Cette fois, le fils adoptif de Némésis éclate d'un rire franc, et me rappelle ainsi qu'il y a encore peu de temps, il était un humain tout à fait normal, et même plutôt sympathique si j'en crois mes sœurs. Meg a même été dévastée par son enlèvement.

— Laisse-moi regarder.

Il se lève et s'approche de moi. C'est qu'il sent bon, en plus… Je ferme les yeux, et repousse l'envie farouche de lui renifler la peau. Qu'il semble d'ailleurs avoir lisse et douce. Mmmh. Pas toucher, on a dit.

Avec beaucoup de douceur, il regarde par-dessus mon épaule et jette un œil au petit habitant qui a élu domicile dans mon dos.

— Hey ! Salut, toi !

Sa voix s'est faite douce et chaude, et un frisson voluptueux me remonte le long de l'échine. Depuis quand ne m'a-t-on pas parlé comme ça ? Mais j'oublie trop vite que ce n'est pas à moi que Léo s'adresse, mais à mon furet.

— Regarde, il est là, me dit l'ancien véto au bout de quelques secondes.

Il fait un pas en arrière pour que je puisse voir la bestiole qu'il tient dans la main. Aussitôt, je souris. C'est vrai qu'il est mignon, mon Schmoute. Tout blanc, avec des yeux roses. Et j'adore le rose.

— Ooooooh, il est adorable ! m'extasié-je.

Léo le manipule un peu, la tête penchée sur le côté, le regard attentif. Il semble totalement absorbé par sa tâche. C'est qu'il est adorable, lui aussi, quand il veut.

— J'étais vétérinaire, avant, me dit-il simplement.

— Je sais.

— Je crois que j'aimais mon métier, ajoute-t-il.

— J'ai cru comprendre que tu étais un bon vétérinaire. Et un très bon ami, pour Alex. Et Meg t'appréciait beaucoup.

Mais, à ces mots, il se rembrunit et me tend Schmoute d'un geste raide. Celui-ci saute sur ma main, remonte le long de mon bras et retourne se loger dans mon cou. Génial, mon furet est super timide. Enfin, avec moi seulement.

— Tout ça, c'était avant. Et je ne crois pas qu'être simplement un bon vétérinaire et un bon ami m'a rendu très heureux.

— Ou peut-être que c'est ce que Némésis tente de te faire croire.

— Je sais très bien à quoi tu joues, Tess. Après tout, la manipulation des humains fait aussi partie de ton ADN.

— C’est le cas de tous les immortels de ma connaissance, Léo. Mais nous n’avons pas tous de mauvaises intentions.

— Écoute, Némésis est sympa avec moi. Je sens bien qu’elle n’est pas du genre à tolérer d’être contrariée, mais ça me va.

Son air glacial, soudain, m’exaspère. OK, il est super mignon, super charmant, super… Prince-des-Enfers-Sexy, mais malgré tout, il se comporte comme un gosse égoïste.

— Ah, ça te va ? je lui rétorque avec mordant. Ça te va qu’elle ait pris l’ascendant sur Hadès, mon père, mais surtout, le dieu de l’Érèbe ? Ça ne t’inquiète pas qu’on ait perdu la trace de Perséphone ? Pas que ce soit une mère géniale, hein, mais je te rappelle qu’elle a un rôle assez utile à jouer, niveau succession des saisons, cycle des cultures, tout ça…

— Ce qu’il adviendra de l’humanité m’intéresse assez peu, dorénavant.

Alors là, j’écarquille des yeux comme des soucoupes.

— Je crois que Némésis a oublié de te parler des responsabilités qui accompagnent ton nouveau statut.

Il hausse les épaules, le regard dans le vague. Malgré moi, mon regard erre sur son profil parfait, sa peau pâle et ses merveilleux cheveux blonds, dans lesquels j’ai envie de plonger les mains. Je pourrais faire comme Schmoute et m’enrouler autour de sa gorge. Je suis sûre que sa peau doit être délicieusement chaude et que ses cheveux doivent sentir terriblement bon…

— Les responsabilités m’indiffèrent.

Bon, là, il vient de doucher mes envies de touchage de cheveux.

— Je pense que notre conversation peut en rester là pour aujourd’hui… ou pour toujours, d’ailleurs. Tu es aussi creux que veut te le faire croire notre bonne vieille Némésis. Je te laisse profiter de ta vacuité.

Sur ces bonnes paroles, et un dernier couinement approbateur de Schmoute, je tourne les talons et le plante là.

INTERMÈDE

1861, Paris, maison familiale des Thébin

Quelque part dans la grande maison plongée dans l'obscurité, un domestique avait probablement dû oublier de fermer une fenêtre, et un vent mauvais sifflait dans les couloirs. Il faut dire que les domestiques étaient aujourd'hui peu nombreux, puisqu'il avait fallu en remercier bon nombre afin de pouvoir continuer à maintenir un certain train de vie.

Dans l'ombre, deux jeunes gens attendaient. L'un d'eux, le garçon, avait le cœur qui battait si fort qu'il se sentait presque défaillir. Ce qu'il s'apprêtait à faire… Que Dieu lui pardonne ! Jamais il n'aurait cru devoir en arriver là.

Mais son frère s'était montré si entêté… Il n'avait plus le choix, sa compagne avait été claire. S'il n'agissait pas, le collier serait perdu à jamais. Il disparaîtrait dans une obscure collection privée, et il ne pourrait l'offrir à son aimée.

Or, Adria voulait ce collier. Elle voulait qu'il le lui offre pour sceller leur union, et Jules ne pouvait rien refuser à la sublime jeune femme. Quand elle posait sur lui ses grands yeux noirs, aussi profonds que la nuit la plus sombre, quand elle se penchait sur lui et qu'il pouvait alors humer le parfum de sa peau… Alors, il perdait la tête, et plus rien ne lui paraissait déraisonnable. Au fond de lui, une petite voix lui murmurait que tout ceci n'était pas normal. Non, ce n'était pas normal de se dissimuler dans le noir, à attendre un frère pourtant aimé, pour lui subtiliser le peu qu'il restait de la richesse familiale, et le tuer.

Mais il ne pouvait lutter contre la force qu'exerçait Adria sur lui. Il était comme envoûté. Et puis, voulait-il seulement se débattre ? Il n'aurait su le dire…

Dans le hall d'entrée de la maison, un bruit. Une porte qui claque. Des pas dans l'escalier.

— C'est lui. Tiens-toi prêt.

— Adria, peut-être que…

— Non. Je te l'ai dit. Il n'y a que ce collier pour nous unir à jamais. Je le sais, je le sens. Ne me fais pas défaut.

— Mais, si nous retrouvons notre richesse, je pourrais t'offrir…

Les pas approchaient. Les pas de son frère. La gorge de Jules se serra douloureusement.

— Ne me déçois pas, ajouta encore Adria, avant de faire un pas en arrière.

Quand, désespéré, il se tourna vers elle, il ne vit plus d'elle que ses yeux flamboyants, et il eut peur. Qui était donc cette jeune femme ? Depuis qu'il l'avait rencontrée dans la rue, il n'était plus que rage et colère.

Alors qu'il secouait la tête pour lui signifier son abandon, elle le poussa violemment en avant, juste devant Alfred, qui arrivait et qui sursauta, surpris.

— Jules, que fais-tu là ?

— Je…

— Ne me dis pas que tu veux reparler de ce satané collier ! La transaction aura lieu demain, comme prévu, et tu ne peux rien y faire. C'est la volonté de notre mère et…

À l'écoute de ces mots cent fois répétés, une nouvelle vague de fureur submergea le plus jeune des rejetons Thébin.

— Mère n'est pas là. Elle n'a plus son mot à dire depuis qu'elle a décidé de quitter la maison. Pourquoi ne veux-tu pas m'écouter ?

— Parce que tu souhaites garder ce collier pour de mauvaises raisons. Jules, enfin… Que t'a fait cette fille ? Si elle t'aimait vraiment, elle aurait à cœur le bien de ta famille…

Comment Alfred osait-il s'en prendre à Adria ? Cette fois, Jules ne put se contenir. Il leva le poing, prêt à l'abattre sur le beau visage aux traits fins de son frère aîné. Mais Alfred fut le plus rapide, et lui saisit le poignet.

— Tu oserais me frapper, ici, dans notre maison familiale ? Mais tu as perdu la tête !

— Que se passe-t-il, ici ?

Dauphine venait d'apparaître à son tour dans le couloir. Sa longue chemise blanche, dont le bas frôlait ses pieds nus, éclairait d'un halo clair l'obscurité des lieux.

— Dauphine, retourne dans ta chambre, cracha Jules, toujours fermement maintenu par Alfred.

Mais la jeune fille n'écouta pas. Elle écarquillait de grands yeux, comme deux puits sombres dans son visage blême.

— Vous vous battez ?

— Ce n'est rien, ma sœur, tenta de l'apaiser Alfred en se tournant vers elle.

Mais il baissa ainsi sa garde, et Jules en profita pour se libérer. D'un geste souple, il sortit un couteau de sous sa chemise, et le brandit vers son frère.

— Jules, non ! cria Dauphine.

Mais c'était trop tard. Ivre de colère, Jules abattit sa lame dans la poitrine d'Alfred, le blessant à mort. Le jeune homme ouvrit une bouche béante, d'où jaillit un flot de sang noir. L'ichor se répandit sur ses vêtements tandis qu'il glissait au sol.

C'est à ce moment-là qu'Adria Nemes sortit de l'ombre, telle une déesse surgissant des Enfers.

— Jules, cherche le collier, maintenant !

Encore sous le choc de son acte immonde, le jeune homme s'agenouilla sur le tapis déjà imbibé de sang pour fouiller son frère. Il tremblait, tandis que la vie quittait rapidement le regard d'Alfred. Comment un être en pleine santé, aussi vaillant qu'Alfred, pouvait-il mourir aussi vite ? Comment lui, Jules Thébin, avait-il pu commettre un acte aussi terrible, pour l'amour d'une inconnue ? Pour l'amour d'une inconnue… Était-ce bien de l'amour, d'ailleurs ? Il n'en savait plus rien, mais il obéit tout de même, tandis que résonnait dans la grande maison vide le long cri horrifié de sa sœur Dauphine…

Enfin, au bout de longues secondes qui lui parurent une éternité, il se releva, le poing serré sur le collier maudit. Adria se jeta sur lui pour s'en emparer, mais, étrangement, il ne lui céda pas le bijou.

— Jules… Que fais-tu, voyons ? Ce collier devait me revenir…

— Ne peux-tu attendre au moins que le corps de mon frère soit froid ?

À présent que le pire avait été commis, les yeux du jeune Thébin s'ouvrirent enfin sur la réalité. Il avait été manipulé. Adria Nemes le regarda avec inquiétude, puis baissa la tête en signe de soumission. Mais dans son cœur aussi noir que la nuit, elle se promit de se faire offrir rapidement de ce qu'elle estimait lui revenir de droit. Malheureusement, s'en emparer par la force ou la ruse ne lui apporterait rien.

CHAPITRE 9

— Ta balade s'est bien passée ? me demande Alex à peine ai-je posé un pied dans notre hall d'entrée.

Je soupire en déposant tout mon barda à mes pieds. Moisi se précipite sur moi, me fait rapidement la fête, avant de passer les affaires de Schmoute au radar de son flair surpuissant. C'est dingue, on peut planquer des trucs n'importe où dans cette maison, ce chien sera toujours capable de les retrouver. Il a clairement loupé sa vocation de chien renifleur.

— Qu'est-ce que c'est que tout ça ?

Alex m'a rejointe et me toise d'un air effaré. Je ne sais pas si ça sert à grand-chose que je lui confirme ce dont elle se doute déjà. Du coup, j'indique ma nuque du doigt.

— Quoi ? Qu'est-ce qu'ils ont, tes cheveux ? Je les trouve très bien, moi. Par contre, il faut qu'on reparle de ce collier…

— Je ne risque rien avec la malédiction liée à ce bijou. Il ne m'a pas été offert, je m'en suis emparé, tu te souviens ? Mais mon nouvel ami est là, regarde.

— Dans le col de ton manteau ?

— Oui. Tends-lui la main, ça marchera peut-être. Y a qu'à moi qu'il ne veut pas se montrer.

— Tu veux dire que…

— C'est ça, c'est à peine si je l'ai vu.

— Et tu l'as adopté quand même ?

— Ben, la dame de l'association a dit qu'il m'avait choisie, je lui ai fait confiance.

— Tu fais confiance à des inconnus ?

— Et pourquoi pas ?

Mon ton est probablement bien trop agressif, mais je n'ai pas envie qu'elle me fasse encore une fois la morale.

— Alors, avant que j'offre mon doigt à une créature inconnue, est-ce que cette chose est agressive ?

— Non, je ne crois pas. Enfin, il n'en a pas l'air.

— Mmmpf. Et il s'appelle ?

— Schmoute.

Elle lève les yeux au ciel.

— Mais c'est pas possible, vous vous êtes passé le mot, avec Meg, ou quoi ?

— Bah, il s'appelait déjà comme ça. Alors bon, je n'allais pas le traumatiser encore plus en lui changeant son nom.

Alex capitule. Elle tend une main hésitante vers mon cou.

— Schmoute ?

Le furet lui répond par un petit couinement. Aussitôt, quelques dizaines de grammes de chair et de poils quittent le haut de mon dos. C'est que ça pèse, à force, ces petites bêtes.

Je vois à nouveau mon nouvel ami. Il a grimpé sur le bras de ma sœur et s'est perché sur son épaule. Dressé sur ses pattes arrière, il observe son nouvel environnement, son petit nez rose tout frémissant. C'est vrai qu'il est adorable, Schmoute.

— Oooooooh, mais il est trop mignon, ce petit fufu ! s'exclame Alex.

— Tu vois, je savais que tu l'apprécierais.

— C'est faux, tu n'en savais absolument rien, tu as juste tenté ta chance. Et tu as vraiment du bol que j'adore les animaux. Par contre, je ne sais pas ce qu'en penseront Bloody Hell et Moisi.

Pour Moisi, les choses me semblent claires. Le cabot de Meg est à mes pieds, tout frétillant d'excitation. Manifestement, il a très envie de jouer avec ce qu'il semble prendre pour un nouveau jouet. Je grimace en imaginant les bêtises dont ces deux-là vont très probablement nous gratifier. Adieu déco et jolies peintures…

Pour Bloody Hell, j'imagine que ce sera comme pour tout. Elle lui jettera un coup d'œil dédaigneux et retournera se nicher dans sa queue touffue. Pourquoi faire des efforts pour des choses somme toute insignifiantes, n'est-ce pas ?

— Je pense que dans un premier temps, je vais le garder sur moi ou dans ma chambre, ça me semble plus prudent, dis-je en désignant Moisi qui à présent fait des bonds vertigineux pour tenter d'attraper la queue de Schmoute qui pend dans le dos d'Alex.

— Oui, tu fais bien. D'ailleurs, va l'installer, il faut qu'on parle.

— Oh ? Tu as eu des nouvelles ? De qui ?

— Je t'explique tout après. Il va être temps de bouger un peu.

Je hoche la tête, récupère tout mon fatras et pars me réfugier dans ma chambre. J'installe tout le nécessaire et pose Schmoute dans sa cage. Il ne fait pas le difficile, il semble avoir grand besoin d'une bonne sieste, le pauvre fufu.

Je le laisse rapidement pour rejoindre Alex dans le salon. Elle nous a préparé deux tasses de thé fumant. Au maté-açaï-guarana pour elle, et saveur vanille-fraise des bois pour moi. Ma sœur sait que j'ai besoin de beaucoup de douceur, dans la vie. Elle a même pensé aux petits gâteaux secs en forme de licorne.

Je m'affale dans le sofa, Bloody Hell me souffle dessus, Moisi se jette sur mes genoux. J'aime cette forme de routine.

— Tu as installé… Enfin, tu vois, ton nouvel ami…

— Schmoute.

— Nan, mais ça ne va pas être possible. Sch… Non, je ne peux pas prononcer ce nom. C'est presque de la maltraitante animale.

— Oh, ça va, fais pas ta bêcheuse, s'il te plaît.

Elle me jette un regard outré. Mince, elle va se fâcher tout rouge, si je vais trop loin. C'est qu'Alex a toujours aimé les belles choses. Moi aussi d'ailleurs, mais nous n'avons définitivement pas les mêmes goûts, toutes les deux. Et si on ajoute à l'équation les goûts douteux de Meg… Je frémis et préfère ne même pas y penser.

— Tu as des nouvelles de notre très chère sœur ? Sa petite virée à l'étranger se passe bien ?

Alex me coule un regard énigmatique.

— Je ne sais pas, je suis un peu inquiète.

— Oh, avec elle, tu ne devrais pas. Tout est possible, après tout. Mais c'est un vrai cafard, elle va s'en sortir à la perfection, et revenir la bouche en cœur et le teint hâlé.

— Oui, c'est ce que je pense aussi, mais dans les circonstances actuelles…

Elle n'a pas tort, mais je n'ai pas envie d'imaginer le pire. Je préfère penser que Meg se dore la pilule au bord d'une piscine d'un bleu indécent, tout en roucoulant avec sa chérie et en sifflant des cocktails. Quoique… Ce qui ne colle pas dans ce tableau idyllique, c'est Julia, justement. Autant Meg est incontrôlable, autant Julia est l'une des humaines les plus fiables qu'il m'ait été données de rencontrer au cours de ma très longue vie.

— Écoute, attendons encore quelques jours avant de nous inquiéter. Où en est-on de nos prises de contact avec nos vieux potes de l'Érèbe ?

— J'ai bien avancé pendant ta courte absence. Cette Agatta est vraiment précieuse, il n'y a pas à dire. Elle a finalement réussi à me dénicher un rendez-vous avec le gratin de la société infernale.

— Sérieux ?

— Sérieux. Et je t'annonce que nous sortons ce soir.

Je lui adresse une moue interrogative. J'ai pas très envie de sortir, je dois l'avouer.

— OK, capitulé-je malgré tout. Dis-m'en plus sur tes projets.

— Oh, rien de particulier. Ce soir, minuit, *Porte des Enfers*.

Évidemment. Où d'autre ?

Avec un soupir, je me laisse aller en arrière. Cette fois, Bloody Hell s'enfuit sur un dernier regard outragé, et Moisi passe à l'attaque en mode débarbouillette géante. Je me laisse faire, curieusement lasse.

— Dis, Alex. T'en as pas marre de tout ça ?

Je l'entends soupirer juste à côté de moi.

— Crois-moi, Tess, tu n'as pas envie de parler de ce genre de choses avec moi.

— Et pourquoi donc ?

— Parce que ça ne nous ferait pas avancer…

— Mais il n'y a pas que cette potentielle fin du monde, dans notre vie…

Non. Enfin, si. Je me rends bien compte de l'énormité de mon propos. Nous faisons face à une folle furieuse qui se propose de fusionner Enfers et monde des humains pour établir un pouvoir sanguinaire. Donc je comprends l'urgence de la situation. Malgré tout, ne plus pouvoir parler à cœur ouvert avec ma sœur me manque terriblement.

Certes, elle n'est pas du genre chaleureuse (et je fais taire la petite voix dans ma tête qui me susurre qu'elle est même plutôt du genre bout de banquise à la dérive), mais malgré tout, nous avons une longue histoire commune. Je ne comprends pas pourquoi il nous est si difficile aujourd'hui de nous sentir réellement proches.

— Tu sais que tu peux me parler, si tu as besoin ? j'insiste pour la forme.

Mais je ne récolte finalement qu'un regard en coin.

— OK, vas-y, dis-moi ce que tu as comploté pendant mon absence.

Enfin, Alex s'anime. Comme si se sentir dans le feu de l'action ranimait les cendres d'une énergie depuis longtemps disparue.

— Bien. Alors Angatta a pu joindre pas mal de monde, finalement. Charon, déjà, qui a ensuite servi d'intermédiaire. Il semble jouir d'une relative liberté. Pour le moment, Némésis n'a pas osé lui refiler un uniforme rutilant et un badge à son nom. Donc il peut encore promener ses guenilles puantes le long des berges du Styx et des autres fleuves infernaux.

J'acquiesce. Ça, c'est une sacrée chance. Charon n'est pas du genre à se mouiller – sans mauvais jeu de mots –, mais faire la commère ne lui pose jamais vraiment de soucis. Donc il a dû se faire un plaisir d'aller colporter notre demande de réunion secrète.

Je fais signe à Alex de poursuivre sur sa lancée. À présent, je suis toute entière focalisée sur ce qu'elle a à me dire. Elle a raison, il est temps d'avancer. Plus nous attendons, et plus Némésis renforce son emprise sur Daddy et l'Érèbe.

— Bref, Charon est passé faire la bise à Cerbère, enfin, euh… trois bises, quoi. Il a vu nos cinq fleuves, évidemment, mais aussi Éaque, Radamanthe et Minos.

— Super ! J'espère qu'ils vont venir, ils m'ont tellement manqué !

Oui, j'adore les trois vieux juges des Enfers. Ils nous ont tellement appris, quand on était de jeunes déesses. Leur bonté, leur sagesse et leur droiture font partie des éléments les plus importants de ma vie. Même si j'ai parfois été amenée à commettre des actes horribles, j'ai toujours gardé à l'esprit leur enseignement.

— Je ne sais pas, Tess. Nous verrons ce soir qui sera là.

— Très bien. Et ensuite ? Hécate ? Thanatos ? Hypnos ? Nyx ?

Ma sœur secoue la tête.

— Pas de nouvelles de ceux-là pour le moment. Ils sont aux abonnés absents, et personne ne semble les avoir vus depuis bien longtemps. Soit ils se sont fondus dans la masse des humains, soit ils se cachent au fin fond des Enfers, et ils risquent d'être difficiles à trouver.

— Tu ne crois pas que…

— Que quoi ?

— Que Némésis aurait pu les éliminer ? Leur prendre leur pouvoir ?

— C'est une possibilité. Mais nous ne pouvons être sûres de rien pour le moment. Charon continue de chercher. Styx, Achéron, Léthé, Cocyte et Phlégéthon font passer le message le long de leurs rives. Mais ils doivent se montrer discrets, et ça ralentit le processus. A priori, Némésis a mis en place un système de délation particulièrement efficace. Et personne n'a réellement l'envie de lui déplaire, si c'est pour finir dans le Tartare.

— Le Tartare… murmuré-je comme pour moi-même.

— Quoi, le Tartare ?

J'adresse un regard éloquent à ma sœur.

— Ah non, hein. C'est hors de question, Tess.

— Mais pourquoi ?

— Mais est-ce que tu es bien consciente de ce que tu suggères, là ? Tu veux délivrer les pires enfoirés de l'Univers ?

— Alors, j'ai toujours été persuadée que c'était une question de point de vue. Je veux dire, ils ont surtout eu le malheur de déplaire à Zeus, et…

— Mais pas du tout ! Ce sont des monstres assoiffés de sang et de pouvoir !

— Écoute, tout dépend auprès de quelles sources tu prends tes informations. C'est sûr que si tu restes collée à la mythologie officielle…

— Non, mais c'est quoi, ton délire complotiste, là ? T'es au courant, au moins, que la Terre est ronde ?

— Je ne suis pas complotiste du tout. Et encore moins platiste, même si j'ai une grande admiration pour l'obstination de ces gens à raconter autant de conneries en niant les évidences. Je dis juste que, bon, les Titans et les Géants, par exemple, sont nos ancêtres, et…

— Mais chut !

— Je veux ajouter que…

— J'ai dit chut, Tess.

Alex roule des yeux affolés. Je ne la pensais pas si frileuse sur le sujet. Certes, on nous a élevées en nous faisant croire que Tonton Zeus nous avait libérés du joug des vilains dieux primordiaux, mais j'avoue avoir toujours douté de cet aspect de notre histoire familiale. Je veux dire, après tout, Zeus n'était pas franchement un enfant de chœur. C'était un peu l'oncle alcoolique qu'on ne préfère pas inviter le dimanche midi pour le rôti - haricots verts. Celui qui boit toujours un petit coup de trop, finit par dire n'importe quoi et a la main un poil trop baladeuse. Sauf que, dans le cas de Zeus, ça finissait le plus souvent en tonnerre, massacres et viols incestueux. J'ai toujours détesté le frère de Daddy, et j'ai toujours fait mon maximum pour éviter de me trouver seule avec lui. Brrrr, rien que d'y penser, il me prend une légère envie de vomir.

Mais bon, je sens bien qu'Alex n'est pas prête à entendre la vérité.

— OK, ça va, je laisse tomber pour le moment. Mais si à un moment il n'y a plus d'autres choix…

— On verra.

— Voilà.

— Bon, excuse-moi, je dois rappeler Angatta et finir les préparatifs pour ce soir.

— OK…

En gros, elle me vire du salon. Eh bien, soit, je ne m'imposerai pas. Mais bon, tout de même, elle n'est pas très sympa. Je me fais la réflexion que, depuis mon retour, les choses semblent avoir bien changé entre nous. Il n'y a plus cette proximité qui était la nôtre après le départ de Meg en stase. Est-il possible qu'Alex m'en veuille ? Oui, après tout, c'est fort probable. Comment aurais-je réagi, si je m'étais retrouvée seule à devoir assumer toutes nos fonctions ? Certes, avec de l'expérience, et comme la divinité est bien faite, torturer nos criminels ne nous prend guère de temps. Beaucoup de choses se font sur un plan de conscience supérieur, et ne nécessitent que l'existence de l'une d'entre nous. Mais c'est aussi à cause de ce manque d'implication de notre part que notre légende s'est étiolée. Nous ne sommes plus des déesses, à peine de vagues concepts.

Et puis, surtout, Alex a dû gérer la solitude. Nous sommes nées toutes les trois en même temps, nous avons grandi, évolué ensemble, nous avons fait nos premières armes dans le monde des humains côte à côte, nous avons tenu tête à ces tocards de dieux de l'Olympe en nous serrant les coudes… Qu'est-ce que ça lui a fait, à Alex, de se retrouver seule ? Je n'ai pas vraiment besoin de beaucoup me forcer pour l'imaginer. Je me souviens bien de ce que j'ai ressenti quand Meg nous a laissées. Et pourtant, nous étions encore deux.

Avec un soupir, je me dirige vers notre petite cuisine. Peut-être qu'un joli gâteau pourrait lui faire plaisir ? Lui montrer à quel point je regrette ma désertion ? Je pourrais écrire en gros dessus « Sisters Forever » ? Ou alors, je pourrais amener tout un tas de petites douceurs à la réunion clandestine de ce soir. Oh, oui ! Quelle merveilleuse idée !

Enthousiasmée par cette perspective, je m'enroule dans mon tablier préféré, rose à froufrous, avec une mignonne tête de petit chat sur le devant, et sors tous mes ustensiles. Je constate que je n'ai même plus besoin de regarder des tutos ou de lire des recettes. Comme si mon esprit avait assimilé toutes les informations glanées ces derniers temps, les avait synthétisées, connectées entre elles, et mettait à ma disposition une infinité de possibles sucrés et chocolatés. Le rêve, quoi !

Dans la pièce d'à côté, j'entends Alex qui parle et une voix féminine qui lui répond. Je ne m'y intéresse pas. Les seules choses qui comptent à présent, ce sont la farine, le sucre, les œufs, le lait, les pépites de chocolat, les ganaches, les chantilly, les fleurs décoratives, l'équilibre des goûts et l'audace des présentations. J'entre dans une sorte de transe mielleuse, mes gestes s'enchaînent, probablement trop rapides pour être perçus par un humain lambda.

Et étrangement, tout ceci m'apaise. J'oublie nos problèmes et je me sens bien. Meg en vadrouille loin de nous, à la recherche de notre diva de mère. Alex qui me fait la tête. Daddy qui bave sur son trône et à qui il faudra des couches, si ça continue. Tiens, on pourrait le présenter à la mère de Julia et Domi… Oh, malheur, j'ai honte des horribles pensées qui me traversent l'esprit. *Shame on me*… Némésis et sa soif de pouvoir sur le monde. Léo. Le très beau Léo. L'intouchable Léo. L'ami de ma sœur, mais ma sœur n'a pas l'air d'y tenir tant que ça, enfin, pas comme moi j'aimerais y tenir… D'ailleurs, pourquoi ai-je envie d'y tenir ? S'il avait été simple véto, aurait-il attiré mon attention ? Est-ce que son nouveau statut a de l'importance pour moi ? Et pourtant, ce statut n'est rien. Prince des Enfers… Ce titre n'existe même pas en vrai. C'est juste un nouveau délire de Némésis.

Et moi aussi, je nage un peu en plein délire, les idées me traversent l'esprit comme des nuages dans un ciel d'orage. Elles s'accumulent, s'accumulent, la tempête couve et finit par déchirer ma sensation de bien-être, par la mettre en pièces, et je la piétine comme je piétine tout ce qui a coulé au sol.

Mais je ne m'en rends pas compte, enfin pas jusqu'à ce qu'Alex se mette à me hurler dessus.

— Mais putain, Tess, qu'est-ce que tu fais !

Je m'arrête net. De quoi parle-t-elle ? Elle a l'air drôlement en rogne, ma besta sista… Je la regarde avec des yeux ronds, me passe une main sur le visage, réalise qu'elle est drôlement poisseuse, tout de même… Mince alors… Qu'est-ce que… De l'œuf ? Rolala, je m'aperçois que j'ai retourné la sacro-sainte cuisine de ma sœur. Ma transe n'était pas que mentale, elle a manifestement atteint mes capacités motrices. Limite, j'ai repeint les murs façon *tie and die*.

— Oooooooooh… Alex, je… je suis désolée, je vais tout arranger, ne t'inquiète pas…

Mais là, sous mon regard ébahi, ma sœur, Alex la Furie, Alex l'Implacable, la Chienne d'Hadès à son papa, Miss-à-moi-seule-je-fais-regeler-le-pôle-nord, éclate en sanglots et s'effondre au milieu des cupcakes, des macarons et des muffins.

Je ne sais plus quoi faire. Rien, dans ma très longue vie, ne m'a jamais préparée à ça. Pourtant, Meg m'avait prévenue, que ça allait me faire un choc, mais alors si je m'y attendais…

Elle ne s'arrête plus. Ses longs cheveux d'un blond sélène lui font comme un rideau et cachent son visage à ma vue.

Que suis-je donc censée faire ? Je regarde autour de moi, cherche une solution.

N'en trouve pas.

Cherche encore.

Mayday, mayday.

Cherch…

Ah, voilà. Je m'essuie les mains sur mon tablier, puis me nettoie le visage comme je peux. Je crois que j'ai de la farine plein les cheveux. Ah ah, je vais m'amuser encore à les laver. C'est que c'est un sacré entretien, une afro.

Bon. Maintenant, je m'agenouille auprès de ma sœur, tends une main vers son épaule agitée de soubresauts et la tapote maladroitement.

— Ça va aller, hein… On va s'en sortir, y a pas de raisons…

Et j'enchaîne les banalités. J'avoue, je ne réfléchis pas forcément à ce que je lui raconte. Je suis totalement déstabilisée par sa réaction. Alex, s'effondrer ainsi ? C'est juste impensable. Ce monde part vraiment en sucette, y a pas à dire.

Peu à peu, sous mes caresses répétées, ma sœur semble se calmer. Ses sanglots s'espacent, ses reniflements se font plus nombreux. Enfin, elle relève la tête pour me regarder. Oh, merde… Je me lève aussitôt et vais chercher une poche de glace dans le congélateur. Mais ça ne se passe pas tout à fait comme prévu.

J'ai dû faire tomber la plaquette de beurre durant ma transe…

Plaquette qui a donc commencé à fondre sur le carrelage de notre cuisine…

Sans pouvoir me retenir à quoi que ce soit, je pars dans un valdingue incontrôlé et m'étale sur le dos.

VLAN.

J'ai beau être divine, j'ai mal. Très mal.

J'ai l'impression que je vais devoir ramper pour aller ramasser toutes mes vertèbres éparpillées aux quatre vents.

Bordel.

Mais… Quel est ce bruit ? Elle ne s'est tout de même pas remise à chouiner ? Non, parce que là, je déclare forfait. Je suis réduite à l'état de mollusque pour une durée indéterminée.

— Hahahaha, mais c'était énorme…

Elle… rit ? Ma sœur rit ? Elle se fout de moi ? Je viens de passer un quart d'heure à la consoler de mon mieux – OK, c'était pas génial, mais j'ai au moins le mérite d'avoir essayé –, et elle, elle se fout de ma gueule alors que je me la joue étoile de mer sur le sol de la cuisine ? Par Daddy, dites-moi que c'est une mauvaise blague !

— Alex…

— Hahahahahaha…

C'est limite si elle ne s'étouffe pas à moitié. Elle n'en peut plus, la pauvre.

— ALEX.

— Rolala, je regrette tellement de ne pas avoir eu mon portable pour filmer ça, je te jure, c'était… Hahahahahahah.

Le plus délicatement possible, je tourne la tête pour la regarder. À présent, elle s'essuie les yeux, PARCE QU'ELLE PLEURE DE RIRE. Et soudain, l'absurdité de la situation me revient en pleine tronche. Nous, les Chiennes d'Hadès, frôlons le pathétique et le ridicule. Et ça fait du bien. Je crois que je ne m'étais pas sentie aussi vivante depuis mon réveil de stase. Et même pas depuis… Le souvenir des rejetons Thébin me traverse l'esprit, mais je le repousse farouchement. Je ne veux pas gâcher ce moment exceptionnel par de vains regrets.

Je me mets à hurler de rire aussi. Cupcakes et paillettes, ça fait trop du bien ! Finalement, Alex me rejoint et s'allonge sur le sol à côté de moi, dans le beurre et le sucre, le temps que notre fou rire se calme.

Peu à peu, les vagues d'hilarité s'espacent et nous laissent calmes et apaisées.

— Ça fait du bien, finis-je par dire. C'est encore meilleur qu'une partie de jambes en l'air avec un beau mec.

— Si tu le dis.

— Alex… Faut que je te demande encore une fois…

— Quoi ?

— Tu as fricoté avec notre demi-frère ?

— C'est pas notre demi-frère. C'est Léo.

— Bah, c'est Léo-Prince-des-Enfers, fils adoptif de la future femme de notre père, donc bon, je ne sais pas trop comment on pourrait le définir, du coup…

— Comme une victime de l'ambition démesurée de Némésis ?

— Oui. Aussi. Mais ça ne répond pas à ma question.

Un miaulement retentit tout près de nous. Sûrement Bloddy Hell qui se demande si nous sommes mortes pour pouvoir nous boulotter tranquille. Dans la foulée, Moisi arrive, patine dans la farine, se rétablit de justesse et entreprend un nettoyage approfondi des sols. Brave petit.

— Non, je n'ai pas fricoté avec Léo.

— Pourquoi ? Il est plutôt sexy.

— Mais vous vous êtes passé le mot, avec Meg, ou quoi ?

— Je ne pense pas que Meg ait pu être intéressée par Léo… Tu sais, elle est plutôt lesbienne…

— Ça va, je suis au courant.

— Et donc ?

Alex soupire, lève ses mains blanches et les fait jouer dans la lumière dorée de cette fin de journée.

— Je ne fricote avec personne.

— Oh, tout de même, tu as bien dû…

— Non.

— Non ? Rien du tout ? Même pas un petit fricotage de temps en temps ?

— Nope.

— Mais pourquoi ?

— Parce que c'est pas mon truc.

— Écoute, Alex, tu vas arrêter de répondre avec des demies phrases, parce que je ne comprends rien à rien. C'est quoi, ton truc ? Enfin, je veux dire, on a tous un truc…

— Ben moi, mon truc, c'est de ne pas avoir de truc. Je ne tombe pas amoureuse, et je n'ai pas de désir sexuel. Voilà. Après tout, Meg est déjà au courant, alors autant te le dire aussi…

— QUOI ? Meg est au courant ? Et tu comptais me mettre quand au parfum ?

— Je ne vois pas ce qu'il y a d'important là-dedans. On en fait toute une histoire, mais ça va très bien, tu sais. Je veux dire, j'ai toujours été comme ça, alors…

— Tu crois que c'est lié à ta divinité ?

— Non, il y a des humains qui vivent la même chose que moi. Et je te rappelle que certains de nos semblables sont assez portés sur la bagatelle…

Je grimace. Je ne sais pas pourquoi, je me sens un peu visée par cette remarque. Non pas que je sois du genre Aphrodite, hein, mais bon, j'aime bien les hommes. Je me sens bien dans leurs bras. Je suis rarement tombée amoureuse, et peut-être même jamais, d'ailleurs, mais j'apprécie leur présence et j'aime… disons… tout le panel d'activités physiques qu'ils proposent.

— Mmmh. Et ça t'a gênée, du coup, que Meg et moi… Enfin, on n'a pas toujours été très discrètes, alors…

Alex rit un peu.

— Non, ça ne m'a jamais dérangée. Je m'en fiche, en fait. Et j'ai toujours aimé vous savoir satisfaites. J'aurais aimé que vous soyez heureuses, même.

— Et toi, tu as été heureuse, parfois ?

Elle réfléchit un peu, se tourne vers moi et me caresse la joue.

— Je ne sais pas si tu vas me croire, et ce n'est pas important. Mais j'ai été heureuse à chaque fois que vous l'avez été.

L'émotion me serre la gorge.

— Vrai ?

— Mais oui, tu croyais quoi ?

— Ben, que tu t'en foutais, en fait.

— Comment t'as pu croire un truc pareil ? Vous êtes mes sœurs, tout de même.

— Oui, enfin, la notion de famille chez les immortels, c'est pas fifou, hein.

— On s'en fout, des autres. Pour moi, il n'y a que vous qui comptiez.

— Pas Daddy ? Pas Perséphone ?

— Mais si, bien sûr, soupire-t-elle. Mais ce n'est pas pareil. Ce n'est pas avec eux que j'ai passé les trois quarts de mon temps.

— Pas faux. Alors on est des sœurs géniales, c'est ça ? Tu nous kiffes trop ? je reprends en lui balançant un petit coup de coude entre les côtes.

— Aïe ! Et ne me fais surtout pas dire ce que je n'ai pas dit. Vous êtes loin d'être faciles à vivre. Mais je veux bien admettre que moi non plus.

— Ben moi je te le dis, t'es trop géniale.

Mmmh… Serait-ce une vague rougeur que je vois apparaître sur ses joues ? Alecto l'Implacable serait-elle mal à l'aise ? Rolala, j'ai hâte que Meg rentre pour lui raconter tout ça… Mais lui en parlerai-je ? Après tout, elle ne m'a pas confié le contenu de toutes leurs conversations, et c'est bien ainsi. Nous pouvons aussi partager des choses en dehors de notre trio.

— Tu sais ce que je voulais faire, avant que je me fracasse par terre comme une crêpe ?

— Non.

— J'allais te chercher une poche de glace au congélateur pour te faire dégonfler les yeux. On dirait un lapin avec une myxomatose. Vraiment, ça ne te réussit pas, de pleurer comme ça. Tu as raison de ne pas le faire trop souvent.

Interloquée, elle me regarde quelques secondes en silence, puis éclate à nouveau de rire.

— T'es con.

— Je sais, je lui réponds fièrement, avec le plus large sourire que j'ai en stock.

— Vous me tuerez, avec vos bêtises, un jour.

— Chaque chose en son temps, on va déjà essayer de sauver le monde, je te rappelle.

Tant bien que mal, je me relève. Heureusement que ma génétique exceptionnelle me permet une récupération rapide. Je boitille vers le congèle, l'ouvre, en sort ma fameuse poche de glace, et la lance à Alex. Et comme parfois la vie nous réserve de belles surprises, j'en trouve une seconde et me la cale sur le bas du dos, là où mon corps a si violemment heurté le sol.

— On est trop vieilles pour ces conneries, me balance Alex.

— Je suis d'accord. Vivement que tout ça s'arrête. Je n'ai aucune idée de ce que l'avenir nous réserve, mais honnêtement, j'en ai ma claque de tout ça. J'en avais déjà ma claque il y a deux siècles, et ça ne s'est pas arrangé !

Alex sourit, se relève aussi.

— Bah, je crois que t'es pas la seule. Mais à nous trois, on va bien finir par trouver quoi faire de notre peau.

— Tu crois ?

À présent, elle est debout, tout près de moi. Je suis très grande, dans cette nouvelle incarnation. Mais Alex, elle, est longiligne et a à peine besoin de lever le nez pour me regarder dans les yeux.

Sans que je m'y attende, elle m'enlace avec beaucoup de douceur et vient nicher son nez dans mon cou. Ma gorge se serre. Arc-en-ciel et paillettes, c'est moi qui vais me mettre à chialer, maintenant. Machinalement, je caresse la soie de ses cheveux blonds qui croulent dans son dos.

Elle me murmure :

— J'en suis certaine. Et si ce n'est pas le cas, nous tirerons ensemble notre révérence.

— Va falloir prévoir un sacré final, dis-je d'une voix enrouée.

— On en parlera à Meg. Je suis certaine qu'elle sera force de propositions.

Malgré moi, je pouffe et serre un peu plus ma sœur contre moi.

INTERMÈDE

1861, Paris, maison familiale des Thébin

Jules se tenait droit, devant l'une des hautes fenêtres du petit salon. Son regard hagard ne fixait rien de particulier et, dans son dos, ses mains se crispaient et se décrispaient sur un rythme rapide.

Il sentait, dans la poche de son pantalon, le poids du collier de sa mère.

Maudit collier.

Maudite famille.

Qu'avait-il fait ?

Voilà les mots qui volaient dans son esprit et venaient se cogner aux parois de son crâne.

— Jules…

C'était Dauphine, accompagnée d'Eugénie, qui venait d'entrer dans la pièce. Il savait ce qu'elle voulait. Mais il ne pouvait le lui accorder.

— C'est toujours non, Dauphine.

— Mais voyons, nous ne pouvons laisser Alfred sans une sépulture décente !

— Et que crois-tu qu'il se passera si nous déclarons sa mort ? Comment expliqueras-tu sa blessure ?

Dauphine resta coite. Seuls les sanglots hystériques d'Eugénie rompaient le silence lugubre qui s'était instauré dans la pièce.

— Que comptes-tu faire, alors ?

— Rien. Tout le monde sait qu'Alfred fréquentait parfois une maison close, Les secrets de Perséphone. *Nous pourrons signaler sa disparition, tout le monde pensera qu'il a été agressé sur le retour et son corps balancé dans la Seine.*

— Tu… tu ne renonceras donc à aucun outrage ?

Un sourire amer vint étirer les lèvres minces de Jules Thébin. Non, il ne renoncerait à rien. Son frère n'était plus, il l'avait tué pour une illusion. À travers le tissu, le collier brûlait sa cuisse.

— Je suis le chef de cette famille, dorénavant. Et tu n'es qu'une fille. Tu n'as aucunement le droit de me critiquer.

— Jules !

— Non, tais-toi ! Nous allons faire disparaître le corps d'Alfred, puis je signalerai sa disparition. Quand tout se sera apaisé, que l'enquête aura conclu à une quelconque rixe dans une maison close mal famée, j'épouserai Adria, et vous doterai afin que vous quittiez cette maison.

— Tu vas… Tu vas l'épouser ?!

— Évidemment. Que la mort d'Alfred serve au moins à quelque chose.

— Mais… Elle ne t'aime pas.

Cette fois, ce furent des larmes amères qui vinrent creuser ses traits déjà tirés. Non, Adria Nemes ne l'aimait pas. Il ne l'avait pas revue depuis la nuit dernière, cette funeste nuit où sa vie avait basculé. Mais elle voulait le collier. Et elle ne l'aurait qu'en s'unissant à lui.

Et de toute façon, lui, l'aimait-il vraiment ? Il avait la sensation d'émerger d'un brouillard épais, d'une folie passagère qui avait obnubilé sa raison. Et ce qu'il découvrait à son réveil était pire que tout. Mais, à présent, il se devait de boire la coupe jusqu'à la lie.

— Peu importe qu'elle m'aime ou pas. Cette famille est maudite, de toute façon.

— Je refuse.

Avec lenteur, Jules se retourna. Quand elle découvrit le visage de son frère, Dauphine sursauta, et Eugénie se mit à pleurer encore plus fort.

— Fais donc taire cette sotte ! Et tu m'obéiras, car tu n'as pas le choix. Tu sais à présent ce dont je suis capable. Je suis un monstre, et je n'ai plus aucun espoir de rédemption.

CHAPITRE 10

Il est minuit. L'heure de notre réunion secrète a sonné.

Enfin, en théorie.

Parce que, pour l'heure, je patiente en talons hauts dans une rue ouverte aux quatre vents. Je suis censée guetter l'arrivée de nos invités très spéciaux pour leur faire passer le filtre des videurs des *Portes de l'Enfer*. Mais pour l'instant, je ne vois rien venir.

— Euh, mam'zelle.

Ah, si. Je vois venir un sacré relou de service. Je tente comme je peux de l'ignorer en pivotant sur moi-même, faisant ainsi face à l'entrée de la boîte de nuit.

— Mam'zelle, vas-y, fais pas ta belle.

Mmpf. Je fais ma belle si je veux. Je sens Schmoute s'agiter un peu dans mon cou. À moins que ce ne soient mes serpents. Là, ce serait ennuyeux. Je me vois mal jouer ma Furie en pleine rue, devant un club à la mode. Je suis à peu près certaine que Domi n'apprécierait pas le spectacle, et je peux la comprendre, après tout.

Une main pâle empoigne mon bras.

— Hey, je te parle, mam'zelle.

D'un geste brusque, je me dégage, et le pauvre type vole quelques mètres plus loin. J'ai parfois du mal à doser ma force dans mes interactions avec les humains.

— Écoute, mon petit gars, je te conseille de me lâ…

— Il t'ennuie ?

Cette voix… Grave, chaude… sexy… Serait-ce…

Le Prince des Enfers.

Tout à fait.

Lui-même.

Tout en cheveux blonds, sourire étincelant et regard de glace.

— Qu'est-ce que tu fous là, encore ?

— Je ne sais pas. D'après toi ?

— Joue pas à ça avec moi, Léo. Qu'est-ce que tu fais ici ? Tu ne devrais pas serrer des paluches sur les Prés d'Asphodèle ?

Il semble réfléchir un instant.

— Ah. Peut-être que si. J'ai dû me tromper d'endroit. Ou alors, j'ai appris, totalement par inadvertance, hein, ne va pas croire que j'ai pu soudoyer une jeune démone pour obtenir cette information, qu'une soirée bien plus intéressante allait avoir lieu ici… J'imagine que c'est un oubli, si je n'ai pas reçu de carton d'invitation ?

Oh. Cupcakes et licornes. Ça, ce n'était pas du tout prévu. Je sens que ça va rajouter un peu de piquant à toute cette histoire. Encore que, pas sûr que la situation en manquait, avant l'arrivée de notre Prince des Enfers préféré.

Mais le relou de service n'en a pas fini avec nous. C'est dingue, ces gens qui ne comprennent manifestement pas qu'on ne veut pas d'eux. Qui ont un besoin si désespéré d'exister qu'ils seraient prêts à tout pour se ridiculiser.

— Hey, mam'zelle, lâche ce pingouin. Tu vas plus t'amuser avec nous, j't'jure. Allez, viens, mes potes sont pas loin…

« J't'jure » ? Non, je ne crois pas. D'autant plus que le malotru – oui, le malotru, tout à fait – me reprend le bras pour me tirer à lui. Cette fois, je vois rouge. Enfin, je veux dire que quelques larmes sanglantes commencent à rouler sur mes joues noires comme la nuit.

Mais Léo, cet imbécile, s'interpose. D'une bourrade bien trop puissante, il repousse le jeune homme et le fait valser, puis s'écraser contre un lampadaire. Ce dernier vibre étrangement, avec un drôle de bruit. Mon agresseur, ou tout du moins celui qui a tenté de m'agresser, s'affaisse tout doucement au sol.

Le pauvre, deux valdingues en quelques minutes, je ne suis pas étonnée qu'il soit sonné. Moi, par contre, j'ai un peu les boules. Pour qui ce Léo se prend-il ? Meg m'avait dit qu'il avait une fâcheuse tendance à vouloir aider tout le monde. Selon elle, cela faisait son charme, et je n'étais pas loin de penser comme elle. Mais bon, maintenant, ce n'est plus un humain mignon, qu'on pourrait regarder avec une moue attendrie, en mode « aaaawwww, il est chou, ce petit être fragile, il se prend pour un preux chevalier. » Non, c'est le Prince des Enfers, et là, son intervention est vachement moins chevaleresque. Elle est même limite insultante.

— Tu as cru que je ne pouvais pas me débrouiller toute seule ?

Léo a la bonne idée de rougir un peu. Il passe une main hésitante dans ses cheveux blonds, délicieusement ondulés. Rolalala, parfois, j'oublie à quel point il est sexy… Mais pas assez souvent à mon goût.

— Non, ce n'est pas ça. Je n'aimais juste pas la façon dont ce type te parlait et…

— Et quoi ? Si j'ai besoin d'aide, je te sonnerai les cloches, tu ne crois pas ?

— Mais…

— Mais rien du tout. Il va falloir que tu te mettes un truc dans le crâne, mon gars. Je suis née au commencement du monde. Ton espèce, à l'époque, n'était même pas dans les projets de l'univers, OK ? Alors je ne vois pas dans quelle dimension je pourrais avoir besoin que tu interviennes dans mes affaires. Et j'ajouterais que ce n'est pas parce que j'aime les trucs de filles que je ne suis pas capable de me défendre, est-ce que c'est clair ?

Léo me regarde avec un air ébahi. Mais quoi, encore ? Ça le défrise, ce que je lui dis ?

— Qu'est-ce qu'il y a ? Pourquoi tu me regardes comme ça ?

Du doigt, il pointe mon visage.

— Ben quoi ? T'as jamais vu une grande black avec un furet autour du cou.

— Alors, non, me répond-il. Jamais. Mais alors avec un furet et des serpents d'un rouge pétant, encore moins.

Oh. Voilà, il a réussi à m'énerver alors que le pauvre type affalé sur le trottoir n'y était pas parvenu. Bravo. D'une étrange façon, Léo a dû hériter cette capacité de sa mère adoptive.

— Aaaah… Attends.

J'inspire, doucement, expire, profondément. Ouvre un œil.

— C'est mieux ?

— Mmmh. Chai pas. T'étais déjà grande, mais là t'as l'air d'avoir pris quinze centimètres encore.

— OK.

Je recommence. Inspire. Expire. Ins…

— Dis, le type s'est relevé et n'a pas l'air content. J'imagine que tu ne veux pas que je m'en occupe ?

Je balance un regard noir au Prince des Enfers. Comment je peux me calmer si tout le monde m'ennuie comme ça ? Personne ne veut donc me laisser à mes rêves de licornes pailletées ? À mes cupcakes et mes glaçages au sucre ? Pfff, monde cruel.

— Je gère, je t'ai dit.

— Ah ? Parce que là, tu pleures beaucoup de sang. C'est intéressant comme phénomène. Plutôt esthétique, je dois dire aussi. Enfin, dans le genre horrifique, hein.

— Mais ta gueule, Léo. Vraiment, ta gueule.

Il a l'air choqué. Ben quoi ? Même les filles les plus douces peuvent parfois se laisser aller à ce genre de langage, non ? Non ? Ben moi, je décide que si.

Allez, hop, je me laisse aller à ma nature profonde. Mais avant, je me précipite sur le vilain jeune homme qui m'importune – l'inconnu, pas Léo, même s'il mérite, lui aussi –, me le cale sous le bras, et m'engouffre dans une ruelle obscure.

Là, je grandis de plusieurs dizaines de centimètres et les reptiles qui nichent dans ma chevelure se déploient en couronne au-dessus de ma tête. Ça, plus mon afro, ça doit faire un sacré volume. D'ailleurs, le petit gars me regarde avec des yeux terrifiés. Il me ferait presque de la peine. Surtout quand je fais apparaître dans ma main droite un fouet, et dans ma gauche une nouvelle flopée de serpents venimeux, et pas commodes, il faut le dire.

La magnifique robe rouge pailletée que j'avais enfilée pour être belle ce soir se couvre de ruisseaux de sang, qui me dégoulinent ensuite sur les jambes.

En mon for intérieur, je dois admettre que ça fait drôlement du bien de se sentir puissante à nouveau. Depuis quand n'avais-je pas pleinement endossé ma divinité ? La dernière fois… Non, je repousse ce souvenir. Ce n'est pas le moment de laisser Jules, son frère et ses sœurs reprendre possession de mon esprit. Ils sont morts, et n'ont jamais eu l'occasion d'avoir de descendance. J'y ai veillé.

— Écoute-moi bien, misérable vermine…

J'ai même pris ma grosse voix. Celle dont je me servais quand je bossais un peu aux entrées des Enfers pour arrondir mes fins de mois. Ça faisait peur à toutes les nouvelles âmes. Mais bon, j'avais vite compris que certaines ne l'avaient pas mérité et je m'étais calmée un peu, sur l'accueil façon Barry White. Et puis j'avais arrêté ce job, je m'ennuyais trop, à poireauter des heures durant que le prochain clampin arrive.

— Tu vas cesser d'accoster ainsi les jeunes femmes seules dans la rue. C'est indigne d'un homme de qualité.

Les yeux de ma victime s'écarquillent encore un peu plus. Mince, si ça se trouve, ce ne sont pas mes attributs de Furie qui l'impressionnent, mais plutôt le fait qu'il ne comprend pas un traître mot de ce que je suis en train de lui raconter.

— Euh… Tu comprends ce que je suis en train de te dire ? dis-je un ton en dessous.

Il fait oui de la tête, mais ses yeux semblent toujours sur le point de jaillir de leurs orbites.

— Bon, très bien. Alors, euh… Ben, tu peux y aller.

Aussitôt, le type se relève et détale comme s'il avait le diable à ses trousses. Ce qui est le cas, si on y réfléchit bien.

Avec un soupir, je retrouve ma taille normale. Mes serpents s'apaisent, le sang disparaît. Il n'y paraît plus rien, c'est absolument magique.

— Ça va, t'es calmée ?

Ah zut. Je l'avais oublié, lui.

— Oui. Mais je tiens à signaler que je n'avais absolument pas perdu mes nerfs.

— Mmmh. Tu devrais plutôt l'expliquer à ton nouvel ami.

Je sursaute, me retourne vers Léo. Dans ses bras se trouve mon petit Schmoute. Le furet blanc tremble et couine, complètement affolé. De quoi a-t-il eu peur ? De moi ou des serpents dans mes cheveux ? Quoi qu'il en soit, il va falloir qu'il s'habitue à la situation. Les reptiles font partie de mon ADN.

Je jette un regard de reproche à mon compagnon à quatre pattes. Je veux bien comprendre qu'il puisse être surpris par la situation, néanmoins, se jeter dans les bras du Prince des Enfers… Non, franchement, je suis déçue de cette réaction.

— Viens, Schmoute.

Mais mon ami crie à nouveau, et va se cacher dans le col de chemise de Léo. Ça, c'est trop fort !

— Tu veux bien me rendre mon fufu, s'il te plaît ?

— Ton quoi ?

— Mon fu… Oh, et puis ça va, tu sais parfaitement ce que je veux dire, hein.

— Non, mais je ne comprends pas cette façon de parler.

— Je m'en fiche. Rends-moi Schmoute. Tout de suite. Je n'avais pas prévu de perdre autant de temps avec toi.

— Il ne veut pas venir avec toi.

Je lève les yeux au ciel.

— Léo, déconne pas. Rends-moi cette bestiole, elle est à moi.

— Ça se discute. Ce que tu viens de lui faire subir l'a terrorisé, ça s'apparente presque à de la maltraitance. N'oublie pas que, dans une autre vie, j'étais véto. Je sais de quoi je parle.

— Oh, tu te souviens d'avoir été véto ? Alors pourrais-tu peut-être faire un effort et te souvenir que tu étais un mec sympa ? Mmmh ?

Il éclate de rire. Arc-en-ciel et paillettes, il est trop mignon quand il rigole comme ça, à gorge déployée. Pour cacher mon trouble, je me racle la gorge. Je n'ai absolument pas le droit de penser à Léo de cette façon-là. Déjà, il est passé à l'ennemi, même si ce n'est pas tout à fait de sa faute, les faits sont là, il est le fils adoptif de la vilaine Némésis. Ensuite, même si Alex m'a assuré ne pas avoir de crush sur Véto-Sexy, je préfère rester prudente. Pas le moment de provoquer ma sœur adorée. Et puis bon, au-delà de ça, vu les événements qui se préparent, ce n'est vraiment pas le moment de songer à la bagatelle.

— Je t'apprécie beaucoup, Tess. On pourrait former une famille tout à fait merveilleuse, si tes sœurs et toi y mettiez du vôtre.

Aouch. Oui, il y a aussi le fait que je ne suis pas sûre que Léo soit dans les mêmes dispositions à mon égard. A priori, là, il serait plutôt du genre à vouloir partager le rôti du dimanche midi. Et moi, les repas de famille, à part les apéros orgiaques avec Meg… Bon, c'est vrai qu'avec Perséphone, on est toujours assuré d'avoir un drama à gérer, mais vraiment, je ne suis pas certaine que ce soit mieux avec Némésis. Elle est tout aussi soupe au lait, mais bien plus givrée et dangereuse que ma chère maman.

— Rêve toujours, beau blond.

Je décide de sortir de cette ruelle sordide, bouscule le Prince des Enfers sans ménagement tout en croisant les doigts pour que Schmoute me saute dans l'afro. Bingo, il s'échappe des bras de Léo pour me rejoindre en un bond incroyable.

Brave petit, il est tout aussi déloyal que l'ensemble de ma famille.

— Hey, attends-moi !

— Je ne crois pas, non, dis-je à Léo qui vient de me rejoindre en courant.

— Je viens avec toi.

— Toujours pas.

— Si.

— Non.

— Si.

— Noooon…

— Sssss…

— Euh, Léo ?

— Oui ?

— C'est pénible, ton truc, là.

— Je sais.

— Ben arrête.

— Non.

— Si…

— Non.

Je me mets à hurler de rage. Ce type, finalement, est insupportable. Je l'attrape par le col de sa chemise et le plaque contre un mur.

— Écoute-moi bien. Il est absolument hors de question que tu viennes assister à la réunion qui va avoir lieu aux *Portes de l'Enfer*. Je ne peux pas t'empêcher d'aller tout rapporter à Némésis, donc file si tu le souhaites. Mais, par pitié, arrête de me suivre partout.

On aurait pu croire qu'il aurait au moins un peu peur. Ou qu'il ferait semblant pour ne pas me vexer. Mais non, il m'adresse un regard amusé et, une nouvelle fois, je chavire et me noie dans l'azur de ses yeux. Je suis sûre que les licornes doivent avoir les yeux de cette merveilleuse teinte cristalline…

— Léo, arrête ça tout de suite.

— Quoi ?

— De me regarder comme ça. Je suis sérieuse.

— Je sais. Et j'adore quand tu prends cette expression-là. Tu es très belle, je trouve.

Par Daddy, retenez-moi, ou je l'embrasse sur le champ !

— Tu crois que tu vas m'emballer comme ça ?

— Je crois que je n'ai même pas besoin de ça.

Sa main, douce et chaude, passe sous mon menton, tandis que ses doigts viennent doucement caresser ma joue. Trente secondes de ce traitement, et je ne réponds plus de rien. Au diable les paillettes, les licornes, les cupcakes et les furets trop choux. Si le Prince des Enfers s'obstine à… Aaaaaawwwwwww, je rêve, ou ses lèvres se rapprochent dangereusement des miennes ? Oui, tout à fait, elles sont en approche, le crash est pour dans 5, 4, 3… Mais saperlipopette, où est le masque à oxygène ?

Alors que je commence sérieusement à hyperventiler, Léo laisse retomber sa main et se redresse soudain. Mais, mais, mais… Non !

— Mais je ne voudrais surtout pas t'importuner, je crois que tu as eu ta dose, ce soir, chère Furie.

De surprise — ou de déception ? —, je relâche ma pression sur son col de chemise et m'éloigne un tout petit peu. C'est fou, ce petit courant d'air froid qui s'insinue entre nous.

— Très bien. J'imagine que c'est trop te demander de garder le silence sur ce que tu as vu ce soir…

Il m'adresse un petit sourire en coin. Il est loin, le Léo angélique décrit par Meg ! Cette version est clairement diabolique. Mais tellement… Enfin, voilà, tellement.

— Il n'y a qu'un seul moyen de m'empêcher de parler.

Te manger la bouche ? Mmmh, mais quelle bonne idée !

— Éclaire donc ma lanterne, je ne vois pas.

Je suis fière de moi. Je parviens à rester totalement impassible. Oui, parce que je suis à peu près sûre qu'il ne peut pas percevoir le brasier incandescent qui fait rage dans mes entrailles ni la guerre sans pitié que se livrent mes neurones face à mes hormones divines.

— Si tu m'emmènes avec toi, je ne pourrai pas aller faire mon rapport au palais.

— Tu… Tu me suggères de te kidnapper ?

— En quelque sorte.

Il me tend ses deux poignets.

— D'ailleurs, si tu veux me menotter, n'hésite pas.

— Me provoque pas, tu risquerais d'être surpris.

— J'adore être surpris.

Comme une carpe qu'on viendrait de pêcher par surprise, j'ouvre et ferme la bouche plusieurs fois. Mes joues flambent, mais, entre ma couleur de peau et les ténèbres malsaines qui règnent dans cette rue, j'ose espérer qu'il ne le voit pas.

Je tente de calmer mon esprit pour réfléchir à peu près correctement. Il n'a pas tort. Si je le laisse partir, il pourra directement aller retrouver sa mère adoptive. Si je le garde avec nous, par contre… Mais il y a tout de même un souci, et de taille. Pourquoi Léo veut-il rester avec nous ? Comment se fait-il qu'il soit toujours après moi ? Némésis est tellement puissante que j'ai du mal à croire qu'elle puisse ignorer les activités de son héritier. Non, elle a dû lui confier une mission. Nous espionner, nous mettre des bâtons dans les roues, que sais-je… Mais je ne peux croire une seconde que Léo-Anciennement-Véto-Sexy soit totalement dénué de mauvaises intentions à notre égard.

Malgré tout, je suis piégée. Avec un soupir, je lui adresse un signe de la main :

— Allez, viens, ce serait dommage de les faire attendre.

Nous rejoignons la file de personnes bien sapées qui patientent devant l'entrée de la boîte.

— Je me souviens d'être venu ici. Plusieurs fois.

— Oui, ce n'est pas très loin de chez nous, et ta clinique vétérinaire est deux rues plus loin.

— Ma clinique… Quelqu'un a repris les affaires ?

— Je ne sais pas.

Serait-ce une lueur de regret qui passe dans le regard azur de mon ennemi préféré ? Je ne saurais le dire. Mais jamais je n'aurais imaginé un Prince des Enfers aussi humainement fragile. Il en est touchant, c'est dire.

Mais hors de question que nous fassions la queue. Je me dirige tout droit vers Ryan, le nouveau videur de la boîte. Je n'ai pas connu l'ancien, mais, selon Meg, il s'agit de son exact sosie. Grand, massif, le front bas, un vrai cliché sur pattes courtes. Mais, toujours selon Meg, l'ancien videur, Ian, était malgré tout un être plus complexe qu'il n'y paraissait.

Ryan me connaît. Mes sœurs m'ont présentée, et Domi lui a explicitement dit que j'avais mes entrées dans son club. Mais le nouveau tient à faire son travail de façon scrupuleuse. Les événements survenus il y a quelques semaines ont fait beaucoup de bruit dans le petit monde de la nuit parisienne. Personne n'aurait cru, d'ailleurs, que la boîte rouvrirait si rapidement. Mais c'était sans compter sur la volonté d'airain de Domi ni sur l'aide que ses proches (les Furies en tête) ont décidé de lui apporter. Bref, les travaux ont été menés tambour battant, et le club a rouvert, encore plus beau et plus sélect qu'avant. Une véritable réussite.

— C'est qui, lui ? demande Ryan de sa voix profonde.

— Un… ami.

— Je l'ai pas sur ma liste, me répond le colosse en se tapotant la tempe du doigt.

— C'est que tu devais pas avoir assez de place pour y inscrire mon nom, intervient Léo, juste à mes côtés.

Je lève les yeux au ciel. Si on prend cette direction, on ne va pas s'en sortir, et je suis attendue, moi.

— Écoute, Ryan. Je te dis que je me porte garante de ce monsieur. Mais je comprendrais tout à fait que cela ne te suffise pas. Donc je te propose d'utiliser ce petit machin, là, que tu as à ton poignet, pour demander la confirmation à ta patronne. Est-ce que ça te va ?

Ryan hésite, je le vois. En fait, je visualise même d'immenses plaques tectoniques qui se déplaceraient à la surface de son cerveau, créeraient des lignes de faille et des séismes, et peut-être même engloutiraient des civilisations entières de neurones innocents.

— D'accord, finit-il par me répondre.

Mais il ne bouge pas.

— Euh… D'accord pour quoi ?

— Pour demander à Domi.

— Ben… Vas-y ?

— Elle m'a demandé de ne pas la déranger.

— Ah. Et alors, on fait quoi ?

C'est pas que, mais derrière moi, ça s'agite. Les clients n'ont pas très envie de se peler les miches dans le froid durant des heures. Ils veulent leur table, leur bouteille, leur piste de danse et espèrent trouver l'âme sœur. Vaste programme pour une nuit de débauche.

Pour ma part, je voudrais surtout aller me mettre au chaud. Parce que bon, la petite robe rouge et décolletée à paillettes, ça ne vous couvre pas une honnête femme. Je dois pourtant faire mon petit effet, parce que je sens de nombreux regards, tant masculins que féminins, s'accrocher à ma chute de reins. J'avoue, j'hésite entre me sentir flattée ou légèrement salie par cette attention quelque peu déplacée.

— Je sais pas, finit par me répondre Ryan.

Ah, deux plaques continentales ont dû fusionner dans son cerveau. Paix à tous ces petits neurones pulvérisés sous l'impact.

— Écoute, mon grand, je crois que…

— Hey, Ryan ! Comment ça va, mon pote ?

Intérieurement, je gémis. J'adore cette voix. Vraiment. Elle pourrait presque me faire le même effet positif que si je me retrouvais face à une licorne arc-en-ciel. Mais pas là. Franchement, là, cette voix pue les ennuis.

— T'as vu avec qui je suis ? reprend la voix.

— Ouais ?

— Dis-moi comment elle s'appelle. Allez, fais un effort, mon chaton.

— Julia ?

— Voilà. C'est Julia. Et qui est Julia ?

— Euh…

— Ryan, voyons…

— La sœur de Domi ?

— Et qui est Domi ?

— Ah, ça, c'est facile ! C'est la boss !

Le visage de Ryan s'est illuminé. Bien, on avance.

— Alors, si Julia dit que nous pouvons tous rentrer… ?

— Alors c'est que vous pouvez tous rentrer !

Pour un peu, je pourrais applaudir. Ou pleurer, je ne sais pas. Par contre, derrière moi, la foule a tranché.

— Allez, c'est bon, laisse-les rentrer ! Y en a ras-le-bol maintenant ! C'est bon, c'est notre tour !

Ryan fait un pas de côté, libérant le passage de son corps massif. Sous les huées, et même quelques cannettes de bière, nous nous précipitons pour rejoindre l'intérieur.

Une fois dans le hall, nous soufflons. Mais pas longtemps, parce que je dois faire face à ma sœur adorée.

— Comment t'es habillée, encore ?

Meg me déshabille du regard. Faut dire qu'elle ne montre pas beaucoup de peau, contrairement à moi. Si ce n'est celle de son visage, de son cou et de ses mains, et c'est plutôt intéressant. Mais je vais y revenir.

— Ben quoi, j'ai mis une robe.

— Une robe ? Ça implique pas un minimum de tissu, ça, une robe ?

— Ben si, regarde…

— Ah, cette chose pailletée, c'est donc du tissu ?

— Oh, ça va. Lâche-moi. T'as vu ta tête ? Ça t'a pas effleurée, l'idée de mettre un peu de crème solaire ? T'es presque aussi noire que moi.

J'abuse un peu, mais il faut avouer que je n'ai jamais vu ma sœur avec un teint aussi hâlé. Il va lui être difficile de jouer la gothique effarouchée pendant quelque temps. Heureusement qu'ici, c'est bientôt l'hiver.

Ma remarque la met mal à l'aise.

— Bah, tu sais, il faisait chaud, et puis…

— Nan, mais c'est bon, laisse tomber. Je suis quand même contente de te voir, t'sais.

Aussitôt, elle me tombe dans les bras. J'avais oublié qu'elle était aussi minus, ça me donne envie de rigoler. C'est ma *Pocket Sister*. Mais je ne suis pas sûre qu'elle apprécie ce petit surnom mignon d'amour.

Par-dessus mon épaule, j'aperçois Julia. Elle fixe du regard quelqu'un à côté de moi. Ah, ben oui, ça doit être notre Prince des Enfers national !

— Salut Julia, lui dis-je avec un sourire que j'espère doux et rassurant. Je ne te présente pas Léo, j'imagine ?

Je ne me sens pas super à l'aise dans mes talons hauts. Je vois bien que Julia est choquée. Par contre, les grands yeux noirs de Meg s'embuent aussitôt.

— Putain, Véto-Sexy, ça fait trop du bien de voir ta trogne, lui lance-t-elle en se jetant dans ses bras.

Depuis quand ma sœur est-elle aussi affectueuse ? Est-ce que Moisi a déteint sur elle, et maintenant elle se sent obligée de faire la fête à tous les gens qu'elle croise ? Mmmh. Je me demande si je ne préférais pas la sœur revêche que j'avais avant. Au moins, on savait où on mettait les pieds.

Heureusement, Léo se charge de la remettre à sa place.

— Je ne suis pas « Véto-Sexy ». Je suis Prince des Enfers.

Aussitôt, le sourire tout joyeux de ma Pocket Sister se fane et la lumière dans ses yeux s'éteint. Ooooh, ça me fait de la peine de la voir comme ça. Pour une fois qu'elle se montrait optimiste et joyeuse… Je me demande bien ce qui a pu se produire durant son voyage pour qu'elle soit différente à ce point-là. En mon for intérieur, je me promets de tirer ça rapidement au clair.

D'ailleurs, en parlant de « rapidement », il me semble que je commence à être sacrément à la bourre.

Meg, Alex est-elle au courant de ton retour ?

Ma sœur secoue la tête.

— Pas du tout. Je voulais vous faire une surprise.

— T'es bien sûre que les surprises soient appropriées en ce moment ?

Elle hausse les épaules.

— Écoute, ça pimente un peu, tu ne crois pas ?

— Non, je ne crois pas. Alex m'attend dans une arrière-salle du club, avec tout un tas d'invités… spéciaux.

Meg hausse les sourcils.

— Honhon, je vois que vous avez bien bossé pendant mon absence. Par contre, tu peux m'expliquer ce que fait ici Vét… mmmh, Lé… Enfin, je ne sais plus comment l'appeler, mais le fils adoptif de Némésis, on va dire.

— Il m'est tombé dessus alors que j'attendais devant la boîte.

— Et ? Du coup, tu l'as invité à boire un coup ?

— J'aurais bien aimé, intervient Léo.

— Toi, ta bouche, disons ma sœur et moi à l'unisson.

— OK.

— Bref, il m'a menacée d'aller tout répéter à Nem. Je ne pouvais pas le laisser partir, tout de même !

Même à mes propres oreilles, cette explication sonne tout à fait bancale. D'ailleurs, Meg m'adresse un long regard énigmatique.

— Bon, écoutez, les filles, on ne peut pas rester là indéfiniment. Qu'est-ce qu'on décide ?

Ah, Julia. Toujours pragmatique, toujours efficace. Tellement pas comme moi, quoi.

— On y va, dis-je

Au même moment, Meg grogne :

— On ne va nulle part avec Léo.

Julia soupire. Nous la regardons comme si d'elle pouvaient venir toutes les solutions. Même Léo la regarde, c'est dire !

— Je vais chercher Domi, finit-elle par lâcher.

Clairement, elle n'a pas l'air contente de nos petites embrouilles. Mais à quoi donc s'attendait-elle en s'amourachant d'une Chienne d'Hadès, hein ? Nous ne sommes tout de même pas connues pour faire dans la dentelle.

Quelques minutes plus tard, elle revient avec sa grande sœur. Une nouvelle fois, je suis soufflée par la beauté de la patronne du club. Je ne sais pas si c'est pour faire honneur à ses invités si particuliers ce soir ou pas, mais la tenue qu'elle a sélectionnée dans son placard aussi profond que le Tartare est époustouflante. Sa robe de soie bleu nuit moule ses formes divines et quelques strass saphir viennent rehausser l'eau limpide de son regard tourmenté.

— Domi, tu es… waouh.

Elle m'adresse un petit sourire en coin. Malgré son air de ne pas y toucher, elle apprécie manifestement le compliment.

— Pour une fois, je suis d'accord avec Tess, ajoute Meg avec une grimace à mon attention.

Je ne peux pas m'empêcher de rire. Meg et ses râleries.

— Bon, Julia m'a dit que vous ne parveniez pas à vous mettre d'accord sur la présence de notre cher… Léo.

Domi dévisage le nouveau Prince des Enfers. Je ne crois pas qu'ils aient eu l'occasion de faire beaucoup connaissance par le passé, mais elle a vraiment l'ait triste en l'observant.

— Meg, je t'écoute.

— Mais pourquoi elle d'abord ?

— Parce que j'ai décidé. Et ne fais pas l'enfant, Tess, s'il te plaît.

Domi parle toujours d'une voix douce, mais son autorité naturelle agit instantanément sur moi.

— Bon, d'accord, ronchonné-je.

— Léo est aujourd'hui notre ennemi, même si je suis la première à le regretter. Nous ne pouvons pas le faire participer à notre entrevue secrète.

— Qui n'est plus si secrète que ça, ne puis-je m'empêcher d'ajouter.

— Tu pinailles.

— Euh, je ne crois pas. Si le fils adoptif de notre ennemie est au courant de ce qu'il se passe ici, j'imagine qu'il n'est pas le seul.

— A priori, si, je suis le seul, intervient Léo.

— Toi, ta…

— Non, c'est bon. Je sais. Je me tais. Pas la peine de devenir vulgaire, mesdemoiselles.

Nous lui adressons toutes les quatre un regard noir. On est vulgaires si on veut, d'abord.

— Tess, qu'as-tu à dire ?

— Je crois Léo quand il dit qu'il est le seul à être au courant. Donc nous ne pouvons pas le laisser repartir. Il y a trop de risques qu'il balance ce qu'il a vu ici.

— Mais attends, s'emballe Meg. Tu veux dire qu'on va devoir se le farcir partout et tout le temps à partir de maintenant ? Parce que quoi, qu'il aille cafter maintenant ou après la réunion, ça change quoi, au juste ?

Touché.

— J'avoue, je n'ai pas réfléchi à tous les détails. On peut peut-être le prendre en otage ?

L'idée me paraît brillante, étincelante, même, mais Meg n'a pas l'air de la goûter autant que moi.

Léo non plus, d'ailleurs. Il se racle doucement la gorge, comme pour demander la permission de parler. C'est dingue, il est quasi parfait, même en tant qu'ennemi.

— Je n'ai pas très envie d'être forcé à quoi que ce soit, vous savez. Et, si ma mère adoptive ne m'a pas offert tous ses pouvoirs, j'en ai tout de même quelques-uns qui me permettent de me faire la malle si je le souhaite.

Meg le regarde à présent d'un air soupçonneux. Ou de son air habituel, finalement.

— Tu veux dire que tu es là de ton plein gré ?

— Mais tout à fait.

— Enfin, Léo, tu veux bien cracher le morceau, à la fin ? Qu'est-ce que tu fous ici, et qu'est-ce que tu veux ?

— Eh bien, vous savez, Némésis est peut-être ma mère adoptive et je n'ai pas envie de me la mettre à dos, mais…

Il laisse passer quelques secondes.

— Léo, tu m'agaces, reprend ma sœur. Parle, je t'ai dit.

Oh, ça siffle dans ses cheveux. Pas bon signe, ça.

— En fait, je crois que je ne l'apprécie pas trop.

Prince-des-Enfers-Sexy se tapote la tempe du bout des doigts et murmure :

— Je crois qu'elle est un peu… instable, vous n'êtes pas d'accord ?

Ah ah ah. Oh bah, si, on est totalement en phase, même.

— Et alors ? On s'en fiche que tu aies des soucis avec ta maman. Nous, on veut juste l'empêcher de détruire le monde tel qu'il est aujourd'hui. Alors, t'es mignon, tu vas faire demi-tour et aller chercher une psy pour entamer une thérapie familiale.

— Oui, je pourrais faire ça. Mais je me suis dit que je pouvais aussi essayer de jouer sur deux tableaux et tenter de la renverser.

Là, nous ouvrons toutes des mâchoires béantes. *What ?* Le nouveau fiston veut être calife à la place du calife ? Déjà ?

— Et comment, toi, nouvellement divin, tu comptes t'y prendre pour renverser une déesse multimillénaire ?

Avec un sérieux indéboulonnable, Léo nous répond en nous fixant de ses grands yeux clairs :

— Grâce à votre aide.

— Oh, malheur, soupire Meg.

— Malheur de malheur, je reprends.

— On n'est pas sorti des ronces, ajoute Julia.

— J'ai bien besoin d'aller boire une coupe de champagne, je crois, fait Domi.

Et Léo qui reste planté là, avec un large sourire étalé sur son joli minois. Je veux bien croire Meg sur sa perfection dans sa vie d'avant, mais aujourd'hui, ce type est complètement givré.

— Bon, reprend Meg. On tourne en rond. Je capitule. Domi, tu peux nous mener à Alex et à ses invités très spéciaux, s'il te plaît ? Et au passage, si on peut s'arrêter au bar…

— Champagne pour tout le monde ?

— Pour tout le monde, je ne sais pas, mais pour moi, il faudra quelque chose de plus fort.

— Oh, moi je veux bien un kir à la pêche, ne puis-je m'empêcher de dire.

— Un kir ? À la pêche ? Non, mais tu es sérieuse, là ?

— Ben oui, pourquoi ?

— Y a tout qui part en vrille, et toi, il te prend l'envie d'un kir ?

Meg ne me laisse même pas le temps de lui répondre et tourne les talons. En lui emboîtant le pas, je marmonne :

— Bah quoi, je vois pas le souci, avec le kir à la pêche… Chui pas alcoolique comme certaines, moi…

MANIPULATION

Que le temps passe lentement.

Depuis combien de temps est-il ici, seul, à se morfondre ? Cela fait longtemps que Némésis n'est pas venue le voir. Même si sa présence lui est odieuse, elle représente malgré tout une distraction.

Aurait-il un jour songé être prisonnier de son propre corps ? Existe-t-il un sort plus horrible que celui-ci ?

Hadès est bien l'un des seuls immortels à n'avoir jamais vraiment souffert de lassitude. Et il connaît le secret de cette sorte de longévité. Ce secret, c'est sa famille.

Perséphone. Par les Enfers, ce qu'il peut s'en vouloir de l'avoir congédiée ainsi ! Était-il déjà sous l'influence de Némésis ? Elle était déjà venue lui rendre visite à de nombreuses reprises, depuis le départ en stase de Tisiphone. Elle le savait ébranlé, fragilisé, par le départ de deux de ses filles et par l'inquiétude que lui causait la solitude d'Alecto. Elle savait aussi que les nombreuses absences de son épouse lui pesaient.

Avec le recul, il se rend compte qu'elle a semé la graine du doute dans son esprit. Cette graine a été si longue à germer qu'il ne s'est rendu compte de rien. Mais un jour, il est vrai, il a perdu patience. Il en a eu assez des frasques de Perséphone.

Il lui a demandé de partir. Il lui a demandé de quitter leur foyer. Et il n'a eu aucun remords, sur le moment, d'agir ainsi.

Pauvre fou… Comme il le regrette, à présent ! Il pensait gagner en liberté, en force, en indépendance, après des siècles passés à attendre le retour de son aimée, toujours plus attentive au monde des humains qu'à son univers à lui… Et voilà à quoi il en est réduit.

Des semaines qu'il bave sur son trône. Des semaines que ses serviteurs fuient ses appartements à la décoration d'une austérité nouvelle, insupportable.

Et ses filles… Ses filles ! Elles sont réunies, mais elles doivent faire face à une terrible menace… Il les aime toutes les trois, de façon inconditionnelle, mais il doute tout de même de leur capacité à mettre de côté leurs différences… et leurs différends.

Une nouvelle fois, il se concentre, tente de se lever, échoue. Mais qu'il est faible ! Son cerveau divin fulmine sous un afflux ininterrompu de pensées. Pourtant, il ne peut agir sur son corps, qui reste échoué sur ce trône de marbre. Totalement inconfortable, qui plus est.

Mais à qui pourrait-il se plaindre ? Personne ne vient plus le voir. Personne pour le solliciter, lui demander un avis, un conseil, une aide… Après tout, qui aurait l'envie de s'intéresser à un dieu déchu tel que lui ?

Malgré tout, un vent de colère se lève dans le cœur du dieu des Morts. Parmi ses serviteurs, pas un ne s'est réellement préoccupé de lui. Némésis n'a pas eu à beaucoup se fatiguer pour asseoir son autorité. Même ses anciens compagnons de route, les Fleuves, Charon, Thanathos ou Hypnos… Et que dire de son chien, hein ? Où est-il, le fidèle Cerbère ? Se roule-t-il en boule au pied du lit de l'ennemie ?

Une larme roule sur la joue brune d'Hadès, avant de se perdre dans sa barbe négligée.

En pensées, il revoit Perséphone, et ses filles. Les jours heureux, et enfuis. Elles non plus ne sont pas venues à son secours.

CHAPITRE 11

Un petit kir, et hop ! Me revoilà disposée à combattre le mal. Mais j'ai tout de même une question qui me turlupine, depuis tout à l'heure…

— Hey, psst. Meg !

Ma sœur se retourne et me regarde. Pratique, la super ouïe. Parce que bon, c'est un sacré vacarme à l'intérieur du club de Domi. De la bonne musique, des clients survoltés, qui se trémoussent et hurlent leur joie d'être là… Pour un peu, je regretterais presque de ne pas pouvoir aller danser… J'imagine que ma sœur aussi. Elle a retrouvé le plaisir des *dance floors* depuis son retour de stase. Je sais, car elle me l'a confié, qu'il lui arrive fréquemment de se transformer en brume argentée pour rejoindre la piste durant ses nuits de travail.

Ma sœur lève un sourcil à mon attention.

— Perséphone ? J'imagine que tu l'as trouvée, mais elle est où ? je lui demande à voix basse.

— Oh, Perséphone… Oui, je l'ai trouvée, et je les ai ramenées toutes les deux…

— Hein ? Toutes les deux ? C'est quoi encore, cette histoire ?

Mais Meg ne daigne pas me répondre. Quelle bêcheuse tout de même. Un léger couinement dans mon cou me confirme que Schmoute en pense tout autant.

Enfin, après que nous nous sommes frayé un chemin entre les danseurs, Domi nous ouvre une lourde porte capitonnée de rouge. Elle n'entre pas avec nous, et Julia s'arrête aussi sur le seuil. Au regard interrogateur de Meg, elle secoue la tête.

Je la comprends. Elle est déjà bien assez mêlée à toute cette histoire. Inutile d'attirer sur elle l'attention des gens présents ici cette nuit. Nous, nous les connaissons bien et nous les apprécions, mais ce ne sont pas des enfants de chœur.

À peine Domi a-t-elle refermé la porte derrière nous que le silence s'impose. Aucun bruit du club ne filtre jusqu'ici.

Nous nous trouvons, Meg, Léo et moi-même, dans une salle de belle taille. Les murs sont de pierre taillée et quelques tentures dans des coloris sombres viennent réchauffer l'ensemble. Enfin, réchauffer… Je ne sais pas qui a réglé la clim, mais ce n'est pas une réussite. Il faut d'urgence lui retirer la petite télécommande avant qu'on ne gèle sur place.

— Rolala, ça caille ici, ne puis-je m'empêcher de m'exclamer.

Pour toute réponse, je récolte le regard pesant de l'assemblée infernale ici réunie. Chouette. On va bien se marrer.

— Euh… Ça va, tout le monde ? Ça fait plaisir de vous revoir, vieilles branches…

Mmmh. Alors que je commence à désespérer d'obtenir la moindre réaction, Charon se lève, me rejoint et me prend dans ses bras.

— Moi, je t'ai déjà revue, mais je suis vachement content de te retrouver encore, ma petite Tisiphone. Mais pourquoi portes-tu ce collier de malheur ? Je pensais que c'était de l'histoire ancienne !

— Tess… Je…, bafouillé-je en portant la main à mon cou, lourdement chargé, entre Schmoute et le joyau des Thébin.

Mais je renonce à répondre. Mon vieux Charon pue tellement que je vais vomir si j'ouvre la bouche pour lui rappeler qu'aujourd'hui, je m'appelle Tess. Et puis, n'oublions pas qu'il est de la vieille école. Il me ferait une attaque, j'en suis sûre, si on décrétait du jour au lendemain qu'il se prénomme dorénavant Charles.

Quant au collier… je n'ai pas envie d'aborder le sujet. Pas ici, et pas maintenant.

Quoi qu'il en soit, la marque d'affection offerte par Charon dégèle un peu l'ambiance. Malheureusement, ça n'agit absolument pas sur la clim, et je me mets à éternuer comme une perdue tandis que tous mes vieux potes défilent devant moi pour me taper dans le dos.

Finalement, la technique employée par Alex pour les réunir a plutôt bien porté ses fruits. Je note pour moi-même que, une fois sorties de ces embrouilles, nous pourrions nous fendre d'un joli bouquet de fleurs à destination d'Angatta, même si apparemment elle n'a pas résisté au charme de Léo. Oh, et je pourrais peut-être lui faire des cookies, aussi. J'adore faire des cookies.

Alex, dont je ne perçois que le haut de la tête derrière la foule assemblée, se lève et prend la parole :

— Chers Infernaux, merci de revenir vous asseoir, s'il vous plaît.

Les trois juges, Rhadamante, Minos et Éaque, toujours aussi classes et aujourd'hui vêtus d'impeccables costumes trois-pièces, sont les premiers à rejoindre la table. Ils ont toujours été très disciplinés. Ils ont l'amour des choses bien faites, ces trois-là. Et ils sont pas super funky, il faut bien l'admettre.

Charon les suit, majestueux dans sa solitude. Enfin, c'est surtout que personne n'ose s'approcher de trop près. Son odeur est particulièrement prégnante, ce soir.

Les autres, Gorgyra, Hypnos, Thanathos et les fleuves, suivent en ordre dispersé, tout en continuant à discuter. On sent quand même qu'ils n'ont pas l'habitude de se voir souvent. Les divinités sont le plus souvent des entités solitaires, à quelques exceptions près.

À mes pieds, il ne reste que mon petit Cerbère d'amour. Pour l'occasion, tout mignon, il a adopté une taille réduite. Il se tient sur ses pattes arrière et fait le beau pour que je caresse ses trois adorables museaux.

— Oh, mais oui, tu es beau, tu es le plus beau, oh c'est mon gros pépère, ça…

Il n'en peut plus, le féroce gardien des Enfers. À présent, il se roule sur le dos et me présente son ventre tout rose. Qu'est-ce qu'il m'a manqué, lui aussi ! Je crois que Meg n'en pense pas moins, car elle nous regarde d'un air attendri.

Jusqu'à ce qu'Alex nous rappelle une nouvelle fois à l'ordre.

— Tisiphone ? Mégère ? Vous pourriez arrêter de jouer avec le chien des Enfers et prendre un peu les choses au sérieux ?

Oh, la garce. « Tisiphone et Mégère », ça, c'est un coup bas.

— Mais bien sûr, Alecto, grince Meg.

Sur une dernière caresse à Cerbère, je vais m'installer à la droite de ma sœur, tandis que Meg s'assoit à sa gauche. Les choses sérieuses vont pouvoir commencer. Enfin…

— Euh… Dites, les filles, demande Achéron, on boit pas un coup pour fêter ça ?

— Pour fêter quoi ? demande Alex d'une voix à faire frissonner un iceberg.

— Bah, nos retrouvailles ? Ça fait quand même quelques siècles qu'on vous a pas vues toutes les trois ensemble, hein.

L'assemblée acquiesce. Même les juges opinent, et pourtant, je les ai rarement vus picoler.

Alex soupire, passe une main lasse sur son visage aux traits ciselés. Rien qu'en me tenant à ses côtés, je sens sa lassitude.

— OK. Meg, tu veux bien t'en occuper, s'il te plaît ?

— C'est ça, hein, c'est mon métier, maintenant, serveuse dans une boîte de nuit, ronchonne Meg.

Mais, malgré tout, elle s'exécute. Elle sort rapidement de la salle, et un silence pesant s'installe sur les participants. Je regarde autour de moi, cherchant à comprendre l'origine de ce malaise. Ah, bah oui. Léo.

— Je… Alors, comme vous le voyez, Léo m'a accompagnée, et…

Je me flétris littéralement sous le regard d'Alex. Oh, punaise, comment je vais me tirer de là, encore une fois ? Je décide d'aller au plus simple.

— Bon, voilà, je l'ai trouvé devant le club, il a menacé d'aller tout répéter à Némésis, du coup, j'ai préféré le garder à l'œil.

Cette fois, l'attention se reporte sur le Prince des Enfers. Discrètement, j'essuie une petite goutte de sueur qui me coulait dans le cou. Ouf. Je suis provisoirement à l'abri.

— Que veux-tu, Léo ? demande ma belle blonde de sœur.

— Toi ? ironise l'ancien véto.

Je tique, Alex aussi. Mais sûrement pas pour les mêmes raisons. Je ne sais pas pourquoi ça m'embête autant, d'imaginer qu'il y ait pu y avoir un truc entre ces deux-là.

— C'est impossible, tu le sais. Et je ne sais pas ce qu'il reste de ton ancien toi, mais je pense que tu l'as toujours su, lui répond néanmoins Alex avec une douceur inespérée.

Léo hoche la tête.

— Je ne sais pas. Je sais que j'ai ressenti des choses pour toi, et que j'en ai été malheureux. Je sais que je t'en ai voulu, mais que je n'ai jamais pu me détacher de toi.

Les juges se raclent la gorge de concert.

— Les enfants… commence Minos.

— … je ne suis pas sûr… continue Éaque.

— … que ce soit le moment, achève Rhadamante.

Ah, oui, j'avais oublié cette particularité. Ils sont infoutus de faire une phrase par eux-mêmes. Ça fait tellement longtemps qu'ils traînent ensemble qu'ils semblent avoir fusionné leurs esprits. C'est drôle au début, mais ça peut vite devenir pénible de papoter avec eux.

— Vous avez raison, leur répond Alex. Passons aux choses sérieuses. Léo, qu'est-ce que tu cherches vraiment ?

Mais le regard qu'elle pose sur Léo déborde d'émotions contradictoires. J'y lis de la tristesse, du regret, mais aussi une étrange colère. Contre elle ? Contre Léo ? Contre le destin qui nous impose de telles épreuves ?

Léo lève les mains, comme pour prouver sa bonne foi.

— Je ne veux surtout pas vous déranger. Vous savez, je suis tout nouveau, dans l'Érèbe. J'essaie de comprendre comment ça marche, qui seront mes futurs sujets, comment gouverner au mieux…

Aussitôt, c'est un tollé général. Et c'est le moment que choisit Meg pour réinvestir la pièce.

— TOUT LE MONDE SE CALME, beugle-t-elle de sa voix de Chienne.

Effet instantané, tout le monde repose les fesses sur sa chaise, en silence.

— Bien, je ne sais pas ce qu'il s'est passé pendant mon absence, mais vous allez tous boire un coup, ça va vous détendre. En plus, c'est un cocktail de mon invention, donc merci de le déguster avec un maximum de respect.

Elle commence à poser d'immenses contenants devant tout le monde. L'effet est saisissant. De l'ouverture des larges coupes se dégagent des volutes de fumée épaisse, qui surmontent ainsi un liquide d'un rouge rubis.

Lorsqu'elle pose ma coupe devant moi, je ne peux retenir une moue contrariée.

— Quoi ? grogne-t-elle.

— Ben, j'aime bien, tu sais, quand…

Elle ne me laisse même pas finir et pose un petit parasol aux couleurs éclatantes et une touillette licorne en plastique rose transparent dans mon verre. Merveilleuse, merveilleuse Meg.

— J'étais sûre que tu me gonflerais avec ça. T'es contente, là ?

Je lui adresse le sourire le plus éclatant possible. Ça doit marcher, car c'est limite si elle ne recule pas, un bras devant le visage, pour se protéger de ma lumière, en mode « vampire éblouie ».

— C'est bon. Vous pouvez boire, annonce-t-elle à la cantonade.

Car effectivement, personne n'a osé bouger. C'est qu'elle fait encore son petit effet, ma Pocket Sister. Tout le monde boit en silence. Moi aussi. Et j'avoue que la création de Meg est délicieuse. Je siffle le cocktail à la vitesse de l'éclair, et c'est le bruit de ma paille dans le fond du verre qui sonne le début des débats.

— Bien… dit Hypnos, qui a l'air épuisé, comme à son habitude. Il semble donc que nous ayons quelques soucis. Mmmh… Hadès est donc encore sous la coupe d'une déesse…

— Comment ça, « encore » ? demande Alex.

— Je veux dire… baille-t-il, et je me souviens soudain que, de toute façon, il ne sait s'exprimer que de cette façon, on supporte Perséphone depuis des millénaires, est-ce que ça va réellement changer quelque chose que ce soit le tour de Némésis ?

— Est-ce que tu as récemment vu ton souverain, Hypnos ?

— Non, j'avoue. Je suis fatigué, depuis quelques siècles. Pourquoi ?

— Eh bien, je t'invite à lui rendre visite dès ton retour dans l'Érèbe. Et je te conseille aussi d'amener un lot de bavoirs et un paquet de couches.

Hypnos tique, et ce n'est pas le seul. Thanatos, la mort, et Léthé, l'oubli, aussi.

— Qu'est-ce que tu veux dire par là ? demande Achéron, l'un des dieux fleuves des Enfers, un peu plus loin, tout en remuant ses longs cheveux d'un brun vaseux.

— Je veux dire que certes, Perséphone vous a parfois mené la vie dure. Mais elle n'a jamais porté atteinte aux pouvoirs ou à la majesté d'Hadès. Némésis, si.

— Que lui a-t-elle fait ?

Je hausse les épaules avant de prendre la parole :

— Difficile à dire. Nous n'avons pu le voir qu'un court instant, et il était en train de baver sur son trône. Je ne sais même pas s'il nous a reconnues.

Un silence consterné suit mes paroles. Manifestement, aucun des participants à la réunion ne s'attendait à ça.

— Oh, si, il vous a reconnues, intervient Léo.

Aussitôt, des regards suspicieux le clouent sur sa chaise. Il lève une main apaisante avant de continuer.

— Hadès est parfaitement conscient de tout ce qu'il se passe autour de lui, croyez-moi. Mais il n'a juste aucun contrôle sur ses pouvoirs ni même sur son corps. Ma mère adoptive y a veillé.

Je rêve, où il y a une légère nuance de fierté dans la voix de Léo ? Pfff, quand je commence à croire qu'il y a quelque chose à sauver chez cet individu, il s'empresse de doucher mes espoirs. Dressé sur mon épaule droite, Schmoute s'agite et me mordille les racines des cheveux. C'est tout à fait désagréable, et étrange, car il fait ceci à chaque fois que je pense à Léo. Mon furet se serait-il entiché de l'ancien vétérinaire ?

— Mais…

— … c'est…

— … horrible ! s'exclament les trois juges.

— Quelle misère ! se lamente Achlys, la mine tristounette. Notre pauvre, pauvre souverain…

Cette fois, je prends le temps de faire le tour de la tablée. Les trois juges sont là, et bien là, Hypnos, Thanatos, les dieux fleuves, la douce et silencieuse Orphné, Charon, Achlys, donc, et Cerbère, qui joue actuellement avec nos pieds sous la table. Il est mignon, et je crois qu'il sera toujours un peu bébé. Mais je note aussi des absents.

— Où est Nyx ? demandé-je soudain. Hécate ? Mélinoé ? Ah, Tartare et Eurynomos, aussi ?

Pas de réponse. OK.

Thanatos, toujours aussi blême, à la limite de la transparence, et son frère jumeau Hypnos, ont la décence de paraître mal à l'aise. Je les fixe du regard.

— Quelque chose à dire, les garçons ?

— En ce qui concerne notre mère… commence Hypnos.

— Oui, donne-moi donc des nouvelles de cette bonne vieille Nyx.

Les deux frémissent sous la menace contenue dans ma voix. Je n'aime pas trop Nyx. La déesse de la Nuit, c'est un peu notre tata cruelle. Celle qui surgit à n'importe quel moment pour vous accuser et vous mettre la honte devant tout le monde, qui se la joue douce et enjôleuse pour mieux vous manipuler. Tout le monde a une tata cruelle. Comme un tonton facho. Non ? Je me fais soudain la réflexion que tout le monde n'a peut-être pas une famille dysfonctionnelle.

— Elle… euh… tente Thanatos.

— Nan, mais dites-le, les gars, intervient Meg d'un ton rugueux. Elle est pote avec Némésis, c'est ça ?

Hypnos nous fait l'honneur de rosir, et de ne pas bâiller, surtout. Thanatos, quant à lui, ne sait visiblement plus où se mettre. Pauvres chatons. Je les aime beaucoup, tous les deux. Nous avons eu une enfance solitaire, mais nous avons toujours pu compter sur eux. D'ailleurs, eux non plus ne sont pas hyper fans de leur génitrice.

— OK, donc on ne compte pas sur Nyx. Mélinoé ?

— Pas de nouvelles depuis une éternité, répond Hypnos, ravi de changer de sujet. Est-elle encore de ce monde ?

— Hécate ? J'imagine qu'elle n'a pas pris de décision et se rangera du côté du probable vainqueur ?

— C'est…

— … en substance…

— … ce qu'elle nous a répondu…

Je hoche la tête à l'attention des trois juges. Je ne suis pas étonnée. Hécate a toujours été du genre opportuniste. Et puis, surtout, elle n'aime pas trop se mêler des affaires des autres. Je n'ai rien contre Hécate. Rien pour non plus, d'ailleurs.

— Tartare et Eurynomos ?

— Ne compte pas sur eux, me dit Charon de sa voix grondante.

OK. Je les compte donc parmi nos ennemis. Pas de soucis, ce sont de vieilles charognes, de toute façon.

— Bien, au moins, nous sommes fixés sur nos effectifs, c'est toujours ça de pris.

— Tu as raison, Tess, me dit Alex, et je ne sais pas pourquoi, mais ces mots me font du bien.

À quel moment ai-je à ce point perdu confiance en moi ? Est-ce que ça a le moindre rapport avec ces histoires de paillettes et de licornes ? Est-ce que je ne me cache pas derrière ces histoires stupides de pâtisserie ? Qui suis-je, en fait ?

Je choisis toujours bien mes moments pour procéder à ma propre analyse, c'est incroyable. Et je m'aperçois que j'ai loupé la suite de la discussion. Je tente tant bien que mal de raccrocher les wagons quand Léo se penche à mon oreille.

— Vous avez pensé à libérer tout le monde ?

Son souffle chaud me perturbe encore plus que les questionnements sur mon identité. Ça craint. Enfin, je crois.

— Mmmh.

— Tess ?

— Mmmh. Oui, parle-moi encore dans le creux de l…

Seul le silence du Prince des Enfers me répond. Ah. Oups. Je crois que j'ai un chouille dérapé.

— Euh… Je veux dire. Oui, mais non.

— « Oui, mais non » ?

— T'imagines pas le bordel si on relâche toutes les âmes de tous les humains, divinités primordiales ou pas, sur Terre ? Je crois que t'as du boulot avant de pouvoir prétendre au statut de souverain des Enfers.

— Ça va, je suis nouveau, un peu de tolérance…

— Si on vous gêne, tous les deux, faut le dire.

Meg nous foudroie du regard. Je sais qu'elle appréciait Léo, mais manifestement c'est beaucoup moins le cas depuis qu'il n'est plus tout à fait humain.

— Oh non, pas du tout, ne vous préoccupez pas de nous, vous pouvez poursuivre, ironisé-je.

— Tu te fous de moi, là ?

Oh. Euh… Arf, je l'ai foutue en rogne. Mais trop facile, aussi.

— Pas du tout.

J'essaie de simuler un aplomb que je ne possède pas du tout.

— Léo vient de suggérer quelque chose.

— Et on devrait l'écouter ?

Je hausse encore les épaules. Je vais finir par me faire une contracture, à force.

— Alors, c'est une idée pas très intelligente, à la base, mais il y a peut-être quelque chose à retenir dans tout ça.

Mon compagnon, juste à côté, s'étouffe d'indignation. Tant pis pour lui.

— J'en ai déjà parlé à Alex, poursuis-je, elle n'est pas franchement pour, mais je vous soumets tout de même notre proposition…

Je laisse passer un temps de silence. Tous les regards sont braqués sur moi. Est-ce que j'aime ça, ou pas ? Je suis bien incapable de le dire. Mais tant pis, je prends une profonde inspiration, et je me lance.

— Libérons certains grands criminels.

La réaction des Infernaux ne se fait pas attendre.

— Mais la stase t'a clairement secouée, ma pauvre fille ! s'écrie Styx.

— Tisiphone, ma chérie, grogne Charon.

— C'est hors de question, s'écrie Alex en bondissant. On s'est pas acharnés sur certains d'entre eux pour les relâcher maintenant. T'imagines les dégâts qu'ils pourraient provoquer ?

Je balaie sa contestation d'un geste de la main.

— Je ne parle pas des criminels humains, encore que… Ça pourrait mettre un tel boxon sur Terre que Némésis serait obligée d'intervenir. Et ça la détournerait provisoirement de ses objectifs à court terme. Mais non, dans un premier temps, je parlais des Primordiaux enfermés dans le Tartare, essentiellement.

Oui, les Primordiaux. Les Titans, et les Hécatonchires. Pour les Cyclopes, je ne sais pas s'il reste des survivants ni où ils se trouvent. Puis bon, ça fait déjà une joyeuse compagnie.

Achéron siffle entre ses dents.

— C'est couillu, ça, ma grande.

Je le remercie d'un grand sourire. Venant de lui, c'est un chouette compliment. Mais Meg et Alex ne l'entendent pas de cette oreille.

— Non, non, non et non ! gueule Meg. Mais enfin, ils vont tout saccager ! Et comment on fait, ensuite, pour les rebalancer dans leur trou puant ? Je veux dire, quelqu'un a des nouvelles récentes de Zeus ? Non ? Aucun d'entre nous n'est capable de faire ça, il me semble !

— Nous, non, c'est vrai, dis-je doucement. Mais Hadès le peut.

— Bah, Hadès, pour le moment, c'est encéphalogramme plat, me répond ma sœur. Donc on ne peut pas franchement compter sur lui.

— Évidemment, mon plan ne tient que si on parvient à sauver Hadès de son espèce de transe bizarre.

— Et si on n'y arrive pas ? me contre-t-elle à nouveau.

Je soupire. Je ne sais pas, tout ça me paraît tellement simple. Pourquoi mes sœurs ne voient-elles pas les choses de la même façon ?

— Si on n'y arrive pas, le déchaînement des Primordiaux sur Terre ne sera plus vraiment un problème, tu ne crois pas ?

C'est Léo qui a répondu à ma place. Il pige vite, j'aime ça.

— Tout…

— … à…

— … fait, approuvent les juges.

— Et il sera toujours temps d'aviser en temps et en heure, convient Thanatos.

— Mais… vous ne pouvez tout de même pas approuver un plan pareil, s'exclame Alex. Vous êtes fous à lier !

— Écoute, reprends-je. Je suis prête à écouter ton plan. Le tien aussi, Meg. Allez, dites-moi. Je suis tout ouïe.

Mais mes sœurs restent silencieuses un tout petit trop longtemps. C'est bien ce que je pensais. Elles n'ont aucune idée de ce qu'il convient de faire. Tous autant que nous sommes, nous sommes démunis.

Finalement, c'est Meg qui reprend la première la parole :

— Avant qu'on prenne la moindre décision, j'ai quelque chose à vous dire.

Tous les regards se tournent vers elle. Je n'aime pas sa voix grave et sombre. Elle n'a pas que de bonnes nouvelles à nous annoncer.

— J'ai retrouvé Perséphone.

Est-ce que c'est juste le fait d'avoir mis la main sur notre mère jouant les filles de l'air qui la perturbe à ce point ? Je sais qu'elles ne s'apprécient pas vraiment et que ce n'est pas demain qu'elles se prêteront leurs fringues ou iront bruncher, mais tout de même.

— Et elle n'était pas seule.

Oh. Oh ? Pas seule ? Mais qu'est-ce que sous-entend Meg ? Alex doit suivre mon cheminement de pensées, car elle demande aussitôt :

— Avec un autre que Daddy ?

Je note son émotion à la légère coloration de son teint habituellement diaphane. Le rose délicat de ses joues correspond au rouge furieux de Meg, habituellement. Tout est toujours question d'échelle, après tout.

— Non. Pas tout à fait. Avec… Mamou.

Oh. Oh non. Mamou ? Vraiment ? Ça, ça sent pas bon du tout. Dans mon cou, même Schmoute lance un petit couinement terrifié. Il a un bon instinct, y a pas à dire.

Autour de la table, un silence pesant s'est installé.

— Euh…

— … le moment de reboire un coup…

— … nous paraît tout à fait approprié.

Merci les juges. Et quelle bonne idée ! Meg ne se le fait pas dire deux fois et disparaît à nouveau. Je crois que personne ne pourra décoincer un mot tant qu'on ne se sera pas sifflé un petit cocktail bien tassé.

Mais quand Meg revient, pas de cocktails en vue. Cette fois, elle a carrément amené les bouteilles. Deux serveuses de la boîte la suivent, portant des plateaux chargés de verres et de seaux à glaçons. Nickel, on a sorti l'artillerie lourde.

Durant quelques minutes, ma sœur et les deux serveuses s'affairent autour de nous. Je remarque que les deux jeunes femmes n'ont pas l'air de se rendre compte que nous ne sommes pas tout à fait normaux. Et finalement, pourquoi pas ? Nous sommes vêtus comme les humains d'aujourd'hui, et nous dissimulons à la perfection nos petites différences. À part peut-être Charon. Pour qu'il paraisse à peu près décent, il faudrait le passer au karcher.

Quand enfin nous nous retrouvons entre Infernaux, personne n'ose se lancer. Je décide de parler la première. Il faut bien que quelqu'un se sacrifie, n'est-ce pas ?

— Bon. Et Déméter va bien ?

Meg m'adresse une grimace crispée, sa façon à elle de me remercier.

— Elle est en super forme. Évidemment, elle est aussi très concernée par tout ce qui passe actuellement sur Terre, écologie, climat, tout ça. Nous savons maintenant d'où provient l'entêtement de Perséphone sur le sujet, hein…

— Elles ont toujours été très engagées, n'est-ce pas… bâille Hypnos.

— Tout à fait. Non, et puis c'est bien que certains d'entre nous se sentent encore un peu concernés par toutes ces conneries humaines, intervient Léthé.

— Toutes ces conneries ? Tu y vas un peu fort, la coupe Thanatos. Est-ce que tu as la moindre idée du nombre de morts liés au changement climatique ou à la pollution ? C'est exponentiel, je te jure ! Si ça continue comme ça, l'Érèbe va clairement déborder. Manquerait plus qu'ils déclenchent une grosse guerre nucléaire, et on est bons pour faire la vidange. Et je vous préviens, moi, je m'y colle pas. C'est bon, déjà le siècle dernier, c'était limite, mais alors là, non. Ça suffit, je suis pas corvéable à merci.

Tout le monde le regarde, bouche béante.

— Ça va, tu te sens mieux ? lui demande son frère d'un ton calme.

— Euh… Oui, pardon, je me suis un peu enflammé, je crois.

— C'est rien, mon gars, intervient Charon. On est tous un peu perturbés, en ce moment. Ça fait du bien de craquer, parfois.

Le vieux nocher va pour lui tapoter l'épaule, Thanatos pour se jeter dans ses bras, mais le dieu de la mort se recule au dernier moment, rappelé à l'ordre par l'odeur. Il se contente d'adresser à notre ami un sourire reconnaissant.

— Bon, OK. C'est bien, mais on fait quoi, du coup ? intervient Achéron, qui nous avait fichu une paix royale jusque là.

Sa voix est légèrement pâteuse, et ses yeux couleur de vase brillent peut-être un peu trop. Comme les autres dieux fleuves, il n'a pas l'air hyper intéressé par la situation. Il préfère nettement se siffler des verres en douce, pendant qu'on tente de sauver le monde. Je suis à peu près persuadée qu'il n'est venu qu'à la demande de Charon, parce qu'il ne peut rien lui refuser.

Ma sœur Meg, pas très loin de lui, le fixe du regard. Je vois bien qu'elle est contrariée. Et je peux la comprendre. Si elle a vraiment passé du temps avec Perséphone ET Déméter, elle doit être proche de l'implosion.

— Achéron, et vous aussi, là, vous posez vos verres, la fête est finie pour vous ce soir.

— Mais, proteste Styx, pour une fois qu'on peut profiter des plaisirs terrestres…

— Vous profitez bien assez des plaisirs infernaux. Laissez aux hommes leur bibine fermentée. Et dessaoulez immédiatement !

Tous grommellent, mais finissent par acquiescer. Leurs regards retrouvent une certaine acuité, leurs joues pâlissent et leurs mains retrouvent leur stabilité. Bien.

— Donc, ma douce, tu disais que Perséphone était accompagnée de Déméter quand tu l'as retrouvée, c'est bien ça ? reprend Charon.

Pocket Sister hoche la tête avec vigueur.

— Et maintenant ?

— Bah… Je les ai laissées toutes les deux à la maison, finit par avouer Meg.

— QUOI ? hurle Alex en bondissant sur ses pieds. Tu… Mais… Non… Enfin… Je…

Et finalement, elle se rassoit, vaincue. Que peut-elle dire, de toute façon ? C'est pas tant que ça nous dérangerait de les abandonner dans la rue, mais on ne peut pas les laisser sans surveillance. Elles sont capables de vous retourner une ville comme Paris s'il leur en prend l'envie.

— Écoute, Alex, je comprends que ça te contrarie de partager ton espace de vie avec ces deux-là, mais je n'ai pas fait un voyage aussi long pour ne pas les ramener, n'est-ce pas ? Perséphone n'est plus la bienvenue dans l'Érèbe, et tu sais bien que Mamou…

N'y remettra jamais un pied de son plein gré. Elle déteste cet endroit, elle déteste Hadès, elle déteste tout ce qu'il représente, et il est fort probable qu'elle nous déteste aussi, puisque nous sommes les dignes filles du roi des Enfers. Autant elle a longtemps œuvré pour que sa fille adorée lui soit rendue, ne comprenant pas les liens qui rattachaient cette dernière à son souverain de mari, autant elle ne s'est jamais fendue du moindre geste gentil à notre égard. Mais peu importe, ma grand-mère n'est pas une personne très sympa. En dehors de ses cultures, du blé et de ses enfants, il y a peu de choses qui l'intéressent. Et bon, Alex, Meg et moi, nous ne sommes guère attirées par les choses de la Terre, même si j'ai essayé de feindre un intérêt durant de longs siècles pour complaire à ma chère mère.

— Elle a râlé ? ne puis-je m'empêcher de demander.

Meg soupire.

— Bah, tu la connais. Y a jamais rien qui va. Et il fait chaud, et il fait froid, et c'est trop bleu, et ça va pas assez vite… S'il n'y avait pas eu Julia et sa patience d'ange, je crois que je les aurais abandonnées en plein désert pour avoir la paix.

— Et Perséphone est toujours aussi…

Je ne sais pas comment exprimer ma pensée. Perséphone est une peste, une diva, une mère et une épouse tyrannique, mais en présence de sa mère, elle ne se rebelle jamais. Elle ne moufte pas. Jamais. Sa mère décide de tout pour elle, et ça ne semble pas la déranger, au contraire.

— Une vraie carpette, me confirme Meg.

Bien, rien n'a donc changé.

— Et pourquoi donc Déméter a-t-elle voulu accompagner sa fille ici ? Pourquoi a-t-elle accepté de te suivre ?

— Alors, en fait, Perséphone n'était absolument pas au courant des… euh… aventures de Daddy. Elle a d'ailleurs semblé très peinée d'apprendre tout ça. Je crois qu'elle n'imaginait pas que leur rupture puisse être définitive. Par contre, Mamou était furieuse. Elle n'a jamais supporté que sa fille, et fille de Zeus en plus, se lie avec Daddy, vous vous souvenez. Mais alors l'idée même qu'il puisse la tromper avec Némésis l'a mise hors d'elle.

Je ne peux qu'imaginer la colère froide exprimée par Déméter, et j'en ai des frissons dans le dos. Brrr, ça va être sympa, les retrouvailles.

— Mmmh, intervient Léthé. Du coup, que veut-elle faire ?

— Je crois qu'elle envisage de demander audience, enfin, de débarquer sans prévenir plutôt, pour confronter Daddy.

— Mais tu lui as dit que ton père n'était plus lui-même ?

— Tout à fait, mais elle ne m'a pas crue, tu penses bien. Tout ce que je dis est un affreux mensonge, et j'ai traversé la moitié de la planète juste pour faire de la peine à ma génitrice.

— Bon, et Perséphone…

— Totalement sous le choc. C'est à croire qu'elle est aussi sous le coup d'un enchantement. Enfin, c'est ce que j'ai cru au début, et puis non. Je crois qu'elle est triste pour de vrai, aussi étrange que cela puisse paraître. Ce qui n'arrange pas l'humeur de notre chère grand-mère.

Thanatos et Hypnos soupirent.

— On ne vous a jamais envié votre ascendance, vous savez, les filles.

Ils sont mignons. Comme si nous, on enviait la leur, d'ascendance. Non, mais, qui aurait envie d'avoir Nyx pour mère, voyons.

Léo, que j'avais presque oublié avec tout ça, se lève et commence à faire les cent pas autour de la table. Il tient entre ses doigts mon petit parasol de cocktail et le fait tournoyer à toute vitesse.

— Bon, mais tout ça ne nous avance pas vraiment. Némésis tient Hadès, elle a d'autres alliés, mais nous ne les connaissons pas tous, et elle a fait main basse sur toute l'administrions du Royaume des Morts. Et nous, pardon, hein, mais nous sommes terrés dans une boîte de nuit, à boire des coups et à tailler un costume à tous les Infernaux absents. Pour l'instant, vous avez beaucoup parlé, mais il ne s'est pas passé grand-chose, et nous n'avons absolument pas avancé dans cette histoire.

Alors, je dois reconnaître une chose à notre nouveau Prince des Enfers, c'est qu'il sait comment démotiver les troupes. Tout le monde a bondi et tente de parler en même temps. Alex et Meg ont laissé se déployer leurs serpents de cheveux et ont pris quelques dizaines de centimètres. Charon a tout lâché, et une odeur lourde et malsaine plane sur l'assemblée. Une aura noire et mystérieuse entoure Thanatos et Hypnos, et les dieux fleuves pleurent une vase verdâtre. Ah, et les juges se resservent un petit verre qu'ils s'empressent de se jeter derrière la cravate.

Léo observe ces réactions d'un air ravi. Au bout de quelques minutes, il lève deux mains apaisantes. Enfin, j'imagine qu'il veut faire de son geste un geste de paix, mais Meg ne le voit pas ainsi et lui saute à la gorge avant de le plaquer contre un mur. Étrangement, l'ancien vétérinaire ne cille même pas. Au contraire, son sourire s'élargit. Ce type est juste taré.

— Tu veux jouer avec moi, Meg ? Je ne suis pas l'une de tes victimes. Tu n'as absolument rien à me reprocher, ma vie a été quasi exemplaire. Mon statut actuel, je ne l'ai pas souhaité. Mais nous avons malgré tout un but en commun. Je ne veux pas que Némésis s'empare du pouvoir. Elle m'a délivré un chouille trop d'ambition, et j'ai envie de la voir déchoir.

— Et si nous t'acceptons parmi nous, que se passera-t-il si nous vainquons ?

Elle a laissé retomber le Prince des Enfers. Il époussette sa veste comme si de rien n'était, toujours ultra classe. Je m'aperçois avec surprise que lui aussi semble avoir doublé sa taille et que le haut de son crâne vient effleurer le plafond. Avec la clim qui souffle ici, il doit avoir les idées bien au frais. Il est beau… ben, comme un dieu, tiens. Sa peau scintille doucement, c'est tout à fait déconcertant, mais du plus bel effet. Je ne sais pas pourquoi, mais je l'imagine allongé dans une clairière, brillant dans le soleil du matin, et… Je m'ébroue pour me défaire de ces idées tout à fait déplacées et inopportunes. Mais tout à fait charmantes au demeurant.

— Nous verrons en temps et en heure, tu ne crois pas ? répond Léo à ma sœur.

— Il a raison, intervient Alex. Même si ça m'embête de le dire. Il est actuellement notre meilleur atout. Et tu le sais, n'est-ce pas, Léo ?

Le regard pétillant de malice du Prince des Enfers se pose sur son ancienne meilleure amie, qui fut probablement l'amour de sa vie. Ça m'agace, ça m'agace.

— J'ai toujours eu confiance en ton intelligence, Alex. Tu es beaucoup moins sanguine que ta sœur, toujours à se laisser embarquer par ses émotions.

Meg serre les poings, ouvre la bouche, mais croise mon regard et se tait. Je remarque néanmoins que Léo ne fait aucune allusion à mon insignifiante petite personne.

— Vous êtes toutes et tous de charmante compagnie, mais si cela ne vous dérange pas, je vais vous abandonner pour aller faire mon rapport au palais.

Tous les regards des Infernaux sont braqués sur lui. Et tous ces regards brûlent à la fois de haine et d'effroi.

— Mais tu crois…

— … que nous allons…

— … te laisser partir, petit ? grondent les juges.

— Absolument, Votre Honneur… Vos… Enfin, peu importe. De toute façon, Némésis sait où je suis. Et elle m'attend.

Cette fois, c'est à mon tour de lui jeter un regard effaré. Depuis tout à l'heure, il me mène en bateau ? Cette pensée m'attriste, alors que je ne devrais même pas en être étonnée, finalement.

Comme s'il lisait dans mes pensées, Léo se tourne vers moi.

— Pardon, Tess, je ne pouvais décemment pas te dire la vérité. Tu n'aurais pas compris. Et il faudra du temps avant que tout t'apparaisse clairement. J'espère que tu me pardonneras, souffle-t-il.

Je fais non de la tête, recule d'un pas, et Schmoute jette un cri déchirant, qui fait sursauter l'assemblée.

— Va-t'en, Léo, et ne me demande plus jamais rien.

Dans une spirale enflammée, le beau Prince disparaît, ne laissant derrière que des effluves soufrés, bien différents du parfum musqué que j'ai pu sentir sur sa peau un peu plus tôt.

INTERMÈDE

1861, Paris, maison familiale des Thébin,

Dauphine se glissa en silence dans le hall de la grande maison familiale. Que restait-il de la joie des jours anciens ? Père était mort, Mère était partie s'enterrer dans une obscure résidence secondaire, Eugénie ne quittait plus sa chambre et pleurait sans cesse, et Jules hantait les couloirs comme une âme en peine. Quelque part dans les étages, Adria Nemes continuait à tisser sa toile et rongeait son frein.

Dans sa main blanche, la jeune femme tenait une lettre cachetée. Elle l'avait rédigée aux heures les plus sombres de la nuit, et y dénonçait le crime de son frère. Car elle refusait de laisser le meurtre d'Alfred impuni. Elle devait le dénoncer.

Alfred… Oh, Alfred…

Elle avait toujours été proche de son grand frère, dont elle appréciait la droiture et l'intelligence. Elle aimait Jules aussi, évidemment, mais il lui faisait peur. Lui, autrefois si enjoué, si drôle, prêt à toutes les pitreries pour faire rire ses jeunes sœurs… Aujourd'hui, son visage était dur, et ses yeux tournés vers de noires pensées.

Faisant fi de son cœur battant la chamade, Dauphine ouvrit la grande porte de bois massif. Dans la rue, le jour pointait à peine, colorant de rose le ciel au-dessus des immeubles parisiens. Où était donc…

— Je suis là, Dauphine, dit une voix féminine, très douce, presque maternelle, tout près d'elle.

La jeune femme sursauta. Comment avait-elle pu ne pas voir Thaïs, alors qu'elle ne se trouvait qu'à quelques dizaines de centimètres d'elle ?

— Tu m'as fait peur…

— Ce n'est pas de moi dont tu dois te méfier, tu sais, prononça la magnifique prostituée de sa voix chaude et réconfortante.

Pour l'heure, son visage se perdait dans les ombres de sa large capuche, et la soie dont elle était vêtue bruissait doucement dans le silence du petit matin.

— Je sais…

— Écoute, comme promis, je vais porter cette lettre à qui de droit. Mais tu m'as promis quelque chose en retour… Es-tu toujours prête à t'acquitter de ta dette envers moi ?

— Oui, souffla la blonde Dauphine.

Thaïs l'avait contactée quelques jours plus tôt, alors qu'elle faisait sa promenade vespérale dans le parc voisin. Jules avait insisté pour que ses sœurs gardent leurs activités habituelles. Dauphine s'était pliée à cette exigence, mais Eugénie avait préféré, ce jour-là, garder la chambre. Au détour d'un sentier, Thaïs avait jailli d'entre les arbres et l'avait attirée à elle en étouffant son cri de sa main brune. Dauphine se souvenait avoir été surprise par la force de la jeune femme, mais avait ensuite été tellement happée par son magnétisme qu'elle en avait oublié de s'interroger plus avant sur ses caractéristiques.

Thaïs lui avait alors raconté sa rencontre avec son frère, leurs amours monnayées, mais leur amitié, aussi. Elle ne lui avait rien caché. Elle avait alors découvert une autre facette de son aîné. Le jeune homme qu'elle croyait si fort, si sûr de lui, avait parfois besoin de soutien. Et ce soutien indéfectible, Thaïs le lui avait offert.

Thaïs l'avait aussi mise en garde contre Adria Nemes, confirmant ainsi ses pires soupçons. Pour une obscure raison que la prostituée n'avait pas voulu révéler, la brune incendiaire en voulait au collier. Il avait une valeur qu'elle ne pouvait apparemment imaginer. Elle s'était étonnée de ce qu'Adria ne s'en empare pas, tout simplement, mais Thaïs lui avait appris que le joyau ne prodiguait ses pouvoirs que s'il était offert avec amour et dévotion, lors d'une cérémonie officielle.

Les deux jeunes femmes avaient donc passé un accord. Thaïs se chargerait de dénoncer le crime de Jules, et Dauphine subtiliserait le collier avant que son frère ne soit mis aux arrêts. Évidemment, la jeune Thébin avait accepté.

— Sais-tu comment tu vas t'y prendre ? lui demanda encore la beauté à la peau noire, dont les yeux étincelaient dans l'ombre de la capuche.

— Pas encore. Mais je trouverai. Jules n'a plus… Jules n'a plus toute sa tête, depuis Alfred.

— Il est sous l'emprise d'Adria, mais il lutte, et son esprit s'égare. Il est perdu. Ne sois pas trop dure envers lui, ce n'est pas le premier à qui cette mésaventure arrive. Mais n'oublie jamais qu'il est dangereux. Très dangereux. Alfred n'aurait pas souhaité qu'il t'arrive quoi que ce soit.

Dauphine refoula un sanglot. Sa lèvre tremblait sans qu'elle puisse s'en empêcher.

— Que va-t-il lui arriver ? À Jules ?

Thaïs secoua la tête.

— Rien de bon, j'en ai peur. Personne ne sort indemne des griffes de cette créature. Et c'est un criminel, aujourd'hui. Un fratricide. Il ne connaîtra plus jamais la paix.

— Comment sais-tu tout ça ?

Un instant, il sembla à Dauphine que la belle Thaïs grandissait subitement, et elle entendit des sifflements, comme si des serpents avaient envahi le perron de sa maison. Mais Thaïs mit un doigt sur sa bouche veloutée.

— Chut. Il y a des secrets qu'il ne fait pas bon dévoiler.

CHAPITRE 12

Les Infernaux sont partis, la tête basse, la queue entre les jambes. Et pour certains, ce n'est pas qu'une image. Notre réunion a fait long feu après le départ de Léo. Nos amis savent qu'ils se sont préparé des heures difficiles. Si Léo est bien parti faire son rapport à sa mère — et que serait-il allé faire d'autre ? —, alors il y a fort à parier que leur nouvelle souveraine les précipite dans les affres du Tartare. D'autant plus que Tartare est l'un de ses alliés, à présent.

Pour nous, ça ne change pas grand-chose. Némésis nous hait et veut notre peau. Un peu plus, un peu moins… Non, nous allons devoir trouver d'autres solutions. Mais avant de nous séparer de nos vieux amis, nous leur avons tout de même donné deux ou trois conseils. Ou directives, je ne sais pas très bien.

Déjà, ne pas chercher à faire les malins. C'est inutile de se rebeller face à Némésis, d'autant plus qu'elle a derrière elle une force de frappe conséquente, si elle a fait main basse sur tous les moyens dont disposent le Royaume des Morts.

Ensuite, continuer à faire profil bas dans le Tartare, et de là, guetter la première occasion pour libérer les forces en présence. Des forces du mal, et super mégas trop dangereuses, on est bien d'accord, mais ce n'est pas avec une dryade ou une nymphe toute mignonne que nous pourrons combattre cette folle dingue de Nem.

Et pour finir, profiter de cette occasion pour s'échapper et nous rejoindre, avant le combat contre le dernier boss. Enfin, la bataille qui nous opposera à Némésis, quoi.

Nous buvons toutes les trois un dernier verre au bar. Meg est partie danser un peu, mais Alex semble d'humeur sombre. Sur le comptoir, Schmoute grignote une cacahuète, et je me demande si c'est bon pour lui ou pas. Je ne crois pas, en fait. Il n'est pas censé être carnivore ? Mais bon, j'apprécie qu'il accepte de se montrer un peu à moi, après s'être terré des heures durant dans le haut de mon dos.

— Ça ne va pas ? demande Julia qui vient de nous rejoindre avec sa sœur.

Apparemment, elles viennent toutes deux de remonter de la loge de Domi, qui se trouve en sous-sol. J'ai eu l'occasion d'y aller une fois, et je me souviens avoir été épatée par le luxe de cette simple pièce. Vêtements de couturier, fards et chaussures de prix en constituent le principal ameublement. Ma mâchoire a failli se décrocher devant la multitude de petits pots de paillettes. La patronne du club m'avait même autorisée à les essayer. *Best experience ever.*

En réponse à la question de Julia, Alex soupire.

— Je ne suis pas bien sûre que notre plan tienne la route. Chez les Infernaux, peu sont réellement dignes de confiance. Je pense qu'on peut s'appuyer sur Charon, et probablement sur les trois Juges. Mais sur les dieux fleuves ? J'ai de sérieux doutes.

— Némésis ne les laissera pas retourner leur veste, je tente de la rassurer. Elle va vouloir faire un exemple. Et elle a probablement tout un tas de jeunes démons aux dents longues à promouvoir en remerciement de leur loyauté.

— Peut-être… Je ne sais vraiment plus. Et puis, il y a Léo…

Sans pouvoir m'en empêcher, je me tends. J'ai peur de ce qu'elle va dire. Et pourquoi en ai-je peur ? Oh la la, je n'aime pas du tout la tournure que prennent les choses dans ma tête, au sujet du Prince des Enfers.

— J'ai vraiment cru, à un moment, qu'il allait basculer de notre côté…

— Qui te dit que ce n'est pas le cas ? demandé-je, faussement ingénue.

— Mmmh… Peut-être le fait qu'il parte dans un tourbillon enflammé en disant « je vais tout balancer à ma môman ? »

— Ouais. Pas faux.

Je dois admettre que je ne me fais pas forcément beaucoup d'illusions sur Léo non plus. C'est dommage, ses cheveux sont si jolis… Et sa peau qu'on dirait pailletée de lumière… Soupir.

Julia me sort de mon marasme émotionnel.

— Bon, je vais rentrer, dit-elle à Meg qui vient de revenir.

— Je vais te ramener, lui dit aussitôt ma sœur. Les rues ne sont pas sûres, et…

— Arrête-toi, tout de suite, ma merveilleuse protectrice. Je suis capable de me débrouiller seule, et Domi m'a déjà appelé un taxi.

— Mais…

— Chut ! lui intime-t-elle avant de la faire taire d'un baiser.

Dans ma poitrine de Furie, mon petit cœur tout mou se serre. Elles sont trop mignonnes toutes les deux… Même Schmoute a lâché sa cacahuète et se dresse sur ses deux pattes arrière, les oreilles frémissantes.

— Elles sont chou, n'est-ce pas ? je lui chuchote alors que les deux amoureuses s'éloignent vers la sortie de la boîte.

Mais c'est Alex qui me répond.

— Mouais. Est-ce que tu veux que je te rappelle comment les choses se sont terminées pour elle la dernière fois qu'elle est tombée amoureuse ?

— Ce sera peut-être différent, cette fois.

— Tout à fait. Probablement que Némésis va déployer toute sa haine sur le monde des humains et que la Terre ne sera plus que ruines, famines et épidémies. So nice.

— Allez, viens. Je vais te ramener aussi. Tu dois être crevée pour être aussi ronchon.

— Je ne suis pas ronchon.

— Si. Tu es même terriblement ronchonchon. Alors je te prie de profiter du trajet jusqu'à chez nous pour te débarrasser de cette humeur massacrante. Tu sais bien que tu ne veux pas de mauvaises ondes dans la maison.

— C'est vrai, dit-elle en mettant sa main blanche dans la mienne, si sombre. Tu sais que je suis tout de même contente que tu sois là, Tess.

— Bah, j'espère bien.

— C'est pour ça que ça me fait de la peine de te rappeler que chez nous, il y a Perséphone et Déméter.

Oh. Licornes et paillettes, notre nuit est loin d'être terminée.

— Maman, nous sommes rentrées ! crié-je à peine ai-je passé la porte d'entrée.

Pas de réponse. Par contre, d'étranges bruits nous parviennent du salon. Des bruits de… meubles qu'on déplace ? Des grognements inarticulés, aussi.

Alex et moi pénétrons dans le salon pour y découvrir… eh bien, je ne saurais même pas comment décrire la vision qui s'offre à moi.

Déméter et Perséphone sont en train de refaire toute la décoration. Dans un coin gît notre équipement multimédia, et je discerne les restes de la console de jeux high tech. Ça me fait un petit pincement au cœur, même si je n'y ai jamais joué. Enfin, Meg aime bien, de temps à autre, perdre une journée entière à larver et à jouer sur le canapé, mais sinon, personne n'y touche jamais.

Meg est aussi là, d'ailleurs. Elle a dû se transformer en brume pour rentrer plus vite. Je m'approche d'elle, assise sur un pouf à une distance raisonnable de notre canapé. Du regard, je cherche Bloody Hell. Elle doit être planquée sous un meuble, ou dans la chambre d'Alex, la bienheureuse. Moisi, lui, est comme pétrifié aux pieds de Meg. Il sent bien qu'il y a là quelque chose d'anormal.

— Qu'est-ce qu'elles font ? je chuchote à ma sœur.

Alex est restée deux pas en arrière, un air méfiant peint sur tout son visage.

— Elles foutent le bordel dans ma maison.

— Oui, je vois bien, mais… pourquoi ?

Meg me regarde enfin, comprenant que c'est à elle que je m'adresse.

— Tu me demandes à moi de t'expliquer le comportement de notre mère et de notre grand-mère ? C'est une blague, j'espère. Franchement, je ne savais même pas qu'elles étaient capables de se faire livrer des nouveaux meubles en pleine nuit. Après tout, je les ai trouvées dans le désert en train de replanter des arbres pour sauver les populations locales, ne l'oublions pas.

Elle n'a pas tort. Qui aurait cru que Perséphone et Déméter savaient se débrouiller si bien dans notre monde moderne, hein ? Clairement pas moi.

— Bon, et comment on les fait s'arrêter ?

— Je propose qu'on aille se coucher et qu'on attende confortablement dans nos lits qu'elles tombent d'épuisement. Enfin, en espérant qu'elles ne s'attaquent pas à nos chambres.

— Mais non, Meg, on n'a pas de temps à perdre, tu le sais.

— Mais regarde-les ! Je ne suis même pas sûre qu'elles aient remarqué notre présence !

— Oh, ça suffit ! s'exclame soudain Alex.

Elle se dirige d'un pas ferme et déterminée vers une jolie commode, s'en empare, et…

— N'y pense même pas, gamine, gronde Mamou Déméter.

Oups.

— Mais, on a des choses à vous dire !

— Rien qui ne puisse attendre que je redécore ce taudis.

— Mais… Maman, dis-lui !

— Va te coucher, Alex. Il est tard. Je sais bien que tu n'as pas vraiment besoin de dormir, mais la fatigue et le stress te font le teint tout gris.

— Maman…

— Cesse donc de faire l'enfant. Il me semble que tu n'as pas besoin de moi, d'habitude. Alors, fais… comme d'habitude.

Je tiens à préciser que toute cette conversation s'est faite sans que ni Déméter ni Perséphone n'interrompent leur activité. Présentement, elles sont en train de monter un meuble en kit. Mmmh. Elles sont belles, les grandes déesses. Bravo la famille.

— Allez, les filles, dis-je à mes sœurs. Laissons tomber pour ce soir, je vous avoue que là, j'en ai ras la corne de ces histoires. Et je ne suis définitivement pas d'humeur suffisamment pailletée pour supporter ces deux-là.

— Ah, merci, Tess, rigole Meg.

Elle se penche pour prendre Moisi dans les bras.

— Allez, je vais l'emmener faire un petit pipi lampadaire, il est tout en panique depuis qu'elles sont là, et après, je l'autorise exceptionnellement à faire dodo dans mon lit. C'est qu'elle m'a manqué, ma vieille carpette.

Moisi bat tout doucement de la queue, comme rassuré par les bras de sa maîtresse. Alex soupire.

— T'aurais pas vu Bloody, par hasard ?

— Je l'ai vue se faufiler en dehors de la pièce. J'ai été impressionnée par son instinct. Elle a beau être une sale bêcheuse, elle a su reconnaître plus teigne qu'elle.

— Gnagnagna… Bloody Hell n'est pas du tout comme tu dis…

Et c'est reparti pour un tour. Mais finalement, voir mes deux sœurs se crêper le chignon a quelque chose de rassurant. Comme si, malgré toute cette histoire, on pouvait compter sur une certaine normalité.

— Bon, allez, les filles, je vous laisse.

Je ne sais même pas si elles m'entendent. Mais tant pis, j'ai besoin de calme et de solitude. Je rejoins ma chambre et m'effondre sur mon lit. Schmoute s'échappe de mon cou et vient se dresser sur mon ventre. On se regarde un petit moment. Je lui souris et sa toute petite truffe frémit. Après de longues minutes durant lesquelles, bercée par les voix lointaines, mais gagnant en puissance, de mes sœurs adorées, je m'apaise, mon petit fufu vient se lover contre moi pour dormir. Je reste alors à regarder le plafond, savourant la présence de ce petit corps chaud. Elles sont là, mes paillettes à moi.

Finalement, j'ai dû m'endormir, et c'est le silence qui m'éveille. Un rayon de soleil teinté de rose fuchsia filtre par mes rideaux et me chatouille le nez.

Schmoute n'est plus dans mon cou. Il m'attend sur la petite console à l'entrée de ma chambre. Il doit mourir de faim, le pauvre. C'est pas les trois cacahuètes ingurgitées hier soir qui lui ont rempli le ventre, à mon petit carnivore.

Je me lève donc en vitesse, passe une main sur mes cheveux, l'autre sur le visage, comme pour défroisser mes traits, même si je sais que je n'en ai nul besoin. Eh oui, il y a tout de même quelques avantages à être une déesse, même si c'était un tout petit peu plus fifou avant ma stase. On savait profiter de nos privilèges, à l'époque. Pourtant, je ne serais pas contre profiter un peu de l'anonymat d'une vie parisienne, loin de tous nos tracas. Loin de l'Érèbe, loin de certains membres de ma caste, loin de ma mission de justicière…

Je me fais d'ailleurs la réflexion que les meurtriers, actuellement, doivent avoir la belle vie. Certes, la priorité est de libérer Daddy de l'influence de Némésis et de défaire cette dernière, mais il ne faudrait pas que tout cela dure trop longtemps. Le crime ne doit pas payer, jamais. Mais peut-être est-ce, finalement, l'occasion de voir ce que peut donner la justice humaine sans être associée à la nôtre. Je sais ce qu'en pense Meg ; pour elle, on ne devrait plus se mêler de leurs affaires et les laisser face à leurs responsabilités. Malgré tout, je doute de l'efficacité de leur système, d'autant plus qu'il est assez inégal à l'échelle de la planète. Alors que nous, nous sommes partout, tout le temps, simplement de par notre existence et notre nature divine. Nous n'avons pas besoin de nous téléporter en Asie pour punir un parricide thaïlandais, par exemple. Ni en Amérique du Sud pour torturer un mari violent. Non, il nous suffit d'être pour que leur vie soit un enfer jusqu'à leur mort et leur chute dans le Tartare. Vous m'excuserez, mais on fait difficilement plus pratique et efficace.

Et puis, que ferions-nous, sans notre mission ? Quelles raisons aurions-nous encore d'exister ? Aucune, nous sommes bien d'accord.

Bref, je décide de me rendre à la cuisine pour nourrir Schmoute, qui a décidé de se replanquer dans mon cou. Je ne sais pas vraiment ce que je dois penser de cette drôle d'habitude. Peut-être que je devrais retourner voir la dame de l'association, Marie, pour lui demander si tout ceci est bien normal.

Mais, moi qui espérais prendre un petit déjeuner tranquille, en tête à truffe avec ma bestiole, je dois composer avec un envahissement agressif de mon territoire présumé. Alex est adossée à l'évier, les bras croisés sur la poitrine, clairement sur la défensive. Meg est assise sur la toute petite table d'appoint, ses pieds chaussés d'énormes chaussures noires sur une chaise. Et, debout, face à elles, en majesté… Mamou Déméter.

Je n'ai même pas le temps de me demander où est passée notre mère que notre ancêtre me cueille d'un regard tout sauf aimable.

— Tiens, voilà la Belle aux Bois Dormants.

— Bonjour Mamou.

Je vais pour lui coller un bisou sur sa joue impeccablement lisse – dans son cas, inutile d'espérer avouer à qui que ce soit notre lien de parenté, même l'excuse d'un abus de Botox ne tiendrait pas la route tellement Déméter paraît jeune –, mais elle se recule imperceptiblement, et mon baiser claque dans le vide.

Mmmh. Charmant.

— Est-ce que c'est une heure pour se lever ?

— Tu sous-entends que c'est une heure pour retourner se coucher ?

— Tu es toujours aussi impertinente, à ce que je vois.

— Et toi, toujours aussi agréable. Les siècles passent, et tu ne changes pas.

— Mmmppff.

C'est évidemment le moment que Schmoute choisit pour se montrer et sauter sur ma grand-mère, qui se met à hurler dans un savant mélange de langues mortes. Elle s'agite tellement que son bras finit par heurter la cafetière dont le bol se fracasse au sol en répandant partout son liquide noir et brûlant.

— Mais putain, non, pas le café ! hurle Meg en se précipitant vers nous.

Ce qui fait peur à Schmoute, tombé au sol. Je tente tant bien que mal de récupérer mon furet avant qu'il ne se fasse piétiner par cette horde de déesses en folie, mais il bondit, s'accroche aux rideaux de la cuisine pour aller se réfugier en hauteur, sur la tringle. Son poil est tout hérissé, et une odeur nauséabonde envahit la pièce. Oh, non. Le fameux déglandage. Le pauvre a eu tellement peur qu'il vient de tout lâcher.

Et comme un malheur n'arrive jamais seul, Perséphone arrive sur ces entrefaites.

— Mais que se passe-t-il ici ? Pourquoi hurlez-vous ? Et… Par tous les dieux, quelle est donc cette odeur ? Charon est là ?

Notre mère se pince le nez – qu'elle a fort joli, d'ailleurs – en prononçant ces derniers mots.

— Ta fille… Ta fille se promène avec une horrible bestiole dans les cheveux ! s'écrie Déméter, excédée. Je savais bien qu'il ne pouvait rien sortir de bon de ton union avec ce… avec ce…

— Mmmh, avec ton frère Hadès, divinité chthonienne, frère de Zeus et de Poséidon, souverain des Enfers, prince des morts et détenteur de la Kunée ? demande Alex d'un air innocent.

— Oui, voilà, c'est ça… Non, pas du tout ! Hadès est un moins que rien, il l'a toujours été et le sera toujours. Voilà. Comment pouvez-vous imaginer qu'un amour réel puisse naître d'un enlèvement ? IL M'A PRIS MA FILLE ! MA FILLE, mon petit bébé que j'aimais tant…

Et c'est reparti pour un tour. Je soupire, à l'instar de mes sœurs et même de Perséphone, tandis que Déméter s'égosille. En réalité, elle est juste vexée qu'Hadès ait réussi à déjouer sa surveillance de mère parfaite. Elle ne lui pardonne pas de ne pas avoir cédé à ses volontés ni d'avoir influencé Zeus pour qu'il ne tranche pas en sa faveur en lui rendant sa progéniture.

— C'est bon, Maman. Tu nous as déjà chanté ton refrain des centaines de fois, on n'en peut plus. Et puis, rassure-toi. Hadès et moi, c'est fini.

Ces quelques mots clouent le bec de ma grand-mère comme par magie. Durant quelques secondes, elle regarde sa fille, puis, soudain, ses yeux s'étrécissent et son visage prend une expression soupçonneuse.

— Oui, tiens. Je croyais que tu l'avais quitté. Mais si j'ai bien compris, il s'est refoutu à la colle, et pas avec n'importe qui, je te prie. Avec cette gourgandine de Némésis ! Est-ce que tu peux m'expliquer cela ?

Meg, Alex et moi braquons notre regard sur notre très chère diva de mère. Alors, comme ça, elle a été raconter qu'elle était à l'origine de sa rupture avec Daddy ? Intéressant. Très intéressant.

— Oui, c'est vrai, ça. Maman, tu n'as rien à dire à Mamou ? susurre Meg d'un air sadique.

Clairement, Pocket Sister jubile. Elle n'en peut plus, se dandine d'un pied sur l'autre, et je devine qu'elle pourrait se mettre à hurler « C'est Daddy qui l'a plaquée parce qu'il ne supportait plus ses caprices ! » d'un instant à l'autre. D'instinct, je l'attrape par le bras et enfonce mes ongles peints en rose dans la chair de son bras.

— Mais aïeuuuuh, proteste-t-elle.

— Tu te tais, OK ? je lui chuchote à l'oreille. Est-ce que tu crois qu'on a vraiment besoin d'un nouveau drama, là, tout de suite ?

— Oui, mais…

— Mais rien ! Tu te tais, Meg !

Elle grommelle quelques mots, tandis que la bataille de regards fait toujours rage entre Perséphone et Déméter. Je peux presque voir des étincelles crépiter dans l'air. C'est joli aussi, les étincelles, mais je préfère tout de même les paillettes.

D'une toute petite voix, notre mère finit par dire la vérité.

— Il se pourrait qu'on se soit disputés et qu'Hadès m'ait demandé de quitter le palais.

— QQQUUUUUOOOOIIIIIII ?

Déméter crie si fort que nous sommes obligées de nous couvrir les oreilles. Les carreaux aux fenêtres vibrent, un vase explose, Moisi se met à hurler à la mort et Schmoute procède à un nouveau déglandage. J'imagine que, quelque part dans la maison, Bloody Hell vient de se suspendre aux rideaux pour les déchirer sur toute leur hauteur.

— Mais Maman… tente Perséphone.

Elle a l'air absolument terrifiée, la pauvre. J'en ai presque de la peine pour ma mère.

— Il n'y a pas de « Maman » qui tienne, ma fille ! Tu vas aller te rhabiller, te coiffer et te maquiller, et puis tu vas filer fissa auprès de ton mari pour lui présenter tes excuses !

— Mais… je n'ai rien fait de mal !

— Je m'en contrefiche ! Il ne sera pas dit qu'un malotru comme cet Hadès puisse faire la fine bouche face à la fille de Déméter ! Ma propre fille, refusée par ce looser ! Quelle honte pour ma lignée !

Soudain, elle se tourne vers nous. Oh, par Daddy, elle vient de prendre vingt centimètres d'un coup, comme ça, et sa chevelure plus dorée encore que celle de Perséphone s'agite comme un champ de blé sous un vent furieux.

— Et vous ! hurle-t-elle en pointant un doigt vengeur sur nous.

— Euh… Oui, nous ? balbutie Meg.

— Vous étiez déjà des créatures contre nature, mi-lumière, mi-ténèbres, mais si vos parents se séparent, ce sera la honte sur vous.

— Alors techniquement, c'est pas trop de notre faute, leurs histoires de couple, intervient Alex, le plus posément du monde.

— Oui, et puis il est hors de question qu'on s'en mêle, dis-je.

— QQQUUUUUOOOOIIIIIII ? Vous ne défendriez même pas votre mère ?

— Ben… non, assène Meg. Si tu veux tout savoir, on est plus proches de Daddy. Lui s'est occupé de nous, mais Perséphone… Elle n'était jamais là et elle ne pense qu'à elle, de toute façon.

— Et c'est une raison ? Vous n'avez pas honte de ne pas soutenir votre mère dans cette épreuve ?

— Pas du tout.

Le petit menton mignon de Déméter tremble sous l'affront. Mais quoi ? Espérait-elle vraiment que l'on se découvrirait soudain une affinité mère-fille ? Ou pire, grand-mère-fille ? Jamais ! Ces deux-là sont de vraies harpies. Même si là, tout de suite, Perséphone a plutôt l'air d'une harpie déplumée.

Du coup, Déméter décide de reporter sa colère sur sa cible favorite.

— Comment as-tu élevé tes enfants, ma fille ? N'as-tu donc d'autres objectifs dans la vie que de m'humilier ?

— Ne t'inquiète pas, Mamou. En fait, elle ne nous a pas élevées du tout. Elle n'est en rien responsable de notre impertinence.

— Elles n'ont pas tort, Maman. Je n'ai jamais possédé la même fibre maternelle que toi, pour tout te dire. Je préférais largement être avec les humains six mois de l'année. Et quand j'étais dans l'Érèbe, je profitais de la présence d'Hadès. Il m'aimait tant…

Nous regardons Perséphone avec des yeux ronds. Elle n'a plus rien de la diva à laquelle nous sommes tant habituées. Elle s'est comme… dégonflée. Comme un vieux ballon de baudruche.

— Il me manque tellement.

Les yeux magnifiques de ma mère se remplissent de larmes. Se pourrait-il qu'elle tienne réellement à Daddy ? Enfin, on savait que, d'une certaine façon, il y avait de l'amour entre eux. Comment auraient-ils pu tenir si longtemps en se disputant aussi souvent, sinon ? Mais bon, on avait tendance à penser que cette affection était un peu à sens unique. Perséphone jouait les filles de l'air, abusait de son charme espiègle et faisait tourner notre père en bourrique. Nous n'avions jamais vraiment remarqué qu'elle aussi tenait à lui. En fait, nos parents vivaient peut-être une véritable love story !

— Oh, je suis désolée, Maman, ne puis-je m'empêcher de m'exclamer en lui sautant au cou, poussée par une vague de culpabilité.

Même Meg s'approche pour lui tapoter l'épaule.

— Ça va aller, lui dit-elle en se raclant la gorge, visiblement mal à l'aise.

— Je… je veux… je veux rentrer chez moi, sanglote à présent la belle Perséphone.

— Mmmh, ronchonne Mamou Déméter, à qui tout ceci n'a pas l'air de plaire.

— Mmmh, râle Alex, qui semble plus que sceptique. Dis-moi, Perséphone… le fait que Daddy t'ait rapidement remplacée, et par Némésis, en plus, n'a rien à voir avec ta subite envie de retourner au palais, n'est-ce pas ?

Perséphone s'écarte de moi. Ses yeux sont baignés de larmes, et son nez est aussi rouge que celui de Rudolf le renne.

— Comment oses-tu penser cela de moi ? s'exclame-t-elle d'une voix vibrante d'indignation.

Elle pose une main fine et blanche sur son front, comme si elle était la victime d'une intolérable migraine. Malgré moi, mes paupières s'étrécissent sous l'effet du doute.

— Maman ? insisté-je.

— Perséphone ? gronde Meg.

— Parfait, ma fille. C'est exactement comme ça qu'il faudra la jouer, quand tu te retrouveras devant ton mari, applaudit Déméter.

Je lève les yeux au ciel. Elles sont incorrigibles, toutes les deux. Et comment avons-nous pu être assez bêtes pour nous laisser prendre à ce petit jeu ?

— Bien. Bravo. Bon, puisque vous voulez faire cavalier seul, vous pouvez sortir. Il y a des gens vraiment occupés, ici.

— Ah, et vous êtes occupées à quoi, au juste ?

— À sauver le monde, figure-toi.

— Ah bon ? Parce que je ne vous vois pas faire grand-chose, depuis que nous sommes arrivées.

Cette fois, la moutarde monte au nez d'Alex.

— Alors, Mamou, laisse-moi t'expliquer quelque chose. C'est Meg qui est venue vous chercher à l'autre bout du monde. Sans elle, et sans nous, vous ne seriez absolument pas au courant des projets de Némésis ni de l'état d'Hadès. Parce que le petit numéro de Maman vous paraît peut-être performant, mais je doute qu'il fonctionne sur un époux lobotomisé. Ensuite, hier soir, pendant que vous jouiez à Tetris avec nos meubles de salon, nous tenions une réunion secrète… euh, mais qui ne l'est plus, a priori, avec les Infernaux, pour tenter de mettre un plan en place. Et aujourd'hui, on va se tenir prêtes à réagir. Parce que si tout se passe comme prévu, il va y avoir une espèce de débordement de Primordiaux sur Terre, ça risque de pas être joli-joli.

— DE QQQUUUUUOOOOIIIIIII ? crie Perséphone, soudain dégrisée.

— De quoi « quoi » ?

— Un débordement de quoi ?

— De Primordiaux.

— Mais qui a eu cette idée déplorable ?

Je lève une main hésitante. Je ne vois toujours pas où est le problème. Enfin, je veux dire, on n'avait pas masse de solutions à portée de la main, n'est-ce pas ?

— Mais tu es complètement folle, ma pauvre fille !

Les mots sont tombés de la bouche de ma mère comme autant d'ogives nucléaires. Je sens ma peau se racornir sous les regards à la fois dégoûtés et méprisants de Déméter et de Perséphone.

— Tes gamines sont complètement stupides, ma pauvre fille, balance ma grand-mère à ma mère. Ça doit être à cause des gènes d'Hadès, c'est pas possible. Y a que lui pour être aussi dégénéré.

Heureusement, Meg vole à ma rescousse.

— Hadès… On parle toujours de ton frère ? Ôte-moi d'un doute, vous avez bien les mêmes parents, non ?

Mais Déméter ne prend même pas la peine de répondre à ma sœur.

— Bon, Perséphone, je pense qu'il est temps que nous entrions en scène. Si nous laissons la situation aux mains de ces gourgandines, je n'ose même pas imaginer l'état de la planète dans quelques jours. Les Primordiaux vont tout saccager…

— Qu'est-ce que tu en sais ? ne puis-je m'empêcher de demander. Après tout, ça fait des éons qu'ils sont enfermés dans le Tartare, et…

— Et quoi ? Tu crois qu'ils vont se trouver dans quelles dispositions ? Que leur unique envie est d'aller se faire dorer la pilule sur une plage mexicaine ? Non, je ne crois pas. Je pense plutôt qu'ils ont une éternité de destruction et de saccages à rattraper. Et ils vont aussi vouloir se venger.

— De qui ?

Cette fois, la vieille chouette aux allures de belle jeune femme me fixe de ses deux yeux ronds.

— Mais tu es soit particulièrement inconsciente, soit véritablement stupide, c'est pas possible, souffle-t-elle.

Je ne réponds pas, laisse passer l'insulte et attends la suite.

— De nous, espèce de cruche !

C'en est trop pour Meg, visiblement, car elle vient s'interposer entre Déméter et moi, des serpents d'un noir de jais jaillissant de sa courte chevelure.

— Hey, l'ancêtre, tu parles autrement à ma sœur, OK ?

Mais Déméter lève une main négligente et ma toute petite sœur part s'encastrer dans le frigo, en mode vol plané sans escale.

— Rassurez-moi, les filles, vous avez bien entendu parler de la Titanomachie, mmmh ?

Nous, enfin Alex et moi, opinons du bonnet. Ce qui ne veut pas dire que nous voyons le rapport. Cette guerre terrible, qui a opposé les Titans aux Dieux, n'est tout de même pas vraiment récente, je ne suis pas sûre que nous devrions la prendre en compte dans les données actuelles de nos soucis.

— Oui ? Très bien. Mais je ne suis pas certaine que vous en ayez bien compris les implications. Laissez-moi vous donner un petit cours d'histoire…

— Nope, dit Meg.

— « Nope » ? Mais qu'est-ce que ça veut dire ?

— Ça veut dire que l'on connaît nos classiques sur le bout des doigts et qu'on n'a pas besoin que tu nous les ressortes maintenant. Là, tout de suite, on veut bien de votre assistance, mais seulement si elle est utile. Donc, que comptez-vous faire pour nous aider, sachant que les Infernaux fidèles à Hadès doivent déjà être enfermés dans le Tartare, à l'affût de la moindre possibilité de libérer les Primordiaux.

Déméter et Perséphone nous contemplent en silence. Soit elles ne réalisent pas la gravité de la situation, soit elles s'en tapent royalement. Je décide d'intervenir.

— OK, Maman, ce qui nous arrangerait bien, c'est que tu descendes dans l'Érèbe accompagnée de Mamou. Mettez un boxon de tous les diables, faites trembler le palais, affolez tous les démons et démones qui vous tomberont sous la main. C'est dans vos cordes ou pas ?

Perséphone se redresse, lève le menton et me fixe de ses yeux étincelants. La vache, elle envoie du lourd quand même, ma mère.

— Pour qui tu me prends ? Évidemment que je peux faire ça. Je vais te retourner les Prés d'Asphodèle façon moissonneuse-batteuse, ça va leur faire bizarre, à tous !

— Euh, alors, bon, c'est pas de la faute des habitants de l'Érèbe non plus, hein. Dis-toi qu'ils subissent aussi les lubies de Némésis et tu vas voir, elle a de l'imagination, la bougresse.

— J'espère bien qu'on va tomber sur elle, tiens, reprend Déméter. J'ai quelques petits trucs à lui dire, à celle-là !

Ravie de la tournure que prennent les choses, j'adresse un sourire à mes sœurs. Si Perséphone et Déméter jouent leur rôle à fond, pas de doute que Némésis va être occupée un petit moment. Espérons que cela suffise pour que les Infernaux libèrent les Titans, les Hécatonchires et toutes les sales bestioles qui traînent au fin fond du Tartare.

— Très bien. Nous vous faisons confiance, conclut Alex.

Tout de même, ces quelques mots me font douter. Faire confiance à Perséphone et Déméter, est-ce réellement une bonne idée ?

MANIPULATION

Face à Perséphone et Déméter, une interminable file d'âmes en peine. Au travers de cette masse vaguement gélatineuse, une guérite de bois blanc.

— Mmmh… Vous avez fait faire des travaux, récemment, avec Hadès ? demande Déméter.

Perséphone pince les lèvres.

— Mais pas du tout ! Cette… chose… n'était pas là quand je suis partie, je peux te l'assurer.

— Oui, remarque, si cela avait été de ton fait, j'imagine qu'on aurait des petites tourelles sur le toit de cette cahute, et quelques petits fanions pour ajouter de la mignonnerie à l'ensemble.

— Maman !

— Oh, ça va, ne prends pas cet air outré avec moi. Tout le monde connaît tes goûts en matière d'architecture et de décoration. Apparemment, tu les as même légués à Tisiphone, pauvre petite.

— Et depuis quand tu t'intéresses à mes filles, hein ?

— Rassure-toi, je ne m'y intéresse pas. Je constate, simplement.

Tandis que Déméter reste absolument imperturbable, Perséphone s'agite et tape du pied.

— Bon, j'aimerais bien savoir pourquoi on fait la queue, là ?

— Aucune idée, soupire sa mère en faisant apparaître une chilienne au tissu bariolé. Aaaah. Bah voilà, on est mieux, là.

— Tu veux quoi, en plus ? râle Perséphone. Un cocktail ? Un massage ?

— Eh bien, tu vois que tu peux avoir de bonnes idées, ma chérie, quand tu fais l'effort !

Perséphone lève les yeux au ciel, retrousse son mignon petit nez et se décide enfin à agir.

— Bon, ça suffit maintenant. Aux dernières nouvelles, je suis quand même la reine du royaume des Morts et l'épouse d'Hadès, je ne vais tout de même pas faire la queue comme toutes ces âmes anonymes !

— Bravo ma chérie, lui répond Déméter. Je vois que tu as l'intention de prendre les choses en main. Allez, vas-y, je te regarde.

D'un pas déterminé, Perséphone fend la foule des âmes assemblée. Elle se retrouve rapidement devant le guichet de la petite guérite.

— Bonjour mademoiselle, je suis Perséphone, votre reine. Je souhaiterais que l'on me fasse avancer une voiture afin que je puisse me rendre au palais. Je dois voir mon mari Hadès de toute urgence.

Mais en face d'elle, la jeune démone en charge de la guérite ne réagit pas. Elle continue de mâcher consciencieusement un chewing-gum tout en se limant des ongles peints dans un rose flashy.

— Euh… reprend Perséphone. Vous avez entendu ce que je viens de vous dire ?

— Je suis en pause pour le moment, répond la démone. Revenez dans dix minutes, faites la queue, et ensuite je m'occuperai de vous.

— Vous ne semblez pas avoir compris, répète Perséphone. Je suis la reine de l'Érèbe, la femme de votre patron. Alors, vous allez me poser cette lime tout de suite, vous allez oublier votre pause, et vous allez décrocher ce téléphone pour m'appeler un chauffeur immédiatement.

Mais non, la jeune démone ne réagit toujours pas. Un peu plus loin, dans la foule, tranquillement installée dans sa chilienne, Déméter soupire.

— Mais c'est pas possible, il faut toujours tout faire par soi-même. On ne peut compter sur personne, et encore moins sur ses enfants, râle-t-elle.

En ronchonnant, elle se lève, fait disparaître d'un claquement de doigts la chilienne sur laquelle elle était assise un instant plus tôt et rejoint sa fille devant la guérite.

— Écoute, Perséphone, ma chérie. Tu te fatigues pour rien. Tu n'obtiendras rien de cette jeune personne à moins d'utiliser tes pouvoirs. Dis-moi, tu te souviens bien comment utiliser tes pouvoirs, rassure-moi ?

— Oui… oui, je me souviens… bafouille Perséphone.

— Très bien. Alors, montre-moi ce que tu es capable de faire. C'est bien beau, de se prétendre reine des Enfers, mais encore faut-il être capable de faire valoir son autorité.

Légèrement déstabilisée, Perséphone lève les mains et agite les doigts. Entre eux apparaissent des éclairs argentés, qui crépitent et forment peu à peu une sphère parfaite. Satisfaite, Déméter croise les bras sur sa poitrine généreuse et arbore un petit sourire d'autosatisfaction.

— Eh bien, ma fille, ne me dis pas que c'est tout ce que tu sais faire ! Il me semble bien que je t'avais appris plus de choses que ça…

Perséphone lui jette un regard contrarié avant de se concentrer à nouveau sur sa sphère, qui grossit de plus en plus. Dans la guérite, la démone écarquille de grands yeux ahuris.

— Mais ça va pas ! Qu'est-ce que vous faites ? Vous allez finir par foutre le feu à ma guérite, s'exclame-t-elle.

— Tout à fait, jeune fille, et très honnêtement, je suis capable de faire bien pire que de *foutre le feu à votre guérite*, comme vous dites si bien, lui répond Perséphone, maintenant bien remontée.

Comme pour prouver ses dires, Perséphone écarte un peu les mains et laisse s'échapper quelques boules de feu brillantes vers le ciel des Prés d'Asphodèle.

— Vous voulez jouer avec moi ? ajoute-t-elle d'un air presque amusé

— Non… non, ça va aller. Que vouliez-vous, déjà ?

— Un chauffeur pour me rendre au palais.

— Un chauffeur pour vous rendre au palais. Très bien.

Tremblante, la démone décroche le téléphone à moitié dissimulé sous les produits de maquillage, les crèmes et autres accessoires de coiffage. Elle compose rapidement un numéro.

— Oui… euh… code 412, je répète, code 412…

— C'est quoi, « code 412 » ? chuchote Déméter à l'intention de sa fille, qui ne relâche pas son attention sur sa sphère scintillante.

À présent, elle joue avec les éclairs, les lance dans toutes les directions, un sourire ravi plaqué sur son si joli visage.

— Code 412 ? Oh, eh bien, je pense qu'elle vient d'appeler la sécurité.

— QUUOOOIIII ?

— Oui, elle nous prend pour une menace, et bon, à sa place, j'aurais réagi de la même façon, je crois.

— Non, mais on va encore perdre du temps, avec ces conneries !

— Mais non, Maman, ne t'inquiète pas. Ça va aller.

Mais Déméter continue de râler, tout du moins jusqu'à ce qu'arrive un véhicule aux chromes rutilants, tout à fait déplacé dans cet environnement gris et morne.

Un démon d'âge mûr – encore qu'il soit assez difficile de donner un âge aux représentants du peuple infernal – et une jeune satyre en descendent en roulant des mécaniques. D'un pas chaloupé, la main proche de l'énorme fouet qui orne leur ceinture, ils s'approchent de la guérite.

— Bonjour mesdames, je suis l'agent Hyksas, déclare le démon d'un ton faussement tranquille. On nous a signalé des fauteurs de troubles sur les Prés.

Sans demander son reste ni même répondre, la démone disparaît de sa guérite comme par magie, laissant derrière elle des volutes orangées aux forts relents de soufre. En soupirant, Perséphone se retourne vers les nouveaux arrivants.

— Je suppose que vous êtes là pour nous, monsieur l'agent. Euh… et depuis quand doit-on vous appeler « monsieur l'agent », d'ailleurs ?

Le démon se rengorge, visiblement très fier de son nouveau statut.

— Depuis que j'ai été assermenté, voyez-vous.

— Oh, c'est… merveilleux. Mais vous savez qui je suis ? Parce que, moi aussi, j'ai en quelque sorte été assermentée, il y a trèèèès longtemps de cela.

Le démon a la bonne idée de paraître mal à l'aise.

— Oui, ma rei… euh… Perséphone, balbutie-t-il. Mais il y a eu beaucoup de changements par ici, après votre départ.

— Je vois ça… Je n'ai pourtant pas l'impression que ces changements aient apporté un mieux significatif…

— Oh, vous savez, ça reste le boulot. Et puis, on a des tickets resto, maintenant, je trouve ça plutôt sympa de la part de la nouvelle patronne.

Déméter prend visiblement sur elle pour ne pas exploser à l'écoute de ces mots. Pour la calmer, sa fille pose une main sur son bras.

— Je vous présente ma mère, Déméter.

— Démé… euh… enchanté de faire votre connaissance, vous êtes une grande déesse, tout le monde vous adore, ici.

— Oui, alors, si tel est le cas, auriez-vous l'obligeance de nous mener au palais ? Je souhaite voir mon gendre pour régler un problème de la plus haute importance.

— Je ne sais pas si je peux…

— Oh, si. Vous pouvez. Et vous allez le faire.

Déméter grandit, grandit, grandit, jusqu'à jeter une ombre menaçante sur les Prés.

— Oui… d'accord, on va…

— Dépêchez-vous, jeune homme.

En hâte, le démon les conduit à son véhicule. À ses côtés, la satyre semble contrariée.

— Vous avez un problème ? lui balance Déméter sans aucun tact.

— Vous conduire au palais n'est pas conforme au règlement.

— Mmmh. Et le règlement, c'est important pour vous ?

— Oui. Je n'aime pas y contrevenir.

— Eh bien, ma petite, vous allez apprendre à apprécier, et vite fait. Je ne suis pas du genre à me plier à un quelconque protocole. Moi, je les édicte, les protocoles, et je les abroge quand je veux. C'est clair ?

En grommelant, la jeune gardienne de la paix infernale acquiesce, mais elle n'est visiblement pas convaincue.

— Maman, laisse-la tranquille, dit Perséphone. L'agent Hyksas va nous emmener là où on veut aller, le reste n'a pas d'importance.

Sans répondre et en reprenant une taille normale, Déméter se glisse à la place passager.

— Mais… bafouille la satyre.

— Je ne monte jamais à l'arrière. Si vous n'êtes pas contente, faites le trajet à pied.

— Venez à côté de moi, mon petit, tempère à nouveau Perséphone. Vous allez me raconter votre parcours, je suis sûre que c'est absolument passionnant.

Faux. Durant tout le trajet, la satyre déverse des tonnes de platitudes sur sa passion pour la loi, l'ordre et l'uniforme. Perséphone finit même par s'assoupir contre le dossier moelleux de la voiture.

Enfin, l'agent se gare devant les marches du palais.

— On est arrivés. Ma reine, puis-je vous demander de garder secrète mon… insubordination ?

— Sans souci, agent Hyksas. Mais je vous rappelle que vous n'avez pas commis de faute, puisque vous m'êtes resté fidèle.

— Oui, euh… Je ne crois pas que la boss verrait les choses de cet œil, alors…

— Très bien, dans ce cas, cela restera notre petit secret. Merci à vous, agent Hyksas.

Déméter et Perséphone descendent du véhicule, qui s'éloigne aussitôt dans un nuage de poussière grisâtre.

— Bon, allez, c'est maintenant qu'on va s'amuser, dit Déméter en se frottant les mains.

— Calme tes ardeurs, Maman. Ce n'est pas le moment de jouer au cowboy.

— Qu'est-ce que tu peux être rabat-joie, ma fille, parfois. Vraiment, Hadès n'a pas eu une bonne influence sur toi.

— Ne commence pas à critiquer mon époux, s'il te plaît.

— Ton époux, qui t'a virée avec pertes et fracas.

— Mais tais-toi, un peu.

— Comment oses-tu me parler ainsi ? Tu n'as aucun droit…

Perséphone s'arrête en plein milieu de l'escalier et se retourne vers sa mère, furieuse.

— Ici, j'ai tous les droits. Considère-toi comme une invitée, et ferme donc ta grande bouche.

La superbe déesse de la nature en reste coite et se tait, légèrement sonnée, jusqu'à se retrouver devant les grandes portes des appartements d'Hadès. D'un geste assuré, Perséphone pousse le double battant. Se fige aussitôt.

— Par les dieux ! souffle-t-elle, alors que les larmes lui montent aux yeux.

— Hadès ! s'exclame sa mère, tout aussi horrifiée.

— Non, je parlais de la déco. C'est criminel, ce qu'a fait Némésis.

Les deux déesses s'avancent d'un pas lent vers le trône majestueux, sur lequel est assis le pauvre roi des Enfers.

— Et elle l'a bien amoché, mon époux, je l'avoue. Regarde sa peau, on dirait qu'il porte un pyjama trop grand pour lui.

Oubliant enfin l'outrage commis envers les aménagements intérieurs du palais, Perséphone s'approche d'Hadès. Avec tendresse, elle essuie le filet de bave qui lui dégouline sur le menton.

— Mon pauvre, pauvre chéri… Mais je suis là, maintenant, tout va s'arranger…

— Tu crois ça ? Vraiment ? retentit soudain une voix.

Une voix chaude et un peu voilée. Némésis. Aussitôt, Déméter se retourne.

— Ah, te voilà enfin, serpent !

— Tout de suite les gentillesses ! Je vois que tu n'as pas beaucoup changé, ces derniers siècles.

Déméter renifle avec dédain.

— Et pourquoi donc aurais-je changé ? Je ne vois pas ce que j'aurais pu améliorer.

Némésis rit.

— Tu es tellement imbue de toi-même, comme toute ta famille…

— Alors, écoute, petite morveuse, je ne pense pas que tu aies beaucoup de leçons à me donner, niveau humilité, tu ne crois pas ?

— Niveau humilité ? Non, effectivement. Mais niveau patience, niveau puissance, alors là ! Là, je vous ai tous surpassés ! Les Olympiens, les grands et magnifiques dieux sur leur montagne rêvée, sur leur piédestal, confits dans leurs certitudes ! D'ailleurs, où sont-ils tous à présent ? Tu peux me le dire ? Où étais-tu, toi, pendant que je tissais ma toile et que je mettais mes plans à exécution ?

— Je… m'occupais de la Terre, des cultures, des récoltes, je veillais à ce que l'équilibre soit respecté…

— Ah ah ! Et tu as l'impression d'avoir réussi ? Franchement, la Terre est une poubelle, la moitié de l'humanité crève la dalle… Bravo, Déméter, il n'y a pas à dire, tu t'es surpassée !

— Je ne suis pas surpuissante, je ne peux…

— Voilà, tu l'as dit ! Tu n'es pas surpuissante ! Et c'est bien là le problème. Et c'est là aussi mon ambition. Déjà, j'ai pris le contrôle de l'Érèbe, bientôt celui du monde des humains…

— Et ensuite ? Tu vas faire quoi, Nem ? demande tout doucement Perséphone, qui à présent tente de démêler la barbe trop longue d'Hadès de ses doigts menus.

En entendant son surnom, Némésis grimace. Elle n'a jamais aimé qu'on l'appelle « Nem ». Trop vulgaire, trop familier, trop… Bref. Elle n'aime pas, et cela la fâche.

— Je ne compte pas m'en tenir là, si tu veux tout savoir.

— Oh. Alors les autres dimensions ? Celles qui nous ont toujours été interdites ? N'as-tu pas peur de réveiller les grands Anciens ?

— Si ça se trouve, les grands Anciens qui vivent par-delà les étoiles ne sont plus depuis longtemps.

— Si ça se trouve… Tu mises beaucoup sur des hypothèses. Comme tu l'as si bien fait remarquer à ma mère, nous, les Olympiens, tout comme les divinités mineures (et Perséphone insiste bien sur ce mot, ce qui fait à nouveau grimacer la déesse de la Justice), ne sommes ni surpuissants ni invincibles. Nous avons souvent fait preuve d'orgueil, nous avons commis de nombreuses erreurs. Mais, malgré tout, nous avons toujours tenté de respecter l'équilibre cosmique, que tu te proposes aujourd'hui de détruire sans le moindre scrupule.

— Vous n'avez jamais eu la moindre vision… Moi, j'étendrai mon pouvoir à l'infini !

— Nous nous opposerons à toi. Nous lutterons.

Némésis éclate d'un rire hystérique, qui déforme un instant la beauté pure et marmoréenne de ses traits.

— « Nous » ? Mais c'est qui, « nous » ? Les Infernaux sont dans le Tartare, tes filles traficotent je ne sais quoi chez les humains, Hadès a besoin qu'on lui change ses couches, et toi et ta mère…

— Nous sommes là.

— Oui, pauvres folles. Vous êtes là, totalement à ma merci. Vous vous êtes jetées entre mes griffes, et cela causera votre perte !

À ces mots, les appartements d'Hadès disparaissent dans un épais nuage noir et rouge. Les murs trop blancs se dissolvent, le sol de marbre est remplacé par un gravier grossier et poussiéreux, le plafond se mue en un ciel tourmenté, comme une plaie ouverte sur le cosmos…

— Où sommes-nous ? s'écrie Déméter. Qu'est-ce que tu as fait ?

— Oh, ça ? C'est un petit pouvoir que j'ai développé au fil des siècles. Je peux tordre le temps et l'espace à ma convenance. Je ne te cache pas que cela me demande pas mal d'efforts et qu'il m'est difficile de maintenir cette bulle, mais ça me rend tout de même de nombreux et précieux services.

Déméter et Perséphone tournent sur elles-mêmes, affolées. Elles ont perdu tous leurs repères. Il n'y a plus d'Hadès sur son trône, plus de palais, plus de Prés d'Asphodèle…

— Pourquoi nous as-tu emmenées ici, espèce de garce ? crie Déméter.

— Oh, juste pour que vous preniez la mesure de ma puissance. Je ne compte pas vous laisser ici. J'ai des projets plus… classiques, pour vous.

À ces mots, le décor change à nouveau, pour se faire plus familier. Cette fois, les trois déesses sont suspendues dans les airs, au-dessus d'une large déchirure dans le sol de l'Érèbe.

— Maman, nous sommes au-dessus du Tartare !

— Quoi ? Mais… Némésis, je te préviens, ne fais pas ça ! Il est hors de question que la grande et unique Déméter se retrouve à moisir dans le Tartare !

— Tu estimes que c'est indigne de toi, c'est cela ? Personnellement, je ne trouve pas. Je pense que tu auras tout à fait ta place au milieu des Infernaux et des Primordiaux, ainsi que de la racaille humaine amassée là au fil des siècles par tes propres descendantes… D'ailleurs, sachez que je suis pour le bonheur et l'harmonie dans les familles, alors je vais tout faire pour que vos trois Chiennes vous rejoignent le plus vite possible !

— Je ne me laisserai pas faire ! hurle Déméter.

Les traits convulsés, la grande déesse tend ses mains devant elle. S'en échappe un entremêlement de lianes d'un vert aveuglant sur le décor grisâtre de l'Érèbe. Les tiges et les feuilles fusent, se projettent sur Némésis qui, l'espace d'un trop court instant, a un mouvement de recul face à cette attaque inattendue. Mais elle se reprend bien vite, et balaie les végétaux importuns d'un geste de la main. Son rire résonne, lugubre, tel le croassement d'un oiseau de mauvais augure, tandis que Déméter est entraînée vers les profondeurs du Tartare par des vents violents.

— Tu vas tout perdre, Némésis. Mes filles ne te laisseront pas faire ! hurle Perséphone.

— Je sais, je sais… Mais que pourront-elles, contre moi ? Personne n'a rien pu faire, pour le moment, alors ce ne sont pas ces trois donzelles faibles et naïves qui vont y parvenir… Bon, allez, assez discuté. J'ai un royaume à diriger et une conquête à mener ! Salut, les looseuses !

Némésis fait un signe de la main et, aussitôt, Perséphone, à la suite de sa mère, se retrouve précipitée dans les fins fonds du sombre et terrible Tartare.

CHAPITRE 13

Nous tournons en rond. Non, vraiment, c'est juste horrible comme situation. Nous n'avons aucune nouvelle des Infernaux ni de Déméter et Perséphone. Némésis n'a pas donné signe de vie depuis une éternité. Que manigance-t-elle ? Cette attente est pesante, angoissante.

Du coup, je fais des gâteaux que mes sœurs engouffrent dès leur sortie du four. Mais comme elles n'ont pas du tout les mêmes goûts, j'alterne les fournées. Un coup de la pâtisserie végan pour Alex, un coup du bien gras et bien sucré pour Meg.

Moisi fait la carpette devant la fenêtre, dans une flaque de soleil aux couleurs automnales. Bloody Hell rase les murs, pas très à l'aise avec toute cette agitation. Quant à Schmoute… Bah, il est égal à lui-même.

Quoique.

Je sens un truc bizarre, depuis quelques minutes. Mon fufu tourne en rond sur mon épaule, couine et me gratte le cuir chevelu. C'est tout à fait désagréable.

— Mais enfin, veux-tu cesser ? finis-je par m'exclamer, agacée par ses pitreries.

— J'ai rien fait, bafouille Meg avec la bouche pleine.

— Je ne pense pas qu'elle te parlait à toi, mais c'est intéressant, le fait que tu te sentes visée comme ça, lui balance Alex.

— Nan, c'est Schmoute, le problème, les coupé-je avant que ça ne dégénère encore. Je ne sais pas ce qu'il a, il arrête pas de gigoter et de me lacérer avec ses petites griffes.

De petits couinements douloureux viennent appuyer mes dires. L'inquiétude me prend aux tripes. Je n'aime pas voir les animaux souffrir. Les animaux sont toujours innocents, même lorsqu'ils se montrent dangereux ou agressifs. Ils réagissent soit en fonction de leur nature, soit aux mauvais traitements qu'on leur a infligés. Mais jamais, au grand jamais, un animal ne peut être fondamentalement mauvais. Il semblerait que cette particularité soit propre aux hommes. Et aux dieux, je veux bien en convenir.

Affolée, je lâche sur le plan de travail la plaque de cookies patate douce - chocolat noir que je venais de composer pour Alex, puis tente d'attraper Schmoute logé dans mon cou.

— Aïeuuuuh, il m'a mordue !

— Quoi ?

— Il m'a mordue !

— Il avait déjà fait ça ?

— Juste après que je l'ai récupéré. Mais je ne vois pas le rapport. Depuis, il se contente de tourner en rond dans mes cheveux et de couiner une fois de temps en temps.

— Et c'est normal que ça morde, un furet ? Tu crois qu'il souffre ou qu'il est malade ?

— Mais je n'en sais rien ! Je ne suis pas véto, moi !

Nous nous regardons toutes les trois, les yeux écarquillés.

— Non, finit par dire Alex. Tess, je te préviens, c'est une très mauvaise idée. Enfin, une idée encore pire que toutes celles que tu as eues jusqu'à maintenant.

— T'en as une meilleure ? lui demande Meg avec son tact habituel.

— Oui. Attendre.

— Mais s'il souffre ? m'écrié-je. Peut-être qu'il est gravement malade, et qu'il va mourir si on ne fait rien !

Alex blêmit. Je sais bien qu'elle adore les animaux, elle aussi. De plus, c'est une métamorphe, même si elle a une sérieuse préférence pour les ours quand il s'agit de modifier son apparence.

J'enfonce le clou :

— Alex, s'il te plaît !

— Vous vous rendez compte de ce que vous voulez faire, là ?

Meg et moi hochons la tête de concert. Mais ce mouvement déclenche de nouveaux cris chez Schmoute, aussi décidé-je de rester la plus immobile possible.

— Je récapitule tout de même, pour la gloire. Vous voulez qu'on descende dans l'Érèbe pour mettre la main sur le Prince des Enfers sous prétexte que c'était un vétérinaire dans son ancienne vie ? Alors qu'on ne sait absolument pas à quel jeu il joue ?

Nouveau hochement de tête de la part de Meg. Pour ma part, je me contente de cligner des yeux une fois pour dire oui. J'espère que c'est clair pour tout le monde.

— Vous voulez descendre tout en sachant que Némésis s'y trouve, ainsi que Déméter et Perséphone. Toutes les trois sont potentiellement des armes de destruction massive, vous en êtes consciente ?

Clignement des yeux. Tout à fait.

— Et vous voulez descendre alors que tous nos alliés doivent présentement être enfermés au fin fond du Tartare en train de chercher comment faire pour libérer les pires crapules qui soient ?

Clignement des yeux, peut-être un peu moins convaincu, mais c'est tout de même difficile de nuancer son propos de cette façon.

— Peut-être qu'on va pouvoir aider un peu, comme ça, non ? ajoute Meg.

— Aider ? Tu es sûre que c'est le bon mot ? Parce que j'ai plus l'impression qu'on va rajouter une bonne couche de bordel à tout ça, moi. Normalement, on devait rester là pour gérer les débordements sur Terre, pas aller nous jeter dans la mêlée…

Nous nous contentons de la fixer sans ciller, cette fois.

— Bon, OK, soupire-t-elle. Je ne vois même pas comment je pourrais vous empêcher de faire n'imp…

Au même instant, on sonne à la porte. Je sursaute, Schmoute couine. J'aimerais quand même bien parvenir à le récupérer pour l'examiner. Et s'il s'était coincé une patte dans l'une de mes mèches ? Peut-être que ce n'est que ça, après tout. Pour mon fufu, je suis même prête à me faire la boule à zéro.

Pendant que je réfléchis, Meg est partie ouvrir. Elle revient accompagnée de Julia. Alex soupire, et moi je lui adresse un petit signe de la main. Je suis toujours contente de voir la copine de ma Pocket Sister.

— Salut Julia. Ça va ?

— Ça va.

Elle me regarde bizarrement.

— Comment ça se fait que tu sois toute raide, comme ça ?

— Je crois que Schmoute est malade, je ne veux pas aggraver son cas.

— Malade ?

— Oui. Il se comporte de façon étrange.

— Tu veux dire, plus étrange que de rester caché dans tes cheveux ou dans ton cou en quasi permanence ?

— Euh… oui, je crois.

Une ombre passe dans le beau regard clair de Julia.

— OK, dit-elle avec détermination.

Nous la regardons toutes les trois. Que veut-elle dire par… « OK » ?

— Ben, je viens avec vous.

— Tu ne sais pas où on va, dit Alex.

— Si, je sais.

— Hors de question, dit Meg.

— OK, dis-je.

Mmmh. Il serait peut-être temps d'accorder nos violons.

— Julia, nous descendons au palais, tente de lui expliquer Meg en gardant son calme. Ce n'est jamais une bonne idée pour un humain d'y descendre, et en ce moment encore moins.

— Je m'en fiche.

— Comment ça, « tu t'en fiches » ?

— Je ne vous laisse pas affronter tout ça toutes seules. Surtout si Schmoute est malade.

— Je ne vois pas le rapport, intervient Alex.

— Moi, je le vois. Qui s'occupera de lui si vous devez livrer bataille contre la vilaine méchante ?

— Un point pour Julia, dis-je, avant de me faire fusiller du regard par mes deux sœurs, manifestement peu enthousiastes de rejouer Orphée façon XXIe siècle.

— Bon, de toute façon, c'est mon choix, vous ne pouvez pas m'en empêcher.

— Techniquement, si, réplique Meg.

Julia me regarde, un peu perdue, attendant mon soutien.

— Oui, techniquement, elle peut te mettre hors d'état de nuire avec ses pouvoirs. On est des déesses, tout de même. Cool et accessibles, mais divines.

La rouquine hausse les épaules, manifestement peu impressionnée.

— Vous ne le ferez pas, je le sais.

— Et comment tu peux en être sûre ? lui demande Meg.

— Parce que si tu fais ça, je te promets une longue période d'abstinence à ton retour.

Meg s'empourpre et bafouille.

— Bon, allez, les filles, tenté-je de les calmer. On y va toutes les quatre, et ça va bien se passer. On est capables de protéger Julia en cas de mauvaises rencontres.

Meg marmonne et Alex me fusille du regard. Il n'y a que Julia qui me regarde avec reconnaissance.

— Bon, allez, on y va ? les pressé-je, parce que mon fufu perché s'agite de plus en plus. Julia, tu devrais demander à Meg de te prêter des bottes.

— Euh… Pourquoi ?

Je lui adresse une petite grimace.

— Le terrain est… Enfin, tu verras quand tu y seras, mais crois-moi, tes petites ballerines, là, c'est pas une bonne idée.

Avec un soupir, Meg lâche prise.

— Allez, viens, je vais te prêter ça. Heureusement qu'on fait la même pointure.

Si c'est pas mignon, tout de même. Pour ma part, je suis tellement grande que je me demande s'il ne faudrait pas que je me rapproche d'un club de rugby pour trouver chaussure à mon pied. Mmmh, idée tout à fait intéressante, au demeurant.

En quelques minutes à peine, nous sommes toutes les quatre prêtes. Nous fermons la maison, rejoignons le métro Gambetta au pas de course. Julia a un peu de mal à suivre.

— Ça va ? je lui demande d'un ton compatissant.

— J'ai pas de souffle, j'ai des kilos en trop et ces putains de chaussures pèsent une tonne, mais à part ça, je pense décéder dans les minutes à venir.

— Tiens le coup, ma douce, lui lance Meg.

Ma douce ? Punaise, mais on ne l'arrête plus. Tant d'amour, c'est… Bah, ça mériterait une envolée de paillettes et un vol à dos de licorne, voilà.

Bientôt, nous nous engouffrons dans une rame obscure, retrouvons le chemin que nous avons déjà emprunté. Nous n'avons aucun souci pour nous diriger, mais les choses sont évidemment moins évidentes pour Julia, qui trébuche dans le noir.

Nous nous arrêtons quelques instants pour faire une pause, et Alex propose une solution plutôt sympa.

— Dis, Julia, tu as déjà fait une promenade à dos d'ours ?

Ah, autant pour les licornes. Ma sœur est plutôt plantigrade.

— Euh… non. Mais je ne suis pas sûre de vouloir commencer aujourd'hui.

— Je pense qu'on gagnerait du temps, et je te promets de ne pas te manger.

— Bravo, Alex, intervient Meg, si tu voulais la rassurer, t'as tout bon.

— Je sais qu'elle plaisante, Meg, voyons. Bon, OK, mais je le fais pour Schmoute. Comment va-t-il, d'ailleurs ?

Je réalise avec horreur que je n'ai pas senti mon furet bouger depuis quelques minutes.

— Euh… Quelqu'un peut vérifier qu'il est toujours là ?

— Tu peux pas mettre la main ?

— Il m'a mordue, la dernière fois.

— Tu préfères donc qu'il nous morde ? ironise Alex.

— Tu es une ourse. Je ne suis pas sûre qu'il se risque à te bouffer la truffe.

Avec un soupir, et sans même se transformer, ma courageuse sœur s'approche de mon dos. Je la sens écarter mes cheveux avec précaution.

— Il est toujours là, souffle-t-elle.

— Il est pas mort, au moins ? Ne me dis surtout pas que j'ai un furet mort sur moi !

L'angoisse me tenaille. Je n'aime pas les choses mortes, aussi étrange que cela puisse paraître. Pas de souci avec l'accomplissement de ma mission, même si je me demande si j'en suis encore capable, pas de soucis avec les âmes, les démons, tout ça, mais alors les macchabées, c'est non. Et surtout pas dans mon cou.

— Non, il est bien vivant. Il respire bizarrement, par contre. Il a vraiment pas l'air bien, tu sais. J'espère qu'il va tenir le coup.

— Bah, de toute façon, si jamais il clamse, il sera au bon endroit, dans l'Érèbe.

— Meg, tu te rends compte de ce que tu viens de dire ? la rabroue Julia.

— Bah, quoi, c'est vrai.

Je décide d'ignorer cette joute verbale.

— Allez, Alex, zou, transforme-toi en ourse, et on repart.

— Très bien.

Je fais quelques pas en arrière pour admirer le spectacle. Je ne m'en suis jamais lassée. Sous mes yeux débordant d'admiration, la silhouette d'Alex semble se dilater et se contracter tout à la fois, puis grandit et s'élargit. Une étrange noirceur s'enroule autour d'elle, jusqu'à ce que je ne puisse plus voir au travers. Quand enfin elle se dissipe, Alex a ses quatre pattes bien ancrées dans le sol et ouvre vers nous une gueule béante et ruisselante de bave.

Wow.

— Rolala, je suis toujours aussi fan.

— J'avoue que c'est impressionnant, murmure Julia à mes côtés, la voix chevrotante.

— Ouais, ça va, moi aussi je sais faire des trucs impressionnants.

Sur ces mots, Meg se change en une brume scintillante, qui tournoie tout autour de nous. Enfin, surtout autour de Julia.

— Mais oui, tu es très jolie comme ça, mon cœur. D'ailleurs, tu devrais rester comme ça, on irait encore plus vite. Et toi, Tess…

— J'ai oublié ma licorne à la maison, désolée.

Elle me regarde d'un air interloqué, ne sachant pas trop si je plaisante ou pas.

— Mais non, Julia, je n'ai pas de licorne.

— Oh.

— Oui, moi aussi, j'en suis la première déçue.

— Alors, c'est quoi, ton super pouvoir à toi ?

— Pourquoi faut-il toujours qu'on en arrive là ?

— Je ne sais pas. Pourquoi ?

— Eh bien, ça fait des millénaires que je dis que ce n'est pas juste. Alex est métamorphe et peut prendre l'apparence de n'importe quel animal, même si elle a une nette préférence pour l'ours. Meg se transforme en brume argentée. Et moi…

— Toi ?

— Regarde.

Et pouf, je disparais. Purement et simplement. J'étais là, et je n'y suis plus. Alors, on est d'accord, c'est tout aussi efficace, mais ça en jette moins.

— Oh. Je vois, me concède Julia. Ce n'est pas grave, tu sais, c'est bien aussi quand c'est discret.

Heureusement, nous en restons là. Moi, la discrétion, j'aime pas ça, de toute façon.

Julia juchée sur le dos d'Alex, Meg filant sous forme de brume, et moi… Eh bien, moi, me déplaçant à la vitesse de la pensée, nous arrivons bien rapidement à proximité de l'embarcadère où officie Charon.

Mais aujourd'hui, il n'y a personne, et nous nous arrêtons, sous le choc. Nous reprenons nos formes habituelles ; je sens sous mes pieds la gadoue collante et nauséabonde qui a de tout temps fait le lit de notre immortel ami.

— Mmmh. On attend quelqu'un ? Parce que ce n'est pas très agréable, comme endroit, tente de plaisanter Julia.

Mais je pense qu'elle a bien senti notre malaise. Meg avance de quelques pas, et j'entends bientôt le bruit de l'eau dans laquelle elle patauge.

— Mais… bredouille Alex. Il n'y a plus rien. Où est Charon ? Où est sa vieille barque ? OÙ EST SON PUTAIN D'EMBARCADÈRE ?

— Calme-toi. On aurait dû s'y attendre. Après tout, Charon était avec nous, hier soir. C'est normal qu'il ait été pris avec les autres, tu ne crois pas ?

Alex inspire, expire, plusieurs fois d'affilée, jusqu'à récupérer un minimum de self-control.

— Oui, tu as sûrement raison. Mais que fait-on maintenant ?

Nous regardons, pensives, le flot bourbeux devant nous. À l'idée de nous plonger dedans, aucune d'entre nous ne saute de joie. Et puis très honnêtement, aucune d'entre nous ne sait quelles créatures infernales se tapissent dans la vase d'Achéron. D'une manière générale, Achéron n'est pas quelqu'un de très recommandable.

Nous en sommes là de nos réflexions quand, soudain, une lumière violente agresse nos pupilles déjà habituées à la pénombre. Les feux de navigation d'un bateau dont nous ne parvenons pas à distinguer la silhouette tant nous sommes éblouies trouent l'obscurité grisâtre des lieux. Une sirène retentit, et Julia hurle de peur.

— Mais c'est quoi, ce bordel ? crie Meg.

— Je crois que Némésis a dû trouver une solution pour remplacer Charon, dis-je.

Enfin, la sirène fait silence et le bateau accoste devant nous. Manifestement, il n'y avait pas vraiment besoin d'embarcadère.

Un jeune démon coiffé d'un béret de marin noir à pompon rouge apparaît.

— Bonjour, mesdames ! nous crie-t-il, semblant penser que le silence, vraiment, c'est surfait.

— Bonjour, démon. Dites, c'est quoi ce bordel ?

Décidément, Meg adore ce mot. Par contre, le démon semble légèrement s'offusquer.

— Un bordel ? Quel bordel ? Je ne vois ici que le service d'aide aux âmes fraîchement arrivées en Enfer.

— Mmmh. Pardon, on était habituées à l'ancien service, et on l'aimait bien. Ce petit côté pittoresque, parfait pour le tourisme… Vous savez où est passé le vieux type, là, un peu mystérieux ? reprend Alex en écartant Meg avec douceur.

— Je ne vois pas de qui vous voulez parler.

— Mais si, celui qui puait le chat crevé.

— Ah ! Lui ! Eh bien, j'ai entendu des rumeurs…

Le jeune démon se penche vers nous et chuchote :

— Contre quelques pièces, je vous raconte tout.

J'écarquille des yeux choqués. Quoi ? Mais enfin, voilà que la corruption s'invite dans le royaume des Morts ! Charon sentait peut-être mauvais, mais au moins, il n'avait jamais accepté plus que la somme nécessaire au paiement du passage des âmes.

— Vous plaisantez, j'espère ?

— Il faut bien que je gagne ma vie. C'est pas avec ce qu'on nous paie… Et puis ces heures à rallonge, je n'en peux plus, moi.

— Vous venez de commencer.

— Ici, oui. Mais depuis que cette… euh… enfin, je veux dire, notre nouvelle administratrice est arrivée, nous sommes carrément exploités.

— Némésis, vous voulez dire.

— Chuuuuuut, nous somme le jeune démon en roulant des yeux affolés.

— Bon, OK, on est pressées, vous pouvez nous faire traverser ? Et puis, un petit conseil, ne vous laissez pas faire. Les humains font un truc très chouette, ça s'appelle la grève.

— La grève ?

— Oui, c'est un refus de travailler tant que les exigences des esclaves, euh pardon des travailleurs, n'ont pas été validées. Ils accompagnent ça de manifestations, aussi. Ils défilent dans les rues avec des pancartes et des banderoles en chantant des chansons rigolotes.

— Mmmh, c'est intéressant, je vais en parler à mes collègues à la débauche.

— Oui, vous devriez. Allez, on y va.

Souplement, nous sautons à bord du bateau, pour constater qu'il n'a de flambant neuf que l'allure. À y regarder de plus près, il paraît même plutôt vétuste.

Meg tend la main à Julia pour l'aider à monter. La jeune femme est encore plus pâle qu'à l'accoutumée.

— Ça va ? je lui souffle.

— Parfait. J'ai juste l'impression de faire une énorme connerie.

Je préfère ne pas répondre, parce que je suis assez d'accord avec elle.

Le temps que dure la traversée, Meg lui fait une visite guidée. Bon, c'est vrai qu'au début, il n'y a tout de même pas grand-chose à voir. Grisaille, arbres noirs aux branches griffues et torturées, nuages bas… À la surface de l'eau viennent éclore de grosses bulles et une vapeur nauséabonde s'élève jusqu'à nous, mélange de soufre et de chair en décomposition. Je suis même un peu étonnée que Némésis ne fasse rien pour remédier à ça. La connaissant, je l'aurais bien vue installer d'immenses purificateurs d'air.

Le jeune démon doit lire dans mes pensées, car, depuis le gouvernail, il nous lance :

— Pardon pour les relents, nous sommes en train de faire le nécessaire pour que l'atmosphère de ces vieux marais soit assainie, mais ce n'est pas encore au point.

Ah bah voilà. Qu'est-ce que je disais ?

Mais déjà, nous arrivons à destination, et nous grimpons sans attendre dans un minivan noir aux vitres teintées.

— Au palais d'Hadès, s'il vous plaît.

La démone coiffée d'une casquette, notre chauffeuse du jour, acquiesce en silence et démarre. Sa conduite est sûre et agréable et, si je n'étais pas aussi inquiète pour Schmoute, je pourrais presque m'assoupir.

— Hey, Tess, regarde, me souffle Meg en me refilant un coup de coude dans les côtes.

— Quoi ?

— Regarde, des pastilles à la menthe et des petites bouteilles d'eau. La classe, hein ?

— Moui.

— Bon, ça va, fais pas ta bêcheuse. Moi, ça m'avait scotchée la première fois. C'est pas parce que t'as eu toutes les mises à jour que tu dois te la péter comme ça.

Pour lui faire plaisir — et aussi pour la faire taire, j'engouffre un bonbon dans ma bouche. J'aurais préféré du chocolat. La menthe, c'est frais, mais ça pique un peu.

Julia ne quitte pas des yeux le paysage. Je sais que Meg aime beaucoup les Prés d'Asphodèle, elle a dû lui en parler. Pour ma part, je les ai toujours trouvés franchement déprimants, d'une tristesse à vous donner envie de vous faire péter le caisson. Aujourd'hui, le décor est tout de même un peu animé par les quelques guérites et les clôtures de barbelés installés sur la volonté de Némésis, mais je sais que ça n'a fait, en réalité, qu'empirer les choses.

Moi, j'aime les Champs Élysées. Ça, c'est un lieu où l'on a envie de passer l'éternité. De l'amour, de la bonté, des bons sentiments à en faire vomir mes sœurs… Bref, tout ce qu'il faut pour enfin me mettre des paillettes dans les yeux. Oh, certes, je n'y suis pas allée bien souvent, c'est vrai, que ferait une Chienne d'Hadès au pays des Bisounours, mais à chaque fois, je me suis dit que j'aimerais m'y installer pour de bon. Et pourquoi pas, d'ailleurs ? On a bien dit qu'une fois que toute cette histoire serait réglée, nous devrions réfléchir à notre avenir. Parce qu'une chose au moins me semble clair. Il est hors de question que j'endosse à nouveau le rôle de bonne chienne à son Daddy.

Schmoute, dans ma nuque, s'agite à nouveau. Tout mon corps se crispe soudain. Je le sens agité de spasmes, et des petits couinements retentissement dans l'habitacle silencieux. Peut-être qu'il n'a pas aimé que je me transforme en néant. Ou la traversée, peut-être.

— Ça va, Tess ? me souffle Alex.

— Je sais pas, je me demande si Schmoute convulse pas.

— Je te préviens, je ne regarde pas.

— Oooooooh…

— Quoi ? s'affole ma sœur.

Enfin, elle ne s'affole pas autant que moi. Je sens un liquide chaud se répandre dans mon dos. C'est… C'est dégoûtant.

— Y a un truc qui coule.

Les trois autres filles me regardent avec un air de pitié.

— Tu l'as pas senti exploser, au moins ? demande Meg, tandis que Julia lui balance une tape derrière la tête.

— Nnnn… non, je crois pas, je bégaie, pas très sûre de moi tout de même.

Heureusement, la voiture freine enfin devant le palais. Son aspect m'effraie encore plus que la première fois. J'entends Julia murmurer à Meg :

— Tu m'avais pas dit que ton palais ressemblait au château de Disney ?

— Bah, si, mais c'était avant que Némésis se prenne pour une architecte visionnaire. Et attends de voir l'intérieur, c'est encore plus déprimant.

— Rolala, si Déméter et Perséphone sont bien passées par là avant nous, je n'ose même pas imaginer le barouf qu'elles ont dû faire, chantonne Alex, visiblement ravie à cette idée.

— Je ne sais pas si tu devrais t'en réjouir, parce qu'apparemment, elles n'ont pas eu gain de cause. Si ça se trouve, elles sont avec les autres dans le Tartare, à l'heure qu'il est.

— Pauvre Tartare, tout de même… se lamente Meg. Lui qui n'a jamais été très sociable…

— Allez, on a perdu assez de temps, les filles, je les presse.

Je ne sais pas pourquoi, mais je sens qu'il se passe encore des trucs pas nets avec Schmoute. Je me précipite en dehors du véhicule pour gravir à toute vitesse les marches du monumental escalier gris qui mène au palais. Sans même vérifier si je suis bien suivie, je m'engouffre dans le hall, dérape sur le marbre noir et hurle sans aucune retenue :

— JE VEUX VOIR LE PRINCE ! TOUT DE SUITE !

— Bonjour.

Je me retourne en sursautant. Qui ose me parler en un tel instant de panique absolue ?

— Euh… Bonjour.

Une démone d'âge mûr me dévisage avec un calme désarmant.

— Je suis Laïka. Je suis chargée de l'accueil et du respect du protocole. Que puis-je faire pour vous ?

— Euh… JE VEUX VOIR LE PRINCE ! TOUT DE SUITE !

Oui, je crie une seconde fois, parce qu'apparemment la première fois n'était pas assez claire.

— Madame, si vous persistez à beugler comme une truie dans le hall de ce palais, je tiens à vous informer que je me verrai dans l'obligation d'appeler la sécurité pour vous faire évacuer.

Je prends une grande inspiration, prête à réitérer mes précédents exploits, quand, soudain, une main blanche me bâillonne.

— Excusez-la, elle est un peu énervée aujourd'hui. Elle a dû oublier de prendre ses petites pilules roses.

Saloperie. Je me dégage de l'étreinte de ma sœur.

— Mais lâche-moi, Alex. Depuis quand doit-on se plier aux règles, hein ?

— Bah, depuis toujours, si j'en crois ma longue vie.

— Je dois voir Léo, tout de suite.

— OK, on a bien compris, je pense. Laïka, est-il possible de voir rapidement votre Prince, s'il vous plaît ?

— Je ne sais pas si c'est très raisonnable de laisser quelqu'un qui a manifestement un gros problème comportemental voir notre bien-aimé prince Léo. Vous comprenez, s'il devait y avoir le moindre souci…

Enfin, une légère émotion vient agiter les traits marmoréens de la démone. Ça me rassure presque, elle avait l'air tellement… tellement froide !

— Ne vous inquiétez pas, ma sœur et moi ne la quitterons pas des yeux.

Sur ces mots, Meg s'avance, traînant Julia dans son sillage. Mais, à sa vue, les yeux de la responsable du protocole s'agrandissent.

— Mais… vous êtes humaine ?

— Ne faites pas attention à elle, susurre Meg.

— Mais… enfin, voyons, on n'a pas vu ça depuis…

— Depuis Orphée, oui, on sait. Mais là, on aimerait que l'histoire se finisse un peu mieux, n'est-ce pas. Donc si vous pouviez vous taire et envoyer un message au Prince…

— Qui me cherche ?

Cette voix… J'en oublierais presque que j'ai le cheveu poisseux et le furet qui convulse.

— Léo ! je m'écris en me précipitant vers lui.

Il vient en effet d'apparaître au détour d'un couloir, comme par magie. Il est beau. Il est vraiment très très très beau. Canon, quoi. À faire se damner une licorne.

— Que se passe-t-il ? me demande-t-il avec une sollicitude absolument trop mignonne.

— Schmoute a un problème. Je crois que mon furet est en train de mourir…

— Tu me laisses regarder ?

Je fais oui de la tête. Mais oui, qu'il m'examine tant qu'il veut, je suis là pour ça, après tout. Enfin, qu'il examine Schmoute, plutôt. Voilà, c'est mieux.

Il me prend aussitôt par la main et m'entraîne vers un petit salon de cuir blanc, non loin de là. Il me demande de m'asseoir, s'empare d'un paravent qu'il installe devant nous pour nous dissimuler des regards intrigués de mes compagnes et de la fameuse Laïka. Puis il se place devant moi, s'agenouille et plante son regard sérieux dans le mien. Par Daddy, que ses yeux sont bleus…

— Je peux y aller ?

— Oui. Vas-y.

Il se relève, et se penche sur moi. Avec douceur, il dégage ma nuque. Moi, j'ai le nez dans sa veste de velours noir et argent, et j'inspire à toutes petites goulées. Il sent trop bon, un mélange de café et d'épices, quelque chose de fort et de gourmand tout à la fois…

Soudain, Léo sursaute, me projetant hors de mes pensées.

— Quoi ? Qu'est-ce qu'il se passe ? C'est grave, c'est ça ? Ah, j'en étais sûre, il va mourir, mon fufu…

Malgré moi, les larmes me montent aux yeux. C'est bête, parce que je n'ai pas partagé grand-chose avec cette bestiole, si ce n'est mon dos, mon cuir chevelu ou ma capuche, et peut-être aussi les émanations de mon shampooing à la noix de coco. Ma gorge se serre douloureusement. Peut-être que je subis le contrecoup de mon réveil de stase. Ou de la séparation de mes parents. Oui, voilà, ça doit être ça.

À nouveau, le Prince des Enfers s'agenouille devant moi. Cette fois, il me prend les mains et les serre dans les siennes, grandes et fortes. Et douces, aussi.

— Écoute, Tess…

Il a l'air si grave, si sérieux… Mon cœur accélère dangereusement. Que va-t-il m'annoncer d'horrible ? Que peut-il y avoir de pire que d'avoir un furet mort sur la tête ?

— Je crois qu'il va falloir trouver un autre nom à Schmoute.

— Qu… Quoi ? Je… je ne comprends pas…

— Ce que je veux te dire, c'est que Schmoute… enfin, ton furet, n'est pas un garçon.

Je continue de le fixer, les yeux écarquillés. Mais qu'est-ce qu'il me raconte ? Il veut que je trouve un autre nom à mon furet agonisant ?

— Tess. Schmoute est une fille.

— Mais… euh… une fille morte ou une fille vivante ?

Cette fois, l'ancien véto éclate franchement de rire.

— Schmoute… Schmouti, ou je ne sais pas comment tu décideras de l'appeler, ne va absolument pas mourir aujourd'hui.

— Ah bon ? Qu'est-ce qu'il… qu'est-ce qu'elle a alors ?

— Des bébés.

— Des… Quoi ? Des bébés ? Y a des bébés furets dans mon dos ?

— Pas encore. Mais ça ne va pas tarder. Et je ne te cache pas que tu vas avoir besoin d'un sacré shampooing et d'une bonne douche.

— Euh… Et comment on va faire alors ?

Il me regarde avec tendresse, il a l'air légèrement désolé. De la main, il me désigne le décor froid et austère qui nous entoure.

— Regarde où nous sommes, Tess. Où voudrais-tu que je les mette ? Je crois que cette petite furette t'a choisie pour une très bonne raison.

— Ah. Laquelle ?

Non, parce que là, tout de suite, je ne vois pas trop ce qui pourrait pousser un furet à nicher dans mon cou.

— Les furets aiment les nids bien douillets. Mais je vais demander un panier ou un sac adapté, et tu pourras y mettre Schmoute pour qu'elle puisse mettre bas. Je crois qu'elle n'est pas très à l'aise pour ça, là où elle est.

Génial. Je suis ravie d'apprendre que j'ai la nuque et l'afro douillettes. Je me demande dans quelle mesure ce choix de mon animal domestique n'est pas un peu raciste. Ce n'est pas parce que ma coiffure est moelleuse au toucher qu'on doit forcément avoir envie de se vautrer dedans. Non, mais.

— OK, soupiré-je. Mais on fait quoi, après ?

— Je suppose que vous allez remonter, et une fois rentrée chez toi, je te conseille de préparer une cage bien confortable pour ta furette. N'hésite pas à y mettre quelques affaires à toi pour qu'elle retrouve ton odeur. Elle aussi a l'air de l'apprécier.

C'est marrant la façon dont il prononce ces derniers mots. On dirait presque que… Mais non, je dois me faire des idées, encore.

— D'accord. Et toi ?

— Comment ça, moi ?

— Tu vas faire quoi ?

— J'imagine que je vais rester ici. Je n'ai pas trop le choix, je crois.

Il a l'air tellement triste en disant cela. Tellement, tellement triste que j'ai envie de le prendre dans mes bras pour le serrer très fort, comme un doudou licorne. Je sais ce que cela fait, quand notre vie part en vrille et qu'on a plus le moindre contrôle dessus. Ou quand on est forcé de faire des choses qu'on n'a pas du tout envie de faire.

— Tess, je…

Mais Léo n'a pas le temps de finir sa phrase. Un bruit terrible retentit dans tout le palais, les murs tremblent, et le marbre au sol se fissure.

INTERMÈDE

1861, Paris, maison familiale des Thébin

— Dauphine !

Le cri retentit dans tous les couloirs de la maison. Les murs en tremblèrent, des bibelots se fracassèrent au sol, et la dernière domestique à ne pas s'être enfuie sans demander son reste se recroquevilla à la table de la grande cuisine.

Comment un homme aussi frêle que ce Jules Thébin pouvait-il crier aussi fort ? Quelle rage l'animait donc ?

Seule Dauphine le savait. Assise à sa coiffeuse, elle se contemplait dans le miroir. Elle avait le nez droit de son père, le menton rond de sa mère, le grand front d'Alfred, la blondeur de Jules et les mêmes yeux bleus qu'Eugénie. Elle était une Thébin. Elle était fière de sa famille, malgré tout ce qui s'était produit ces dernières semaines. Et elle était prête à affronter Jules.

Quand il ouvrit la porte avec une violence telle que les gonds se tordirent, elle ne broncha pas. Elle resta assise, stoïque, devant son miroir.

— Tu m'as dénoncé ! Ils viennent me chercher !

— Oui.

— Pourquoi as-tu fait ça ?

— Quelqu'un doit arrêter cette folie, Jules. Quelqu'un doit t'arrêter. Tu n'es plus toi-même.

— Je ne te laisserai pas faire, hurla-t-il encore, avant de disparaître dans le couloir.

Derrière lui, Dauphine aperçut la silhouette d'Adria Nemes, et son cœur se serra. Mais elle reprit tranquillement le brossage de ses cheveux, lentement, doucement, comme sa mère le lui avait appris. Quand elle eut terminé, elle les noua en un chignon simple. Elle ne savait pas vraiment comment les coiffer autrement, car elle avait toujours été assistée par une bonne.

Elle avait terminé quand Jules revint. Elle ne dit rien quand il la tira par le bras et l'entraîna vers la cave. Elle ne pleura pas, elle ne supplia pas, quand il l'emmura vivante dans les murs de sa propre maison.

CHAPITRE 14

Dans mon dos, Schmoute – ou Schmouti, d'ailleurs, je ne sais pas trop encore – crie. Intérieurement, je prie tous les Infernaux pour qu'il ne lui prenne pas l'envie de déglander. Pitié, pas sur moi !

Le silence succède au bruit. Des nuées de poussière nous entourent. Mais qu'est-ce qu'il se passe encore ici ? D'un bond, je me lève et repousse le paravent installé un peu plus tôt par Léo. Rolala, c'est un sacré désordre, dans le hall du palais revisité façon minimaliste par Némésis.

Je me retourne pour m'assurer que Léo va bien, mais il a étrangement disparu. Décidément, je ne parviens vraiment pas à le cerner, ce Prince des Enfers. J'avise mes sœurs et Julia, qui toussent dans un nuage de débris. Devant elles, le sol s'est soulevé, comme si une explosion venait de tout ravager. Une explosion ? Mais…

Un soudain rugissement, accompagné d'un souffle terrible, me projette au sol. Instinctivement, je protège ma nuque de mes deux mains. Hey, c'est qu'il y a potentiellement une petite famille fragile, là !

Quand je heurte le sol, mes dents s'entrechoquent violemment, et un goût de sang envahit ma bouche. Sonnée, je me relève tant bien que mal. Je suis couverte d'une poussière blanche que je tente en vain d'épousseter.

— Meg ? Alex ?

Je ne les vois plus tellement l'atmosphère est chargée de particules diverses.

— On est là ! me répondent-elles en cœur.

Me guidant au son de leur voix, je les rejoins.

— Vous avez une idée sur l'origine de tout ce bordel ? je demande par acquit de conscience.

— Aucune, mais ça ne sent pas bon, si tu veux mon avis, me répond Alex. Comment va ton furet ?

— Ma furette.

— Hein ?

— Mon furet est une furette.

— Ah… euh, super ?

— Oui, et elle va bientôt accoucher, il me faut un sac ou un panier.

Les yeux de ma sœur s'agrandissent légèrement quand elle me fixe du regard.

— C'est dégueulasse, me balance Meg, résumant les pensées d'Alex par la même occasion.

— Je sais. Mais j'ai pas choisi, figure-toi. Léo a dit que…

Une nouvelle explosion m'empêche de finir ma phrase. Bon, maintenant, ça commence à bien faire.

D'un pas déterminé, je me dirige vers le trou béant qui occupe désormais la place des portes monumentales du palais. Arrivée en haut de l'escalier d'honneur, je me fige.

— Oh. Merde.

Devant moi, sur l'immense parvis, se trouve l'assemblage de créatures le plus hétéroclite qu'il m'ait jamais été donné de voir. En première ligne se trouvent quelques centaines d'humains aux traits féroces. Franchement pas le genre de personnes qu'on aimerait croiser dans une ruelle déserte à la nuit tombée. Parmi les plus proches, je reconnais quelques-unes de mes anciennes victimes. Et le regard qu'elles m'adressent est franchement flippant. Y a de l'envie de prendre sa revanche dans l'air.

Derrière, et ce jusqu'à l'horizon lointain des Prés d'Asphodèle, s'agglutinent les Titans, les Hécatonchires, les Danaïdes et quelques géants, en une mêlée de jambes, de bras et de têtes monstrueuses. Ah oui. Ils n'étaient pas si nombreux, au départ. Mais l'ennui est tel, dans les bas-fonds de l'Érèbe, qu'il faut bien trouver des occupations, et la reproduction semble avoir été largement plébiscitée.

Ouais, OK. Je commence un peu à flipper là. Il n'était absolument pas prévu que les âmes criminelles des humains enfermés dans le Tartare soient libérées. Et il était encore moins prévu que nous descendions dans l'Érèbe pour leur faire un petit coucou.

— Licornes et paillettes, les filles, venez voir, je crie à l'intention de mes compagnes.

Meg et Alex rappliquent aussitôt, Julia à la remorque.

— Oh, putain, s'exclame Meg.

— Tiens, c'est pas Corinne Soubille au premier rang, là ?

— Qui ? ne puis-je m'empêcher de demander.

Corinne Soubille. Une de mes « protégées », que Némésis a gentiment trucidée pour m'embêter.

— Celle qui a le pied sur la première marche et qui bave en te regardant comme si elle n'avait pas mangé depuis des lustres ?

— Bah, à mon avis, ça fait bien des lustres qu'elle n'a pas mangé, effectivement.

— Mmmh. Eh bien, à mon avis, tu devrais faire gaffe à ce qu'elle ne te mette pas la main dessus si tu tiens à tes miches.

— Pour une fois, je te donne raison. T'as une idée pour la suite ?

— Alors, je crois que…

Et encore une fois, l'apocalypse se déchaîne. L'Érèbe tout entier semble vaciller sur ses fondations. Les quelques arbustes torturés des Prés d'Asphodèle s'enflamment comme des torches, l'escalier qui nous sépare des hordes en furie fraîchement libérées du Tartare explose en un milliard d'éclats de marbre gris et le palais derrière nous tremble et s'effrite par endroits.

— Mais qu'est-ce qu'il se passe, nom d'un chien ? grogne Meg.

— Je ne sais pas, mais j'ai du mal à croire que ce soit eux là-bas qui provoquent ça.

Pas faux, mais je n'ose pas répondre. À chaque fois que j'ouvre la bouche, il se passe un truc terrifiant. Et bon, je tiens à rappeler que je suis en charge d'une famille de furets, à présent.

Et alors, dans une grande clameur de haine, les monstres du Tartare s'avancent vers nous. Ils s'élancent vers le palais, et peu leur importe qu'il n'y ait plus d'escaliers.

Les Titans sont terrifiants, énormes, gigantesques. Certes, leurs visages sont d'une beauté empreinte de sauvagerie, leurs corps nus et vigoureux se meuvent avec une grâce ahurissante. Mais, en eux, tout est disproportionné. Leur taille, leur force, leur rage. Ce sont des êtres des Origines, des Primordiaux qui n'ont que faire des nuances de la civilisation. Et puis, deux fois précipités dans le Tartare, en plus ! J'avoue, il y a de quoi faire la tronche, effectivement. D'autant plus que leur chute a entraîné la fin de l'Âge d'Or pour le monde et les êtres humains.

La victoire de notre très cher Zeus – et cette formulation est tout à fait ironique – a finalement tout foutu en l'air. Je me demande bien où il est, à l'heure actuelle, ce vieux schnock. C'est vrai, ça, c'est un peu lui le responsable de toutes ces conneries. S'il apparaissait là, tout de suite, comme par magie, je le saucissonnerais pour le jeter en pâture à ses ennemis de toujours, et qu'on ne m'en parle plus. Accessoirement, ça nous laisserait le temps de prendre nos jambes à notre cou pour filer de là en toute discrétion.

Les Titans, les Titanides et toute leur engeance ne sont pas seuls, loin de là. Les trois Hécatonchires, Briarée, Cottos et Gygès, les accompagnent. Et ça, c'est une sacrée vision d'horreur. Parce que les Hécatonchires, ils n'en ont rien à faire du schéma corporel anthropomorphe. Non, ils ont décidé de garder leur apparence originelle, et on peut dire qu'elle ne vend pas du rêve. Cent bras, tout de même, et que Shiva aille se rhabiller. Ces horribles créatures sont censées être les gardiennes du Tartare et donc garder tout ce petit monde à l'œil, mais j'ai comme l'impression que personne ne leur a demandé leur avis depuis longtemps en ce qui concerne leurs perspectives d'évolution professionnelle. M'étonnerait pas qu'ils se soient constitués en syndicat, et qu'ils considèrent que c'est le bon moment pour organiser une manif.

Les Danaïdes sont là aussi, évidemment. Je n'ai jamais compris ce qu'elles fichaient depuis si longtemps dans le Tartare. Elles ont certes assassiné leurs maris et cousins, mais bon, ces derniers leur avaient réservé le même sort. Auraient-elles dû se laisser gentiment trucider pour accéder aux Prés d'Asphodèle ? Parce que bon, soyons honnêtes, leur sacrifice ne leur aurait pas valu un accès garanti aux Champs Élysées, malheureusement. Enfin, tout ça pour dire que je comprends tout à fait qu'elles soient un peu remontées.

— CESSEZ ! hurle une voix familière derrière nous.

Ah, il ne manquait plus que notre très chère ennemie. Je ne sais pas si je dois être rassurée ou inquiète de voir qu'il y a toujours quelqu'un aux commandes.

Je me retourne tout de même pour voir s'avancer la fière – et ô combien nuisible – Némésis.

— Salut Nem, je me permets de lui lancer.

— Salut les filles, nous répond-elle sans même nous regarder.

C'en est presque vexant, de voir à quel point nous comptons peu au regard de la menace qui se profile. Les habitants du Tartare sont devenus si nombreux et sont, par nature, tellement puissants, qu'ils pourraient nous infliger des dommages fort conséquents.

— QUE FAITES-VOUS ICI, FIERS HABITANTS DU TARTARE ? crie la déesse de la Justice. QU'UN REPRÉSENTANT S'AVANCE POUR M'EXPLIQUER D'OÙ VIENT TOUT CE RAFFUT !

Y a pas à dire, elle a tout de même un sacré coffre. Et elle est toujours aussi magnifique. Elle n'a pas encore sorti les ailes, mais sa haute taille et ses longs cheveux d'un noir de jais lui confèrent une prestance à nulle autre pareille. Mais bon, malgré sa splendeur, Némésis n'est pas une belle personne. Loin de là.

Ceci dit, son intervention a l'air de fonctionner. Nos assaillants s'arrêtent, se regardent les uns les autres, comme pour chercher qui désigner pour la délicate mission d'affronter Némésis. Une éternité dans le Tartare les a-t-elle à ce point domptés pour qu'ils n'osent plus se rebeller ? Parce que vraiment, je ne suis pas sûre que Némésis, même avec notre aide, pourrait faire le poids face à eux.

Un groupe se forme des marches du palais. Côté Titans, il me semble y discerner Coios, Japet et Mnémosyne. Chez les Hécatonchires, Briarée semble avoir été désigné, même s'il paraît mal à l'aise tant il se fait des nœuds avec ses trop nombreuses mains. Par contre, je ne parviens pas à voir qui se trouve au centre de leur cercle. J'imagine que c'est quelqu'un de petite taille… Oh, par Daddy ! C'est Ixion ! Mes sœurs et moi le connaissons bien, pour l'avoir largement persécuté durant sa vie d'homme. Ce type est une véritable punaise, et il faut s'en méfier comme de la peste.

— Oh, non, pas lui, murmure Alex à mes côtés.

— Ah bah, si, apparemment, ajoute Meg. Toujours dans les mauvais coups, celui-ci. Mais bon, on le savait, qu'il était irrécupérable.

Évidemment, le moment doit sembler idéal à Némésis, qui se croit obliger d'intervenir dans notre conversation, inutile au demeurant :

— Alors, vous ne croyez pas que j'ai raison, quand je dis que ça ne sert absolument à rien de les torturer pendant des décennies ? Autant les éliminer tout de suite. Et je suis même en train d'étudier un système pour détruire les âmes. Comme ça, l'Érèbe deviendra un lieu propre, sans souillure, absolument parfait…

— Qu… Hein ? ne puis-je m'empêcher de bafouiller.

— Oui, tu as bien entendu. Mon prochain objectif, après avoir fait main basse sur le monde d'en haut, sera d'éliminer les âmes qui ne méritent pas la vie éternelle… ou celles qui méritent la damnation éternelle, d'ailleurs.

— Et qui va choisir ? Toi ?

— Qui d'autre ? Ne suis-je pas en charge de ce royaume, à présent ?

— Euh… Alors techniquement, tu l'es un peu par intérim.

Elle grimace légèrement, et c'est à peine si cette expression l'enlaidit. Comment fait-elle pour être toujours aussi parfaite ? Elle a bouffé de la licorne au petit-déj ou quoi ?

— Ça ne sera bientôt plus le cas. Si cette mijorée de Perséphone et sa marâtre de mère n'étaient pas intervenues aujourd'hui, tout était prêt pour mes noces avec Hadès.

Cette fois, c'est Meg qui explose :

— Et tu ne comptais même pas nous inviter ? C'est notre père, tout de même !

— Il n'a pas exprimé le souhait de vous voir présentes.

— Mais oui, puisque tu le maintiens sous ton influence ! Comment veux-tu qu'il exprime quoi que ce soit, le pauvre !

— Il n'empêche que j'applique sa volonté, d'une certaine façon. Mais, dis-moi, Tess, que vois-je à ton cou ? Est-ce bien le collier des Thébin ? Le joyau forgé par Héphaïstos ?

J'ai bien vu son regard s'accrocher à mon cou à plusieurs reprises, puis s'en détacher pour mieux y revenir, avide. Une étrange idée a fini par germer dans mon esprit, mais, comme à son habitude, Alex recentre le débat.

— Euh… Et si je peux me permettre, où sont donc Perséphone et Déméter ?

— Oh, elles…

Némésis agite vaguement sa main blanche et fine, aux ongles peints dans une couleur évoquant le sang rouge et frais, vers la foule que nous surplombons.

— Regardez bien, elles doivent peut-être se trouver au milieu de cette foule. Ou alors elles n'ont pas réussi à se libérer de leurs chaînes.

— Tu as précipité notre mère et Mamou dans le Tartare, soufflé-je, horrifiée.

Horrifiée, pas franchement parce que j'ai pitié d'elles, mais juste parce que je sais d'avance qu'on va en entendre parler pendant des siècles et des siècles.

— Mais oui ! se réjouit Némésis, retrouvant enfin cette étincelle de folie qui nous est si familière. J'ai simplement condamné Perséphone à ne jamais quitter le royaume des Morts, mais je me suis amusée avec Déméter, elle doit maintenir en vie une plante verte sans terre et sans eau. On m'a d'ailleurs déjà rapporté qu'elle prenait sa mission très à cœur.

— Mais… mais tu es vraiment horrible !

— Tu es très injuste, Tess, me répond-elle. Après tout, elles n'ont vraiment pas été très sympas quand elles ont déboulé au palais. Elles ont osé dire que je manipulais Hadès pour usurper la fonction de reine des Enfers !

— Euh… Eh bien, c'est ce que tu fais, non ?

— Oui. Mais elles ne l'ont pas dit gentiment.

Je soupire d'exaspération. Je sais bien que mes sœurs et moi-même ne sommes pas toujours très matures, mais quand je vois les caprices et les enfantillages des gens autour de moi, je me sens franchement découragée.

Tout en bas, sur l'esplanade, les négociations semblent avoir avancé. Briarée, Mnémosyne, Ixion et une Danaïde dont je ne me souviens pas le nom, se détachent de la foule en colère.

— Nous sommes les représentants des oubliés du Tartare, crie Mnémosyne d'une voix tonnante.

Mais son regard est sage et profond, et ses traits quelque peu malmenés par l'âge lui apportent une douceur que ne possèdent pas les Olympiennes. Je n'oublie pas que nous devons beaucoup à cette déesse chthonienne. Sous son égide sont apparus les mots et le langage humain. Ce n'est pas rien, quand on sait l'usage que les hommes et les femmes en font aujourd'hui dans les couloirs du métro parisien.

— Oh, Mnémosyne, l'accueille Némésis d'un ton froid. Toujours là pour faire ton intéressante, à ce que je vois. Et qui sont donc tes compagnons ?

La Danaïde s'avance.

— Toi… Tu es Gorgé, c'est bien ça ? Ou Astéria ? Je n'arrive jamais à vous distinguer, c'est fou tout de même… Quelle idée d'être aussi nombreuses !

— Je suis Callice, et je réclame justice.

— Justice pour ?

— Pour notre condamnation abusive.

— Mmmh. Je ne sais pas. Vous les avez tués ou pas ? Vos maris, ou vos cousins, je ne sais plus.

— Euh… oui.

— Bon, alors je ne vois pas ce que je peux faire pour vous. Retournez donc remplir votre tonneau. Et mettez-y un peu du vôtre, parce qu'on avance à rien.

Sur cette blague douteuse, Némésis éclate d'un rire chaud, quoiqu'un poil hystérique.

— Nous ne nous laisserons pas faire, cette fois, reprend Callice, dont l'aplomb me surprend et me ravit tout à la fois.

J'aimerais tellement qu'elles aient enfin gain de cause. Les innocents sont rares dans les profondeurs du Tartare, mais les filles de Danaüs en sont les dignes représentantes.

— Comment ça ? s'offusque la reine intérimaire.

— Nous ne retournerons pas dans notre geôle.

— Pensez-vous avoir le choix ?

— Et toi, penses-tu pouvoir avoir le dessus sur nous ?

Le temps d'un souffle, je sens Némésis s'interroger, douter et vaciller. Voit-elle le piège qui est en train de se refermer sur elle ?

— Toi, là, l'Hécatonchire, crie-t-elle soudain, comme pour cacher son trouble. Peux-tu m'expliquer comment tes prisonniers ont pu échapper à ta vigilance ainsi qu'à celle de tes frères ? Ce n'est pas cent bras, qu'il te fallait, mais cent yeux !

Briarée bronche et s'agite sous l'offense. Oui, car les Hécatonchires ont toujours été un peu susceptibles au sujet de leur différence. Ils n'aiment pas trop qu'on leur rappelle qu'ils n'ont pas le même schéma corporel que la grande majorité des êtres vivants.

— Nous ne les avons pas empêchés d'escalader les parois abruptes du Tartare, rocaille la voix profonde de Briarée.

— Quoi ? Vous avez failli à la mission que vous a confiée Zeus ?

— Oui. Et nous avons même fait la courte échelle aux Danaïdes et aux humains, répond l'Hécatonchire, qui semble prendre confiance et agite sa multitude de mains.

— Mais le maître de l'Olympe…

— Oui, parlons-en, du maître de l'Olympe ! Il nous a promus Gardiens du Tartare, en nous vantant le prestige de notre nouvelle situation professionnelle, et depuis… Et depuis, rien ! Nada ! Walou ! Que tchi ! Ni…

— Oui, oui, ça va, on a compris l'idée, le coupe Némésis. Vous avez la sensation d'avoir été oubliés, je comprends, mais que voulez-vous que j'y fasse, hein ? Ce n'est pas vraiment mon problème, après tout.

— Et Hadès ? Où il est, le grand Hadès ? Lui peut faire quelque chose pour nous, j'en suis sûr !

— Mais que voulez-vous précisément ?

— Du repos ! Une amélioration de nos conditions de travail ! Parce que, mine de rien, on vit comme nos prisonniers, pas de confort, rien, nada, walou, que…

— Oui, oui. On a compris. Mais Hadès n'est pas disponible pour le mom…

Némésis ne peut aller au bout de sa phrase. Une clameur terrible monte de la foule assemblée face à elle. Les habitants du Tartare n'ont pas l'air ravis de sa réponse. Et je les comprends. Comment imaginer qu'Hadès ne soit pas présent pour gérer cette crise sans précédent ? C'est alors qu'Ixion s'avance et proclame d'une voix mielleuse qui, étonnamment, fait taire le concert de huées.

— Puisqu'Hadès ne veut pas s'abaisser à discuter de tout cela avec nous, chère Némésis, nous allons devoir faire valoir nos arguments par la force !

Des applaudissements suivent son annonce. Ça ne sent pas bon, tout ceci risque de dégénérer d'un instant à l'autre ! Je me penche vers Alex pour lui murmurer à l'oreille :

— Tu crois pas que le moment est bien choisi pour décamper ?

— Je pense qu'on devrait surtout en profiter pour aller récupérer Daddy.

Je la regarde, les yeux écarquillés. Pourquoi n'y ai-je pas songé moi-même ?

— Oui, tu as raison ! Meg, viens !

J'attire Meg à moi, et nous reculons prudemment, sans oublier d'entraîner avec nous une Julia absolument éberluée par le spectacle auquel elle assiste.

Un pas en arrière, deux, trois… Némésis est tellement absorbée par sa négociation qu'elle ne remarque même pas que nous nous faisons la malle. Rapidement, nous atteignons l'ouverture béante dans la façade principale du palais. Nous nous engouffrons à toute vitesse à l'intérieur, courons en évitant les obstacles, les blocs de marbre jetés à terre pour rejoindre au plus vite les appartements de Daddy. Nous ne croisons que des démons affolés, ne sachant plus où donner de la tête. Comment est-ce possible que tout soit désorganisé à ce point ? Une chose est sûre, quand le souverain des Enfers aura repris ses esprits, il risque de se fâcher tout rouge. Et Némésis aura tout intérêt à bien se planquer.

Enfin, nous atteignons les portes des appartements de notre très cher père. Ici, heureusement, les dégâts sont mineurs. Enfin, les dégâts matériels, parce que mon cœur se serre à la vue du grand Hadès, assis seul, le regard vide, sur son trône de marbre. Quelqu'un lui a gentiment mis un bavoir autour du cou et lui a peigné ses longs cheveux blancs. Mais sa peau pendouille sur son ossature, comme un pyjama trop grand pour lui.

— Daddy ! m'écrié-je en m'élançant vers lui.

Mais il ne réagit pas à mon approche. Son regard reste vide, vide de toute expression, comme si tout l'amour qu'il pouvait ressentir pour nous, ses filles, avait disparu à jamais. Tant pis, je m'en fiche, je grimpe sur le trône monumental et me love entre l'accoudoir et le corps de mon père pour pouvoir l'enlacer le plus fort possible. En lui murmurant des mots doux, je caresse sa peau brune, autrefois si lisse et aujourd'hui parcheminée de rides. Par les Enfers, Némésis, cette fois, je ne laisserai pas passer.

Face à moi, mes sœurs se sont figées. Quand je les regarde enfin, je lis une colère dévorante dans les yeux de Meg, et d'infinis regrets dans ceux d'Alex. C'est elle qui murmure enfin ces mots que nous pensons toutes les trois :

— Pourquoi n'avons-nous rien fait avant ? Pourquoi nous sommes-nous comportées de façon aussi inconséquente ? Nous aurions dû accompagner Déméter et Perséphone… Nous l'avons abandonné…

Seul le silence lui répond. Un silence tout plein de notre culpabilité. De notre insoutenable légèreté. Daddy a toujours été là. Il nous a toujours aidées, soutenues — du moins, à chaque fois qu'il a eu vent de nos difficultés et que nous l'avons laissé intervenir dans nos vies. À tel point que nous n'avons jamais envisagé sérieusement qu'il puisse être en danger ni qu'il puisse avoir besoin de nous à son tour.

Heureusement, Julia nous sort de notre marasme.

— Les filles, vous vous flagellerez plus tard. Il faut partir d'ici.

Et comme pour lui donner raison, un terrible vacarme se fait de nouveau entendre, des explosions en chaîne, des cris et des clameurs de haine nous parviennent, étouffés par les murs épais du palais familial.

— Oui, tu as raison, dis-je la première, en m'écartant un peu de Daddy.

Et pourtant, j'aimerais tant pouvoir rester blottie contre lui pour lui communiquer toute ma chaleur, mes envies de vivre et mes rêves de paillettes par ce simple contact.

Meg s'ébroue elle aussi, mais la lueur meurtrière dans son regard ne s'est pas éteinte.

— Partons, lâche-t-elle. Partons, mais je n'ai pas dit mon dernier mot.

— Alex… dit soudain une voix derrière nous.

Une voix que j'ai appris à reconnaître et à redouter autant que je l'apprécie.

Ma sœur aux longs cheveux blonds se tourne vers son ancien ami — ou soupirant, si j'ai bien compris l'enjeu de leur relation.

— Léo ? Que fais-tu là ? Tu es venu constater les dégâts causés par Némésis ? Puis tu iras ensuite nous dénoncer ? Et puis tu disparaîtras à nouveau ? Avant de réapparaître ?

— Ce n'est pas ce que tu crois.

— Ah non ? Et comment sais-tu ce que je crois vraiment, Léo ?

Il ne répond pas, baisse ses yeux si bleus vers le sol froid. Moi, je ne le lâche pas du regard. J'aimerais qu'il réponde. J'aimerais comprendre son rôle dans toute cette histoire. Pourquoi, s'il est si libre de ses mouvements, ne rejoint-il pas la surface ? Pourquoi ne nous rejoint-il pas ? Je sens, quelque part au fond de moi, qu'il ne soutient pas Némésis, et même, je le trouve souvent bienveillant à notre égard. Et pourtant, aucun de ses actes n'est vraiment clair. Je ne parviens pas à le cerner, et cela m'agace. Et le fait que cela m'agace m'agace encore plus.

— Venez, souffle-t-il finalement.

Parce qu'en plus il nous demande de le suivre. J'ai envie de lui hurler qu'il peut aller se brosser, avant qu'un nouveau tremblement de terre ne nous secoue encore. Cette fois, même les murs des appartements d'Hadès se fissurent.

Quand Léo relève les yeux, c'est moi qu'il regarde. Et j'y lis tant de sincérité, tant de tristesse et tant de regrets que mon cœur se serre. Je me promets que, si un jour la situation me le permet, je ferai tout pour mettre des paillettes dans sa vie.

— OK, dis-je.

— Quoi ? me demande Meg.

— Est-ce qu'on a le choix ? Toutes les aides sont les bienvenues, non ?

Ma sœur s'écarte de Julia, qui était venue la soutenir face au triste spectacle que nous offre notre père en cet instant, pour aller se planter juste sous le nez de Léo.

— Écoute-moi bien, Prince des Enfers de mes deux, on va te suivre, parce qu'effectivement on n'a pas le choix. Mais si jamais tu nous entraînes dans un traquenard, je te promets que je te dépiaute de mes propres mains.

Tout en parlant, elle a pris cinquante centimètres et dépasse à présent l'ancien vétérinaire, qui doit lever les yeux pour la regarder. Mais nulle peur ne se lit sur son visage, encore une fois. Étrange, tellement étrange.

— Alors, si, justement, je vais vous mener droit dans un traquenard. Et je suis même certain que vous me remercierez ensuite.

Meg marque la surprise. Alex aussi. Moi, je me serre un peu plus contre Daddy, mais il ne m'apporte aucune chaleur.

— Je vous emmène dans le Tartare pour libérer Perséphone, Déméter et les Infernaux.

Il ne se démonte pas, le bougre. Et d'un coup, face à sa tranquille assurance, je décide de lâcher prise. Je redescends du trône de Daddy, me dirige vers le seul meuble encore présent dans cette pièce trop vide, l'ouvre et en sors la meilleure cuvée de whisky d'Hadès.

— Allez, cul sec, les filles. Et toi aussi, Léo. Ça va nous donner du courage pour ce qui nous attend.

INTERMÈDE

1861, Paris, maison familiale des Thébin

Thaïs poussa la porte entrouverte.

Des feuilles mortes avaient envahi le hall et craquèrent sous ses pas.

La grande demeure était comme morte ; il n'y avait plus personne, ici.

Pourtant, elle visita chaque étage, chaque pièce, à la recherche d'un indice, de quelque chose qui la mettrait sur la voie des derniers Thébin. Elle ne pouvait se permettre de les perdre, encore une fois.

Elle effleura du doigt des tas de linge échoués sur les lits, des meubles renversés, des rideaux arrachés. Quelqu'un ici avait connu une grande colère. Une fureur terrible. Une rage inhumaine. Et elle savait très bien qui avait pu insuffler de tels sentiments à un être humain.

Adria Nemes.

Némésis.

Toujours avide de pouvoir.

Toujours à la recherche d'artefacts pour étoffer sa puissance.

Pauvre folle.

Comment la déesse pouvait-elle croire que l'on s'en prenait impunément aux Thébin ? Décision avait été prise, il y avait des siècles et des siècles de cela, de leur laisser le collier maudit d'Héphaïstos. Certes, toute leur lignée s'en était trouvée affectée, mais c'était un moindre mal. Gloire, décadence, grandeur, chute, amours, meurtres, passions… Les Thébin avaient tout connu. Mais ils étaient les gardiens de ce joyau maléfique, et leur sacrifice était nécessaire.

— Vraiment ? chuchota une petite voix dans son cœur. Alfred méritait-il son sort ? Et Dauphine, où est-elle, aujourd'hui ?

Thaïs secoua la tête, libérant les serpents d'un rouge rubis qui dormaient dans sa chevelure enténébrée. Elle ne pouvait se payer le luxe de douter. Elle devait sauver les derniers représentants de la famille Thébin, et leur restituer le collier. Elle devait faire échec à Némésis.

En désespoir de cause, elle descendit à la cave. Et elle comprit, malgré le silence qui régnait en ces lieux, ce que Jules avait fait. Alors se leva en elle une fureur telle qu'elle balaya toutes ses bonnes résolutions.

CHAPITRE 15

Le Tartare.

S'il y a bien un endroit en ce monde qui n'a pas volé sa réputation, c'est bien celui-ci.

Après nous être faufilés hors du palais, en évitant les blocs de marbre volants, les émeutiers en colère et les démons affolés, nous nous précipitons vers le gouffre insondable, ultime demeure des âmes damnées.

Léo nous a fait la surprise de se transformer en une étrange boule de feu blanc, tellement étincelante que Meg a râlé sur son potentiel discrétion. Mais de toute façon, avec Hadès à la remorque, je ne vois pas comment nous aurions pu faire mieux. Ledit Hadès, d'ailleurs, qui se trouve présentement saucissonné sur le dos de sa très chère fille, Alex, transformée en ourse.

Julia, qui se tenait derrière le roi des Morts, descend du dos de l'ursidé avec les jambes flageolantes. Son visage est blême, ses traits tirés et de grands cernes noirs viennent effleurer le haut de ses joues pâles. Et rego pou

— Ça va ? lui demande Meg avec sollicitude.

— Je… je… je ne sais pas, pour tout te dire.

Comme je la comprends. Rares sont les humains à être parvenus à descendre dans l'Érèbe. Et le seul à en être revenu n'a pas bien terminé son existence.

Ayant repris forme divine, je me rapproche de ma sœur et de sa petite amie.

— Allez, ça va aller, Julia. Nous sommes avec toi.

Quand je prononce ces mots, Schmouti se fend d'un petit *pout-pout*. J'ai appris lors de mes recherches que les furets marquaient souvent leur joie de cette façon. Avant que nous ne quittions le palais, ce très cher Léo m'a fait le plaisir de brandir sous mon nez un sac en bandoulière, dont le fond est tapissé de chiffons doux. C'est ensuite lui qui s'est chargé d'y installer ma furette, car elle ne veut décidément pas que je la touche. Depuis, je pense qu'elle vit sa meilleure vie, car je ne l'entends plus couiner de détresse.

— Oh, et Schmouti est contente, aussi, que nous soyons tous ensemble.

— Parce que tu parles le furet, toi, maintenant ?

Je toise ma sœur avec dédain.

— Et alors, tu es jalouse ?

La situation aurait évidemment pu s'envenimer, sans l'intervention du Prince des Enfers.

— Mesdemoiselles, je me permets de vous rappeler à votre mission. Tout au fond de ce gouffre insondable se trouvent votre mère, votre grand-mère, ainsi que vos vieux amis, quels que soient les liens que vous entreteniez avec eux, d'ailleurs. Alors, on y va ou pas ?

Je me tourne vers Léo et le fixe. Je ne sais pas si le gouffre du Tartare est insondable, mais les yeux et le cœur de Léo le sont pour moi.

— Très bien, siffle Alex en s'étirant. Il n'y a plus qu'à.

Et hop, elle effectue un plongeon absolument magistral, digne de la plus belle des compétitions olympiques. Quelle bêcheuse.

— Euh… Il faut… sauter là-dedans ? bégaie Julia.

— Tout à fait. C'est le seul moyen d'accès, lui répond Meg avec sollicitude.

— Mais… c'est pas profond ?

— Oh si, réponds-je à mon tour. Personne ne sait exactement à quelle profondeur se trouve le fond du Tartare.

— Mais c'est super dangereux alors !

— Pas du tout ! Tu arriveras tout entière en bas, sans bras cassés ni jambes arrachées !

— Alors… Euh… Ça craint rien ?

— Rien du tout pour la descente.

— Et pour la remontée ?

— Ah, ça… ironise Léo alors que je m'apprête à répondre.

— Tais-toi, Léo, grogne Meg façon pit-bull.

Le Prince des Enfers lève les mains, comme pour prouver toute son innocence dans cette affaire.

— De toute façon, moi, je ne descends pas, ajoute-t-il.

— Ah bon ? Et pourquoi ça ?

— Quelqu'un doit bien surveiller Hadès.

— Et tu comptes le surveiller, toi ? Tu crois qu'on va gober ça ? s'enflamme Meg. Je suis sûre que dès que nous serons toutes dans le Tartare, tu l'emmèneras avec toi pour le remettre entre les griffes de Némésis. Et si ça se trouve, tu as posé un piège en bas pour qu'on ne puisse pas remonter.

— Votre confiance en moi me fait bien trop d'honneur, chères Furies.

— C'est qu'on n'est pas nées de la dernière pluie, t'sais, le rabroue Meg.

— Évidemment. C'est d'ailleurs pour ça que vous avez immédiatement compris ce que manigançait Némésis et que vous êtes parvenues à la contrer si facilement.

Bim. C'est rare de voir Meg se faire rembarrer de façon si magistrale, alors autant en profiter un peu. Mais pas trop non plus, parce que je sens qu'il y a du rififi dans l'air. Et n'oublions pas qu'Alex a dû finir son plongeon et doit être en train de nous attendre gentiment au fond.

— Je vais rester là, Meg, si tu veux.

Alors qu'elle allait fondre, tous serpents dehors, sur le fier Prince des enfers, Pocket Sister s'arrête net et me regarde en écarquillant les yeux.

— Quoi ?

— Je vais le surveiller.

— Tu vas le surveiller pendant qu'il surveille Daddy-Chou ?

— Voilà. Si tu veux.

— Mais pourquoi ?

— On ne peut vraiment pas faire descendre Hadès dans le Tartare, ce serait plus un boulet qu'autre chose. Quelqu'un doit le surveiller. Mais tu as raison, on ne peut pas le laisser à la merci de Léo.

Je peux presque entendre ricaner l'ancien véto quand je prononce cette phrase, mais je décide de l'ignorer.

— Mais… tu es sûre que tu ne crains rien ?

— Tu te fous de moi, Meg ? Depuis quand j'ai besoin de toi pour remplir mes missions ?

J'ai pris ma grosse voix, parce que oui, moi aussi j'en ai une pour les rares fois où je dois impérativement faire preuve d'autorité.

— Bon, OK… capitule Meg. Julia, tu restes ici aussi.

— Non.

— Comment ça, non ?

— J'ai dit non. Je refuse de rester ici. Je veux aller avec toi. Et puis…

— Et puis quoi ?

— Tant qu'à vivre un truc super dangereux, autant y aller à fond, tu ne crois pas ?

Meg éclate de rire, manifestement ravie par la réaction de sa petite copine, qu'elle enlace et embrasse avec fougue.

— Ah ! Je te reconnais bien là ! Allez, viens, prends ma main.

— Euh… On va sauter ?

— Ouaip. On va s'envoyer en l'air comme jamais, darling.

Et sur ces mots, Meg entraîne Julia au bord du précipice, unit sa main à la sienne, et toutes deux s'élancent avec presque autant de grâce qu'Alex dans le vide. Longtemps, j'entends le rire démoniaque de ma sœur se répercuter entre les parois humides du gouffre. Et, je dois le dire, j'entends aussi le cri terrifié de Julia. Pauvre, courageuse Julia.

Quand le son de leurs voix s'éteint enfin, un lourd silence s'impose à moi. Lourd, très lourd, comme un couvercle de fonte. À ma gauche se trouve mon père, adossé à un gros rocher gris. Ses yeux errent toujours dans le vague et sa bouche molle laisse s'échapper un fin filet de bave. À ma droite se trouve Léo, qui fait mine de se nettoyer le dessous des ongles d'un air absolument nonchalant.

— Alors, ce rôle de Prince des Enfers, t'en penses quoi ?

Je me maudis aussitôt pour ma question. Haute voltige, niveau conversation, y a pas à dire. Mais lui ne semble pas m'en vouloir et m'adresse un sourire gentil.

— C'est sympa… Les missions sont… variées.

— Ah. Oui. J'imagine.

Je pourrais me foutre des baffes, tiens. Je trouve ce type beau à se damner, avec ses cheveux blonds à peine ondulés, ses yeux bleu profond comme l'océan et son sourire ultra bright, mais franchement, jeter son dévolu sur un potentiel ennemi en pleine guerre divine, ce n'est pas une idée à suivre. De la même façon, se permettre un crush sur l'ancien meilleur ami de sa sœur, non plus. Bref, ce mec est doublement interdit.

Mais c'est plus fort que moi, je me sens comme une midinette quand il est dans les parages. Je me demande si ça ne serait pas lié aux pouvoirs que lui a conférés son adoption par Némésis. Peut-être que cet humain, autrefois banal, est aujourd'hui doté d'un super sex-appeal. Meg et Julia n'y sont pas sensibles, parce que lesbiennes, et Alex non plus parce qu'asexuelle.

Cette idée me réjouit soudain. Voilà ! Je peux arrêter de me flageller, je ne suis absolument pas responsable si ce type me donne des suées. Est-ce que je peux pour autant me laisser aller à mes envies de luxure ? Non, malheureusement non.

— C'est quoi, tes pouvoirs, d'ailleurs ? ne puis-je m'empêcher de lui demander, histoire de confirmer ma théorie bonne-conscience.

— Mmmh. Eh bien, comme tu l'as vu, je peux me déplacer rapidement sous la forme d'une sphère lumineuse.

— Oui. Et ?

— Je suis fort.

En prononçant ses mots, il se met à grandir, un peu comme nous quand on est en colère. En quelques secondes à peine, je suis obligée de lever le cou pour le contempler.

— Ouais. Bon. Ça, je connais. Ça m'impressionne pas tellement.

— Je scintille, aussi.

Haaaaaan. Oui, mon homme-paillettes, j'avais oublié. Ça aussi, ça me fait complètement craquer. Quand je pense que dans un film datant de deux bonnes décennies, il y avait un vampire scintillant au soleil. Aujourd'hui, tout le monde se moque de ce personnage, mais franchement, moi, ça fait battre mon petit cœur. Vraiment. Ce film aurait pu être parfait avec une licorne. Mais non, ils y ont mis une actrice fadasse aux airs dépressifs. Si la vie n'est pas mal faite, hein…

— C'est chouette, ça. J'aime bien. Et ?

— Je suis au courant de tout.

— De tout ? De tout quoi ?

— De tout ce que mijote Némésis. De tout ce qui pourrait arriver. Tous les possibles.

— Et elle le sait ? sifflé-je, cette fois abasourdie par l'annonce de Léo.

— À vrai dire, je n'en ai pas l'impression. J'ai comme dans l'idée que c'est un effet pervers et imprévu de cette adoption.

— On pourrait peut-être l'utiliser…

— *Je* l'utilise. Pas vous.

Léo a repris une taille normale et s'approche de moi à pas lents… Ooooh, licornes et paillettes. Il sent bon comme un muffin. Il est beau comme un cupcake. Il est sexy comme une pâtisserie de luxe, et…

— Tess ? me dit-il d'une voix rauque en effleurant mon cou. C'est quoi, ce collier ?

Quelle étrange question, me dis-je sur l'instant. Mais son visage n'est plus qu'à quelques centimètres du mien, et je perds mes moyens. Je me rends bien compte que je devrais réagir, que ce petit jeu est ultradangereux, mais…

— Un vieux souvenir, je couine, telle une petite licorne aux pattes tremblantes, acculée par un terrible prédateur.

Le regard qu'il pose sur moi est étrange, un mélange d'envie et de regrets…

— Est-ce que tu me fais confiance ?

Comment briser l'ambiance en deux secondes.

— Absolument pas.

— Je vais tout de même te demander de me faire confiance.

— Je ne vois vraiment pas pourquoi je ferais ça.

— Tu vas le faire, parce qu'au fond de toi, tu sais que je suis un gentil. Tu sais que je ne vous veux pas de mal. Que je ne *te* veux pas de mal. J'ai *vu* que je ne devais pas te faire de mal.

Cette fois, le Prince des Enfers lève la main et m'effleure tout doucement la joue, avant de s'emparer de ma nuque en une délicieuse étreinte. En moi, c'est un tourbillon d'émotions contradictoires. Je ne comprends pas à quoi Léo joue. Depuis notre rencontre, il souffle le chaud et le froid. Rien n'est cohérent dans son attitude. Rien. Et pourtant, je ne peux empêcher mon cœur de s'affoler quand il paraît, je ne peux empêcher mes jambes de flageoler quand il s'approche de moi, je ne peux m'empêcher de tendre mes lèvres vers lui, quémandant un baiser, là, tout de suite, maintenant, sur cette lande désolée, au rebord de ce gouffre insondable, et devant les yeux vides de mon père, le grand et terrible roi des Enfers.

Ah, y a pas à dire, elle est belle, la fière Chienne d'Hadès ! Pour un peu, je me tirerais des claques !

Alors que les lèvres de Léo ne sont plus qu'à quelques infimes millimètres de ma bouche, tout s'effondre. Il ferme les yeux, soupire et se retire. Je pourrais en hurler de frustration. Mais qu'est-ce que c'est que ce type, hein ? Il m'aguiche, pour finalement ne rien me donner ! Si les hommes modernes sont ainsi, autant dire que je n'apprécie pas du tout cette évolution !

Du coup, je décide de me conduire en femme des cavernes. Ou en femme d'aujourd'hui qui s'assume, je ne sais pas trop. J'attrape Léo par le col, me laisse grandir d'une bonne dizaine de centimètres et l'attire à moi. Non, mais oh. Je ne vais tout de même pas me laisser faire par un ancien véto devenu Prince des Enfers !

Je l'embrasse avec ardeur, et j'ai l'immense joie de le sentir répondre à mon baiser, passé le premier instant de surprise. Et je pousse plus loin mon avantage. J'enroule un bras autour de sa taille pour me plaquer à lui. Par l'Enfer, c'est divin ! J'avais presque oublié à quel point j'avais besoin de contact physique pour me sentir bien. Là, en cet instant précis, avec Léo dans mes bras, je me sens parfaitement à ma place.

Je laisse doucement descendre ma main vers ses fesses, que je sais parfaitement musclées et rebondies. Ça a l'air de lui plaire, car cette fois, c'est lui qui se rapproche encore de moi, comme s'il ne voulait laisser le moindre atome d'oxygène entre nous. De ses deux mains, il prend mon visage en coupe pour le dévorer de baisers passionnés. Mais je ne l'entends pas de cette oreille. C'est moi qui mène la danse. Il n'avait qu'à profiter de son avantage quand c'était son tour.

Je lui mords la lèvre avec sauvagerie. Je sens le désir monter en moi de façon irrépressible, et je ne sais pas si Léo, ancien humain, est en mesure d'y faire face. Et à l'instant même où je me pose cette question fatidique, il me repousse. Je feule de colère. On ne frustre pas une Furie impunément, et je m'en vais lui montrer de quel bois je me chauffe.

— Chut, arrête, me murmure-t-il en me prenant à nouveau dans les bras avec une douceur qui me surprend. Calme-toi. Ce n'est pas encore le moment pour ça. Et ce n'est pas l'endroit où j'ai envie de t'embrasser.

Hein ? Quoi ? Qu'ois-je ? Serais-je tombée sur un spécimen unique ? Un homme doux et romantique, capable de résister à mes charmes ?

— Léo… soufflé-je.

— Je sais, tu ne comprends pas. Mais je vais devoir partir, puisque tu te charges de surveiller Hadès. J'ai encore beaucoup de choses à faire.

Et comme dans mon cœur, c'est un peu les montagnes russes, la moutarde me monte aussitôt au nez.

— Qu'est-ce que tu vas manigancer dans notre dos, encore ? Après nous avoir amenées ici, tu vas aller moucharder à Némésis, c'est ça ?

Il pose son front contre le mien, sourit. J'ai envie de hurler et de le taper, mais je ne sais pas pourquoi, une étrange langueur a gagné mes membres. Je voudrais rester là pour toujours. Enfin, non, parce que niveau ambiance, je suis sûre que je peux faire mieux.

— Rien de tout ça, Tess. Mais… J'ai des choses en tête, une vision pour l'avenir de l'Érèbe. Je ne peux rien te dévoiler pour le moment, mais, sois-en sûre, je ne suis pas votre ennemi.

Il s'éloigne un peu et sort de l'une de ses poches un long filin d'un gris brillant, argenté.

— Prends ça, me dit-il en me le fourrant entre les mains.

— Qu'est-ce que c'est ? Pourquoi tu me donnes ça ?

Il sourit encore, de son air mystérieux que je trouve tout à fait craquant, mais qui clairement commence à me taper sur les nerfs. Dans une envolée lumineuse, il disparaît et me laisse seule.

Enfin, seule… Pas tout à fait. J'avise tout à coup Hadès, qui me regarde en bavouillant. Bon, c'est vrai que ça n'aurait pas été l'idée du siècle de s'envoyer en l'air avec un potentiel ennemi devant Daddy-Chou.

Rien qu'à l'idée des courts instants que je viens de vivre, mon petit cœur tout mou se serre et les larmes me montent aux yeux. Je me sens pathétique. Je suis prête à tout tellement j'ai besoin d'affection. Ouais, et de sexe aussi, j'avoue. Mais je devrais tout de même être capable de me tenir un peu mieux.

Dépitée, je reporte mon attention sur le filin, toujours entre mes mains. Qu'est-ce que je vais bien pouvoir faire de ce truc ?

Des cris me parviennent soudain. Des voix familières qui hurlent… Qui appellent à l'aide ? Oh, cupcakes et paillettes, il doit s'agir de mes sœurs ! Elles sont au fond du Tartare et ne peuvent pas remonter !

Le filin ! Mais oui, évidemment. C'est pour que j'aide toute ma troupe à remonter que Léo me l'a laissé. Se pourrait-il alors qu'il soit vraiment de notre côté ? Mais les hurlements redoublent et je réalise que je dois me bouger les fesses.

Je regarde autour de moi, repère un arbre, me rue vers lui pour y accrocher la fine cordelette qui brille dans la pénombre, tel un éclair de vif-argent. Mais je ne suis pas convaincue. L'arbre en question est souffreteux, ses branches sont cassantes, et quand je tire un peu sur le filin, j'ai l'impression que les racines sont à fleur de poussière. Je n'ose imaginer ce que cela donnera quand il faudra remonter plusieurs personnes à la suite.

Je cherche et cherche encore. Tout au fond du gouffre, les cris se font de plus en plus pressants. J'ai du mal à déterminer si ce sont des cris de colère ou des cris de peur. Que pourrait-il y avoir au fond de l'Érèbe qui terrorise à ce point mes sœurs, ma mère et ma grand-mère ? En ce qui concerne cette dernière, ce sont plutôt les vilaines créatures qui devraient hurler de peur, si elles avaient un minimum de jugeote.

Finalement, mon regard se pose sur Hadès. Hadès… Mmmh. Mais pourquoi pas, après tout ? En temps normal, ne donnerait-il pas le meilleur de lui-même pour sauver sa petite famille ? Si ? Ah, ben voilà. Le corps du souverain des Enfers est massif, massif comme le cœur d'une étoile lointaine. J'entoure la corde autour de sa taille, tire dessus de toutes mes forces divines, et j'ai la satisfaction de constater que rien ne bouge. Parfait.

Je me rapproche du gouffre et balance l'autre bout du filin dans le vide. Rapidement, je sens que quelqu'un s'en est emparé et remonte à grande vitesse. Ça fonctionne ! Je me mets à genoux au bord du gouffre, prête à réceptionner la première personne à remonter.

Mais le contact qui s'établit n'est pas du tout celui que j'imaginais. Un horrible tentacule s'empare de ma main. Un tentacule verdâtre et gluant, qui s'accroche à mon poignet comme une sangsue. Je crie de surprise, tente aussitôt de m'en débarrasser. Qu'est-ce que c'est que ce délire ? Mamou aurait-elle enfin adopté l'apparence physique qui correspond à son caractère ?

Mais je panique vite, car je ne parviens pas à me débarrasser de cette chose. La pression qu'elle exerce sur mon bras se fait de plus en plus forte. Elle se sert de moi pour pouvoir s'établir sur les Prés d'Asphodèle ! Et je crois bien qu'elle aspire mon énergie, au passage. Il faut rapidement que je trouve une solution.

J'ai beau me creuser la cervelle vitesse grand V, rien ne me vient. Je tente évidemment de me transformer en néant, mais la créature semble bloquer le processus comme si elle se gavait de mes pouvoirs. Rapidement, le vide se fait dans mon corps et dans mon esprit, je sombre… Dans un dernier sursaut désespéré, je pèse de tout mon poids sur la chose infernale, vers le vide, dans lequel nous basculons irrémédiablement.

Plus tard, je m'éveille. Autour de moi, des cris, des grognements et des bruits de peau heurtée par des coups violents.

Je peine à dissiper les brumes qui obstruent encore ma capacité de réflexion. Où suis-je ? Pourquoi tant de vacarme ? Soudain, une idée terrible me traverse l'esprit. Schmouti ! Est-ce que ma furette et sa petite famille ont pu avoir à souffrir de ma chute ? Je sais que tomber dans le Tartare n'est pas exactement la même chose que de basculer du haut d'une falaise dans le monde des humains. Ici, c'est un peu comme si l'air lui-même amortissait la chute. On veut que les criminels et les monstres souffrent pour l'éternité, et on a mieux que des os brisés pour leur en faire baver des ronds de chapeau. (Note pour plus tard : soumettre cette expression à Meg, juste pour faire plaisir à Wiki).

Je porte une main au sac que je porte toujours en bandoulière, espérant y trouver mes petits animaux de compagnie en bonne santé. Quelques couinements répondent à mon intrusion. Ouf, tout semble aller pour le mieux. Je me redresse ensuite tant bien que mal et cligne plusieurs fois des yeux pour accommoder ma vision encore trouble.

Mais je suis rapidement dégrisée par le spectacle qui s'offre à moi. Il va vite falloir que je me reprenne si je veux pouvoir aider mes compagnes. En effet, Meg, Alex, Perséphone et Déméter ont formé un cercle autour d'une Julia terrifiée. Elles se trouvent toutes très proches du filin que je leur ai envoyé un peu plus tôt. Manifestement, le but est d'empêcher les copines de l'horrible créature qui m'a agressée un peu plus tôt de s'emparer de cette voie de sortie.

— Tess ! hurle Alex. C'est sympa de venir nous tenir compagnie ! Tu comptes nous aider, par contre ?

Non. Pas du tout. Je compte rester assise par terre pour faire du macramé, voilà, ai-je l'envie brûlante de lui répondre. Mais je me retiens et me lève en grognant. Il y a certes un phénomène quasi magique qui empêche les condamnés au Tartare de se briser les os en tombant, mais par contre, rien n'empêche les contusions, apparemment.

— C'est quoi, ces horreurs ? demandé-je en m'approchant à petits pas.

Je ne risque a priori rien pour le moment, car les mochetés à tentacules vertes, qui ressemblent d'ailleurs à d'énormes pieuvres couvertes de pustules suintantes, ne se préoccupent absolument pas de moi. J'ai bien l'impression qu'elles se fichent de tout, et que la seule chose qui les intéresse est de se hisser vers la surface.

— On ne sait pas, me crie Perséphone en abattant son bras sur l'un des tentacules qui tentait de s'accrocher au filin.

— Et vos pouvoirs ne vous servent à rien ?

— D'après toi ?

— Bah, pardon, je demandais au cas où.

Allez, hop ! Il est temps de se jeter dans la mêlée. J'ai moi aussi quelques atouts à faire valoir. Mes sœurs et moi avons toutes nos spécificités. Meg a toujours été douée pour semer la zizanie, Alex pour la chasse, et moi… Eh bien, oui, j'avoue, moi je suis douée pour répandre des maladies horribles, type fléaux contagieux. Alors attention, certaines de ces maladies sont tout à fait capables de voir le jour sans moi, il n'y a qu'à voir le nombre d'épidémies, voire de pandémies, qui ont émaillé l'histoire au cours des deux derniers siècles. Non, moi je suis plutôt du genre à cibler. Un groupe de meurtriers ? C'est pour moi ! On peut me faire confiance pour que tout ce petit monde disparaisse dans d'atroces souffrances.

Cette pensée ravive d'ailleurs des souvenirs douloureux. Les Thébin. Cette lignée humaine qui n'a eu de cesse, depuis les tout débuts du monde, de répandre le mal sous l'impulsion d'une malédiction que nous ne sommes jamais parvenus à éteindre. Je me force à ne pas penser à tout ça. Les souvenirs de ce drame sont encore trop à vif dans mon cœur et dans mon esprit.

Je ne cherche même pas à rejoindre mes compagnes. De là où je suis, je pourrais aussi bien œuvrer. Je ferme les yeux, cherche en moi cette bulle de noirceur qui me définit tout autant que mon amour pour les paillettes et les licornes jolies. Je la trouve facilement, trop facilement, et l'attise de toutes mes forces mentales, pour la faire grossir et grossir encore.

Quand j'ouvre les yeux, je m'aperçois que la bulle en question a largement dépassé les limites de mon corps. Je baigne à présent dans une sphère nébuleuse, d'un rouge fuligineux. Avec détermination, je la dirige vers les horribles créatures, et je souris de satisfaction.

À l'instant même où les miasmes de mon pouvoir de contagion touchent les tentacules poisseux de nos ennemis, elles se rétractent, se racornissent, et les créatures hurlent. Leur souffrance semble être intolérable. Mais je ne m'en émeus pas, c'était exactement l'effet recherché. Au contraire, j'intensifie même la vague puissante qui déferle. Je veux anéantir ces créatures pour que nous puissions enfin sortir de là. Dans un coin de ma vision, j'aperçois le filin qui se balance mollement derrière ma mère et ma grand-mère.

Rapidement, les créatures cessent de bouger. Fin de partie pour les vilaines pieuvres infernales. Peu à peu, je relâche la pression sur mon pouvoir, mais je me sens épuisée. Cela faisait bien longtemps que je n'avais pas eu à l'utiliser.

— Tess, ça va ? me demande Meg en se précipitant vers moi. Heureusement que tu étais là, tu nous as sauvé les miches.

Elle est essoufflée et ses joues sont écarlates, mais, bizarrement, elle paraît aux anges — oui, cela nous arrive, à nous aussi, de sembler aux anges. Elle se laisse tomber à côté de moi sans attendre ma réponse.

— Ah, ça fait du bien, un peu d'action, lâche-t-elle en soupirant de bien-être.

— Ouais, enfin si je n'étais pas tombée du ciel, t'aurais fait quoi ? Vous ne sembliez pas en bonne posture.

— Nan, c'est vrai. Nous avons été prises par surprise, et dès que ces choses nous touchaient, nous perdions notre énergie et nos pouvoirs. De vraies saloperies.

— Oui, j'ai vu, quand l'une d'elles m'a chopé le bras, en haut de la falaise.

— Ah, c'est pour ça que tu as fait une arrivée… fracassante ?

J'éclate de rire. C'est vrai que ça fait du bien de bouger un peu. Finalement, ces dernières semaines n'ont été qu'attente et tergiversations.

— Viens, aide-moi à me relever et allons rejoindre les autres. J'ai quand même pas envie de traîner trop longtemps par ici.

En prononçant ces mots, je regarde autour de moi et frissonne. Clairement, le Tartare, c'est pas un endroit sympa. Je me dis que, finalement, l'idée de Némésis au sujet de l'élimination pure et simple des âmes de criminels n'est peut-être pas si mauvaise, après tout. Mais je garde cette réflexion pour moi. Il n'est pas temps d'aborder le sujet. D'un geste machinal, j'effleure le collier autour de mon cou.

— C'est quoi, cette vieillerie au fait ? me balance Meg, qui vient de se relever et me tend une main secourable. Ce serait pas…

— Oh, ça ? Tu ne le remarques que maintenant ? Eh bien, c'est tout à fait ce que tu imagines.

Meg louche dessus, cherchant manifestement à comprendre pourquoi je me trimballe une telle antiquité.

— C'est bien le collier fabriqué par Tonton Héphaïstos, ça ? demande-t-elle comme si elle voulait absolument en avoir le cœur net.

— Oui.

— Celui offert en cadeau de mariage à Cadmos et Harmonie ?

— Oui, aussi. Tu as drôlement bonne mémoire.

— Je ne fais le lien que maintenant, mais il me semble bien que ce machin porte la poisse.

— Sur la lignée de Cadmos. Mais pas sur nous. Et puis… je pense qu'Héphaïstos pourrait modifier ses propriétés, mais est-il encore de ce monde ?

— Aucune idée. Mais moi, j'aimerais pas me trimballer avec un truc pareil autour du cou. C'est pas sécure, je trouve.

— Rolala, Meg, je ne te savais pas si superstitieuse.

— Nan, juste prudente, mais bon, tu fais ce que tu veux, hein.

— Tout à fait.

Je remonte un peu mon col de façon à le cacher un peu. Mine de rien, ce que vient de dire ma sœur m'a mise mal à l'aise. Et si elle avait raison au sujet de ce collier ? Mais comme décidément le déni semble être mon meilleur ami, je repousse encore une fois ma décision à son sujet. Je sens que je vais avoir beaucoup de comptes à me rendre, quand nous serons sorties d'affaire.

Quand nous rejoignons les autres, Alex est déjà agrippée au filin et commence l'ascension de la falaise.

— Léo est toujours en haut ? me demande-t-elle en s'élevant avec souplesse.

— Nope. Il est parti il y a un moment déjà. Je ne sais pas ce qu'il manigance, mais ça ne m'a pas l'air clair. Par contre, c'est lui qui m'a laissé le filin, au cas où. On pourra au moins le remercier pour…

— Et ton père ? me presse Perséphone. Où est-il ?

— Encore en haut. C'est lui qui tient le filin.

— Oh, il a récupéré ses esprits, alors.

Dans les yeux de ma mère brille une lueur vengeresse. J'en connais un qui va aussi avoir des comptes à rendre à sa tendre moitié. Pauvre Daddy. Si j'étais lui, je feindrais d'avoir le cerveau en bouillie jusqu'à la fin des temps. D'autant plus que je vois Déméter se frotter les mains juste derrière la belle Perséphone.

— Pas vraiment. Je crois que tant qu'il bave, c'est pas bon signe, hein ?

— Bon… Tant pis, j'attendrai, soupire ma mère, toute déçue.

— Oui, voilà, ça me semble plus raisonnable. Et idéalement, si tu pouvais mettre tout ça de côté le temps qu'on foute une trempe à Némésis…

— Pour qui me prends-tu, jeune fille ? Je sais où sont mes priorités, tout de même.

Mmmh. Personnellement, j'en doute, mais je ne vais pas m'aventurer sur le sujet maintenant. Je décide de changer de sujet.

— Qui a besoin du filin ? Moi je peux remonter direct…

— Alex et Julia. Mais il faudrait que quelqu'un assure l'humaine, malgré tout, dit Mamou. Quelle idée de l'avoir emmenée ici, celle-ci…

Elle foudroie Meg du regard, mais elle semble avoir oublié à qui elle avait à faire.

— Qu'est-ce qu'elle a, l'ancêtre ? Elle est pas contente ? Tu crois que t'as plus ta place aux Enfers qu'elle ? Oui, remarque, ça se tient…

Un instant, je me demande si Déméter ne va pas s'étouffer tant son visage est rouge de fureur.

— OK, je m'occupe de Julia, dis-je. Je peux lui faire comme un petit coussin d'air en cas de chute.

— Merci, Tess, me dit ma sœur.

— Avec plaisir.

Nos mains s'étreignent. Ça fait du bien de se sentir soutenu par ses proches. Enfin, certains proches, en tout cas. Et dans certaines conditions. Bref.

Mais une dernière question me taraude.

— Où sont les Infernaux ?

— Déjà partis.

— Ah ? Mais je ne les ai pas vus, en haut.

— Ils ont dû prendre un autre chemin. Mais ce serait bien qu'on leur remette la main dessus, tout de même. On risque d'avoir besoin d'eux.

— Tel que je connais Charon, il doit avoir repris le chemin de son embarcadère… Mais il va avoir une mauvaise surprise, le pauvre.

— Très bien, on le récupérera sur la route. Avec un peu de chance, les autres sont avec lui. Allons-y.

Alex ne nous a pas attendues et est déjà à mi-chemin. Je lève la tête et tente d'observer l'aube grisâtre qui se dessine beaucoup plus haut. Les distances sont toute relatives, dans l'Érèbe. On va dire que si vos péchés sont trop lourds, la falaise pourra vous paraître s'élever sur des dizaines de kilomètres, formant ainsi un mur infranchissable. Par contre, pour les porteurs de péchés mineurs, l'affaire peut être vite torchée.

Et effectivement, c'est ce qu'il se passe pour Julia, qui arrive même au sommet avant Alex.

— Bah, c'était pas si haut, finalement.

— C'est parce que tu as l'âme d'une sainte, lui susurre Meg à l'oreille, en la serrant fort contre elle.

— Mmmh, tu es sûre de ce que tu avances ? D'habitude, tu me dis plutôt que je suis une très vilaine petite coquine…

— C'est pas le moment, les filles.

Mais les deux m'ignorent royalement et continuent à se bécoter comme si de rien. J'imagine que c'est un moyen comme un autre d'évacuer la pression.

Je regarde autour de moi et constate que Perséphone s'est précipité sur Hadès et le cajole comme s'il s'agissait d'une énorme peluche. Je ne suis pas sûre qu'il apprécierait, s'il était en état de comprendre ce qui lui arrive.

INTERMÈDE

1861, dans un village non loin de Paris

Mais qu'elle était donc sotte, Eugénie !

Depuis leur départ précipité, elle n'avait cessé de pleurer et de geindre.

Jules repensait sans cesse à Dauphine. À son regard calme comme de l'eau pure, mais dur comme du diamant, à son souffle régulier, alors même qu'il montait le mur qui l'emprisonnerait à jamais.

Ah, Eugénie n'avait rien de la force de caractère de sa sœur. Et lui ? Qu'avait-il de son frère ? Comme sa jeune sœur, il n'était qu'un pâle ersatz de son aîné. La seule pensée de sa médiocrité fit flamber la colère dans son cœur.

— Jules…

Cette voix. Chaude, rauque, qui faisait courir sur sa peau des frissons incoercibles. Des frissons de plaisir, de peur et de dégoût mêlés. Le pauvre garçon était absolument incapable de mettre des mots sur ce qu'il ressentait envers Adria Nemes. La fascination des débuts avait laissé la place à une horreur latente. Il se sentait comme le mâle d'une mante religieuse, qui aurait regardé venir à lui la femelle monstrueuse qui mettrait fin à ses jours.

Pour elle, il avait tué son frère. Pour elle, il avait emmuré sa sœur vivante. Pour elle, il s'était jeté sur les routes, comme un fou, un possédé… Quand tout cela s'arrêterait-il ? Il en venait à espérer qu'elle mette réellement fin à ses jours…

— Que veux-tu ? lui demanda-t-il malgré tout avec douceur.

Étrangement, il ne parvenait jamais à se montrer désagréable envers elle. Quand il tentait de l'insulter, sa langue se figeait dans sa bouche, comme si ses lèvres se muaient en pierre. Quand il tentait de la fuir, ses membres refusaient de lui obéir. Il lui était enchaîné.

— Je pense que nous sommes au bon endroit. Regarde, là-bas, une église…

— Je… je ne suis pas prêt…

— Et quand le seras-tu, alors ? Nous devons être proches pour que tu puisses m'offrir ce bijou. Et comment être plus proches que dans le mariage ?

Jules ne répondit pas. Il ne parvenait pas à se résoudre à cette union. Adria Nemes était une démone, une… Une quoi ? Il n'aurait su le dire. Il y avait quelque chose en elle de sombre, d'ancien, de chthonien même.

— Tu peux entrer dans une église, toi ? parvint-il à dire, malgré sa langue empêchée.

Adria eut un rire perlé, tandis qu'elle rejetait en arrière sa lourde chevelure de ténèbres.

— Je n'ai pas peur de votre Dieu, ni de vos prêtres, ni de vos églises, petit homme. La seule chose qui compte, c'est la valeur que tu donneras à notre union. Et pour toi, le mariage est un lien sacré, n'est-ce pas ?

Oui, elle avait raison. Et c'était bien pour cela qu'il avait tant de mal à s'y résoudre. Malgré tout, il hocha la tête en guise d'assentiment.

Dans les yeux rougeoyants d'Adria passa une lueur victorieuse.

CHAPITRE 16

Retour case départ. Quand nous remontons à la surface, nous trouvons les Infernaux errant dans les couloirs du métro comme des âmes en peine. Les pauvres juges sont tout dépenaillés, leurs nœuds de cravate sont en vrac, leurs costumes sont maculés de poussière, et leur visage, hagard. Hypnos baille à s'en décrocher la mâchoire, Thanathos a l'air d'un corbeau de mauvaise humeur, les fleuves ont la mine desséchée. J'aperçois même Charon, qui vacille au bord d'un quai, comme s'il se demandait où pouvaient bien se trouver sa barque, et le fond vaseux de son vieux copain Achéron.

Il y a même Cerbère, qui lève une patte triste contre une pile de béton.

— Hey, les gars ! les interpelle Meg. Comment vous avez fait pour remonter avant nous ? Vous n'avez pas été attaqués par ces drôles de pieuvres vertes, là ?

Rhadamante tourne un regard vide vers nous. C'est pas possible, ils ont l'air dans le même état que Daddy ! On va faire quoi de toute cette brochette de vieilles divinités en piteux état ?

— Bon, OK, marmonne Alex. On va pas pouvoir caler tout le monde à la maison. Et même dans la rue, il va falloir faire des groupes. Je sais qu'on est à Paris, et que plus rien n'étonne personne, mais tout de même, là, ça va faire beaucoup, même pour la faune locale. Des idées sur l'endroit où nous pouvons aller ?

Seul un soupir de Julia nous répond.

— Attendez deux minutes, je vais l'appeler.

Domi. Évidemment. Qui d'autre ? Où pourrions-nous trouver un endroit assez grand pour entreposer nos alliés ? Aux *Portes de l'Enfer*, bien sûr !

Julia s'éloigne de quelques pas, récupère son téléphone dans la poche arrière de son jean et passe le coup de fil redouté. Domi a le cœur sur la main, mais je me demande si on abuse pas un peu, là…

Mais je ne pousse pas plus loin mes réflexions pour trouver une alternative qui, sans doute, n'existe pas, car Meg m'enfonce son coude pointu dans mes côtes.

— Dis, t'as vu, ma nana est la première humaine à être remontée sans encombre de l'Érèbe ! Et vivante, en plus !

— Tu ne crois pas que le fait d'être accompagnée par plusieurs déesses ait pu jouer en sa faveur ? Le pauvre Orphée n'a pas eu cette chance…

— Ouais, enfin, il n'a surtout pas réussi à résister à l'envie de faire une connerie, aussi.

— Aussi.

Je ne cherche pas à argumenter plus. Meg peut se montrer très têtue, quand elle veut.

Dans mon sac, rien ne bouge, c'est le calme plat. Mais je ne m'inquiète pas. Je suppose que tout ce petit monde se repose des derniers événements. Après tout, je peux dire moi aussi que ma furette et ses bébés sont les premiers à avoir visité l'Érèbe, le palais d'Hadès et le Tartare pour ensuite remonter dans le monde des hommes. Je me demande bien ce que Marie dirait de la façon dont je traite son petit protégé. Je ne suis pas certaine qu'elle apprécierait.

Julia revient vers nous. Un sourire las illumine son visage.

— Domi est d'accord, comme d'habitude. Elle nous attend sur place.

— Elle était encore au club ? je demande, un peu étonnée.

— Elle y vit presque, je te rappelle.

— Oui, j'avais oublié.

Ça me fait presque de la peine. Enfin, je veux dire, si Domi est bien comme ça, pourquoi pas, mais j'espère qu'elle ne se réfugie pas dans son club parce qu'elle estime que rien d'autre ne l'attend. Une personne comme elle, aussi généreuse, ne devrait pas avoir à se cacher dans son trou, même luxueux et climatisé.

— Allons-y, reprend Alex, toujours pragmatique. Un groupe pour chacune.

— On en file pas un à Perséphone et Déméter ?

Le regard polaire que m'adresse ma sœur me fait frémir. OK. Pas de responsabilités pour nos ancêtres, j'ai compris.

Heureusement, je n'hérite pas du trio Déméter/Perséphone/Hadès. Non, aussi étrange que cela puisse paraître, notre mère décide de suivre Meg. Je me demande si, même dans des situations extrêmes comme nous sommes en train d'en vivre, elle n'a pas une espèce d'instinct qui la pousse à pourrir la vie de ma sœur. Tout est possible, après tout.

Le groupe d'Alex est constitué des fleuves et de Charon. Moi, je me coltine donc les juges, Hypnos et Thanatlios. Cerbère nous suit en remuant la queue. C'est ennuyeux, tout de même, il n'est pas du tout discret, avec ses trois têtes. Je ne sais pas si l'excuse « je l'ai adopté à Tchernobyl » pourrait fonctionner si jamais je subis la curiosité d'un passant.

— Hey, petit chien. Je voudrais que tu restes bien calé entre les juges, c'est d'accord ? je lui demande en m'agenouillant près de lui et en lui gratouillant les oreilles.

Il me triple-lèche le visage en mode débarbouillette. Il est adorable, ce gros toutou.

— Et vous… Eh bien, contentez-vous de me suivre, ça suffira.

De toute façon, ils se contentent tous de me regarder avec des yeux morts, la bouche entrouverte et les joues flasques. Super. L'ambiance est au top, y a pas à dire…

Nous remontons rapidement à la surface. Il fait nuit, et nous avons la chance de croiser peu de monde. Quelle heure peut-il être ? Dans une vitrine, j'aperçois une horloge numérique. 4 h 37. OK, donc en fait, il doit même y avoir encore des clients, dans la boîte de Domi. J'espère qu'elle a pensé à nous faire entrer par-derrière.

Mais non, même pas, ai-je la surprise de constater en passant devant l'entrée principale. Il n'y a évidemment plus personne pour faire la queue et Ian fait les cent pas devant la grande double porte. Il tape dans quelques cailloux, manifestement désolé de se trouver ainsi désœuvré. Le pauvre, enlevez-lui une foule de clients râleurs, et il ne sait plus quoi faire de sa peau. A-t-il seulement pensé à se réfugier à l'intérieur ? Non, je ne crois pas.

Mais du coup, il va nous falloir passer devant lui pour rentrer. Déjà, j'aperçois Julia qui débouche de l'autre côté de la rue et qui remonte vers moi. Dans la seconde, Alex tourne le coin d'une rue à quelques mètres de moi. Super timing.

Julia se dirige d'un pas assuré vers le nouveau videur de la boîte, laissant Meg quelques pas en arrière.

— Salut Ian.

— On laisse plus rentrer personne.

— Je sais. Mais on vient voir Domi.

— C'est fermé, je te dis.

— Ian. Tu te souviens de qui je suis ?

Le videur s'arrête net, le pied en l'air alors qu'il s'apprêtait à shooter dans une canette de coca.

— Euh.

— Fais un effort, s'il te plaît.

Je ne sais pas pourquoi elle s'obstine autant. Les informations ne font que traverser le cerveau de cet homme sans jamais s'y arrêter véritablement.

— Je suis… je suis…

L'image d'un énorme buzzer s'impose à mon esprit. Je m'imagine appuyer dessus de toutes mes forces pour pouvoir répondre à la question. Mais finalement, c'est Meg qui craque.

— Putain, Ian, c'est la sœur de ta patronne ! Laisse-nous passer, on va pas y passer la nuit !

Le visage de Ian s'éclaire tandis que la lumière se fait jour entre ses neurones aussi lents que des icebergs à la dérive.

— Oooooh, Julia ! Je ne t'avais pas reconnue, à cette heure-là…

Il faudra qu'on m'explique ce que vient foutre l'heure dans le fait de reconnaître le visage de quelqu'un, tout de même. Mais bon, je décide de ne pas faire mon intéressante et de me taire. Le principal est qu'on puisse se mettre à l'abri rapidement.

Sauf que, soudain, une immense clameur retentit. Nous levons toutes le nez vers le ciel, qui vient de s'éclairer de lueurs fuligineuses. Des explosions retentissent un peu partout dans la ville. L'une d'entre elles a dû se dérouler non loin de notre position, car le sol tremble et les immeubles vacillent. Se pourrait-il que…

— Alex, tu crois que ça vient d'en dessous ?

Elle me fait signe que oui, passe derrière son groupe et entreprend de les rabattre vers l'entrée de la boîte façon chien de berger. Mais Ian ne l'entend pas de cette oreille.

— On avait dit que Julia.

— Non, gros balourd, on a rien dit du tout ! Mais si tu ne te pousses pas, je vais t'apprendre à voler sans ailes, t'as compris, là ?

Ian cligne plusieurs fois des yeux, le temps que la menace se fraie un chemin dans la jungle encombrée de ses pensées — ou dans le désert absolu de sa conscience, à voir. Puis, finalement, il s'écarte en grommelant des propos incompréhensibles.

Nous nous engouffrons toutes dans le club, alors que de nouvelles explosions retentissent.

— Je crois que ça commence vraiment à sentir le pâté, cette histoire, dit Meg, qui commence manifestement à manier correctement un large panel d'expressions diverses et variées.

— J'imagine que Némésis n'a pas dû avoir le dessus sur les habitants de Tartare, lui répond Alex.

— Ceci dit, il faudrait savoir à quelle menace nous allons maintenant être confrontés. Est-ce que Némésis est encore dans le jeu ? Ou est-ce que nous sommes face à une révolte des Primordiaux et d'horribles humains damnés pour l'éternité ? dis-je.

Mais c'est Mamou qui me répond :

— Dans ce genre de cas, franchement, il vaut mieux envisager le pire.

— Euh… Et c'est quoi le pire, là ?

— Eh bien, le pire, c'est que nous avons affaire à Némésis ET aux Primordiaux.

Ah ouais. Carrément. Je préfère ne rappeler à personne que l'idée de libérer les prisonniers du Tartare vient de moi, à la base. Je pense que là, tout de suite, ce serait tout à fait malvenu.

Alors que nous nous dirigeons vers la salle de danse et le bar, Mamou s'approche de moi.

— Dis donc, ma fille… Qu'est-ce que c'est que ce collier que tu te trimballes autour du cou ?

Je l'effleure du doigt, machinalement.

— C'est un souvenir. Rien qui puisse t'intéresser.

Mais le regard qu'elle laisse courir sur moi me fait frémir. Je ne comprends pas pourquoi tant de gens me posent des questions au sujet de ce collier, soudainement. C'est une antiquité, et les gens qui étaient censés subir sa malédiction ne sont plus depuis bien longtemps. J'y ai veillé.

- Écoute, Tisiphone. Ce collier a un grand pouvoir. Je peux le sentir. Je ne sais pas si c'est une bonne idée de le montrer au grand jour comme tu le fais.

Pour une fois, la voix de ma grand-mère n'est absolument pas agressive ou méprisante. C'est surprenant.

— Je ne sais pas pourquoi, mais je n'arrive pas à m'en séparer, lui réponds-je. Et je ne lui connais aucun pouvoir, à part celui de pourrir la vie d'une ancienne lignée humaine…

— Mmmh. Je crois que tu te trompes. Les pouvoirs d'Héphaïstos étaient immenses, tu sais. Et il avait l'amour du travail bien fait. Je le vois mal se contenter d'une petite malédiction en passant. Ou alors…

Oh, apparemment, elle connaît l'histoire de ce bijou.

— Ou alors quoi ? la relancé-je alors qu'elle semble se plonger dans ses pensées en s'accoudant au bar.

— Je ne sais pas. Crois-tu qu'il y aurait moyen de réactiver cette malédiction et de la transférer à quelqu'un d'autre ?

Je reste un instant silencieuse. J'ai du mal à l'avouer, mais il y a peut-être quelque chose à creuser dans la proposition de Déméter. Je me souviens soudain du regard que Némésis a posé sur mon collier, quand nous nous sommes croisées devant le palais. Un regard légèrement effrayé, et empreint de convoitise…

— Tu crois qu'il pourrait intéresser Némésis ? finis-je par dire.

— Je crois que tout objet de pouvoir pourrait intéresser Némésis. Par contre, il faudrait savoir de quelle façon réactiver cette malédiction.

— C'est Cadmos qui avait demandé ce collier à Héphaïstos, avant de l'offrir à Harmonie au moment de leurs noces… J'imagine que, déjà, il doit être offert par une personne proche.

— Qui peut être suffisamment proche de Némésis ? Elle n'aime personne…

Comme beaucoup d'autres déesses, ai-je envie de répliquer. Mais je me mords la langue très fort, c'est préférable. Pourtant, l'idée continue de tourner dans ma tête. Les liens d'affection, de confiance, tout ça, effectivement, pour Némésis, on va avoir du mal à en trouver…

Du coin de l'œil, j'observe Alex et Meg qui cornaquent tout notre petit monde au milieu des derniers clients. D'ailleurs, je constate que ces derniers n'ont pas l'air plus frais que nos chers Infernaux. Domi les entraîne vers la salle que nous avons occupée quelques jours plus tôt pour notre réunion-secrète-mais-pas-si-secrète-finalement.

Avec un soupir, je reporte mon attention sur la barmaid qui me fait face.

— On pourrait boire un truc ?

La nouvelle me jette un regard mal-aimable. Ouais, ça va, j'ai compris qu'on approchait de l'heure de fermeture et que tout le monde était en train de ranger/nettoyer/gérer les clients éméchés, et que franchement, on n'avait pas envie de me servir.

Mais moi, j'ai envie de mon kir royal à la pêche. Je n'attends donc même pas que la jeune fille brune me réponde et réclame ma boisson favorite.

En maugréant, elle s'exécute, mais je la retiens un instant de plus.

— Et vous ne demandez pas à ma grand-mère ce qu'elle veut ?

Pour le coup, elle ouvre des yeux comme des soucoupes.

— Votre… votre…

— Oui, ma grand-mère. Un souci avec ça ?

La pauvre ne sait plus où se mettre.

— Euh… Non, aucun, aucun. Que voulez-vous donc, euh… mad… mademoiselle ?

— Je prendrais bien un verre de lait. Merci, ma petite.

— Un… verre… de lait ?

— Oui, tout à fait. Un problème ?

Je crois que la pauvrette ne va pas faire long feu ici, si nous continuons à venir squatter régulièrement. Peut-être que je devrais lui donner notre véritable identité. Est-ce que ça peut péter sur un CV, « a servi un verre de lait à Déméter » ? J'imagine que oui, quand il s'agira de se faire interner en HP.

Et puis, évidemment, ma très chère mère s'en mêle.

— Un whisky bien tassé pour moi.

Les yeux de la barmaid menacent de s'extraire de leurs orbites.

— Et vous, vous êtes…

— Sa mère. Et sa fille.

Cette fois, c'est moi qu'elle fixe. J'imagine qu'elle a dû mal à comprendre notre lien de parenté. Ma mère est plutôt du genre pâlichon, alors que ma peau est d'un noir profond. Elle ne peut même pas se dire que je suis métisse pour se rassurer. Quoique, après tout, les mystères de la génétique…

Un léger mouvement dans le sac que je porte me rappelle que je n'ai pas encore réglé un problème d'importance.

— Dites, une fois que vous nous aurez servies, vous ne pourriez pas me trouver un truc, genre boîte à chaussures, avec de vieux chiffons propres dedans ? J'ai une nichée de furets en bandoulière et ça commence à peser son poids.

Cette fois, la barmaid s'étrangle à moitié. Elle hoche vigoureusement la tête et s'empresse de gagner l'autre bout du bar.

— T'as quoi dans ton sac ? me demande Mamou, qui elle aussi semble surprise.

— Mon furet est en fait une furette. Et elle a décidé de mettre bas en plein milieu de la Nempocalypse.

Étrangement, le regard de Déméter s'adoucit.

— C'est adorable ! Je peux les voir ?

Elle ne me laisse même pas le temps de répondre, glisse à bas de son tabouret, attrape mon sac et commence à fouiner dedans.

— Ooooooooh ! Comme ils sont mignons ! Ça, c'est le miracle de la vie.

Je rêve où il y a des sanglots émus dans sa voix ? Déméter serait-elle une grande sensible ?

Heureusement, le retour d'Alex, Meg, Julia et Domi me sauve de cette situation des plus embarrassantes.

— Hey, les filles ! les interpellé-je. Comment vont nos Infernaux ? Et Daddy ?

— Pas de changement dans leur état, soupire Meg en passant derrière le bar.

Elle ignore royalement sa collègue qui lui jette un regard noir.

— Je crois que je te l'ai traumatisée un peu, expliqué-je à ma sœur.

— Oh, Anna ? Je crois qu'elle se traumatise pour peu de choses, tu sais. Ça lui passera. N'est-ce pas, Anna ?

En effet, la jeune fille est de retour avec les boissons demandées un peu plus tôt.

— N'oubliez pas ma boîte, lui rappelé-je avec le plus de douceur possible.

Elle hoche la tête vigoureusement et disparaît par l'escalier qui mène à la réserve. Brave petite, tout de même.

— Bon, on fait quoi, maintenant ? demande Alex.

— On a peut-être une piste, dis-je en effleurant le collier à mon cou.

— Ah oui ?

— Regarde.

D'un geste de la main, je défais la lourde chaîne et pose le bijou antique sur le comptoir.

— Oui, ton vieux machin, là. Bah quoi, qu'est-ce que tu veux en faire ?

— La malédiction.

Alex lève ses yeux d'un bleu cristallin vers le plafond, manifestement exaspérée.

— Tu veux pas faire des phrases complètes, s'il te plaît ? On va pas s'amuser à te tirer les vers du nez, tout de même !

— Ouais, OK, capitulé-je, ayant bien compris que l'instant n'était pas propice à la blagounette. Alors, vous connaissez l'histoire de ce bijou ?

Tout le monde hoche la tête, même Déméter.

— Eh bien, il est réputé pour porter la poisse. Donc l'idée, ce serait d'offrir ce joyau à Némésis pour qu'elle hérite de sa malédiction.

— Mais, dis-moi, cette malédiction n'était-elle pas attachée à la famille que tu as définitivement zigouillée avant d'aller en stase ?

Je jette un regard assassin à Alex. Meg n'est pas censée connaître les détails, vu qu'elle était absente, elle-même tranquillement endormie dans une cuve, au moment des faits. Mais ma sœur se contente de me regarder avec placidité, genre « et alors, ça te pose un problème ? » Pfff.

— Si, mais nous réfléchissons au moyen de réactiver cette malédiction. Et nous pensons que l'identité de la personne qui lui offrira le collier peut avoir son importance.

— Némésis a prévu d'épouser Daddy. Tu veux peut-être que ce soit lui qui lui offre ? Parce que du coup, on risque toutes d'hériter de la malédiction, hein.

— Je n'avais pas songé à Hadès, j'avoue. Mais c'est vrai que ça pourrait fonctionner tout aussi bien…

— Oublie, intervient ma mère, glaciale. Il est hors de question que je laisse mon mari en épouser une autre.

— Mais vous êtes séparés… tenté-je.

— Ou. Blie.

— Bon… OK. Alors je ne vois plus qu'une seule possibilité.

— Laquelle ? me demandent mes sœurs, en chœur.

— Le lui faire offrir par L…

— Oui, vous avez demandé à me voir ? susurre une voix terriblement sensuelle juste derrière moi.

MANIPULATION

Plage de Pacasmayo, Pérou

L'homme assis dans le sable est taillé comme un colosse. Tandis qu'il regarde la mer, sa main droite caresse sa planche de surf décorée d'un trident. Ses longs cheveux blonds flottent dans l'air marin.

Léo l'observe depuis le bar de la plage. Il sait qu'il a enfin trouvé la personne qu'il cherchait. Ce qu'il ne sait pas encore, c'est comment l'aborder. Finalement, il se lève dans un soupir pour rejoindre le surfeur. Il peine à avancer dans le sable, se sent un peu ridicule, mais persévère.

Quand il atteint enfin sa cible, il se laisse tomber au côté de l'homme.

— Je t'attendais, dit ce dernier.

— Je sais.

— Quel est ton nom ?

— Je m'appelle Léo. Je suis…

— Un nouveau dieu.

— Oui, je crois.

— Et que me veux-tu ?

Léo soupire, trace des cercles dans le sable. Il prend une profonde inspiration. Avant de devenir un dieu, il a toujours vécu à Paris. Il trouve l'air iodé surprenant, comme s'il décapait ses poumons de l'intérieur. C'est tout à fait déconcertant.

— Je suis venu vous demander votre aide.

— Plus personne n'a plus besoin de moi depuis bien longtemps, fiston.

— Aujourd'hui, si.

— Et pourquoi donc ?

— L'une d'entre vous… d'entre nous… est sortie du rang.

— Qui ?

— Némésis.

— Elle a toujours été peau de vache.

— Mais là, c'est pire.

— Que font les autres ?

— Quels autres ? Elle a subjugué Hadès, Déméter et Perséphone ne font pas le poids, les Chiennes non plus, les derniers Infernaux à résister sont tombés dans le Tartare…

— C'est la merde, quoi.

— Ouais.

— Je n'ai pas envie de t'accompagner, fiston. Je suis bien, ici.

— Oui, j'imagine qu'on peut y être heureux.

— Alors pourquoi je viendrais ?

— Parce que si la méchante gagne, cette plage disparaîtra.

— Peut-être que j'ai assez profité de cette plage.

— Oui, peut-être.

Le silence s'installe entre les deux hommes, et s'éternise. Les nuages courent dans le ciel, et les vagues rugissent.

— Je vais vous laisser, finit par dire Léo.

— Oui. J'ai à réfléchir.

Léo se lève, disparaît dans le vent. À la place qu'il occupait, quelques grains de sable tournoient, éclats d'or sur l'azur de la mer.

Le surfeur se tourne vers sa planche, lève sa main droite qui en caressait toujours la surface lisse. Sous ses doigts, on peut lire l'inscription : I AM POSEIDON.

CHAPITRE 17

— Léo ! sursauté-je.

Mais c'est pas possible, comment fait-il pour apparaître et disparaître ainsi ? C'est un de ses pouvoirs ? Il faudrait vraiment que nous ayons une bonne petite discussion.

— Qu'est-ce que tu fais là ? Comment es-tu entré ? lui assène Meg d'un air soupçonneux.

Je constate qu'elle aussi se pose quelques questions sur les facultés de notre étrange ami. Ou ennemi. Définitivement, ce n'est pas très clair.

— Mmmh. Par la porte d'entrée ? répond-il tout naturellement en s'accoudant un comptoir.

Son bras frôle le mien, et je ne peux m'empêcher de frissonner. Par Daddy…

— Par contre, je ne sais pas si vous êtes au courant, mais pendant que vous sirotez un verre, dehors, c'est l'apocalypse.

— Quoi ?

— Ouaip. Les Titans, les Hécatonchires et toute la smala ont réussi à remonter des Enfers et se sont éparpillés dans la ville. Et on ne peut pas dire qu'ils y aillent avec le dos de la cuillère… Si tant est qu'ils sachent ce que c'est, une cuillère. Je pense plutôt qu'ils sont du genre haches, pieux et grosses explosions.

— Mais ils n'ont pas livré bataille à Némésis ?

Mon plan que je croyais suffisamment solide pour nous faire gagner du temps a échoué. Tristesse et désolation. Une subite envie de manger s'empare de moi. Est-ce qu'il n'y a pas un petit muffin, un petit cupcake ou une belle tarte au citron quelque part dans cette boîte de nuit ? Après tout, si on y trouve du lait… Mais non, si je demande ça à la petite brune, elle va se mettre en PLS.

— Alex, t'as rien à manger ? J'ai faim. Un truc sucré, si possible.

Sans même me regarder, elle fouille dans sa pochette et en sort un petit sachet de biscuits qu'elle me tend. Oh. Merveilleux. Farine de riz/sésame, sans gluten et sans sucre. Faisant contre mauvaise fortune bon cœur, je m'en empare tout de même, ouvre le paquet n'importe comment et engouffre le premier biscuit, aussi sec qu'une ostie.

Léo me regarde bâfrer avec un petit sourire. J'ai bien une ou deux répliques qui me viennent, mais quand on mange ce genre de choses, mieux vaut garder la bouche fermée.

— Continue, lui dit Meg.

— Non. Ils n'ont pas affronté Némésis. Parce que Némésis les a libérés définitivement.

— Comment ça, définitivement ? piaille Perséphone. Elle n'a pas le droit !

— Calme-toi, ma chérie, lui dit Déméter. Laisse ce jeune homme s'exprimer.

— À ce jour, c'est Némésis qui est en charge de l'Érèbe. Et ce sera le cas tant qu'aucun Olympien de premier plan n'aura pas remis le nez dans les affaires du royaume des Morts. Du coup, sa décision fait loi. Elle leur a permis de remonter et de s'emparer de la Terre. Et finalement, cela l'arrange bien, puisqu'elle voulait mettre la main dessus.

— Ils vont tout dévaster, et elle n'aura qu'à se poser en sauveuse le moment venu, souffle Alex.

— Tout à fait, confirme Léo. Diablement intelligent, n'est-ce pas ?

J'avale difficilement ma bouchée de biscuit, fais descendre le tout avec une grande lampée de kir. Beurk. C'est pas très bon.

— Bon. OK. On a eu d'autres idées, de toute façon. Mais d'abord, il faut absolument que nous sachions de quel côté tu te situes. Tu ne peux pas jouer sur les deux tableaux. Soit tu es avec nous, soit tu es avec elle.

— Eh bien, non. Je ne suis pas d'accord. Je ne suis ni avec vous ni avec Némésis.

— Alors c'est ça, hein ? Ton égoïsme est tel que tu roules pour toi, c'est ça ? demande Alex.

— Non. Ce n'est pas ça du tout…

— Alors, c'est quoi, Léo ? s'emporte-t-elle. Je sais bien que tu m'en veux, mais tu dois arrêter de souffler le chaud et le froid et prendre position une bonne fois pour toutes. Tu veux être notre ennemi ? Soit. Mais alors, prépare-toi à me voir me dresser sur ton chemin.

Une rougeur diffuse est apparue sur les joues pâles de ma sœur. Elle est magnifique, dressée ainsi face à son ancien prétendant, ses longs cheveux d'un blond lunaire cascadant sur ses épaules rondes. Quelques sifflements émanent de sa chevelure ondulante, signe qu'elle est à bout de nerfs.

Léo lui jette un long regard énigmatique, puis lui adresse un sourire d'une douceur renversante. Il lève ses deux mains, comme pour lui indiquer qu'elle peut s'apaiser.

— Je ne suis pas votre ennemi, si c'est ce que tu veux savoir. Et je veux bien tenter de vous donner quelques explications, même si je doute que vous puissiez tout comprendre…

— Ben, vas-y, prends-nous pour des cruches, pendant que tu y es… râle Meg.

Léo ouvre la bouche pour lui répondre, mais étrangement, c'est Domi qui intervient :

— Tu vas te taire, pour une fois, sinon, je te fais vider de mon club.

Machinalement, ma sœur lui répond avec une grimace contrite :

— D'accord, patronne.

Et elle se tait. Magique. Domi est définitivement une personne exceptionnelle, pour avoir réussi à clouer le bec de Meg.

— Vas-y, Léo, continue, reprend Julia, qui malgré tout caresse le dos de sa compagne, comme pour lui signifier que tout ceci n'est pas très grave.

— Je ne vous prends absolument pas pour des cruches. C'est juste que… je ne comprends pas moi-même ce qu'il m'arrive. Je n'ai que très peu de souvenirs de ma vie d'avant. En fait, il ne me reste que des sentiments… et des ressentiments. Je serais incapable de reconnaître un ancien patient de ma clinique, mais, par contre, je sais que j'aimais passionnément mon métier. Je n'ai aucun souvenir de notre rencontre, Alex, mais je sais que j'étais fou de toi, et que ton indifférence m'a fait souffrir… Et tout est ainsi. J'ai des tas d'émotions qui tourbillonnent en moi, sans que je sache à quoi les relier. Et parfois… j'ai l'impression de perdre pied dans tout ça.

Alex a le regard fixé sur son ami. Un regard vibrant, profondément désolé, profondément aimant, malgré sa rancœur. Moi j'avoue, je ne sais plus où me mettre. J'ai dû rêver cette connexion entre Léo et moi. Visiblement, il n'en a rien à fiche de ma petite personne. Et comment lui en vouloir ? Sa vie depuis son enlèvement par Némésis n'a pas l'air facile…

— Je suis désolée, Léo… Je n'ai jamais voulu te faire souffrir, souffle Alex, tandis que Meg, toujours très classe, renifle et s'essuie le nez d'un revers de manche.

— Ce n'est pas grave, Alex. Je le sais bien, que tu ne l'as pas fait exprès. Mais je ne connaissais pas ta véritable nature, comment aurais-je pu deviner ?

Léo se tait, contemple le comptoir, gratte le vernis du bout de l'ongle. Il n'a pas tout dit encore. Nous nous taisons et attendons. Mais pas trop tout de même. Au bout de quelques secondes, je n'y tiens plus :

— Et quoi d'autre ?

Il sursaute, me sourit d'un air gêné.

— Quoi d'autre ? Il semblerait que j'ai hérité de pouvoirs… que je ne comprends pas moi-même. Je peux aller et venir à ma guise, me matérialiser où je le souhaite, au moment où je le souhaite.

Ah ! Je comprends mieux à présent sa façon d'apparaître et de disparaître à tout-va !

— J'ai aussi conscience de toutes les forces en présence, reprend-il, et de l'équilibre précaire qui s'instaure entre elles. J'ai conscience de ce que vous faites, de ce que Némésis fait, des agissements des Infernaux comme des Primordiaux… Et je devine… Non, je *sens*, d'une certaine façon, ce qu'il va se passer.

— Jeune homme, vous voulez dire que vous pouvez prédire l'avenir ? intervient Déméter, d'un air à la fois sceptique et fasciné.

– Absolument pas. Mes prédictions à long terme restent incertaines. Par contre, je peux discerner ce à quoi aboutira chaque mouvement que vous ferez. Je peux évaluer les conséquences de chacune de vos décisions. Et j'ai la sensation que je peux agir sur ce qu'il va se passer… juste en influant sur les décisions de chaque être impliqué dans ce conflit.

Mmmh… intéressant. Mais il y a tout de même un petit quelque chose qui me chiffonne.

— Attends, Léo, tu veux dire que tu savais ce qu'il se passerait si nous libérions les Primordiaux et les âmes humaines prisonnières du Tartare ?

Il fait oui de la tête. Il est mignon. Dehors, c'est l'apocalypse, mais il reste serein en nous annonçant qu'il s'attendait à cette catastrophe.

Domi se lève, passe derrière le bar, ignorant totalement les derniers clients du club. Elle s'empare d'une télécommande, allume l'écran accroché au mur et zappe sur une chaîne d'infos en continu. Effarées, nous découvrons ce qu'il se passe dans les rues de Paris. Ce sont de véritables scènes de guerre qui se déroulent à l'heure actuelle. Dans les lumières des explosions, dans l'effondrement d'immeubles et de monuments, j'aperçois des silhouettes gigantesques. Les Titans et les Titanides ont l'air d'être à la fête.

De sa voix douce, Domi demande à notre Prince des Enfers :

— Tu veux dire que tu t'attendais à ça ?

— Oui.

— Et tu as laissé faire ? Il y a des gens qui vont tout perdre ce soir, jusqu'à la vie.

Léo baisse la tête, il semble enfin vaguement honteux. Pour ma part, je suis effondrée. Et dire que c'est moi qui, la première, ai lancé cette idée… Mais j'ai une excuse que lui n'a pas. Je ne m'attendais pas à de telles répercussions.

— J'ai laissé faire, oui, mais parce que je sais qu'il faut en passer par là si nous voulons vaincre. On ne fait pas d'omelette sans casser des œufs.

Face à moi, je vois Meg qui s'étouffe à moitié. J'imagine que Wiki vient de lui donner l'explication de cette petite expression tout à fait d'actualité. Mais elle se tait, et je lui en sais gré.

— Léo, tu te rends compte que tu joues avec des vies humaines ? lui demande Alex.

— Oui.

— Le Léo que j'ai connu n'aurait jamais fait ça.

— Le Léo que tu as connu… je ne sais pas de qui tu parles. Je ne suis plus cette personne, et peut-être ne l'ai-je jamais été.

Alex soupire, torsade ces longs cheveux blonds d'une main distraite, avant de reprendre :

— OK. Tu souhaites donc, comme nous, que Némésis soit défaite ?

— Oui.

— Tu souhaites comme nous un retour à l'équilibre ?

— Oui… et non.

— Comment ça ? Léo, si tu veux que nous œuvrions ensemble, tu vas devoir t'expliquer de façon plus claire.

— Je sais que Némésis doit être défaite, car elle n'apportera que destruction et désolation. Mais je sais aussi que l'équilibre entre humains et Olympiens est à jamais rompu. Vous avez fait votre temps.

— Tu veux donc notre disparition.

— Absolument pas. Dans mes visions, vous serez même réhabilitées, mais vous n'assumerez plus les mêmes missions. N'êtes-vous pas fatiguées, de toute façon ?

Toutes les déesses réunies ce soir se taisent. Nous ne pouvons pas lui donner tort. Même Déméter et Perséphone, si imbues d'elles-mêmes à l'ordinaire, ne répliquent pas.

— Je ne comprends pas, Léo.

— Écoute, je te demande de me faire confiance.

— Comment te faire confiance, puisque je ne te connais pas ? C'est à peine si tu te connais toi-même…

— Je ne peux pas tout vous dire, parce que beaucoup de choses sont encore floues. Mes visions… mes visions vont et viennent à leur gré, et se modifient en permanence. Rien n'est jamais sûr, seules certaines… tendances… semblent se confirmer.

Je soupire. Cette conversation ne mène définitivement à rien.

— Bon, Léo, il va nous falloir agir, de toute façon. Dehors, c'est l'enfer, et il ne restera pas grand-chose à sauver si nous n'intervenons pas. Que proposes-tu, concrètement ?

— Je vais offrir le collier à Némésis.

— Tu penses que la malédiction peut l'atteindre ?

— Je pense que ce collier est un objet de grand pouvoir. Je suis techniquement la personne la plus proche d'elle actuellement. Mais je crois aussi que la détentrice actuelle du collier devrait m'accompagner.

Son regard coule sur moi. Honhon. Il veut m'entraîner dans la magouille.

— Et pourquoi veux-tu que je vienne ?

— Elle a toujours voulu corrompre l'une d'entre vous. Elle a essayé avec Meg, sans succès. L'offrande n'en sera que plus forte si tu m'accompagnes.

— Franchement, je ne vois pas pour quelle raison je lui offrirais quoi que ce soit. Elle n'est pas stupide, elle saura que c'est un piège.

— Pas si on te trouve une excuse béton.

— Ah. Et tu as quelque chose en tête ?

— Absolument. Ton père.

— Que vient faire Hadès là-dedans ? demande Perséphone, et sa voix légèrement suraiguë me fait grincer des dents.

— Némésis sait que Tess a toujours été très proche de son père. Si elle prétend vouloir lui offrir le collier en échange de la santé mentale du roi des Morts, alors peut-être que…

— Ça se tient, intervient Déméter. Et de toute façon, cette folle a toujours été sensible à la flatterie. Si l'une des Chiennes d'Hadès se soumet, elle ne pourra plus enfiler ses escarpins avant un bon moment.

— Bon… je crois que je n'ai pas tellement le choix.

— Ceci dit, reprend Léo, tout ceci ne suffira pas.

À nouveau, tous les regards convergent vers lui.

— J'ai mis en branle d'autres leviers. Pour mener cette guerre, nous allons avoir besoin de toute l'aide possible…

Cette fois, Meg n'y tient plus.

— Mais, putain, Léo, arrête de faire des mystères. Qu'est-ce que tu as prévu dans notre dos, encore ?

— Je ne peux pas encore vous en parler. Mais bientôt, je vous le promets. Pour le moment, Tess et moi allons rejoindre Némésis.

— Et nous ?

— Vous… Eh bien, je crois que vous n'avez pas trop le choix, si vous ne voulez pas que la ville entière soit rasée.

— Il va falloir se lancer dans la bataille, souffle Meg.

Et, je l'avoue, je ne sais pas si elle s'en désole ou si elle s'en réjouit. Probablement un peu des deux.

Un long silence s'ensuit, avant que Domi n'intervienne à nouveau.

— Très bien ! Je pense que tout le monde a bien besoin de boire un coup avant de remonter.

Toujours superbe, elle entreprend de nous servir à tous un cocktail de son invention. Et Domi derrière un comptoir, ça vaut le coup d'œil. Sa grâce, son expertise et sa rapidité d'exécution sont stupéfiantes ! En moins de temps qu'il n'en faut pour le dire, nous nous retrouvons avec nos verres, et pour moi, une superbe touillette licorne rose. C'est à croire que Domi en a fait acheter un stock rien que pour moi, j'apprécie donc l'attention.

Meg claque la première son verre sur le comptoir.

— Allez les meufs. On y va. Ça va défourailler sévère dans les rues de Paname ce soir.

Alex et moi la regardons, légèrement ennuyées. On lui dit ou pas que son vocabulaire date un peu ? Mais non, elle a l'air tellement enthousiaste d'aller affronter du Titan et de l'Hécatonchire, que franchement, on ne va pas jouer sur les mots.

Alex se lève aussi, lui tape sur l'épaule, avant de s'adresser à notre mère et à notre grand-mère.

— Vous en êtes aussi ?

Déméter a un fin sourire.

— Absolument, ça fait tout de même bien longtemps qu'on n'a pas eu l'occasion de s'amuser un peu.

Je suis à deux doigts de regretter de ne pas monter au front avec elles. Je préfère largement l'idée d'aller jouer du fouet plutôt que celle d'aller minauder devant Némésis. Et où est-elle, d'ailleurs ? Est-ce que Léo le sait ? Mais une autre idée me vient.

— Dis, Léo, ça ne te dirait pas qu'on passe à ton ancienne clinique, d'abord ?

— Je ne pense pas qu'on ait le temps.

— Je comprends bien. Ceci dit, je me sens moyennement à l'aise, avec mes furets en bandoulière.

À ma grande surprise, il éclate de rire.

— J'avais presque oublié ça. Allez, viens, je n'ai pas beaucoup de souvenirs, mais j'imagine qu'il doit bien y avoir une cage confortable pour ta petite famille. Mais je ne sais pas si on va pouvoir entrer…

Heureusement, Alex nous sauve la mise.

— Passez par la maison d'abord. Dans la commode de l'entrée, il y a un double de tes clés, Léo. Tu me les avais confiées au cas où.

Il opine de la tête.

— Merci, Alex.

— De rien. Et j'espère que tu ne nous entraînes pas vers une catastrophe pire encore que celle qui est en train de se dérouler.

— Je l'espère aussi.

Mais il n'a pas l'air bien sûr de lui. On est pas sortis des ronces, tout de même.

INTERMÈDE

1861, dans un village non loin de Paris

Des voix résonnaient dans la petite église.

Les hommes adoraient un faux dieu, un ersatz des anciennes divinités qui auraient réuni en une seule puissance tous les pouvoirs des Olympiens et des Primordiaux. Thaïs pouvait le comprendre, car, au fil des siècles, les anciens dieux s'étaient faits discrets, trop discrets, et les hommes avaient perdu la foi.

Cependant, elle aimait à visiter les lieux de culte, quels qu'ils soient. Elle aimait la paix et la sérénité qui y régnaient, le silence et la fraîcheur des murs épais.

Mais aujourd'hui, elle n'entrerait pas avec bonheur par les grandes portes de bois. Aujourd'hui, elle devrait obtenir vengeance, pour Alfred et Dauphine. Elle devait se montrer à la hauteur de sa mission multimillénaire.

La lignée des Thébin disparaîtrait aujourd'hui. Elle soustrairait le collier d'Héphaïstos à la convoitise de Némésis. Et ensuite, elle suivrait sa sœur Mégère dans son sommeil éternel.

Fugitivement, elle pensa à Alecto. Elle ne l'avait pas sollicitée pour l'épauler dans l'épreuve qui l'attendait. Elle n'avait pas eu le courage d'affronter son regard translucide. Non pas qu'Alecto l'eût empêchée de mettre un terme à ce fiasco. Non. Mais elle savait l'épreuve que subirait sa sœur quand elle apprendrait son désir de dormir à jamais. Après tout, elle avait vécu cette douleur, cette amputation, quand Mégère les avait quittées, cinq siècles plus tôt.

Avec un soupir, elle se prépara à affronter son destin. D'une main ferme, elle poussa les portes de l'église. Sur un banc de bois, près de l'entrée, Eugénie gémissait en se tordant les mains. Devant le modeste autel, la haute silhouette de Jules, si semblable à celle de son frère défunt, se penchait sur Adria Nemes, toute de rouge vêtue. Entre eux, un prêtre bedonnant, au crâne chauve, tremblait de tous ses membres. Manifestement, il ressentait les énergies à l'œuvre dans son église.

Le bruit des portes fit sursauter Eugénie, qui se mit à gémir encore plus fort. Thaïs commença par s'approcher d'elle, et lui caressa doucement la joue pour l'apaiser.

— Chut, douce Eugénie, ton épreuve sera bientôt terminée…

Puis elle s'engagea dans l'allée centrale. Ses pas résonnaient sur le sol de pierre, tandis qu'elle se laissait grandir. Bientôt, ses cheveux hérissés de serpents rubis vinrent effleurer le plafond voûté. Loin en dessous d'elle, elle entendit Eugénie hurler. Elle ferma les yeux, et un fouet se matérialisa dans sa main. D'un geste sec, elle le fit claquer, et s'enrouler autour de cou de la jeune fille.

Les yeux d'Eugénie s'écarquillèrent, et du sang s'écoula de son cou blessé. Avec lenteur, en silence, comme une poupée brisée, la jeune Thébin s'échoua entre les bancs de bois.

Il ne restait plus que Jules. Le dernier représentant de cette lignée maudite, depuis Cadmos, en passant par Oedipe, et une multitude d'hommes et de femmes oubliés par l'Histoire. Depuis les noces de Cadmos et d'Harmonie, il y avait des siècles et des siècles de cela, les Chiennes d'Hadès n'avaient cessé d'intervenir auprès de cette lignée. Son histoire était tissée de meurtres, de violence et de colère. Aucun d'eux ne connaîtrait jamais la paix. Sauf si…

— Ne fais pas ça, Tisiphone, gronda Adria Nemes.

— Et pourquoi donc, Némésis ? Je suis dans mon bon droit… Toi, par contre…

— Comment ça, dans ton bon droit ? Tu n'es pas censée achever tes protégés. Tu dois les surveiller, et les punir s'ils dérapent.

Tout en parlant, Némésis grandissait aussi. D'immenses ailes noires apparurent dans son dos. Cette fois, le prêtre avait pris les jambes à son cou, et n'était plus nulle part en vue. Jules, par contre, restait immobile, comme figé à jamais.

— C'est vrai, tu n'as pas tort. Mais j'en prends et en assume la responsabilité.

— Tu veux donc mettre fin à cette lignée ? Mais alors, qui sera sacrifié à la garde de ce collier maudit ? Pourquoi ne veux-tu pas que j'en débarrasse les Thébin ? Jules pourrait vivre, lui.

Tisiphone baissa son regard vers le pauvre jeune homme, déjà deux fois meurtrier. Des larmes de sang gouttèrent bruyamment sur le sol depuis les yeux flamboyants de la Furie.

— Jules… C'en est fini de lui. Tu l'as brisé. Quelle vie pourrait-il avoir, désormais ?

— Je ne te laisserai pas faire.

— Je ne te laisserai pas le choix.

Les deux déesses s'affrontèrent quelques instants du regard. Puis, sur un cri qui fit s'ébranler les murs de l'église, Némésis se rua sur son adversaire. Mais celle-ci était forte, et déterminée. Elle plia les genoux et se prépara à recevoir ce formidable assaut. Elle fit claquer son fouet, dont la lanière hérissée de pics vint s'enrouler autour de la cheville de Némésis, au moment où celle-ci tentait de s'envoler en déployant ses ailes.

D'un geste sec, elle propulsa la créature ailée vers un mur latéral, qui explosa sous l'impact.

— Renonce, Némésis ! N'es-tu pas assez puissante comme cela ?

— Non ! Je ne le serai jamais assez ! J'ai toujours haï cette position de sous-fifre dans notre hiérarchie. Où sont les nôtres, aujourd'hui ? Nulle part ! Nous avons abandonné le monde des hommes depuis longtemps, et je compte bien y remédier, éructa la sombre déesse en se relevant prestement.

— Tu es folle ! Mais nous t'avons déjà mise en échec, ne te souviens-tu pas ?

Tisiphone continuait de faire claquer son fouet, impitoyable, tout en avançant vers son ennemie.

— Ah ah, tu parles de cette histoire avec Mégère ! C'est à peine si vous m'avez gênée ! Et je te rappelle que, depuis, ta sœur est hors-jeu ! Vous n'êtes plus que deux, et je ne vois pas Alecto ! Tu es à ma merci !

En rugissant, elle se jeta sur Tisiphone, ses griffes longues et acérées s'enfoncèrent dans sa chair, et elle replia ses ailes sur elles. Elle enleva dans les airs la Chienne hurlante de rage et de douleur.

Tisiphone ne comprenait pas. Malgré ses pouvoirs, malgré sa puissance, elle ne pouvait se libérer de l'étreinte létale de Némésis. Était-elle donc devenue plus forte, les siècles passant, alors que les autres divinités s'étiolaient doucement et se perdaient dans les limbes des légendes et des souvenirs perdus ?

— Tu peux te débattre tant que tu veux, Furie. Je vais te tuer, puis je m'emparerai du collier d'Héphaïstos. Il ne me restera plus qu'à me débarass…

Némésis se figea en plein vol. Tisiphone put sentir les soubresauts qui l'agitaient avec violence, avant que le souffle d'une chute vertigineuse ne vienne déranger les serpents furieux de sa chevelure.

Elles heurtèrent le sol avec violence, creusant un large cratère à proximité de l'église sérieusement endommagée. Étrangement, Tisiphone eut le temps d'apercevoir Jules, toujours figé à proximité de l'autel, telle la statue d'un ange déchu. Et, non loin de là, la silhouette floue d'Alecto. Alecto était venue l'aider.

CHAPITRE 18

Dans la rue, l'ambiance est bien différente de celle qui règne aux *Portes de l'Enfer*. Des gens courent en tous sens, et le ciel s'est embrasé à la suite des diverses explosions qui résonnent partout dans la capitale. Des cris retentissent.

Le sol est défoncé, comme si… eh bien, comme si des Titans étaient passés par là en saccageant tout sur leur passage, les sagouins.

J'observe ce spectacle apocalyptique, mais je m'en sens étrangement détachée. Tout ceci est surréaliste. Qu'est-ce que je fiche ici, dans cette rue, avec le fils adoptif de Némésis, qui est aussi l'ancien amoureux transi de ma sœur, avec une besace contenant une famille de furets, alors que le monde est en train de devenir fou sous la pression d'une déesse hystérique ? Hein, franchement ?

— Tess, qu'est-ce que tu fais ? On ne peut pas rester là, nous sommes pressés.

— Mmmh ? Oui, tu as raison.

Je me secoue les puces. Léo n'a pas tort. Nous sommes partis devant, mes sœurs, ma mère et ma grand-mère ne vont pas tarder à faire une sortie pour tenter d'endiguer la vague de destruction qui s'étend sur la ville.

Je sens la main chaude de l'ancien vétérinaire s'emparer de la mienne, et il m'entraîne à sa suite. Nous courons à en perdre haleine, évitant les groupes d'humains affolés. Soudain, je me dis que je devrais peut-être essayer de les aider, et je ralentis.

— Mais, Tess ! À quoi tu joues, à la fin ?

— Regarde, ils sont blessés et…

— Je sais. Moi aussi ça me fend le cœur.

Je le regarde, un peu incrédule. Il n'a quand même pas hésité à lâcher tout ce petit monde sur Paris alors qu'il savait pertinemment que ça allait être un joyeux bordel, et maintenant, il essaie de me faire croire qu'il est sensible à la situation de ces pauvres gens… À d'autres !

— Si, je te le jure, Tess, je ne suis pas le monstre que tu sembles imaginer. Mais nous n'avons pas le choix. Si nous nous arrêtons pour aider ce groupe, nous abandonnons tous les autres, d'une certaine façon. Le seul moyen d'enrayer ça, c'est d'agir à un autre niveau.

Je ne sais pas quoi penser de tout ça. Certes, il n'a pas tort, mais… Je sais bien qu'il nous cache encore des choses. Difficile d'avoir confiance dans ces conditions.

— Allez, viens. Allons au moins poser Schmouti.

Rapidement, nous arrivons devant notre petite maison. Je me précipite à l'intérieur, récupère la fameuse clé dans la commode — heureusement, il y a écrit « Clinique Léo » dessus. Nous laissons Moisi et Bloody Hell sur place. J'ose espérer qu'ils sont en sécurité, ici. En tout cas, ils le sont au moins autant qu'ils ne le seraient avec nous ou à la clinique.

Nous repartons dans les rues. Soudain, un bruit énorme retentit. Je lève les yeux et frémis d'horreur. Une silhouette cauchemardesque se dessine dans le ciel. Une centaine de bras s'agitent et crèvent les nuages seulement éclairés par des hélicoptères probablement envoyés par l'armée. Des missiles fusent. C'est bizarre, je n'aurais pas cru que Paris possédait de telles défenses aériennes. Mais bon, tous les généraux du monde pourraient bien envoyer les missiles les plus gros et les plus destructeurs que ça n'y changerait rien. Ah si, c'est encore la Terre qui en pâtirait, évidemment.

Et justement, une nouvelle silhouette se déploie à quelques kilomètres de la première. Une silhouette harmonieuse, élancée, et ce malgré ses proportions vertigineuses. Une longue chevelure brille comme de l'or sous les projecteurs situés au sol. Un bras gigantesque lève une serpe, qui jette des éclats argentés dans la nuit. Déméter. Voilà de quoi mettre des bâtons dans les roues du vilain Hécatonchire.

Nous arrivons enfin devant la clinique. Léo, sans même s'en rendre compte, ouvre la porte comme s'il n'avait jamais vraiment quitté les lieux. La force de l'habitude, ou une sorte de mémoire musculaire ? Je ne sais pas. Il n'empêche qu'il pénètre dans la salle d'attente avec aisance, actionne les interrupteurs pour nous offrir de la lumière, peste quand il s'aperçoit qu'il n'y a plus d'électricité, et se précipite à l'arrière, dans une sorte de local technique, pour mettre en route un générateur.

— Les bébés vont avoir besoin de chaleur, explique-t-il.

J'acquiesce sans un mot. Je vais laisser le professionnel agir, je crois que c'est préférable. Je le regarde préparer une caisse, sortir de la nourriture spéciale furet, le tout avec des gestes fluides et un calme que je ne possède pas.

De savoir que ma famille est là, dehors, en train de se battre, ne me rassure pas du tout. Et je n'ai qu'une seule envie, les rejoindre. Mon sang divin bouillonne dans mes veines, mon cœur crie vengeance, et mes entrailles se tordent sous les effets de l'urgence.

Léo revient enfin vers moi. Un instant, il scrute mon visage, soupire quand il constate que je ne suis pas vraiment avec lui, puis, délicatement, il me soulage de mes furets.

Aussitôt, je me redresse. Je ne m'étais pas rendu compte que cela me pesait autant. C'est surtout que je me sentais responsable d'eux, et donc ma liberté de mouvement s'en trouvait entravée.

Il me reste une dernière chose à faire pour redevenir pleinement moi-même.

— Léo, tu as un endroit où je pourrais me laver ?

Il acquiesce, me désigne justement le local technique de la main.

— Il y a une petite douche, elle est propre, et tu trouveras une serviette dans le meuble d'à côté.

— Tu prenais des douches ici ?

Il me sourit, les yeux un peu dans le vague.

— Je crois que je passais beaucoup de temps ici. Je m'y sens bien, comme… comme si j'étais enfin de retour à la maison.

Il a l'air d'un tout petit garçon, qui aurait trop vite grandi, ou trop vite perdu son innocence… Mais je ne peux pas me laisser attendrir, pas maintenant. Je me précipite dans la petite pièce, me déshabille à la hâte, me glisse sous l'eau, et prends tout de même le temps de me laver les cheveux avec application. Mon afro demande des soins particuliers, mais, là aussi, il me faudra faire l'impasse.

Quelques minutes plus tard, je suis de retour dans la salle d'attente. Léo est assis sur une chaise, les coudes posés sur les genoux, la tête entre les mains. Ses yeux s'écarquillent légèrement quand il me voit, et je ne sais pas trop quoi en penser.

— Léo… ça va ?

— Oui. Oui, ça va aller, ne t'inquiète pas.

Alors, si, je m'inquiète. Mais je ne dis rien. Cette fois, c'est moi qui lui tends la main pour l'entraîner dehors. Nous repartons dans les rues. Le quartier semble s'être un tout petit peu apaisé, mais là-haut, au loin, le combat fait toujours rage. Il y a maintenant une bonne dizaine de silhouettes dans le ciel. J'imagine qu'il y a, dans le lot, mes sœurs. D'ailleurs, il me semble reconnaître la coupe punk de ma Pocket Sister.

Moi aussi, j'ai envie de me sentir forte et puissante, ce soir.

— Léo, attends…

Je m'arrête en plein milieu du trottoir défoncé. Je me laisse grandir de quelques dizaines de centimètres, rien d'aussi impressionnant que ce qu'ont fait Alex ou Meg, mais ça me fait du bien malgré tout. Je secoue la tête, libère mes serpents, d'un rouge rubis, et laisse un sang frais couler de mes yeux sur mes joues noires. Dans ma main apparaît mon fouet, comme une extension de mon propre bras, et mon corps se moule dans une robe écarlate. Enfin, je me sens bien. Complète.

— Dis donc, ça en jette ! s'exclame Léo en sifflant d'un air admiratif.

— Et encore, lui réponds-je avec un petit sourire, j'avais pour projet de changer ma robe rouge pour une rose à paillettes. Je n'ai pas eu le temps de m'en occuper.

— Le rouge te va bien. Et c'est plus approprié à la… situation.

— Merci. Mais… et toi ? Tu n'as pas d'atouts physiques particuliers ?

En riant, il se met à son tour à grandir. Sa chemise bleu pâle, qui mettait si bien ses jolis yeux en valeur explose sur les muscles puissants de son torse. OK, très bien. Enfin, je ne vois rien de très utile au cas où on se ferait attaquer, hein. À cet instant, d'immenses ailes d'un blanc nacré se déploient dans son dos. OK bis, j'avoue ça en jette et ça peut être utile. Léo claque des doigts et, autour de nous, tout se fige. Les gens qui couraient autour de nous semblent se suspendre dans les airs, bouche grande ouverte sur un dernier cri, yeux exorbités et mèches de cheveux au vent. Dans les cieux, les explosions se cristallisent en d'immenses fleurs de feu, et les silhouettes de nos semblables cessent tout à fait de se crêper le chignon.

— Oh. C'est…

— Oui ?

— Surprenant ?

— Je trouve aussi.

Léo semble tout aussi dérouté que moi, et reprend dans un souffle :

— Je ne sais pas si je m'y ferai un jour…

— C'est comme ça que tu peux apparaître et disparaître à ta guise ?

Il acquiesce, sans un mot. Son regard cherche le mien, comme s'il y cherchait mon pardon, ou une quelconque forme d'approbation. Mais qui suis-je pour lui accorder ceci ? Moi aussi, je subis ma nature plus que je ne la contrôle.

Par contre, une idée se fait jour dans mon esprit.

— Mais… pourquoi n'utilise-t-on pas ton pouvoir pour défaire Némésis ? Je veux dire, on fige tout, et on va lui mettre une raclée.

Léo soupire.

— Ne crois pas, j'y ai déjà pensé. Mais je ne peux tenir cet état très longtemps ni le répéter trop souvent. C'est peut-être une question d'entraînement, ou alors, c'est la nature qui n'apprécie pas trop que l'on joue trop avec elle, et ce malgré notre nature divine.

Oui, il n'a pas tort. Nous sommes des dieux – enfin, même si lui ne l'est que de fraîche date –, mais nous ne pouvons pas tout faire non plus. Il semble exister des règles immuables, que l'on ne peut transgresser, ou alors de façon partielle. Figer le temps en fait probablement partie.

— Bon, ce n'est pas grave, on va se contenter de ce que l'on a.

C'est à dire pas grand-chose, mais inutile de le répéter.

Je reprends la main de Léo et, cette fois, nous prenons nos formes éthérées.

— Tout de même, Tess, tu n'as pas pu poser une réclamation pour… ça ?

Gnagnagna. Non, il n'y a pas de bureau de réclamation pour ce genre de choses, chez les dieux. Tu prends ce qu'on te donne, et puis c'est tout. Donc moi, ma forme… euh… ma forme de rien du tout n'a jamais été soumise à négociation. C'est comme ça, et puis c'est tout. Il serait d'ailleurs peut-être temps que je l'assume, comme le reste.

— Nan. Et puis tu sais quoi, elle est très bien, cette forme. Au moins, je peux aller partout sans que personne ne me remarque. Ce n'est pas franchement ton cas.

— Tu marques un point.

Nous effectuons le reste du trajet en silence. Rues, boulevards et ruelles, bouche de métro, quais, tunnels obscurs, marais puants, Achéron, les Prés… Tout semble désert. Nous ne croisons pas le moindre démon, pas le plus petit diablotin, rien de rien.

Nous arrivons enfin devant le palais… Vide aussi, mais fidèle à lui-même, enfin, dans sa version Némésis. À l'intérieur, c'est le calme plat.

— Où allons-nous ? demandé-je à Léo. Il n'y a personne, ici.

— Si, Némésis est là. Je la sens. Viens, je sais d'où elle gère ses petites opérations.

Nous reprenons notre forme divine, serpents, sang et fouet pour moi, et ailes nacrées pour Léo. À un moment, nous croisons notre reflet dans un immense miroir et je ne peux m'empêcher de l'admirer.

— Hey, regarde, Léo. On est trop beaux.

Il se place derrière moi, lui aussi a les yeux rivés sur la surface lisse du miroir. Avec lenteur, il pose ses mains sur mes hanches. C'est amusant, mes serpents n'essaient même pas de le mordre. Pourtant, on ne peut pas dire qu'ils aiment grand-monde, ceux-là, d'habitude.

Mais l'intensité du regard que porte sur moi le Prince des Enfers accapare toute mon attention. J'en ai un peu assez qu'il souffle le chaud et le froid sur notre relation. Parfois, j'ai la sensation de lui plaire ou, tout au moins, de l'intriguer. Et parfois… parfois, il agit comme si je ne comptais pas pour lui. Il faut que j'en aie le cœur net.

Je me retourne d'un geste souple, mes serpents s'apaisent sur mon crâne.

— Léo…

D'un geste étrangement tendre, il essuie une larme de sang qui ruisselle sur ma joue. Son sourire est si doux…

— Oui ?

— Est-ce que… est-ce que tu es toujours amoureux de ma sœur ?

J'observe ses yeux d'un bleu de glace qui brillent comme des milliers d'étoiles. Je pourrais me perdre dans un regard pareil, y oublier tout ce que je suis, tout ce que j'ai fait, en mal comme en bien…

— L'ancien Léo est toujours amoureux d'Alex, oui…

C'est quelque chose d'étrange, la déception. Elle peut prendre tellement de formes différentes. Aujourd'hui, pour moi, elle est comme une lame brillante et acérée qui fouaille mes entrailles.

— Je comprends… soufflé-je. Je ne…

Il ne me laisse pas le temps de finir ma phrase, pose un doigt taché de sang sur ma bouche.

— Mais le nouveau Léo a trouvé un nouvel intérêt à la vie…

Sous la douceur de ses lèvres, ma bouche fond. Et pas que ma bouche, d'ailleurs. J'ai l'impression d'être comme un craquelin sur un chou, j'épouse la douceur de son baiser de tout mon corps et… oui, de toute mon âme, aussi.

— Léo…

— Ne dis rien, Tess. Ce n'est pas le moment. Sache juste une chose. Je ne vous ai pas tout dit, concernant mes plans.

Je hoche la tête pour lui signifier que je me souviens bien de cette partie de sa confession. Pas celle que j'ai préférée, je dois dire.

— Je ne peux pas encore tout te révéler, mais… nous aurons l'occasion de parler de tout ça, toi et moi. Enfin…

— Enfin, quoi ?

— Enfin, sauf si Némésis gagne et nous anéantit tous. Mais à part ça, dans tous les avenirs possibles dont j'ai pu avoir la vision, nous…

— Oh ! Comme c'est adorable ! s'écrie soudain une voix un peu criarde, juste derrière nous.

Sur un dernier regard, Léo s'écarte de moi, mais il prend ma main dans la sienne, grande et chaude.

— Mère, salue-t-il Némésis en s'inclinant. Comment vas-tu ?

— Merveilleusement bien. Il y a eu quelques… débordements, mais, comme à mon habitude, je suis parvenue à rétablir la situation à mon avantage. Mais que fait cette très chère Tisiphone avec toi ? Il me semble que c'est son père, Hadès, que je t'avais envoyé chercher…

— Oui. Mais il est gardé par Déméter, Perséphone et les autres Furies. Tu m'as fait puissant, mais pas de là à combattre autant d'antiques déesses…

Les traits marmoréens de Némésis se crispent sous l'effet de la contrariété.

— J'imagine que je peux difficilement t'en vouloir d'être aussi faible. Après tout, tu étais humain, il y a encore peu de temps. Mais je suis malgré tout déçue que tu aies obtenu si peu de pouvoirs…

Léo baisse la tête, comme s'il était vraiment contrit. Némésis ne semble vraiment pas consciente de ses capacités. C'est fou, tout de même, qu'un être aussi puissant qu'elle puisse s'illusionner à ce point. Comme quoi, la confiance en soi, parfois…

— Pardon, Mère, de te décevoir ainsi. Mais je fais tout pour te satisfaire. C'est la raison de la présence de Tisiphone. Nous… nous aimons.

Hein ? What ? Je trouve que ce charmant jeune homme va un peu vite en besogne, tout de même. Ce n'est pas parce que j'ai un petit crush sur ses jolies prunelles qu'on va annoncer notre mariage tout de suite…

Mais l'étau de la main du Prince des Enfers se resserre sur mes doigts. OK, j'ai compris, il veut que je ferme ma grande bouche.

Némésis renifle.

— Et tu crois que tu vas me rassurer en m'annonçant une telle chose ?

La terrible déesse s'avance vers nous, me détaillant de la tête aux pieds, avant de reprendre :

— Tisiphone n'est pas la plus vaillante des trois Furies. Vraiment, j'aurais préféré que tu me ramènes Alex. Elle, au moins, est fiable et organisée, elle sait garder la tête froide en toute circonstance…

— Oui, mais elle ne possède pas… le collier d'Héphaïstos, susurre Léo.

Le regard charbonneux de Némésis luit de convoitise. Elle s'approche un peu plus de moi, écarte un peu le col de ma robe d'un rouge rubis pour dégager le collier. J'ai l'impression que celui-ci se met à me brûler la peau.

— Le collier d'Héphaïstos… Oui, je me souviens. Elle me l'a pris, juste sous mon nez, il y a bien longtemps de ça… et j'ai vu qu'elle le possédait encore. C'est un joyau de grand pouvoir, mais il est dangereux, aussi.

— Trop dangereux pour toi, Némésis ? interviens-je.

À son regard glacé, je devine que je l'ai vexée. Tant mieux. Elle ne se rend même pas compte à quel point son ambition et sa haute opinion d'elle-même la rendent influençable.

— J'ai mis ton père sous ma coupe, j'ai envoyé ta mère et ta grand-mère dans le Tartare, ainsi que tous les Infernaux, et je viens de lâcher les Titans et toute leur clique sur Paris, puis sur le monde… Crois-tu donc que je puisse avoir peur d'un collier ?

Je secoue la tête, doucement.

— Si Léo et moi te l'offrons, qu'en feras-tu ?

— Qu'en ferai-je ? Eh bien… Personne ne s'est jamais vraiment interrogé au sujet de ce collier. On n'en a retenu que la malédiction. Mais la vérité, c'est qu'il peut plier le destin à sa convenance… Je pense qu'il me servirait à entraver les Primordiaux à nouveau, quand je n'aurai plus besoin d'eux.

— Ah… Parce que tu les as libérés sans vraiment savoir comment garder le contrôle, je ne me trompe pas ?

J'ai parlé d'une voix douce, mais, intérieurement, je bous. Cette folle est prête à tout pour parvenir à ses fins. Moi qui pensais qu'elle planifiait tout, non, même pas ! Depuis quand a-t-elle lâché la rampe ?

Mais Némésis ne fait que rire à ma question. Elle rit tellement qu'elle doit essuyer quelques larmes brillantes comme des diamants à ses yeux de braise.

— Ma pauvre Tisiphone… Ne sais-tu pas que je trouve toujours une solution ? J'ai une foi absolue en mes capacités. Je suis sûre de pouvoir me sortir de toutes les situations.

— Et la malédiction ? Ne crains-tu pas qu'elle s'attache à tes pas et finisse par te faire trébucher ?

— Absolument pas. Je suis maudite depuis bien trop longtemps pour craindre encore les coups du sort.

Bien. Génial. Nous qui pensions que ce serait peut-être difficile de lui faire accepter ce présent… Pas du tout. Cela arrange nos affaires, d'une certaine façon. Mais cela en dit long sur notre ennemie.

Avec lenteur, je porte les mains à ma nuque et détache le collier. Je le tiens un instant entre mes mains. Il est si beau, il dégage une telle puissance… Il m'est difficile de m'en séparer, même s'il ne m'a jamais appartenu. Des images des Thébin, de leurs jours heureux, de la présence douce et réconfortante d'Alfred me passent par l'esprit. Alfred, je l'ai aimé, d'une certaine façon. Et mettre fin à sa lignée a probablement été l'une des choses les plus difficiles que je n'ai jamais eues à faire. Mais je me souviens aussi de Jules et de la violence de ses passions, de Dauphine, si loyale, et d'Eugénie, si fragile.

Mais il est temps de tourner la page. En fait, cette page est même tournée depuis longtemps. Les os des Thébin ne sont plus que poussière, et plus personne ne se souvient d'eux. Sauf moi.

Vite, en détournant le regard, je fourre le bijou entre les mains de Léo. Qu'on m'en débarrasse, après tout. Je ne veux plus de tout ça.

— Tess… souffle le fils adoptif de Némésis.

— Non, c'est bon, tu peux y aller. Offre-le-lui.

Léo s'incline devant moi, avant de reporter son attention sur Némésis. Il s'approche d'elle d'un pas déterminé, met un genou en terre devant la déesse en majesté.

— Mère, Grande Déesse Absolue, Reine des Enfers, Fiancée d'Hadès…

Bon, là, je ne peux y tenir et me racle la gorge. Némésis, qui laissait fleurir sur son visage un sourire éclatant, se rembrunit et me foudroie du regard. Léo, lui, tourne la tête vers moi, l'air un peu gêné.

— Tu as quelque chose à dire, Chienne ? cingle Némésis.

— Non, euh... Je suis d'accord avec tout ce que Léo vient de dire, mais pour les fiançailles, par contre...

— Quoi ? Qu'est-ce qu'elles ont, mes fiançailles ?

Je marche sur des œufs. J'ai manifestement encore loupé une occasion de me taire, mais je ne peux tout de même pas laisser passer une énormité pareil. Il en va de l'honneur de ma famille !

— Eh bien, je veux juste dire que tu as un peu lobotomisé Hadès pour qu'il accepte ces fiançailles, et que pour le moment, il est planqué à la surface, pas franchement à tes côtés, c'est tout... Enfin, il ne t'a jamais vraiment offert son consentement éclairé...

— Tais-toi, Chienne ! J'ai juste aidé Hadès à réaliser que son mariage n'était qu'une vaste plaisanterie qui n'avait que trop duré !

Oups, elle déploie ses ailes de nuit, bousculant au passage quelques statues si contemporaines que je ne comprends pas vraiment ce qu'elles sont censées représenter. Ça y est, je l'ai fâchée.

— Oui, oui. OK. Je comprends. C'est bon, continuez, je ne dis plus rien, c'est promis. Léo, tu peux reprendre...

Les ailes se reposent sur le dos de la déesse. Elle me lâche enfin du regard, et mon cœur s'apaise. Je sais pertinemment que je n'aurais pas fait le poids, face à elle.

— Je disais donc, enchaîne Léo, pour ne pas laisser passer l'instant, que je t'offre ce collier pour te remercier de tout ce que tu as fait pour moi. Tu m'as tiré de ma misérable vie d'humain pour m'offrir l'éternité et des pouvoirs que je n'aurais jamais pu imaginer.

(Et elle non plus ne les imagine pas, d'ailleurs, mais je me mords la langue pour m'empêcher de faire cet aparté.)

— En t'offrant ce présent, je souhaite aussi solliciter de toi une faveur...

(Ah. Voilà qu'il improvise. On n'avait pas du tout parlé de ce genre de choses, il me semble.)

— Je souhaite épouser Tisiphone. Accepteras-tu de bénir notre union ?

(Quoi ? Mais... mais... il n'a jamais été question de ça ! Je n'ai absolument pas prévu de me marier, ni maintenant ni jamais !)

Némésis a l'air aussi surprise que moi. Enfin, pour ma part, ce n'est même plus de la surprise, c'est de la sidération. Léo et moi ne nous connaissons même pas vraiment ! Ce n'est pas parce que je trouve qu'il a les yeux les plus beaux du monde et que nous avons échangé un baiser ou deux que... Si ? D'un coup, toutes mes convictions au sujet de l'engagement et du mariage vacillent.

Ce n'est pas du tout ce que j'avais imaginé. Ma conception de la chose était tout autre. Je voyais plutôt une passion débridée, débordante, ravageuse, et hop ! Sur un coup de tête, un grand serment grandiloquent, avec paillettes et licornes, évidemment... Mais alors, si on m'avait dit que mon prétendant demanderait l'autorisation de m'épouser à sa mère adoptive, une déesse ayant gravement fondu les plombs, il faut l'avouer, je ne l'aurais pas cru. Et je ne suis pas certaine de bien le vivre, d'ailleurs.

— Euh… Léo, on peut se voir une minute ?

— Ce n'est pas le moment, Tess.

— Ben si, je crois. Enfin, c'est important, tout de même.

— Mère, puis-je… demande-t-il à Némésis.

Nan, mais je rêve ! Après la stupéfaction, c'est la colère qui balaie toute autre émotion en moi. Heureusement, la déesse de la Justice hoche gracieusement la tête, un léger sourire jouant sur ses lèvres laquées de rouge.

Léo se lève, je l'attrape par le bras et l'entraîne derrière une statue intacte. Une statue moche, je précise, mais on n'est plus à ça près, n'est-ce pas.

— Qu'est-ce que tu fous ? C'est quoi ce nouveau délire ?

— Eh bien, je demande ta main.

— À Némésis ?!!!

— Oui. J'aurais bien demandé à ton père, mais je ne suis pas certain qu'il soit en état de me répondre, alors…

— À Némésis ? je répète, dans un merveilleux chuchoté-crié à faire trembler les murs.

— Je vous entends, les enfants.

Je hurle de rage et de frustration. C'est pas possible, toute ma vie est jalonnée de rencontres avec des fous furieux. On nous a souvent prises, nous, les Chiennes d'Hadès, pour des monstres assoiffés de sang, mais je commence à croire que nous sommes au contraire des modèles de stabilité émotionnelle et psychologique, par rapport au reste du monde.

Léo me prend les mains. Étrangement, cela me calme aussitôt. Est-ce que c'est une sorte de pouvoir dont il ne nous aurait pas parlé ? Genre « je suis capable de calmer les gens juste en leur tenant la main » ? Pfff, non, je suis sûre que ce n'est pas possible, ce genre de choses.

— Écoute-moi, Tess. Je suis prêt à t'épouser…

— Qu… Quoi ? Mais enfin, Léo, tu crois vraiment que c'est le moment pour la bagatelle ? Est-ce que tu crois que j'ai franchement eu le temps de développer des sentiments pour toi ? Une attirance physique, oui, mais…

Et là, je réalise que j'en ai trop dit. Je me tais, atterrée. Je viens clairement de lui avouer que je ne serais pas contre une petite partie de jambes en l'air. Je pourrais me fiche des claques, je vous jure.

Mais Léo ne semble pas s'en formaliser. Au contraire, il me sourit avec une douceur… à faire fondre une Furie. Et même, il s'approche un peu plus de moi et colle son front au mien. Je ferme les yeux. C'est vraiment étrange. Quand il est proche de moi, j'ai la sensation d'être dans une bulle, bien à l'abri du reste du monde et des ravages dus à la folie des hommes et des dieux. Bon, et ça me chatouille bien dans le ventre, une chaleur dévorante parcourt mes veines…

— Tess, me dit Léo. Je sais bien que ça te paraît fou. Mais je vais te demander de me faire confiance une nouvelle fois. Je suis tout à fait conscient qu'il n'y a rien, enfin, pas grand-chose, entre nous, mais… J'ai vu notre avenir dans mes visions. Dans tous les possibles dans lesquels nous survivons à ce qui est en train d'arriver, nous sommes ensemble. C'est soit la mort, soit… nous.

Nous… Mon petit cœur frémit, tandis que mon cerveau me hurle de revenir à la raison. Tout ceci est fou. Dément. Stupide, même. Mais Léo se détache de moi, me reprend la main, et m'entraîne à nouveau face à Némésis.

Celle-ci nous jauge d'un regard hautain.

— Mon fils, es-tu vraiment sûr de vouloir épouser une Furie ? Et celle-ci en particulier ? Je sais que Meg ne peut être attirée par toi, et que, vu son caractère, votre union serait clairement vouée à l'échec, mais je t'aurais plus vu avec Alex. Enfin, je me répète, je sais, mais…

Sans que je comprenne bien pourquoi, ces derniers mots me heurtent. Je ne vaux pas moins qu'Alex. Certes, je suis un peu évaporée, j'ai besoin de folie dans ma vie, je ne fais pas de yoga et ne bois pas de lassi à la mangue, mais je suis quelqu'un de bien. Puis je réalise que je me laisse juger par Némésis, et mon orgueil reprend le dessus.

— Némésis, tu as toujours voulu une alliance avec l'une d'entre nous. Ne fais pas la fine bouche aujourd'hui. Il n'y a que moi, ici, tandis que mes sœurs sont en train d'affronter ta horde de monstres dans Paris. Il n'y a que moi. Et je t'ai apporté le collier.

Némésis prend un air songeur. Elle hésite. Moi, je serre les dents. Je ne sais pas pourquoi, mais, à présent, j'ai envie d'aller au bout de cette histoire. Il sera bien temps, plus tard, d'évaluer les conséquences de nos actes.

— Mmmh. Très bien. J'imagine déjà la tête de tes parents et de tes sœurs quand elles apprendront ta trahison. Ça vaut bien de prendre quelques risques, après tout. Allez, je vais procéder à votre union.

— Hein ? Maintenant ?

Non, parce que c'est une chose d'accepter de s'unir pour la vie – je dirais même, pour l'éternité –, mais c'en est une autre que de le faire sur-le-champ, alors que le monde part en vrille, et que je ne sais même pas où en sont ma mère, ma grand-mère, et surtout mes sœurs.

— Eh bien quoi ? Quel est le problème ? râle Némésis.

Heureusement, Léo a cerné le problème. Il a certes ses défauts, mais il a malgré tout une sensibilité certaine. Il se penche vers moi et me murmure à l'oreille.

— Tess, je te promets qu'on fêtera ça avec ta famille dès que ce sera possible.

Je le regarde, affolée. Y aura-t-il quelque chose à fêter ? Peut-on réellement fêter une union qu'on n'a pas vraiment décidée ?

Mon futur époux soupire, pendant que Némésis trépigne d'impatience.

— Je te promets aussi de te rendre ta liberté si tu n'es pas heureuse après tout ça. Dans mes visions… je nous vois ensemble, mais je n'ai aucune certitude concernant la durée ou la validité de cette union.

Chouette. Autant je me sentais rassurée, d'une certaine façon, de savoir que ce mariage était prévu par le destin, autant la perspective de divorce me réjouit moins. Mais je sens bien que je ne suis pas cohérente. En fait, je crois que j'ai peur. J'ai peur de ce qui m'attend. La guerre, les batailles, la folie des divins, la faiblesse des hommes, tout ça, je connais, je sais y faire face. Mais ce qu'on me demande là… M'engager envers un presque inconnu, c'est au-dessus de mes forces. Et personne ne devrait avoir à subir cela.

Mais je ne suis pas personne. Je suis Tisiphone, fille d'Hadès et de Perséphone, Chienne d'Hadès, Furie redoutable, déesse immortelle. Et aujourd'hui, je dois tout faire pour permettre à ma famille de s'en sortir face aux horreurs qu'elles affrontent à la surface.

Si j'ai récupéré ce collier il y a deux siècles, je me dis que ce n'est pas pour rien. Tout a une raison d'être. Chaque petit événement forme un tout cohérent. Il suffit de faire preuve de patience pour que les choses finissent par s'éclaircir. Je dois retrouver la foi, et la garder.

Je plante donc mes yeux dans ceux de Léo. Je lève le menton et affirme :

— Tout va bien. Allons-y.

Je lis de la fierté dans le regard de mon fiancé et, je ne sais pas pourquoi, cela me fait du bien. D'un pas déterminé, la main de Léo soutenant mes reins, nous avançons en direction de la grande et terrible Némésis.

Il est temps de me marier, pour le meilleur et pour le pire.

INTERMÈDE

1861, dans un village non loin de Paris

— Tisiphone, lève-toi !

C'était la voix d'Alecto. Autoritaire et froide, mais dont elle percevait malgré tout les accents angoissés.

Tisiphone ouvrit un œil, puis deux. Elle avait mal, Némésis n'y était pas allée de main morte. Elle allait se régénérer, elle le savait, car ses blessures n'étaient pas mortelles, mais il lui faudrait du temps.

— Alecto… Que fais-tu ici ?

— Je suis venue te filer un coup de main. Tu pensais que votre petit affrontement passerait inaperçu ?

Tisiphone grimaça. Non, évidemment. Mais elle pensait par contre ne pas rencontrer autant de résistance face à Némésis.

— Où est-elle ?

— Un peu plus loin. Elle n'a pas encore repris ses esprits. Que veut-elle ?

— Le collier d'Héphaïstos. Je crois que sa quête de pouvoir ne s'arrêtera jamais. Elle est encore plus puissante que la dernière fois que nous l'avons rencontrée.

La dernière fois. La dernière fois, juste avant que Mégère ne parte en stase, de chagrin, de désespoir, de lassitude.

Alecto marque le coup, souffle bruyamment.

— Qu'allons-nous faire ?

— J'ai un plan…

— Pardon, ma chère sœur, mais de ce que je vois là, ton plan n'était pas bien ficelé…

Tisiphone se releva péniblement, en grognant. Elle étira sous le ciel sa haute silhouette, secoua les serpents de ses cheveux pour les éveiller à nouveau et laissa libre cours à ses larmes sanglantes. Elle fit claquer son fouet, une fois, deux fois.

— Tu veux bien me faire confiance ?

— Mais…

— S'il te plaît, Alecto. Lâche prise. Pour une fois.

Avec gravité, la blonde Furie acquiesça, malgré l'angoisse qui la tenaillait face à la détermination de sa sœur. Cela ne ressemblait pas à Tisiphone.

Mais Némésis, elle aussi, se relevait déjà et hurlait sa rage vers le ciel.

— Vous ne m'arrêterez pas !

— Tu as besoin de temps, c'est ça ?

— Oui.

— Très bien. Fais ce que tu as à faire.

Sur l'instant, Alecto se transforma en une ourse gigantesque, aux pattes puissantes et griffues, aux crocs dégoulinants de bave. Quand elle chargea l'antique déesse, son pas fit trembler la Terre.

Avec un sourire plein de regrets, Tisiphone la regarda s'éloigner. Elle n'assisterait pas à ce combat, mais elle savait qu'Alecto ne risquait rien. Quand elle aurait accompli ce qu'elle avait en tête, Némésis n'aurait plus aucun intérêt à affronter la dernière Chienne d'Hadès.

Alors, elle se retourna vers Jules Thébin, l'ultime, le dernier représentant de sa lignée maudite. D'un coup de fouet, elle sépara sa tête de son corps. Les larmes qui roulaient à présent sur ses joues étaient des larmes de regret. Tant de peine, tant de douleurs, tant de violence… Et tout ça pour quoi ? Pour préserver un jouet de dieux depuis longtemps oubliés. Il était temps que cela cesse.

Sur le corps mutilé du jeune homme, elle s'empara du collier, le fourra dans sa longue robe couleur de sang frais, puis disparut.

Il était temps de rejoindre Mégère et de se reposer. À jamais.

ÉPILOGUE

— Alex !

Une explosion, comme une gerbe de feu monstrueuse, ponctue ce cri.

— Quoi ? grogne la Furie, aux prises avec un Titan plutôt vilain, bavant et grognant de colère.

— J'ai besoin d'aide, supplie la déesse aux courts cheveux noirs.

— T'es sérieuse ? Tu crois que je suis en train d'enfiler des perles ?

— Aaaaaaaah…

— Putain, Meg…

Sous les yeux ébahis d'Alecto, le corps gigantesque de Mégère vole par-dessus un immeuble en flammes, avant de retomber avec fracas sur une place bétonnée. Le bitume se fissure, les trottoirs explosent et la tôle des voitures se froisse sous l'impact.

En deux enjambées, Alecto franchit plusieurs dizaines de mètres pour rejoindre sa sœur, s'agenouille à ses côtés.

— Meg… Meg !

Sur le visage si pâle de Mégère, nulle expression, nul frémissement. Alecto lève son visage baigné de larmes de sang vers le ciel pour hurler sa détresse. Elle est seule. Tellement seule. Sa mère, Perséphone, et sa grand-mère, Déméter, sont parties il y a quelques heures déjà pour aller mettre à l'abri les Infernaux, et surtout Hadès, loin, loin d'ici, de Paris et de ces scènes apocalyptiques. La priorité est de faire retrouver ses esprits au souverain des Enfers. Lui seul peut encore les aider à sortir de ce merdier.

Les deux Chiennes comptaient sur Tisiphone, aussi… Mais où est-elle ? Elle est partie avec Léo pour offrir ce satané collier à Némésis, et n'est pas revenue depuis. Pourvu qu'il ne lui soit rien arrivé…

Le Titan, dans son dos, mugit. Il vient d'être rejoint par celui contre lequel Mégère combattait. Ce qu'elle peut détester les Primodiaux. Aucune finesse, aucune élégance, mais quelle puissance, malgré tout. Elle peinait déjà contre un, alors contre deux…

D'un geste doux, en dépit de sa peur, de sa frustration, de sa colère, Alecto caresse la joue lisse de sa sœur.

— Repose-toi. Je m'occupe de tout, cette fois. Je te promets que je vais tout faire pour qu'on s'en sorte…

En son for intérieur, elle adresse une dernière prière — à qui, à quoi ? —, espérant que Julia, l'aimée de sa sœur, sa belle, son soleil de minuit, soit à l'abri. Mégère ne supporterait pas qu'il lui arrive quelque chose.

Puis, d'un mouvement souple, à peine marqué par la fatigue qui hurle dans ses muscles, elle se relève pour faire face à ses ennemis.

— Allez, mon gros, ça va être ta fête !

Un ton plus bas, elle ajoute :

— Ça, c'est une expression que Meg aurait soumise à Wiki. Ça veut dire que je vais grave défoncer ces fils de Gaïa.

Dans ses cheveux blonds dansent des serpents pâles et furieux, sa main droite serre un fouet aux pointes d'argent. Sur ses joues, ce ne sont plus des larmes, mais des torrents de sang, et leurs flots emportent ses derniers doutes.

Peu importe l'issue de ce combat. Alecto protégera sa sœur, sa famille, ceux qu'elle aime… même au prix de sa vie.

Avec un dernier hurlement à faire trembler l'univers, la Chienne d'Hadès se rue au combat.

III
ALEX
LES CHIENNES D'HADÈS
ÉMILIE CHEVALLIER

PROLOGUE

Le combat a été rude, mais je n'ai rien lâché.

Je ne lâche jamais rien.

Je suis comme ça, c'est dans ma nature. C'est ma raison d'être, aussi.

Je suis Alecto.

Alecto l'Implacable.

Je suis celle sur laquelle on compte. Je suis le pilier de notre trio. Je suis la fidèle, la sérieuse, la déterminée, l'inflexible, celle qui prend soin des autres, qui défend bec et ongles sa famille.

Celle qui harcèle sans relâche les criminels.

Celle aussi, qui refuse les compromis. Trop, peut-être.

Je n'ai jamais eu peur de me salir les mains, je les ai si souvent plongées dans le sang et les âmes de mes victimes.

Est-ce que les choses me conviennent ainsi ? Ça, c'est une question que je refuse de me poser. Parce que si je m'aventurais à réfléchir à tout ça, tout ce merveilleux château de cartes que j'ai construit comme une forteresse autour de mon cœur s'effondrerait en un souffle dévastateur.

Et je ne peux pas me le permettre.

Je dois rester forte, toujours.

Je dois rester forte pour prouver à mes parents, ce couple infernal et dysfonctionnel, qu'ils ont malgré tout réussi à nous élever.

Je dois rester forte pour que Tess puisse rêver de licornes.

Je dois rester forte pour que Meg puisse se plaindre à chaque instant.

Je dois rester forte, pour ne pas leur montrer à quel point leur départ en stase m'a brisée. À quel point leur retour m'a déstabilisée, tout en réchauffant mon cœur d'un espoir fou.

Je dois rester forte, parce que je suis différente des autres, et que la différence, ça ne plaît à personne. Ça fait peur.

Ça me fait peur.

Aujourd'hui, nous avons perdu une bataille contre les Primordiaux. Mais nous n'avons pas perdu la guerre.

Je me fais la promesse de tout faire pour nous sortir de ce merdier.

Et j'étouffe la petite voix qui me souffle que j'ai déjà tant fait de serments, et que j'en ai tenu si peu…

Je suis Alex, et je décide qu'aujourd'hui, tout doit changer. À commencer par moi.

RÉSISTANCE

Un vent froid s'insinue dans tout Paris, dans les ruelles obscures comme sur les grands boulevards autrefois éclairés. Il fait un froid glacial, et le ciel lourd et plombé pèse sur la ville dévastée, en apparence déserte. Quelques tissus délavés ornent les fenêtres aux vitres cassées, les portes des immeubles pendent sur leurs gonds, et de vieux papiers gras volettent au rythme des bourrasques coupantes comme des lames acérées.

Soudain, le couvercle métallique d'une poubelle vide depuis longtemps déjà heurte le sol. Le pauvre chien famélique responsable de ce raffut disparaît dans un glapissement effrayé.

Hommes et animaux ont peur et se cachent. Tous se terrent, et rares sont ceux qui ont le courage de sortir, à la recherche d'un peu de nourriture, ou de combustible pour un feu qui les réchauffera à peine.

Heureusement, dans les sous-sols d'un ancien club à la mode, la résistance s'organise.

L'un des derniers arrivés parmi les employés des *Portes de l'Enfer*, Jerry, a rapporté une antique radio, juste après l'invasion des Titans, juste après la catastrophe. Où a-t-il trouvé le courage de quitter l'enceinte rassurante du club pour se jeter dans les rues, et ainsi rejoindre sa studette sous les toits, nul ne le sait. Néanmoins, son butin s'avère précieux. Inestimable, même.

Tous les êtres encore présents autour de la patronne, Domi, sont réunis au comptoir. Sur le zinc impeccable, le boîtier grésillant trône en majesté. Tous attendent des nouvelles du monde. Sans pour autant se faire la moindre illusion : elles seront mauvaises, comme tous les jours depuis quelques semaines. Mauvaises, et désespérantes. Ils ont pourtant tellement besoin d'une petite lueur d'espoir pour continuer la bataille, pour tenir face à l'ennemi.

— Est-ce qu'on va réussir à capter quelque chose, aujourd'hui ? murmure Julia, en repoussant la masse emmêlée de ses cheveux roux.

Où sont passés ses rondeurs, sa peau laiteuse et son sourire lumineux ? Aujourd'hui, de larges cernes soulignent ses yeux gris et ses joues sont creusées. Dans son regard hanté par l'angoisse, on lit toute sa détresse de ne pas savoir ce qu'il est advenu de Meg, son aimée, cet être mythique qui pour elle est devenu une réalité, et qu'elle chérit de tout son cœur d'humaine.

Domi, toujours resplendissante même avec son jean et son col roulé bleu nuit, les cheveux relevés en un chignon strict et la mâchoire à peine ombrée de barbe, lui passe une main réconfortante dans le dos.

— Ça va aller, on aura des nouvelles bientôt, j'en suis sûre. Garde espoir, je t'en supplie.

— Oui, nous saurons ce qu'il se passe à Londres, à Berlin, à Rome, à New York… Partout les mêmes destructions, la même désolation… Mais…

Julia éclate en sanglots irrépressibles. L'humanité a souffert, depuis l'apparition des Titans et des Hécatonchires. D'autant plus qu'ils ont rapidement été suivis par d'autres espèces primordiales, comme certains Géants et les Cyclopes, qui se sont mêlés à la fête avec un enthousiasme débordant, détruisant tout sur leur passage. D'où sont-ils sortis ? Où étaient-ils durant les derniers millénaires ? Personne ne possède les réponses à ces questions. Et même, personne ne les pose, ces questions. À quoi bon ?

Quoi qu'il en soit, la population des grandes villes a été décimée, les bâtiments saccagés, les gouvernements renversés. Dans les campagnes, les dégâts sont moindres, mais peu à peu, les Primordiaux s'y aventurent et y établissent aussi leur domination. Bientôt, ils seront partout. Peut-être le sont-ils même déjà.

Julia reprend, la voix tremblante :

— Où sont les Furies ? Où sont Déméter, Perséphone, Hadès et les Infernaux, hein ? Se pourrait-il que Némésis ait réussi à les éliminer ?

— Je ne crois pas, ma chérie, tente de la réconforter sa sœur.

Autour d'elles, le silence s'est fait, et on n'entend plus que la radio qui grésille sans fin. Tous les gens en présence étaient là, ce fameux soir, quand tout a basculé. Tous savent désormais que les anciens dieux existent. C'est pour ça qu'ils ont accepté de rester aux *Portes de l'Enfer.* Tous ont espoir de voir revenir les Chiennes d'Hadès et leurs improbables alliés. Et puis, aussi, comment survivre autrement ? Ceux qui sont restés, isolés, dans les décombres de la ville ne font pas long feu. Quelques bandes armées se sont constituées, mais elles aussi se terrent et survivent de peu.

— Et si… reprend Anne, la barmaid, et si Julia avait raison ? Et si les dieux nous avaient abandonnés ? Si c'était la fin ?

Domi la fusille du regard, tandis que Julia se remet à pleurer de plus belle.

— Je te remercie, Anna. Je vois que tu es toujours aussi subtile.

Ladite Anna a la délicatesse de rougir un peu face à la colère froide de sa patronne et à la détresse de Julia. Mais à peine. Alors qu'elle ouvre la bouche pour reprendre et, peut-être, atténuer son propos ou présenter des excuses, les grandes portes battantes du club explosent littéralement. Aussitôt, Ryan, l'ancien videur qui aujourd'hui est de tous les raids de ravitaillement, bondit pour se précipiter à la rencontre des envahisseurs. Mais il se fige sur place, bouche ouverte, yeux écarquillés.

— Qu'est-ce que…

Face à lui se tient un homme taillé comme un colosse, aux muscles puissants, et aux longs cheveux blonds décolorés. Torse nu malgré le froid, il n'est vêtu que d'un short bariolé et d'une paire de tongs dans un état déplorable. Sous son bras droit, il porte une planche de surf.

Avec un large sourire, il déclame :

— Salut la compagnie ! J'ai comme l'impression que vous avez besoin d'un peu d'aide. On boit un coup d'abord ?

CHAPITRE 1

— Meg, tu veux bien arrêter deux minutes, s'il te plaît ?

— Quoi ? Je gêne ton incroyable concentration de yogi ? ronchonne ma sœur.

Avec un soupir, je me redresse, dégage ma longue natte blonde qui pend sur mon épaule. La posture du pigeon, ça ne sera pas pour aujourd'hui, apparemment. Par contre, j'envisage une tout autre posture pour ma très chère Meg… L'envie pressante de la plier en deux pour la ranger au fin fond d'un placard me prend.

— Oui, tu me gênes. De plus, ce que tu fais est totalement inutile. Est-ce que tu t'en rends compte ?

— Tout à fait.

— Alors pourquoi le fais-tu ?

— Parce que si je ne fais rien, je vais devenir folle.

— Tu es déjà folle.

— Ouais, OK. Eh bien, encore plus, tu vois.

Elle se penche à nouveau vers la fausse fenêtre du salon luxueux – et à la déco terriblement minimaliste, ai-je besoin de l'ajouter. De ses ongles courts et laqués de noir, elle gratte l'encadrement. Je soupire à nouveau. Elle ne s'arrêtera jamais, j'en suis sûre à présent. Meg est une horrible tête de mule. Cela fait quelques mois que je vis avec elle, et c'est toujours aussi pénible. J'aurais préféré être enfermée ici avec Tess. Quoique… Un instant, j'imagine le sol de ce salon recouvert de farine et de fleurs en sucre, et je frémis. Non, autant supporter la mauvaise humeur et les lubies de Meg.

Même si, pour l'heure, elle s'évertue à trouver une issue à notre prison, alors qu'il n'y en a aucune.

Malgré tout, en repensant à Tess, l'angoisse m'étreint. Où est-elle, et que fait-elle ? Des semaines que nous sommes emprisonnées dans le palais de notre enfance, le palais de notre père Hadès, et nous ne l'avons pas encore revue. Pire, je ne sais même pas si elle est encore là, ou si elle est remontée en surface une fois sa mission accomplie, à savoir offrir le collier des Thébin, le joyau maudit de Cadmos et Harmonie, à Némésis, en espérant qu'elle profite de sa malédiction multimillénaire. À vrai dire, je ne sais même pas si mon autre sœur est encore en vie…

À cette seule pensée, des larmes inondent mes joues et brouillent ma vision. Je les chasse d'un revers de la main. Inutile que Meg me voie pleurer. Ça l'inquiéterait, et elle irait se monter la tête sur ma prétendue sensibilité.

Je ne suis *pas* sensible. Voilà. Enfin, presque pas. Ou juste en ce qui concerne mes sœurs. Et ma famille. Et mes amis.

Oui, je suis très inquiète pour Tess. Je ne peux pas croire qu'elle nous ait trahies. Il a dû se passer quelque chose de grave, pour qu'elle nous laisse moisir ici pendant que l'avenir de notre monde se joue. C'est en tout cas ce que je m'efforce de croire.

— Bon, Meg, t'as fini ?

— Noooooon… Cette saloperie de truc à la noix ne veut pas s'ouvrir.

— Meg…

— Quoi ?

— Nous sommes retenues prisonnières par Némésis. Aucune des ouvertures de cette suite ne s'est ouverte depuis notre arrivée, la bouffe se matérialise sur la table aux heures de repas et doit contenir suffisamment de drogue pour que nos serpents restent en sommeil et que nous ne puissions jouir de nos pouvoirs. Même nos petites culottes propres surgissent sur notre commode chaque matin. Comment peux-tu imaginer qu'en gratouillant avec tes ongles tu vas parvenir à créer une brèche, hein ?

Meg se met à ronchonner, mais je ne parviens pas à saisir le moindre mot dans la bouillie informe qui s'échappe de ses lèvres. Un instant, je la contemple de dos, ses courts cheveux hérissés sur sa nuque raidie par la détermination.

Inutile d'insister, je me fatigue pour rien. Elle est bornée, et ce n'est pas maintenant qu'elle va changer.

À pas lents, je rejoins notre petite cuisine, ouvre le frigo dont le contenu se renouvelle dès que le besoin s'en fait sentir et en sors une bouteille de kéfir. Je m'estime presque chanceuse. Cette connasse de Némésis aurait pu garnir ce frigo de sodas, de viande ou de malbouffe juste pour m'embêter, mais non, même pas. J'imagine que ce n'est donc pas elle qui s'occupe de l'approvisionnement. Intérieurement, je me fais la promesse de remercier chaleureusement la personne qui s'est occupée de gérer notre quotidien.

Si nous sortons un jour de cet enfer.

Si nous restons en vie suffisamment longtemps.

Car oui, nous avons beau être nourries, logées, blanchies, et en aucun cas maltraitées, cette suite est devenue un enfer. Nous tournons en rond, nous nous rongeons les sangs, notre impuissance est une source de souffrances infinies.

Meg parle peu. Enfin, elle grogne beaucoup, mais elle exprime peu ses sentiments. Néanmoins, je sais très bien qu'elle se fait un sang d'encre pour Julia. Chaque jour, je la vois s'étioler un peu plus, rongée par l'angoisse.

Et je partage ses craintes. Nous avons laissé nos amis, notre famille à la surface. Nous sommes tombées au combat, avons été faites prisonnières et ramenées dans l'Érèbe, sans le moindre espoir de retour, sauf coup d'éclat de nos alliés.

Nos alliés… Qui sont-ils ? Existent-ils seulement ?

Bref, nous sommes totalement dépendantes des autres, et c'est une situation insupportable pour nous.

— Meg !

— Quoi ?

« Quoi ». Décidément le mot que j'entends le plus dans la bouche de ma sœur.

— Allez, lâche l'affaire et viens boire un café.

Pour lui montrer ma bonne volonté, je lui prépare même une tasse, et les cinq petits cubes blancs qu'elle mettra dedans. Oui, ma sœur a la dent sucrée. D'ailleurs, dans le frigo, les boissons saines côtoient les pâtisseries dégoulinantes de lipides et de glucides. Je préférais encore celles que nous confectionnait Tess.

Enfin, Meg me rejoint, s'empare de sa tasse emplie du liquide noir et odorant, et plonge son nez dedans.

— Meg…

— Quoi ?

— Je sais que tu es inquiète, et moi aus…

— Ah non, Alex, hein ! Ne commence pas à me faire la morale, je crois que je ne le supporterais pas !

— Meg…

— Meg, Meg, Meg ! Tu n'as que ce mot à la bouche ! Mais enfin, va te réfugier sur ton tapis et fous-moi la paix !

D'un geste rageur, elle balance sa tasse dans l'évier, dans un bruit de porcelaine brisée. Le café éclabousse la paillasse et la crédence. Il y en a même sur le sol. Une bouffée de colère m'envahit, mais je parviens à la refouler rapidement. Je ne veux pas m'énerver sur ma sœur, même si elle est agaçante, qu'elle se conduit comme une gosse mal élevée, que…

— Putain, Meg, tu me fais chier maintenant !

Les mots sont sortis de ma bouche sans que je puisse les retenir. Ma sœur relève sur moi ses yeux noirs comme un abîme sans fond. Dedans, j'y lis l'orage qui s'y prépare. Très bien ! Nous sommes deux à être en colère, et j'en ai ras le bol d'arrondir les angles ! Ras la casquette de la supporter !

— Quoi ?

— Quoi « quoi » ? Tu n'as plus que ce mot à la bouche !

— Et alors ?

— T'as qu'à demander à ton Wiki de t'apprendre à parler correctement ! Le temps des hommes des cavernes est révolu depuis un moment, je te signale ! Alors, arrête de grogner, et grandis un peu !

— Gnagnagna…

Mais… Sous l'affront, je reste coite une seconde. Puis la fureur m'entraîne dans ses tourbillons. Je me jette sur Meg, l'attrape par ses courts cheveux et la balance contre le mur d'un blanc déprimant. Sous l'impact, son souffle se coupe et elle me contemple, les yeux écarquillés par la stupeur.

Puis un sourire dément vient étirer ses lèvres rouges, et je sens que le même s'est emparé de mon visage.

Dans un rugissement terrible, nous nous précipitions l'une sur l'autre. Les coups s'enchaînent. Nous n'avons plus nos serpents, nos fouets ou notre force divine, mais nous restons malgré tout extrêmement puissantes. Les meubles volent, le sol de marbre se fissure, des cloisons explosent en des nuages de poussière. Nous rugissons de douleur sous les uppercuts, mais nous grognons aussi de rage et de frustration.

Nous ne nous arrêtons que lorsque nous nous trouvons toutes les deux au sol, allongées sur le dos, épuisées et haletantes. Autour de nous, c'est le chaos. La déco de Némésis en a pris un sacré coup, elle aussi.

À cette idée, je me mets à rire. Rire à ne plus pouvoir m'arrêter. Un rire hystérique, irrépressible. Est-ce que je suis vraiment en train de devenir dingue ?

Si tel est le cas, alors nous sommes deux. Meg se met à rire à son tour, et d'entendre ce son à nouveau me fait chaud au cœur.

Nous rions peut-être aussi longtemps que nous nous sommes battues. Avec la même intensité, le même désespoir. Pour enfin nous apaiser, et baigner dans le silence. Des grains de poussière virevoltent dans les rayons d'une lumière solaire artificielle.

À la surface, est-ce vraiment le jour ? Ou les ténèbres se sont-elles définitivement abattues sur le monde ?

Je roule sur le côté pour me tourner vers ma sœur. J'ai envie de lui dire à quel point je la comprends, et à quel point je partage ses angoisses. Et aussi à quel point j'ai besoin d'elle. Elle est dorénavant mon seul repère.

— Meg, je…

— Chut. Ne gâche pas ce petit îlot de bonheur dans cet océan de merde.

Sur le moment, j'en reste bête. Puis je souris. Évidemment, elle a raison. Alors je me rallonge sur le dos, contemple le plafond fissuré par nos exploits.

— Putain, Meg, tu sais quoi ? C'était encore mieux qu'une séance de yoga.

— Ouais, je veux bien te croire. Mais pas mieux qu'une bonne partie de jambes en l'air, si je peux me permettre.

— Si tu le dis.

Ce n'est pas moi qui irais la contredire, je ne sais pas franchement de quoi elle parle.

INTERMÈDE

Nord de la Thessalie, aux abords de la cité des Lapithes

Douce, douce Dia ! Fille d'Éionée, beauté à nulle autre pareille, pur joyau à la peau d'albâtre et aux cheveux de nuit, délicate créature au teint de rose !

Jour et nuit, Ixion, roi des Lapithes, ne pensait qu'à la jeune femme aperçue alors qu'elle se baignait dans un lac aux eaux tranquilles et peu profondes. Caché derrière un fourré touffu, il l'avait longuement épiée, et son désir d'elle n'avait fait que grandir en son ventre bouillonnant de passion.

Jour et nuit, il se souvenait de ses courbes voluptueuses et parfaites, des gouttes d'eau brillantes qui ourlaient sa peau veloutée, de son regard d'azur lointain, de son rire pointu lorsqu'elle effleurait l'onde de sa blanche main.

Jour et nuit.

Nuit et jour.

À en perdre le sommeil, à en oublier de se nourrir, à ne plus même désirer d'autres femmes. À en devenir fou, s'il ne l'était déjà.

Il songea alors à s'emparer de la jeune fille par la force, mais elle était bien gardée par les hommes de son père. Il ne lui restait donc que la ruse pour obtenir ce qu'il désirait, à cet instant, le plus au monde.

C'est ainsi qu'Ixion, par un beau jour d'été, se rendit auprès du vénérable Éionée pour lui déclarer ses intentions. Il voulait épouser sa fille unique, et ainsi, faire d'elle une reine.

— Oh, noble Éionée ! J'ai aperçu ta fille lors d'une chasse, et je reste bouleversé par sa beauté. Je te demande aujourd'hui d'accéder à mon désir et de me laisser l'épouser.

Mais Éionée, qui était fort sage, bien que cupide, aimait tendrement sa fille Dia et connaissait la réputation d'Ixion. Le roi des Lapithes était un homme colérique, aux passions aussi violentes qu'éphémères, et il n'hésitait jamais à se salir les mains. Ses désirs n'étaient que caprices.

— Que m'offriras-tu en échange de ma douce enfant ? Elle est la prunelle de mes yeux, la joie de mes vieux jours, l'enchantement de toute une vie…

Ixion grimaça. Il aurait souhaité que son noble statut suffise à lui obtenir la bénédiction du vieil homme. Malgré sa volonté de s'emparer de Dia, il n'avait guère envie de se fendre de riches cadeaux pour obtenir ce qu'il estimait lui revenir de droit. Il voulait Dia, il voulait la posséder, en faire son jouet, et qu'importe si un jour il la délaissait. Elle serait sienne, il s'en était fait la promesse.

Il se résolut donc à tout promettre pour obtenir la main de la belle, et bien plus encore. Il aviserait plus tard, une fois sa volonté accomplie.

— Je t'offrirai les plus beaux cadeaux qu'il soit pour te remercier, si tu m'offres ta fille Dia en mariage.

— Mmmh, cette vague promesse ne me suffit guère.

— Comment cela ?

— Détaille-moi ce que tu es prêt à m'offrir.

Car Éionée, malgré l'amour qu'il portait à Dia, était aussi avide de richesses.

— Je t'offrirai… je t'offrirai… de l'or !

— De l'or, de l'or… mais qu'est-ce à dire ? Je veux des détails ! Des détails !

Le vieux, perché sur un fauteuil de bois, se penchait en avant, ouvrait grand sa bouche édentée. Donner sa fille chérie, oui, mais pas pour rien ! Son amour pour elle était grand, il fallait donc que sa récompense pour s'en séparer soit à la hauteur de ses sentiments !

— Le poids de ta fille, en or ! s'exclama Ixion, échauffé par la négociation.

Éionée fit la moue. C'est que Dia ne pesait pas bien lourd, en raison de sa finesse et de sa petite taille.

— Le tien, plutôt, dit-il, car Ixion était un véritable colosse aux muscles puissants.

— Accordé !

— Et puis ? Que m'offres-tu encore ?

Ixion, bien malgré lui, eut un pas de recul.

— Quoi ? Cela ne te suffit pas ? Regarde comme je suis fort et lourd !

Le roi des Lapithes fit saillir ses muscles, roula ses épaules, se grandit, mais rien n'y fit. Éionée en voulait plus, toujours plus.

— Des chevaux ? Tu connais la réputation de nos chevaux ! Les Lapithes sont les meilleurs éleveurs qui soient !

— Oui, vous n'êtes pas mauvais, mais…

— Mais quoi ? s'impatienta Ixion.

Cette tocade allait lui coûter cher, à n'en pas douter. Il était prêt à renoncer, quand, soudain, la belle fit son apparition aux côtés de son vieux père. Elle était pâle, et sur ses joues sinuaient des torrents de larmes.

Tous les doutes du Lapithe s'envolèrent. Qu'elle était belle ! Sublime, même ! Lui saurait faire cesser ses pleurs, fût-ce par la force et la terreur.

— Je t'offre cent de mes chevaux !

Vacillant, mais exalté par cette perspective, le vieil Éionée se leva sur ses jambes tremblantes. Il prit appui sur l'épaule ronde de sa chère fille et déclara :

— Nous avons un accord. Tu épouseras la précieuse Dia, contre ton poids en or et cent chevaux lapithes.

Aucun des deux hommes ne prit le temps d'accorder le moindre regard à la jeune fille, dont l'expression figée traduisait le chagrin et la peur.

CHAPITRE 2

Bonjour à tous, c'est Séléna.

Aujourd'hui, nous allons faire un cours d'Ashtanga. Comme tu le sais, si tu me suis sur ma chaîne YouTube ou sur mon Instagram – lien juste en dessous, et surtout n'hésite pas à me laisser un petit commentaire ! – l'Ashtanga, c'est un enchaînement de postures bien définies avec un rythme respiratoire bien particulier. Un cours d'Ashtanga dure d'une heure trente à deux heures, mais comme il s'agit aujourd'hui d'un cours débutant, il ne durera qu'une demi-heure, avec des postures « faciles », choisies exprès pour toi.

On va commencer en position de Tadasana, la posture de la montagne…

Une voix étrange, nasillarde et féminine, me réveille. Qu'est-ce que… J'ai dû m'endormir. Moi qui dormais si peu, quand nous étions à la surface, depuis que nous sommes redescendus dans l'Érèbe, je suis capable de m'assoupir à tout moment, et absolument n'importe où. Dans mon lit, sur le sofa, dans un fauteuil, ou même durant mes méditations, c'est dire… Je pense que c'est l'ennui. Ou alors je me réfugie dans le sommeil pour échapper à notre réalité.

Reste ici pour cinq respirations. À ton rythme. Pense toujours à bien écarter les omoplates, à baisser tes épaules, garde la tête dans l'axe de ta colonne… Expire, cinq… Inspire… Expire, quatre… Inspire… Expire, trois… Inspire… Expire, deux…

Cette fois, je n'y tiens plus, me lève de mon lit et rejoins le salon. Et là, je reste muette de stupéfaction.

En plein milieu de la pièce se tient Meg, toute vêtue de noir, debout sur un tapis de yoga, noir lui aussi. Elle a l'air très concentrée et son regard est fixé sur le mur face à elle, comme si elle voulait le détruire, le réduire en miettes, pour qu'il n'en reste plus rien. Est-ce qu'elle est au courant, au moins, que le yoga n'est pas un sport de combat ? Mmmh, pas sûre.

— Meg ? Mais qu'est-ce…

— Chut.

Lève les bras au-dessus de ta tête, joins tes mains, inspire… et expire, plonge, planche…

— Mais…

— Putain, Alex, je te dérange pas, moi, quand tu fais ton yoga. Alors merci d'en faire autant pour moi, et va te faire infuser un thé vert.

Ah. OK. En désespoir de cause, je me réfugie dans la cuisine. De toute façon, ce qu'est en train de faire Meg, c'est un carnage. Elle est raide comme un bâton, et ne comprend rien aux postures. Peut-être que je pourrais lui apprendre…

Mais soudain, l'idée d'avoir ma sœur, si douce, si aimable, si mignonne, comme élève me percute et je grimace. Non, Meg va faire mumuse une heure ou deux sur son tapis, et puis on n'en parlera plus jamais. Plus. Jamais.

Je profite donc de ce temps seule pour me faire un petit déjeuner sain et revigorant. Machinalement, comme je le fais tous les jours depuis que nous sommes enfermées ici, je cherche Bloody Hell du regard. J'aimais tellement ces moments rien qu'à nous, quand je pouvais fourrager dans son long poil crème en buvant un lassi et en regardant mon jardinet parisien par la fenêtre… Ma boule de poils me manque, même si j'admets qu'elle n'est pas la plus douce des chattes. J'espère qu'elle s'en est tirée, là-haut. Mais je ne me fais guère d'illusions. Elle n'est pas du genre à survivre dans la rue, à chasser du rat et à boire de l'eau croupie. Non, Bloody a ses habitudes, c'est une princesse, une vraie. S'il existait une aristocratie féline, elle y aurait toute sa place.

Soudain, on toque à notre porte, et je sursaute. Le verre que je tenais à la main explose au sol. Merde. Je m'apprête à me baisser pour nettoyer quand je réalise tout à coup que c'est la première fois depuis notre emprisonnement que l'on nous rend visite dans cette suite.

Recule le pied droit, recule le pied gauche pour venir dans une posture de guetteur…

Du coup, je me précipite dans le salon. Comme moi, Meg semble sidérée.

Paumes des mains au sol, pointe les doigts vers l'avant, n'oublie pas de garder les coudes près du corps. Dépose ton front au sol. Pousse le bout de tes oreilles loin de tes hanches. Inspire, étire le menton vers l'avant, lève et bascule la tête vers l'arrière en l'éloignant des épaules… Sens l'élongation de la colonne. Toujours dans l'inspiration, ouvre la poitrine en poussant le torse vers l'avant, laisse les bras un peu fléchis : ton torse doit se soulever sans aucune pression sur les mains. Les bras deviennent actifs et maintiennent la colonne courbée vers l'arrière : presse légèrement la pointe des doigts dans le sol pour sentir un étirement. Voilà. Maintiens la posture du cobra.

Cobra. Serpents. Nous n'avons plus nos serpents. Nous n'avons plus nos fouets ni notre capacité à nous transformer. Nous n'avons plus nos pouvoirs. Et nous ne savons pas qui veut pénétrer dans notre prison.

— On fait quoi ? chuchote Meg.

Je la regarde un instant, ne sachant trop quoi lui répondre.

— Éteins-moi cette horreur de cours de yoga que tu t'infliges, déjà.

Elle s'exécute en vitesse, en claquant des doigts pour faire taire cette chère Séléna. Mais évidemment, ça ne fonctionne pas. On a parfois du mal à se souvenir que nous sommes sans pouvoirs. Meg est donc obligée d'aller éteindre elle-même l'enceinte. Merci Daddy et tous les dieux des Enfers. À la porte, de nouveaux coups retentissent. Plus forts, plus insistants, cette fois.

— Je crois qu'on ne va pas avoir trop le choix, dit Meg. Il faut ouvrir.

— On est emprisonnées, Meg.

— Ouais… Mais si quelqu'un toque… Je sais pas, peut-être qu'on va pouvoir ouvrir ? C'est peut-être une porte de prison magique.

— On peut toujours essayer, soupiré-je, tandis que les coups redoublent.

Je carre les épaules, lève le menton et avance résolument. Je suis Alecto, dite Alex, je suis une Furie, une Chienne d'Hadès, fille de Perséphone, petite-fille de Déméter, nièce de Zeus, et je te passe le reste de mon pedigree. Je ne vais tout de même pas me laisser impressionner aussi facilement, n'est-ce pas ?

Mais au moment où je vais poser ma main sur la poignée, le battant explose littéralement sous mon nez. Je ferme les yeux, lève une main pour me protéger le visage. Derrière moi, j'entends Meg glapir. Autant pour le bien-être qu'aurait pu lui procurer sa séance d'Ashtanga.

— Salut.

Cette voix… Se pourrait-il que…

Sous le coup d'une émotion que je m'empresse de dissimuler, j'ouvre les yeux avec lenteur.

— Salut, je réponds en espérant avoir l'air la plus indifférente possible.

— Ça va ?

Cette fois, je ne peux m'empêcher de lever les yeux au ciel. Elle ne se fait vraiment pas chier, ma morue de sœur.

— Tu veux vraiment que je te réponde, Tess ? Et qu'est-ce que c'est que cette façon d'entrer chez les gens ? Depuis quand tu exploses les portes comme ça ?

Elle a la merveilleuse idée de paraître penaude et se tortille sur place. Pas évident quand on mesure un mètre quatre-vingt-dix, qu'on porte une robe fourreau d'un rose indien époustouflant et des talons hauts. Perchée sur son épaule, même Schmouti baisse le museau. Je ne le montre pas, mais je suis ravie de constater que cette bestiole va bien. Mais où sont ses petits furets ? J'espère qu'il ne leur est rien arrivé… Je brûle aussi d'envie de m'enquérir du sort de Bloody Hell et de Moisi, mais je n'ose pas poser la question. Trop peur de ce que je pourrais apprendre, même si je sais que c'est puéril de repousser ainsi l'inévitable.

Je jette ensuite un regard derrière elle. Elle est seule. C'est étrange.

— Tu es venue nous libérer ?

— Euh… Pas tout à fait.

Enfin, Meg réalise qui nous rend visite, elle se précipite vers la porte, me pousse d'un coup d'épaule et se jette au cou de notre sœur prodigue.

— Ah ! Enfin, tu es là ! Bah, dis donc, tu t'es fait attendre, un peu ! T'as deux minutes pour qu'on emballe nos affaires ? T'inquiète, on n'a pas grand-chose…

Pendant que Meg parle, moi, je ne vois que Tess. Tess et son visage fermé, Tess et ses yeux tristes, Tess et la raideur de sa nuque.

— Meg.

— Quoi ? me demande-t-elle en se tournant vers moi, les yeux pétillants d'excitation.

— Tais-toi.

— Mais…

— Elle n'est pas là pour nous libérer. N'est-ce pas, Tess ?

Ma sœur à la peau noire, si belle dans sa robe luxueuse, baisse les yeux sur ses mains, qu'elle tord férocement.

— Non, souffle-t-elle.

J'avais beau le savoir, ça me fait tout de même un choc. Des jours, des semaines, qu'on se fait du souci pour elle, qu'on espère sa venue, et là… C'est la déception.

Je refoule ce sentiment le plus loin possible dans mon cœur. Il y a plus urgent. Nous réglerons ce différend plus tard, nous avons l'habitude de tout mettre sous le tapis.

— Que veux-tu alors ?

— Je peux entrer ?

Je m'écarte du passage, entraînant une Meg sidérée dans mon sillage.

— Alex, pourquoi elle nous libère pas ?

Je secoue la tête.

— Je ne sais pas. Mais elle doit avoir ses raisons.

Raisons qui ont tout intérêt à être bonnes. Parce que je fais tout pour garder mon calme, mais si je m'écoutais, je lui tordrais le cou, à cette radasse de Tisiphone.

Nous laissons passer Tess, puis lui emboîtons le pas jusqu'au salon. Notre sœur fraîchement arrivée se plante à côté du tapis de yoga de Meg et regarde tout autour d'elle.

— Ça va, ça aurait pu être pire, énonce-t-elle d'une petite voix.

— Tu parles de quoi, dis-moi ? ne puis-je m'empêcher de lui demander. Du fait que nous soyons prisonnières, sans aucune nouvelle de personne, et surtout pas de toi ? Ou de la déco ?

— De la déco, évidemment.

Elle plante son regard noir, tellement noir qu'il en paraît violet, dans mes yeux clairs, avant d'ajouter :

— Je veux dire, par rapport au reste du palais, vous ne vous en sortez pas trop mal.

Malgré moi, je jette un œil au salon. Elle n'a pas tort. Ici, la déco est sobre, minimaliste, mais au moins, nous jouissons de couleurs claires et douces. Pas de noir ni de gris déprimant.

— Bon. OK. Si tu n'es pas là pour nous libérer… Que veux-tu, Tess ?

Parce que je ne suis pas stupide non plus. Si elle s'est décidée à venir aujourd'hui, ce n'est sûrement pas pour nous proposer une réunion Tupperware.

— Je voulais juste…

Mais elle ne finit pas sa phrase. Je déteste quand elle fait ça. Et j'imagine qu'il doit en être de même pour Meg, qui explose enfin.

— Mais putain, Tess, c'est quoi ce bordel ? Si tu peux aller et venir comme bon te semble dans l'enceinte du palais, alors ça veut dire que…

Elle s'interrompt, écarquille les yeux, et porte une main minuscule à sa bouche grande ouverte. Elle vient de comprendre, et ça lui fait un choc, la pauvrette.

— Merde, Tess, t'es passée à l'ennemi ?

Notre sœur secoue la tête, l'air désolé.

— Ce n'est pas ce que vous croyez, les filles…

— Ah bah, si. Si. J'ai bien l'impression qu'on n'est pas trop à côté de la plaque, là, continue Meg, bien remontée. Regarde, tu déboules ici, habillée comme pour aller au bal, tu n'es pas poursuivie par les sbires de Némésis… Mais attends, ne me dis pas que… Est-ce que Némésis a gagné ? Est-ce que ses plans machiavéliques ont porté leurs fruits ?

De rage, Meg plante un coup de pied phénoménal dans une table basse qui se fissure sous l'impact. Je soupire. Fut un temps, elle aurait pris cinquante centimètres, aurait libéré ses serpents, pleuré des larmes de sang et réduit cette foutue table en échardes de bois. Nous sommes franchement mal barrées, si Tess ne nous aide pas.

— Asseyons-nous, je propose malgré tout, pour la forme. Quelqu'un veut boire quelque chose ?

Personne ne me répond. Elles sont trop occupées à s'échanger des regards – foudroyants pour Meg, attristés pour Tess.

De toute façon, Meg et moi ne ferions pas le poids face à une Tess en pleine possession de ses attributs divins. Même si là, elle a l'air tellement accablée, la pauvre… Je me secoue. Hors de question de la prendre en pitié. Si elle nous a effectivement trahies…

Je repousse cette pensée de toutes mes forces. En effet, à peine m'effleure-t-elle que je sens mon cœur se fissurer, comme la table basse sous le pied de Meg.

En ronchonnant, Meg s'installe enfin sur le canapé. Je m'assois à ses côtés. Tess, quant à elle, conserve une distance prudente et pose le bout de ses fesses sur un pouf face à nous.

— Alors, euh… mmmh… commence-t-elle. Comment… comment vous allez ?

Merveilleux. Absolument merveilleux. Cette conversation va être fameuse, je le sens. Excédée, Meg lève les yeux au ciel avant de me prendre à témoin.

— Nan, mais sérieux, Alex, il va falloir qu'on supporte ses conneries ? T'as raison, je vais prendre un thé et des petits gâteaux, ça aidera peut-être à faire passer la pilule.

— C'est notre sœur, lui réponds-je, le plus posément du monde.

— Bah, attends, on sait quand même qu'on choisit pas sa famille, hein… On a un peu des millénaires d'expérience sur le sujet !

— Meg… la grondé-je gentiment.

Tess suit cet échange avec de grands yeux illuminés par l'envie. L'envie ? Ah oui, peut-être que nos joutes verbales lui manquent. Peut-être que Némésis ne possède pas notre science de la répartie. Peut-être que ce n'est pas confortable, d'être une traîtresse.

— Mais oui, ajouté-je pour enfoncer le clou. Tu es obligée de l'écouter. Mais pas de lui répondre, je te rassure.

Tess blêmit. Schmouti part se cacher dans son afro.

— Par contre, moi, j'ai quelques questions à lui poser.

— Je t'écoute, me répond ma félonne de sœur en baissant la tête.

Étrangement, j'en ressens une profonde satisfaction, mais si elle continue à triturer le tissu de sa robe de cette façon, il y a fort à parier qu'elle finisse par le trouer avant la fin de notre conversation.

— Lâche ta robe, lancé-je, sous la force de l'habitude.

Je ne suis pas plus âgée que Meg et Tess, mais pour je ne sais quelles raisons, j'ai toujours eu tendance à me comporter en aînée. À tort, probablement, quand on voit le résultat…

— Bien, alors, je reprends. Nous voulons savoir ce qu'il se passe, et…

— Julia, m'interrompt Meg. Je veux savoir où est Julia, et comment elle va. Et je te jure que s'il lui est arrivé quelque chose, pouvoirs ou pas pouvoirs, je vais te botter le cul comme jamais personne ne t'a botté le cul.

Tess esquisse un pauvre sourire.

— Julia est en vie.

— Elle est en vie ? Et ? C'est tout ? Ça veut rien dire « elle est en vie », hein, t'es d'accord avec moi, Alex ?

J'attrape sa main, l'empêche de se relever. Par ce simple contact, je sens toutes les émotions qui la ravagent. La peur, la colère, la frustration, mais aussi le soulagement de savoir que Julia existe encore, là-haut, quelque part. Pour elle, cela signifie qu'il y a encore un peu d'espoir.

— Dis-nous en plus, Tess.

Notre sœur acquiesce et reprend :

— Elle s'est réfugiée aux *Portes de l'Enfer* avec un groupe d'humains, dont Domi. Ils sont entrés en… résistance. Ils tentent de porter secours à ce qu'il reste de population parisienne. Ils ne sont pas isolés pour autant, une sorte de réseau s'est créé dans tout le pays. Dans le monde entier, même. C'est…

Elle hésite sur le mot à choisir. C'est étonnant ? Incroyable ? Émouvant ? Mais nous le savons, pourtant, que les humains ont une force de résilience exceptionnelle. Pour ma part, c'est à peine si je suis surprise.

— Mais comment va-t-elle ? intervient à nouveau Meg. Elle a été blessée ? Elle souffre ? Elle mange à sa faim ? Et est-ce qu'elle sait que je suis vivante ? Putain, mais Tess, réponds !

Tess lève les mains en signe d'apaisement.

— Elle n'est pas blessée, mais je ne te cache pas que la vie est rude, en ce moment, sur Terre. Les humains subissent beaucoup de restrictions, et le confort dont les populations occidentales avaient l'habitude de jouir n'a pas fait long feu. Et… elle t'attend.

Meg se tait, mais j'entends sa respiration haletante à mes côtés. Je lui serre la main un peu plus fort.

— Tout ça signifie que les Titans et leurs potes sont toujours là-haut aussi ? je demande à mon tour.

Tess acquiesce.

— Oui. Ils se sont installés… durablement. Des Géants et des Cyclopes les ont rejoints. Tout ce petit monde s'en donne à cœur joie.

Pour une Furie passée à l'ennemi, elle n'a pourtant pas l'air ravie de cette situation.

— Et les Infernaux, où sont-ils ? demande Meg d'une toute petite voix.

— Disparus, à part Charon qui a rejoint la résistance.

— Maman ? Mamou ?

— Elles vont bien.

— Et… finis-je par intervenir. Moisi et Bloody Hell…

Ma gorge se serre. C'est dingue comme je me suis attachée à ces boules de poils.

Tess secoue la tête.

— Aux dernières nouvelles, ils étaient aux *Portes de l'Enfer*. Je n'en sais pas plus.

Je ne réponds pas. Que pourrais-je dire, de toute façon ?

— Et que fait Némésis ? reprend Meg.

— Némésis… elle les laisse faire, pour le moment. Ses recherches concernant le tri des âmes ont avancé. C'est… terrible, souffle ma sœur, dont les grands yeux sombres, ornés de khôl et de paillettes, s'emplissent de larmes brillantes comme des diamants.

— C'est-à-dire ?

Je tente de garder un ton détaché, mais mon cœur bat la chamade.

— Elle a réussi à vider une bonne partie des Enfers. Les âmes…

Elle claque des doigts.

— Pouf, comme ça, parties en fumée. Je ne sais pas où.

— Par Daddy !

— Oui. Les âmes récalcitrantes sont traquées et parquées dans des camps sur les Prés d'Asphodèle. Elle a mis en place tout un système d'élimination massive, et…

Cette fois, Tess éclate en sanglots. Merde. Elle n'a pas l'air si traîtresse que ça, là, tout de suite. Du coup, je décide de changer de sujet. Meg préfère renifler avec dédain, mais je sais bien qu'elle n'est pas indifférente au désarroi de notre sœur.

— Et toi, Tess ? Qu'est-ce que tu fiches dans tout ça ? Pourquoi ne remontes-tu pas à la surface, avec les autres ?

D'un geste las, Tess essuie ses larmes. Schmouti vient poser ses petites pattes griffues sur sa joue, comme pour la réconforter, et frotte sa minuscule truffe rose sur sa joue. Quelque part, je suis heureuse de voir qu'elle n'est pas seule.

Elle soupire, mais un léger sourire vient jouer sur ses lèvres pleines, laquées d'un gloss brillant.

— Je suis mariée, je ne peux pas abandonner mon époux.

— QUOOOIIIII ? nous exclamons-nous en chœur.

— Eh oui, rit à présent notre sœur. C'est une surprise, non ?

— Ah, ça… lui répond Meg. C'est totalement… ébouriffant. Et, euh… ça s'est fait comment ? Vous vous connaissiez depuis longtemps ? On sait qui c'est ?

— Évidemment que vous savez de qui il s'agit ! Je sais bien que les choses ont été particulièrement rapides, mais tout de même… C'est Léo !

Silence.

Re-silence.

Nouveau silence.

Silence qui s'éternise.

Voilà voilà.

Bon.

— Euh… Les filles ? Ça va ?

Tess a l'air inquiète, mais nous, nous sommes… atterrées. Qu'est-ce que c'est que ce bordel ?

C'est moi qui finis par reprendre la parole, au prix d'un effort surhumain, enfin… divin, quoi. Je dois mobiliser toute mon énergie pour mouvoir ma langue dans ma bouche, tant elle me semble collée à mon palais.

— Tu es mariée à Léo ? Léo ? Le fils adoptif de Némésis, le Prince des Enfers, le type qui apparaît, disparaît sans qu'on sache exactement à quoi il joue ?

— Oui, d'ailleurs, réagit enfin Meg, c'est pas trop chiant, ça, au quotidien ? Pouf pouf, je suis là, pouf pouf, je suis plus là ?

— Les filles… soupire Tess. Ce n'était pas prévu, je ne savais pas que ça se finirait comme ça, mais… ça se passe bien, avec Léo.

Pourtant, je note sans peine le voile d'inquiétude qui passe dans son regard sombre comme une nuit sans lune. Ce n'est malheureusement pas le moment de rentrer dans les détails, et Tess se lève déjà, prête à nous abandonner à nouveau.

— Bon, je suis contente de voir que vous allez bien. Je… pense à vous, vous savez.

— Quoi ? C'est tout ? Tu débarques, tu nous annonces ta « grande nouvelle », et tu te barres ? C'est une blague ? Alex, dis-moi que c'est une blague, fais quelque chose ! s'exclame Meg.

Pour ma part, je préfère garder le silence. Froide, imperturbable, c'est tout de même ce qui me va le mieux au teint.

D'un pas hésitant, Tess se dirige vers la porte d'entrée. Elle se retourne une dernière fois.

— Ah, et euh… Meg ? Tu devrais faire gaffe avec le yoga, c'est vachement dangereux, tu pourrais te blesser.

INTERMÈDE

Nord de la Thessalie, cité des Lapithes

Quel étrange mariage que celui de Dia et d'Ixion ! Point de fête, point de banquet, point de rires ni de chants. Non, le roi des Lapithes était bien trop pressé de jouir de sa jeune épouse. Il s'était donc contenté de s'emparer de la main de sa femme et de l'entraîner dans sa chambre.

Ce qui s'y était déroulé, nul besoin de le raconter. Certaines choses, horribles, humiliantes, doivent être tues.

Depuis son arrivée dans la cité des Lapithes, depuis son mariage forcé, quelques semaines auparavant, la pauvre Dia n'était plus que l'ombre d'elle-même. Elle errait comme une âme en peine, scrutait le ciel, redoutait la tombée de la nuit. C'était toujours à ce moment-là que son époux la faisait chercher. Il ne s'était pas encore lassé d'elle. Se lasserait-il un jour ? Elle l'espérait, dans les cendres de son cœur et dans son intimité ravagée.

Pourtant, chaque jour, des émissaires envoyés par son père Éionée se succédaient auprès d'Ixion. Où étaient les richesses promises en échange de la douce Dia ? Où était l'or ? Où étaient les fières montures des Lapithes ? Éionée attendait, et sa patience atteignait ses limites.

Ixion ne faisait qu'en rire. Éionée n'était pas roi, il n'avait pas de cité, seulement un petit village, quelle armée aurait-il pu lever pour venir le menacer ? Voyons, Éionée n'avait qu'à se contenter de la gloire et de la réputation que lui, Ixion, roi des Lapithes, lui avait offertes en prenant sa fille pour épouse !

Et pourtant, un matin, alors qu'il laissait sa jeune épouse tremblante et sanglotante dans sa couche dévastée, il déchanta. L'un de ses hommes venait de le rejoindre, et sa pâleur parlait pour lui.

— Ixion ! Nos chevaux…

— Quoi, nos chevaux ?

— Nos prés sont vides…

— Nos prés… nos chevaux… mais qui ? Comment ?

— Éionée, mon roi.

— Éionée, cette vieille charogne… Il va me le payer !

De rage, Ixion balaya le dessus d'une table de bois, faisant valser au loin les reliefs de son repas de la veille.

— Il veut ses cadeaux ? C'est ça ? Eh bien, envoie donc auprès de lui un messager pour lui dire que je le convie à un banquet en son honneur. Oui, moi, Ixion, je vais honorer le sage Éionée et tout faire pour que nous nous réconciliions.

Sur ces belles paroles, alors que son garde quittait la pièce, tremblant, Ixion éclata d'un rire mauvais. Éionée avait voulu le punir de ne pas avoir tenu ses promesses ? Il allait voir qu'on ne pouvait impunément voler le roi des Lapithes !

CHAPITRE 3

Ça doit être le jour des visites.

Quelques heures à peine après le départ de Tess, alors que c'est à mon tour de m'étirer sur le tapis au milieu du salon, pendant que Meg traficote je ne sais quoi de louche dans la salle de bain, on toque à nouveau à la porte.

Porte qui s'était quasi instantanément reconstituée après l'explosion provoquée par Tess. On peut donc ouvrir quand quelqu'un possédant les autorisations nécessaires veut entrer, mais nous ne pouvons pas sortir. Cette prison n'est pas si mal foutue, finalement.

Sur l'instant, je me dis que c'est ma sœur à paillettes qui revient, pour se jeter dans nos bras, nous embrasser, nous assurer qu'elle va tout faire pour nous sortir d'ici, nous sauver, en somme. Que ce n'est pas un mec, quand bien même il serait son mari, quand bien même elle l'aimerait de tout son cœur, qui pourrait s'immiscer entre nous. Nous sommes un trio, un tout, les trois faces d'un sombre ensemble.

Mais quand j'ouvre la porte, quelle n'est pas ma surprise de découvrir notre vieille copine… Némésis. Comme à mon habitude, je ne bronche pas, et je pose sur elle ce que j'espère être mon regard le plus glacial et ma moue la plus dédaigneuse. J'ai de l'entraînement, autant qu'il serve à quelque chose.

— Nem.

— Alecto.

Et je lui claque la porte au nez.

Mais bon, je ne suis pas dupe, je sais bien qu'elle ne va pas tourner les talons aussi facilement, du coup, j'attends dans le couloir.

Et effectivement, elle toque à nouveau, un peu plus fort, cette fois.

Avec un soupir, j'ouvre.

— Nous n'acceptons pas le colportage, désolée.

— Ne te fous pas trop de moi, Alecto.

— Ni les témoins de Jéhovah.

— Alex.

Je la vois fulminer, et je ressens ce qui doit ressembler à un orgasme pour une personne lambda. Pourrir la vie des gens que je déteste, voilà comment je prends mon pied. Je suis sûre que ça porte un nom, il faudra que je me renseigne auprès de Meg et de Wiki.

Malgré tout, j'observe ma meilleure ennemie. Sous sa façade toujours impeccable, je discerne quelques failles. Des joues un peu plus creuses, peut-être. Un regard un peu plus hanté, le cheveu un chouille plus terne. Top. Si elle ne triomphe pas, c'est qu'il nous reste encore un peu d'espoir malgré le marasme dans lequel nous nous vautrons.

Il y a tout de même un petit quelque chose qui attire mon attention. Sous le col de son chemisier, je vois briller de l'or. Lourd, chargé, à l'air ancien. Un joyau que je connais bien, car c'est le fameux collier des Thébin. Tess aurait-elle donc malgré tout accompli sa mission ?

J'écarte résolument ces questions qui tournent et virevoltent dans ma tête, et je ne dis rien. Je me contente de fixer l'antique déesse d'un regard imperturbable. Peut-être même légèrement bovin tant qu'on y est.

— Bon, OK, Némésis, tu veux quoi ?

— Simplement prendre de vos nouvelles. Oh, et j'ai une petite annonce à vous faire. Trois fois rien, ne fais pas cette tête.

Je ne fais aucune tête. Et pourtant, je ne la crois pas du tout en me disant que c'est trois fois rien. Je la connais, elle est fourbe.

L'air de rien, elle regarde par-dessus mon épaule.

— Meg n'est pas là ?

— Bien sûr que si, où veux-tu qu'elle soit ?

Ses yeux se troublent. Je la trouve vraiment étrange. Non pas qu'elle soit hyper normale d'habitude, mais là… Sur un soupir, je m'écarte pour lui laisser le passage. Elle est venue jusqu'ici, alors autant en finir le plus rapidement possible.

Dans le salon, Némésis reste un instant immobile et silencieuse. Elle est vraiment bizarre, y a pas à dire. Elle me ferait presque de la peine. Presque. Je n'oublie pas, malgré tout, toutes les horreurs dont elle a été l'instigatrice. Je n'oublie pas ce qu'elle a fait à Daddy-Chou.

— Meg ! j'appelle. Nous avons une invitée surprise.

— Encore ? râle-t-elle depuis les tréfonds de notre salle de bain.

— Oui, Némésis nous a fait le plaisir d'une petite visite de courtoisie. Merveilleux, n'est-ce pas ?

— C'est peut-être pas le mot que j'aurais choisi. Enfin, je veux dire, c'est pas celui qui vient le plus naturellement à l'esprit quand on parle d'une infestation de nuisibles.

La voix de Meg se rapproche, elle est en train de rappliquer. Je dissimule un sourire, tandis que Némésis rougit violemment. Ravie de constater qu'elle est toujours aussi susceptible, on va peut-être pouvoir s'amuser, finalement.

— Assieds-toi donc, Nem, lui dis-je en désignant le pouf sur lequel était installée Tess un peu plus tôt.

Ah ah, j'ai envie de la voir galérer à s'asseoir, avec son tailleur strict. Mais je suis déçue, car comme toujours, elle se pose avec élégance. Pff, la vie est mal faite, décidément.

Notre vieille ennemie lève le nez et regarde autour d'elle, en tapotant de ses ongles longs et laqués de carmin sur ses bas de soie.

— Mmmmh, il me semblait que j'avais fait refaire cette partie du palais… Je vais peut-être faire intervenir quelqu'un pour arranger ça, qu'est-ce que vous en pensez ?

Moui. Je ne pensais pas que la décoration de notre prison serait autant à l'honneur, aujourd'hui, mais il faut croire que c'est un sujet qui passionne les divinités. Enfin, toutes celles qui ont un grain, en tout cas, Tess et Némésis en tête de file.

— Ne te fatigue pas, nous n'allons pas rester longtemps, n'est-ce pas ? tenté-je avec le plus d'aplomb possible.

— Tu as raison, Alecto. C'est d'ailleurs pour ça que je suis là. Je n'ai pas de bonnes nouvelles pour vous… À vrai dire, c'est même pire que ça.

— Je croyais que c'était trois fois rien et que je ne devais pas m'inquiéter ?

Pour toute réponse, elle hausse les épaules et esquisse une grimace d'excuse. Là, elle a su capter toute notre attention. Comment ça, de mauvaises nouvelles ? Plus terribles que celles que nous a annoncées Tess ? Ça y est, c'est la fin du monde ?

— Nous t'écoutons.

D'un air faussement détaché, je repousse mes longs cheveux blonds dans mon dos et m'installe plus confortablement dans le sofa. Il ne faudrait pas qu'elle pense que je suis décontenancée par sa révélation.

— Eh bien, voyez-vous, je doute d'avoir pris une bonne décision en vous enfermant ici.

— Pour une fois que nous sommes d'accord, grommelle Meg, qui elle est appuyée à un mur blanc non loin de moi.

Elle a dû passer par le frigo avant de nous rejoindre, car elle tient une bière à la main et s'en envoie une large goulée dans le gosier. Classe, élégance, tout ça… D'ailleurs, Némésis la flétrit du regard avec un reniflement de dédain. Non, nous ne jouons pas dans la même cour, mais ça fait longtemps que nous le savons.

— Ne vous faites pas de fausse joie, je préfère vous avertir tout de suite.

— Oh, loin de nous cette idée, Nem.

Comme à son habitude quand elle entend ce surnom, Némésis tique. Trop facile de la faire réagir. Le bonheur, finalement, c'est une accumulation de petites victoires, je l'ai toujours dit.

— On va dire qu'en surface, les choses ont tendance à… dégénérer, et…

— Oh, tu rencontres des difficultés à asseoir ton autorité sur les Primordiaux ? Comme c'est étrange… ironisé-je.

Un tic nerveux agite la lèvre supérieure de Némésis. Nouvelle victoire, petite bouffée euphorique. Je vais finir par devenir totalement accro à ce jeu.

— Tout à fait, je le reconnais sans mal. Ils sont absolument ingérables. Et surtout, ils ne veulent pas entendre raison. Ils saccagent pour saccager, détruisent tout… À ce rythme, il ne restera bientôt plus rien de l'humanité.

— Et tu t'attendais à quoi, au juste ? je demande, pour enfoncer le clou.

— Je pensais établir une relation gagnant-gagnant, et…

— Avec les Primordiaux ? s'esclaffe Meg. Cette blague…

— MAIS VOUS ALLEZ CESSER DE M'INTERROMPRE ? crie soudain Némésis.

— Oui, oui, vas-y. Mais je constate que tu es toujours aussi soupe au lait. Ce n'est pas bon pour toi, tu devrais te détendre, ajoute tout de même ma sœur, joueuse.

Némésis esquisse un sourire crispé, qui ne parvient pourtant pas à l'enlaidir. *Bitch.*

— Oh, mais je sais exactement comment je vais me détendre. Vous allez voir, ça va être formidable.

— Explique-toi, enchaîne Meg, sans me laisser le temps d'en placer une.

— C'est très simple, j'ai prévu de faire un exemple.

— Un exemple ? Tu veux punir les Primordiaux ? Tu crois vraiment en avoir le pouvoir ?

— Oh, non. Ils sont trop nombreux et bénéficient aujourd'hui de toutes les ressources de la Terre. Par contre, je peux leur ficher la trouille en leur prouvant ma détermination. D'ailleurs, quand je dis que je vais faire un exemple… Je vais même en faire deux d'un coup.

Oh. Oh ! Ça, ça sent pas bon. Pas bon du tout. J'échange avec Meg un regard inquiet.

— Tu parles de nous, là ?

— Eh oui, les filles… Je suis vraiment désolée, croyez-moi, mais je n'ai absolument pas le choix.

— Pas le choix, pas le choix, c'est vite dit, s'offusque Meg. Enfin, tu te rends bien compte que tu brises un tabou multimillénaire, là ? On ne se tue pas entre nous. Nous sommes censés être immortels.

Némésis agite une main négligente.

— Oui, oui. Bon, les divinités n'ont pour autant jamais été tendres entre elles, tu en conviendras sans peine. Alors, certes, les choses en arrivent rarement à ce stade, mais… Les temps changent.

— Pardon, mais qu'est-ce que ça va t'apporter, au final ?

J'essaie toujours de garder un air détaché, mais à l'intérieur, c'est la panique. Cette folle de Némésis est bien capable de mettre ses menaces à exécution. Et vu la situation actuelle, je manque d'idées pour sauver nos miches de ce merdier.

— Eh bien, les Primordiaux verront ainsi que je suis prête à tout, et que la prochaine fois, je pourrais m'en prendre à l'un d'entre eux.

— Mmmh… Et pourquoi ne fais-tu pas ça directement ?

— Mais voyons, pour le symbole ! Sache que la résistance contre les Primordiaux s'organise partout à la surface de la Terre. Les humains se cachent comme des cafards, mais ils ont suffisamment de ressources pour remporter quelques menues victoires ici et là. Rien de bien significatif pour le moment, mais… bref, j'ai besoin des Primordiaux pour garder la main sur le monde des hommes. Mais je les veux à ma botte, pas contre moi. Et vous, très chères… vous êtes un symbole ! Vous avez pris le parti des humains, et vos noms circulent sous le manteau. Tout le monde attend votre retour, c'est incroyable d'être aussi populaire, quand on connaît votre mission première. Enfin, bref, en vous éliminant, je fais d'une pierre deux coups.

— Une pierre, deux coups… marmonne Meg, et je sais tout de suite qu'elle fait appel à Wiki pour découvrir la signification de cette expression. Ah oui, OK, je vois. Oui. Bien. Euh… Pas moyen de te faire changer d'avis, alors ?

Némésis secoue la tête, un air faussement navré sur ses traits marmoréens. Elle n'est tout de même pas très bonne comédienne.

— Désolée, les filles… Mais soyez rassurées, je ne compte pas toucher un cheveu de votre sœur adorée. Il restera au moins quelque chose de vous, après votre trépas.

Merveilleux. Quand la traîtrise paye…

— J'ai une dernière volonté ! s'exclame soudain Meg.

— Ah oui ? grince Némésis. Tu te crois vraiment en position de réclamer une faveur ?

— Oh, allez, Nem. C'est pas grand-chose, juste une petite dernière volonté de rien du tout.

— Allez, dis-moi.

— Je veux revoir Julia. Pour lui faire mes adieux.

— Oh, ce n'est que ça ? Tu vas le constater, je ne suis pas si intraitable que tu sembles l'imaginer. Tu la verras… le jour de ton exécution. Car oui, sache que ta Julia a rejoint les rangs de la résistance. Je vais faire courir le bruit de votre châtiment, et je n'ai aucun doute sur le fait qu'elle fera tout pour être présente ce jour-là.

Némésis exulte et claque des doigts.

— Hop ! J'en profiterai pour l'arrêter, elle et ses petits copains, et elle te rejoindra bien vite en enfer… Mais pas pour longtemps. Vous savez que j'ai réussi à faire disparaître les âmes inutiles ? Si ce n'est pas formidable… Quelle avancée ! Une chose de moins à gérer dans l'Érèbe, et enfin je m'y sens chez moi ! Ça commençait vraiment à être surpeuplé, vous ne trouvez pas ?

Meg s'approche de Némésis, les poings serrés.

— Tu ne feras pas ça !

— Pas quoi ?

— Tu ne touches pas à Julia !

L'antique déesse de la Justice éclate d'un rire perlé, puis se met à grandir, grandir, jusqu'à ce que sa tête vienne effleurer notre plafond. Ses ailes d'un rouge fuligineux se déploient dans son dos, et ses yeux flamboient d'une lueur cruelle.

— Et comment comptes-tu m'en empêcher, hein ? Regarde-toi, tu es misérable, tu n'as plus le moindre pouvoir. Comparée à moi, tu es faible comme un chaton… Mais assez papoté, j'ai d'autres âmes à fouetter… Ou à faire disparaître…

À nouveau, elle claque des doigts, et une horde de démons aux visages inexpressifs envahissent soudain le salon.

— Emparez-vous d'elles, et jetez-les dans la geôle la plus sordide que vous pourrez trouver dans ce palais. Elles n'y resteront pas longtemps, de toute façon.

Ses sbires se jettent sur nous. Nous tentons bien de nous débattre, mais en vain. Que leur a-t-elle fait pour qu'ils soient si forts ? Je finis par me laisser emmener, mais Meg résiste et hurle tout ce qu'elle sait.

Je constate d'ailleurs que la fréquentation de Wiki lui a permis d'apprendre tout un tas d'injures aux sonorités fascinantes.

INTERMÈDE

Nord de la Thessalie, cité des Lapithes

En haut des marches de son palais, Ixion observait l'avancée d'Éionée et de sa suite dans la rue principale de sa cité. Éionée avait sorti le grand jeu, était vêtu des plus belles étoffes, rouge et blanc, et était juché sur l'un des chevaux volés à son gendre.

À cette vue, le roi des Lapithes grimaça un sourire acide. Il devait être patient, il avait tout prévu. Éionée ne triompherait pas longtemps, il le jurait sur tout ce qu'il avait de plus cher.

Avec force, il resserra sa prise sur la main de son épouse. Il la sentit se raidir et contenir un gémissement de douleur, et cela lui fit du bien. Voilà comment on traitait les faibles. Il jeta un bref coup d'œil à Dia, et soupira. Tout ça pour ça… Où était la magnifique jeune fille aperçue au bord d'un lac ? Il n'en subsistait plus grand-chose aujourd'hui.

En effet, Dia avait bien maigri, ses joues étaient creuses, ses yeux hâves, et ses cheveux cassants. L'éclat de son regard s'était terni, et du bleu azur, il ne restait rien, si ce n'est une mare sombre, aux profondeurs d'une tristesse infinie. De larges ecchymoses fleurissaient sur sa peau diaphane, et seule cette vue consola Ixion d'avoir tout de même convolé en justes noces.

Alors il lui secoua la main, et la jeune femme comprit le message. Elle devait se redresser. Son époux ne supportait pas de la voir ainsi abattue. Elle se força donc à relever le menton. Surtout, ne pas pleurer. Ne pas s'effondrer, ne pas craquer. Pas devant lui. Et ne pas montrer à son père l'étendue de son désespoir, même s'il l'avait vendue, comme une vulgaire tête de bétail, à un homme cruel.

Rapidement, Éionée parvint à proximité des marches du palais. D'un geste de la main, il arrêta ses gardes, et tous descendirent de leur monture. Ostensiblement, il flatta son cheval et lança d'une voix forte, malgré son âge :

— Ixion, mon gendre, je te félicite pour la qualité de ton élevage ! J'ai bien fait de t'offrir ma fille en mariage pour ces cent chevaux ! Il ne me manque plus que ton poids en or, et nous serons une famille heureuse et unie, n'est-ce pas ?

Imperceptiblement, la jeune Dia frémit. Comment son père pouvait-il être aussi aveugle à sa détresse ? Mais il faut dire qu'il ne l'avait même pas encore regardée…

— Ravie que mes chevaux te plaisent, Éionée, répondit le roi des Lapithes d'une voix claire, comme s'il ne bouillait pas intérieurement.

Mais Dia, elle, sentait sa colère, et savait que tôt ou tard, elle en ferait les frais.

— Et ma fille, te donne-t-elle satisfaction ? demanda alors le vieux.

— Je me lasse vite, tu sais, mais pour l'instant…

— Persiste, elle te donnera bientôt un héritier.

Les yeux de Dia s'écarquillèrent, tandis qu'elle retenait un haut-le-cœur. Plutôt mourir que de porter l'enfant de ce monstre ! Et pourtant, son père avait raison, cela arriverait certainement… mais peut-être qu'un fils pourrait combler Ixion et qu'ainsi il délaisserait sa couche…

— Je l'espère. Mais ce n'est pas encore le cas, alors n'aie crainte, je mets du cœur à l'ouvrage. N'est-ce pas, ma tendre épouse ? Allez, viens donc, Éionée, un merveilleux banquet t'attend dans mon palais.

— Et mon dernier cadeau ?

— Aussi, évidemment. M'aurais-tu pris pour un homme sans parole ?

— Non, bien sûr que non.

Se frottant les mains par avance, Éionée s'avança vers l'escalier majestueux. Mais, alors qu'il s'apprêtait à poser le pied sur la première marche, le sol se déroba sous lui.

Dans un grand cri, il chuta dans une fosse fraîchement creusée, et habilement dissimulée sous de riches tapis.

Au fond de cette fosse brûlait un feu terrible.

Quand Éionée mourut enfin, dans d'infinies souffrances, Ixion était parti depuis longtemps pour profiter de son banquet. Le roi des Lapithes avait laissé sa femme en haut des marches, et elle pleura sur la triste fin de son vaniteux de père, et la cruauté de son époux.

Dans les profondeurs de l'Érèbe, une Furie s'agita, tous ses sens en éveil.

Qui était donc l'impie qui venait de commettre un crime odieux ?

Au sommet de l'Olympe, le dieu des dieux ouvrit un œil intéressé.

Qui était donc cette charmante humaine au cœur empli de désespoir ?

CHAPITRE 4

Heureusement – ou malheureusement, je ne saurais le dire –, nous ne restons pas longtemps dans notre nouvelle geôle moisie. Nous y avons retrouvé nos petits amis les diablotins et leurs dents pointues. Ces salopiauds n'hésitent jamais à vous planter une canine dans la fesse si vous osez vous asseoir sur le sol suintant d'humidité.

Meg s'en est donné à cœur joie avec ses boots, un vrai carnage, ça piaillait dans tous les sens.

— Je croyais que tu les aimais bien ? lui ai-je demandé avant que l'on vienne nous chercher pour nous mener sur les lieux de notre martyre.

— Oui. De loin. Ou alors quand ils ont décidé d'être mignons, mais là on dirait…

— Nous ?

— Ouais, c'est ça, on dirait des mini-Furies suppliciant de pauvres criminelles.

— C'est peut-être comme ça qu'ils nous voient, en ce moment. Nous sommes dans les geôles de l'Érèbe, donc pour eux, nous sommes coupables et ils ont pour mission de nous rendre la vie impossible.

— Aïe ! Maieeeuuh… Je tiens tout de même à te rappeler, ma chère sœur, a repris Meg en se frottant un bras, que je n'ai jamais mordu le postérieur de qui que ce soit.

Malgré la gravité de notre situation, j'ai pouffé. Il faut dire qu'elle n'en loupe jamais une.

— J'aurais bien aimé voir ça, tiens.

Meg a roulé des yeux horrifiés.

— Mais c'est dégoûtant ! Enfin, quoi, Alex, nous ne sommes pas des goules ou des croquemitaines, voyons.

— C'est pas faux, ai-je soupiré. Mais je me demande…

— Quoi ? Comment ça se passe en surface ? Bah, c'est la merde. Comment vont nos amis ? Mal, probablement. Est-ce que Tess est une vilaine traîtresse ? Tout à fait. Est-ce que…

— Non, rien de tout ça.

— Ah bon ? Ça ne t'intéresse pas ?

— Si, mais je ne peux pas y faire grand-chose pour le moment. Je me demandais simplement qui prenait soin de nos anciens protégés. Et des nouveaux, potentiellement.

Parce que même durant la période où nous étions occupés à fomenter un plan pour contrecarrer les incroyables capacités de nuisance de Némésis, notre essence surnaturelle agissait tout de même sur les coupables de crimes familiaux en tout genre. Certes, ce n'était pas l'idéal, le mode « pilotage automatique » des punitions divines n'étant pas des plus efficaces, mais en tout cas, c'était mieux que rien.

Or, depuis que nous sommes enfermées ici, sans nos pouvoirs, je doute fortement que notre mission soit remplie. Les substances glissées dans notre nourriture, dans notre eau, dans notre air, ou que sais-je encore, ont bien trop endormi notre véritable nature.

Meg a grommelé à mes côtés. Je sais bien qu'elle s'en fiche un peu, de notre fonction. Elle est revenue de stase sans intention aucune de reprendre le flambeau abandonné sept siècles plus tôt. Elle ne veut plus être une Furie. Mais elle ne sait pas non plus ce que – ou qui – elle veut être quand elle sera grande.

Je crois que c'est la même chose pour Tess, ce qui explique peut-être sa désertion. Mais malgré tout… pourquoi être passée dans le camp ennemi ? Je ne comprends pas, ça ne colle pas, et le mariage n'est sûrement pas une excuse valable. Enfin, je veux dire… un mariage ? Pfff.

Bref, pour l'heure, quatre des démons qui sont venus nous chercher dans nos appartements quelques heures plus tôt se présentent à nouveau devant les barreaux de notre cellule. Le plus grand d'entre eux, dont le visage est plongé dans l'ombre de sa capuche, ouvre la lourde porte à l'aide d'une clef longue comme mon avant-bras. Je crois qu'il reste encore du boulot à Némésis pour moderniser totalement les Enfers. Un petit digicode, ou un dispositif à empreinte rétinienne, ça pourrait être sympa, non ? Moins pittoresque aussi, j'avoue.

Meg se précipite en avant.

— Hey ! Les gars ! Vous nous faites sortir ? Némésis a pris ses pilules roses et a changé d'avis ? Oh, vous me répondez ?

Mais les démons qui nous font face restent imperturbables, et je soupire. Décidément, l'influence de cette garce se fait sentir partout. Avant, les démons n'auraient jamais hésité à tailler le bout de gras avec les prisonniers, ne serait-ce que pour les humilier un peu, les torturer psychologiquement, leur faire regretter leurs actes… Là, non, tout n'est que froideur et efficacité. Ça devrait me plaire, hein, d'habitude j'aime ça, l'efficacité, mais je ne peux m'empêcher d'être nostalgique du bon vieux temps.

De guerre lasse, nous nous laissons sortir de la cellule. Les démons nous menottent les mains dans le dos et nous traînent dans des couloirs obscurs, dans lesquels planent de lourds relents de moisissure et de soufre. Et dire que nous jouions ici, quand nous étions enfants et que le monde était encore jeune… Nostalgie, quand tu nous tiens… Décidément, je suis trop vieille pour toutes ces conneries.

— Où allons-nous ? tente encore Meg, toujours aussi bornée.

— Meg, arrête de te fatiguer, ils ne te diront rien.

— C'est pas possible, Nem a dû les lobotomiser !

— C'est une éventualité, acquiescé-je.

— Alors, on ne fait rien ?

— Je sais pas, t'as une idée intéressante ?

— Nope.

— Bah, voilà. On fera le point devant l'échafaud.

— Et si là encore y a pas de solutions ?

— Bah… C'est pas toi qui voulais en finir de façon définitive ?

— Si, mais…

Elle se tait brusquement, quand le démon qui la tracte imprime une violente secousse à la corde qui les relie.

— Hey, mais ça va pas ! Je te jure que si je recouvre mes forces, je te décapite, connard !

Meg, finesse et délicatesse… Mais enfin, ça me fait plaisir de constater qu'elle reste combative jusqu'au bout.

À l'issue d'une longue marche, nous débouchons sur les Prés d'Asphodèle. Grisaille, brume, plaine infinie… Pour une fois, je suis heureuse de retrouver ce paysage que je trouve aujourd'hui presque apaisant, et je sais que Meg l'apprécie beaucoup. Mais nous n'avons pas le temps d'en profiter, on nous balance à l'arrière d'un véhicule ressemblant à s'y méprendre à un fourgon de police. Bien. Pas du tout humiliant de finir sa longue vie de déesse comme ça.

La porte claque derrière nous, les quatre démons montent à l'avant et démarrent le moteur. J'entends d'autres véhicules s'ébranler, j'imagine qu'on va se la jouer convoi exceptionnel.

— Bon, il ne reste plus qu'à deviner où on nous emmène, soupire Meg.

— Paris.

— Ah bon ? Pourquoi tu dis ça ? C'est ton petit doigt qui te l'a soufflé ?

— Non, mais ça me paraît logique. Némésis a affirmé qu'elle voulait faire un exemple, et qu'elle souhaitait faire passer un message aux Primordiaux et aux résistants. Du coup, elle ne va pas nous faire exécuter dans une prison sordide de l'Érèbe ou en plein milieu des Prés d'Asphodèle.

— Ça se tient. Mais bon, ça ne nous donne toujours pas de pistes pour nous évader.

Je soupire, me cale contre la paroi du fourgon, ferme les yeux et laisse ma tête ballotter. Non, je ne sais pas ce que nous pourrions faire pour nous sortir de ce guêpier. Nous n'avons pas nos pouvoirs, nous n'avons aucune idée de la localisation et de la puissance de nos alliés – s'il nous en reste –, et toute cette histoire commence à puer le pâté végétal.

Nous effectuons la fin du trajet en silence. Meg se tait, elle a dû en arriver aux mêmes conclusions que moi. Si je n'avais pas les mains liées, je crois que je me serais fendue d'un câlin.

— Meg… débuté-je au moment où le fourgon s'arrête en douceur.

— Quoi ?

Je lève les yeux au ciel. Décidément, ce « quoi » m'aura poursuivie jusqu'au bout.

— Si jamais on ne s'en sort pas…

Elle me regarde avec des yeux écarquillés.

— Noooon, souffle-t-elle. Tu vas pas me dire que tu crois qu'on va y passer, qu'on va se faire zigouiller par Némésis, tout de même…

— Je ne vois pas trop comment on pourrait s'en sortir, là, soupiré-je. Alors, je voudrais te dire que…

Argh. Comme certains mots sont durs à prononcer, même quand l'ombre de la mort s'avance et plane sur vous…

De toute façon, c'est trop tard. Deux démons taillés comme des colosses ouvrent les portes du fourgon avec fracas et nous tirent à l'extérieur. Je roule sur le trottoir, adieu ma dignité…

Un instant, je reste sonnée. J'entends Meg crier, mais comme au travers d'un brouillard épais et cotonneux. Où sommes-nous ? Il fait froid, un froid piquant, assez désagréable quand on débarque des Enfers et qu'on s'est habitué à la chaleur humide. Le sol est dur sous ma tête, et une douleur pulse à l'arrière de mon crâne. Je me suis bien vautrée, apparemment.

— Alex ! Alex, ça va ?

Petit à petit, je fais le point et parviens à discerner les traits de Meg au-dessus de moi. Ses grands yeux noirs lui mangent tout son petit visage pointu, et ses cheveux courts se hérissent sur le sommet de sa tête. Je lui avais bien dit que ce n'était pas une bonne idée de se couper les cheveux toute seule. Je suis beaucoup plus douée qu'elle pour ça.

— Oui, oui… Ça va aller.

Je tente de me redresser, mais l'un des sbires de Némésis me maintient au sol avec brutal… euh, avec fermeté.

Et en parlant de Némésis…

— Oui, Alecto, ça va aller, grince l'ancienne déesse de la Justice. Tu n'auras pas besoin d'endurer cette migraine très longtemps. Dans moins d'une heure, tout sera fini pour toi et ton insupportable sœur. Un problème de moins, allez, zou !

Derrière elle, j'aperçois Tess, qui se tord les mains. Je décide de l'ignorer. Après tout, elle le mérite bien, et elle n'aura plus que ses yeux pour pleurer quand viendra son tour.

— Nan, mais tu t'es vue, espèce de morue ? s'emporte Meg. C'est toi qui fous tout en l'air sur cette planète et dans le royaume des Morts, et c'est moi qui suis insupportable ? Qu'est-ce qu'il ne faut pas entendre !

— Calme-toi, Meg, parviens-je à articuler.

Cette fois, j'ouvre tout à fait les yeux, et tant pis pour les étoiles qui dansent devant moi et le vertige qui me donne envie de vomir. Ceci dit, je tiens à dire que je déteste me sentir aussi faible qu'un chaton nouveau-né.

— Tess… Mais tu ne vas pas lui donner raison, tout de même ! s'écrie encore Meg.

J'observe Tisiphone secouer la tête d'un air désolé.

— Tu dois lâcher prise, Meg, crois-moi…

— Te croire ? Te croire ? Mais ça va pas ! T'es complètement barrée, tu vas voir comment je vais lâcher prise, moi !

Sous mon regard désabusé, je vois ma petite Meg tout tenter pour se grandir, pour éveiller les serpents depuis trop longtemps endormis dans sa chevelure, elle se griffe même le visage pour faire couler le sang, mais en vain.

Avec calme, je repousse le démon qui me maintient au sol.

— Je suis prête, dis-je.

Ces trois mots font se figer Meg.

— Mais… pas toi ! Toi, Alex, tu n'es pas du genre à abandonner, tu es forte, tu es intelligente, brillante même ! Si tu lâches…

— Ce sera la fin ? je l'interroge avec le plus de douceur possible dans la voix.

Ses yeux sombres s'emplissent de larmes, et sa lèvre tremblote. Sur ses joues pâles, la marque de ses ongles ressort avec une violence tragique. Je me demande si elle a jamais été plus belle qu'en cet instant.

— Ça va aller, lui dis-je.

— Mais… Julia…

— Elle s'en sortira, j'en suis sûre.

Bon, je n'en suis pas sûre du tout, mais la seule chose que je veux, là, tout de suite, c'est rassurer ma petite sœur. Je sais bien que ce n'est pas pour elle qu'elle résiste, mais pour son humaine. Si ça ne tenait qu'à elle, après tout ce qu'elle a vécu, c'est en courant qu'elle rejoindrait l'échafaud.

Meg baisse enfin les yeux, prend une profonde inspiration.

— Alors, ça y est ?

Je lui souris et hoche la tête, j'aimerais lui tenir la main, mais je ne peux toujours pas. J'ai du mal à analyser mes émotions. D'un côté, je suis déçue – non, révoltée, plutôt – de ne pouvoir continuer la lutte contre Némésis et les Primordiaux, mais de l'autre… je me sens prête. Prête à rencontrer le Néant. Si ça se trouve, il est sympa, dans son genre. Peut-être même que de nouvelles aventures nous attendent ? Si c'est le cas, j'espère qu'elles se dérouleront toutes sur un tapis de yoga, voilà.

— Et regarde, nous sommes place Vendôme, est-ce que ce n'est pas un peu la classe ? j'ajoute pour faire bonne mesure.

— Moui. Ça fait plus très luxe, si tu veux mon avis.

Les démons nous poussent dans le dos pour que nous avancions. Ainsi, nous pouvons profiter du paysage. Ou plutôt des ruines qui nous entourent. Car il ne reste plus grand-chose de ce qui a fait la grandeur de ce haut lieu parisien. Les vitrines des joailliers sont éventrées, les façades sont éboulées, et la colonne Vendôme n'est plus qu'un tas de gravats.

Mais bon, j'imagine que Némésis a maintenu ce choix pour le symbole, et que tout Paris est dans le même état de délabrement.

Nous rejoignons rapidement les ruines de la colonne. Dans mon dos, je sens la présence de Némésis et de Tess. Je n'ai pas pu observer le visage de ma deuxième sœur. J'espère qu'elle est dévastée et qu'elle regrette bien son petit monde de paillettes, car ce n'est pas aujourd'hui qu'elle ira faire un tour à dos de licorne.

Un échafaud sommaire a été dressé là. Le vent s'engouffre entre les planches de bois clouées à la va-comme-je-te-pousse et fait s'envoler mes cheveux déjà emmêlés. Je réalise soudain que ce n'est pas comme ça que je voulais en finir. J'aurais préféré m'endormir aux côtés de mes sœurs, doucement et pour toujours. Ici, il n'y a que la tristesse, la dévastation et la solitude.

— Meg…

— Ah non, tu ne vas pas recommencer…

— OK.

Un silence passe entre nous, un silence que personne ne vient interrompre. Les démons ont pris quelques distances, nous laissant ainsi un peu d'intimité. Ou alors on attend des invités surprise.

— Bon, Alex, je sais ce que tu veux me dire. Du coup, c'est pas la peine que tu me le dises. Et moi, je veux juste ajouter que… pareil.

Ça me fait sourire. C'est tellement nous, ce genre de discussions. L'art de se dire qu'on s'aime sans prononcer les mots fatidiques. Pour clore ce chapitre, je lui adresse un clin d'œil. Tout va bien, on s'est comprises.

— Mes chères Furies, intervient soudain Némésis avec une solennité qui la rend presque ridicule. Je crois que c'est l'heure. Nous n'attendions plus que vous.

Du bras, elle désigne l'échafaud. Je n'y vois rien de particulier, et je me demande comment elle a prévu de nous exécuter. D'un pas décidé, je devance Meg et monte. Quand enfin je me retrouve au sommet de la structure branlante, je balaie l'assemblée du regard. Mouais. On est en petit comité. Némésis, Léo, Tess et quelques démons.

Némésis exulte, Léo regarde ailleurs, sans avoir l'air spécialement bouleversé, et Tess nous fixe de ses grands yeux sombres. Elle est sublime dans une robe fourreau d'un rouge profond. Elle aurait pu s'habiller en noir, ça aurait été plus de circonstance. Je lui aurais même pardonné quelques paillettes. Ce n'est pas tous les jours qu'on voit ses sœurs se faire exécuter.

Meg m'a enfin rejointe et reste immobile à mes côtés.

— Bon, finis-je par dire. Et maintenant, on fait quoi ?

— On attend votre bourrèle.

Ah, très juste.

— Et qui est-elle ?

— C'est moi, grince une voix dans mon cou.

Je ne l'ai pas sentie arriver.

— Tatie Nyx ! Je te dirais bien que ça fait plaisir de te revoir, mais bon, les circonstances ne me paraissent pas adaptées… la salué-je avec ironie.

La vieille carne ricane, mais ne vient toujours pas se placer dans mon champ de vision. On ne me fera même pas l'honneur de me permettre de voir la divinité qui me tuera.

Avec un soupir, je porte mon regard au loin. Ça ne tardera plus, à présent. Dans ma tête défilent les derniers millénaires, tous ces meurtriers que j'ai persécutés, mais aussi ces humains que j'ai appréciés, et puis Déméter, Perséphone, Daddy-Chou, Bloody Hell, Moisi, Schmouti… et enfin mes sœurs, surtout mes sœurs. C'est pour elles que j'ai toujours tenu bon. Si elles savaient à quel point, aujourd'hui, je suis prête à accueillir la mort…

Mais les minutes s'égrènent, et il ne se passe rien. Meg s'agite et ronchonne. Si ça continue, elle va nous faire un nouveau scandale pour cause de retard de mise à mort. D'ailleurs, j'entends soudain sa voix s'élever.

— Euh… Dites, si ça doit durer encore un peu, je peux avoir un tabouret ? Et je me permets de faire remarquer que niveau organisation, c'est pas trop ça…

Effectivement, Némésis aussi s'impatiente. Elle tape du pied, grimace et regarde tout autour d'elle, comme si elle attendait que quelque chose se passe. Mais quoi ?

— Oh, ça va, tais-toi, Mégère, ça va venir, rabroue-t-elle ma sœur.

— Qu'est-ce qui va ven…

Un grondement envahit la place, et l'échafaud vacille. Je ne sais pas ce que c'est, mais il est probable que ce soit ce que Némésis attendait, car un sourire triomphant apparaît sur son visage aux traits parfaits, bien que fatigués.

— Ah, Léo ! Tu vois, je te l'avais dit ! Ils arrivent !

Enfin, je dépose mon regard sur mon ancien ami, aujourd'hui Prince des Enfers. Il tient dans sa grande main pâle, aux longs doigts si fins, la main brune de ma sœur. Il hoche la tête à l'intention de sa mère adoptive, sans même se tourner vers elle. Un fin sourire joue sur ses lèvres quand, pour finir, il lève les yeux sur moi.

Que veut dire ce sourire ? Un truc du genre « Hey, j'ai hâte de voir cette vieille Nyx te faire la peau » ? Ou plutôt « Hey, je compatis, j'aimerais vraiment pas être à ta place » ? Franchement, je serais bien en peine de le dire.

D'une voix froide, et toujours sans la regarder, il répond à sa mère adoptive :

— Es-tu sûre que ce soit bien ceux qui tu attendais ?

— Mais que dis-tu ? Évidemment, que c'est eux. Qui d'autre sinon ?

— Je dis juste que tu devrais attendre un peu avant de triompher.

Léo a à peine le temps de finir sa phrase que le sol de la place se soulève soudain dans un terrible fracas. Le ciel se déchire sous des éclairs aveuglants et de lourds nuages s'amoncellent, comme de vilaines ecchymoses mauves et jaunes. Ça, ce ne sont pas les Primordiaux. Ils ont beaucoup moins le sens du divertissement. Mais alors qui…

Un rugissement retentit, et je suis obligée de me plier en deux tant la douleur qui lacère mes tympans est violente. Quand je parviens enfin à me redresser, le spectacle qui s'offre à mes yeux me laisse… époustouflée.

Ce n'est peut-être pas aujourd'hui que je mourrai, finalement.

INTERMÈDE

Nord de la Thessalie, cité des Lapithes

Alecto l'Implacable approchait des fortifications de la cité des Lapithes. Elle n'était pas heureuse de ce voyage. Ça, non. Mais les récents événements l'avaient forcée à rejoindre le monde des humains. Comment laisser impuni le crime d'Ixion ? Il avait menti, trahi et assassiné son beau-père. Pire, il martyrisait sa jeune épouse. Ce n'était certes pas le principal motif officiel de sa nouvelle mission, mais Alecto ressentait une profonde aversion pour ces hommes qui abusaient de leur statut. Et pour ces dieux qui en faisaient de même, d'ailleurs, même si, dans leur cas, elle était impuissante à exercer sa vengeance.

Elle se présenta enfin devant l'entrée de la cité. Une ambiance lourde et malsaine régnait sur les lieux. Quand les gardes la virent approcher, aucun ne tenta de l'arrêter. Tous l'avaient reconnue. Sa grande taille, les fiers serpents d'albâtre aux yeux rougeoyants, les larmes de sang qui s'écoulaient sur ses joues, ainsi que ses sandales de chasseresse, lassées haut sur ses mollets, ne laissaient aucune place au doute quant à son identité.

Elle franchit donc les portes et se dirigea droit vers le palais. Sur son passage, les Lapithes rentraient dans leur demeure et en barraient l'entrée, cessant toute activité. Personne ne voulait avoir affaire à une Chienne d'Hadès, et tous connaissaient les raisons de sa présence. Ixion, leur roi, était allé trop loin et avait déplu aux dieux. Il allait en payer le prix. Le prix fort.

Elle pénétra dans le palais avec la même facilité, prit tout de même un instant pour admirer les lieux. Ixion était riche, et les marques de son aisance se lisaient dans chaque recoin de sa somptueuse demeure. Marbre, colonnes, bassins et cascades s'agençaient avec élégance pour créer une atmosphère raffinée. Mais elle ne fut pas dupe. Sous ce vernis sophistiqué se dissimulaient le mal et la perversion.

Sans même avoir à demander son chemin, elle se dirigea vers la chambre du roi. Avant même de pousser la porte, elle perçut des sanglots déchirants, et son cœur de déesse chthonienne se serra. Mais aucune émotion ne transparut sur son visage. Bientôt, Dia serait délivrée de son tyran de mari, elle s'en faisait la promesse.

D'un geste fluide et puissant, elle repoussa les lourdes portes et resta un instant immobile sur le seuil. Devant elle se déroulait l'innommable. La pauvre Dia, jetée à plat ventre sur la couche conjugale, subissait les assauts violents d'un Ixion échevelé. Le visage du roi s'ornait d'un rictus obscène et cruel. Ses doigts se crispaient sur la peau pâle de son épouse, qui bleuissait déjà sous l'outrage.

Absorbé par sa besogne, il ne vit pas tout de suite Alecto. Ce n'est que lorsque cette dernière projeta ses serpents vers lui, à l'instant même de sa jouissance, qu'il prit conscience du danger qu'il courait.

Mais, trop tard ! Le corps encore agité des spasmes d'un orgasme ravageur, il se trouva épinglé au mur comme un papillon affolé.

— Pauvre, pauvre petit roi… siffla la Furie. J'espère que tu as profité une dernière fois de ton épouse, il se pourrait bien que tu ne retouches plus jamais la peau d'une femme de toute la misérable existence qu'il te reste à vivre.

— Mais… mais… elle est à moi ! À moi ! Tu n'as pas à intervenir dans mon ménage !

— Non, il est vrai. Tu la maltraites, mais tu ne l'as pas tuée. Pas encore, en tout cas. En revanche, tu as sur les mains le sang de son père, le sage Éionée, à qui tu avais promis des richesses, et que tu as lâchement assassiné pour ne pas avoir à payer le prix de ton amour.

— Le « sage » Éionée ? Tu parles de ce vieux croûton qui a vendu sa fille pour mon poids en or et cent chevaux lapithes ?

Alecto ne montra rien de ses émotions, mais elle n'en pensait pas moins. L'avidité du vieil homme avait valu à sa fille les terribles souffrances qu'elle subissait chaque jour. Selon elle, il avait clairement mérité son sort. Et peut-être même que périr brûlé vif dans une pitoyable fosse était encore une mort trop douce.

— Peu importe, Ixion, et tu le sais. Les liens familiaux sont sacrés, et tu les as bafoués. Tu seras donc puni et voué à une existence douloureuse et misérable. Si tu tiens à ton peuple, je te conseille de plier bagage. Car partout où tu iras, le malheur frappera.

Du coin de l'œil, Alecto aperçut la jeune Dia qui s'agitait. Elle avait remonté un drap blanc taché de sang sur sa poitrine, mais la Furie remarqua aussi l'éclat d'une lame dans sa main.

— Pose ça, Dia. Ne te rends pas coupable d'un meurtre. Si tu te laisses aller à ton désir de vengeance, je serai obligée de te poursuivre aussi. Nos lois sont injustes, mais elles sont ainsi faites.

— Mais…

— Chut, petite fille. Rhabille-toi, et sors d'ici. La suite ne te concerne plus. Tu n'as plus de père, plus d'époux pour te dicter ta conduite. Tu es libre.

Dans un dernier hoquet, la jeune femme laissa tomber le couteau sur le sol. Mais au lieu de partir, au lieu de se sauver, elle alla se recroqueviller dans un coin de la grande chambre. Tant pis pour elle.

Alecto reporta son attention sur le vilain Ixion. Elle se sentait satisfaite de la tournure des événements.

Mais le destin, sous les traits du grand Zeus, était en marche pour chambouler ses projets.

CHAPITRE 5

Sous mes yeux écarquillés, le ciel semble s'ouvrir comme un fruit trop mûr. Entre les nuages violacés percent des rayons si lumineux qu'ils en sont aveuglants, et je suis obligée de plisser les paupières un instant. Sont-ce les Primordiaux qui font une telle arrivée en fanfare ?

Non, car d'une rue adjacente déboule une horde de Titans en goguette, grognant et bavant à qui mieux mieux. Leurs pas lourds écrasent les quelques véhicules abandonnés qui encombrent encore la chaussée, et je vois même l'un d'entre eux porter une pichenette presque négligente à un lampadaire pour s'en emparer. Sympa, la lance improvisée. On ne pense jamais assez au mobilier urbain en cas de bataille divine.

Mais alors, si ce ne sont pas les Primordiaux qui arrivent par les cieux, qui…

— Putain, Alex, regarde ! s'écrie Meg. Regarde là-haut, c'est…

Oh. Voilà qui change totalement la donne. Je tire sur mes liens pour me libérer, mais je n'ai pas encore récupéré suffisamment de force. D'ailleurs, j'ose espérer que le traitement infligé durant notre détention n'aura pas d'effets durables sur nos pouvoirs. Sinon, nous sommes condamnées à assister, impuissantes, au carnage qui s'annonce.

Une voix familière retentit derrière moi, ainsi qu'un petit *pout-pout* tout à fait reconnaissable. Tess et Schmouti ! Ma traîtresse de sœur a dû se dématérialiser pour nous atteindre sans être remarquée. Pour une fois que ça lui sert à quelque chose d'être invisible…

— Ne bouge pas, je vais te libérer.

— Pourquoi elle en premier, hein ? râle Meg, toujours prête à faire sa mauvaise tête. Et putain, t'es de quel bord ? Je comprends plus rien…

— Schmouti va s'occuper de toi. Et je t'expliquerai plus tard.

En effet, du coin de l'œil, je vois la petite furette albinos de ma sœur grimper le long de la jambe de Meg pour aller lui grignoter ses cordes. Ça fait plaisir de constater qu'elle a pris de l'assurance, cette petite.

Rapidement, nous retrouvons notre liberté de mouvement. Nous ne sommes pas pour autant tirées d'affaire. De trop nombreux Primordiaux se rapprochent, et ils n'ont pas l'air d'être là pour boire un smoothie.

— Bon, et là, on fait quoi ? demande encore Meg. Je me sens comme un chaton tout mouillé.

À peine prononce-t-elle cette phrase qu'une plaque d'égout s'ouvre juste sous l'estrade où a été dressé l'échafaud. Un demi-Ryan en émerge. Il n'a toujours pas l'air futé, l'ancien videur des *Portes de l'Enfer*, mais par contre, sa détermination ne fait aucun doute. Il nous adresse un geste de la main pour nous intimer de le rejoindre.

— Descendez, vous serez plus à l'abri en bas qu'ici.

— Mais… on va faire quoi ?

— Rien, lui répond Tess. Vous n'êtes même pas capables de faire siffler vos serpents, donc allez juste vous mettre à l'abri, on verra pour le reste plus tard.

— Mais… tente encore Meg.

Mais qu'est-ce qu'elle m'agace, Mégère, quand elle s'y met ! Je pense que nous aurons besoin de longues explications avec cette très chère Tess, mais là, clairement, le moment n'est pas propice. J'attrape ma sœur par le bras, et la tire vers la plaque d'égout. Elle résiste, la bougresse !

— Écoute, Meg, tu vas arrêter tes conneries deux min…

Une explosion phénoménale nous souffle et nous envoie valser quelques mètres plus loin. Mais bordel, qu'est-ce qui se passe ici ?

Avec difficulté, je tente de me redresser. Je tiens toujours le bras de Meg dans ma main, je prends juste une seconde pour vérifier qu'elle est bien encore au bout. Oui, ouf. Elle est là, le visage en sang et l'air un peu sonné.

— C'est bon, t'as eu ton compte ? On peut aller se planquer ?

Elle acquiesce vaguement, et nous commençons à ramper vers la plaque d'égout. Je stresse un brin, parce qu'elle s'est refermée et que je ne vois plus Ryan, sûrement à cause de l'explosion, tout ça. Je relève un peu la tête pour évaluer la situation. Les Primordiaux ont aussi souffert de la déflagration qui les visait sans aucun doute. Un nuage de poussière et de débris en tout genre s'estompe peu à peu, me permettant ainsi de voir plus loin que le bout de mon nez.

Oh, merde. C'est un véritable débarquement de divinités olympiennes qui est en train de se dérouler sous mes yeux.

— Meg…

— Quoi ?

« Quoi », encore… Ne pas relever. Ne pas relever. Ce n'est absolument pas le moment.

— Alerte réunion familiale.

— Quoi ?

Mais… À quoi lui sert son Wiki si c'est pour avoir aussi peu de vocabulaire ?

— Les Olympiens…

— Les Olympiens ? Ils sont tous là ? J'arrive pas à voir.

— Je ne sais pas, mais il y en a quelques-uns.

Du revers de la main, elle essuie le sang qui lui coule dans les yeux.

— Rolala… T'as raison, ça craint grave, faut vite qu'on aille se planquer. Tu sais où est Tess ?

Je cherche notre sœur du regard. Elle a rejoint les Olympiens, et elle n'est pas la seule. Léo l'accompagne. Il se tient à ses côtés comme… mais oui, comme un chevalier servant ! Il est magnifique, avec ses ailes déployées. Incroyable, je les trouve presque mignons, comme ça. Mais presque, seulement.

Pourtant, je n'ai pas le temps de m'appesantir sur ce genre de considérations. Meg et moi ne valons pas mieux, en cet instant, que de vulgaires humains. Ceci dit sans méchanceté aucune, hein.

— Allez, viens, on va se dégoter un abri.

Cette fois, Meg ferme sa grande bouche et me suit. Nous allons nous planquer derrière la façade d'un immeuble à moitié éboulé.

— Popcorn ? propose Meg.

— Meg, t'es à peine foutue de faire les lacets de tes boots, là, alors oublie.

— Je ne vois plus Némésis, ajoute-t-elle sans relever ma remarque acerbe.

— Moi non plus. Mais elle est pire qu'un cafard, elle a dû se cacher aussi. C'est tout dans son intérêt de laisser les Olympiens affronter les Primordiaux.

— Mmmh, c'est pas faux.

Les Titans reprennent leurs esprits. Des rues adjacentes, quelques Géants les rejoignent. Oh, ça va être intéressant. Sanglant, probablement, mais intéressant.

Je me décale un peu pour avoir une meilleure vue sur les Olympiens. Il me semble en avoir reconnu quelques-uns, mais ça fait tellement longtemps qu'on ne s'est pas croisés... Ils évitent en général de fréquenter l'Érèbe, les odeurs de soufre doivent irriter leur nez délicat, et ils ne sont pas très fans des Infernaux. Et bon, on a perdu toutes traces de certains d'entre eux depuis un sacré bout de temps déjà...

Ils sont encore à moitié suspendus dans les airs, et franchement, je dois dire que ça en jette. Je ne sais pas s'ils ont pris le temps de visionner des films Marvel, mais ils ont tout à fait le style Avengers. Au milieu de ces divinités antiques, je vois tout d'abord... Non ! Je n'en crois pas mes yeux ! Zeus *himself*. Dingue. Il est revêtu d'une combinaison blanche, avec un éclair rouge sur le torse, et une cape de la même couleur virevolte dans son dos. Sa coiffure est impeccable, petites bouclettes sur le front et mulet vintage, tandis qu'une courte barbe orne sa mâchoire carrée. Il en jette, le vieux tonton, même si je sais que, chez lui, il n'y a que l'apparence qui compte. Il est tout minable à l'intérieur. C'est un sale pervers misogyne, et je l'ai toujours détesté.

De chaque côté de Zeus, Déméter et Perséphone. En les voyant, je pousse un soupir de soulagement. Elles sont là, elles vont bien, elles vont pouvoir me pourrir la vie encore longtemps. Elles sont d'ailleurs resplendissantes elles aussi, leurs longs cheveux blonds flottant dans le vent et leurs toges dorés se drapant autour de leur corps sublime. J'aperçois même Dionysos, qui brandit une bouteille grand cru, et ses yeux couleur de vin rouge flamboient comme des escarboucles. Apollon rayonne, Athéna agite ses bras blancs, Diane bande son arc... Et là... Mais qui est donc ce vieux type barbu, aux cheveux trop longs, vêtu d'un bermuda délavé, d'un t-shirt troué et de tongs fluo ? Mais c'est... Non ! Poséidon ! Eh bien, ça alors, si je m'attendais à une telle transformation ! Il n'a plus rien à voir avec le grand, le terrible dieu des Océans. Mais enfin... vraiment, c'est plutôt une belle photo de famille, avec quelques pièces rapportées en la personne de Léo, qui se tient un peu en arrière avec Tess.

Sauf que je ne vois pas Hadès. Où est Daddy-Chou ? À l'idée qu'il ne se soit pas remis du traitement infligé par Némésis, mon cœur se serre. Je jure sur tout ce que j'ai de plus cher – c'est-à-dire mes deux morues de sœurs – que s'il est toujours réduit à l'état de légume, je ferai moi-même la peau à l'antique déesse de la Justice. Je lui arracherai les yeux, je plongerai mes mains dans ses entrailles fumantes, je dévorerai son cœur et je...

— QUE FAITES-VOUS LÀ ? VOTRE PLACE N'EST PAS ICI, MAIS DANS LE TROU DANS LEQUEL JE VOUS AVAIS JETÉS !

Oups. Tonton Zeus donne de la voix, et il a pas l'air jouasse.

Face à lui et à sa brochette de divinités surpuissantes – enfin, j'espère qu'elles le sont encore, sinon on est mal —, s'avance une silhouette massive, bien que dépenaillée.

— MON FILS… CELA FAISAIT LONGTEMPS…

Cronos. Grand-Papi-Cruel, celui qui est du genre à bouffer ses gosses pour le goûter et que Zeus avait réussi à enfermer pour l'éternité dans le Tartare. Comme quoi, même l'éternité a ses limites.

— ET JE NE PEUX PAS DIRE QUE CELA M'AIT MANQUÉ…

— TU AS TOUJOURS ÉTÉ LE PLUS INGRAT DE MES ENFANTS.

— SURTOUT CELUI QUE TU N'AS JAMAIS RÉUSSI À DIGÉRER.

À ces mots, je ne peux m'empêcher de pouffer nerveusement, mais Cronos pousse un tel hurlement de fureur que mes poils se hérissent sur tout mon corps. Il s'élance vers les Olympiens, qui se posent enfin sur la terre ferme, cratères sous leurs pieds à la clé. Sa horde de Primordiaux le suit, le choc… Oui, le choc est terrible. Durant quelques secondes, je ne distingue plus rien de la mêlée, mais les grognements de rage et les éclairs de lumière qui jaillissent de toutes parts ne laissent aucun doute sur la violence de l'affrontement.

Dans mes cheveux, je sens un vague frétillement. Mes pouvoirs me reviennent-ils ? Je brûle de me jeter dans la bataille. Non pas que je me sente un devoir quelconque envers les Olympiens, mais c'est peut-être maintenant que tout va se jouer.

Les pensées de Meg doivent suivre le même cheminement, car elle s'élance soudain. Durant sa course effrénée vers le cœur du combat, je la vois grandir et grandir encore. Oui, ça y est, nous retrouvons notre puissance ! Je laisse le pouvoir couler dans mes veines, envahir la moindre cellule de mon corps et, peu à peu, mon apparence change. Je me jette à quatre pattes, ma peau se couvre d'un poil dense, brun et chaud, et mes griffes lacèrent le sol déjà mis à mal. Je pousse un cri de rage, et la bave épaisse qui ruisselle de ma gueule étincelle dans les éclairs qui nous entourent.

D'une foulée puissante, je m'élance au combat. Je repère un Titan aux prises avec Mamou Déméter, le bouscule, piétine son torse et sens craquer ses os sous mon poids. J'ai soif de sang. J'ai soif de mort. D'un coup de dents, j'égorge le Primordial, puis cherche aussitôt une nouvelle victime pour étancher ma fureur.

Autour de moi, c'est le chaos, j'aperçois Meg qui fait claquer son fouet sur un Géant. Cette fois, le sang frais qui coule sur ses joues n'est pas dû à une blessure. Elle se retourne quand un aboiement retentit.

— Moisi !

L'adorable toutou, sorti de nulle part, se jette dans ses jambes, manquant la déstabiliser.

— Va-t'en, les méchants messieurs vont te faire du mal, allez, va-t'en !

Mais Moisi ne semble pas l'entendre de cette oreille. Sous mes yeux médusés, lui aussi se met à grandir, jusqu'à atteindre la taille d'un éléphant. Au risque de me répéter, c'est incroyable. Il y a tant de pouvoir concentré sur cette place que même des animaux lambda en sont affectés. Mais si Moisi est là…

— Miou.

Bloody Hell ! Ma chatte adorée se dresse soudain devant moi, et elle aussi grandit de façon démesurée. Cette fois, ce n'est plus la colère qui se fraie un passage dans mon cœur, mais l'espoir. Un espoir vite tempéré par le fait que Bloody s'installe tranquillement pour entamer une toilette en règle. Je me disais aussi…

Sur ma droite, un hurlement, encore. Cette fois, c'est Tess qui est en difficulté. Léo est un peu plus loin, et ne peut se désengager pour aller l'aider. Je m'élance, mais Bloody est plus rapide que moi. Elle s'en prend à la vilaine Titanide qui était en train d'administrer une véritable rouste à Tisiphone. D'un coup de patte, elle la défigure proprement, le sang gicle, un morceau d'oreille vole, et la Titanide s'effondre en gémissant. Allez, une de moins.

Durant de longues minutes, nous nous engageons tous dans la bataille. C'est violent, meurtrier, et tout à fait exaltant. Jusqu'à ce que deux cris semblant venir des entrailles de la Terre retentissent.

Cronos et Zeus. Autour d'eux, tout le monde s'écarte. Personne n'est assez fou pour oser se mêler de ce duel.

— TU ES PRÊT ? grogne tonton Zeus.

Il a un peu perdu de sa superbe dans la bataille. Sa cape est déchirée et sa barbe hérissée, mais il tient dans sa main un éclair grésillant. Cronos, en face, n'a que sa force brute, mais c'est bien suffisant.

— J'ATTENDS CE MOMENT DEPUIS TOUJOURS.

Dans un rugissement de fureur, ils se précipitent l'un sur l'autre. Le soleil s'éclipse, la Terre entière semble cesser sa course folle dans le cosmos, le temps ralentit. Le choc est terrible. Cronos a esquivé l'éclair lancé par Zeus et a foncé tête baissée sur son fils. Ce dernier vole en arrière et vient creuser un long sillon sur les pavés de la place Vendôme. Mais Papy Cronos, lui aussi, est sonné. Il tombe à genoux, la tête entre les mains.

Le silence se fait. Le grand Olympien ne se relève pas, son père non plus. Alors, c'est tout ? Nous allons perdre la bataille sur cet assaut ridicule ? Hors de question. Je reprends forme humaine et laisse les serpents blancs, aux yeux de rubis, de ma chevelure se dresser tout autour de mon crâne.

Nous perdons peut-être la bataille aujourd'hui, mais nous ne perdrons pas cette guerre. J'en fais le serment.

— TOUS AUX ABRIS ! je hurle à m'en déchirer les cordes vocales.

Tandis que les Olympiens se carapatent comme des rats, soit vers les cieux, soit vers les égouts, je me jette en avant pour aller récupérer le corps inanimé de ce grand Zeus de pacotille. Je veux le traîner, le sortir de là avant que Papy Cronos ne reprenne ses esprits et n'en fasse de la chair à pâté, mais sa carcasse est trop lourde pour moi. Heureusement, Meg et Tess me rejoignent et m'aident.

Dans un ultime effort, nous parvenons à nous enfuir dans les ruelles dévastées de Paris.

INTERMÈDE

Nord de la Thessalie, cité des Lapithes

— Lâche-le, petite.

Petite ? Mais qui osait donc s'adresser ainsi à elle ? De stupéfaction, Alecto relâcha sa pression sur le cou de l'infâme Ixion, tremblant et sanglotant, qui se laissa glisser le long du mur jusqu'au sol de marbre. Avec lenteur, elle se tourna vers l'origine de la voix, pour découvrir avec surprise que ce n'était autre que Zeus qui venait d'investir la pièce de son écrasante présence.

— Zeus, mais…

— Ne te préoccupe de rien, je vais m'occuper de cette histoire.

— Ce n'est pas à toi, ô dieu des dieux, de procéder à la punition de cet abject cafard… Mes sœurs et moi nous en occuperons aussi longtemps que nécessaire… Le temps qu'il faudra pour qu'il rejoigne enfin le sombre royaume de mon père.

— Qui le jugera et le jettera dans le Tartare, tout ça, oui, je connais la musique. Mais avant cela, j'ai des projets pour cet homme.

Alecto vit bien le regard brillant du dieu se diriger comme par inadvertance vers la pauvre Dia. C'était donc ça. Zeus n'en avait que faire, de la mission divine des Furies, ou de la nécessaire malédiction d'Ixion. Ce qu'il voulait, c'était profiter de la belle jeune femme, en toute impunité. L'humaine avait dû attirer son attention, alors même qu'il trônait au sommet de sa montagne solitaire.

De dépit, elle soupira. Rien de nouveau sous la lumière céleste, mais déjouer sans cesse les lubies de Zeus s'avérait lassant, au fil des siècles.

— Zeus, avec tout le respect que je te dois, ne peux-tu t'occuper de tes affaires et me laisser vaquer aux miennes ?

— Tsss, jeune effrontée. Ne vois-tu pas que je cherche seulement à te faciliter la vie ? À alléger ta charge ? N'as-tu pas d'autres criminels à châtier de par le monde ?

— Si, mais celui-ci me plaisait bien.

À nouveau, la Chienne d'Hadès reporta son attention sur l'humain terrifié qui gisait non loin d'elle. Sa bouche béait, ses yeux restaient exorbités, et sa respiration se faisait plus difficile de seconde en seconde. Délicieux, absolument délicieux. Cet imbécile avait cru pouvoir déjouer la colère divine, il se rendait enfin compte que cela était impossible.

Malgré sa panique, Ixion n'était pourtant pas un idiot. Il avait compris dans quel sens tournait le vent. Il se jeta à quatre pattes et avança en rampant presque vers le roi des dieux.

— Zeus, ô, grand Zeus, prends-moi, châtie-moi, purifie-moi, mais ne me laisse pas aux mains de cette fol…

— Attention, Ixion, gronda le dieu, dont les mains se mirent à crépiter d'une électricité aveuglante. Prends garde au langage que tu emploieras pour parler de ma nièce, tout de même.

— Oui, oui, pardon, pardon…

À présent, le roi des Lapithes était allongé à plat ventre, le nez aplati sur le marbre blanc de son palais. Malgré elle, Alecto ne put réprimer un léger sourire. Ixion la craignait plus qu'il ne craignait Zeus. C'est qu'elle remplissait sa mission avec sérieux, alors que tous les humains savaient que Zeus était corruptible. La faiblesse de sa chair n'était un secret pour personne.

— Pour me racheter, prends mon épouse. Emmène-la, loin, où tu voudras, tu peux en disposer comme bon te semblera, cela m'est égal, elle ne m'a apporté que le malheur…

Avec lenteur, Zeus s'accroupit aux côtés du criminel. Une odeur âcre d'urine s'éleva alors, et Alecto retroussa son nez délicat. Cet homme était pitoyable.

— Ixion, misérable Ixion… Crois-tu donc que j'aie besoin de ton autorisation pour disposer de ta femme comme bon me semble ? Crois-tu que je n'ai pas déjà séduit d'innombrables épouses ?

Alecto leva les yeux au ciel. S'il y avait une chose qu'elle regrettait dans son statut de Chienne d'Hadès, c'était bien le fait qu'elle ne puisse pas s'en prendre aux nombreux criminels de sa propre famille. Zeus était un vieux pervers, nuisible et imbu de lui-même. Elle n'éprouvait que du mépris pour lui. Et encore aujourd'hui, il allait abuser de son pouvoir sur elle pour parvenir à ses fins. Dans son malheur, elle avait tout de même une chance. Jamais Zeus ne s'en était pris à elle ou à l'une de ses sœurs. Les Olympiens n'appréciaient pas de frayer avec les Infernaux, et dans ce cas précis, c'était une réelle aubaine.

— Allez, petit humain, moi aussi, je vais t'inviter à un banquet. J'ai cru comprendre que tu aimais ça, les banquets.

Zeus tendit une main énorme et se saisit des longues boucles brunes du roi des Lapithes pour le soulever du sol. Ixion tremblait et sanglotait, mais savait que toute rébellion était vaine. Alecto n'en conçut aucune pitié. À sa façon, Zeus châtierait le meurtrier, mais il ne le ferait que pour se rendre coupable à son tour d'une infamie.

CHAPITRE 6

C'est tout naturellement que nous nous sommes dirigées vers *Les Portes de l'Enfer*. Nous n'avons même pas envisagé la possibilité de retrouver notre petite maison, comme si, suite aux récents événements, plus rien ne nous y rattachait, en tout cas pour le moment. Et cependant, j'y ai vécu quelques-unes des plus belles années de ma très – trop – longue existence.

Nous ne traversons que des rues dévastées, et nous ne croisons âmes qui vivent. Pourtant, je sens une présence diffuse dans les ombres, des gens survivent encore ici, mais se cachent, terrifiés par ces êtres divins qui ne savent que jouer avec leurs vies.

Lorsque nous arrivons devant l'ancien club à la mode de notre chère Domi, Bloody Hell et Moisi ont repris leur taille normale. Ça me fait bizarre de voir ma chatte se déplacer dans cet environnement hostile sans la moindre crainte. Son poil est emmêlé, et je soupire rien qu'à l'idée du temps que cela va me prendre de lustrer son si beau pelage. Non pas que ce soit prioritaire, mais tout de même.

— Les filles… murmure Tess quand nous nous arrêtons devant les portes de l'ancienne boîte de nuit.

— Quoi ? halète Meg. Pfff… Mais qu'est-ce qu'il est lourd, ce Zeus. Et, pour le coup, dans tous les sens du terme.

— Va savoir, je lui rétorque. Si ça se trouve, il a changé et n'est plus un gros naze misogyne et harceleur.

— Alors, ça, je n'y crois pas du tout, me répond-elle du tac au tac.

Moi non plus, je l'avoue. La culture du viol, c'est dans les gènes du dieu des dieux, et je ne vois pas pourquoi il aurait évolué sur le sujet. Il n'a pas dû être à la fête, ces dernières décennies, où qu'il se soit planqué. J'espère qu'il a même écopé de quelques procès bien salés, du genre de ceux qui défraient la chronique.

— Les filles… répète Tess.

Je lâche le corps inerte de tonton Zeus et lève enfin les yeux sur elle. Elle se dandine d'un pied sur l'autre en se tordant les mains. Rien qu'à la voir faire, je comprends.

— Tu nous laisses, c'est ça ?

— Je ne peux pas rester, vous savez…

— Non, on ne sait pas. Tu redescends au palais ? Qu'est-ce qui t'y oblige ?

— Je suis mariée, maintenant, et…

— Mariée, mariée… C'est plus un mariage de convenance, pourquoi tu ne profites pas de l'occasion pour reprendre ta liberté ?

— C'est que je… enfin, je veux dire…

Tout à fait intéressante, cette jolie couleur cramoisie sur la peau noire de ma sœur. Je décide d'enfoncer le clou.

— Ce n'est pas un mariage de convenance, n'est-ce pas ? je demande froidement.

Attention, que les choses soient claires. Je souhaite ardemment le bonheur de mes sœurs. Mais vraiment, s'acoquiner avec Léo-Prince-des-Enfers, je ne suis toujours pas persuadée que ce soit l'idée du siècle. Je connais Tess ; sous ses airs enjoués, elle est fragile, et je ne voudrais pas que son petit cœur soit réduit en miettes par ce bellâtre. Qui était auparavant mon meilleur ami. Mais qui maintenant possède des pouvoirs dont on ne soupçonne même pas l'étendue. Oh, misère, pourquoi faut-il que les choses soient si compliquées ?

— Je… je l'aime bien…

— Tu l'aimes bien ? crie Meg. Mais enfin, tu le connais à peine !

— Et alors ? Qu'est-ce que ça peut te faire, à toi ? C'est pas ta vie !

— Non, c'est la tienne, et excuse-moi de vouloir faire attention à…

Pendant que nous parlons, Moisi s'est mis en tête de faire une toilette complète à Zeus, qui s'agite en grognant. Sa combinaison autrefois immaculée est toute couverte de traces boueuses, à présent.

— Oh, oh, ma toute belle, je te plais, hein. Tu es impatiente que je te…

Soudain, tonton Zeus ouvre les yeux et comprend que non, ce n'est pas une jolie nymphe qui lui lèche la poire. Je regrette de ne pas avoir de quoi le photographier, franchement, le cliché vaudrait son pesant de cacahuètes.

Le dieu des dieux retrouve instantanément ses esprits et repousse avec force l'animal, l'air totalement paniqué et écœuré. Entre ses doigts crépite déjà un éclair étincelant.

— Wow, on se calme, Tonton, s'interpose Meg aussitôt. Tu ne touches pas à Moisi.

— Moisi ? Et en plus, il s'appelle Moisi ?

En gémissant, il se prend la tête dans les mains.

— Ça ne s'est pas passé comme prévu, n'est-ce pas ?

— Bah, ça dépend de quel point de vue on se place. On n'a pas perdu, c'est déjà pas mal.

— Quand je pense à quel point j'en ai chié pour balancer toute cette engeance au fin fond du Tartare… gémit Zeus. J'ai pas la foi de recommencer…

— Bon, les filles, je vous laisse gérer sa petite déprime passagère, je dois filer, le coupe Tess.

Ce qui attire l'attention de Zeus, qui la regarde d'un air soupçonneux.

— Et tu comptes aller où, comme ça, ma nièce ?

— Je redescends dans l'Érèbe.

— Pour quoi faire ?

— Retrouver mon mari.

— Qui est ?

— Léo.

— Putain, c'est qui celui-là ? Il est immortel au moins ?

— Maintenant, oui, mais avant il était humain. Tu ne le connais pas.

— Hein ? Il y a de nouveaux immortels ? Qui a fait ça ? On avait dit qu'on arrêtait, que ça devenait ingérable ! Je peux pas prendre quelques siècles de repos sans que ça parte en vrille, c'est pas possible !

— C'est Némésis la responsable. Tu t'arrangeras avec elle. Moi, je vais rejoindre mon époux, et vérifier que cette poufiasse ne se terre pas quelque part en Enfer, à fomenter un nouveau complot. Je trouve qu'elle s'est bien vite esquivée, c'est louche.

D'un hochement de tête, je lui fais signe que je comprends, qu'elle peut y aller. Elle n'a pas besoin de mon autorisation, mais je sais qu'elle n'a pas envie de nous laisser en pleine rue. Elle prend néanmoins le temps de s'approcher de Meg et de la serrer dans ses bras. Là aussi, la bouille de ma sœur mériterait une petite photo tant elle est surprise par ce geste.

Sans relâcher son étreinte, Tess disparaît. Pouf, néant, tu me vois, tu me vois plus, tu me vois un peu, je ne suis plus là. Je ne sais pas pourquoi elle a toujours râlé sur cette faculté, moi je trouve ça pas mal. Très discret. Mais c'est vrai que la discrétion ne fait pas partie de l'état d'esprit de Tess. J'imagine qu'elle aurait préféré se déplacer à dos de licorne ou dans un nuage de paillettes multicolores.

Meg se racle la gorge, tire un peu sur les pans de son blouson en cuir, puis shoote dans un petit caillou qui passait par là, innocent. Moisi s'empresse de courir derrière et de le rapporter à sa maîtresse adorée. Brave toutou.

— Bon, on y va ?

Je vois bien qu'elle est nerveuse. Elle ne sait pas ce qui l'attend, chez la sœur de son amoureuse. Julia sera-t-elle présente ? Sera-t-elle heureuse de la retrouver ? Je prends la main de Meg et la serre fort.

— Ça va bien se passer, j'en suis sûre.

Je la relâche aussitôt, parce que je sens que là, niveau sentimentalisme, Meg est au max de ce qu'elle peut supporter.

— Allez, viens, on y va.

Avec douceur, je l'accompagne vers l'entrée.

— Hey, personne m'aide à me relever ?

Je décide d'ignorer Zeus et son ton geignard. Je suis sûre qu'il dit ça pour pouvoir me coller une main aux fesses, en plus, l'enfoiré. Je pousse sur les doubles battants. Rien ne se passe. Un peu plus fort… toujours pas.

— Merde, c'est barricadé.

Une voix retentit soudain dans notre dos.

— Mains en l'air, et ne faites surtout pas de mouvements brusques.

Oh. Oh oh. Notre cher ami Ryan.

— Ryan, c'est nous.

— Comment vous connaissez mon nom ? marmonne l'ancien videur du club d'un air soupçonneux.

Je soupire. On n'est pas sorties des ronces.

— Parce qu'on se connaît, Ryan. Je suis Alex, et ça, c'est Meg, ma sœur. On s'est aperçus tout à l'heure, pendant la bataille. Tu sortais à moitié des égouts.

— Je vous reconnais pas.

Ce petit côté Dory… Décidément, je ne m'y ferai jamais.

— C'est normal, on est de dos. Écoute, je vais me retourner très lentement, pour que tu voies mon visage, OK ?

— OK, mais attention, je plaisante pas. Je suis armé.

— Oui, j'ai compris. Allez, j'y vais.

Doucement, pour ne pas effrayer notre colosse préféré, je pivote sur mes talons, les deux mains bien en l'air. Je le cherche du regard, finis par le repérer, planqué derrière la façade éboulée du *Café du coin*, me visant avec un fusil de belle taille. Je vois ses yeux se plisser sous l'effet de la concentration, et tous les éléments de son visage se rejoindre au milieu de sa face. L'effet est toujours aussi étonnant.

— Est-ce que tu nous remets, maintenant ?

— Vous étiez des clientes, c'est ça ? Et c'est qui, le guignol par terre, là ?

Oupsie. Heureusement que Zeus est encore un brin sonné et qu'il est plus préoccupé par les accrocs qu'il découvre dans sa cape que par notre conversation.

— Lui ? Oh, c'est juste le dieu des dieux, rien de bien important.

Ryan renifle, comme s'il me soupçonnait – à juste titre d'ailleurs – de me foutre un peu de lui. Il sursaute et relève son arme quand Bloody Hell me saute dans les bras. Heureusement, Meg prend le relais.

— Et moi, Ryan ? Souviens-toi, j'étais l'une de tes collègues de travail

Nouveau plissement de visage.

— Mmmh… T'étais pas au bar ?

Meg s'enthousiasme.

— Oui, voilà, c'est ça ! Et je suis la petite amie de Julia, aussi…

— Julia !

Cette fois, l'illumination semble se faire dans l'esprit de notre cher Ryan, mais il s'assombrit rapidement.

— Mais elle est triste, Julia, depuis que tu es partie. Pourquoi t'es partie ?

— Je n'ai pas eu le choix, crois-moi. Mais maintenant, je suis là, est-ce que tu ne veux pas m'accompagner auprès d'elle ?

Ryan opine du bonnet avec vigueur.

— Oui, très bonne idée, ça. On y va.

Sans prêter la moindre attention au grand type en cape blanche et coupe mulet, l'ancien videur traverse la rue et nous rejoint.

— Faut passer par-derrière, on a condamné cette entrée. Trop de tarés dans cette ville, c'était dangereux.

En silence, nous faisons le tour du bâtiment par une ruelle obscure pour pénétrer dans le club par l'entrée de service. C'est par là que Meg et les autres employés sortaient les poubelles, avant, et aujourd'hui, elle est parfaitement dissimulée par des tas de déchets. L'odeur est insoutenable, mais au moins, personne ne se risquera à venir par ici.

Ryan regarde partout autour de lui, visiblement en proie à une paranoïa aiguë. Quoique, vu les circonstances actuelles, on peut le comprendre, le pauvre chéri. Malgré tout, Meg ne l'entend pas de cette oreille, le bouscule sans ménagement et se précipite à l'intérieur. Je la suis, mais avec moins d'empressement, tout de même. Je suis simplement heureuse de sentir ma boule de poils lovée contre ma poitrine et, tout en marchant, j'enfouis mon visage dans sa fourrure. Elle ne sent pas très bon, après toutes ces semaines passées dehors, en mode gros chat de gouttière.

Quand j'arrive dans la salle principale, je m'arrête, sidérée. Si je m'attendais à ça… Les lieux ont été transformés en une véritable armurerie, et il y a des flingues, des fusils et des grenades de partout. J'avoue ne pas y connaître grand-chose, mais je suis tout de même impressionnée.

Et surtout, surtout, face à moi, il y a Domi et Julia. Elles ne sont pas seules, évidemment, et toute l'ancienne équipe des *Portes de l'Enfer* est là aussi, plus quelques petits nouveaux que je ne connais pas. Mais je ne vois qu'elles, leur visage aux traits tirés, et leurs vêtements qui flottent autour de leur corps amaigri.

Domi se tient droite, comme toujours, et la détermination qui brille dans son regard est éblouissante. Julia, quant à elle, a porté ses deux mains à sa bouche, et ses joues sont inondées de larmes tandis qu'elle contemple Meg. Ces deux nunuches vont-elles rester plantées là à s'admirer dans le blanc des yeux pendant des heures ? Franchement, ça ne m'étonnerait même pas.

Haussant les épaules, je décide de les laisser à leurs retrouvailles. Moisi en fait de même, car il me suit quand je me dirige vers Domi. Elle me prend dans ses bras et me serre fort. Je dois dire que cela me surprend, il n'y a pas beaucoup d'humains au courant de notre véritable nature qui soient prêts à ce genre de geste d'affection envers nous. Pas beaucoup de divinités non plus, d'ailleurs. Cette simple accolade me réconforte, et j'espère au plus profond de moi-même que Domi va bien, qu'elle n'est pas trop torturée par ses anciens démons. Quoi qu'il en soit, cela fait bien longtemps que je ne me suis pas occupée de son cas, j'ai été bien trop prise par tout ce rififi, et c'est tant mieux. Domi ne mérite pas tout ce qui lui est arrivé dans sa vie. C'est quelqu'un de bien, et ce qu'elle a fait des *Portes de l'Enfer* le prouve encore.

— Alors, quelles nouvelles ? je lui demande sur l'instant.

Pas la peine de prendre des gants, Domi est une personne pragmatique, une meneuse d'hommes et de femmes.

— Nous tenons le coup comme nous le pouvons. J'ai organisé des équipes chargées de récupérer du matériel et de la nourriture, pour le moment, nous trouvons encore beaucoup de choses. Mais c'est la jungle, dehors, les combats entre bandes armées se font de plus en plus fréquents, et ces… créatures… ne nous laissent aucun répit.

Ces créatures. Quelques Géants, les Titans, les Hécatonchires, des humains, et toute la maudite engeance qui peuplait le Tartare. L'Apocalypse selon les Furies. Parce que bon, soyons honnêtes, mes sœurs et moi sommes en partie responsables de tout ça.

— Je vois. Des nouvelles des Infernaux ?

Elle m'adresse un petit sourire.

— Pour certains, un peu plus que des nouvelles, oui. Ils ont l'air de se plaire, dans le coin. Tu n'as pas croisé Charon, dehors ?

Charon ? Dans les immondices qui jonchaient la ruelle ?

— Non, pourquoi ?

— Oh, il a dû partir faire un tour, mais il aime bien monter la garde devant l'entrée de service. Il dit qu'il se sent un peu comme chez lui. Et il y a installé sa tribu de furets.

— Ça ne m'étonne pas, à vrai dire. Mais c'est lui qui a récupéré la troupe ?

— Oui, il a insisté auprès de Tess, et apparemment, elle a fini par accepter. Ça faisait beaucoup à porter sur ses épaules. Littéralement, je veux dire.

Ce que vient de m'annoncer Domi me fait chaud au cœur. Mais soudain, des sanglots étouffés me parviennent et je me retourne. Julia est enfin tombée dans les bras de Meg, qui l'étreint comme si sa vie en dépendait. Je souris à cette vision. Ça fait du bien de retrouver tout ce petit monde, vraiment.

— Allez, viens, Alex. Je pense qu'il y a quelqu'un qui sera heureux de te voir.

Oh ? Mais de qui veut-elle parler ? Je ne dis rien et décide de la suivre. D'un pas déterminé, elle m'entraîne dans les sous-sols du club, jusque dans sa loge. Elle en pousse la porte avec douceur.

— Monsieur ? Il y a quelqu'un pour vous…

« Monsieur » ? Alors, là, je suis larguée, je l'avoue. Enfin, Domi s'efface pour me laisser passer et j'avance, hésitante, avant de me figer, le cœur battant la chamade.

— Daddy ! Tu es là !

Sans plus réfléchir, je me jette sur mon père, ignorant les protestations de Bloody Hell qui n'avait absolument pas prévu de se retrouver comprimée entre ma poitrine et le torse nu d'Hadès, maître des Enfers. Sans même prendre le temps de l'observer, je sens bien que ses bras n'ont pas recouvré toute leur puissance, mais sa peau est chaude, et son étreinte est aimante. Comme il m'avait manqué… Je crois que je ne m'en étais même pas rendu compte, ou alors j'ai préféré faire taire mes sentiments. Le déni, une valeur sûre dans la famille.

Mais à présent, je réalise à quel point j'espérais le retrouver vivant. Il n'est peut-être pas encore en grande forme, mais ça viendra, j'en suis certaine.

J'en ai vécu, des trucs dans ma longue vie de Chienne, mais je crois que je me souviendrai longtemps de cette journée.

RÉSISTANCE

Tess refait le chemin du retour, seule. Elle longe les murs, descend les escaliers du métro Gambetta d'un pas léger, se coule dans les ombres des interminables couloirs désertés. Enfin, désertés… Pas tant que ça. Toute une faune s'y presse, si on y prête bien attention. Partout dans Paris, des familles entières ont envahi les kiosques à journaux, les échoppes ouvertes aux quatre vents, des hommes et des femmes désespérés dorment sur les bancs, ou parfois à même le sol sur des couvertures sales et élimées.

Mais nul n'aperçoit la Chienne d'Hadès, qui se désagrège dans sa forme vide pour atteindre plus vite sa destination. L'Érèbe. Son cauchemar et son paradis. Son foyer, et son mari.

C'est en volant qu'elle traverse les marais puants, puis le Styx, où Charon n'officie plus. Les Infernaux eux-mêmes ont déserté les lieux. Impossible pour eux de tolérer la présence de Némésis.

Mais Tess, elle, n'a pas le choix. À la vitesse de la pensée, elle se retrouve enfin devant le palais, reprend forme humaine, gravit les marches. Une fois en haut, elle hume l'air. C'est qu'elle serait capable de le rejoindre même les yeux bandés, son Léo. Son Prince des Enfers. Son homme-paradoxe, celui qui affole sa boussole, la fait changer de dimension sans crier gare.

D'un geste, elle comprime sa poitrine. Son cœur bat trop fort. Comment a-t-elle pu tomber si stupidement et profondément amoureuse d'un presque inconnu ? Jamais, de sa longue vie de Furie, elle n'a fait l'expérience d'un tel sentiment. Il faut dire aussi que jusqu'à présent, elle n'avait goûté que de vagues amourettes avec des humains. C'est la première fois qu'elle se lie avec un immortel. Et quel immortel…

À la seule pensée du regard bleu azur de son époux, de ses bras puissants, mais aimants, de ses baisers enflammés, de son corps si doux, si chaud… Elle en frémit. Oui, bien sûr, elle a d'autres choses à réfléchir, des complots à fomenter, des troupes à régenter, des sœurs à protéger, mais… Mais comment faire comprendre cela à sa chair et à son cœur, qui ont si longtemps souffert de solitude ? C'est vrai, elle l'avoue sans mal, elle peine à se raisonner.

Enfin, elle perçoit le parfum de son homme, promesse des délices charnels à venir. Elle prend une profonde inspiration, s'en gave jusqu'à ce que ses poumons la brûlent.

Puis expire violemment en faisant la grimace.

Léo n'est pas seul. Son odeur s'accompagne d'effluves maléfiques, vieux relents de naphtaline et de soufre mêlés.

Némésis.

Mais après tout, elle est aussi redescendue dans l'Érèbe pour cela. S'assurer du retour de la traîtresse entre ces murs de béton gris. Avec un soupir, elle se prend à regretter le marbre blanc, les bouquets de fleurs minérales et les tourelles enchantées que Perséphone aimait tant. Quand tout cela sera fini, le palais regagnera son aspect improbable de château Disney. Et elle pourra enfin y mener une vie heureuse, avec son prince charmant.

D'un pas résolu, elle se dirige vers les anciens appartements de son père. C'est là que Némésis s'est installée. Depuis qu'elle lui a donné le collier, lors de ses épousailles inattendues, l'antique déesse en sort peu. De cette suite, elle est parvenue à organiser tout un système qui annihile les âmes hantant les Enfers.

Que deviennent-elles, ensuite ? Se fondent-elles dans le néant ? Oui, c'est fort probable. Mais quel gâchis ce serait… Alors, certes, ce n'est peut-être pas une grande perte pour les criminels, mais tout l'équilibre du royaume des Morts reposait sur une forme immuable de justice. On vit, on meurt, on est jugé, puis on rejoint sa dernière demeure, que ce soit pour une éternité de tortures ou d'infinies merveilles. Ou, parfois, pour quelques siècles d'errance sur les Prés d'Asphodèle, mais bon, les humains sont ainsi, à toujours osciller entre le bien et le mal…

Alors qu'elle approche de la lourde porte, des voix lui parviennent. Celle, chaude et douce, de son époux, et un frisson délicieux la parcourt, puis celle, âcre et venimeuse, de Némésis. Son enthousiasme s'en trouve aussitôt douché. Décidément, sa vie ressemble fortement à une succession de montagnes russes.

Attentive, la main suspendue à quelques centimètres de l'un des deux battants, elle s'arrête et écoute. Elle ne sait pas pourquoi, mais elle a peur, soudain…

— Mon fils, quelles nouvelles de la surface ?

— Excellentes, Mère. Excellentes.

— Je te trouve bien trop sûr de toi. Comment peux-tu employer ce terme, alors que l'exécution de ces deux salopes n'a pas eu lieu comme je le souhaitais ?

La voix de Némésis monte dans les aigus, déraille et chuinte. Depuis quelque temps, elle perd facilement le contrôle d'elle-même. La faute au collier, probablement… Mais si seulement ce dernier pouvait enfin la faire totalement vriller…

— Ne t'en fais pas, elles ont rejoint la résistance, mais que pourront-elles faire ? Elles ne sont que deux, et…

— Et quoi ? Tu l'as vue comme moi, cette arrivée en fanfare des Olympiens !

— Oui, mais comment aurions-nous pu prévoir cela, alors qu'ils ont disparu de la circulation depuis des siècles ?

— Tu es censé être mes yeux et mes oreilles ! Je ne peux pas être sur tous les fronts, je fais déjà le vide dans les Enfers, je ne peux pas non plus gérer le foutoir là-haut, entre les humains et les Primordiaux… Si tu ne me sers à rien…

Un silence se fait. Lourd, menaçant. Si Léo déplaît à Némésis, que serait-elle capable de lui faire subir ? Mue par une impulsion soudaine, Tess pousse la porte. Si brusquement que Schmouti couine dans son cou.

— Oh, Belle-maman, tu es là ! Et Léo, mon chéri !

Elle en fait un peu trop, et elle le sait. Mais tant pis, elle se glisse aux côtés de son Prince des Enfers, love un bras autour de sa taille et, au passage, reprend une bouffée de ce parfum qui la bouleverse et lui donne du courage tout à la fois.

— Tout va bien ? Tu es un brin pâlichonne, Némésis. Tu devrais te repoudrer le nez.

L'antique déesse lui jette un regard dévastateur, qu'elle reçoit sans broncher. Au moins, elle a détourné son attention de Léo.

— Alors, tu es contente ? Tes sœurs ont encore réussi à m'échapper ? Je suis sûre que tu y es pour quelque chose, toi aussi… Un vrai serpent…

En parlant de serpents, les siens s'agitent. Ça siffle et ça grouille, sous son afro. Il faut dire que même si elle tente de rester calme, elle a de plus en plus de difficultés à la supporter, cette vieille morue. Elle la hait tellement…

Mais elle sent soudain que Léo l'attrape et la serre, un peu trop fort, d'ailleurs.

— Mère, tu sais bien que Tess a accepté sa nouvelle condition, et…

— Tais-toi ! Je connais cette engeance depuis bien plus longtemps que toi, et je sais à quoi m'en tenir ! Dépêchez-vous de trouver une solution, tous les deux ! Je veux la tête de Mégère et d'Alecto, sinon, c'est la tienne que je prendrai, Tisiphone. Puis je m'emparerai de tout ce qui t'est cher, à commencer par ton « Daddy ». Les Olympiens n'auront pas ma peau, je le jure, et les Primordiaux non plus, et…

Et le reste se perd dans des borborygmes atroces et écœurants, tandis que Némésis bascule en arrière, les yeux révulsés. Devraient-ils profiter de l'instant ? Ces crises lui viennent de plus en plus souvent, et la folie gagne du terrain dans son esprit. Alors pourquoi hésitent-ils ?

Léo et Tess échangent un regard. Ce n'est pas le moment. Némésis est ce qu'elle est, mais elle peut encore avoir son utilité dans le conflit qui oppose les dieux actuellement. Tout ce qu'il faut, c'est la décider à faire le ménage elle-même auprès des Primordiaux. Mais ils jouent un jeu dangereux. Qui sait combien de temps elle supportera leur soi-disant inefficacité ?

CHAPITRE 7

Domi nous laisse seuls, et je me blottis dans les bras de mon père. J'y suis bien, j'y retrouve ces vieilles fragrances de cuir, de whisky et de bois précieux qui ont bercé toute mon enfance. Je m'enivre de ces effluves, les souvenirs remontent à la surface et me submergent malgré moi.

— Daddy… sangloté-je contre son torse.

Je me fiche de pleurer devant mon père, tant qu'il n'y a pas de témoin. Et là, après tout ce que nous avons vécu, je crois que j'ai bien besoin d'ouvrir les vannes en grand, de laisser se déverser le flot de mon amertume et de mes regrets.

Mon père, ce roi des Enfers, ne dit rien et se contente de caresser tranquillement mes fins cheveux blonds. Je sais qu'il les aime ainsi, il a pour habitude de dire que ma chevelure est comme de la soie, douce sous ses mains puissantes. Je me laisse faire, peu à peu bercée par sa respiration régulière.

Au bout de longues minutes, je relève la tête pour l'observer enfin. Il paraît immense dans la petite loge de Domi. Rien n'a changé, dans ce décor de starlette. Il y a toujours des pots de paillettes, des fards en pagaille et des ustensiles pour cheveux dont je ne connais même pas le nom. Non, rien n'a changé. Seule une épaisse couche de poussière s'est déposée sur ces trésors d'une féminité durement acquise, mais pour un temps suspendue.

Hadès est assis sur le sofa, bien calé entre des coussins recouverts de velours bleu nuit. Sa peau n'est plus aussi grise que la dernière fois que je l'ai vu, mais n'a pas encore retrouvé son plein éclat de santé. Ses longs cheveux blancs pendent sur son torse amaigri.

— T'as pas trop bonne mine, encore.

Il me sourit avec gentillesse. Ses yeux pétillent, et ça me réchauffe le cœur.

— Je sais, je ne peux pas louper mon reflet, ici.

De la main, il désigne la loge. Effectivement, il y a des miroirs partout. Domi n'aime rien laisser au hasard quand il s'agit de son image. Je crois que c'est aussi pour cela que je l'apprécie autant, elle adore contrôler son environnement. C'est une qualité – ou un défaut, peu importe – que nous partageons.

Daddy, de ses deux grandes mains brunes, prend mon visage en coupe, me forçant ainsi à le regarder dans les yeux.

— Mais je vais mieux, ma toute petite. Bien mieux. Tu n'as pas de souci à te faire. Je récupère peu à peu mes forces et mes pouvoirs, et je reviendrai bientôt dans la course pour vous aider.

Je soupire, de lassitude surtout.

— Oui, nous en aurons bien besoin. Nous avons pris une sacrée déculottée, aujourd'hui. Enfin… pas vraiment, mais nous n'avons pas gagné non plus.

— J'ai cru comprendre qu'il y avait du beau monde, pourtant, pour votre sauvetage.

— Oh, ça, pour y avoir du beau monde… Mais je pense que toute la famille est un peu rouillée, niveau guerres divines. Et Némésis s'est enfuie dès le début du combat.

Le regard de Daddy-Chou s'assombrit.

— Cela ne m'étonne pas d'elle. Elle n'a aucun intérêt à nous affronter. Tant qu'elle pourra fuir, elle fuira. Mais… j'aimerais que vous me la laissiez. J'ai quelques comptes à régler avec elle.

— Tu n'es pas de taille actuel…

— Tu as raison, me coupe-t-il. Actuellement. Mais je suis plus fort chaque jour qui passe. Et j'ai appris beaucoup, quand elle me retenait… prisonnier.

À ces mots, je frémis. Des souvenirs d'Hadès, immobile, affaibli, impuissant sur son trône de marbre, dans cette pièce vide, dénuée de vie, me reviennent. Comment cette pétasse a-t-elle osé faire subir cela à mon père ?

— Je veux t'aider, dis-je avec fermeté.

— Tu m'aides déjà, tu sais.

— Je veux t'aider à la défaire.

— J'ai compris. Et c'est ce que tu feras. Mais je veux que tu me laisses sa mise à mort. Je veux la tuer de mes mains. Je veux sentir son dernier souffle s'extirper de sa gorge serrée entre mes doigts. Tu saisis ?

Émue, mais terrifiée aussi par la sombre détermination qui émane de mon père, je hoche la tête.

— Où est ta sœur ?

— Meg ? J'imagine qu'elle joue au joli cœur avec son humaine.

— Julia est une brave petite.

— Mais est-ce le bon moment…

— On ne choisit pas ces choses-là, Alecto, tu sais.

Non, je ne le sais pas, et pour le coup, je suis bien heureuse de ne jamais avoir été soumise aux affres de l'amour autre que filial ou fraternel. Je ne ressens pas le besoin de m'unir charnellement à qui que ce soit. Et je n'en souffre pas, je suis comme ça, c'est tout. Je ne tombe pas amoureuse non plus. Je me dis souvent que j'ai assez d'amour dans le cœur comme cela.

— Ta mère et moi…

Oh ? Instant confession ? Mais non, Daddy-Chou secoue la tête.

— Tu peux me parler, je serai toujours de ton côté, lui dis-je avec douceur.

— Tu devrais faire plus attention à Perséphone, Alex, soupire-t-il. Elle n'est pas que la mère indigne que tu t'imagines.

— Bah, si. Quand même un peu. Si tu n'avais pas été là pour nous…

— … elle aurait assumé ses responsabilités. C'est parce qu'elle savait pouvoir compter sur moi qu'elle s'est permis tous ses voyages en surface. Qu'aurais-tu préféré ? Un père heureux de vivre en Enfer, prêt à se dévouer pour vous, ou une mère qui se serait lentement étiolée, en manque de soleil, de vent et de grands espaces ?

— C'est pas l'espace qui manque, sur les Prés d'Asphodèle, je ronchonne pour la forme.

Il n'a pas tort, mais je n'ai pas très envie de l'admettre. De toute façon, notre conversation tourne court, car une tornade brune de moins d'un mètre soixante fait irruption dans la pièce.

— Daddy !

Meg se jette sur nous, sans se préoccuper de nous écraser. Et Moisi, entraîné par l'enthousiasme général, vient se rajouter au tas que nous formons. En parlant de Moisi…

— Dis, Daddy, tu as une idée de la raison pour laquelle nos animaux, qui sont à la base des animaux totalement lambda, se sont transformés en monstres terrifiants durant la bataille ?

— Oui, tout à fait. Je ne suis pas particulièrement étonné, en fait. C'est tout simplement parce qu'à votre contact, ils se sont peu à peu gorgés de pouvoir. Et là, entre les Olympiens et les Primordiaux, la dose présente dans l'air devait être encore plus importante. Ils en ont donc largement profité.

Mmmmh. Je vois. Avant, j'avais une chatte nuisible. Maintenant, je possède potentiellement un fauve incontrôlable.

— Dis donc, Daddy, qui a décidé de venir nous libérer avant qu'on se fasse zigouiller par la grosse vilaine ? Comment étiez-vous au courant ?

Hadès nous regarde toutes les deux tour à tour.

— Eh bien, par Tisiphone, évidemment.

— Tess ? s'exclame Meg.

— Mais oui, qui d'autre ? sourit notre père.

— Mais… elle n'est pas passée à l'ennemi ? Je ne comprends absolument rien à ce qu'elle fait.

Cette fois, c'est une lueur de déception qui brille dans le regard d'Hadès.

— Comment as-tu pu imaginer une telle chose ? Ta sœur vous aime plus que tout, et son sacrifice nous donne une sacrée longueur d'avance sur nos ennemis.

— Elle est agent double, alors ? s'ébahit encore Meg. J'aurais jamais cru qu'elle pourrait faire un truc pareil…

— Tisiphone est bien plus intelligente et courageuse que vous ne semblez le croire.

Malgré moi, je rougis. Je ne suis pas hyper fière d'avoir pu penser du mal de Tess. Mais bon, après des semaines passées enfermées dans une suite du palais de notre enfance, pendant que madame Tisiphone jouait les épouses bourgeoises…

— Tu as raison, Daddy. Nous lui devons de sacrées excuses.

Hadès nous reprend toutes les deux dans ses bras, Moisi sur les genoux.

— Allez, mes grandes, maintenant que nous sommes ensemble, tout ira bien.

J'aimerais tellement qu'il dise vrai.

Durant les jours qui suivent, je découvre l'organisation de la résistance mondiale dont la cellule de Domi, à Paris, est devenue l'un des piliers.

Par les ondes radio, comment durant certaines des heures les plus sombres de l'histoire humaine, différents groupes communiquent, se donnent des informations et tentent de coordonner leurs actions. Cela n'a rien d'évident, car comment aider la cellule de New York quand on a aucun moyen de se rendre rapidement sur place ? Il n'y a plus de vols gros porteurs, plus d'énormes navires faisant la traversée. Idem pour certaines régions d'Orient, trouver un train s'avère ardu, voire impossible.

Alors certains pilotes se sont portés volontaires dans tous les pays du monde, et volent encore dans de petits avions, pas toujours vaillants. Ils transportent ainsi des armes, des médicaments, de la nourriture, vers les régions qui en manquent le plus.

Parfois, la résistance organise aussi des raids sur un Titan ou un Géant isolé, grâce aux appareils des armées nationales. Malheureusement, il est rare que ce genre d'attaques ait le moindre impact positif, les Primordiaux étant bien trop puissants. C'est comme un essaim de moustiques s'attaquant à un homme de belle carrure. Agaçant, mais pas mortel.

En bref, la résistance, aujourd'hui, est un des seuls moyens à la disposition des humains pour tenter de survivre. Mais en aucun cas elle ne pourra leur amener la victoire sur les anciens dieux.

Les membres de la cellule de Domi vont et viennent, peu d'infos circulent à la surface de l'organisation. Parfois, de petits groupes partent plusieurs jours en mission et en reviennent exténués.

Plusieurs Olympiens nous ont rejoints. Zeus, tout d'abord, qui se montre insupportable. Aucune personne de sexe féminin n'est en sécurité quand il est présent. Et il est *très* présent. Meg et moi le gardons à l'œil, d'autant plus qu'il semble avoir eu un véritable coup de cœur pour Julia, qui est obligée de raser les murs depuis son arrivée. Pour l'instant, il s'accommode de parader, de rouler des mécaniques dès qu'il la voit, mais je n'ai aucun doute sur le fait qu'il soit capable de tout pour parvenir à ses fins.

Au tout début, il avait d'ailleurs jeté son dévolu sur Domi. Mais celle-ci s'est contentée de lui raconter les différentes étapes de sa transition, et l'effet en a été immédiat : le dieu des dieux la fuit comme la peste. Pas très ouvert d'esprit, le tonton.

Déméter et Perséphone sont là aussi, ainsi que Poséidon. Dionysos passe parfois en coup de vent, souvent pour s'attabler au comptoir, d'ailleurs – on ne se refait pas.

Bref, une petite routine s'organise, et moi, dès que je le peux, je descends méditer dans les sous-sols. Je ronge mon frein, supportant difficilement cette période d'attente. J'ai plusieurs fois posé la question fatidique : « Que fait-on, bordel de chiottes ? » Mais personne n'a semblé avoir de réponses à me donner. Et Meg m'a fait les gros yeux, peu habituée à ce que j'emploie ce genre de langage. Comme si elle avait posé un brevet sur la vulgarité.

Une dizaine de jours après notre arrivée, alors que je suis en pleine séance de yoga dans l'une des salles insonorisées de l'ancien club – comme celle que nous avait prêtée Domi pour notre réunion avec les Infernaux –, Ryan déboule, soufflant comme un bœuf, l'air affolé.

— Ryan, râlé-je. Tu ne vois pas que je suis occupée ?

— Miou, ajoute Bloody Hell, qui ne me quitte plus d'une semelle depuis que nous nous sommes retrouvées.

— C'est une urgence, Domi te demande.

Aussitôt, j'abandonne ma posture de guerrier 2 et mon tapis.

— Qu'est-ce qui se passe ?

— Julia n'est pas rentrée.

Merde.

— Et le reste du groupe ?

— Ils viennent d'arriver. Ils ont été attaqués, mais ils ont perdu Julia de vue, et…

Re-merde.

— Meg est là ?

Mais je connais déjà la réponse. Je ne l'ai pas vue ce matin. Elle a pris l'habitude de faire des raids en solitaire, sous sa forme de brume argentée. Elle écume les rues de Paris, à la recherche de tout ce qui pourrait nous être profitable, et aussi pour repérer les lieux où squattent les Primordiaux. Les informations qu'elle nous ramène sont particulièrement utiles, et elle multiplie les sorties.

En vitesse, je rejoins la salle principale. Domi se tient derrière le bar, et tous les autres se serrent autour de la radio grésillante. Qu'espèrent-ils ainsi ? Avoir des nouvelles de Julia ? Pfff, ça ne sert à rien.

— OK, donnez-moi les infos, balancé-je tout de suite de façon autoritaire.

Domi lève les yeux sur moi. J'y lis toute son inquiétude, mais aussi une froide détermination.

— C'était il y a environ une heure, à quelques kilomètres de là.

— Des Primordiaux ?

Domi secoue la tête.

— Non, une bande d'humains. Des inconnus. Nous ne savions pas qu'il y avait un gang sur ce territoire.

Ça nous laisse une petite chance. Peut-être que ces enfoirés accepteront de négocier la libération de Julia contre des denrées rares. Et nous avons ce qu'il faut en la matière, heureusement.

— Bon, je m'en occupe. Zeus ? Tu veux venir, ça te changerait les idées, plutôt que de te faire des bouclettes au fer à lisser à longueur de journée.

Mais mon vieux tonton marmonne quelque chose qui ressemble à un refus. S'il n'y a pas de gloriole à la clé, une telle mission n'a aucune chance de l'intéresser.

— Même pour sauver Julia ? Je suis sûre qu'elle te sera éternellement reconnaissante.

Il hausse les épaules, ne semblant pas vouloir se motiver.

— Tu sais, les jolies humaines, c'est pas ce qui manque, et j'en ai connu suffisamment, de ces petites poulettes.

Je me retiens de lui communiquer le fond de ma pensée. Je hais ce type et tout ce qu'il représente.

Contre toute attente, c'est ma mère qui me déclare avec douceur :

— Je viens avec toi.

— Mais… t'es sûre ?

— Oui, me répond-elle en se passant une main lasse sur le visage. J'en ai un peu assez de veiller ton père, tu sais. Oh, tout se déroule bien, ne t'inquiète pas, mais j'ai besoin de me dégourdir les jambes.

Elle m'adresse un pauvre sourire et ajoute :

— Tu te souviens bien que je ne tiens jamais en place.

Je hoche la tête. Pourquoi pas, après tout. Une petite activité mère-fille, ça ne peut pas nous faire de mal. Enfin, je ne crois pas…

— Bon, Perséphone, mettons-nous au clair avant de partir. Notre unique objectif est de ramener Julia en un seul morceau, OK ? Pas de coups d'éclat, ou quoi que ce soit ?

Perséphone plisse son joli petit nez.

— Oui, ça va, je sais me tenir, tout de même.

J'en doute, mais je me tais. Et intérieurement, je me fais la promesse de revenir avec Julia. Hors de question que ma sœur ait encore à souffrir de la perte d'un être aimé.

— Domi, si Meg arrive, tu ne lui dis rien, d'accord ? Je ne voudrais pas qu'elle déboule et fasse n'importe quoi.

Du regard, nous scellons cet accord. Nous savons toutes deux que la vie et le bonheur de nos sœurs sont en jeu.

INTERMÈDE

Mont Olympe, palais de Zeus

Ixion gisait sur le sol de marbre blanc veiné d'argent, au pied du trône du grand Zeus. Il n'osait bouger. C'était à peine s'il osait respirer. Il se savait dans une situation inextricable, et même désespérée.

Il était coupable, et il ne pouvait le nier. Que lui réservait le dieu des dieux ? Pourquoi était-il ainsi intervenu en sa faveur, alors que la Chienne Alecto allait s'emparer de lui et lui promettait des décennies de souffrance, avant l'ultime plongeon dans le Tartare pour les siècles des siècles ?

Il n'en savait rien, et son esprit n'était sûrement pas en état d'analyser les choses plus avant.

Alors, il gardait le front au sol, et la fraîcheur apaisait le feu de la peur qui rugissait en lui et se ruait dans chacune de ses veines.

— Ixion ! Mon cher Ixion…

La voix grondait et se répercutait en mille échos sur les colonnes richement sculptées qui parsemaient l'immense salle. Jamais Ixion ne s'était trouvé dans un pareil endroit. Et dire qu'il était fier de sa cité, du luxe de son propre palais… Quelle folie ! Quelle vanité, face à la puissance du grand Zeus !

Le roi des Lapithes, misérable, gémit. Une nouvelle fois, il fit sous lui, mais n'en ressentit pas de honte. Il était au-delà de cela, à présent. C'était sa vie qui se jouait – non, même pas, c'était son éternité après sa mort.

Contre toute attente, Zeus reprit d'un ton presque compatissant.

— Je vais te purifier.

— Mais… bredouilla tout de même le meurtrier.

— Mais ! s'exclama aussi une voix féminine, qu'Ixion reconnut aussitôt.

Il ne l'avait pas sentie, mais la Furie les avait suivis jusqu'en ces lieux. C'est qu'elle ne voulait pas lâcher sa proie, en bonne Chienne qu'elle était. Elle ne lâcherait jamais, peu importe les ordres que lui donnerait le frère de son père. Cependant, il pouvait s'estimer en sécurité, tant qu'il resterait à proximité du maître de l'Olympe.

Malgré lui, Ixion en conçut une certaine satisfaction. Certes, il n'avait nulle assurance quant à sa survie, mais damer le pion d'une déesse, même de façon provisoire, était tout de même chose exceptionnelle.

— Silence, Chienne ! tonna Zeus. Tu n'as pas ton mot à dire en ces lieux. Nous ne sommes pas dans le royaume de mon cher frère. Ici, c'est moi qui décide de tout. De tout, tu m'entends ?

— Tu t'arroges des prérogatives qui ne sont pas les tiennes, Zeus. Et je me dois de te faire entendre raison.

La tension montait ; bientôt, elle atteindrait son paroxysme. Tremblant, Ixion releva légèrement la tête, de façon à voir ce qui se déroulait autour de lui. Et ce qu'il vit lui coupa le souffle.

Zeus, assis en majesté sur son trône, immense, terrible, le front orné de bouclettes soignées, vêtu d'une toge immaculée et, dans sa main, un orbe grésillant. Face à lui, Alecto, elle aussi immense, ses serpents d'albâtre aux yeux couleur de sang venant frôler le fronton des colonnes. Elle était habillée d'une courte tunique de chasseresse et les lanières de cuir de ses sandales montaient haut sur ses blancs mollets. La Furie tenait entre ses doigts serrés un fouet à la pointe d'argent acérée. Sur ses joues, deux torrents sanglants. Allaient-ils s'affronter ici ? Ixion, avec mille précautions, entreprit de ramper pour se mettre à l'abri.

— NE BOUGE PAS, MISÉRABLE HUMAIN ! cria Zeus.

Si la vessie d'Ixion avait contenu la moindre goutte d'urine, nul doute qu'elle se serait encore vidée. Mais ce n'était pas le cas, alors ce fut un autre sphincter qui lâcha, cette fois. L'odeur qu'il répandait était intenable.

— Regarde, tu lui fais peur, se radoucit le dieu des dieux. Il va falloir que je le fasse nettoyer, je ne peux décemment le recevoir à ma table dans cet état.

— C'est mon rôle, ma mission, ma raison d'être que de le terrifier. Pourquoi t'intéresses-tu à lui, à la fin ?

— Je n'ai pas de comptes à te rendre. Et tu n'as rien à faire ici. Redescends auprès des Infernaux, va te planquer dans le palais ridicule de ta mère, va chouiner dans les robes puantes de Charon, mais DÉGUERPIS, Chienne !

— Pourquoi agis-tu ainsi ? Je ne te comprends pas !

Zeus se leva alors, et tout autour de lui, l'air crépita. Il s'approcha d'un pas qui fit trembler le palais, et peut-être le mont Olympe lui-même, tant il était lourd.

Malgré son courage et son obstination, Alecto sembla se ratatiner un tout petit peu sur elle-même, avant de relever le menton en un geste de défi.

Zeus vint tourner autour d'elle, avec une lenteur consommée. Il leva une main, caressa la longue tresse blonde de la déesse, effleura ensuite sa taille, puis il l'empoigna avec force par les hanches pour plaquer son bassin au sien. Dans un cri de rage, la Furie se dégagea et gifla le dieu des dieux.

— Ne me touche pas !

— Pourquoi donc te refuser à moi, Alecto ? Les autres déesses ne font pas tant de manières. Quant aux humaines…

— Tu les abuses ! Tu multiplies les ruses ! Tu les violes, les engrosses et les abandonnes à leur sort misérable ! Crois-tu qu'elles se laisseraient toutes faire, si elles connaissaient la vérité ? Si elles savaient ce qui les attend après ton passage ? Tu mériterais que mes sœurs et moi nous occupions de toi !

Zeus eut un fin rictus. Sous sa toge, la puissance de son excitation ne laissait pas place au moindre doute.

— Oh, oui… j'en rêve, Alecto. Tes sœurs et toi, rien que pour moi…

Avec une rapidité incroyable, Zeus fit ployer le corps de la Furie contre lui, et lui lécha largement le cou. Encore une fois, Alecto le gifla, tellement fort que les murs de marbre en furent ébranlés.

— Je ne suis pas contre les jeux brutaux, le savais-tu, Chienne ? Je te dompterai…

— Je ne ressens nul désir, Zeus, pour personne, et sûrement pas pour toi, cela n'a rien de nouveau…

— C'est juste que personne ne s'y est jamais bien pris avec toi…

— Non ! Je ne ressens ni désir charnel ni sentiments amoureux. Et ce ne sont ni le harcèlement ni le viol qui me feront changer d'avis.

— Pourtant, elles en redemandent toutes…

— Tu te mens à toi-même. Tu es un criminel, toi, le dieu des dieux. Tu es un violeur.

— Je le suis, car je le peux, j'en ai le pouvoir. J'ai tous les droits sur mes semblables et sur les humains. J'ai gagné ces droits.

— Un jour, Zeus, le destin te prouvera le contraire. Tes actes ne pourront rester éternellement impunis.

Zeus éclata d'un rire sardonique.

— Nous verrons bien, Chienne, nous verrons bien. En attendant, je te souhaite bon vent.

Sur ces paroles, un souffle féroce se déchaîna, et Alecto la Furie vengeresse, mais en ce jour humiliée, fut emportée dans un grand cri, loin, très loin du palais de Zeus.

CHAPITRE 8

Perséphone et moi avançons prudemment dans la rue. Ce n'est pas que nous craignons les hordes d'humains que nous pourrions rencontrer dans le quartier, non. Elles sont certes redoutables, mais pas pour des divinités comme nous. En revanche, nous appréhendons de croiser quelques Primordiaux. Dans ce cas, la situation pourrait se corser et nous être particulièrement défavorable.

Je suis heureuse d'avoir rapidement retrouvé mes pleins pouvoirs. Notre convalescence, à Meg et à moi, a été bien plus courte que celle de notre Daddy-Chou. J'imagine que nous avons simplement été droguées, tandis que lui a subi de plein fouet l'influence néfaste de Némésis.

J'avais peur que Perséphone tente de me faire la conversation durant notre mission de sauvetage, mais pas du tout. Son silence en est même louche.

— Maman ?

— Mmmh ?

— Qu'est-ce qui te tracasse ?

— Oh, rien… Pourquoi tu me demandes ça ?

Je lève les yeux au ciel, tout en contournant un cratère creusé en plein milieu d'un boulevard. Si un jour on parvient à se sortir de tout ce merdier, les humains auront fort à faire pour remettre leur monde d'aplomb. Rien qu'à cette pensée, une idée germe dans ma tête. En voilà, une possibilité de reconversion qui pourrait m'intéresser… Parce que clairement, je n'ai pas l'envie de tourmenter à nouveau les criminels, les pédophiles, les parricides et autres raclures de bidet. Et même, quand certains sont loin d'être véritablement pourris, et j'en veux pour exemple mon amie Domi, qui a tué son père pour sauver sa vie, alors à quoi rime la nécessité de les torturer jusqu'à leur mort ? Meg a décidément raison sur toute la ligne. Notre mission est aujourd'hui vaine, et il y a probablement mieux à faire pour aider les humains. On pourrait déjà commencer par leur ficher la paix.

Mais revenons-en à ma diva de mère.

— Ce n'est pas ton genre, de te taire aussi longtemps.

— Je sais fermer ma bouche, ma fille.

— Non, tu ne sais pas. Tu as toujours une réflexion désagréable sur le bout de la langue.

— Tu exagères.

— Non, je n'exagère pas.

Perséphone soupire, et je ne sais quoi penser. Combien de fois est-elle parvenue à me manipuler par ce genre d'atermoiements ? Elle fait semblant d'avoir changé pour qu'on la plaigne, et puis *BIM*, elle nous sort une saloperie bien saignante derrière. Mais allez, j'ai envie de tenter, nous n'avons pas eu beaucoup l'occasion de discuter depuis notre libération en fanfare.

— OK, vas-y, dis-moi.

Nouveau soupir de Perséphone-la-diva.

— Je m'ennuie.

— Tu t'ennuies ? Alors que le monde court à sa perte, que les Primordiaux se sont emparés de la terre des humains, que nous nous calfeutrons comme des rats, que…

— Oh, ça va, je sais, hein… Mon rôle d'épouse voudrait que je sois totalement épanouie de jouer les gardes-malades pour ton père, c'est ça ? C'est ce que tu penses ?

Ah. Non, effectivement, ce n'est pas ce que je pense du tout. Mais à mon sens, sa vision de la situation est quelque peu tronquée.

— Personne ne te demande d'être tout le temps aux petits soins pour Hadès.

— Non, c'est vrai, mais… je culpabilise.

Wow. Alors ça, si c'est pas de la révélation ! À moins que ce ne soit une *fake news* ? Mais ma mère enchaîne, comme si elle venait d'ouvrir les vannes et que plus rien ne pouvait entraver le flot de ses confessions.

— Je culpabilise de l'avoir fait tant souffrir, de ne pas avoir été présente pour lui, pour vous… J'ai gâché ma vie de déesse, et j'ai gâché la vôtre par la même occasion.

Un long silence s'étire à nouveau entre nous, tandis que nous traversons une énième zone dévastée. Quelqu'un a dû s'amuser à jouer aux mikados avec les lampadaires du coin et n'a rien rangé après son départ.

— Tu ne devrais pas.

— Je ne devrais pas quoi ? Culpabiliser ? Tu crois que c'est quelque chose que l'on contrôle ?

— Non, mais… finalement, personne ne te reproche rien.

— Parce que Mégère ne m'en veut pas, peut-être ? Et je vois bien dans le regard d'Hadès qu'il se méfie de moi.

— Tu as tort. Il est très heureux de te savoir enfin à ses côtés. Il t'a toujours défendue, quand tu partais en « voyage » sur la Terre.

— Et Meg ?

— Ah, Meg… tu ne devrais pas te formaliser pour ça. Elle aime en vouloir aux gens. C'est une façon de se protéger de ses propres failles. C'est ta fille, tu devrais la connaître.

— Exactement. Je devrais la connaître. Je devrais vous connaître. Mais je m'aperçois que nous sommes comme des étrangères les unes pour les autres.

— Il n'est pas trop tard, Maman.

J'ai l'impression de prononcer des phrases toutes faites, sans vraiment de sens. Est-ce que je pense réellement ce que je viens de dire ?

— Tu crois ?

Arf, elle insiste, la bougresse. Je ne sais pas si je vais pouvoir faire illusion très longtemps.

— Tu ne rattraperas pas les derniers millénaires. Mais si on s'en sort, on en a au moins autant qui nous attendent. Je suis sûre que nous pourrons repartir sur de nouvelles bases.

— Peut-être… chuchote-t-elle encore.

Perséphone, après avoir été la reine des cris et des scènes grandiloquentes, donne à présent dans le silence et le soupir poussif. Je ne sais pas si c'est plus agréable, mais c'est beaucoup plus reposant pour mes tympans.

— Nous en reparlerons quand nous serons tous réunis, d'accord ? Je suis sûre que Tess sera prête à te pardonner, et Meg… Eh bien, elle ronchonnera un peu, et puis ça lui passera.

— Et toi, Alex ? Pourras-tu me pardonner ?

Oups. La question piège. *Mayday, mayday.* Il est temps que nous arrivions à proximité du bloc où a eu lieu l'échauffourée.

— Nous verrons cela plus tard, Maman, d'accord ?

Elle hoche la tête, et je suis ravie de constater qu'elle semble se concentrer à nouveau sur ce qui nous entoure.

— Je ne distingue rien de particulier, dit-elle.

— Moi non plus. Tout est… un peu beaucoup trop calme, si tu veux mon avis.

— Approchons.

Sans nous cacher, nous commençons par vérifier toutes les entrées d'immeubles. Quelques impacts de balles, des poubelles cramées, des portes arrachées, rien que du très classique dans le Paris d'aujourd'hui. Pourtant, c'est étrange, j'ai la sensation que nous sommes observées.

— Qu'est-ce que tu en penses ? demandé-je à ma très chère mère.

— J'en pense que des humains sont en train de jouer aux plus malins et se planquent pas très loin d'ici.

Son regard aussi clair que l'onde la plus pure se lève vers les hauteurs d'un bâtiment qui nous surplombe. Je fais de même et aperçois un éclat métallique, derrière une fenêtre brisée.

— Là !

À peine ai-je prononcé ce mot qu'une déflagration retentit. On nous tire dessus !

— Bon, je crois qu'on n'a pas trop le choix, hein.

Je lâche la bride à mon pouvoir qui inonde aussitôt mon corps. Je sens mes muscles se durcir, ma peau se couvrir d'un cuir épais surmonté de poils bruns. L'ourse. Mon autre moi. Puissante et protectrice. Meurtrière, aussi. Galvanisée par ma force nouvelle, j'ouvre mon mufle imposant et rugis à l'intention des vilains humains qui se sont dit que nous canarder façon chasse traditionnelle était une bonne idée.

À mes côtés, Perséphone grandit et grandit encore, jusqu'à atteindre la fenêtre depuis laquelle nous sommes attaquées.

— Bonjour, mesdames, messieurs. Avant toute chose, je vous informe que vos balles ne nous feront pas le moindre mal. Épargnez-vous donc cette peine.

Elle joint le geste à la parole en s'emparant entre deux doigts monstrueux du fusil mitraillette que tient un pauvre humain terrifié et en l'envoyant valser d'une pichenette. Je ne perds pas de temps et m'engouffre dans l'entrée de l'immeuble. Sous ma forme d'ourse, difficile d'emprunter l'ascenseur, d'autant plus que je doute que l'électricité fonctionne encorc ici.

C'est donc à pleine vitesse que j'enfile les escaliers. Mon souffle rauque, bestial, emplit l'espace réduit autour de moi et résonne avec force. Je ne prends même pas la peine d'admirer la jolie peinture beigeasse et décorée de graffitis des murs que je longe. Si cette horde de sauvages détient Julia, je n'ai pas beaucoup de temps devant moi. La petite démonstration de puissance de Perséphone les a peut-être fait flipper, et dans ces cas-là, il y en a toujours un pour s'amuser à flinguer l'otage.

Je déboule enfin dans l'appartement dévasté qui sert manifestement de quartier général à nos nouveaux amis. Je suis presque déçue de ce que j'y trouve. À peine une dizaine d'hommes et de femmes, de tous âges et de toutes origines, maigres, dépenaillés, l'air terrifié. En me voyant apparaître, ils se jettent tous au sol, mains sur la tête. Un fort effluve d'urine vient titiller mon odorat de plantigrade. Mmmh, certains ont eu plus peur que d'autres, semble-t-il.

— Ne nous faites pas de mal ! s'écrie tout de même une femme d'âge mûr, qui tremble de tous ses membres. On n'a rien fait !

Je reprends forme humaine, enfin presque. Dans mes longs cheveux blonds, mes serpents blancs aux yeux rubis s'agitent, avides de mordre ces potentiels criminels. Sur mes joues coule un sang chaud et dans ma main, mon fouet, si réconfortant en de pareilles occasions.

— Vous avez affronté un peu plus tôt quelques-uns de vos congénères. Vous avez enlevé l'une d'entre eux. OÙ EST-ELLE ?

— C'est pas notre faute, continue la femme, qui à présent a relevé la tête et me fixe avec terreur. L'un d'entre vous… enfin, vous voyez ce que je veux dire… Il nous a forcés à le faire. Nous ne désirions pas de soucis, mais il a mangé Sam, comme ça…

Un autre homme intervient en sanglotant.

— Il l'a bouffé comme s'il n'était qu'un vulgaire kebab. Sam a même pas eu le temps de crier qu'il lui avait déjà arraché la tête ! Ne nous faites pas de mal, pitié !

Par la fenêtre, j'aperçois l'œil immense de ma mère, comme une nébuleuse aux fantastiques nuances de vert.

— Cronos ? demande-t-elle.

— Bah, j'en connais pas beaucoup d'autres qui bouffent des gens comme des sandwiches. Ça lui ressemble bien, oui.

— Mais pourquoi aurait-il décidé de s'attaquer à Julia ? Enfin, je veux dire, les humains, il s'en tape, d'habitude.

Je prends le temps de réfléchir. De toute façon, les types qui me font face ne représentent pas franchement une menace. Cronos, en revanche, c'est une tout autre paire de manches. Ça pue le piège à plein nez. Et j'ai comme dans l'idée que nous nous sommes déjà jetées dedans.

Comme pour me donner raison, une nouvelle voix retentit, provoquant les hurlements et les pleurs des pauvres hères face à moi. L'odeur d'urine s'intensifie, accompagnée cette fois d'effluves de matières fécales. La faiblesse des sphincters humains, c'est vraiment une plaie, dans ce genre de situation, et j'en sais quelque chose. La valeur de l'expérience…

— MESDAMES, JE SUIS RAVI DE VOUS TROUVER ICI…

L'œil de Perséphone s'éloigne de la fenêtre, et je découvre, au bout de la rue, la silhouette massive de papi Cronos. Putain, y a pas à dire, on est clairement ravagés, dans cette famille.

D'un pas lourd qui fait frémir la terre qu'il foule, il s'approche de nous. Et quand il lève sa main gauche, je vois, pincée entre son pouce et son index, un minuscule corps humain. Un minuscule corps humain auréolé de cheveux d'un roux flamboyant.

Julia !

Elle est inanimée, mais de loin, elle me paraît entière. Ouf, papi Cronos n'a pas pris son quatre-heures. Enfin, pas encore. Parce que, pour nous narguer, il s'amuse à la jeter en l'air et à la rattraper avec plus ou moins de délicatesse, comme on s'amuserait avec un trousseau de clés. Sous nos yeux médusés, il finit même par la récupérer dans sa bouche, et ses dents acérées luisent dans le soleil du petit matin. Il est vraiment trop tôt pour faire des trucs dégueulasses comme ça.

En gloussant, il tire la langue et reprend la fragile Julia.

— OH, FAITES PAS CETTE TÊTE. CELLE-LÀ, JE VAIS PAS LA MANGER. ELLE EST BEAUCOUP TROP JOLIE, ET ÇA FAIT LONGTEMPS QUE JE N'AI PAS… ENFIN, VOUS VOYEZ.

Oui, je vois. Je vois beaucoup trop bien. Ce que Cronos se propose de faire endurer à Julia… Je préfère encore perdre la vie en l'affrontant plutôt que de le laisser faire. Et peut-être même que je préfère tuer Julia de mes propres mains plutôt que de la laisser subir ce genre d'outrages.

D'un bond, je rejoins la fenêtre et saute dans le vide. Quelques cabrioles dans les airs, et je me réceptionne en douceur sur le bitume craquelé.

— JOLI, grogne Papi. M'ENFIN, IL VA M'EN FALLOIR UN PEU PLUS POUR M'IMPRESSIONNER.

Je grandis à nouveau, jusqu'à atteindre la taille de Perséphone, figée juste à côté de moi.

— Tu comptes réagir, ou bien ? je lui souffle le plus discrètement possible.

— Alex… Nous ne pourrons rien faire face à lui, sois réaliste.

Un point pour elle. Mais alors quoi ? On tourne les talons et on retourne se terrer aux *Portes de l'Enfer* ? Et qui se chargera d'annoncer à Meg que nous avons laissé Julia se faire abuser par ce vieux pervers de Cronos ? Sûrement pas Perséphone. Non, c'est encore sur moi que ça retombera. Devant mon esprit passe le visage aux traits pointus de ma sœur, et celui, aux grands yeux d'un bleu sombre et profond comme un océan lointain, de Domi.

— Fais ce que tu veux. Moi, j'y vais. Et ne viens pas me parler d'harmonie familiale après ça.

Tandis que je m'élance – sans le moindre plan en tête, je le précise tout de suite –, j'entends ma mère qui crie mon nom. Mais je ne l'écoute pas, tant pis pour elle, elle a fait son choix. Elle n'aura qu'à vivre avec, comme elle doit déjà vivre avec toutes ses contradictions, ses erreurs et ses manquements. Pour ma part, je préfère mourir dans ce combat perdu d'avance plutôt que de renoncer.

Je cours tellement vite, à nouveau sous ma forme d'ourse, que le vent me fouette les babines. De façon totalement décalée, il me vient en tête les images d'une vieille publicité pour de la nourriture pour chien. Un magnifique berger allemand qui court sur une musique d'Enio Morricone.

Respectez une Furie, c'est connaître ses vrais besoins. Avec Divine Baston, vous êtes sûr de lui fournir chaque jour une activité adaptée, riche de tous les dangers et embrouilles indispensables à son équilibre… Divine Baston, le vrai respect de la Chienne d'Hadès.

Tatan, tan tantan, tatata tatata ta…

Mais très rapidement, je me prends un mur. Enfin, pas littéralement. Je heurte de plein fouet mon ancêtre, et c'est douloureux. Il n'a manifestement rien perdu de ses aptitudes, l'enfoiré. Je ne me démonte pas, mes crocs se referment sur sa cuisse aussi dure que de l'acier. J'aurais bien visé autre chose, mais justement, il porte une espèce de coque sous son pagne. Trop peur d'y laisser une canine ou deux, ça pourrait me faire défaut dans la suite de la bataille.

Mais je ne sais même pas pourquoi je m'accroche à l'espoir qu'il puisse y avoir une issue favorable à ce duel. D'un coup de pied presque négligent, Cronos me fait voler sur une dizaine de mètres. Mon corps imprime un sillon profond dans le bitume.

Avec difficulté, je me relève, abandonnant ma forme de plantigrade. Décidément, j'ai du mal à choisir ce qui serait le plus adapté à une mission suicide. Tant pis, on va se le faire à l'ancienne, avec fouet et serpents. Je laisse à ces derniers toute latitude. Ils s'élancent vers le vilain Titan, le mordent de toutes parts. Sur le moment, cela semble fonctionner et l'immense Primordial vacille sur ses appuis. Je crains même qu'il ne fasse tomber la petite amie de ma sœur, quand soudain retentit un cri de rage et de désespoir.

— JULIA !

Oh, non. Pas ça. C'est la cata, Meg est là ! Qui a été assez stupide pour lui dire ce qu'il se passait ? Je ne peux croire que Domi ait lâché l'info comme ça. Ma sœur est tellement impulsive qu'elle risque de tout faire foirer. Enfin… Finalement, je ne sais pas si ça changera grand-chose. Que je sois seule, ou que nous soyons deux, trois, ou même dix, nous ne ferons pas le poids. Alors, autant y aller franchement.

Du coup, pendant que Cronos jongle avec la vie de notre chère petite rouquine, nous enchaînons les attaques – et les insultes, en ce qui concerne Meg. Pendant un temps, nous parvenons à faire honneur à notre statut de Chiennes d'Hadès et nous tenons tête au terrible Titan. Mais peu à peu, nous perdons du terrain, et Papi fanfaronne.

— Allez, on va en finir rapidement, avant que cette misérable humaine soit trop abîmée. C'est que je n'aime pas baiser de la chair morte, moi. J'adore bien quand elles se débattent et me supplient, ça m'excite tellement… Mais vous voulez peut-être y passer aussi, Chiennes ? Surtout toi, Alecto, il me semble que tu n'as encore jamais trouvé ton bonheur…

Ah, j'aurais dû me douter qu'il n'était pas du genre à être rebuté par l'inceste. Ça aussi, c'est un peu une tradition familiale. Et puis, alors, le respect des orientations sexuelles de chacun, je pense que là, on peut toujours rêver. Mais j'en ai pris mon parti depuis longtemps, et je n'ai rien à prouver à tous ces dégénérés. Je suis comme je suis, et cela me va très bien.

— Tu peux te brosser, espèce de vieux gâteux, dis-je, haletante.

— Vieux gâteux ? Oh, voyons, je suis beaucoup de choses, mais certainement pas sénile. J'ai quelque chose à vous proposer.

— Dis toujours.

Je ne compte pas accepter quoi que ce soit, mais si on peut gagner quelques précieuses minutes… Ils sont où, nos Avengers olympiens, hein ? Zeus se fait des bouclettes dans la loge de Domi et Poséidon est reparti surfer ? Bande de tocards.

— Je vous rends votre petite humaine après en avoir profité. Promis, je ne l'amoche pas trop, elle pourra encore vous servir. En échange, je veux une alliance.

What ? Mais il a craqué son pagne, le vieux.

— Attends, laisse-moi finir. Comme vous, je souhaite la défaite de Némésis. Je suis prêt à vous apporter mon soutien. Parce que, soyons réalistes, sans moi, vous n'arriverez à rien. Les Olympiens semblent sacrément s'être amollis, ce dernier millénaire. Ils auraient dû venir tâter du Tartare, ça conserve.

— Et ? Qu'y gagnerais-tu ?

Encore quelques minutes, s'accrocher à un espoir dingue, tenir le coup, ne rien lâcher…

— Eh bien, je reprends la main. Sur tout. Comme au bon vieux temps, quoi.

— Tu veux dire qu'on se débarrasse d'une hystérique pour subir ta folie furieuse et ta tyrannie ?

— Mmmh. Oui, c'est ça, tout à fait. Mais au moins, je vous laisse la vie sauve. Là, entre Némésis et nous, les Primordiaux, vous allez vous faire broyer dans un étau. Il ne restera que de la poussière de Furies. Et alors, pour vos amis… de la marmelade, peut-être ?

Comme pour illustrer son propos, il pose Julia dans la paume gigantesque de sa main droite et applique dessus son pouce gauche. Oh, non, pas ça !

– Jamais ! Jamais nous n'accepterons ! Et tu vas la lâcher maintenant !

Sur ces vaines paroles, Meg, ivre de douleur, repart au combat. Elle donne tout ce qu'elle a, je le vois bien. Ce que je vois aussi, c'est le poing massif de Cronos qui se lève dans l'air gris et froid de cet hiver sans fin. L'expression de son visage ne me laisse aucun doute. Il a décidé qu'il avait assez joué, puisque nous ne nous rendrons pas à sa demande.

Comme au ralenti, ce poing s'abat vers ma sœur. Mes jambes acceptent à nouveau de se mouvoir, et je me précipite vers l'avant. Mais un choc violent interrompt ma course et m'éjecte sur la droite. Mon corps vient finir de démolir la façade d'un vieil immeuble décati, et je m'effondre parmi les décombres.

Qui… Je me redresse, affolée. Que se passe-t-il, bordel ?

— NOOOOOOOOON ! hurle une voix que je ne connais que trop bien.

— MAMAN ! crié-je à mon tour.

Perséphone, au mépris de tous les dangers, s'interpose entre Meg et le poing de Cronos.

— TU NE TUERAS PAS MA FILLE !

— ALORS C'EST TOI QUI DISPARAÎTRAS, PAUVRE FOLLE !

Dans un nuage de poussières et de débris, je regarde s'effondrer le corps de ma mère, pulvérisée sans avoir pu, une ultime fois, nous expliquer les raisons de l'une de ces lubies. Sa dernière lubie. Horrifiée, je vois remonter le poing de Cronos.

— MAMAN !

Meg se jette sur les restes ensanglantés de notre déesse de mère.

— VOUS NE POUVEZ ÊTRE DE MON SANG, TOUS AUTANT QUE VOUS ÊTES. JE VOUS RENIE, VOUS ET VOTRE FAIBLESSE, ET JE VOUS BROIERAI SANS LA MOINDRE PITIÉ. ET, TENEZ, VOUS M'AVEZ PASSÉ L'ENVIE DE JOUER.

D'un geste négligent, Cronos laisse tomber le corps de Julia, qui vient s'écraser aux côtés de ma sœur. Le vieux Titan s'en va. Longtemps, la terre tremble sous son pas lourd, et nos larmes amères creusent des cratères profonds dans la poussière de notre chagrin.

INTERMÈDE

Érèbe, palais d'Hadès et de Perséphone

Alecto fulminait. Elle tournait comme un lion en cage. Ou plutôt, comme une ourse en cage.

Comment Zeus avait-il osé ? Comment avait-il pu lui prendre sa proie, sa victime, sa mission ? Comment avait-il pu décider de sauver ce misérable criminel, qui avait assassiné son beau-père et maltraité son épouse ?

Elle frémit de dégoût, et se frotta le cou. Il lui semblait sentir encore le contact mouillé de la langue du dieu pervers contre sa peau, de ses mains sur ses hanches, de son sexe contre son ventre.

Personne ne l'avait jamais touchée ainsi, jamais. Et elle se jura qu'elle ne laisserait plus jamais personne le faire. Elle se jura aussi qu'un jour, elle aurait sa revanche sur tous ces êtres dépravés, nature divine ou pas.

Elle avait l'éternité pour accomplir ce serment. Et elle savait faire preuve de patience. D'une patience infinie, s'il le fallait.

CHAPITRE 9

Je reste au sol un long moment, les yeux fixés sur ma sœur. Elle tient à présent le cadavre martyrisé de Perséphone contre son épaule droite, et a ramené contre la gauche le corps de Julia.

Je ne l'entends pas pleurer, mais je la vois trembler de tous ses membres. Mon cœur saigne pour elle. Pour nous. Les dernières paroles échangées avec Perséphone… Je ne saurais jamais si ses regrets étaient sincères, ou si ce n'était encore qu'une tentative de manipulation de sa part, mais qu'est-ce que ça peut faire ? Nous avions une mère absente, et c'était peut-être mieux que pas de mère du tout. Quant à Julia… Je finis par sortir de mon marasme – enfin, un peu, car mon esprit est toujours embrumé par la violence des derniers événements. Je rampe jusqu'à Meg, observe un long moment le visage de feue ma mère. Elle est encore belle, même dans la mort, même avec tout ce sang qui macule ses traits d'éternelle jeune fille. Je me refuse à détailler le reste de son corps, ses membres tordus, écrasés par le choc du poing de Cronos sur sa chair.

Avec douceur, je ferme ses paupières. Plus jamais nous ne regarderons l'éclat émeraude de ses yeux brillants. Plus jamais. Ce n'était pas le grand amour entre nous, certes, mais c'était ma mère, et d'une curieuse façon, je tenais à elle. Je la voyais comme un élément inébranlable de ma vie, et c'était bien le cas. N'était-elle pas immortelle, comme nous trois, ses filles ? Ce que Cronos a fait… exécuter une divinité… Malgré la violence qui caractérise notre nature, ce n'est pas un acte courant. Nous nous jetons dans le Tartare, nous assassinons les proches de ceux qui nous ont offensés, mais, jusqu'à présent, il y avait toujours une sorte d'accord tacite. On ne s'entretue pas.

Mais je comprends aussi que le geste de Cronos va plus loin. En éliminant Perséphone, c'est Hadès, son fils, qu'il cherche à atteindre. Il sait que ce dernier se terre, qu'il n'a pas encore pris part au conflit qui nous oppose et menace de tout détruire, monde des humains, royaume des morts, sphère olympienne… Il sait aussi que ses autres enfants, Zeus en tête, adopteront le parti d'Hadès. Oh, pas seulement par compassion, mais aussi parce que si Cronos a osé tuer l'une des nôtres, il n'hésitera pas à en écrabouiller d'autres. Il n'a jamais reculé devant la moindre ignominie, à commencer par se délecter de la chair de sa progéniture.

Un gémissement me sort de mes réflexions, et je sursaute. C'est Julia qui vient de bouger et d'ouvrir ses beaux yeux gris, pour l'heure injectés de sang. Elle est en vie ! Je n'avais même pas imaginé que cela puisse être possible. Avec douceur, Meg me confie le corps de Perséphone pour se concentrer sur sa tendre amie. Elle lui caresse les cheveux, et fait ce truc que j'ai toujours trouvé dégoûtant, à savoir lécher son pouce pour ensuite nettoyer le visage de l'autre. Beurk. Mais pour une fois, je ne frémis pas d'horreur. L'attitude de Meg envers Julia a quelque chose d'animal, de terriblement protecteur et d'émouvant.

Tout en la berçant, elle lui susurre des mots doux à l'oreille, et je vois un infime sourire fleurir sur les traits meurtris de la jeune femme. Au bout de quelques secondes, elle se redresse même un peu.

— Ça va aller, tu peux arrêter de me tartiner de bave, tu sais.

Meg pleure et rit en même temps.

— J'ai eu peur, j'ai eu tellement peur de te perdre.

— J'ai eu peur aussi. Ce type est un grand malade… c'est votre grand-père, c'est ça ?

— Oui, acquiesce Meg. Ça en dit long sur un certain atavisme, n'est-ce pas ?

— Oui, là, je crois que tu me bats sur la qualité de ton arbre généalogique.

Mon cœur se réchauffe à la voir récupérer si rapidement. Elle est solide, pour une humaine. Du coup, je me permets d'intervenir, le corps de Perséphone toujours serré contre ma poitrine.

— Les filles, on ne peut pas rester ici. Nous sommes trop exposées. Je ne pense pas que Cronos revienne, mais il n'est pas le seul à rôder dans le coin…

Le regard de Julia vient se déposer sur mon précieux fardeau, et ses yeux s'écarquillent.

— Est-ce que…

Je fais oui de la tête. Mes longs cheveux poissés de sang cachent les larmes qui roulent sur mes joues.

— Mais… comment est-ce possible ? C'est une déesse, il doit bien y avoir une solution…

— Non, c'est fini, elle est partie pour de bon, chuchote Meg, et je sens dans sa voix tous les sanglots qu'elle ne veut laisser échapper.

— Il va falloir l'annoncer à Daddy… et à Tess.

Cette fois, ma voix se brise, et je me plie en deux sous la force d'un chagrin dévastateur. Et d'une haine terrible, qui se lève en moi comme un étendard flottant dans un vent violent.

— Ça va aller, Alex… tente Meg.

Mais ses paroles sonnent faux. Non, ça ne va pas aller. Rien ne va aller. Perséphone ne reviendra pas, et nos rêves de famille unie ne se réaliseront jamais. C'est dur de faire le deuil d'une mère, mais plus encore de faire celui de ses illusions. Et pourtant, je me croyais plutôt forte, à ce jeu-là. Alecto l'Implacable, Alecto, la reine du déni.

Je ne réponds pas à ma sœur, c'est inutile. Nous devons rentrer aux *Portes de l'Enfer*. Retrouver nos amis. Nous perdre dans leur étreinte et écouter leurs mots de réconfort. Ça ne changera rien, bien sûr, mais maintenant, tout de suite, c'est là que j'ai envie d'être.

Malgré mes contusions, je me relève, ma mère serrée contre ma poitrine. Elle ne pèse rien, c'est étrange. On aurait pu croire que la divinité vous donnait une densité, un poids, quelque chose qui vous ancrait plus fort à la vie. Mais non. Ses longs cheveux dorés comme les blés viennent presque balayer le sol de cette rue sale et dévastée, et l'un de ses bras blancs pend dans le vide. Tant pis. J'avance, pas à pas, sur le bitume fissuré. Meg porte Julia, qui s'accroche à son cou. Je suis tout de même heureuse que ma sœur n'ait pas perdu encore une fois son amour.

L'image d'Hadès me hante, ne cesse de revenir devant mes yeux, occultant tout le reste. *Daddy*… Comment lui dire ? Comment l'aider, après cela ? Je sais que les choses s'arrangeaient peu à peu entre eux, depuis qu'il avait repris le contrôle de son corps et de son esprit. Je sais que jamais il n'avait envisagé de véritablement se séparer de son épouse. Et surtout pas dans la mort. Je carre un peu les épaules, je serai forte, forte pour lui, et pour Tess aussi. C'était elle, la plus proche de Perséphone. Celle qui la comprenait le mieux, parce qu'elle est la plus tolérante de nous trois.

Hébétée, j'ai la sensation d'avancer dans un brouillard qui n'aurait pas de fin. C'est à peine si je ressens la présence du couple derrière moi. Pourtant, un bruit persiste à la limite de mes perceptions. Un bruit aigu, strident, qui ne s'arrête pas. Des pleurs ? Qui pleure ? Pas moi, tout de même ? Meg, alors ?

Je me retourne doucement, pour ne pas déranger ma mère dans son dernier repos. Je dévisage Meg, qui ne fait plus attention à moi, tant elle est absorbée par les yeux de Julia. Non, elle a l'air triste, dévastée même, mais elle ne pleure pas. Alors qui ?

Cette fois, je m'arrête tout à fait, exécute un tour sur moi-même, cherche du regard parmi les décombres de la rue. Je finis par localiser l'origine du bruit. C'est là, juste là, derrière un énorme bloc de béton. Sans réfléchir, je m'oriente dans cette direction. Il ne me vient même pas à l'idée qu'il pourrait s'agir d'un piège.

Quelle n'est pas ma surprise quand je découvre un petit garçon aux cheveux roux comme des feuilles d'automne, tout recroquevillé sur lui-même, et qui sanglote à n'en plus finir.

Merde alors. Qu'est-ce que je suis censée faire ? Les enfants, c'est pas trop notre truc, à nous, les divinités. Bon, c'est vrai qu'en tant que Furies, nous sommes souvent amenées à les venger, mais en aucun cas nous ne mouchons leur nez morveux.

Le gamin lève les yeux sur moi, il a le hoquet d'avoir trop pleuré. Il doit avoir quoi ? Six, sept ans ? Je suis même pas foutue d'évaluer son âge.

— Tu vas me tuer ? me demande-t-il avec une drôle de petite voix un peu étranglée.

— Euh… non. Enfin, ce n'est pas prévu.

— Et elle ? ajoute-t-il en désignant le corps de Perséphone. C'est toi qui l'as tuée ?

Je fais non de la tête.

— Alors pourquoi tu la portes ? Les gens, d'habitude, ils laissent les morts là où ils sont morts.

— C'est ma mère.

— Oh, toi aussi tu as perdu ta maman ? Moi j'ai essayé de ramener le corps de la mienne, mais elle était trop lourde, et Papa n'est jamais revenu…

— Mais, tu es tout seul ?

Il hoche la tête et s'essuie le nez d'un revers de manche. Bien, déjà, je n'aurais pas à le moucher. Même si c'est dégoûtant, tout ce mucus qu'il vient de s'étaler sur les joues.

— Alex, tu fais quoi ? lance Meg dans mon dos.

Sans me retourner, je lui réponds :

— Y a un gosse, là.

— Et alors ?

— Ben… on va pas le laisser ici, tout de même ?

Ma sœur me rejoint. D'une secousse, Julia lui signifie qu'elle veut descendre. J'aimerais tellement que Perséphone s'anime à nouveau et en fasse de même avec moi…

En titubant, la petite amie de Meg s'avance vers le gamin.

— Tu es blessé ? lui demande-t-elle en s'agenouillant à ses côtés.

— Non, je crois pas. Et toi, tu vas me tuer ?

Julia a un sourire triste.

— Non, absolument pas. Tu vas venir avec nous.

— Mais Julia… proteste Meg.

— Tu te tais, je te demande pas de t'en occuper. Mais il est hors de question que je laisse… Tu as un nom au fait ?

— Oui, c'est Tom.

— Super, Tom. Alors tu vas nous suivre, et nous allons te mettre en sécurité.

— Il y a à manger, là où c'est en sécurité ?

— Il y a même plein à manger, et on peut y dormir au chaud. Ça te va ?

Le gamin semble hésiter, puis me regarde à nouveau.

— Je veux aller avec elle.

Ah. Super. Et je fais quoi avec ça, moi ? Hein ? Je lui tiens la main d'un côté et je porte le cadavre de ma mère de l'autre ? Dans le genre glauque, pardon, mais ça se pose là, non ?

Julia me jette un long regard, que je ne parviens pas à déchiffrer. On attend quelque chose de moi, peut-être ? Et puis, finalement, je lâche prise.

— OK, viens, gamin.

— Tom.

Mmmh. Je sens qu'on va peut-être bien s'entendre, après tout.

— Très bien, Tom. J'espère que tu marches vite.

Il m'adresse un sourire triomphant.

— Je suis sûr que je marche plus vite que toi.

— Montre-moi, j'ai hâte de voir ça.

Il se remet debout sur ses petites jambes, et je constate l'état déplorable dans lequel il est. Les trous de son pantalon sale laissent apparaître des écorchures et des brûlures, et il est d'une maigreur affolante. Je n'aurais pas cru dire cela un jour, mais cela me serre le cœur.

Je le fais passer devant. C'est vrai qu'il marche pas trop mal. Bon, même chargée du cadavre d'une antique divinité, et après avoir pris une fameuse déculottée, je pourrais le distancer en une fraction de seconde, mais je veux bien avouer que ce petit fait preuve de beaucoup de courage. Ça me plaît.

Par contre, Meg, elle, râle. Enfin jusqu'à ce que Julia la fasse taire.

— Arrête ça tout de suite. Ce n'est qu'un enfant, et le monde est assez moche comme ça en ce moment pour qu'on se passe d'une bonne action, tu ne crois pas ?

Miracle, Meg ferme sa bouche. Grâce à Julia et à son autorité naturelle sur les Furies en tout genre, nous parvenons enfin devant l'entrée dérobée des *Portes de l'Enfer*. Et là… je me fige. Il va falloir passer cette porte. Il va me falloir traverser la salle principale, et descendre dans la loge de Domi. Il va me falloir déposer le corps de ma mère aux pieds de mon père. Comment suis-je censée accomplir tout cela ? C'est au-dessus de mes forces.

Alors Julia prend le petit Tom par la main, et nous devance.

— Prenez votre temps. Nous vous attendrons à l'intérieur.

— Non, je veux rester avec la grande dame blonde, là.

Et le petit Tom se remet à pleurer, me prenant totalement au dépourvu. Qu'est-ce que je lui ai fait, à ce gosse, pour qu'il ne veuille pas me lâcher ? Julia a tout de même l'air beaucoup plus sympathique que moi, il me semble.

Étrangement, mes jambes me portent jusqu'au gamin et je m'accroupis à ses côtés.

— J'ai besoin de quelques minutes pour pleurer ma maman. Tu comprends ?

Il me fixe de ses grands yeux bleus, ourlés de longs cils pâles, puis il fait oui de la tête.

— Alors, est-ce que tu veux bien suivre Julia, et je te rejoins très vite, d'accord ?

À nouveau, il acquiesce. Julia vient s'emparer de sa petite main sale, aux ongles noirs et cassés.

— Je vais te préparer un sandwich et te faire un chocolat chaud. Ça te dit ?

Il lui adresse enfin un sourire timide. Alléluia.

Je remercie Julia d'un hochement de tête, puis je m'assois sur le trottoir défoncé, la dépouille de Perséphone sur les genoux. Meg me rejoint, s'installe à côté de moi, sans dire un mot. Combien de temps ce moment dure-t-il ? Je ne saurais le dire. Mais c'est là, dans cette ruelle sordide, au milieu des poubelles et des gravats, que nous faisons le premier pas sur le chemin du deuil.

INTERMÈDE

Mont Olympe, palais de Zeus

De quelques mots marmonnés, suivis d'ablutions dans les bains luxueux du palais, Zeus avait purifié Ixion.

Le roi des Lapithes n'en revenait pas de sa chance. Le souvenir de la Furie aux joues ensanglantées et couronnée de serpents rageurs était encore si frais dans son esprit… À coup sûr, Zeus avait reconnu en lui la valeur d'un véritable chef, d'un héros, d'un demi-dieu, peut-être ! Il s'imaginait déjà un avenir glorieux quand on vint le chercher pour participer au banquet que lui offrait en prime le dieu de l'Olympe.

Ce fut donc d'un pas assuré qu'il rejoignit l'immense salle où se déroulerait le repas. Ixion ne savait pas s'il serait seul ou non. Il espérait rencontrer d'autres divinités, entrer dans leur intimité, se faire connaître d'eux et être protégé à jamais. Certes, il n'était pas un modèle de bonté, mais les dieux n'avaient-ils pas aussi de nombreux travers ? N'étaient-ils pas aussi les jouets de leurs passions ? Après tout, il était comme eux.

C'est ainsi qu'Ixion se persuadait de sa bonne fortune. La gloire l'attendait, on chanterait ses exploits pour l'éternité.

Mais il fut surpris, car ce fut Héra, seule, qui l'accueillit. Il n'y avait nul autre dieu, dans l'immense salle blanche et dorée. Pas même Zeus. Sur le moment, Ixion plissa les yeux. Il n'escomptait pas tout cela. Pourquoi Zeus l'aurait-il convié à un banquet dont il aurait lui-même été absent ?

Mais Héra, sublime dans une longue toge brodée d'or, d'argent et de pierreries étincelantes, vint vers lui, suivie de son paon majestueux et de sa douce génisse. Son haut front blanc était orné d'un diadème si richement décoré qu'Ixion en eut le tournis. La beauté de la déesse, épouse de Zeus, était époustouflante, et aucune légende ne rendait suffisamment grâce à la noblesse de ses traits.

Sans même s'en rendre compte, le roi des Lapithes glissa au sol et se prosterna à ses pieds.

— Ô grande déesse, quelle joie, quel honneur pour moi de…

— Chuuuut, lui murmura Héra en se penchant vers lui. C'est moi qui suis honorée de ta présence en ces lieux. Il m'est tellement agréable d'avoir de nouveaux visiteurs, parfois…

— Mais, grande déesse, où est ton époux ? Ne devrait-il pas être présent ?

— Zeus a dû s'absenter pour gérer des affaires urgentes. Certes, il souhaitait te faire honneur, mais les missions du dieu des dieux ne sont pas des plus reposantes.

Impressionné, Ixion hocha la tête. Zeus voulait l'honorer ? Il lui envoyait sa propre épouse pour l'accueillir ? Son ego enfla, enfla et enfla encore. Sa bonne fortune était assurée !

Ivre de lui-même, et subjugué par la beauté de la majestueuse Héra, il perdit toute notion de prudence. Il se releva d'un geste souple et tendit sa main à la déesse. Celle-ci la lui serra, tout en lui adressant un sourire d'une infinie douceur.

Les hommes étaient tellement mauvais ! Il n'y avait aucune duplicité, chez l'épouse de Zeus. Elle n'était que bonté et grâce !

À la fois séduit et conquérant, Ixion osa s'approcher encore de la beauté divine. Et il s'approcha tant que ses lèvres finirent par s'emparer de celles, douces, moelleuses comme un nuage, tentatrices comme une illusion, de la reine des dieux.

— Oh, Ixion… murmura Héra, dont la fougue surprit néanmoins le roi des Lapithes.

— Ne devrais-tu pas rester fidèle à ton époux ? lui demanda-t-il tout de même, alors que le désir rugissait dans ses veines et lui commandait de prendre la belle sur le champ.

— Zeus m'est-il fidèle, lui ? Je m'ennuie tant, en ce palais. N'ai-je pas le droit, moi aussi, au réconfort de bras aimants et puissants ?

Il y avait tant de ferveur dans la voix d'Héra qu'Ixion céda à ses pulsions.

Dans une débauche de caresses indécentes, de baisers brûlants et de cris à peine étouffés, le roi des Lapithes s'unit à la reine des dieux, à même le sol du palais de Zeus.

CHAPITRE 10

Partout où il va, son odeur le précède. Alors que Meg et moi sommes assises sur ce trottoir sordide, Charon, notre bon vieux Charon, nous rejoint. Durant quelques secondes, il se tait. Les traits de son visage ridé comme un vieux pruneau moisi sont perdus dans les ombres de son ample capuche. Il me semble y percevoir du mouvement, aussi. Peut-être les bébés furets ?

— Alors… finit-il par dire.

Mais il ne peut aller plus loin. Mettre des mots sur cette tragédie, c'est au-dessus de nos forces. À tous.

— Qui ? reprend-il enfin. Némésis ?

Je fais non de la tête. J'ai le cœur aussi serré qu'un poing fermé.

— Cronos, répond Meg à ma place, et ces deux simples syllabes semblent lui coûter toute l'énergie du monde.

— Cronos… gronde Charon.

Face à la haine et à la colère que je ressens dans la voix du nocher, je me sens tout de même obligée d'intervenir.

— Ne fais rien d'irréfléchi, Charon, s'il te plaît. Nous ne pourrions supporter de te perdre aussi, tu comprends ?

— Nous ne pouvons laisser ce crime impuni. C'était ma reine.

— Je suis d'accord. Nous ne pouvons laisser passer cela. Ni le meurtre de ma m… de Perséphone, ni les exactions des Primordiaux, ni les actes de Némésis. Nous savons depuis le début qu'il faut mettre un terme à tout ça. Nous n'avons pas été assez rapides, pas assez agressifs, nous les avons laissés prendre le dessus, et voilà le résultat.

Dans ma tête, toutes nos erreurs repassent en boucle. Le temps que nous avons gaspillé, trop insouciantes, pour nous redécouvrir, mes sœurs et moi. Les paillettes et les cupcakes de Tess, les amours de Meg ou encore mes quotidiennes séances de yoga. Et que dire de l'inaction des Infernaux et des Olympiens ? Où étaient-ils quand ça a commencé à sacrément sentir le roussi ? Nous sommes tous responsables. Tous.

Je me lève enfin, mon fardeau toujours dans le creux de mes bras.

— Donne-la moi, me supplie Charon de sa grosse voix vibrante.

Sur le moment, j'ai envie de refuser. Et puis, je réalise soudain que cette perte n'est pas que la mienne. Elle est nôtre, et il n'y a qu'ensemble que nous parviendrons – peut-être – à la surmonter.

Avec douceur, je confie à mon vieil ami le corps de ma mère. Il la berce un instant contre son cœur. Comme j'aimerais qu'elle se réveille et s'offusque de l'odeur nauséabonde qu'il dégage. Mais cela n'arrivera pas, son petit nez de jeune fille en fleur ne se retroussera plus jamais sous les effluves du nocher. Ni sous les parfums de cette nature qu'elle chérissait tant.

Meg et moi nous écartons pour laisser passer Charon. Depuis notre retour sur terre, je ne l'ai encore jamais vu entre les murs des *Portes de l'Enfer,* mais aujourd'hui, il semble décidé à accompagner sa reine jusqu'au bout du chemin. Nous fermons la marche, tête basse. Je ne peux m'empêcher d'en vouloir à Tess de ne pas être présente à nos côtés. Que fait-elle ? Complote-t-elle pour faire triompher notre cause, ou roucoule-t-elle avec son mari, mon ancien meilleur ami, Léo le Prince des Enfers ?

Alors que nous nous avançons vers la salle principale, où tout le monde nous attend déjà, Meg me serre le bras.

— Elle va venir, ne doute pas d'elle, me souffle-t-elle, comme si elle avait lu dans mes pensées.

Je lui adresse un pâle sourire. Oui, elle a raison. Malgré nos différends, nous avons su rester unies.

Charon passe devant le comptoir, toujours aussi propre, toujours aussi impeccable, la patronne y tient. Tous les humains présents nous regardent avec des yeux débordants de larmes. Domi, parfaitement immobile, incline la tête au le passage de cette déesse qui lui avait fait une si forte impression.

Sans s'arrêter, Charon rejoint l'arrière-salle où avait eu lieu notre première réunion avec les Infernaux, juste après que Meg était allée récupérer Déméter et Perséphone quelque part dans le désert. Si nous avions su tout cela, à cette époque, aurions-nous agi différemment ?

D'un coup de pied qui agite sa longue bure brune, il en ouvre la porte. Là, autour de l'immense table, se trouvent les divinités actuellement de notre côté.

Ils jouent aux cartes.

ILS JOUENT AUX CARTES.

J'ai envie de hurler, mais c'est Déméter, dont les doigts pâles laissent échapper le verre à cocktail qu'elle tenait négligemment, qui réagit avant moi.

— MA FILLE ! s'écrit-elle en se précipitant vers Charon.

Elle s'empare à son tour de son fardeau, et je vois notre vieil ami se recroqueviller sur lui-même sous l'effet du chagrin. Déméter s'effondre, oscillant d'avant en arrière en sanglotant.

— Oh, ma toute petite, ma toute belle, mon amour, mon soleil, mon enfant… Qui t'a arrachée à moi ? Qui a brisé ton corps et perdu ton âme ? MON BÉBÉ…

Meg tente une approche, mais Déméter la repousse d'un simple geste de la main. Dans la pièce, les lumières clignotent, et un vent violent se met à souffler. Les cartes volent, les verres se fracassent au sol et les chaises basculent. Toutes les divinités présentes se sont enfin levées, yeux écarquillés, visage livide et traits tirés.

Zeus, qui a retrouvé un impeccable costume de super-héros, avance d'un pas. C'est moi qu'il regarde, comme si j'étais la seule en capacité de lui répondre. Nous avons un lourd passif, tous les deux, mais je saurai faire la part des choses, si je dois tolérer son immonde présence. Cela fait longtemps que je sais que rien n'est tout blanc ou tout noir. Le monde, la vie, les gens, ne sont que nuances de gris.

— Qui a fait ça ? gronde-t-il.

Je pourrais presque entendre le tonnerre rouler entre ses dents serrées.

— Ton père. Cronos.

Alors, le dieu des dieux lève son visage vers le plafond insonorisé et hurle sa rage, tout en brandissant le poing.

— IL EST TEMPS QUE CELA CESSE !

Autour de lui, ses proches opinent du bonnet. Bande de lâches. Si je veux bien croire en la vindicte de Zeus, touché dans sa fierté de dieu dominant, je suis à peu près persuadée que les autres ne pensent qu'à ce que Cronos pourrait leur faire, à eux. S'ils n'agissent pas maintenant, risquent-ils d'être les prochains sur la liste de ses exactions ? Je les observe avec mépris, tous tremblants comme des poules mouillées. Ce qui n'est pas qu'une image pour Poséidon, d'ailleurs.

Mais Déméter n'en finit pas de pleurer son enfant perdue. Il va pourtant falloir que nous informions une autre personne du drame terrible qui s'est joué aujourd'hui.

— Je descends, me dit Meg à voix basse. Je vais le chercher.

Merde. Depuis quand ma sœur possède-t-elle de tels pouvoirs de télépathie ? Ou alors c'est simplement le chagrin qui nous lie ? En mon for intérieur, je prie – qui ? quoi ? – pour que Tess nous entende et nous rejoigne au plus vite.

Je sens ma sœur me quitter, et l'espace vide qu'elle laisse derrière elle est béant comme la plaie dans mon cœur. Ça aussi, je ne me l'explique pas. Qui aurait supposé que je pourrais être ainsi touchée par la disparition de cette mère absente, abusive souvent, et si peu aimante ? Il faut croire que nous sommes définitivement toqués, dans cette famille de fous. Ou peut-être que d'avoir vécu trop longtemps parmi les humains m'a plus profondément changée que je ne l'imaginais.

Je repense à Domi et Julia, à leur mère, cette femme qui n'a su que les faire souffrir, jusqu'à la fin. Et sa mort, peu de temps après le retour de Tess parmi nous, avait été, au bout du compte, un soulagement pour ses enfants, mais un soulagement teinté d'amertume, créant une blessure qui ne se refermera jamais. Une blessure suppurante de regrets et de tristesse.

Un cri terrible retentit derrière moi. Un cri sépulcral, de désespoir et de folie. Hadès est là. Il s'appuie de toute sa masse sur la silhouette fragile de Meg. D'un pas, je les rejoins, les soutiens tous les deux dans cette épreuve.

Et soudain, Tess est parmi nous aussi, son visage à la peau noire est baigné de larmes, les paillettes à ses paupières se répandent sur ses traits, tragiques. Comment est-elle arrivée si vite ? A-t-elle ressenti la mort de notre mère dans son âme ? Mais ce n'est pas important, je l'accueille dans notre étreinte, et nous rejoignons Déméter, toujours effondrée sur le sol carrelé. Nous formons un cercle autour de Perséphone, pour lui offrir un dernier hommage.

Mamou semble éprouver, du fin fond de sa peine, notre présence. Elle relève ses yeux vers son frère, le premier à lui avoir pris sa fille chérie, et, geste improbable, lui tend la main. Hadès s'agenouille, serre les doigts de son éternelle antagoniste, sa sœur ennemie, vie et mort mêlées. Leurs larmes se mélangent pour baigner la dépouille de Perséphone. Meg, Tess et moi restons immobiles, soudées. Plus rien d'autre ne compte en cet instant.

Et là, malgré notre vision brouillée par les pleurs, une magie antique opère. Hadès fait s'ouvrir le sol sous nos pieds, dévoilant les Prés d'Asphodèle, infinis, sombres et si apaisants. Oui, Perséphone trouvera sa dernière demeure dans l'Érèbe, dont elle a été la reine durant des millénaires. Mais elle aura droit à son sanctuaire. Déméter fait naître autour de son corps des feuillages émeraude et des fleurs aux couleurs éclatantes, aux parfums vifs et sucrés, elle lui crée la plus splendide des cathédrales végétales pour qu'elle y repose à jamais. Les tiges et les vrilles s'emparent des longs cheveux blonds de ma mère, les figent pour l'éternité, et nos larmes versées sont autant de diamants qui l'accompagneront dans cet au-delà dont nous ne connaissons, finalement, rien. Car qui peut dire ce qu'il advient de l'âme d'une déesse ?

RÉSISTANCE

Tess s'échoue, en pleurs, entre les bras de son époux. Elle n'a besoin de rien dire, il est déjà au courant de tout. Elle ne sait trop comment ni pourquoi, n'a pas vraiment eu le temps de se préoccuper de ses étranges pouvoirs, tant elle a préféré se gaver de sa présence, avant que tout ne vrille vraiment, que le monde des humains comme ceux, multiples, des divins, ne disparaissent tout à fait.

Elle a trouvé Léo dans leur suite, un peu trop encombrée, un peu trop en désordre, lui a juste pris la main pour l'entraîner vers le grand lit aux draps défaits. Leur lit. Leur refuge. Là où, souvent, bien souvent, ils s'aiment à la sauvette, tout en se promettant de faire mieux, plus tard.

— Comment vas-tu ? chuchote Léo dans l'épaisse chevelure de son épouse.

C'est Schmouti qui lui répond d'un couinement triste.

— Je comprends, dit simplement le Prince des Enfers, la gorge serrée.

— J'ai le cœur ouvert comme une grenade, et ça fait mal, sanglote Tess. On n'était pas si proches, pourtant…

— Mais c'était ta mère, et vous n'avez pas vécu que des choses faciles…

Léo s'interrompt, douloureusement conscient que tout ce qu'il a à dire n'apaisera jamais le chagrin d'une orpheline, alors il se contente de resserrer son étreinte sur le corps souple de Tess. Il hésite. Il pourrait faire surgir du néant les plus belles pâtisseries ou faire pleuvoir des paillettes, mais son épouse n'a besoin de rien de tout cela.

— Pourquoi n'es-tu pas restée avec tes sœurs ?

C'est vrai, ça. Pourquoi ? Il aurait été si simple pour Tess de rester auprès des siens, auprès de Meg, d'Alex, de Déméter et d'Hadès. De Julia et de Domi. De sa famille, au sens large du terme. Mais non, quelque chose en elle, une urgence, un besoin vital l'a rejetée dans l'Érèbe, à la recherche de son époux, en quête de son regard azur si brillant, de son corps chaud, de son menton à peine râpeux qu'elle aime tant sentir contre sa joue.

— Je devais te voir, hoquette-t-elle en se redressant.

D'un geste très peu « princesse paillettes », elle s'essuie les yeux, puis le nez, laisse son regard errer autour d'elle à la recherche d'un mouchoir. C'est Léo qui, devinant ses intentions, en sort un de sa poche. Un mouchoir brodé de licornes.

— Berci, renifle-t-elle. Mais je n'ai pas très envie de me moucher dans des licornes. C'est… mal.

— Je le laverai tout de suite après, si ça peut te rassurer, murmure Léo en lui caressant la joue.

— Ça me rassure pas tant que ça.

— Je sais. Mais t'as le nez qui coule, et c'est un peu dégueu.

Elle hausse les épaules et capitule. Dans un vacarme de trompettes par jour de grande fanfare, elle se vide enfin le nez, prend une profonde inspiration, et expire longuement. Ensuite, bras en croix, elle se laisse tomber à plat dos sur le lit. Elle aimerait rester ici pour toujours. Une éternité moelleuse. Avec Léo. Voilà.

— Tess…

— Je sais, je sais. Je vais devoir me lever. On va devoir parler. On va devoir agir. Mais je n'ai pas envie. J'ai envie de me rouler en boule et de pleurer encore et encore. De repenser à toutes ces fois où ma maman n'a pas été là pour moi, tenter de la haïr, échouer et pleurer.

— Tess…

— Viens, plutôt que de m'embêter.

Elle attire Léo à elle. Au début, il résiste, puis finalement, il se laisse faire. Il s'allonge à ses côtés, la regarde, l'admire. Une lueur dangereuse apparaît dans ses prunelles, mais elle ne la remarque pas. Il serait prêt à tout pour la protéger. Son chagrin lui brise le cœur, et il se promet de tout mettre en œuvre, dans l'ombre ou dans la lumière, pour lui permettre de faire son deuil.

Mais là, tout de suite, il ne voit qu'une seule chose à faire : avec une infinie douceur, il se penche sur ses lèvres, les cueille et les goûte, les caresse du bout de sa langue, sentant le corps de son aimée se détendre contre lui.

Durant de longues minutes, il se contente de l'embrasser et d'effleurer ses cheveux, son visage, son cou. Tess reste immobile, savourant chaque instant, et il lui semble même qu'elle finit par s'assoupir. Mais quand il tente de se relever pour la laisser se reposer, elle l'attire à nouveau à elle et l'enlace avec fougue.

— Reste, murmure-t-elle d'une voix rendue rauque par la tristesse et, peut-être, par le désir.

— Tu devrais dormir…

— J'ai suffisamment dormi, ces derniers siècles.

— Mais…

— Tais-toi, Léo. J'ai besoin de réconfort.

Alors, il abandonne toute réticence et se laisse aller au plaisir.

Une heure plus tard, tous deux, enfin apaisés, regardent le plafond blanc dans un silence quasi parfait.

— Bon, on fait quoi ?

— Toi, tu vas remonter voir tes sœurs. Moi… j'ai quelques idées.

— Dis-moi.

— Non.

— Pourquoi tu ne veux jamais rien me dire ?

— Parce que. Je ne peux pas tout te dire.

— C'est pas juste.

Léo sourit. Elle va râler, tempêter, s'emporter, mais cela ne changera rien. Il commence à bien la connaître, son épouse imprévue.

— Tu me fais confiance ? lui demande-t-il.

Silence. Attention, cinq, quatre, trois, deux…

— Oui.

C'est un petit « oui », mais c'est un « oui ».

— OK, alors prends quelques affaires et remonte voir les tiens. Je m'occupe de tout.

— Mais… c'est rien de dangereux ?

Ah, ça… Comment pourrait-il lui faire ce genre de promesses ? Quand on jongle avec Némésis, les Primordiaux et les Olympiens… Ce n'est pas le genre de choses qui sont garanties.

— Non, rien de dangereux, ment-il.

— Promis ?

Dans un soupir, il chuchote :

— Oui, je te le promets.

Pour la faire taire, il s'empare à nouveau de sa bouche. Elle s'inquiète suffisamment comme cela, ce n'est pas la peine d'en rajouter.

CHAPITRE 11

Les jours qui suivent s'égrènent avec une lenteur désespérante. Les humains sont inquiets, les dieux sont agités, et notre peine, à nous, les trois Furies, est immense. Étrangement, Déméter ne nous quitte plus, reporte sur nous son affection étouffante. C'est insupportable, mais j'ai tout de même pitié de son chagrin.

Seul Hadès manque à l'appel. Peu après la disparition du corps de son épouse dans l'Érèbe, il est parti dans les rues de Paris. Et impossible de le retrouver. J'ai bien essayé, car j'étais trop inquiète pour le laisser errer ainsi. Dans son désespoir, je l'imaginais bien se jeter à la tête des premiers Primordiaux venus, ou bien tout faire pour mettre la main sur Cronos et se faire démembrer par le père des dieux. Et il est hors de question que je le pleure lui aussi.

Mais non, aucune trace de Daddy. Où est-il ? Que fait-il ? Nous n'en savons rien, alors nous patientons.

— J'en ai ras la touffe de ne rien faire, grogne Meg.

Ah bah, oui, parce que patienter, ça n'a jamais été le fort de ma sœur adorée. Elle est présentement assise au bar, s'envoie godet de whisky sur godet de whisky, tandis que Moisi s'est échoué à ses pieds et ronfle comme un bienheureux.

Pour ma part, je suis allongée sur le comptoir – oui, on relativise beaucoup de choses, quand on vient de perdre sa mère, et la façon de se tenir en public en est une –, avec Bloody Hell qui me pétrit le ventre avec acharnement. Domi m'a confié le matin même qu'elle était ravie des services de ma chatte ; les rats pullulaient avant son arrivée, ce n'est désormais plus le cas. Brave petit tigre de la jungle parisienne. Tess, quant à elle, revient tout juste d'une visite-éclair au palais. J'imagine qu'elle a rendu visite à son cher et tendre. Mais sur le moment, je n'ai pas bien vécu cette nouvelle défection de sa part. Depuis, je lui fais donc un peu la tronche.

Pour le moment, elle est passée derrière le bar et prépare des gaufres, sa furette d'un blanc éclatant, contrastant sur sa peau noire et satinée, toujours lovée dans son cou. D'où peut bien venir un gaufrier en pleine apocalypse divine ? Et le lait, les œufs et la farine ? J'avoue, j'ai totalement renoncé à me poser ce genre de questions. Le monde n'a plus aucun sens, voilà ce que j'en pense.

Malgré tout, la délicieuse odeur des gaufres en train de cuire me chatouille les narines, et mon estomac se tord douloureusement. Quand ai-je mangé pour la dernière fois ?

— Alex, je te sers ?

Je soupire.

— Non.

— Tu n'en veux vraiment pas ?

— Je ne consomme ni œufs ni produits laitiers, tu te souviens ? Bizarrement, je constate que tu n'as pas pu te fournir en denrées végans.

J'exagère, je le sais, et seul un silence boudeur me répond. Tant pis, je garde mes yeux braqués sur le plafond. Cette vision est monotone, comme tout le reste.

J'entends Meg râler encore parce que Tess ne lui a pas proposé de la servir en premier, et cette simple réflexion amène un sourire triste à mes lèvres. J'ai beau ne plus savoir où j'en suis dans mes émotions, je dois admettre que je suis bizarrement heureuse que mes sœurs ne changent pas. On est vraiment tordus, dans cette famille.

— Tais-toi, tu vas l'avoir, ta gaufre.

— Bah, j'y compte bien, en fait.

— Avec ou sans élan ?

Dix secondes de silence, Wiki doit être en train de chercher la référence, puis réponse acerbe de Meg :

— Ah ah. Très drôle.

— Non, par contre, je vais te servir un bon verre de lait frais. Le whisky, ce n'est pas indiqué pour déguster des gaufres.

— Le whisky est indiqué avec tout, Tess. Je suis outrée que tu puisses penser le contraire.

— Meg, tu bois trop…

— Ouais, et alors ? Je ne suis bourrée que si je le souhaite, et mon foie est divin, je te le rappelle…

Une nouvelle voix intervient. Acide, mais aux accents protecteurs. Tout à fait horripilant, ce mélange des genres.

— Il est hors de question que ma petite-fille devienne une alcoolique notoire.

— Depuis quand je suis ta petite-fille ?

— Eh bien, depuis ta naissance, évidemment.

J'entends que l'on déplace un tabouret. Déméter s'installe parmi nous. C'est dingue, sa façon de rechercher notre présence. Qui aurait pu imaginer que ce jour adviendrait ? M'enfin, je crois qui ni mes sœurs ni moi ne l'apprécions vraiment. Mais je me méfie de moi-même. Je n'aurais jamais pensé être si malheureuse en perdant Perséphone. Alors s'il arrivait quelque chose à Déméter, je me roulerai peut-être au sol en hurlant à la mort. Mmmh. *No way.*

— Ouais, on s'en serait passé, figure-toi… Mais aïeeeeuh !

Ah, oui, Déméter aime bien mettre des petites tapes derrière le crâne de Meg. Ça, c'est plutôt marrant, je dois dire.

— On ne parle pas comme ça à sa Mamou, jeune fille.

Par Daddy. Quel enfer ! Supporter Perséphone, c'était déjà compliqué, mais alors là…

— Coucou, les filles, tout va bien ? Meg, tu fais une drôle de tête…

Arrivée de Julia. Pile à l'heure. Oui, parce que chaque journée est très exactement similaire à la précédente. Meg picole, Tess pâtisse, je les rejoins, Déméter en fait de même, puis c'est le défilé de toutes les personnes présentes aux *Portes de l'Enfer*.

Mais, putain, personne pour trouver un début de plan ou de motivation pour sortir de ce marasme. Et je ne vaux certainement pas mieux que les autres, puisque je reste là, à ne rien faire, malgré toutes mes belles promesses, tous mes serments solennels… J'en viendrais presque à me dégoûter moi-même.

D'un coup, je me redresse, faisant glisser Bloody qui proteste avec vigueur. Tant pis pour elle, elle n'avait qu'à pas bouffer tous les rats du coin, elle aurait eu encore de l'occupation.

— Stop. J'en peux plus, il faut qu'on fasse quelque chose.

Tess, en train de se frotter la joue droite pour la nettoyer, sans savoir que c'est la gauche qui est couverte de farine, lève des yeux pleins d'espoir sur moi.

— Tu as eu une idée géniale rien qu'en inspectant le plafond ?

— Non, soupiré-je. Je n'ai pas la moindre idée. J'ai vraiment cru que cette histoire de collier fonctionnerait et que Némésis perdrait peu à peu ses pouvoirs, ou bien qu'elle enchaînerait les défaites… Mais elle est peut-être trop puissante pour être touchée par la malédiction du joyau d'Harmonie…

— Oh, non, détrompe-toi, me répond Tess. Elle est bel et bien affectée par cette malédiction, même si elle se refuse à l'avouer.

— Et tu comptais nous en parler à quel moment ?

Tess soupire, pose son torchon avant de s'accouder au bar. Je lui dis ou pas, qu'elle vient de planter ses avant-bras dans une belle flaque de lait ?

— Pardon, mais avec tout ça…

Bon, OK, je veux bien passer l'éponge sur ce coup-là. Sans mauvais jeu de mots, évidemment.

— Bref, son attitude est de plus en plus bizarre, et…

— Attends, attends, la coupe Meg, sarcastique. Tu veux dire plus chelou que d'habitude ? Nan, parce que pardon, elle a jamais été très fraîche non plus, hein…

— Tais-toi, Meg, dis-je machinalement. Laisse-la parler.

— Oui, ta sœur a raison, appuie Déméter, en lui remettant une petite claque derrière la tête.

— Mais ça suffit, oui, se rebelle l'intéressée.

— Non, mais Meg, vraiment, tais-toi, rajoute Julia.

Schmouti apprécie l'échange et lance son célèbre *pout-pout* réjoui.

— Je disais donc que son apparence change. Fini le teint de jeune fille, les joues rebondies, l'œil vif et le poil brillant. Elle ressemble de plus en plus à une ombre décharnée, et ses fameux tailleurs flottent autour d'elle. Elle ne parle pas beaucoup, reste enfermée dans sa suite des journées entières… Et pour tout dire, elle ne gère plus grand-chose. C'est la débandade dans l'Érèbe.

— Tu veux dire pire que quand elle a pris le pouvoir et qu'elle maintenait Daddy sous son influence ?

Tess hoche la tête.

— Oui. Pour le moment, les âmes affluent et se massent sur les Prés. Elle en fait disparaître quelques-unes, et rien que ça est absolument terrible, mais son procédé n'est pas bien au point, et la grosse majorité des morts restent en transit. Leur nombre croît de façon affolante, et toute la structure des Enfers souffre. J'ai croisé Thanatos il n'y a pas longtemps, il se planque encore avec les autres Infernaux, je ne sais pas trop où. Il craint que le monde souterrain finisse par devenir instable. Pour lui, c'est une situation d'urgence.

— Mais putain, Tess, c'est grave ce que tu nous annonces ! s'écrie Meg. En gros, on a le cul sur une poudrière, et toi tu fais des gaufres comme si de rien !

Cette fois, personne ne la reprend, parce qu'elle n'a pas tort.

— Bah… Je me disais que tant qu'on n'aurait pas réglé le souci des Primordiaux… Difficile d'être sur les deux fronts en même temps.

— Ouais, du coup, on est sur aucun, lui rétorque ma sœur. Logique, quoi.

— Je ne suis pas loin de penser comme Meg, dis-je à mon tour. Qu'est-ce que tu fabriques tout le temps fourrée aux Enfers si ce n'est pas pour défaire définitivement Némésis, hein ?

Tess a la délicatesse de s'empourprer. L'effet est très joli, sur sa peau sombre. Mais ça ne fait sûrement pas avancer le schmilblick.

— Schmilblick, dis-je.

— Quoi ?

Ce cri du cœur est venu de partout la fois, et Meg roule des yeux effarés.

— Schmilblick. Pardon, je n'ai pas pu résister, c'était pour faire plaisir à Wiki.

— C'est moche, de jouer avec mon Wiki comme ça.

— Je sais, pardon. Je ne le ferai plus. Enfin… Pas dans cette conversation, en tout cas. Bref, revenons-en à notre schm… à nos affaires. Qu'est-ce que tu fous, Tess, de tes journées dans l'Érèbe ? On veut une réponse. Tout de suite.

— OK, OK… Eh bien, vous le savez, je suis mariée, et…

— Et ?

— Bah, ça prend beaucoup de temps, d'être une femme mariée, tu sais…

— Non, je ne sais pas.

Et je ne veux pas le savoir. L'amour, le sexe, tout ça, ça ne m'a absolument jamais intéressée. Et c'est pas maintenant que ça va changer. J'en ai un petit peu marre qu'on me brandisse toujours cette excuse à la noix sous le nez.

Meg se met debout d'un coup et éructe, la bouche pleine :

— P'tain, c'est pas un mariage de convenance ! Tess est amoureuse et s'éclate au pieu ! C'est ça, j'ai bon ?

Elle est tellement excitée par sa trouvaille qu'elle en postillonne de partout, et Julia, à ses côtés, lève les yeux au ciel. Elle l'aime, sa Furie, mais ça ne doit pas être facile tous les jours. Des millénaires que je la supporte, moi, la Mégère…

Cette fois, Tess vire carrément écarlate. Comme pour la protéger, Schmouti vient se coller sur son visage. Intéressante, cette nouvelle technique, y a du potentiel en cas de honte ultime. Pour ma part, je ne m'imagine pas avec Bloody Hell sur la tronche, mais bon. Ah ah, et je me marre presque en visualisant Moisi sur la tête de Meg.

Mais je reprends bien vite mon sérieux, après tout, c'est moi la plus sage du trio, même si cette étiquette est de plus en plus lourde à porter.

— C'est vrai, ce qu'elle dit ? Tu roucoules et tu t'envoies en l'air pendant qu'on est bloquées ici ? C'est aussi ce que tu faisais quand nous étions prisonnières ?

— Euh… C'est-à-dire que je… On surveille Némésis, tout de même, alors…

— Némésis. Dont tu viens de dire qu'elle sortait très peu de ses appartements ?

— Oh, c'est pas très grave, notre sœur ne doit pas beaucoup sortir des siens non plus, ironise Meg.

Je soupire, dépitée. Je me demande parfois si ces deux-là prennent la mesure de la situation. En fait, non, je ne me le demande plus. Elles sont définitivement et totalement à l'ouest.

— Écoutez, les filles, reprend Tess. Je sais que ça vous paraît fou. Je sais que vous ne pouvez pas comprendre, mais… Léo et moi, on s'aime. Pour de vrai. Mais ce n'est pas pour autant qu'on va vous lâcher. Nous sommes conscients qu'il faut régler cette situation une bonne fois pour toutes.

— Tout à fait, fait une voix chaude non loin de moi. Et j'ai du nouveau pour vous.

Oh. Léo-Prince-des-Enfers-véto-sexy. Tiens, il fait toujours ça, apparaître n'importe où, n'importe quand ? Ça ne doit pas être très pratique, au lit… Ou peut-être que si, allez savoir.

— Hey, salut Léo ! s'enthousiasme Meg. J'suis trop contente de te voir.

Elle a toujours eu un faible pour l'ancien véto, tout comme Moisi, qui se frotte à ses jambes avec des gémissements extatiques, en remuant son petit popotin orné d'une queue cassée.

— Moi aussi, lui répond gentiment notre beau-frère. Bon, votre père vient de débouler au palais.

— QUOOIIIIII ? s'écrie Déméter, jusque là bien trop silencieuse.

— Oh non ! souffle Tess. Mais pourquoi ?

— Je sais pas, venger son épouse, notre mère, peut-être ? je m'exclame, exaspérée.

J'aime le sarcasme. Ça me vivifie. Et mes sœurs le valent bien, le plus souvent.

— Mais… Némésis n'est pas responsable de la mort de Perséphone, me répond Tess.

— Indirectement, si. Si elle n'avait pas laissé dégénérer cette situation avec les Primordiaux… On n'en serait pas là, dit Meg.

Personne pour rappeler que la première à avoir eu cette idée n'est autre que Tisiphone ? Mmmmh ? Non ? Bon, je décide de me taire. Pour cette fois.

— OK, soyons pragmatiques. On fait quoi ?

— Je pense que Tess et moi allons redescendre, me répond Léo.

— Mmmh, si c'est pour faire des cochonneries, vous n'allez pas nous être hyper utiles, encore, balance Meg.

Léo lui lance un regard exaspéré.

— Nous savons nous tenir et nous montrer sérieux.

— Oh, vraiment ? l'attaque Déméter. Votre efficacité, pour le moment…

— Bon, allez, on ne va pas se battre, interviens-je. Mais j'ai mieux à proposer. Les filles, on descend toutes les trois. À l'ancienne. On va seconder Daddy-Chou. C'était une erreur de ne pas agir plus tôt.

— Et tu as un plan pour nos amis les Titans, les Géants, les Cyclopes, les Hécatonchires et autres racailles humaines ? me demande Julia.

— Je crois que oui.

— Sérieux ? ajoute Meg, qui manifestement ne me fait pas confiance.

— Tout à fait. Et ma solution se trouve derrière cette porte, dis-je en désignant la direction de la salle de réunion privée.

Tout le monde se tourne et regarde fixement les doubles battants. Vais-je réellement réussir à remettre en action notre horde de losers ? Pardon, de divinités, je veux dire. En fait, je vais déléguer, c'est plus sûr.

— Léo, tu restes là, et tu déniches un moyen pour me motiver cette bande de mollusques de l'Olympe. Puisque Némésis est plus ou moins hors jeu, vous allez vous focaliser sur Cronos et les Primordiaux. Quand on remonte de l'Érèbe, on leur file le coup de grâce.

— Et moi, je fais quoi ?

Nous tournons tous la tête en même temps. Le petit Tom s'est installé au bar sans qu'on s'en aperçoive. Je me demande même comment il a fait pour grimper sur ce tabouret haut sans se casser la binette. Merde, on avait oublié ce pauvre gamin des rues. Pourtant, je passe du temps avec lui, depuis son sauvetage. Ça me fait mal de l'avouer, mais je le trouve assez mignon, avec ses cheveux tout doux et ses grands yeux brillants. J'aurais pas imaginé dire ça un jour. Un chat est mignon, Moisi, à la limite, mais un gosse…

Je jette un regard désespéré à Domi et Julia.

— Vous pouvez…

Domi hoche la tête, Julia aussi. Mais le petit Tom ne l'entend pas de cette oreille.

— Je veux pas rester ici, je veux venir avec toi, gémit-il en me fixant droit dans les yeux.

Rolala, ses yeux s'emplissent de larmes, et son menton tout rond tremble. Qu'est-ce que je dois faire ? Je sens la panique m'envahir. Descendre dans l'Érèbe, OK. Consoler un mioche, joker.

Mais j'imagine qu'une sorte d'instinct agit en moi, et je m'avance vers Tom. Et même, je me mets à genoux devant lui et le serre dans mes bras. Tout ça en mode pilotage automatique.

— Je vais revenir, je te le promets, mais je ne peux pas t'emmener, c'est beaucoup trop dangereux.

— Ici aussi, c'est dangereux.

Mais depuis quand les gamins ont de la répartie ? Si c'est depuis toujours, je crois que quelqu'un a oublié de me prévenir. Ou alors, j'ai mal écouté ce jour-là, parce que ça ne m'intéressait pas du tout.

— Oui, mais tu ne seras pas seul. En plus, là où je vais, je ne pourrai pas prendre soin de toi.

— Et quand tu reviendras, tu prendras soin de moi ?

Euh…

— Oui, bien sûr.

— Je pourrais habiter avec toi ?

J'avale une grosse boule qui me gêne dans la gorge. Est-ce que je n'aurais pas des allergies ? C'est bizarre, j'ai le nez qui coule et les yeux qui piquent. Oui, voilà, je suis sûre que ce sont des allergies. Je suis allergique aux gosses.

— Je ne sais pas si j'ai encore une maison.

— Ah bon ? Mais il t'en faudra bien une.

— Oui, mais… J'habite avec mes sœurs, tu sais, et…

Tom lève les yeux vers Meg et Tess. Il semble réfléchir à toute vitesse.

— Je crois que je pourrais les supporter. Surtout elle, dit-il en désignant Tess, elle fait des bons gâteaux et elle est rigolote.

— Ah, bah, merci, c'est sympa, et moi, je sers à rien ? râle Meg à mi-voix.

Puis j'entends un « Aïeuuuuh » retentissant. Déméter a encore frappé. Au sens propre.

Tom, compatissant, prend tout de même le temps de lui répondre :

— J'aime bien Moisi.

Bon, je ne sais pas si ça calmera Meg, mais c'est un début. Peut-être qu'on pourrait vraiment le prendre avec nous, si les choses s'arrangent, si on ne meurt pas toutes dans d'atroces souffrances, si les Enfers ne s'effondrent pas sur eux-mêmes, si le monde des hommes tient le coup face à la sauvagerie des Primordiaux et à la vanité des Olympiens.

— Bon, alors, tu viens bientôt me chercher ?

— Tu n'es pas bien ici ?

Cette fois, c'est Domi qui intervient.

— Je ne crois pas qu'élever un enfant dans un night-club soit une bonne idée, marmonne Déméter.

— C'est vrai qu'une éducation dispensée par des créatures infernales, ça a fait ses preuves, lui répond Meg.

— Il est hors de question que je sois arrière-grand-mère. Je suis beaucoup trop jeune pour ça, ajoute Mamou.

Elles me fatiguent. Elles me fatiguent toutes tellement. Je reporte mon attention sur le petit bout qui me fixe avec tant de sérieux.

— C'est OK, je reviens te chercher dès que possible.

Le sourire qui naît sur le visage rond de Tom me touche. Ça ne devrait pas.

— Tu promets ?

— Oui. Je te le promets.

Une petite voix me dit que je mens. Évidemment que je mens. Mais qu'est-ce que je peux lui dire d'autre ? Un truc du genre « *Hey, non, je vais te dénicher une famille pas trop dégueu, et hasta la vista* » ? Même moi, je sens que ça ne se fait pas, de dire des choses pareilles à un gamin dans ce genre de situation. Et puis… peut-être que j'en ai envie. Je n'aurai jamais d'enfants moi-même, je l'ai toujours su, mais peut-être que Tom et moi, on peut trouver une forme d'équilibre ?

Heureusement, le petit Tom a l'air satisfait de ma réponse, et il fourre son museau – euh, son nez, pardon, son nez, ça va, je sais que ce n'est pas un animal de compagnie sans poils – dans mon cou. Un minuscule morceau de la banquise de mon cœur fond.

Encore la faute du réchauffement climatique, je suis sûre.

INTERMÈDE

Nord de la Thessalie, cité des Lapithes

La belle Dia était désespérée. Son mari avait disparu ! Non pas qu'il lui manquât, non, mais elle ne savait que faire. Son père était mort, elle n'avait aucune raison de rejoindre son ancien domaine, mais elle ne pouvait non plus rester là, de crainte qu'Ixion ne revienne et reprenne ses jeux malsains.

Depuis son mariage, elle avait tant souffert, dans son âme, dans son cœur et dans son corps. Le roi des Lapithes était un être pétri de malfaisance, il excellait dans l'art de la torture, et son appétit sexuel était sans limites.

Assise sur sa couche désertée, elle secoua la tête pour tenter d'oublier toutes les humiliations subies. Elle n'avait nul ami, ici. Personne n'osait la regarder en face, alors que tous savaient ce qu'elle endurait au quotidien. Elle avait bien constaté, pourtant, les servantes qui longeaient les murs, qui allégeaient leur pas pour ne pas se faire remarquer, leurs traits tirés, leurs yeux vides et, parfois, leur ventre distendu par le fruit d'amours non consenties.

Elle posa elle-même une main sur son ventre, caressa doucement sa peau à travers le tissu fin. Était-elle elle-même… Non, cela ne se pouvait pas. C'était impossible, son corps, sa féminité ne l'aurait pas trahie ainsi.

Mais peut-être… Elle attendait ses lunes depuis plusieurs jours, et rien. Rien. Nul filet de sang ne coulait entre ses cuisses blanches. Nulle douleur ne venait fouailler ses reins. Nulle langueur ne s'était emparée de ses membres.

Elle savait aussi que, parfois, les femmes pouvaient connaître un retard. Elle espérait si fort que cela soit son cas. Mais pouvait-elle prendre ce risque ? Que se passerait-il si Ixion revenait, et qu'il la découvrait enceinte ? Peut-être aurait-elle droit à quelques mois de répit. Mais elle aurait aussi à le subir pour tout le restant de son existence.

Son cœur s'affola. Une sueur glacée coula le long de son échine. Non ! Non ! Cela ne serait pas. Alors, elle se leva, et d'un pas déterminé, quitta le palais de son époux. Elle allait reprendre son destin en main, même s'il lui fallait mourir pour cela.

CHAPITRE 12

Allez, c'est reparti.

Boulevards, rues et ruelles de Paris, métro Gambetta, tunnels obscurs, marais puants et diablotins agressifs.

La routine, quoi.

Sauf qu'aujourd'hui, personne ne nous accueille à l'arrivée, et nous comprenons bien vite qu'il y a un souci de taille. C'est-à-dire que la lumière glauque dont on a l'habitude est… Enfin, elle n'est pas du tout, quoi. Il fait noir. Noir comme dans un four. Si nous n'avions pas des aptitudes particulières, on serait foutues, et nos animaux aussi.

Oui, parce qu'ils nous ont accompagnées. Depuis la bataille qui a suivi notre tentative d'exécution par Némésis, ils sont chauds pour l'action. Moisi se la joue chien de garde, Bloody Hell rugit comme une lionne de vingt-deux centimètres – même si je sais qu'elle peut augmenter sa taille, hein –, et Schmouti… Oh bah, Schmouti est toujours planquée dans le cou de sa divine amie. Décidément, elle doit y être bien pour y passer autant de temps.

— Wouah, super, l'ambiance, ironise Meg. Ça donne envie d'être une âme en peine, non ?

Ni Tess ni moi ne prenons le temps de lui répondre. De toute façon, elle ne sait qu'être négative, même si ça fait partie de son charme. Nous avançons, observant les lieux. Là, une guérite s'effondre sur elle-même, me faisant presque regretter l'époque bénie du « tout administratif » instauré pas Némésis. Au moins, on pouvait se marrer. Plus loin, des trous béants ornent la barrière de barbelés défendue par des diablotins aujourd'hui envolés.

Que c'est triste, tout ça. Nous nous transformons sans même nous consulter, pour filer au plus vite vers le palais. Inutile de perdre notre temps sur ces lieux dévastés. Bloody Hell fait le voyage sur mon dos, ses griffes acérées plantées dans mon cuir épais, Moisi se retrouve entraîné par une brume argentée, et Schmouti disparaît, tout comme Tess. Magique.

Devant le palais, le même spectacle de désolation nous accueille, et je regrette à nouveau le bon vieux temps. Celui où notre demeure familiale avait tout du château Disney, avec tourelles, escaliers, terrasses, le tout dans une débauche de blancs, de roses, de fanions mignons et de paillettes. Oui, certaines passions de Tess trouvent leur origine dans notre enfance. Certaines aversions de Meg, aussi, d'ailleurs.

Nous grimpons l'escalier monumental imaginé par Némésis. Une fois dans le hall gris et noir, tout de marbre froid, nous nous arrêtons.

— Euh… C'est là que tu as vécu ta lune de miel ? C'est pas hyper engageant, et ça me donnerait pas envie, tu sais, de… demande Meg.

— Alors, bon, on ne fait pas ça dans l'entrée, si tu veux tout savoir. Mais par contre, il y a quelques jours encore, ce n'était pas dans cet état-là. Les choses se sont sacrément aggravées, n'empêche. Allons faire un tour dans les étages pour voir.

Nous suivons Tisiphone, car c'est tout de même la dernière personne à avoir passé du temps ici. Mais nous ne croisons personne. Enfin, personne… Quelques diablotins par-ci, par-là, quelques âmes qui errent en gémissant… mais rien d'autre. Pas de démons, de satyres ou de créatures infernales, qui sont censés faire tourner la machine, et ce, depuis des millénaires.

Nous inspectons même les anciens appartements de Daddy. Son trône de marbre noir veiné de rouge est toujours là, mais lui ne s'y trouve pas. Du coup, on se dirige vers ceux de Némésis. C'est alors que nous passons devant une porte entrouverte. De la pièce juste derrière, un léger scintillement nous parvient.

— Oh, regarde, on dirait qu'il y a quelque chose, juste ici… commence Meg en poussant le battant.

— Non, ne fais pas ça ! s'exclame Tess, visiblement paniquée.

Et je la comprends. Nous sommes manifestement devant ses propres appartements. Enfin… les appartements qu'elle partage avec son mari, notre fameux Prince des Enfers. J'ai d'ailleurs, à cet instant, une pensée émue pour lui. Le pauvre. Vraiment, il ne doit pas avoir la vie facile tous les jours, avec ma sœur. À sa place, je ne sais pas si tous les cupcakes végans du monde suffiraient à faire passer la pilule.

Tout ce que Tess n'a pas eu le temps de faire dans notre petite maison parisienne, elle a pu le réaliser ici. Je fais face à une telle débauche de paillettes que je crains pour ma survie. Est-ce que si je fais un pas à l'intérieur de cette pièce je risque de déclencher une avalanche ? De mourir sous les flots libérés du tulle, de la soie, du taffetas, des plumes, des bibelots licorne, et…

— Qu'est-ce que c'est que ça ?

Oh. Oh… Ce ne sont donc pas des bibelots licornes.

— Meg, lâche ça tout de suite, je crie sur le champ.

Elle me jette un regard sceptique, regarde à nouveau ce qu'elle tient entre ses doigts, avant de se rendre compte de sa véritable nature. Elle en reste tétanisée, l'objet toujours en main.

— Nan, mais ça va pas de laisser traîner des trucs pareils ! hurle-t-elle malgré tout. Mais vous êtes des grands malades !

Tess, juste à côté de moi, rougit, pâlit, bref, passe par toutes les couleurs imaginables. Quoique, non, sur son gode licorne, il y a des couleurs tellement flashy que je n'aurais jamais pu me les représenter. Apparemment, l'imagination divine a des limites que ne connaît pas celle de l'espèce humaine.

— Oh, ça va, me dis pas que t'en utilises pas, toi aussi, avec Julia !

— Des godes licorne ? Sûrement pas !

— OK, peut-être pas licorne, mais…

— Ça ne te regarde pas, et nous, de toute façon, on ne laisse pas traîner nos jouets. Et puis, attends, quand même, une licorne, c'est censé être mignon, soyeux, fluffy, même… Tu dégrades l'image de la licorne !

— Rien n'est dégradant, quand on parle de sexualité et de plaisir, je te signale !

Excédée, Meg se tourne vers moi, comme quêtant mon avis. Elle a toujours l'objet en main, et je me sens un poil visée par cette… chose. Je lève mes deux mains bien haut.

— Pitié, ne tire pas.

Ma sœur me contemple une seconde, avant de comprendre et de finalement lâcher le « bibelot ».

— Dis-moi que toi aussi tu ne trouves pas ça normal ? C'est comme… je ne sais pas, utiliser un gode chaton ?

— Ben, ça existe, figure-toi, marmonne Tess.

— Non ? je souffle.

Tess opine du chef, puis désigne du menton le tiroir de l'un des chevets qui encadrent le lit godsize.

— N'ouvre pas, Meg !

Mais je lis la tentation dans son regard. Elle est sur le point de basculer du côté obscur de la Force.

— Meg, résiste ! Je t'en supplie, tu ne t'en sortiras pas indemne !

Elle ne m'écoute pas, fait un pas de plus en direction du chevet. Sur le sol, elle évite une paire de menottes ornée de fourrure rose. Je viens de perdre la vue, je crois. Elle désigne autre chose, qui entrave aussi son passage.

— Qu'est-ce que…

— De la lingerie mangeable.

Alors, là, je crois que les yeux de Meg vont lui sortir des orbites. Quant à moi, je sens naître le fou rire du siècle dans ma gorge.

— C'est bon, Meg, sors de cette pièce, hoqueté-je.

— Non, j'irai au bout de l'horreur. Je suis pas une dégonflée.

Enfin, elle touche au but. D'une main tremblante, elle ouvre le fameux tiroir. Elle me tourne le dos et je ne peux voir son expression, mais quand elle se retourne enfin, je vois qu'elle a perdu le peu d'illusions qu'il lui restait.

Merde, la pauvre…

— Meg… tente Tess quand notre sœur, livide et manifestement prête à vomir, nous rejoint.

— Non, Tess. Tais-toi. Je… J'ai besoin de digérer tout ça. Je… je ne sais pas si je pourrai à nouveau te voir comme une personne mignonne. Tu cachais bien ton jeu, quand même.

Tess lève les yeux au ciel.

— T'en as pas marre de faire du drama pour tout, tout le temps ? Nous sommes deux adultes consentants, après tout.

— Tess. Un gode gros orteil ? Vraiment ? Tu les collectionnes ?

— Bah… Léo aime bien, aussi…

— Tais-toi, dis-je. Nous avons d'autres choses à faire. Et franchement, si on découvre des secrets sur la vie sexuelle de Némésis, je vous préviens, je vais moi-même me jeter dans le Tartare, OK ?

— On en reparlera, affirme Tess.

— Non. On n'en reparlera JAMAIS, tu m'entends. JAMAIS ! crie Meg.

Tess hausse les épaules et passe devant nous. Meg en profite pour me glisser :

— Des godes crucifix, Alex, tu te rends compte de la gravité du truc ?

— Oh moi, tu sais…

— Mais enfin, tu as bien un avis sur la question ?

— Mon seul avis, c'est que je n'ai aucune envie de m'approcher de l'une de ces choses. Moi, une tisane, un bon bouquin, et je suis la plus heureuse des déesses chthoniennes. Mais après, les autres font bien ce qu'ils veulent de leur vie sexuelle.

— C'est vrai que tu n'en as pas, soupire Meg.

— Inutile de soupirer. Je te le redis, je ne souffre pas de ce que je suis. Je vais bien, je n'ai besoin ni de sexe ni de romance dans ma vie.

— Si tu le dis.

Oui, je le dis. Et je le vis, surtout. C'est quand même usant que les gens ne soient pas plus tolérants à la différence.

Rien dans les appartements de Némésis. Et quand je dis rien, je veux dire ni présence de Némésis ni de choses compromettantes sur son intimité. D'ailleurs, il me semble qu'elle n'en a pas vraiment. Elle est un peu comme moi, mais en complètement barrée. Bref, l'endroit est totalement aseptisé.

— Bon, qu'est-ce qu'on fait ? demande Tess.

— Ils doivent bien être quelque part, de toute façon. Pas sur les Prés, nous y sommes passées, je les vois mal être allés faire un tour dans le Tartare… lui répond Meg, qui évite toujours soigneusement de la regarder en face.

— Les Champs Élysées ? je propose.

Meg hausse les épaules.

— Mouais, pourquoi pas. Mais je ne vois pas pour quelles raisons…

— Moi non plus, mais il faut bien commencer par chercher quelque part.

— OK, alors allons-y.

Nous repartons donc sous nos formes divines et parvenons rapidement à destination.

Les Champs Élysées… Bon, ce n'est pas mon endroit préféré, mais je sais que Tess adore venir ici. Forcément, champs d'herbe verte et douce, rivières de lait, nuages cotonneux, licornes dans les bois… Ah non, on a dit qu'on ne parlait plus des licornes, j'avais oublié.

Sauf que ce que nous découvrons sur place ne ressemble en rien aux Champs Élysées que nous avons connus autrefois. En fait, ce n'est que la continuité des Prés, à peine délimitée par un pauvre ruisseau desséché.

— Bon… le Tartare est vide, le palais aussi, les Prés sont plongés dans l'obscurité, et on ne peut même plus parler des Champs Élysées. Clairement, ça pue le pâté, dit Tess.

— Ça pue le pâté… répète Meg, les yeux dans le vague et l'air absent. Ah oui, effectivement. Merci, Wiki.

Je ne peux m'empêcher de passer un bras autour des épaules de mes sœurs pour les réconforter. C'est dur ce que nous vivons là, tout de même. Ces conflits qui durent depuis des mois, le retour en force de divinités oubliées, loin d'être bienfaisantes, la mort de Perséphone, la disparition de Daddy, l'incertitude… Nous n'avons pas souvent été confrontées à la difficulté, si on y réfléchit bien. Alors si, bien sûr, nous avons chacune vécu des drames, des événements traumatisants, mais nous avons rarement été tenues en échec d'une façon aussi cuisante. Et je ne sais plus que faire.

— Les filles ? Qu'est-ce que vous faites là ? C'est moi que vous cherchez ? dit une voix émergeant de derrière un arbre décharné, aux branches nues.

Oh. Je crois qu'on vient de retrouver Daddy-Chou.

RÈSISTANCE

Le Prince des Enfers ouvre la porte de la salle de réunion privée des *Portes de l'Enfer*. Alors qu'il fait un pas dans la pièce climatisée à mort, il ne peut réprimer un sursaut de surprise. Ce qu'il voit le sidère.

L'endroit a complètement été réaménagé. La grande table ronde et ses chaises ont disparu, pour faire place à de petites tables disséminées un peu partout. Dans le fond, un bar luxueux, tout illuminé de LED façon voiture tunée, a été installé. Quelques canapés à l'apparence moelleuse trônent le long des murs, eux-mêmes ornés de larges miroirs.

Il n'y a pas à dire, quand ils le souhaitent, les Olympiens savent faire le nécessaire pour que les choses avancent.

Dans cette ambiance feutrée de tripot de luxe, les anciens dieux s'en donnent à cœur joie. Manifestement, ils ont oublié leur précédent serment. Celui qui consistait à tout mettre en œuvre pour vaincre Némésis et les Primordiaux, venger l'une des leurs et rétablir un équilibre sur la Terre et dans les Enfers.

Mais apparemment… Soit l'urgence de la situation est pour eux un concept abstrait, soit… Eh bien, leurs promesses ne sont que du vent, des paroles en l'air.

Léo n'est pas un dieu coléreux. Il est plutôt du genre patient. Ses pouvoirs lui permettent de tisser sa toile avec application, et jusqu'à présent, il n'a jamais échoué à mettre ses plans à exécution en toute discrétion. Mais là, il se sent impuissant, et la fureur face à tant d'insouciance – d'inconscience, même – menace de le submerger.

Il hésite. Doit-il laisser libre cours à ses sentiments dévastateurs ? Il aimerait tant que Tess soit à ses côtés. Sa présence l'apaise. Face à sa folie, il paraît fort et responsable. Elle est son exact opposé, son double excentrique. Son ancre dans tout ce merdier. C'est pour elle qu'il fait tout ça. Il sait combien elle est attachée au monde des humains, mais aussi à son foyer. Il sait à quel point elle aime ses sœurs, malgré leurs disputes incessantes. Il connaît son admiration sans bornes pour son père, et les sentiments ambigus qu'elle nourrissait pour sa diva de mère.

Il est hors de question que l'univers de celle qu'il chérit du plus profond de son cœur soit bouleversé de cette façon. Elle ne s'en remettrait pas. Et lui ne peut plus vivre sans elle. Il veut une éternité de jours et de nuits à ses côtés…

Soudain, une main noueuse se pose sur son épaule. Tout son corps se contracte. Qui ose le toucher ainsi ?

— Calme-toi, petit, rocaille une grosse voix masculine.

Grosse voix masculine qu'il ne reconnaît pas.

Heureusement, le nouveau venu se place à sa droite, pour observer avec lui le spectacle des Olympiens en pleine débauche.

Zeus vient de grimper sur une table, après avoir fait signe à Aphrodite de monter la sono à fond. Un vieux tube de Claude François, *Alexandrie Alexandra*, envahit la salle. La musique est si forte que les murs en tremblent et que les dents du Prince des Enfers s'entrechoquent. Le dieu des dieux commence à se trémousser en rythme, faisant voler ses bouclettes autour de son visage aux traits parfaits. Avec sa combinaison moulante blanche et sa coupe mulet, il a un petit côté disco tout à fait rétro. Si *Les Portes des Enfers* rouvrent un jour au public – et pour cela, il faudrait qu'il reste un public –, il fera fureur et deviendra le king des nuits parisiennes, à n'en pas douter.

Aphrodite le rejoint et danse aussi, ondulant façon Claudette. Le spectacle n'a rien de divertissant. Il est plutôt… captivant. À observer les courbes du corps parfait de la déesse, Léo sent même sa bouche se dessécher sous l'effet d'un désir puissant et presque irrépressible. Il se force à détourner le regard.

Mais ailleurs, ce n'est pas mieux. Soit les dieux et les déesses en présence s'enivrent et jouent aux cartes, soit ils forniquent sans honte sur les canapés mis à leur disposition. Manifestement, ils sont tous très très très heureux de se retrouver après des siècles de séparation.

Léo pousse donc un soupir désespéré. Que va-t-il faire de toute cette bande de losers ? C'est alors qu'il reprend conscience de la présence de l'inconnu à ses côtés. Il tourne la tête pour pouvoir l'observer… et sursaute de surprise.

Héphaïstos. Le fameux Héphaïstos. Le laid, le contrefait, le boiteux Héphaïstos. Le mal-aimé. Jusqu'à présent, Léo ne l'avait pas remarqué parmi la horde des Olympiens. Soit il vient d'arriver, soit il a su se faire particulièrement discret. Il faut dire que sa relation avec « sa famille » a toujours été chaotique. En effet, il n'a pas de père, sa mère Héra l'a rejeté en le balançant par-dessus une balustrade, puis il a ensuite essayé de la tuer… Et que penser de ses amours… D'ailleurs, présentement, le dieu des forges fixe de façon insistante la splendide Aphrodite qui twerke juste sous le nez de Zeus. Ce que le Prince des Enfers y lit est un étrange mélange d'espoirs déçus, de désir et de rancœur.

Heureusement, le dieu a toujours pu se réfugier dans son art, et son habilité à concevoir des artefacts magiques, à la beauté complexe et fragile, a fait de lui un dieu à la calme assurance, à l'expertise sereine. Léo n'oublie pas qu'il est l'artisan du fameux collier offert à Némésis, le joyau maudit de l'antique lignée de Cadmos et Harmonie.

Au bout d'un temps qui lui paraît infiniment long (surtout dans cette atmosphère totalement décadente), Héphaïstos finit par ouvrir la bouche. Malgré le bruit ambiant, quand le nouveau venu s'adresse à lui, Léo l'entend aussi clairement que si le silence le plus absolu régnait autour d'eux.

— Alors comme ça, tu espères faire bouger cette bande de nazes ?

— Euh… oui.

— Eh bien, bon courage. Moi, je me casse, j'ai mieux à foutre. Je vais pas passer les dernières heures du monde dans ce lupanar dégueulasse.

Sur ces mots, Héphaïstos fait mine de s'en aller.

Quoi ? C'est tout ? Hors de question que Léo le laisse s'enfuir ainsi. Il l'attrape par le bras, ne montre pas sa surprise lorsqu'il sent sous ses doigts les muscles durs et noueux du dieu, et le retient de toutes ses forces.

— Quoi ? T'as quand même pas cru que j'allais vous filer un coup de main ?

— Si.

— Si ? Mais tu rêves, petit. Ça fait bien longtemps que j'en ai plus rien à battre, de tout ça.

Vite, Léo cherche une idée. Il n'a aucun doute sur la sincérité d'Héphaïstos. Celui-ci est bien capable de tourner le dos à tout le monde pour aller s'isoler dans une grotte à l'autre bout de la planète. Mais il n'a pas d'autres alliés potentiels. Il faut absolument qu'il le convainque de lui donner un coup de main. Le dieu des forges doit l'aider à sauver ce qui peut encore l'être !

— Reste. C'est peut-être ta dernière occasion de les impressionner.

Héphaïstos éclate d'un rire rauque, désenchanté.

— Parce que tu crois que cela a le moindre intérêt à mes yeux ? J'en ai plus rien à battre, je te dis, sérieux.

— Et elle ? dit Léo en désignant Aphrodite, qui vient de virer son crop top et expose sans pudeur ses seins lourds et blancs.

De justesse, il s'empêche de loucher dessus. C'est tout à fait malsain, cette attraction que cette déesse exerce, même sur ses semblables. Il se demande par la même occasion si l'attitude dépravée des autres dieux n'est pas due à sa simple présence dans la salle.

Là, il sent une légère hésitation chez Héphaïstos.

— Quoi, elle ? râle le dieu. Tu vois pas ce qu'elle est vraiment ? Elle ne fait même pas partie des nôtres. Pas une Olympienne. Née de l'écume, comme elle dit. Mon cul, ouais. Je suis sûre qu'elle a été envoyée par les Grands Anciens pour foutre le bordel.

Les Grands Anciens. Ce vieux mythe qui traîne parmi les divinités. Eux aussi ont besoin de croire en quelque chose de plus grand qu'eux, une sorte d'autorité mystique. Et pourquoi pas, après tout ? Les humains ont toujours eu foi en quelque chose, et force est de constater qu'ils n'ont pas eu si tort que ça. Peut-être existent-ils donc, par-delà le cosmos, une communauté de Grands Anciens occupés à forniquer et à fumer le cigare en tapant le carton. La seule chose que Léo espère, et il croise discrètement les doigts dans son dos, c'est qu'ils ne vont pas se décider maintenant à faire une apparition surprise. C'est suffisamment le bordel comme ça, entre les humains, les Olympiens, les Infernaux, les Primordiaux… On ne s'y retrouve plus.

— Il n'empêche que tu aimerais bien qu'elle soit subjuguée par ta personnalité, non ? Et puis, c'est ton épouse, il serait normal qu'elle n'ait d'yeux que pour toi.

Oui, parce que là, les yeux de ladite Aphrodite se situent plus au niveau de la ceinture d'Arès, qui vient de se fendre de quelques petits pas de danse. C'est assez étrange de le voir, lui, très droit, genre balai dans le cul, tenter de se trémousser sur une table au son d'une musique disco. Mais bon, ça n'a pas l'air de déplaire à la déesse aux longs cheveux d'un blond sélène.

Léo sent Héphaïstos serrer les poings, et l'entend même grincer des dents. Pas content, le dieu des forges. Pas content du tout. Il peut bien jouer les indifférents, clairement, il ne l'est pas. Il est jaloux comme un pou.

— Bon, et tu proposes quoi, petit ?

Ah. Voilà. On va peut-être pouvoir discuter, finalement.

— Oh, rien de bien compliqué, répond Léo en posant sa main blanche et fine sur l'épaule musculeuse du dieu antique. Je te propose qu'on sauve le monde. Mais pas de pression, évidemment.

CHAPITRE 13

— Daddy, s'écrie Meg avant de se précipiter vers l'origine de la voix. Mais qu'est-ce qui t'arrive ?

Nous suivons notre sœur et découvrons juste après elle l'horrible spectacle. Hadès, le grand Hadès, roi des Enfers, veuf éploré, est enchaîné au tronc de cet arbre autrefois verdoyant. Il a beau tirer sur ses liens, rien ne se passe. Au contraire, les cordes, comme douées de vie, se resserrent un peu plus à chacun de ses mouvements.

— Mais… c'est encore Némésis qui t'a fait ça ? demande Tess, offusquée.

— Et qui d'autre aurait pu se montrer aussi fine, mon adorable belle-fille ? grince la voix de notre meilleure ennemie, qui elle aussi semble surgir de nulle part. Imaginais-tu que je me laisserais berner par votre petit jeu d'époux énamourés ? Me pensais-tu si stupide ? Regarde ton pauvre père, il a cru pouvoir me battre, et voilà où il en est ! Oh, et j'ai appris, pour Perséphone. Quelle tristesse.

Son ton est plat et n'exprime aucune émotion. Elle s'en fiche, de l'épouse d'Hadès, et je ne comprends même pas pourquoi je m'en étonne. Némésis n'a jamais pensé qu'à elle. Mais je viens juste de perdre ma mère, et j'ai la sensation que le monde entier devrait pleurer avec nous la mort atroce de Perséphone.

Je regarde autour de moi, à la recherche de Némésis. Personne. Mais où s'est-elle encore planquée ?

— T'avais pas dit qu'elle avait du plomb dans l'aile à cause du collier ? souffle Meg à Tess.

— Si, c'est ce que je croyais, mais…

— Oh, le collier puise une énergie phénoménale en moi, susurre la voix de la félonne. Tess a raison. Il m'a doublement maudite. Mais peu m'importe, tant que je parviens à mes fins.

Mes fins ? Genre tuer les humains, les dieux, faire de la terre un monde stérile, tout ça ? Bah, y a de l'idée, on est plutôt sur la bonne voie.

— Montre-toi, Nem, dis-je d'un ton calme. On n'a pas de temps à perdre avec ces enfantillages.

— Oh, moi, j'ai tout le temps du monde, j'ai l'éternité, même. Et de toute façon, pourquoi je me montrerais ? Pour que vous m'attaquiez facilement ? Non, je préfère la jouer à ma façon…

Sous mes yeux médusés, une grande estafilade apparaît sur la joue brune de mon père, et ses longues mèches blanches qui pendent tristement sur ses larges épaules s'empoissent d'un sang rouge et frais.

Mais Daddy est solide, il ne crie pas. Il se contente de grimacer en rejetant la tête en arrière et en grondant.

— Libérez-moi, les filles, que je puisse me venger…

Un rire éclate, désincarné.

— Oh, Hadès… Tu es tellement drôle. Si tu en es là aujourd'hui, c'est de ta faute. Tu n'as jamais su tenir ton épouse, et quand tu t'en es enfin rendu compte, tu lui as demandé de faire ses valises. Pour ce qui te concerne, tout est parti de là. Je n'attendais que cette occasion. C'est ainsi que tu m'as laissé le champ libre. Et regarde, tu n'as jamais réussi à t'opposer à moi. Je t'ai maintenu dans un état léthargique durant des semaines, et là, tu reviens te jeter dans mes filets ! Quelle inconscience ! Quelle naïveté ! Tu es comme le reste de ta fratrie, imbu de toi-même et inefficace !

— Némésis, arrête de jouer à ça ! crié-je soudain, exaspérée. Montre-toi, qu'on en finisse !

Des flashes apparaissent autour de nous. Des ombres de Némésis, partout, sur les Champs Élysées, à l'infini, comme si l'antique déesse s'était tout à coup multipliée.

— Putain, comment elle fait ça ? râle Meg.

— Oh, mais c'est grâce à vous, mes chéries. Grâce au collier de Cadmos et Harmonie. J'étais puissante, mais là… Personne ne pourra plus jamais me tenir tête ! Ce que ce joyau me fait subir en vaut largement la peine.

Les silhouettes se stabilisent peu à peu, se matérialisent. Combien y en a-t-il ? Une, deux, dix, cent ! Toutes convergent vers nous pour nous encercler.

— Bien. Pour reprendre l'une de vos expressions, ça pue le pâté, non ? lance Meg, qui ne quitte pas du regard cette horde de Némésis.

— DÉTACHEZ-MOI ! éructe encore Daddy, qui roule des yeux fous, limite la bave aux lèvres.

— Euh… C'est pas que je ne veux pas, Daddy, tenté-je de le calmer, mais si tu te jettes dans le tas, je ne suis pas certaine que ça fasse avancer les choses.

— JE M'EN FICHE ! JE VEUX ME LAVER LES MAINS DANS SON SANG, JE VEUX BOUFFER SES ENTRAILLES FUMANTES, JE VEUX LA DÉTRUIRE, LA RÉDUIRE EN POUSSIÈRE, COMME… COMME… comme… Oh, mon épouse adorée, comment vais-je faire sans toi ?

Oh merde. Il est en train de craquer. Bon, de toute façon, Tess réagit à ma place.

— Schmouti, vas-y, dit-elle avec fermeté, sans lâcher du regard les innombrables silhouettes qui ne sont plus qu'à quelques dizaines de mètres de nous à présent.

La furette au pelage immaculé saute de son cou et vient grignoter les cordes qui lient le torse d'Hadès au tronc de l'arbre. Très bien, j'avoue que là, l'urgence, c'est plutôt de faire face à la menace qui…

Un premier choc me fait mordre la poussière. Littéralement. J'ai même des morceaux d'herbe desséchée entre les dents. Aouch.

Il est temps de réagir. Je me relève, époussette mes genoux – tout de même – et me laisse enfin grandir. Ma colère est telle que j'ai l'impression que ma tête va toucher le plafond des nuages lourds qui a remplacé le dôme bleu et cristallin des Champs Élysées. À mes côtés, Bloody Hell n'est pas en reste. Je suis immense, et la pointe de ses oreilles rousses vient caresser ma taille. Elle ouvre sa gueule, ses crocs scintillent, et elle rugit tellement fort que la terre tremble. Wahou, c'est vrai qu'elle est flippante, finalement.

Je fais claquer mon fouet, qui s'enroule autour de l'une des émanations de cette connasse de Némésis et la coupe en deux. Mais je ne peux savourer cette première victoire, car les deux morceaux sanguinolents se reconstituent aussitôt pour former deux nouvelles créatures !

À mes côtés, mes sœurs ont récupéré elles aussi leurs attributs de Chiennes. L'afro de Tess est impressionnante, elle pourrait y loger la population entière des furets de la Terre. À nos pieds, des torrents de sang ravinent le sol devenu stérile de ce qui était autrefois un véritable paradis. Je vois Moisi s'élancer, prendre une Némésis à la gorge, la secouer comme une balle de tennis, la broyer entre ses dents puissantes.

— Moisi, va chercher !

Meg s'est emparée de l'une des silhouettes et l'envoie loin de nous. Avec un étrange jappement pas du tout en rapport avec sa taille, Moisi se met à courir pour attraper ce nouveau jouet, bousculant au passage l'armée qui nous encercle.

Mais pour une Némésis abattue, deux se relèvent. Et le rire, toujours, de notre ennemie, qui déchire l'atmosphère grisâtre dans laquelle nous baignons.

— Merde, les filles, on va pas s'en sortir !

— LAISSEZ-MOI FAIRE.

Hadès est enfin libre.

— Daddy, ne fais pas de conneries, lui lance Meg, qui écrase joyeusement de la Némésis avec ses boots.

— JE SAIS CE QUE J'AI À FAIRE, JEUNE FILLE.

— Elle n'a pas tort, dis-je à mon tour, pour venir en aide à ma sœur.

— TU VAS PAS T'Y METTRE, TOI AUSSI.

Tess hurle, et nous nous tournons vers elle. Ses jambes gainées d'une combinaison rose fuchsia pailletée sont prises d'assaut.

— Je te l'avais dit, que les talons hauts, pour une tenue de combat, ce n'était pas une bonne idée, grogne Meg.

Mais elle vole tout de même au secours de notre sœur. Elle tente de rappeler Moisi en renfort, aussi, mais ce dernier ne semble pas disposé à obéir. Il gambade joyeusement, défonçant de la Némésis à tout-va.

Ça ne va pas, ça ne va pas du tout. Plus on en élimine, et plus il y en a. On court à la catastrophe.

— C'EST BON ? JE PEUX Y ALLER ? grogne Hadès. ÇA VOUS SUFFIT, COMME CARNAGE ?

— Depuis quand tu as besoin de notre permission ? Et puis, on est chez toi, après tout, capitulé-je en voyant Bloody Hell s'amuser avec une petite Némésis comme avec une souris.

De toute façon, autant laisser faire Daddy-Chou, parce que décidément, nous ne parvenons à rien.

Mon père lui aussi est devenu immense. Il s'avance, majestueux, parmi la foule de nos ennemies. Sa blessure à la joue a disparu, il est beau comme au premier jour du monde. Rayonnant, resplendissant. Euh… un peu trop éblouissant, même. Je suis obligée de lever une main pour me protéger les yeux. J'entends les cris de mes sœurs, juste à côté de moi, mais je ne peux intervenir.

Malgré mes paupières plissées, je vois toutes les silhouettes se rassembler autour du grand Hadès. Il se baisse, ses muscles brillent d'un éclat insoutenable dans la pénombre et ses longs cheveux balaient le sol. Toutes les Némésis sont à présent à ses pieds, et il les ramasse dans ses bras immenses. Certaines s'accrochent même à ses mèches et tentent l'escalade du colosse. Qu'est-ce qui les attire ainsi ? Sa brillance ? Son aura divine, qu'il a poussée à son maximum ? Quoi qu'il en soit, il ne reste bientôt plus une seule Némésis autour de nous.

Mes sœurs ont fait silence. Il va se passer quelque chose, mais quoi ? L'éclat d'Hadès se fait de plus en plus violent. Il resplendit telle une supernova. Une supernova…

— NON ! hurlé-je en me précipitant en avant.

Mais Tess et Meg me retiennent, et je sens leurs pleurs de sang chaud couler sur ma peau pâle. Pourtant, j'ai froid… Je sais ce que mon père est en train de faire, et je ne peux pas le laisser se sacrifier pour nous.

— LÂCHEZ-MOI ! LÂCHEZ-MOI !

Mais mes sœurs resserrent leur étreinte autour de mon corps, comme pour me signifier de ne pas intervenir, de respecter le choix de notre père.

Et là, dans une déflagration silencieuse, mais aussi vive et aussi puissante que celle qui a donné naissance à notre dimension, Hadès explose.

Combien de temps restons-nous suspendues dans le temps et dans l'espace ? Je serais bien incapable de le dire. Mais cela fait si longtemps que je n'ai pas été aussi bien… Est-ce cela que mes sœurs ont ressenti durant leur stase ? Comme je comprends, alors, qu'elles n'aient pas été ravies qu'on les en sorte.

Plus de douleur, plus de bruit, plus de fureur… Certes, plus de douceur non plus, plus de couleurs ni de senteurs… Mais peu m'importe. La privation des sens, c'est peu de chose, quand on souffre trop.

Mais… je ressens comme une perturbation, une onde de choc. Je la SENS arriver. Mon étrange univers se met à tournoyer. Tout mon corps se crispe. J'ai encore un corps ! NON ! Je ne veux pas revenir !

J'ouvre les yeux à nouveau, dans une atmosphère sombre et lourde. Quelque chose tombe du ciel. De la neige ? Oui, cela fait comme de larges flocons, mais chauds, rouges et humides, qui se posent en un épais manteau autour de moi.

C'est… Par les Enfers ! C'est horrible ! Ce sont des morceaux de chair qui virevoltent, tout en délicatesse, et couvrent de leur éclat sanglant le gris du sol.

Une violente nausée me prend, et je me redresse pour vomir. L'acidité de la bile me brûle la gorge. Vite, je me lève et me secoue pour me défaire de cette chair divine qui parsème ma peau et m'imprègne de son humidité malsaine. Près de moi, j'avise les corps de mes sœurs. Elles n'ont pas encore repris conscience. Tant mieux. Je les débarrasse rapidement de ces étranges flocons, mais il en tombe toujours plus. Autour de moi, tout est noyé dans un brouillard rougeâtre, et j'aperçois nos animaux roulés en boule, les uns contre les autres. Ils n'ont pas l'air blessés, simplement endormis.

— TON PÈRE S'EST SACRIFIÉ. POURQUOI ?

Merde, elle est encore là, elle ? Pourtant, je ne vois plus aucune de ces odieuses silhouettes. Mais les mots de Némésis me heurtent. Alors, ainsi, c'en est bien fini, du grand Hadès. Rien, plus rien ne sera jamais comme avant. Mon cœur saigne, bien plus fort que mes yeux sous ma forme de Furie.

— Il espérait te défaire.

— IL A ÉCHOUÉ.

— Il ne pouvait pas vivre sans ma mère.

— JE NE COMPRENDS PAS.

— C'est dommage pour toi, Némésis. Tu me fais de la peine.

— TU SOUFFRES ?

Je ne réponds pas tout de suite, prends le temps de faire l'état des lieux dans mon cœur et dans mon esprit. Dans ma chair aussi.

— Oui. Énormément.

— DE QUOI ?

C'est étrange, il n'y a aucune animosité dans la voix de Némésis. Juste… de la curiosité. Une vraie curiosité.

— De la perte de mes parents, de notre échec, de ma solitude, de…

— ÇA FAIT BEAUCOUP, me coupe-t-elle.

— Oui, tu as raison.

— POURQUOI NE METS-TU PAS FIN À TES JOURS, EN CE CAS ?

Je soupire. Oui, pourquoi ? Qu'est-ce qui me retient encore en ce monde ?

Tess gémit, juste derrière moi. Meg aussi. Voilà, voilà ce qui me retient. Des gens que j'aime existent toujours et ont besoin de moi.

— Je ne vis pas que pour moi.

— TU PARLES DE TA MISSION DE CHIENNE ? VASTE FUMISTERIE, ET SANS PLUS AUCUNE UTILITÉ. TU LE SAIS DEPUIS LONGTEMPS.

— Non. Je parle de mes sœurs, de certains Infernaux, comme Charon, de mes amis humains…

Le sourire lumineux de Julia, la beauté sereine de Domi, les grands yeux du petit Tom apparaissent dans mon esprit. Cela fait naître un sourire sur mes lèvres. Oh, pas un vrai sourire, pas un sourire éclatant, mais tout de même…

— Et de tous ceux qu'il me reste à connaître, si je survis.

— JE NE COMPRENDS PAS.

— Je sais. Ce n'est pas grave.

— VAS-TU ENCORE TENTER DE M'AFFRONTER ?

— Je ne crois pas avoir vraiment le choix.

— LES HUMAINS DISENT QU'ON A TOUJOURS LE CHOIX.

— Les humains ont souvent tort.

— C'EST VRAI. ALORS…

Face à moi, enfin, apparaît Némésis, la vraie. Notre ennemie. La grande et terrible Némésis. Elle est superbe, magnifique, avec ses ailes immenses déployées dans son dos, et le flot de ses cheveux d'ébène qui cascadent sur ses épaules. Ses yeux flamboient comme des escarboucles et me transpercent comme deux lames chauffées à blanc. Malgré tout, je discerne une sorte de fêlure dans son apparence. Elle a beau dire, elle aussi est sacrément touchée.

Pourtant, je n'ai aucune chance. Je n'ai plus suffisamment de force pour être à la hauteur de ce combat. Je grandis tout de même, agite mes serpents aux yeux de rubis, déploie mon fouet, pleure du sang. Mais dans mon cœur, je lance le chant du cygne.

Je récupère mon souffle, cale mes pieds, me concentre, et vise. La lanière de cuir tressée d'argent de mon fouet fuse en direction de Némésis, mais elle exécute un pas de côté, comme dansé, esquive et prend son élan.

Ses larges ailes s'agitent en rythme et en à peine un battement de cœur, elle est sur moi. Je la bloque facilement, mais le choc se répercute dans tout mon corps. Ses ongles griffus ont ouvert une plaie béante à ma poitrine, et mon sang s'en échappe. Je grimace de douleur, recule d'un pas sous l'impitoyable poussée de mon ennemie.

Nos yeux se croisent. Bleu glacier contre noires ténèbres. Lumière et obscurité. Je ne sais ce qu'elle lit dans mon regard, mais je sens un infime frisson la parcourir.

— TU N'ABANDONNERAS JAMAIS, N'EST-CE PAS ? NOUS NE SOMMES PAS SI DIFFÉRENTES…

Je ne réponds pas. Je n'ai pas besoin de répondre à cette question. Nous connaissons toutes deux la vérité. Les flocons sanglants nous fouettent à présent le visage. Un vent furieux s'élève et s'engouffre dans nos longs cheveux.

Une étrange fanfare résonne à mes oreilles. Mon regard quitte un instant les traits marmoréens de mon ennemie pour s'égarer à l'horizon rouge et brumeux. Mes yeux s'écarquillent, à peine.

Je cesse tout à coup de lutter, de résister à la pression de Némésis. Nous chutons. Je l'enserre dans mes bras, entre mes jambes, et me contente de rester inerte. Elle se débat, mais je ne relâche pas mon étreinte. Je dois tenir, il le faut.

La fanfare retentit encore, plus fort, plus proche. Je vais y arriver. Même si je dois y laisser ma peau, elle ne s'échappera pas encore une fois.

Pas alors que toute la cavalerie est sur le point de débarquer.

« *Sonnez trompettes et clairons, pour réjouir vos compagnons. Bruyez bombardes canons, donnez des horions. Tous, gentils compagnons, suivez, frappez, TUEZ.* »

INTERMÈDE

Nord de la Thessalie, à proximité de la cité des Lapithes

Dia se tenait sur la berge d'une petite rivière. Le courant était paisible, presque silencieux. Y aurait-il assez d'eau pour ce qu'elle projetait de faire ? Il serait bientôt temps de le découvrir. Au pire, elle pourrait se laisser porter par l'onde, loin, toujours plus loin, jusqu'à la mer. Jusqu'à la fin.

C'était un doux rêve. Elle s'imaginait sur le dos, bercée par les flots, ses longs cheveux flottant, éparpillés autour de sa tête, les yeux grands ouverts, les nuages défilant en reflet sur ses pupilles vides. Oui, c'était bien un doux rêve qu'elle faisait là…

D'un geste fluide, elle défit la ceinture qui maintenait son péplos et son vêtement vint s'échouer sur l'herbe verte et grasse. Puis elle dégrafa la fibule qui retenait son chiton, et se trouva nue. Libre. Proche, si proche de la délivrance.

Son cœur battit plus fort. Elle ne s'était pas sentie aussi heureuse depuis des semaines. Elle avança un pied rond et blanc vers l'onde pure de la rivière, puis un deuxième. Enfin, elle entra dans le courant.

Les flots clairs étaient délicieusement froids. Et plus profonds qu'elle ne l'avait craint de prime abord. Elle s'immergea tout entière, avant de s'interroger sur la suite. Comment se noyait-on ? Suffisait-il de garder la tête sous l'eau ? Elle tenta, ouvrit les yeux, et put admirer le paysage lacustre. C'était un autre monde qui s'offrait à elle. Tellement foisonnant, et en même temps tellement calme et silencieux.

Malheureusement, un étrange instinct contre lequel elle ne put lutter la fit remonter à la surface quelques secondes plus tard. Quel dommage ! Elle se serait bien vue s'endormir à jamais dans ce décor enchanté.

De retour sur la rive, elle avisa sa ceinture, ainsi qu'un caillou qui lui parut assez lourd. Ainsi donc, il lui fallait imaginer un stratagème qui l'empêcherait de revenir prendre sa respiration.

Toujours nue, le corps couvert de gouttelettes brillantes, elle s'employa à nouer le bout de tissu autour de la pierre, puis elle en fit de même pour sa cheville. Voilà qui devrait être suffisant.

Résolue, en paix, elle s'avança à nouveau dans l'eau. Courbée en deux pour maintenir la roche, elle fut vite au milieu du courant. Elle jeta un dernier regard autour d'elle. Plus rien ne la retenait sur cette terre.

Elle ferma les yeux, et se laissa couler.

Mais là encore, rien ne se déroula comme prévu. Des remous vinrent troubler sa vision sereine du paysage aquatique. Elle se sentit tirée vers la berge. Que se passait-il ? Qu'est-ce qui l'empêchait encore de mettre un terme à ses souffrances et à l'infamie dont elle était l'innocente victime ?

Criant, se débattant, elle ne put éviter l'inévitable, et se retrouva à nouveau, haletante, sur la rive.

Face à elle, un cheval immense, magnifique, à la robe immaculée. Il était très différent de ceux élevés par le peuple de son époux, et elle n'en avait jamais vu de tel. L'étalon possédait des yeux d'azur, et une longue crinière bouclée, auréolée de lumière.

Aussitôt, elle se calma. Un si bel animal ne pouvait être dangereux, n'est-ce pas ? La créature féérique, si brillante et au pelage si doux, vint fourrer ses naseaux entre ses seins. Surprise, elle eut un mouvement de recul, avant d'éclater d'un rire argentin. Ce contact était si charmant et si délicat… Bien qu'un peu indécent, elle devait l'avouer.

Avec affection et confiance, Dia s'approcha encore plus de l'étalon. Une force étrange l'attirait vers lui, et elle ne ressentait nulle peur. Laissant errer sa main sur la peau frémissante de l'animal, elle en fit le tour, et put constater que… eh bien, l'animal ne semblait pas indifférent à ses caresses.

Sans vraiment savoir pourquoi elle agissait de la sorte, elle monta sur son dos et le talonna.

Peu importe l'origine de cette créature probablement divine, elle était prête à la suivre jusqu'au bout du monde. Ainsi juchée sur le cheval, elle ne put voir la lueur triomphante qui traversa les yeux clairs de Zeus, métamorphosé pour l'occasion en un si bel étalon.

CHAPITRE 14

Le retour des Avengers, façon Mont Olympe.

Ils sont tous là, ou presque. Ceux que Léo a réussi à retrouver et à rameuter aux *Portes de l'Enfer*.

En moi-même, j'adresse une petite prière au Prince des Enfers. Merci à lui, il a parfaitement rempli sa mission, à savoir motiver nos troupes éparpillées. Je pourrais me demander comment il a accompli cet exploit, mais bizarrement, je décide de laisser tomber.

Zeus a même repassé sa combinaison moulante et son éclair rouge rutile sur sa poitrine aux pectoraux saillants. Bon, par contre, niveau coupe de cheveux, on n'y est pas encore. Il va falloir que je mette Domi sur le coup, il n'y a qu'elle pour tirer quelque chose des bouclettes du dieu des dieux… Ouais, si on se sort vivants de tout ce merdier.

Alors que les Olympiens se posent non loin de nous, Zeus en tête, suivi de près par Poséidon, Apollon et Athéna, l'air toujours aussi bêcheuse avec sa chouette sur l'épaule, je relâche enfin Némésis. Heureusement, elle avait cessé de se débattre, toute son attention portée sur les nouveaux arrivants.

Elle s'écarte aussitôt de moi, mais j'ai tout de même le temps d'apercevoir son visage. Il n'a plus rien de beau, plus rien de noble. Ses traits sont ravinés par les millénaires et la haine qui l'habite. Elle a tout de la vieille sorcière cruelle qui hante les contes de fées depuis toujours. Ses doigts même se sont racornis en griffes maigres, et ses cheveux sont fins et cassants, laissant apparaître de larges plaques de peau nue sur son crâne blanchâtre et croûteux.

Je me demande si, jusqu'à présent, elle nous cachait sa véritable apparence, ou si l'usage immodéré qu'elle a fait du collier des Thébin a puisé tant d'énergie dans son corps qu'il l'a abîmée à jamais. J'imagine qu'elle n'apprécierait pas que je lui pose la question. Elle est plutôt tatillonne en ce qui concerne son allure.

À présent, elle fait face aux Olympiens, à moitié courbée sur le sol. Elle se tient en quadrupédie, comme un animal prêt à tout pour sauver sa peau, et ses deux ailes sombres se déploient très haut au-dessus d'elle. Affronter trois Chiennes les doigts dans le nez jusqu'à l'omoplate, peut-être, mais tout un bataillon de divinités, par contre, cela demande manifestement un peu plus de sérieux… Tsss, je pourrais presque me sentir offensée par cette différence de traitement.

— Alex, qu'est-ce qui se passe ? Où est Daddy ?

Tess s'est redressée, non loin de moi, et Meg commence à s'agiter.

— Chérie, ton époux a réussi un exploit. Regarde qui est venu en renfort.

Tess tourne la tête avec lenteur, comme si son cou la faisait souffrir, et esquisse un sourire ravi en découvrant nos alliés inespérés.

— Super ! Mais j'avais toute confiance en lui, il est formi…

— Ouais, c'est bon, on s'attaquera aux louanges sur Léo-véto-sexy-prince-fourbe-des-Enfers une autre fois, OK ? râle Meg, qui décidément récupère vitesse grand V. Où est Hadès ?

Je ne lui réponds pas, me redresse et regarde autour de moi. Toujours ce brouillard sanguinolent, même s'il est moins épais que tout à l'heure. Et aucune trace de Daddy. Nulle part. À moins que…

Je lève le visage vers le ciel bouché, et un frisson d'horreur parcourt mon épiderme. Je refuse d'imaginer qu'à cette purée de chair soient mêlés les restes de mon père. Non, non, et non. Cela ne peut pas être. Je m'enfonce un peu plus loin dans le territoire inexploré du déni. Il sera temps d'affronter mes peurs et mon chagrin plus tard. Après tout, n'ai-je pas toujours fonctionné ainsi ?

— Je… je ne sais pas, balbutié-je. Nous le chercherons tout à l'heure, d'accord ?

C'est ce que je peux faire de mieux pour le moment. Je ne veux surtout pas les affoler. Je ne veux surtout pas perdre espoir. J'ai besoin de croire que Daddy est en vie. Il NE PEUT PAS avoir explosé avec toutes ces Némésis. Il NE PEUT PAS s'être sacrifié pour nous.

Mes deux sœurs m'observent étrangement. Elles se doutent évidemment de quelque chose, mais elles ne relèvent pas. Je pense que, comme moi, elles ne sont pas prêtes à affronter le pire. Le déni, je me répète, il n'y a que ça de vrai. Une valeur sûre.

Nos animaux aussi se remettent des effets de la déflagration. Ils sont toujours énormes et impressionnants. Moisi grogne, et je trouve que l'effort qu'il fournit pour paraître méchant et agressif est tout à fait louable. Il est à deux doigts d'être terrifiant. Bloody, quant à elle, l'est au naturel, mais pour l'heure, elle est très occupée par sa toilette. On ne va quand même pas se jeter dans la bataille avec le poil tout collé, n'est-ce pas ? Et ses oreilles ébouriffées ? Non, autant partir au combat avec classe et élégance. Par contre, Schmouti tourne en rond, visiblement très excitée. Elle tente de sauter sur Tess, mais elle est trop grosse pour pouvoir venir se lover dans son cou, comme à son habitude. Elle a l'air très déçue.

— C'est quoi cette odeur ? fais-je brusquement. C'est pas du soufre, ça…

Tess a la bonne idée de paraître gênée.

— Oh, je crois que Schmouti n'est pas contente…

Le fameux déglandage… Une véritable arme de destruction massive.

— Tu veux pas lui dire d'aller faire ça à côté de Némésis, s'il te plaît ? râle encore Meg. Ça pourrait la déconcentrer…

— Si tu y tiens, mais je ne suis pas sûre qu'elle m'écoute, elle a un tempérament très particulier, tu sais, ma furette…

Je soupire, secoue la tête… Que voulez-vous répondre à ça ? Rien, voilà. Nos animaux ont bien pris de nos caractères, je pense.

Je reporte mon attention sur le champ de bataille. Enfin, sur ce qui deviendra peut-être un jour un champ de bataille. Parce que, pour l'heure, il ne se passe pas grand-chose.

Némésis bave et grogne, avançant et reculant sur ses quatre membres griffues. Zeus fait mumuse avec ses éclairs, Apollon se passe de l'huile scintillante sur ses muscles saillants, Athéna, eh bien… Athéna fait sa pimbêche, comme d'hab, en jetant des regards hautains tout autour d'elle. L'effet en est saisissant d'ailleurs, elle a, tout comme sa chouette, la capacité de tourner son cou de façon absolument… beurk. Juste derrière, Poséidon bavarde avec Dyonisos, Diane vérifie son arc et ses flèches, et Héra fait mine d'observer le paysage, alors qu'elle ne quitte pas des yeux Aphrodite qui ondule du croupion sous le nez d'Arès.

Plus loin, j'aperçois avec surprise Héphaïstos qui joue du marteau et se le laisse tomber sur l'un de ses pieds difformes, avec une maladresse que je ne lui connaissais pas… Je ne l'avais pas encore vu, depuis le retour des Olympiens, et je pensais, à tort apparemment, qu'il ne souhaitait pas se mêler de nos affaires. Parce que si nous, les Furies, estimons avoir quelques soucis familiaux, ce n'est rien en comparaison de ce pauvre dieu des forges. Je crois que lui a cumulé toutes les difficultés possibles et imaginables, et qu'il est totalement et irrémédiablement sociopathe.

Enfin, tout ça, c'est n'importe quoi, avouons-le. Je ne vois vraiment pas comment on va pouvoir échapper à tout ce merdier.

— Euh… tente Meg.

— Oui ? lui répond Tess.

— On fait quoi ?

— Bah, pas grand-chose apparemment, mais je suis pas sûre que ce soit le moment pour sortir le pop-corn et la glace banane-caramel.

— Non, puis ça donne pas envie. Là, j'aurais plutôt envie de boire un coup, conclut Meg, fidèle à elle-même. Un petit godet de whisky, éventuellement quelques cahouètes, mais plus pour la forme, quoi.

— Mouais, interviens-je. Va quand même falloir secouer tout ça, on n'a pas l'éternité devant nous.

— Alors, techniquement, si…

— Ta gueule, Meg.

— OK, OK, ça va…

— Nan, mais pour rappel, en surface, c'est toujours le bordel. Némésis était censée être un détail à régler, et finalement, c'est une galère sans nom. Alors je te laisse imaginer comment on va sortir les rames avec Cronos et ses potes.

Meg ouvre et ferme la bouche plusieurs fois. Elle cherche, la bougresse, la meilleure façon pour relancer le débat. Et elle ne trouve rien, bien fait pour elle, NA.

Avec un soupir, je me décide à intervenir. Les dieux ont tous leurs petits points faibles – oui, au pluriel, « les points faibles » –, autant s'en servir. Je m'avance donc vers les belligérants. Pire, je pénètre dans l'espace qui subsiste entre les Olympiens et l'antique déesse de la Justice. Je me grandis au maximum, prends soin de ma respiration, tente d'avoir l'air très sûre de moi, tout ça tout ça… Bon, ça semble fonctionner pas trop mal, personne ne me regarde. Ouf.

— Ahem, tenté-je d'une voix bien trop faible.

Je sais bien ce que l'on pense de moi. Que je suis la plus déterminée des Furies, la plus féroce des Chiennes d'Hadès, la plus organisée, la plus disciplinée, l'incorruptible, Alecto l'Implacable… Mais la vérité est tout autre. La vérité, c'est que ma force, je la tire de la folle énergie de mes sœurs, de leur incroyable créativité, de leurs émotions brutes, quand moi, je ne suis qu'un lac calme et sans rides, aux profondeurs glacées. Est-ce que je me serais autant investie dans ma mission, ou même dans le conflit actuel, si elles n'avaient pas été là ? Certainement pas. Je serais restée indifférente à tout, comme je l'ai été pendant le temps qu'a duré leur stase.

Leur stase… Cette horrible période de mon existence, durant laquelle j'ai cru que plus jamais je n'éprouverais la moindre passion. Je n'étais pas vraiment malheureuse, passé le choc de leurs départs successifs. Non, j'étais comme anesthésiée, je ne ressentais plus rien. Alors, quel chamboulement, au retour de Meg ! Gérer cet afflux d'émotions a été l'une des choses les plus difficiles de toute ma vie de Furie. Heureusement, quand ça a été le tour de Tess, je savais à quoi m'attendre, et c'est avec bonheur que j'ai accueilli ma seconde sœur.

Mais, oui, voilà, ce que l'on peut dire de moi. Je suis l'exact négatif de Tess et de Meg, je suis l'éponge qui se gorge de leur puissance et de leurs sentiments, l'équilibre entre la joie de l'une et le pessimisme de l'autre.

Bref. Cette courte introspection ne fera pas avancer les choses.

— Ahem, je retente, un peu plus fort cette fois. Dites… On attend quelque chose en particulier pour se foutre sur la tronche ?

Zeus me fait l'honneur de braquer son regard sur moi, tout en se curant les ongles avec un petit éclair tout mignon.

— Oh, non, rien du tout. Il ne me semble pas que l'on soit pressé.

Je lève les yeux au ciel. Mais qu'est-ce que Léo a bien pu leur dire ? Ils sont venus jusqu'ici pour quoi ? Rien du tout ? Dites-moi que c'est une blague !

— Mais vous avez bien quelques histoires à régler ?

Je me tourne vers la créature hideuse qu'est devenue Némésis.

— Hein, Nem ? Enfin, regarde, c'est Zeus ! Tu le détestes, en plus !

— Comment ça, elle me déteste ? s'offusque le dieu des dieux. Depuis quand ?

— Mais oui, enfin, tu sais, depuis cette histoire de métamorphoses animales, là, tu te souviens pas ?

Zeus se prend la barbichette entre deux doigts, tire dessus, secoue les bouclettes de sa coupe mulet – mais pourquoi ? pourquoi ? – avant de me répondre :

— Non, je ne vois pas. Mais il fut un temps où j'aimais bien ça, me transformer, c'est vrai.

Et violer humaines et déesses, par la même occasion…

Je me mords la langue pour me faire taire. Là, tout de suite, ce n'est pas à moi de dire ceci. C'est à Némésis.

— Oui, tu te souviens, c'est bien ! Tu appréciais beaucoup Némésis, tu la trouvais très jolie, mais elle n'a pas été gentille avec toi… Elle t'a repoussé… et ensuite…

Zeus adopte une moue boudeuse, comme un gosse de trois ans à qui on aurait pris son jouet favori. Probablement la même tête qu'il a dû tirer quand Némésis a osé lui refuser l'accès à sa couche.

— Oui, c'est vrai, je me souviens. Elle n'a pas voulu de moi. Et je n'étais pas très content.

— Non, et elle s'est transformée…

— J'ai pris à peu près toutes les formes possibles de la création animale, grince alors une voix dans mon dos. Mais rien n'y a fait. Tu t'es acharné sur moi jusqu'à parvenir à tes fins, sale pervers !

Et voilà ! Je sais que ce n'est pas bien, ce que je viens de faire. Mais là, dans la situation présente, on me demande de choisir entre la peste et le choléra. D'un côté, nous avons Némésis prête à détruire l'humanité, et de l'autre Zeus, un violeur misogyne notoire, à l'intelligence franchement limitée – et oui, aux goûts capillaires douteux.

— Mais pas du tout, tu m'as dit que j'étais un très beau cygne ! se rengorge Zeus en roulant des mécaniques.

— C'EST FAUX, TU AS ABUSÉ DE MOI DURANT MON SOMMEIL, hurle Némésis dans un souffle brûlant.

Le silence se fait instantanément autour de nous. Tous les Olympiens présents ferment leur grande bouche et fixent enfin leur attention sur notre trio. Je sens aussi le regard de mes sœurs sur moi, et une odeur nauséabonde me parvient. Schmouti, encore.

— Mais Némésis, voyons… tente Zeus, visiblement déstabilisé.

— TAIS-TOI !

Oups. Le corps de la déesse change une nouvelle fois. Il se déforme jusqu'à ne plus rien devoir au schéma anthropomorphe. Mais que fait-elle ? Je la vois porter une main aux longues griffes noires, torsadées, au collier qui enserre son cou décharné comme celui d'une autruche. Des vagues de puissance en émanent, en gigantesques filaments d'obscurité.

Elle utilise le collier ! Elle est tellement ivre de vengeance face à Zeus qu'elle est prête à s'autodétruire !

Car c'est bien ce qui risque de lui arriver, si elle continue. Les dernières lueurs de raison qui brillaient dans son regard sont balayées par des étincelles de folie, et elle hurle de rage, bavant et raclant le sol de ses pattes arrière. Une immense queue se déploie dans son dos et ses ailes battent à un rythme infernal.

Zeus, effrayé, a un pas de recul. Non ! Ce n'est vraiment pas que je souhaite que ce pervers s'en sorte, mais j'ai besoin qu'il mette d'abord une pâtée à Némésis, sinon on n'en finira jamais.

Heureusement, il semble se reprendre, réunit un bouquet d'éclairs étincelants dans sa main et les abat dans un grand cri sur la créature hideuse qui lui fait face.

Je suis éjectée au loin, complètement éblouie. La poussière qui s'élève des Champs Élysées met un petit moment à redescendre, moment durant lequel on ne voit plus rien. Quand enfin, elle se dissipe, mon cœur rate un battement. Némésis est encore là, monstrueuse et terrible. Face à elle, Zeus paraît presque ridicule. Et en plus, cet idiot fini file se cacher derrière les autres Olympiens, qui eux, il faut le reconnaître, ne se démontent pas. Poséidon, toujours en short et tongs, prend la tête du groupe et envoie un tsunami dévastateur droit sur notre déesse. Apollon – qui a dû trouver son char doré sous sa toge, allez savoir – descend à présent du ciel pour cribler

Némésis de rayons éblouissants, et la chouette d'Athéna la harcèle sans relâche, visant les yeux pour les lui crever.

Mais rien n'y fait. Les rayons lumineux d'Apollon, façon sabre laser, ne font qu'effleurer Némésis, et elle repousse la chouette d'un simple revers de la main.

Mais ce n'est pas vrai, on ne va jamais s'en sortir !

Je cherche encore et encore une solution viable à cette débandade quand je vois soudain Meg filer devant moi à la vitesse de la lumière. Mais qu'est-ce qu'elle fout, encore ?

— MEG ! je hurle de toutes mes forces.

Mais cette bourrique ne s'arrête pas. Moisi la rejoint et, ensemble, ils se jettent sur Némésis. Je connais suffisamment ma sœur pour me douter qu'elle ne tente là qu'une manœuvre de diversion désespérée. Elle sait bien qu'elle a peu de chances de réussir à mettre en échec Némésis, si même toute une brochette d'Olympiens n'y parvient pas. Alors certes, ces derniers siècles à se dorer la pilule ont manifestement nui à leur grandeur, mais ils me font presque pitié, je dois l'avouer.

Meg heurte Némésis de plein fouet et la fait ainsi vaciller. Et surtout, elle détourne son attention. Notre ennemie braque sur ma sœur des yeux injectés de sang et agite sa jambe arrière pour se débarrasser de Moisi qui l'a chopée au mollet et ne semble rien vouloir lâcher.

L'antique déesse hurle de rage et tend ses griffes vers Meg, qui s'est effondrée au sol. Non ! Pas ma sœur ! Je m'élance aussi en avant, me transforme en ourse dans d'horribles craquements d'os pour la rejoindre. Mais c'est trop tard. Le cri désespéré de Tess, un peu plus loin, me vrille les tympans.

Némésis s'est jetée sur notre sœur et lui a déchiré la gorge de ses crocs acérés. Un sang rouge lui dégouline sur le mufle et se perd sur les écailles de son cou, et quand elle relève enfin la tête vers moi, c'est une lueur de triomphe que je lis dans son regard halluciné

INTERMÈDE

Mont Olympe, palais de Zeus

Epuisé, mais heureux, Ixion reposait sur le sol de marbre de l'immense salle de banquet du palais de Zeus. Tout son corps était alangui par le plaisir récent qu'il venait de prendre, à plusieurs reprises, entre les cuisses d'Héra.

Héra, la grande Héra. Il avait possédé la reine des dieux.

Un léger sourire errait sur ses lèvres entrouvertes, son souffle s'accéléra, tandis que son membre durcissait à nouveau. Aucune femme ne lui avait jamais fait un tel effet. Mais Héra n'était pas une femme, c'était une déesse, et quelle déesse ! Il avait même eu l'impression, parfois, qu'elle n'était pas seule à lui donner du plaisir.

Dans son demi-sommeil, Ixion se prit à rêver à ses semblables. Que ressentirait-il en pénétrant la vierge farouche Athéna ? La sauvage Artémis ? Ou encore, plaisir ultime, la sublime Aphrodite ? Plus rien ne lui semblait impossible, il se sentait l'égal des dieux… Plus jamais il ne retournerait en sa cité, ou alors en tant que dieu, pas en tant que roi. C'était un nouveau monde qui s'ouvrait à lui.

Ces seules pensées l'excitèrent davantage, et son corps se tendit sous un afflux de joie presque douloureux tant il était intense.

Mais cela ne dura pas. Une averse glacée se déversa sur sa peau nue, tandis qu'une voix profonde rugissait :

— TU AS BAFOUÉ MON HOSPITALITÉ, MISÉRABLE HUMAIN !

Aussitôt, il se redressa, tout frissonnant et les cheveux dégoulinants. Qui… Il écarquilla des yeux horrifiés. Face à lui se trouvait Zeus. Zeus était de retour, et il siégeait en majesté sur son trône étincelant. Dans sa main gauche, un éclair aveuglant. Tellement brillant que le pauvre roi des Lapithes ne parvenait même pas à discerner l'expression du dieu des dieux. Mais sa voix ne laissait nul doute sur son état d'esprit.

— Zeus… gémit Ixion en rampant vers le trône.

La pierre était glacée sous son corps humide, et il se sentit agité de frissons de plus en plus violents. Mais peut-être était-ce la terreur qui le tenaillait ainsi. Car soudain, tous ses rêves de gloire venaient de voler en éclats. Si Zeus avait eu vent de son aventure avec Héra… Dieux ! Comment avait-il pu être aussi stupide ? Comment avait-il pu croire qu'il pourrait posséder la reine des dieux en toute impunité ? Il méritait le sort que lui réservait Zeus, à n'en pas douter.

— Ô dieu… punis-moi, tue-moi, fais de moi ce que tu souhaiteras, je ne suis pas digne de vivre…

— TU AS COUCHÉ AVEC HÉRA !

Oui, oui, le dieu des dieux savait tout… Mais qui avait parlé ? Héra ? Pourtant, c'était elle qui était venue le séduire… Ou peut-être y avait-il un serviteur, caché derrière l'une de ces énormes colonnes de marbre, qui s'était empressé d'aller tout rapporter à son divin maître…

Ou alors…

Un terrible soupçon naquit dans le ventre contracté d'Ixion. Et si l'on s'était joué de lui ? Et si… Et si Héra n'était venue à lui que pour le piéger… Mais pourquoi ? Le pauvre homme ne parvenait pas à comprendre.

— Zeus, que se passe-t-il ? gémit-il encore, larve pitoyable étendue aux pieds du grand dieu.

— JE T'AI TENDU UN TRAQUENARD, MISÉRABLE. TU AS CRU POSSÉDER MA FEMME DURANT MON ABSENCE, MAIS TU NE L'AS MÊME JAMAIS APPROCHÉE.

Zeus fit un geste négligent de sa main libre. Sur sa droite apparut une nuée argentée, qui se stabilisa et prit rapidement la forme de la grande déesse. Aussi superbe, aussi fière que la reine des dieux. Et pourtant…

— JE TE PRÉSENTE NÉPHÉLÉ. N'EST-ELLE PAS MAGNIFIQUE ? N'EST-ELLE PAS AUSSI BELLE QUE MON ÉPOUSE ?

Tremblant, Ixion répondit :

— Si, si, ô grand Zeus, elle est aussi charmante que…

— TAIS-TOI ! COMMENT OSES-TU DIRE QUE CETTE NUÉE POURRAIT ÊTRE L'ÉGALE DE MON ÉPOUSE, LA DIVINE HÉRA ?

— Je… je… bégayait à présent Ixion, qui ne savait plus quoi dire.

Sous son corps glacé, il sentit ses sphincters le lâcher à nouveau, tant la peur le ravageait.

— POUAH, QUELLE PUANTEUR TU DÉGAGES ! COMMENT AS-TU PU SEULEMENT IMAGINER QU'HÉRA POURRAIT AVOIR ENVIE D'UN HUMAIN TEL QUE TOI ?

Dans l'esprit torturé d'Ixion, une petite voix susurra : « Et toi, Zeus, comment peux-tu croire que toutes les humaines que tu violes étaient heureuses de leur sort ? » Mais évidemment, Ixion garda la bouche close. Surtout, ne pas contrarier le roi des dieux plus qu'il ne l'était déjà.

— Non, non, bien sûr, pardon, pardon, je ferai tout pour que tu m'absolves… je le promets…

À présent, le roi des Lapithes sanglotait. Que faire, que dire pour sauver sa peau ? Pour éviter les pires tortures, la damnation éternelle ?

Confirmant ses craintes les plus noires, Zeus éclata d'un rire mauvais, puis reprit d'une voix plus douce, bien que cruelle :

— Dis-toi que tu m'as donné beaucoup. Pendant que tu croyais t'unir à ma femme, j'ai pu profiter de la tienne. En chair et en os, pour le coup. Si cela peut te consoler, elle est déjà grosse de mes œuvres, et ta succession est assurée. N'est-ce pas magnifique ? Quant à ta propre descendance…

D'un signe de la main, Zeus fit s'approcher un peu plus Néphélé. Ixion releva légèrement la tête, observant la nuée qui ressemblait tant à la belle Héra. Maintenant qu'il connaissait la vérité, il voyait bien la supercherie. Comment avait-il pu être stupide à ce point !

— Figure-toi que toi aussi, tu vas être père. Néphélé attend un enfant de toi, un enfant bien particulier. Un demi-dieu. Son nom, Centauros, restera à jamais gravé dans les mémoires. Tu vois, malgré ta trahison, je t'offre encore la postérité.

— Et moi, grand Zeus ? Que va-t-il advenir de moi ? Que comptes-tu faire de moi ?

— Toi ? Oh, je n'ai plus besoin de toi. Mais tu comprends, je ne peux te renvoyer ainsi dans ta cité. On pourrait croire qu'on abuse du dieu des dieux sans encourir le moindre châtiment. Je t'ai donc prévu un long programme de réhabilitation. Long comme… l'éternité.

Dans un cri terrible, Ixion, roi des Lapithes, vit apparaître Hermès, le messager des dieux, armé d'un long fouet.

— Je te présente l'un de mes fils, mais tu le reconnais, n'est-ce pas ? Il va se charger de la première phase de ton châtiment. Il te conduira ensuite aux Enfers d'une façon… toute particulière.

CHAPITRE 15

— NOOOOOOOON ! hurlons-nous de concert, Tess et moi.

Tess me bouscule, me dépasse, et se jette auprès de Meg. Elle ne craint rien, Némésis s'est déjà détournée de sa victime. Elle a d'autres chats à fouetter, d'autres dieux à déchiqueter, d'autres destins à briser. Dans le ciel, de nouvelles silhouettes, bien plus monstrueuses que celles des Olympiens, ont fait leur apparition. En une fraction de seconde, mon cerveau enregistre l'information et la balaie aussitôt. *Les Primordiaux arrivent. Les Primordiaux vont tout détruire sur leur passage. Comme Cronos a détruit ma mère. Ma famille.* Et alors ? Ils peuvent bien s'étriper, là, devant moi, je n'en ai plus rien à foutre.

Vacillante, je rejoins Tess, appuie mes mains sur ses épaules secouées de sanglots déchirants. Son chagrin remonte dans mes doigts, puis le long de mes bras, et me touche en plein cœur. Je garde les yeux baissés sur le sol, comme s'il était vital que je compte chaque grain de poussière présent sur ces putains de Champs Élysées. Je ne veux pas voir. Je ne veux pas savoir.

Si c'était pour ressentir pareille douleur, j'aurais préféré rester dans les limbes de ma solitude.

Moisi, Bloody Hell et Schmouti nous ont rejointes. Ils gémissent doucement, partagent notre peine. Au bout de quelques instants, Moisi lève son museau ébouriffé et se met à hurler à la mort.

Meg.

Non.

C'est impossible.

C'est plus que ce que mon cœur de Furie ne peut supporter. Plus que ce que mon cœur de sœur peut endurer.

Je sens des larmes glacées baigner mes joues, et je tremble, je tremble sans pouvoir m'arrêter, je ne contrôle plus rien, mon corps ne répond plus. Enfin, je renonce, tombe à genoux et me laisse aller aux flots inextinguibles de mon chagrin.

Mais soudain, un besoin irrépressible naît dans mes entrailles. Une force comme je n'en ai plus connue depuis longtemps, quelque chose de primitif, de brutal, de… vivant, de sensuel, presque, remonte le long de mon échine et fait vibrer chacune de mes connexions nerveuses. Mon visage bascule vers le ciel rouge, ma bouche s'ouvre en grand, et je crie.

Il y a eu trop de pertes, trop de drames, je ne peux en supporter un de plus. Certes, nous nous sommes montrées trop sûres de nous, irresponsables, paresseuses, nous avons foiré chaque étape de ce conflit, et nous n'avons guère été meilleures en ce qui concerne notre mission multimillénaire. Je veux bien le reconnaître, l'admettre, et j'en accepterai les conséquences. Qu'on me punisse à une éternité de souffrance s'il le faut.

Mais là, à partir de cet instant précis, je décide que cela suffit. Cela doit cesser. Et s'il faut me sacrifier pour cela, eh bien, soit. Allons-y. Je n'ai plus rien à perdre.

Je laisse le corps de ma sœur sur cette terre désolée qui se gorge de liquide carmin, et je lui jette un dernier regard. Elle paraît si menue, là, avec ses serpents noir et argent, flasques et pitoyables, qui auréolent sa petite tête. Si fragile.

Tess me regarde, et je ne parviens pas à déchiffrer son expression. Tristesse, résignation, désespoir… Une chose est sûre, il n'y a plus de paillettes dans ses yeux. Je lui tends la main, elle la prend machinalement, et je la relève. Elle chancelle, et je la rattrape par la taille.

— Tisiphone, regarde-moi.

Elle fait non de la tête.

— Regarde-moi. S'il te plaît.

— Je ne peux pas. C'est trop dur…

Sa voix se brise, éclate en mille morceaux, et les échos de sa peine résonnent dans mon cœur.

— Je sais.

Elle va pour s'effondrer à nouveau, mais je la retiens, encore. Je la retiendrai toujours.

— Non, reste avec moi. Nous devons venger nos morts.

Elle secoue la tête pour dire non, alors j'attrape son menton, je veux qu'elle me regarde, qu'elle puise de la force en moi.

— Sois forte.

Et elle est forte, je le sais. Autant que Meg, autant que moi, si ce n'est plus. Elle a la force de l'espérance, il faut juste qu'elle la retrouve, quelque part en elle.

Je plonge mes yeux bleus dans les siens, si noirs, si profonds. Ma main s'élève et caresse les boucles serrées de son afro.

— Toutes les deux, OK ?

— Ça aurait dû être toutes les trois.

Cette douleur, encore. Toujours. À jamais.

— Oui, mais elle est encore avec nous. Tu ne la sens pas, là ?

Et je touche sa poitrine, appuie aussi fort que je le peux.

— Viens, répété-je.

Alors, enfin, elle cède et prend ma main pour la serrer.

— Allons-y.

Sa voix est faible, encore, mais j'y décèle un soupçon, infime, de détermination. Très bien.

— Moisi, Bloody, Schmouti. On y va.

Nos chers compagnons relèvent leur truffe, ils sont prêts. Mais avant de passer à l'action, j'observe un instant le spectacle face à moi. Car enfin, la véritable bataille a commencé. Il n'y a plus deux camps, non, ce serait tellement simple.

Les Olympiens semblent avoir compris qu'ils devaient coordonner leurs interventions pour vaincre, mais les Primordiaux, eux, sont présents sur tous les fronts. Cronos, l'assassin de Perséphone, est là, bien sûr. Il distribue des gnons allègrement. S'en prend à tout ce qui lui passe sous la main. Et il rit, il rit à s'en déboîter la mâchoire, trop heureux de jouir à nouveau de sa toute-puissance.

Où est Némésis ? Mon cœur rate un battement. Se serait-elle encore carapatée ? Cette traîtresse a tout du rat, ou du cafard. Elle pourrait survivre à tout, elle est nuisible, et il est temps de l'arrêter. Enfin, je repère sa silhouette, toujours à quatre pattes, elle s'apprête à quitter les Champs. Évidemment, c'est tout bénef pour elle ! Que les Olympiens et les Primordiaux s'étripent entre eux, elle n'aura plus qu'à affronter les quelques rescapés de ce pugilat !

— Viens, suis-moi !

Nous laissons le petit corps brisé de Meg, le brouillard rouge de sang, les éclairs, les jets de lumière, les coups, les cris et la fureur, pour nous glisser derrière l'ombre malveillante qui a fait de notre vie un enfer.

Némésis, tout ceci n'a que trop duré. Il est temps que cela cesse. Pour de bon, et à jamais.

INTERMÈDE

Les cieux, au-dessus du mont Olympe

Une large roue se déployait dans le ciel azur. Elle flamboyait comme un soleil. Dessus, dessus… eh bien, Ixion était attaché par des nœuds invincibles. Ses bras et ses jambes étaient distendus, son corps déformé, mutilé.

L'ancien roi des Lapithes hurlait, aussi. De moins en moins souvent, de moins en moins fort.

— Que fait-on de lui, ô, grand Zeus ? demanda Hermès, qui gardait le regard fixé sur l'homme supplicié.

À ses côtés, le dieu des dieux était vautré sur son trône d'or, d'ébène et d'ivoire, orné de pierres précieuses. Il s'amusait à lancer des grains de raisin en l'air et à tenter de les rattraper directement dans sa bouche. À chaque essai, ses bouclettes s'agitaient autour de ses traits parfaits.

Hermès soupira.

— Zeus…

— Mmmh ? Oh, lui ? Comment s'appelle-t-il, déjà ?

— Ixion. Roi des Lapithes, époux de Dia, meurtrier de Éionée, récita le dieu messager d'une voix morne.

Parfois, il peinait à dissimuler son agacement face à l'inconstance de son père. Mais il se ressaisit à temps. Il ne voulait pas qu'il prenne au grand Zeus l'envie de le punir de la même façon.

— Tu l'as puni au châtiment de la roue pour avoir abusé de ton épouse.

— Oui, oui, je me souviens. Eh bien… on ne peut pas le laisser où il est ? C'est assez décoratif, finalement.

— Apollon n'est pas content. Cela gêne la course du soleil, il est obligé de faire un détour.

— Ah. Bon. Tu as quelque chose à me proposer ?

Zeus rata un grain et se retrouva un instant la bouche béante, les yeux écarquillés. Hermès soupira de nouveau, de façon plus ostensible, cette fois.

— Tu veux que je t'en débarrasse ?

— Si ça m'évite d'avoir une discussion avec Apollon… Tu sais comment il est, grimaça Zeus, qui se pencha pour ramasser son grain de raisin.

— Très bien, je vais m'en occuper.

— Merci, mon petit. On peut toujours compter sur toi.

Hermès s'inclina, et quitta la large terrasse de marbre blanc et doré, illuminée de soleil, tout en haut du mont Olympe. Rendre visite à Hadès allait lui faire du bien, il en était certain.

CHAPITRE 16

Tess et moi suivons Némésis jusqu'au palais.

Notre ennemie est rapide, presque trop pour nous. Elle utilise à merveille sa nouvelle façon de se déplacer, moitié courant sur ses quatre pattes, moitié volant à l'aide de ses ailes immenses. Elle est monstrueuse, mais rudement efficace, la salope.

Mais nous sommes poussées par la rage et la fureur. Par la tristesse et le désespoir, aussi.

Sur les marches du palais qui nous a vues grandir, enfin, nous accomplir en tant que Furies, elle se retourne pour nous faire face. Je n'avais aucun doute sur le fait qu'elle se savait suivie.

— Que croyez-vous donc faire, en cet instant ?

— Nous allons mettre fin à toute cette mascarade, dis-je, en tentant d'évacuer toute émotion de ma voix.

Après tout, on me dit le plus souvent froide et indifférente, autant en profiter. Je resserre ma prise sur la main de ma sœur, qui tremble dans la mienne. Il faut qu'elle se montre forte, tout comme moi. Seule, je n'y arriverai pas.

Némésis éclate d'un rire hystérique. Elle est horrible, elle ne possède plus la beauté qu'elle a depuis toujours exposée à nos regards. Son visage est ridé comme une pomme qui aurait traîné trop longtemps dans le fond de la barque de Charon, ses cheveux sont aussi filasse que de la bourre de chanvre, et dans le trou noir de sa bouche, il n'y a plus de dents.

Mais toujours, à son cou, brille le collier d'Héphaïstos. Énorme, presque indécent, je ne vois plus que lui.

Lui, qui n'a jamais semé que le malheur autour de lui. Qui a entraîné la chute d'une lignée humaine, qui a failli détruire Tess, et qui aujourd'hui ronge Némésis de l'intérieur. Mais sa puissance est telle qu'elle n'y renoncera jamais… Il faut tenter, pourtant.

— Némésis, regarde-toi. Toi, qui étais si belle, si forte… Regarde ce que ce joyau a fait de toi !

Mais l'antique déesse rit encore. La folie la dévaste. Non pas qu'elle eut un jour été un modèle d'équilibre, mais elle a lâché prise. L'ambition, la soif de pouvoir, la solitude peut-être aussi, a eu raison des derniers vestiges de sa santé mentale. Pour un peu, je pourrais avoir pitié d'elle.

Mais non. Meg. Meg. Meg que nous avons abandonnée dans la poussière grise pour mieux la venger.

— Jamais je ne laisserai ce collier ! Et surtout pas pour vous, mes chéries ! Ma beauté n'est plus, certes, mais si vous saviez comme je me sens vivante !

— Ce n'est qu'une illusion, Némésis ! Ce collier te détruit !

Cette fois, c'est Tess qui est intervenue. Elle sait de quoi elle parle. Elle a protégé le monde contre la puissance de cet artefact durant des millénaires. Et elle n'a pu y réussir qu'en l'emmenant en stase avec elle.

J'écarquille les yeux, soufflée par la révélation que je viens d'avoir. Tess n'a pas renoncé à la vie, à nous ! Tess a voulu nous protéger ! Protéger l'humanité ! Ma détermination n'en est que renforcée, mon amour pour ma sœur décuplé.

Je laisse libre cours à ma puissance, je grandis tellement que j'en arrive à surplomber la silhouette de Némésis, pourtant juchée sur les marches du palais. Tess me suit dans mon ascension. Nos bêtes féroces nous encadrent.

Nous n'attendons plus qu'un signal, un infime mouvement pour déclencher l'hallali. Et ce signal, c'est Némésis qui nous le donne, quand elle nous tourne le dos, encore. Elle croit peut-être que nous bluffons, que nous allons la laisser partir une nouvelle fois.

Elle se trompe.

Dans un parfait ensemble, nous nous jetons sur elle. Mon fouet claque et s'enroule autour de l'une de ses mains griffues. Je tire de toutes mes forces, la sens qui vient à moi. Tess, de son côté, s'est attaquée à son visage. Ses longs serpents aux reflets écarlates la mordent sans relâche.

Némésis hurle et crie, se débat. Je sais bien qu'elle va reprendre le dessus, elle est simplement surprise que nous osions la malmener ainsi, de façon aussi frontale. Elle se croit tellement puissante, tellement terrifiante, et c'est vrai qu'elle l'est…

D'un mouvement souple, elle se retourne contre moi, tous crocs dehors. Mais d'où lui viennent toutes ces canines qui n'existaient pas quelques instants plus tôt ? Elle réussit à me mordre le bras, et sa salive acide me ronge les chairs. Je hurle et lutte pour ne pas lâcher mon fouet. Bloody Hell bondit sur son dos et la lacère de ses griffes, tandis que Moisi lui croque les mollets. Pour Schmouti, je ne me prononce pas, mais une odeur nauséabonde me parvient. Je doute de l'efficacité d'un déglandage sur Némésis, mais tout est bon à prendre, n'est-ce pas ?

J'entends Tess crier, son fouet claquer, puisque le mien pend, inerte, le long de ma jambe. Némésis ne m'a pas lâchée, elle s'accroche encore et toujours à ma chair. Je sens l'émail de ses dents acérées racler mes os, sous le muscle. La douleur est atroce.

Enfin, elle desserre les mâchoires, et je respire, mais ce répit est de trop courte durée, car, ignorant les multiples attaques dont elle est la cible, elle s'en prend désormais à ma cuisse.

Putain, j'ai mal. Son poison me ronge, et ma vision se trouble. Malgré tout, je dois tenir. Il me reste une seule et unique solution de repli. Dans un hurlement terrible, je me transforme à nouveau. Je retrouve mon ourse, profite de sa puissance, je m'en gorge pour éloigner la souffrance que Némésis m'inflige. La garder à distance, survivre encore un peu, espérer… quoi ?

Je me dresse sur mes pattes arrière et me laisse tomber de tout mon poids sur elle. Va-t-elle céder enfin ? VA-T-ELLE CÉDER ENFIN ?

Oui, je la sens haleter sous moi. Nous ne sommes plus qu'un tas informe de membres déchirés, de fourrure lacérée, de peau massacrée. D'honneur bafoué.

La guerre n'a jamais rien eu de beau. Le combat n'a jamais rien eu de glorieux.

Toute cette rage, toute cette fureur… Cette vanité.

Je prends une seconde pour souffler.

C'est une erreur.

Némésis se contorsionne et jette ses griffes vers Tess. Schmouti hurle, ma sœur aussi. Je la vois reculer, en se tenant le ventre. Elle lève des yeux terrifiés vers moi, et mon cœur se glace. Quand elle écarte les mains, elle me dévoile toute l'horreur de sa blessure. Les berges béantes de sa plaie laissent percevoir ses entrailles, et ça fume dans l'air soudain froid de l'Érèbe.

— TEEEEEESS !

Non, je ne peux pas rester la dernière ! Je ne peux pas survivre à mes sœurs ! Dans un nouvel élan de rage, je décale mon corps lourd, piétine celui de Némésis. Je la sens qui se débat, qui me mord et me griffe. Autour de moi, nos animaux se déchaînent aussi. Mais elle est résistante, en plus d'être puissante.

Je perds trop de sang.

Je m'affaiblis trop vite.

Mon cœur pompe à toute vitesse, mes poumons cherchent de l'air.

Je ne vais pas tenir…

Némésis parvient à se redresser et me repousse avec une violence phénoménale. Mon ourse se fracasse sur les marches, le marbre explose en une myriade de débris brillants.

Je ne bouge plus.

Je suis consciente, pourtant. Parfaitement consciente de notre échec. Parfaitement consciente de nos pertes. Parfaitement consciente de la défaite totale et absolue que nous venons de subir.

Depuis le début, Némésis est trop forte pour nous.

Depuis le début, nous n'avons aucune chance.

C'était perdu d'avance.

Soudain, une voix grave, rocailleuse, retentit. Qui est-ce ? Sur le moment, je ne parviens pas à la reconnaître, puis la lumière se fait dans mon esprit.

Héphaïstos.

Que fait-il ici ? Pourquoi prend-il maintenant part à ce conflit ? Il en a pourtant soupé, des divinités, quelles qu'elles soient. Et malgré tout, il est là… Mais que fera-t-il, face à cette Furie d'un nouveau genre ? Que fera-t-il, face à Némésis, qui porte son collier maudit ?

Mes yeux se ferment, une seconde, deux, trois. L'éternité.

RÉSISTANCE

Quelques heures plus tôt, aux Portes de l'Enfer.

— T'es mignon, toi. Tu dois être nouveau ? grogne Héphaïstos.

— On peut dire ça, oui. Je suis une sorte de… pièce rapportée.

— Mmmh.

Le regard d'Héphaïstos en dit long sur son opinion concernant les pièces rapportées. Mais il préfère se taire. Parce que lui n'en est pas une, de pièce rapportée, et on ne peut pas dire qu'il ait été mieux accepté parmi les Olympiens pour autant. Il a toujours fait figure de paria, et il le sait.

Mais il a des rêves. Des ambitions. Il n'est pas que le pauvre laideron, le boiteux, le rejeté. Lui aussi aimerait réaliser de grandes choses. Il lève les yeux vers le plafond, se perd dans la contemplation des larges dalles blanches.

— Qu'est-ce que tu regardes ? lui demande le Prince des Enfers.

— Le ciel.

— Le ciel ?

— Oui. L'espace, quoi. J'ai toujours eu envie d'aller y faire un tour. Mais pas comme ce tocard de Dédale, hein.

— Oh, comme Apollon, donc ?

Héphaïstos jette un coup d'œil vers le dieu du soleil, présentement en train de forniquer joyeusement avec un jeune homme, tout en admirant ses propres pectoraux luisants d'huile pailletée.

— Nan, je crois pas, marmonne-t-il avec dédain.

— Alors, comment ?

Malgré lui, Léo est intrigué. Héphaïstos a beau ne pas être très causant, c'est la première fois qu'il parvient à entretenir une conversation sérieuse avec un Olympien.

— Ben, tu vois, p'tit, ça fait quelques décennies que j'observe les hommes balancer des trucs là-haut…

Le dieu des forges agite une main vers le plafond, comme si c'était la voûte céleste qui les surplombait.

— J'ai eu le temps de réfléchir à deux ou trois choses, j'ai fait quelques croquis, mais comme ça, hein, vite fait…

Du néant, il fait jaillir de grandes feuilles pliées, sur lesquelles Léo distingue des dessins abscons.

— Tu veux dire que tu t'intéresses à la conquête spatiale ?

— Ouais, voilà.

— C'est étonnant. Ce n'est pas ton domaine, normalement.

— Bah, j'ai fait le tour de la Terre, tu comprends. Plusieurs fois, même.

— Eux aussi, rétorque Léo en indiquant les bidasses en folie.

— Sont trop cons pour s'en rendre compte. Ils ont pas de vision.

Le Prince des Enfers reste silencieux un instant. Tess aussi a des envies, des rêves, des idées qui pour l'instant ne se transforment pas en projets. Pourquoi ? Par peur d'échouer ? Ou parce que ces divinités se sont toujours crues obligées de tenir un rôle, sans jamais en déroger ? Quelle tristesse… Finalement, les humains sont tellement plus libres. Léo se souvient de ses jeunes années, de son amour pour les animaux, de son ambition inébranlable de devenir vétérinaire, les longues heures d'étude, les sacrifices et, enfin, la réussite, l'accomplissement. Non pas tant sociale et financière que personnelle. Il a réalisé son rêve. Même si celui-ci, depuis, s'est volatilisé sur la simple volonté d'une déesse folle à lier.

Il n'est pas assez naïf pour croire que les humains ont tout pour être heureux. Non, bien sûr. Mais, malgré tout, ils ont la capacité de transformer le monde, ou de se transformer pour s'adapter au monde. Et finalement, c'est bien plus que ce qu'ont ces dieux confits dans leur immortalité.

Dans un soupir, Léo demande encore :

— Et tu ferais quoi, une fois là-haut ?

— T'as entendu parler des Grands Anciens ?

— Oui, vaguement. C'est pas très clair.

— Non, tu as raison. Ben, je partirais bien à leur recherche. Voir s'ils existent vraiment, ces cons-là.

Héphaïstos fait une pause, observe encore ses congénères.

— Et si vous insistez, j'embarquerais bien toute la smala. Ça vous fera des vacances.

Léo sourit.

— Ça me paraît une excellente idée. Même si je me dis que le voyage ne sera sûrement pas de tout repos, avec eux. Mais avant de penser à tout ça…

Le dieu des forges se redresse, cale les épaules et relève le menton. Il est toujours contrefait, mais il a tout de même une sacrée allure.

— Il faut sauver le monde, ouais, j'ai compris.

D'un pas déterminé, Héphaïstos s'avance au milieu de la pièce. De ses bras puissants, aux muscles noueux, il soulève le plateau de la table sur laquelle se trémousse Zeus. Ce dernier bascule en arrière, et Léo regrette de ne pouvoir le photographier à cet instant précis. On est tellement loin des statues de marbre représentant le dieu des dieux ! Et tellement plus proche de la véritable nature de Zeus…

Un silence se fait aussitôt, quelqu'un a même coupé la musique. Les dieux qui s'envoyaient en l'air sur les sofas s'interrompent en pleine action, les yeux encore embués par le plaisir. Les joueurs de cartes posent leur main sur la table. Seule Aphrodite tente de se rebeller :

— Tu peux vraiment pas me laisser tranquille ? Faut que je te rende des comptes pour tout ?

— Tais-toi, lui répond sèchement Héphaïstos.

— Qu… quoi ? bégaie la superbe déesse, manifestement estomaquée, et peut-être même terriblement vexée.

— Tais-toi. Tu peux bien t'envoyer toute l'assemblée, ainsi que tous les Primordiaux si ça te chante, ça ne me touche plus.

— Mais…

— Tais-toi, je te dis.

Aphrodite ouvre et ferme sa belle bouche pulpeuse plusieurs fois d'affilée, puis décide de bouder. Ça lui va bien, il faut dire, elle est peut-être encore plus splendide que quand elle rit et s'amuse.

Sous ses yeux médusés, son vilain mari tend une main à Zeus. Héra s'est avancée, et les surveille avec inquiétude. Elle les connaît, tous les deux ont un tempérament explosif, elle sait que cela peut vite dégénérer.

Mais non, Héphaïstos aide Zeus à se relever. Celui-ci époussette son costume, il cherche clairement à reprendre contenance. Il se redresse, se racle la gorge, avant de planter son regard dans celui du fils de son épouse Héra.

— Que veux-tu, misérable avorton ?

OK, se dit Léo. Il en jette, tout de même, le dieu des dieux, quand il daigne se tenir et qu'il prend sa grosse voix aussi grondante qu'un terrible orage.

— Que vous vous bougiez le cul.

— Comment oses-tu me parler ainsi ?

Rolala. Ça risque de dégénérer, là. Léo serre les fesses, Zeus a manifestement son air des mauvais jours. Il n'a pas apprécié d'être interrompu en pleine fiesta. Tous les autres dieux reculent d'un pas, à l'exception d'Héra et d'Héphaïstos, aussi immobiles que des statues de marbre.

— Écoute, Zeus. Némésis et les Primordiaux vont tout détruire, et il ne nous restera plus rien. Même pas un minable plateau de table pour que tu puisses jouer les John Travolta avec ton Olivia Newton-John.

Du pouce, il désigne son épouse, qui arrondit une bouche outrée, mais n'ose piper mot.

— Ça fait un bail qu'on s'est pas mêlés de leurs affaires. Et c'est pas plus mal comme ça, si tu veux mon avis, lui répond Zeus.

— Ouais, t'as déjà oublié ce que Cronos, ton propre père, a fait à Perséphone ? Et où est passée ta sœur Déméter, du coup ? Sûrement dans un coin, à pleurer sa fille. Mais toi, tu t'en fiches que ce vieux croûton nous décime et nous humilie. C'est pas ton problème, je comprends. Tu préfères danser et t'enivrer.

Héphaïstos fait un pas de plus en direction du dieu des dieux.

— Mais dis-moi un truc, Zeus. T'aurais pas peur que Cronos te foute une raclée ? Tu vois, moi, c'est ça que je crois. Je crois que t'as le trouillomètre à zéro. T'as tes petites fesses musclées qui font bravo, et si elles étaient pas autant moulées dans ta combi, on les entendrait applaudir malgré la musique à fond. Depuis quand t'es devenu un couard, ô, grand dieu ?

Dans les yeux de Zeus passe une lueur de stupéfaction, lentement, très lentement remplacée par une colère dévastatrice.

— Comment oses-tu… balbutie-t-il.

— Oh, je n'ose rien, je te rassure. Je suis juste venu te saluer. Figure-toi que je descends dans l'Érèbe. Je vais commencer par me faire Némésis, et récupérer mon collier. Et grâce à sa puissance, je m'occuperai des Primordiaux. Je te raconte pas, quand les humains s'apercevront de ce que j'ai fait pour eux… ils vont me porter en triomphe.

Héphaïstos se détourne, comme prêt à quitter la pièce, mais il ajoute :

— Je me demande bien où je vais installer mes nouveaux quartiers… L'Olympe, c'est so Antiquité. Je me vois bien dans un penthouse new-yorkais. Ouais, ça, ça en jette. Allez, salut les nazes !

Mais il n'a même pas le temps de franchir le seuil qu'Aphrodite sort enfin de sa stupeur.

— Mon chéri, attends-moi ! Je viens avec toi !

Héphaïstos lui adresse un regard froid, sa main calleuse déjà sur la porte.

— Que veux-tu ?

— Est-ce que je pourrais décorer le penthouse ? S'il te plaît…

Léo le voit hésiter. Cédera-t-il une nouvelle fois aux caprices de son infidèle épouse ? Puis, après un long flottement, Héphaïstos hausse les épaules.

— Tu feras bien comme tu voudras. Je ne compte pas y habiter, de toute façon.

Sur ces derniers mots, Héphaïstos quitte la pièce, sous les yeux médusés de l'assemblée des Olympiens.

CHAPITRE 17

Je suis sur mon canapé, dans notre petite maison parisienne, et Bloody Hell est lovée sur mes genoux. Elle ronfle, et ce son m'apaise. Avec un plaisir intense, presque sensuel, je fourre mes doigts dans son poil épais, et elle ronronne plus fort encore.

À mes côtés, je sens la chaleur du corps de mes sœurs, serrées contre moi. Leurs voix me parviennent de loin, comme si j'étais plongée dans un profond sommeil.

— Alex ? Alex ?

— Mmmh ?

— Qu'est-ce qui t'arrive ? C'est ta méditation de ce matin qui t'a endormie ? Tu devrais vraiment arrêter, ça ne te réussit pas, plaisante Meg. Je te sers un grand café bien noir ? C'est pareil, tous ces lassis et ces smoothies… c'est beaucoup trop sain, si tu veux mon avis.

Avec lenteur, je tourne mon visage vers elle. Elle lève ses yeux de ténèbres, dans lesquels je discerne une lueur moqueuse, mais aussi affectueuse. Ses traits sont détendus, elle a l'air d'aller bien. Pas de gorge déchirée ni de sang répandu dans une poussière grise et sale… Mais qu'est-ce qui me prend ? Pourquoi ai-je cette sensation que je ne devrais pas être là ? Que je ne devrais pas être engourdie comme ça ?

— Laisse-la tranquille, lui dit Tess d'une voix douce, en me caressant les cheveux.

Je la regarde à son tour. Comme à son habitude, elle a mis trop de fard pailleté. Elle est belle, si belle, et je souris de voir son expression enjouée, ses lèvres pleines étirées en un sourire étincelant.

— Bon, on se le mate, ce film d'action ou pas ? reprend Meg. Depuis le temps qu'on en parle…

— Quel film ? je dis, un peu perdue.

Je ne sais pas pourquoi, ma tête tourne, je me sens… légère. Peut-être l'effet de cette cure de jus que je voulais tester depuis si longtemps. Ou alors… Qu'est-ce qui m'échappe ? Pourquoi ce sentiment d'irréalité ?

— Mais qu'est-ce qui t'arrive ? T'es chelou, aujourd'hui ! rit Tess. Allez, Meg, envoie, parce que Julia et Léo ont prévu de venir manger là, ce soir, et on aura pas le temps de le regarder en entier, si on tarde trop.

— Ouais, t'as raison. Allez, hop ! Ah, attends, il nous manque le popcorn et la glace banane caramel.

Du néant, Meg fait surgir de quoi nourrir un bataillon, puis s'empare de la télécommande, et des sons puissants envahissent notre salon d'ordinaire si calme.

Je regarde tout cet étalage de nourriture sur notre table basse, avant de reporter mon attention vers l'écran immense qui orne le mur en face de moi. En fait, non, l'écran *est* le mur. Je ne me souvenais pas qu'on avait acheté un truc pareil. Tess a dû trouver un vrai job. Ou peut-être que son idée d'ouvrir une pâtisserie a marché d'enfer. Pourquoi est-ce que je ne me rappelle pas tout ça ? Pourquoi je ne comprends pas ce que je fais ici ?

— Ça commence, souffle Tess, en engouffrant dans sa bouche une large poignée de popcorn.

Mais d'où le sort-elle ? J'ai déjà oublié. Machinalement, je tends la main vers les petites boules blanches et dorées de caramel. Mais, si je fais bien une cure de jus, je ne devrais pas pouvoir en profiter…

Mais cette pensée traverse mon esprit et s'en efface aussitôt. Je suis happée par les images qui défilent sur l'écran immense. Des images d'une violence incroyable. Brutales. Sanglantes.

— C'est quoi déjà, le titre de ce film ? demandé-je.

— *Némésis vs Héphaïstos*, me répond Meg. Chut, y a grave de l'action, même toi tu vas kiffer.

Ces mots me disent quelque chose, mais quoi ? Je décide de me taire et de continuer à regarder.

L'action se déroule dans un paysage désolé. Tout est gris, si ce n'est une brume rougeâtre qui subsiste çà et là. Il y a des ruines, sur le côté droit de l'écran. Les ruines d'un gigantesque bunker ? D'un ancien palais ? Je ne parviens pas à m'en faire une idée précise.

— Dis donc, les effets spéciaux sur les bestioles sont top, s'extasie Tess.

En effet. Je distingue un énorme chien aux poils en bataille, un félin mi-chat, mi-lion aux yeux étincelants, et… un furet albinos ? Bizarre, tout de même, comme choix artistique. M'enfin, pourquoi pas, ça change.

— Vous ne trouvez pas que ce furet ressemble drôlement à Schmouti ?

— Si, t'as raison, mais ma furette est plus belle quand même.

— Moui, si tu le dis. Après, on n'a pas l'odeur…

— Rolala, les nanas, elles ont pris cher, dis-je, interloquée de voir deux cadavres étendus sur les marches brisées.

— Ouais, mais regarde !

La grosse méchante se redresse. Elle est drôlement moche. Elle a des pattes griffues, un corps maigre et comme désarticulé, son visage est sec, ridé. Seuls ses yeux flamboient de rage et de folie. Vraiment, les effets spéciaux sont exceptionnels ! Malgré ma torpeur, je me prends à fixer l'écran, avide de connaître la suite.

Face à l'immonde créature se tient un homme difforme. Presque un nain, mais à la musculature puissante. L'une de ses jambes est tordue, et il se meut avec difficulté. Il porte un lourd marteau, qu'il balance avec aisance sur son épaule. Sacré gaillard, tout de même.

— Pourquoi il a un bouton d'or dans la bouche ? murmure Meg, hypnotisée par le spectacle. Vraiment, je ne vois pas pourquoi le metteur en scène lui a mis une fleur entre les lèvres.

— Pff, aucune idée, lui répond Tess. Et puis, on s'en fout. Écoute

— Héphaïstos ! Que fais-tu là ?

— Je viens récupérer ce que j'ai créé. Mon bien.

— N'est-il pas un peu trop tard pour cela ? Le collier est à moi, à présent.

— Il n'a jamais été à personne, Némésis.

— Ah ? Alors pourquoi sa puissance coule-t-elle dans mes veines ? Regarde, ce que j'ai accompli.

L'horrible créature désigne le décor apocalyptique autour d'elle. Elle exulte visiblement.

— Tu n'as rien accompli. Tu n'es que le jouet de ta folie et de ma création. Et il est temps que cela cesse.

Némésis recule, doucement. Ses yeux scrutent les alentours, comme si elle cherchait une échappatoire. Elle fanfaronne, mais la peur se lit dans ses prunelles.

— Ce n'est pas toi qui m'arrêteras. Ils ont tous échoué, tu échoueras aussi.

Un sourire d'une douceur incroyable se fait jour sur le visage d'Héphaïstos, malgré ses traits burinés par le temps.

— Je n'ai qu'à récupérer mon collier pour te défaire. Il t'a tout pris, déjà. À l'instant où il quittera ton cou, tu ne seras plus que poussière.

— Tu mens !

Le dieu hausse les épaules.

— Tu l'auras voulu, très chère.

Il laisse pendre le marteau le long de sa cuisse musclée, puis se met à lui faire décrire des moulinets de plus en plus larges. L'air siffle autour de lui. Soudain, il lâche son arme, Némésis se redresse, écarte ses ailes, comme pour arrêter le projectile qui fonce dans sa direction.

Au même instant, Héphaïstos lève son autre main, presque négligemment.

Némésis émet un cri étranglé.

À présent, le marteau semble se diriger presque au ralenti vers elle. La terreur s'empare du visage défiguré de l'antique déesse.

À son cou, le joyau se met à briller d'un éclat insoutenable. Il brûle la chair de Némésis. Il la brûle pour enfin s'en libérer.

— Dingue, souffle Meg.

— C'est fou, t'as raison, dit Tess. C'est tellement bien fichu qu'on a l'impression de sentir l'odeur de la peau qui crame. C'est ouf quand même, pas vrai, Alex ?

— Oui.

— C'est tout l'effet que ça te fait ? râle Meg. Tout le monde a adoré ce passage, et madame se la joue blasée ?

— Chut, taisez-vous, c'est pas fini, chuchote Tess.

Némésis se tord dans d'atroces souffrances, elle ne peut même plus crier, car le collier est en train de lui cisailler le cou. Avec une lenteur consommée, l'or s'enfonce dans sa peau, tranche les chairs, du sang gicle à gros bouillons et se répand sur son corps torturé.

— Wow, chuchote Tess. C'est un peu dégueulasse, quand même.

— Chut, répond Meg.

Moi, je ne dis rien. Je suis comme hypnotisée.

Enfin, dans un tout petit plop, le collier se trouve réduit à l'état d'une minuscule boule d'or pur. La tête de Némésis glisse lentement sur son cou, tombe doucement en arrière, et vient s'échouer à côté de ses pieds griffus. Ses ailes s'affaissant dans un soupir grinçant. Pour finir, le terrible marteau la heurte en pleine poitrine, et fait basculer tout son corps sur les marches de ce palais déchu.

Avec un léger sourire, Héphaïstos vient ramasser la petite boule dorée et la range dans son tablier de forgeron. Puis il s'empare de son marteau, jette un regard négligent à sa victime, et disparaît sans un seul mot.

— C'était ouf.

— Attends, regarde.

Alors que le générique défile, une image apparaît à la droite de l'écran. La caméra zoome sur l'un des corps aperçus au tout début. C'est celui d'une femme aux longs cheveux blonds. Ses joues sont couvertes de sang, et son corps n'est que lacérations et blessures.

— Putain, elle a morflé.

— Ouais, mais pourquoi ils la montrent ? Il doit y avoir un truc, c'est obligé !

Soudain, mes sœurs se taisent. L'écran vient de virer au noir. Il n'y a plus rien.

— Nooooon…

— Tu l'as vu aussi ?

— De quoi ? T'as vu quoi, toi ?

— Son doigt !

— Ouais, c'est ça ! Son doigt, il a bougé ! Elle est pas morte ! J'en suis sûre !

— Rolala, je suis trop excitée, tu crois qu'il va y avoir une suite ?

— Ah, ben je crois bien. Ils peuvent pas en rester là. Enfin, ça, c'est du cliffhanger de foufou, quand même.

— Carrément… et les autres, tu penses que…

— Ah, je sais pas… Va falloir attendre pour sav… Ah, ça y est, ça sonne, ils sont arrivés ! Allez, Alex, bouge-toi, on a des invités !

Je les regarde s'agiter. Se diriger vers la porte. Je me sens toujours étrange. Je lève une main, regarde mes doigts pâles, si pâles.

Soudain, une douleur fulgurante traverse mon corps, et je hurle.

Le décor autour de moi se déforme avant de se dissoudre. Mes sœurs disparaissent. Je sombre dans un gouffre plus profond que le Tartare, sans la moindre lumière, et un froid glacial m'étreint.

INTERMÈDE

Le Tartare, Royaume d'Hadès

— Hermès, que nous vaut le plaisir ?

Avec un large sourire, Hadès se leva de son trône de marbre noir veiné de rouge – à bien y réfléchir, le même que celui de Zeus, seules les couleurs différaient – pour accueillir le nouvel arrivant. Le dieu messager en avait les ailettes de ses sandales qui frétillaient de joie.

— Le boulot, toujours le boulot… Tu sais ce que c'est.

Hadès éclata d'un rire enjoué et lui offrit une accolade sincère.

— Ah, qu'est-ce que mon frère a encore inventé ? Décidément, les siècles passent, et il ne prend pas de plomb dans la cervelle.

— On ne peut pas dire, non. Mais c'est mon père, et…

— Je sais, je sais. Ne te bile pas. La famille. On est bien obligé de faire avec.

Hermès eut un sourire pincé. D'envisager une éternité à faire le larbin de Zeus ne l'enchantait pas outre mesure. Heureusement, sa fonction divine lui offrait des plages de liberté inappréciables.

— Bon, allez, venons-en au fait, comme ça, on se débarrasse du boulot tout de suite. Et après, je t'invite à partager ma table. Tu vas voir, Perséphone a ramené plein de bonnes choses de son dernier séjour chez les humains.

— Ah, elle est là ? Je ne l'ai pas encore aperçue.

Une ombre légère passa sur le visage du grand Hadès.

— Non, elle est déjà repartie, malheureusement. Tu sais comment elle est…

Hermès hocha sobrement la tête. Oui, il savait. Il savait aussi que cela peinait le dieu des Morts, mais qu'il prenait sur lui, car il avait à cœur le bonheur de son épouse. Rien à voir avec les relations conjugales qui avaient cours au sommet du mont Olympe…

— Elle reviendra très vite, j'en suis sûr. Elle revient toujours.

— Tu as raison. Alors, montre-moi mon nouveau pensionnaire.

D'un claquement de doigts, Hermès fit apparaître la roue immense et étincelante au beau milieu de la salle de réception du palais d'Hadès.

— Eh bien ! Mon frère n'a pas fait dans la dentelle, encore une fois !

— Tu connais son goût pour l'ostentatoire…

— Et qu'a fait ce malheureux pour mériter ça ?

— Alors, pour une fois, j'avoue que nous n'avons pas affaire à un enfant de chœur. Je te présente Ixion, ancien roi des Lapithes. Il a pris pour épouse Dia, l'a maltraitée, et s'est ensuite rendu coupable du meurtre de son beau-père, tout cela pour ne pas avoir à offrir au vieil Éionée les cadeaux promis en échange de la belle.

— Effectivement. Mais… que vient faire Zeus dans cette histoire ? Il s'agit là typiquement d'une mission pour mes filles.

— Ahem. Oui. Tout à fait, mais… Zeus a ravi Ixion aux griffes d'Alecto.

Hadès grimaça.

— Aïe. C'est étonnant que je n'en aie pas entendu parler… Mais pourquoi Zeus a-t-il fait cela ?

— Une femme, une humaine, encore…

— Ah oui. N'en dis pas plus, j'ai compris !

Hermès rit tout en secouant la tête.

— Tu as tort, Hadès, écoute donc ce que j'ai à te raconter, ton frère s'est surpassé !

Hadès se rassit dans son trône, cala ses larges épaules sur lesquelles croulait sa longue chevelure immaculée. Le contraste avec sa peau brune était saisissant. De la main, il indiqua la première marche devant lui.

— Installe-toi. Je sens le récit croustillant, et j'ai hâte de l'entendre.

— Oui. Alors en fait, ce que voulait Zeus, c'était Dia, la malheureuse épouse d'Ixion ici présent. Il a donc convié le pauvre roi des Lapithes dans son palais, après l'avoir soustrait à Alecto, en lui promettant de le purifier et de l'inviter à un banquet digne des dieux. Le misérable n'y a vu que du feu, et s'est cru aux portes de la gloire !

Hadès posa une main large sur son abdomen pour tenter de contenir son rire tonitruant. Ces humains, décidément…

— Continue, continue. Je sens que ça va devenir encore plus intéressant.

— Eh bien, le jour du banquet, Zeus s'est… mystérieusement absenté. Le pauvre Ixion, qui s'attendait à être reçu par tous les dieux de l'Olympe réunis, n'a trouvé qu'Héra… Ou tout du moins, une créature qu'il a prise pour Héra. En réalité, Zeus avait donné à une nuée l'apparence de son épouse, et l'avait nommée Néphélé. Néphélé a séduit Ixion, qui ne s'est pas trop fait prier, il faut l'avouer.

— Et que faisait mon saligaud de frère, pendant ce temps-là ?

Cette fois, c'est Hermès qui rit à gorge déployée. Cette situation qu'il jugeait scandaleuse entre les murs du palais de Zeus, voilà qu'il la trouvait hilarante en compagnie du dieu des Morts !

— Il avait rejoint la cité des Lapithes, et…

— Non !

— Si. Il s'est transformé en étalon et a séduit Dia.

Cette fois, le visage d'Hadès se rembrunit. L'expression d'Hermès se fit aussi plus triste.

— Séduit, séduit… Excuse-moi, mais je doute qu'il ait demandé son consentement. Rien que le fait de ne pas se présenter sous sa véritable apparence…

— Je sais, Hadès, je sais…

— Un jour, mon frère devra rendre compte de tout cela…

— Je suis bien d'accord avec ça, intervint une voix puissante et féminine.

Sans que les deux divinités s'en aperçoivent, Alecto, grande, blonde et forte, venait de pénétrer dans la salle et avançait d'un pas sûr. Elle eut à peine un regard pour Ixion, qui pour l'heure était d'ailleurs inconscient.

— Je vous fais la promesse solennelle qu'un jour, je vengerai toutes ces femmes des offenses faites par le dieu des dieux.

Hermès ne put empêcher un frisson de lui remonter l'échine. Quand Alecto l'Implacable parlait avec une telle force de conviction, difficile de ne pas craindre le pire pour l'avenir.

CHAPITRE 18

Je reprends brutalement conscience sur le sable gris des Prés d'Asphodèle. Je suis étendue devant les marches du palais de Daddy.

Des cris retentissent partout autour de moi. J'ai mal. Chaque cellule de mon corps divin, chaque infime particule de mon âme éternelle hurlent de souffrance.

Ce n'est pas fini. Notre combat n'est pas achevé. Avec difficulté, je me retourne et me mets à quatre pattes. Je sens qu'on me bouscule, mais doucement. Bloody Hell, fidèle au poste. Brave minette, même si actuellement, elle ressemble plus à un tigre à dents de sabre qu'à un gentil matou étendu au coin du feu.

Enfin, je relève la tête. C'est horrible, cette douleur qui me vrille le cerveau. Comme si on s'acharnait à m'enfoncer un fer chauffé à blanc entre les oreilles.

Avec soulagement, j'aperçois Tess, pas très loin de moi. Elle aussi peine à se redresser. Mais où est Meg… La vérité m'apparaît soudain, dans toute son horreur. Non ! Il faut que nous retrouvions son corps, elle ne peut pas être morte, nous avons dû nous tromper.

Et Némésis… J'avance en rampant vers sa dépouille. Elle, pour le coup, est bel et bien fichue. Autant que peut l'être une personne qui vient de se faire décapiter par un collier vieux de plusieurs millénaires.

Malgré moi, presque avec regret, j'effleure sa carcasse délabrée. J'ai toujours pensé que sa peau serait douce comme du velours sous mes doigts, mais il n'en est rien. Son épiderme est rêche et écailleux, ses ailes sont brisées, et des rigoles de sang déjà froid dévalent les collines grises de ses épaules.

Bye bye, vilaine Némésis.

Je me demande vaguement où est partie se planquer son âme, mais une voix qui m'est chère me sort de mon étrange fascination pour ce cadavre.

— Alex…

C'est Tess, évidemment.

— Viens, nous n'avons plus rien à faire ici.

Elle n'a pas tort. Là-bas, plus loin, à la limite des Prés d'Asphodèle et des Champs Élysées se déroule une seconde bataille. Une lutte à mort entre les Olympiens et les Primordiaux. L'ultime combat.

— Mais tu n'es pas blessée ? je lui demande.

Je me souviens très bien du coup de griffes de Némésis, de son ventre déchiré, de ses entrailles… D'ailleurs, ma sœur se tient légèrement courbée, la main posée sur son abdomen.

— Si, et je souffre. Mais ça va aller. Nature divine, tout ça…

Oui, tant que la blessure n'est pas mortelle, nous récupérons plutôt vite. Il est probable que Tess soit déjà en train de guérir.

— Tess, je suis si fatiguée… ajouté-je d'une voix lasse.

Et c'est vrai. Je ne suis pas sûre d'avoir la force d'aller me mêler à cette boucherie. Que m'importe finalement l'issue de tout cela ?

— Il y a Meg, encore, là-bas, dit doucement Tess, qui m'a rejointe et me berce dans ses bras.

Je m'aperçois que je pleure. Je pleure comme je n'ai jamais pleuré, et ce n'est pas du sang qui coule sur mes joues. Ce sont des larmes, de vraies larmes, grosses et translucides, chaudes et salées.

— On ne peut pas la laisser au milieu de tous ces… dit encore Tess, sans pour autant pouvoir finir sa phrase.

Je ne peux lui donner tort. Nous n'abandonnerons pas notre petite sœur comme ça. Impossible. Nous sommes un trio, depuis toujours et à jamais.

Nous nous relevons, chancelantes, sans accorder un regard de plus à la dépouille de notre ancienne ennemie. Au final, c'est bien le collier d'Héphaïstos qui aura eu raison d'elle. J'hésite à dire à Tess que tout ce qu'elle a mis en œuvre n'a pas été vain, mais je doute qu'elle puisse l'entendre sur l'instant. Et puis, vu ce qui nous attend…

Nous manquons de force pour changer d'apparence, nous ne sommes plus assez puissantes pour nous déplacer rapidement, aussi nous traînons-nous tant bien que mal jusqu'au champ de bataille. De toute façon, nous n'avions pas vraiment l'envie de prendre part au combat.

Mais une fois sur place, c'est la stupeur. Nous sommes atterrées. Où est Meg ? Nous ne parvenons pas à la retrouver !

— Tess !

— Je sais, je ne la vois pas non plus ! Putain !

Les mots s'étranglent dans le goulet trop étroit de sa gorge serrée. Qui a enlevé notre sœur ? Qui a osé ? Par Daddy, et si son âme avait définitivement disparu ? Celle de notre mère a été préservée grâce aux pouvoirs d'Hadès et des Olympiens, mais qu'en est-il pour Meg ? Quelqu'un s'est-il seulement préoccupé d'elle ?

Une explosion retentit soudain, et nous nous retrouvons projetées à plusieurs mètres de là. Dans la poussière qui stagne dans l'air immobile apparaît une silhouette bien connue.

— Léo ! s'écrit Tess. Léo, oh, Léo, c'est horrible !

Elle se jette dans ses bras, et malgré mes yeux larmoyants, je peux voir qu'il la serre très fort contre lui, en enfouissant son visage dans ses cheveux. Je pourrais presque sourire quand il manque de se faire mordre le bout du nez par Schmouti, manifestement pas ravie qu'on lui pique sa place.

Mais je ne souris pas, j'ai le cœur en miettes.

— Léo, Meg…

Le Prince des Enfers s'écarte un peu de son épouse, pour plonger son regard bleu azur dans ses prunelles si sombres.

— Je sais. Je l'ai mise en sécurité.

Soudain, un énorme poids quitte ma poitrine. C'est lui, c'est Léo qui s'est occupé de Meg. Tout va bien. Mais non, ça ne va pas, car Tess reprend aussitôt :

— Est-ce qu'elle… Enfin, je veux dire… est-ce que…

C'est horrible, pourquoi ne parvient-elle pas à dire les mots ? Je me lève moi aussi, avance d'un pas vers le couple enlacé.

— Est-ce qu'elle est morte ?

— Alex, souffle Léo, très doucement.

Et dans son regard, je retrouve celui qui fut mon ami, autrefois, dans ce qui me paraît être une autre vie. Mon cœur se brise encore. C'est pas possible, ça, d'avoir le cœur réduit en cendres à répétition, hein ?

— Elle est dans un état intermédiaire, dit-il enfin.

— Un état intermédiaire ? Ça veut dire quoi ? le presse Tess. Ça veut dire quoi, Léo ?

— Ça veut dire que je ne peux pas vous dire si elle va s'en tirer ou pas.

J'inspire profondément. Tousse. Trop de poussière. Ce que Léo vient de dire, ça représente une bonne dose d'espoir. Je me rapproche encore un peu d'eux, et me glisse dans leur étreinte. Ils me font une place. Là, entre ma sœur et mon ancien meilleur ami, je me sens presque bien.

— Et Daddy ? je demande aussi.

— Je ne sais pas, murmure Léo. Je n'ai pas réussi à le retrouver.

Ce qui ne veut pas dire qu'il ne se trouve pas quelque part. Je veux m'accrocher à cette idée.

— OK. On va finir le boulot, et ensuite, on rejoint Meg, ça vous va ? dis-je d'une voix résolue.

Je les sens acquiescer, et ça me suffit.

— Allons-y.

Enfin, notre étreinte se défait, mais je remarque que Léo et Tess ne se lâchent pas la main. S'il le faut, je donnerais ma vie pour préserver leur union. Personne ne leur fera de mal aujourd'hui.

Maintenant que la poussière se dissipe, je constate que c'est la foire d'empoigne. Un véritable déferlement de pouvoirs divins, de force brute et de noms d'oiseaux. Cela fait bien longtemps que les dieux ne se sont pas opposés de manière frontale. Ils ont toujours préféré utiliser les humains pour régler leurs petites guerres d'ego. En moi-même, je me fais la réflexion que ça leur fait du bien, de savoir ce que c'est que de souffrir dans sa chair. Risquer sa peau.

Parce que oui, déjà, quelques Olympiens et quelques Primordiaux jonchent le sol rougi de sang. Là, n'est-ce pas Artémis, sa longue chevelure étalée autour de sa tête aux traits si fins ? Ainsi étendue, elle a l'air d'une biche que l'on aurait fauchée en plein saut gracieux. Non loin de sa dépouille, Apollon se bat avec rage. Lui, si fat, si imbu de lui-même, semble avoir trouvé une raison de combattre. On a tué sa sœur. Je ne l'aime pas, mais je le comprends, en cet instant. Les jumeaux de l'Olympe ne sont plus, désormais. Tout comme, peut-être, l'infernal trio des Chiennes d'Hadès.

Quelques Titans ont aussi mordu la poussière, mais je ne parviens pas tous à les identifier. La seule chose dont je suis sûre, c'est que Cronos est toujours là. Il domine le champ de bataille de sa haute taille et rugit de fureur. Niveau discrétion, il n'a jamais été un modèle du genre.

Un peu plus loin, Zeus tente de le rejoindre, mais la horde des Primordiaux fait tout son possible pour l'en empêcher. C'est que le dieu des dieux représente un morceau de choix. Celui qui le tuera sera à jamais auréolé de gloire.

Je plisse les yeux. Zeus… Une petite voix, en moi, me murmure que j'espère qu'il ne s'en sortira pas. Si quelqu'un d'autre pouvait régler son compte à Cronos et ainsi nous débarrasser de ces deux ordures…

— Alex, on doit intervenir, me souffle ma sœur.

— Intervenir ? C'est-à-dire ? On peut aussi les regarder s'écharper, compter les points, et ensuite…

— Nous ne sommes pas comme ça, Alex.

Nous sommes comment, alors ? Du genre à faire des compromis pour sauver le monde ? Du genre à venir en aide à un pervers notoire, un misogyne, un violeur, parce qu'en face de lui, il y a pire ? Du genre à choisir entre la peste et le choléra, c'est ça ?

Je soupire. Évidemment, que nous sommes ce genre-là, et ça me navre.

— Alex, tente de me rassurer ma sœur, un jour, tu auras ta revanche.

— Des siècles et des siècles que je me dis ça. Et regarde où nous en sommes, aujourd'hui encore.

— Je sais. Ça ne me rend pas fière de moi non plus, mais…

Un nouveau hurlement de Cronos nous fait tourner la tête vers le champ de bataille. Merde, il vient de se faire Arès. À ce rythme, il ne restera bientôt plus grand-chose des Olympiens. Les Primordiaux étendront leur domination sur toutes choses, et je suis certaine qu'eux ne lâcheront jamais le morceau. Quel avenir, alors, pour les êtres humains ?

Avec un soupir, je capitule.

— OK. On va aller les aider, mais après ça…

— Oui, après ça, on verra. Je ne crois pas que tous les Olympiens soient en accord avec ce que fait Zeus. Ni même avec les autres, intervient Léo.

— Tu parles de qui ?

Il sourit, et une nouvelle fois, je retrouve mon meilleur ami.

— J'ai un contact chez les dieux, mais je ne peux rien dire pour le moment.

Je hoche la tête. Bon, ai-je le choix ?

— Go, clamé-je soudain.

Cette fois, nous nous élançons à la vitesse du son, en direction des opposants qui gênent la progression du dieu des dieux. C'est à eux que nous allons nous attaquer. Titans mineurs, créatures faibles et grotesques, et même quelques humains retors, échappés du Tartare avec les Primordiaux. Je suis tellement contente de constater que les Danaïdes ne participent pas à ce carnage. Je suis à peu près certaine qu'elles sont allées se mettre à l'abri. Je leur souhaite de profiter longtemps de cette paix nouvelle. Mais cela ne sera possible que si l'on défait les anciens pensionnaires du Tartare.

Avec une rage décuplée, je joue du fouet et lâche Bloody Hell sur nos ennemis. Comment ai-je pu me passer de cette chatte ? Elle fait des ravages dans les rangs adverses. Chaque coup de griffes ou de dents est mortel.

Bientôt, c'est un boulevard sanglant qui s'ouvre devant Zeus. Mais cet imbécile, comme à son habitude, ne peut s'empêcher de fanfaronner. Il s'arrête, remet de l'ordre dans ses bouclettes et dans sa tenue, puis prend la pose.

— Tu fais quoi, Tonton ? râle Tess, qui vient d'achever un très vilain hybride Titan/Hécatonchire.

— Je vous laisse savourer ce moment. Si vous souhaitez que je m'occupe de vous, ensuite…

Je soupire. Jamais, jamais, il ne comprendra.

— On verra à la fin du combat, Tonton. Va régler tes *daddy issues*. Une bonne fois pour toutes.

— Bien, les filles, on se retrouve après, alors…

— Voilà, on va dire ça. On fêtera ça dignement.

Heureusement que c'est Tess qui a repris la conversation en main, parce que moi, je grince des dents tellement fort qu'on doit m'entendre jusque chez les humains.

Mais Zeus ne bouge toujours pas. Que vois-je passer sur son visage aux traits marmoréens ? Oui, parce qu'il est beau tout de même, ce con, dans son genre. Si on excepte la tenue et la coupe de cheveux… Et beaucoup d'autres choses, d'accord.

— T'as peur, Tonton ? ne puis-je m'empêcher de lui lancer. Trop de danger ?

Il éclate de rire, mais son hilarité sonne faux.

— Le danger ? Quel danger ? Je me ris du danger ! Ah ah ah… Je suis le roi des dieux, ne l'oublie pas.

Enfin, il avance. Un Primordial au sol fait mine de bouger, juste à côté de moi. Je lui remets le visage dans la boue sanglante, et quand j'appuie sur son crâne avec ma sandale, ça fait un *SCHPLOUF* un peu dégoûtant. Oupsie.

Cronos, non loin de là, laisse retomber le corps d'Apollon. Allez, hop, terminés, les enfants terribles et capricieux de Zeus. Celui-ci ne semble d'ailleurs pas s'en émouvoir et renvoie dans son dos sa nuque longue et bouclée. Cette coupe, mais cette coupe…

Son père l'attend de pied ferme. Sur son menton dégouline le sang de ses ennemis – ou de sa descendance, au choix –, ses cheveux sont ébouriffés et son regard est fou. Ses muscles roulent sous sa peau brune, il n'est que rage et puissance. En lui coule encore toute la ferveur des premiers jours du monde.

— Mon fils ! Depuis le temps que je t'attends ! Où étais-tu donc passé, durant ces dernières années ?

— Oh, tu sais, du business, le pouvoir, la corruption, et puis quelques procès pour viols et harcèlement… Ça occupe. Et de toute façon, excuse-moi de n'avoir pas eu plus envie que ça de te rendre visite dans ta maison de retraite.

— Le Tartare, une maison de retraite ? Si seulement ! Imagines-tu ce qu'on y souffre ?

Zeus hausse les épaules.

— On ne peut pas dire que tu aies volé ton châtiment. Je te rappelle que tu as tenté de bouffer tes gosses, tout de même…

C'en est trop pour Cronos, qui s'élance enfin vers son fils dans un retentissant cri de rage qui ébranle l'univers tout entier, mais moins que le choc qui me fait chanceler quand les deux corps divins entrent en contact avec violence.

Père et fils s'empoignent. Zeus agrippe la barbe de son père, Cronos le mulet de son fils. Les coups pleuvent, et le moins que l'on puisse dire, c'est que ça ne joue pas à la loyale. Morsures, doigts dans les yeux, griffures, coups de pied dans les parties… Je crois que je suis en train d'assister à l'un des combats les plus laids de toute ma vie.

Je me penche doucement vers Léo et Tess.

— Vous pensez vraiment qu'on peut les laisser faire ? Enfin, je veux dire… Quelle est la probabilité pour que Zeus l'emporte ?

Le couple grimace.

— C'est vrai que là… souffle Léo en écarquillant de grands yeux atterrés. Vous voulez que j'y aille ?

— Pourquoi ? je lui demande, surprise.

J'ai encore beaucoup de mal à me faire à l'idée qu'il est des nôtres, à présent. Enfin, ça reste une pièce rapportée, mais il est immortel et dispose de pouvoirs, quoi.

— Je suis peut-être moins impliqué émotionnellement, je ne sais pas, me répond-il.

— Parce que tu crois que nous pouvons être émotionnellement impliqués dans cette mascarade ?

Il hausse les épaules.

— Pas faux. Mais bon, faut se décider.

— Vas-y, mon chéri, dit Tess, me prenant de court. C'est bien que tu commences à forger ta légende. Et botter le cul de Cronos, c'est pas mal comme début.

Léo sourit ; c'est qu'il a l'air bien tenté par cette perspective. Déployant des ailes à la blancheur immaculée dans son dos musclé, il s'élance en direction des deux belligérants. D'une poussée vigoureuse, il éjecte Zeus, qui n'a rien vu venir, à quelques mètres de là. Wow, si je me doutais que mon beauf possédait une telle puissance… Mais il faut dire qu'il est resté plutôt discret sur ses pouvoirs, et ce depuis le début. Petit cachottier.

Mais… que fait-il ? À présent, il encercle un Cronos écumant et hurlant de rage de ses ailes magnifiques. Le Primordial disparaît à notre vue. Une intense lumière les entoure tous deux et… pouf.

— Euh… Il s'est passé quoi, là ? demandé-je à ma sœur.

— Mmmh, je pense que Léo l'a emmené… ailleurs.

— Comment ça, « ailleurs » ?

— Je ne sais pas vraiment. Mais tu sais, cette capacité que Léo a de surgir et de disparaître comme par magie ? Bah, si j'ai bien compris, il peut se déplacer où il le souhaite, dans le temps et dans l'espace. Et pour cela, il passe par une espèce d'univers extradimensionnel, et…

Oh, mince, elle m'a perdue. Je décide de la laisser finir son explication à laquelle je ne capte rien. Après tout, je veux bien leur faire confiance, à ces deux-là. Et puis, en fait, je n'ai pas trop le choix.

Zeus se relève péniblement. Mais quand il regarde autour de lui et constate la disparition de son père, un large sourire naît sur son visage. Il lève les deux bras vers le ciel bas et lourd, penche la tête en arrière, et hurle sa victoire. C'est qu'il croit vraiment avoir vaincu par lui-même ? J'espère bien que non !

C'est à ce moment-là que je me dis qu'il serait peut-être temps d'intervenir auprès de Zeus. Profiter de sa confiance, pour mieux le jeter à bas et l'humilier pour toutes ses exactions envers les femmes. Mais en serais-je capable, moi, une pauvre Chienne d'Hadès ?

Je fais un pas en avant, et j'entends Tess me mettre en garde. Mais je n'en ai cure. Je sais, je sens, que c'est le moment que j'attends depuis si longtemps.

Sauf que ce moment est sur le point de m'être volé. Car là, sous mes yeux ébahis, je vois s'avancer une misérable silhouette humaine.

— Hey, connard, tu te souviens de moi ? s'égosille-t-elle pour se faire entendre du dieu des dieux triomphant.

Oh, non.

Ixion, le roi des Lapithes, condamné à une éternité de souffrance dans le Tartare pour ses mauvaises actions – et surtout pour avoir cru pouvoir séduire Héra – vient d'entrer en piste.

INTERMÈDE

Le Tartare, royaume d'Hadès, quelques siècles plus tard

— *Alors, Ixion, toujours sur ta roue ?*

L'ancien roi des Lapithes grogna. Parfois, il s'interrogeait. Quelle était la pire torture qu'il subissait ? L'étirement de ses membres jusqu'à l'intolérable, ou les visites régulières d'Alecto l'Implacable ? Difficile de choisir. Ils avaient développé une étrange relation, les siècles passant. Toute de haine tissée. Mais aussi d'habitudes réconfortantes, d'une certaine façon.

— Toujours, comme tu peux le voir. Mais je ne sais même pas pourquoi tu poses la question. N'as-tu rien d'autre à faire ? Pas de nouvelles victimes à torturer, là-haut, dans le monde des hommes ?

— Oh, tu sais, la routine… Ça me fait du bien de te rendre visite. Ça m'aide à me souvenir des raisons de mon existence divine.

Aujourd'hui, il distinguait quelque chose d'étrange sur le visage de la belle Furie. Une tristesse, une nostalgie, une… lassitude, peut-être ?

— Que se passe-t-il, Chienne ? Pourquoi viens-tu me déranger dans mon éternité de souffrance ?

Alecto hésita. Elle semblait avoir envie de se confier, mais cela la répugnait visiblement, d'ouvrir son cœur à un être tel que lui. Un criminel, un condamné, un pensionnaire du Tartare…

— Tisiphone est entrée en stase.

— Ah…

Il savait que Mégère y était déjà, depuis… Oh, il avait perdu le compte des années, mais cela faisait un sacré bail, ça, il en était conscient.

— Te voilà donc seule, Chienne.

Alecto ne répondit pas. Son regard errait dans les ombres qui les entouraient. De loin en loin, des gémissements se faisaient entendre. Des cris de souffrance, des claquements de fouet. Le quotidien des âmes damnées.

Au bout d'un moment qui parut infiniment long à Ixion, le temps pour ses coudes et ses genoux de se déboîter pour la… – oh, il avait aussi perdu le compte –, la Furie aux cheveux blonds reprit :

— Oui, je suis seule. Pour la première fois de mon existence.

En son cœur, Ixion exulta. Certes, Alecto n'était pas attachée sur une roue. Mais elle souffrait, et cela, ça n'avait pas de prix, pour lui. Peut-être le comprendrait-elle mieux, à présent.

— Que vas-tu faire de ton éternité de solitude, alors ?

La fille d'Hadès secoua la tête. Étrangement, ses blocages semblaient s'être levés, et elle était prête à s'épancher.

— Je ne sais pas. Je devrais peut-être les rejoindre en stase… Pour les siècles des siècles… Trouver enfin la paix…

Pour une raison qu'il ne comprenait pas, Ixion se sentit touché par la détresse de la Furie. Il lui en voulait pourtant tellement… Après tant d'années passées dans le Tartare, il avait fini par se persuader qu'Alecto seule était responsable de ses malheurs. Lui n'avait été qu'un pauvre jouet du destin, et des caprices des dieux. Mais là, en cet instant, une étrange culpabilité naquit en lui, des regrets, des remords… Son existence aurait pu être si différente…

— Alecto…

— Mmmh ?

La déesse le regarda enfin. Ses yeux s'agrandirent, comme si pour la première fois, elle prenait conscience des tortures qu'il endurait.

— Je me souviens d'un serment que tu as fait, il y a longtemps…

— Lequel ? soupira-t-elle. J'en ai tellement fait. Tellement de promesses non tenues, tellement de désillusions… Et quand je te vois sur ta roue, je me demande à quoi tout cela a servi.

— Tu avais fait le serment de ne pas laisser les crimes des dieux impunis.

Désabusée, Alecto émit un pauvre rire triste.

— Ne pas laisser les crimes des dieux impunis… J'imagine que tu fais surtout allusion à Zeus ? Je ne sais même pas où il se terre, aujourd'hui. Tu ne peux pas être au courant, mais beaucoup d'entre nous ont disparu. Les humains ne croient plus vraiment en nous, se sont trouvés d'autres dieux. Ils sont comme des nuisibles qui auraient envahi la terre entière, ils grouillent, s'entretuent à tout-va…

Alecto secoua la tête de dépit.

— Tu te sens inutile ?

— Ce n'est rien de le dire.

— Je ne peux pas t'aider.

— Je le sais. Mais… Ixion, puis-je te poser une question ?

— Je suppose que tu peux toujours essayer. Mais est-ce que ma réponse te plaira ?

— As-tu appris quelque chose durant ces siècles passés dans le Tartare ?

— Que le temps passait vite en bonne compagnie ?

Alecto rit encore, un peu plus franchement cette fois.

— Tu as au moins plus de sens de l'humour que tu n'en avais autrefois.

— J'ai peut-être appris quelques rudiments d'humilité.

— Ce n'est déjà pas si mal. Tu partais de loin. Mais… sur ta responsabilité ?

Ixion soupira, puis gémit. La douleur, on ne s'y faisait jamais vraiment.

— Est-ce que je regrette mes actes ? C'est ça que tu veux savoir ?

Alecto hocha la tête.

— Je pense que oui, répondit l'ancien roi des Lapithes. Dia ne méritait pas le sort que je lui ai fait subir. Éionée non plus, même si c'était un sale rat, lui aussi. Quant à Zeus… Que veux-tu que je te dise ? J'ai cru pouvoir jouer dans la cour des grands, j'ai eu tort, je l'ai payé au prix fort.

— Tu regrettes, alors ?

— Oui.

— Uniquement parce que cela ne t'a apporté que de la souffrance ? Aurais-tu regretté si tu n'avais pas été jeté dans le Tartare ?

Ixion sourit, une écume rougeâtre aux lèvres.

— Ça, on ne le saura jamais, n'est-ce pas ? Tu n'auras jamais la moindre certitude sur l'utilité de ta mission, Alecto. Et il semblerait que tes sœurs l'aient compris avant toi.

CHAPITRE 19

— Attends, c'est pas Ixion, lui ? me demande Tess.

— Euh… si.

— Tu crois qu'il est conscient qu'il va se faire écrasibouiller par tonton Zeus ?

Je réfléchis un instant. Est-ce que j'en suis consciente ? Oui, tout à fait. Je me souviens de ma dernière conversation avec le roi des Lapithes, il y a déjà bien longtemps de cela. Il semblait… différent. Comme s'il avait changé. Mais un criminel, un homme dont le cœur est aussi noir que le fin fond du Tartate peut-il réellement changer ?

Jusqu'à aujourd'hui, je ne le pensais pas, mais… je crois que je n'ai plus aucune certitude. Sur rien ni sur personne.

Inquiète sans trop savoir pourquoi – parce que, disons-le clairement, le sort de cet énergumène m'importe peu –, je regarde la toute petite silhouette de l'ancien pensionnaire du Tartare s'avancer vers celle, gigantesque, de Zeus. Ce dernier continue à enchaîner les poses les plus ridicules, tout à sa victoire fantasmée sur Cronos. Enfin, sa victoire… Ce n'est même pas lui qui nous a débarrassés du meurtrier de notre mère, c'est Léo, mais ça, Zeus ne l'admettra jamais. Ça va être chaud pour faire passer cette histoire dans la légende.

— Hey, Zeus ! On se fait un banquet pour fêter ça ?

La voix d'Ixion me parvient, faible et bien trop aiguë pour mes oreilles.

Le grand Zeus se penche et se prépare à offrir une chiquenaude en réponse à cette misérable fourmi qui l'importune durant son triomphe.

— Qui es-tu ? Et que me veux-tu, misérable avorton ?

— Ixion ! Je suis Ixion, le roi des Lapithes ! Tu te souviens pas ?

— Pas bien, non, gronde Zeus, de plus en plus irrité.

Son agacement se voit à l'infime tremblement de ses bouclettes serrées et à la rougeur qui envahit son nez. Pas bon signe, en général. D'ailleurs, je vois déjà un éclair grésiller entre les mains du dieu des dieux, et je décide d'intervenir.

En un souffle, je me transporte aux côtés de l'humain.

— Mais si, Zeus, souviens-toi ! Tu as berné ce pauvre imbécile pour pouvoir te taper sa femme. Une belle humaine, comme tu les aimes ! dis-je en mimant des courbes callipyges.

Zeus se redresse un peu, réfléchit. Le processus n'a pas l'air facile facile.

— C'est que, des humaines…

— Oui, je sais, mais là, tu t'étais montré très inventif. Tu m'avais volé ce coquin pour le transporter dans ton palais du mont Olympe, tu as prétendu vouloir organiser un banquet en son honneur et le laver de ses péchés, sauf que tu t'es barré pour rejoindre la jolie Dia. Pendant ce temps-là, tu as envoyé à ce gros naze une nuée qui avait l'apparence d'Héra, et lui a cru se taper ta femme pendant ton absence. T'imagines, il a cru s'envoyer en l'air avec la reine des dieux !

Sur ces belles paroles, je m'esclaffe. J'espère que ça ne sonne pas trop faux, tout de même. En vérité, je n'en mène pas large.

— Ah oui ! Ixion ! Cet imbécile ! rugit Zeus en se tapant sur le ventre.

Profitant de l'hilarité de Tonton, je glisse un regard en coin à Ixion et lui souffle :

— À quoi tu joues, bordel ?

— Je t'offre l'occasion de te venger.

— QUOI ?

Le fameux chuchoté-crié, que je pratique depuis toujours avec un immense talent.

— Je me souviens de ton serment. Au sujet de Zeus et de la façon dont il traite humaines et déesses.

— Nan, mais tu crois vraiment que c'est le moment, là ?

Zeus est toujours en train de se fendre la poire, à se demander s'il sait encore pourquoi il rit. Du coup, Ixion en profite pour me désigner de la main le champ de bataille autour de nous. J'avoue, la situation a bien changé, avec la disparition de Cronos. Les derniers Olympiens, rejoints par quelques Infernaux – où étaient-ils partis se planquer, ces cafards ? – sont en train d'évacuer les corps divins qui jonchent la frontière ténue entre les Prés d'Asphodèle et les Champs Élysées, et les derniers Primordiaux sont maîtrisés. J'imagine qu'ils vont rejoindre leurs pénates fissa. Enfin, leurs pénates… le Tartare, quoi.

— Tout n'est pas réglé pour autant, répliqué-je à l'ancien roi des Lapithes.

Oui, car le royaume des Morts est sens dessus dessous, et ne parlons même pas du monde des humains. Je pense soudain à Julia, Domi, le petit Tom Est-ce que nos frasques en sous-sol ont eu des répercussions sur leur dimension ? Je prie – qui ? quoi ? – pour que tout le monde aille bien. Une subite envie de remonter me prend, mais je la repousse fermement. Le moment n'est pas encore venu.

— Tu as raison, me répond Ixion. Mais est-ce que le neutraliser lui aussi ne réglerait pas une partie des problèmes ?

Je suis son doigt tendu en direction de Zeus, et je brûle de lui dire que, non, vraiment, ça ne se fait pas de montrer les gens du doigt. Même les gens comme Zeus qui ne mérite qu'un seau d'ordures bien puantes déversé sur leur coupe mulet. Mais bon, ai-je pour mission d'éduquer un type qui vient de passer des siècles à se faire torturer ? Je ne crois pas, non.

— OK. Et que proposes-tu ?

Ixion m'adresse un petit sourire mutin et un clin d'œil, et soudain, je vois celui qu'il aurait pu être. Un type normal, sympa, un bon dirigeant pour les siens, un mari aimant, un bon père. Plutôt qu'un homme mal élevé, pensant que les femmes sont des objets à sa disposition… Mais on ne refait pas l'histoire, n'est-ce pas ? Ixion a mal agi, il a été puni… peut-être que ça suffit maintenant ? Ou peut-être qu'il ne souffrira jamais assez pour ce qu'il a fait ?

Je soupire. Cette question qui me tourne dans la tête depuis toujours… Une rédemption est-elle possible ? Je ne suis jamais parvenue à trancher. Vraiment. Et aujourd'hui ne fait pas exception.

J'en suis là de mes réflexions quand soudain, Ixion s'élance. Misérable insecte, il escalade la jambe musclée (et impeccablement épilée) de Zeus, s'agrippe à ses abdominaux puis à ses pectoraux, pour finalement venir se loger près de son oreille. Un Schmouti humain, en somme.

Je le vois s'accrocher de toutes ses forces au lobe de Zeus, qui secoue la tête, probablement agacé par l'importun.

— Que veux-tu, avorton ? gronde-t-il.

Je n'entends rien de ce qu'Ixion murmure à l'oreille du dieu. Toujours est-il que la réaction de Zeus ne se fait pas attendre. Un rugissement phénoménal secoue les Enfers. Zeus déverse sa rage de façon tellement incontrôlée que tous, Primordiaux, Infernaux et Olympiens, nous retrouvons à genoux au sol, les mains plaquées sur les oreilles. Je parviens néanmoins à jeter un regard au roi des Lapithes. Du sang gicle de son nez et de ses oreilles, car lui se prend la vague de pouvoir divin en pleine figure. Mais il tient bon, par je ne sais quel miracle de volonté. Incroyable.

— COMMENT AS-TU OSÉ ? JE VAIS TE DÉTRUIRE, TE RÉDUIRE EN POUSSIÈRE ! PLUS DE TARTARE POUR TOI, C'EST FINI !

Oh, oh. Je ne sais vraiment pas ce qu'a pu lui dire Ixion, mais ça ne plaît pas du tout du tout, à tonton Zeus.

Et… mais ! Zeus n'a pas le droit de s'en prendre à Ixion, quoi que ce dernier ait pu dire ! C'est mon protégé ! Mon criminel à torturer, et ce jusqu'à la fin des temps !

Je fais un pas en avant. Je n'en mène pas large, OK, mais je dois accomplir ma mission de Chienne d'Hadès, n'est-ce pas ? Même si je n'ai plus de mère, même si mon père a disparu, même si Meg… Non, ne pas penser à Meg. Surtout pas.

— ZEUS, LAISSE-LE.

— QUE ME VEUX-TU, TOI ?

— JE VEUX QUE TU ME RENDES MON PROTÉGÉ. C'EST LE MIEN, C'EST MA RESPONSABILITÉ.

— TU NE SAIS PAS CE QU'IL VIENT DE ME DIRE.

— NON. ET JE M'EN FICHE UN PEU, POUR TOUT TE DIRE.

— IL DIT QUE… IL DIT QUE…

Zeus se met à bégayer. Son menton tremble, ses boucles tressautent. Il a l'air d'un gosse sur le point de pleurer.

— Qu'est-ce qu'il se passe ? soupiré-je, en baissant d'un ton.

— Il a dit que ce n'était pas Néphélé, ce jour-là, dans la salle du banquet…

Oh. Oh oh. Du regard, je cherche Héra. Elle est tranquillement en train de discuter avec Athéna, à quelques centaines de mètres de nous.

— Pourquoi ne vas-tu pas directement demander à ta femme, Zeus ?

— Tu crois ?

Je fais oui de la tête, avec fermeté.

— Attends, je te l'appelle.

Je mets deux doigts dans ma bouche, et je siffle. J'adorais faire ça, quand j'étais plus jeune. À quel moment suis-je devenue bien trop sage pour me permettre ce genre de choses ?

Héra lève les yeux sur nous, jette un regard au visage de son époux et se rembrunit. Aussitôt, elle se matérialise à nos côtés.

— Que se passe-t-il ? demande-t-elle.

— Ton époux n'est pas content.

— Oui, bon… Et alors ?

La belle Héra fait la moue. J'imagine qu'elle est habituée aux caprices de son mari. Elle n'a jamais eu un caractère facile, mais vivre aux côtés de Zeus… Personne n'en sortirait indemne. Elle est tout de même connue comme la déesse la plus cocue en ce monde, ce n'est pas rien.

— Tu m'as trompé ! sanglote à présent le dieu des dieux. Je ne peux pas y croire…

Héra soupire d'ennui.

— Mais de quoi tu parles, enfin ?

Zeus désigne le petit humain suspendu à son lobe d'oreille.

— Avec luiiiiii !

La reine des dieux plisse des yeux, s'approche un peu, observe Ixion, renifle avec dédain.

— Lui ? Ça me dit rien. Honnêtement, je ne sais pas du tout si je t'ai trompé avec lui.

— Mais… mais… tu ne nies même pas avoir couché avec d'autres que moi ?

Ma mâchoire est prête à se décrocher. Mais qu'est-ce qu'il croyait, ce gros naze ? Qu'il pouvait aller tremper le biscuit à droite et à gauche, et que Bobonne l'attendrait sagement à la maison en lui reprisant ses toges et en cirant ses sandales ? Non, mais, on aura tout vu !

— Noooooon, mon chéri, je te suis toujours restée fidèle, tu penses bien, ajoute Héra avec une ironie mordante, comme pour faire écho à mes pensées. Je veux dire… tu le mérites bien, n'est-ce pas ?

Zeus cesse de sangloter comme un gros bébé et lui lance un regard sceptique. Il se demande visiblement si elle ne se foutrait pas un peu de lui, tout de même. C'est bien, c'est presque rassurant qu'il ait conscience de certaines choses.

— Je ne me suis pas bien occupé de toi, durant tous ces millénaires, bébé ? renifle-t-il.

— Si, bien sûr que si, lui répond froidement son épouse en époussetant sa toge à peine éclaboussée de sang.

Elle a pris part à la bataille, et pour le peu que j'en ai vu, elle n'a pas fait semblant. Épouse modèle, certes, mais il ne faut pas trop la chercher. Du coup, je regarde alternativement la reine des dieux et le petit humain toujours accroché à l'oreille de Zeus.

Et si Ixion disait vrai ? S'il avait vraiment couché avec Héra, et pas seulement avec Néphélé ? Si Zeus, croyant duper son monde pour agresser une humaine, avait en fait été le dindon de la farce ?

Il semble s'interroger de la même façon. Et peu à peu, l'idée fait son chemin.

— Tu m'as trompé !

— Rooo, ça va, Zeus. C'est tout de même pas comme si tu étais un exemple à suivre niveau fidélité, le rabroue aussitôt Héra.

— Mais…

Cette fois, le regard de la grande déesse étincelle. Elle lève ses bras blancs au ciel.

— Mais enfin, bordel de merde, tu crois que ça fait quoi d'être l'éternelle cocue de l'histoire, hein ? Môssieur a le droit de se taper tout ce qui bouge, et moi, je dois rester tranquillement au palais, à faire tapisserie ? Non, mais tu te fous de moi, là, ou quoi ?

— Mais… mais… pourquoi lui ? Qu'est-ce qu'il a de plus que moi ? C'est juste un pauvre humain, un criminel…

— Tout à fait. Mais il était là, *lui*. Et il avait envie de moi, *lui*. Et il m'a fait grimper au rideau, *lui*.

Ouch. Ça, c'est un coup bas. Je vois le visage de Zeus passer par toutes les couleurs de l'arc-en-ciel.

— Tu veux dire que moi, je ne te satisfais pas ?

— Ben écoute, tu t'es déjà demandé si ça m'excitait vraiment, toutes tes histoires de métamorphose, hein ? Tu m'as déjà demandé si ça me plaisait de me déguiser en infirmière ? Non, ben voilà. Avec Ixion, et tous les autres d'ailleurs, c'était simple et facile. À la sauvage, à même le sol, vite fait bien fait, et avec passion, en prime ! C'est tout de même pas si compliqué, de s'envoyer en l'air, merde !

— Bébé, ne sois pas vulgaire, ça ne te va pas du tout…

— Non, mais je m'en fiche. Voilà, c'est très bien que le sujet resurgisse. J'en ai ma claque de te supporter. J'en ai ma claque de faire comme si tu avais vraiment un dîner d'affaires tous les quatre matins. J'en ai marre de m'envoyer des verres de chardonnay en matant le cul du jardinier. J'en ai ras le bol de devoir t'accompagner à tous tes procès pour harcèlement sexuel. Stop, basta. T'es un vieux pervers, Zeus. Il serait temps que ça percute, là-haut.

Héra tend un doigt menaçant vers le front de Zeus, qui recule d'un pas, effrayé.

— Ne touche pas à mes cheveux, tu vas me décoiffer.

— Ah ben tiens, justement, parlons-en, de ta coupe mulet. Elle est ri-di-cu-le ! Voilà.

Je grimace. Héra n'y va pas avec le dos de la cuillère. Non, elle y va à la pelleteuse, et elle va nous l'enterrer une bonne fois pour toutes. Je jette un regard à Ixion, qui me renvoie un clin d'œil, visiblement fier de lui. Je le comprends, quelque part. Ça ne l'absout pas de son attitude envers la pauvre Dia ni du meurtre de son beau-père Éionée, mais au moins, tout le monde saura dorénavant qu'il a bien couché avec Héra, et pas avec une nuée créée par Zeus pour le duper. Bon, on trouve sa revanche où on peut, n'est-ce pas. Mais qui rendra hommage à la véritable victime, j'ai nommé Dia ? Je décide de continuer à honorer sa mémoire, et celles de toutes les femmes abusées, aussi longtemps que je vivrai.

Ceci dit, est-ce que tout cela fait bien avancer nos affaires ? Tandis qu'Héra et son divin époux continuent de se crêper le mulet, je m'éloigne un peu. Je ne comprends pas bien ce qu'espère obtenir l'ancien roi des Lapithes avec tout ça. Mais soudain, de nouveaux cris retentissent.

Oh, non ! Ce petit filou d'Ixion vient de dévaler le bras, puis la cuisse de Zeus, pour se planter aux côtés d'Héra. Il lui arrive à peine au genou. Et là, l'invraisemblable se produit.

— Je te défie, Zeus !

J'en reste sidérée. Il va se faire aplatir comme une vulgaire crêpe. Ou alors… Ou alors, il a un plan, le saligaud ! Ai-je bien perçu le léger regard échangé entre lui et Héra ? Se pourrait-il que… Non ! Les amants maudits vont se faire l'époux cocu ! Incroyable.

Je sens soudain la présence de Tess à mes côtés.

— Y a du rififi ?

— Apparemment.

— Qu'est-ce qu'il se passe ?

— Trop long à expliquer.

— Résume.

— T'as des popcorn ?

Pouf, du néant jaillit un énorme pot en carton débordant de popcorn caramel. Bon, on peut définitivement faire une entorse au régime, aujourd'hui. J'en prends une pleine poignée et explique en quelques mots :

— Zeus pensait avoir trompé Ixion en le faisant coucher avec Néphélé, mais en fait, Ixion s'est bien tapé Héra pendant que Tonton se tapait sa femme. Et là, Héra vient de tout balancer, en mode *Desperate Housewives*.

— Mais pourquoi Ixion défie Zeus ? À sa place, je serais allée me cacher loin, très très loin.

— Mmmh, quelque chose me dit qu'il a un plan, et qu'Héra n'y est pas étrangère.

— Wow. Incroyable.

Autour de nous, ce qu'il reste des Olympiens se réunit pour assister à ce qui va se dérouler. Les Infernaux les rejoignent. Je sens à l'odeur mon vieux Charon qui s'approche de nous, les trois juges à la remorque. C'est fou, je ne me souviens pas avoir jamais vu les fiers Olympiens frayer d'aussi près avec nous.

Éberluée, je les vois tous prendre des paris sur l'issue du combat à venir.

— Coucou mes minettes jolies, nous lance Charon. Vous avez une petite faim ? C'est vrai que ça creuse, toutes ces émotions.

— Oh, nous on aime la *comfort food*, tu sais.

— Où est ma petite Mégère ? Je ne l'ai pas vue depuis un moment.

Tess et moi nous figeons. Je réalise que nous n'en savons rien encore. Juste qu'elle est en sécurité, pour le moment.

— Écoute, Charon, je commence, la voix tremblante. Meg a été blessée et Léo l'a mise à l'abri.

Les yeux du vieux nocher se remplissent aussitôt de larmes. Oh, non, pas ça… Je n'aime pas quand Charon est triste.

— Mais… elle va bien ?

— Ça va aller, Charon, ne t'inquiète pas. Meg, c'est de la mauvaise herbe. Elle repousse toujours partout, même quand on ne le souhaite pas.

Charon nous adresse un sourire rassuré.

— C'est vrai. Vous avez raison. Et Hadès ?

Cette fois, une véritable angoisse nous serre le cœur.

— Il s'est fait exploser avec une multitude de petites Némésis, juste avant que la cavalerie ne débarque. Nous ne l'avons pas revu depuis…

Charon pose une main rassurante sur mon épaule. Je fronce le nez, retiens un haut-le-cœur, je n'étais pas prête pour ça.

— Attendons un peu avant de nous inquiéter. Il a vécu des moments difficiles, il a peut-être eu besoin de s'isoler un peu.

Je hoche la tête. C'est exactement ce que je me dis pour me consoler de l'absence de Daddy-Chou.

— Bon, sinon, vous voulez faire un pari aussi ? C'est moi qui m'occupe de les prendre.

— Euh… Non, merci, Charon, ça va aller.

— Z'êtes sûres ? Y a moyen de se faire un peu de ronds, si jamais Ixion l'emporte par je ne sais quel miracle. Les Olympiens ont majoritairement parié contre lui.

Tu m'étonnes, John.

— Non, on va juste se contenter de bâfrer du popcorn en admirant le spectacle.

— D'accord. Je vous laisse, je continue mon petit tour.

Charon nous quitte dans un nuage toxique d'effluves putréfiés, et quelques *pout-pout* de furets satisfaits. Mais combien en héberge-t-il donc dans sa capuche ? Brave Charon. Heureusement, son parfum inimitable est rapidement remplacé par celui du caramel chaud sur les popcorn.

— Bon, on en est où ? Parce que c'est vrai que j'aimerais bien rejoindre Meg, en fait, me souffle Tess.

— Oui, moi aussi. On regarde cinq minutes, et si ça dure trop…

Je n'ai même pas le temps de finir ma phrase que je vois Ixion sortir une fronde de derrière son dos. Il va se la jouer David contre Goliath, ce type est dingue ! Un murmure de stupéfaction agite l'assemblée. L'ancien roi des Lapithes croit-il vraiment que caler une pierre entre les deux yeux de Zeus va suffire à l'éliminer pour de bon du paysage divin ?

D'ailleurs, l'idée fait bien rire le dieu des dieux, qui s'esclaffe en se tapant sur le bidon. Décidément, je ne me souvenais pas de cette habitude, chez lui.

— Misérable vermisseau… Tu crois vraiment me faire peur avec ton jouet pour enfant naïf ?

— Tu ne devrais pas fanfaronner ainsi, ô, grand Zeus…

La voix d'Ixion porte loin, elle est claire et forte, et il a l'air sûr de lui. Mais Zeus n'en fait pas cas. Il fait naître des éclairs dans ses paumes, jouent avec, les lancent et les rattrapent, comme un vieux jongleur blasé.

— Que peut donc faire ta fronde contre ça, hein ?

Pendant que Zeus s'amuse avec ses éclairs, Ixion a armé sa fronde et la fait tourner au-dessus de sa tête. De plus en plus vite, de plus en plus fort. Le sifflement qui s'en échappe est assourdissant. Je jette un regard à Héra. Elle reste stoïque, immobile, ne cherche même pas à se mettre à l'abri. Ça ne sent pas bon pour le dieu des dieux, j'en suis certaine à présent.

Soudain, le projectile qui se trouvait dans la fronde d'Ixion prend son envol, dans une courbe parfaite. Tout va trop vite pour que l'assemblée puisse voir précisément de quoi il s'agit, et moi, de toute façon, j'ai toujours les yeux braqués sur la déesse aux bras blancs. Je suis donc parfaitement bien placée pour voir ses lèvres remuer, et observer l'infime mouvement de ses doigts.

Quand le projectile heurte Zeus en plein front, l'affaire est pliée. Le pauvre dieu des dieux ne peut qu'écarquiller les yeux, émettre un pitoyable « Mais, bébé… » avant de s'effondrer de tout son long en avant.

Bon, OK, Tonton est sonné, mais maintenant ? J'ai la surprise de voir Héra et Ixion se tourner vers moi. La grande déesse s'approche de moi à pas lents, mais déterminés. Elle effleure mon bras de sa main pâle, et sa peau glacée me fait frissonner. Difficile de l'imaginer en amante passionnée.

— Tu voulais le punir pour ses actes ? Alors, fais ton boulot, Chienne, me balance-t-elle tout simplement.

C'est un peu cavalier, mais étrangement, ces paroles me font l'effet d'un coup de fouet – et je m'y connais, en fouet. Je me redresse, comme si tout le poids que je portais jusqu'à présent, sans même m'en rendre compte, m'était ôté.

Je m'empare de la main de Tess, qui se tient toujours à côté de moi.

— Lâche le popcorn, on verra ça plus tard. On va emmener Tonton s'installer dans ses nouveaux appartements. Direction le Tartare, pour le vieux pervers.

RÉSISTANCE

Une bonne chose de faite.

Léo replie ses ailes dans son dos, profite encore un peu de cet instant hors du temps, hors du monde.

Quelque part dans ce non-lieu, Cronos hurle à s'en faire péter les cordes vocales, mais personne ne l'entendra jamais. Seul lui, Léo, Prince des Enfers, époux bien-aimé de Tisiphone, fille d'Hadès et de Perséphone, pourrait l'atteindre.

Et franchement, pourquoi voudrait-il revenir ici ? Ou plutôt, pourquoi voudrait-il revenir dans ce nulle part ?

Il tournoie un peu sur lui-même, chute dans le néant, remonte, exécute quelques figures de voltige. La liberté… Il se sent bien. Il pourrait s'oublier lui-même et a suffisamment de pouvoir pour se créer un monde à lui. Loin de la fureur et du sang, loin de la corruption et de la déception que représentent les hommes et les dieux… Mais loin de Tess. Loin de son amour, de sa passion, de son rire si communicatif, de la beauté de ses yeux sombres comme une nuit sans étoiles…

Non. Non, il doit y retourner, car une vie sans Tess n'a pas de sens.

Une dernière fois, il repasse devant l'étrange bulle qui enserre le père de Zeus, et dans lequel il se débat. Il en avait assez du Tartare ? Que pense-t-il donc de cette nouvelle prison ? Léo ne s'attarde pas pour le lui demander. Car cette prison, elle est en lui, dans son esprit, comme si son accès à la divinité lui avait ouvert les portes d'un monde intérieur dans lequel il pouvait tout accomplir.

Malgré tout, l'idée de devoir garder dans son âme ce monstre divin lui déplaît. D'un haussement d'épaules, il imagine la prison du vieux Cronos se resserrer encore autour de son corps. Encore. Encore un peu. Voilà. Il n'en reste presque plus rien. À peine une tache de rouille sur un alliage précieux. Imperceptible. Il devra s'en accommoder.

Sur un dernier tour de voltige, il décide de revenir au monde, à Tess.

Elle va avoir besoin de lui. Tout comme il a besoin d'elle.

CHAPITRE 20

J'essuie mes mains sales sur ma jupette de chasseresse. Les liens de mes sandales, qui remontent jusqu'à mes cuisses, me cisaillent la peau.

Je me sens fatiguée, très fatiguée. Je cherche en moi, très profondément, ce qui pourrait me faire du bien, là, tout de suite. Et je m'aperçois que la seule envie que j'ai, c'est de retourner à la surface pour retrouver le monde des mortels. Retrouver ma petite maison, ma routine, Domi, Julia, et Tom… C'est marrant que mes pensées m'entraînent toujours vers ce gamin trouvé dans la rue. Nous n'avons presque pas eu le temps de parler, mais je ne cesse de revoir ses grands yeux qui me fixent sans ciller. Et puis, toute cette confiance qu'il met dans son regard… Cela pourrait m'effrayer, et oui, cela m'effraie, d'une certaine façon, mais cela me fait aussi beaucoup de bien.

Je soupire, mes mains sont toujours sales. C'est un truc que je n'aime pas tellement, dans mon boulot de Furie. Le sang, les larmes, tous ces fluides corporels un peu dégoûtants… Beurk. Du coup, la bonne douche chaude fait un bond en avant dans la liste de mes besoins immédiats.

Malheureusement, ce n'est pas encore le moment. Tess m'attend. Elle ne m'a pas accompagnée plus loin dans le Tartare. Entre Zeus et moi, c'est une affaire presque personnelle. Elle a donc préféré se rendre aux côtés de Meg, pour s'assurer de son état. Probablement aussi qu'elle a trouvé refuge dans les bras de son Léo. De mon côté, j'espère que Daddy a refait surface.

Je viens de passer les dernières heures en compagnie de mon vieux tonton pervers. Il a eu du mal à comprendre ce qui lui arrivait. Se faire battre par un mortel, aidé par son épouse infidèle… Il va lui falloir quelques siècles, voire quelques millénaires pour saisir que non, on ne peut forcer les femmes à avoir des relations sexuelles, on ne peut les traiter comme de vulgaires morceaux de viande, on ne peut se métamorphoser en taureau, en oie, en cheval ou en je ne sais quoi pour les abuser.

Ma plus grande satisfaction, ça a été sa tronche quand il a vu qu'on avait ramené aussi tous les Primordiaux survivants. Je compte bien demander à Léo, dès que je le verrai, ce qu'il a fait de Cronos. Si c'est possible, je l'installerais bien dans la cellule juste à côté de celle de Zeus. Ainsi, je n'aurais pas besoin de les torturer beaucoup, ils sauraient très bien s'en sortir sans moi.

Et si ce n'est pas possible, parce que Léo a fait une nouvelle fois usage de ses pouvoirs-bizarres-que-personne-ne-comprend… Eh bien, j'avoue que l'idée de laisser Tonton se morfondre, seul face à lui-même, pour les siècles des siècles, me convient parfaitement bien.

Lorsque je mets un pied sur les Prés d'Asphodèle, je m'aperçois qu'une petite silhouette m'attend, assise sur une souche desséchée.

Ixion.

Je m'approche de lui. Je n'ai pas très envie de parler, mais je crois que je lui dois bien ça.

— Salut, me dit-il. Tu as enfin accompli ton serment ?

— Oui.

— Tu te sens mieux ?

— Pas vraiment. Zeus… C'est un parmi des milliers. Il y a encore du boulot, pour que les mecs, qu'ils soient humains ou dieux, cessent de se comporter comme des porcs.

— C'est pas faux. Mais il faut bien un début à tout.

Avec un soupir, je m'assois à côté de l'ancien roi des Lapithes.

— Alors, toi ? Qu'est-ce que tu fais là ? Tu n'es pas resté avec Héra ?

Il éclate d'un rire bref, presque un aboiement.

— Oh, non. Héra n'a jamais eu l'intention de me garder. Je n'ai été qu'un instrument dans sa vengeance.

Étrangement, je ne sens aucune amertume dans sa voix. Il semble en paix avec lui-même. Comment une ordure telle que lui a-t-elle pu changer ainsi ? Est-ce que, finalement, notre mission de Furies n'est pas aussi vaine que je le pensais ? Ou au contraire, elle a été essentielle à sa prise de conscience et à sa rédemption ?

— Mais j'y ai gagné beaucoup tout de même, tu sais. Le Tartare, c'est fini pour moi.

— Ne me dis pas que…

— Non, je te rassure. Les Champs Élysées me seront à jamais fermés. Mais par contre, les Prés d'Asphodèle…

D'un geste large du bras, il me désigne le morne paysage qui nous entoure.

— Tout ça, c'est mon nouveau chez-moi. Et je n'en suis pas mécontent. C'est déjà une belle amélioration de mon quotidien, tu ne trouves pas ?

Je hoche la tête. Meg serait tout à fait d'accord avec lui, vu son amour étrange pour les Prés.

— Et tu sais ce que tu vas faire des prochains siècles ?

— Rien, pour commencer. Et puis après, on verra… Figure-toi que j'aimerais bien aider les autres. Ou peut-être retrouver les âmes perdues par Némésis, va savoir. Une quête façon Jason et la Toison d'Or, ça pète ou pas ?

Merde. Pour un peu, ma mâchoire se décrocherait de surprise. Je suis scotchée. Le lien avec Jason ne m'apparaît pas clairement, mais pourquoi pas…

— Ça pète grave. Je suis fière de toi, Ixion.

— Je sais. Et je suis fier de moi, aussi, pour tout dire. Allez, file, je pense que tu as mieux à faire que de me tenir le crachoir.

Je jette un regard en direction de mon objectif. Le palais. Et je réalise soudain que j'ai peur. J'ai peur de ce que je vais y trouver. Ou ne pas y trouver.

— T'as entendu des trucs ? Tu sais ce qu'il se passe ?

— Nan. J'ai papoté un peu avec le nouveau, là… Tu vois, Léo, le mec de ta sœur ? Un super gars, d'ailleurs, très sympa. On a beaucoup discuté avant qu'il me propose de rester sur les Prés. Il m'a fait l'effet de quelqu'un de sévère, mais de juste. Et très accessible. Ça change.

Je souris. L'effet Léo-Prince-des-Enfers-Véto-Sexy. Imparable. Mais je dois avouer qu'il a grave assuré, et tout particulièrement sur l'intérim durant les absences de Daddy. Daddy…

— Bon, Ixion, c'est pas que je m'ennuie, mais… je vais te laisser.

— Ça marche. On se reverra sûrement un de ces quatre, de toute façon.

Je lui souris, presque attendrie de le voir ainsi tout excité par sa nouvelle vie… euh, ou sa nouvelle mort, ah ah. Je n'oublie pas ce qu'il a fait ni ce qu'il a été, c'est impossible… mais… je suis heureuse de voir qu'il a compris beaucoup de choses et qu'il a trouvé une forme de paix.

Sur un dernier signe de la main, je m'éloigne de lui. Le paysage défile autour de moi, je ne regarde rien. Il n'y a pas grand-chose à voir, il faut dire. Du gris clair, du gris moyen, du gris foncé, oh, un peu de noir… des arbres tordus, des marécages, des déserts de caillasses… Je suis toutefois ravie de constater qu'il n'y a plus ni guérites ni barbelés. Vraiment, cela nuisait à la monotonie du paysage.

Enfin, j'arrive devant le palais, et je le contemple, tout à fait circonspecte. Mmmh. J'ai la sensation que le bâtiment change de lui-même. Comme s'il rejetait la greffe des modifications apportées par Némésis. Mais il n'a pas encore retrouvé son aspect d'antan. Le tout donne une impression de masse à la fois organique et minérale, ou alors celle d'un papillon étincelant en train d'émerger de sa chrysalide de marbre noir.

À peine ai-je posé un pied sur la première marche que Tess surgit devant les immenses portes, tout en haut.

— Dépêche-toi.

Je me contente de répondre par un grognement. Un grognement ? C'est que ma sœur doit drôlement me manquer, pour que j'adopte son mode de communication. Mais je sens une tension dans la voix de Tess. Une tension que je ne suis pas sûre d'apprécier, alors je presse le pas pour la rejoindre au plus vite.

Une fois à ses côtés, je la prends dans mes bras ; elle se raidit, surprise, avant de se laisser aller à mon étreinte.

— Ça va, toi ? souffle-t-elle, et Schmouti souligne son propos d'un couinement bien senti.

Je m'écarte pour lui laisser un peu d'air – et aussi, parce que bon, les câlins, c'est pas trop mon truc, donc mieux vaut ne pas en abuser.

— Ça va dépendre de ce que tu vas m'annoncer, je pense.

Elle baisse les yeux. Oh, merde. Qu'est-ce qui se passe encore ?

— Tisiphone, fille d'Hadès et de Perséphone, bouge tes fesses et dis-moi ce qui se passe. Meg n'est pas…

Malgré moi, je ne peux finir cette phrase. J'ai trop peur. L'angoisse et le chagrin me déchirent les entrailles, c'est terrible.

— Non, non… Enfin, pas vraiment, c'est… compliqué.

— Comment ça « non », « pas vraiment », et « compliqué » ? Je ne comprends rien, explique-toi ! Allez, magne !

Les larmes me sont montées aux yeux, alors Tess me prend la main.

— Viens, ce sera plus simple quand tu la verras.

Je me laisse entraîner dans les entrailles du palais. À l'intérieur, c'est le même délire que sur la façade. Tout est en train de changer, mais en attendant, c'est juste n'importe quoi. Du rose pailleté fait une percée en force sur le marbre rouge, des consoles ultra-modernes se changent en jolies petites commodes lasurées… Bref, nawak.

Nous montons un grand escalier, suivons des couloirs sans fin, avant d'arriver, enfin, devant une porte noire. M'enfin, c'est tout de même la bonne couleur si c'est bien la chambre de Meg.

— Je te laisse entrer, me dit Tess, sans pour autant parvenir à soutenir mon regard. Je t'attends là.

Mon cœur cogne comme un fou dans ma poitrine. Je ne me souviens pas d'avoir jamais eu aussi peur. Qu'est-ce qui se passe ?

— Sois courageuse, ajoute Tess.

Super. Ça me rassure grave. Mais je réunis toutes mes forces, tout mon courage, tout mon amour pour Meg pour pousser le battant. La chambre dans laquelle je pénètre est plongée dans une douce pénombre. J'aperçois un lit immense, dans lequel la silhouette de ma sœur a l'air si fragile… À ses pieds, il y a Moisi, qui jappe comme un fou en me voyant. Il doit réveiller Meg, qui se tourne vers moi et me sourit.

En moi, tous mes organes semblent se liquéfier. Elle est en vie. Alors je ne vois pas ce qu'il pourrait y avoir de grave. Elle est en vie. Je n'en demandais pas plus à l'univers !

Je me rapproche d'elle, pose une fesse sur le lit et l'enlace fort dans mes bras.

— Tu vas bien ! Je suis tellement…

Ma gorge se serre sous le coup de l'émotion.

— Ouais, vas-y, tu peux le dire, que tu as eu peur et que tu es super heureuse de me revoir, me répond ma sœur.

Elle me connaît si bien. On se connaît si bien. Nous sommes trois, mais nous ne sommes qu'une. Les trois aspects d'une même âme, de l'ombre à la lumière. Même si honnêtement, parfois, je ne sais pas bien où je me situe.

— OK, j'avoue, je suis plutôt contente.

— « Contente » ? Tu te fous de moi, là ! Ça se voit que t'es grave soulagée !

Mais une sorte de tristesse empreinte de regrets assombrit rapidement son visage. Et l'expression consternée de Tess me revient brutalement. Il y a quelque chose qui ne va pas…

— Meg… Qu'est-ce qui se passe ? Qu'est-ce que vous me cachez, toutes les deux ?

Ma sœur soupire, ramène en arrière une mèche de ses courts cheveux noirs.

— On ne te cache rien, Alex… C'est juste que je ne sais pas comment te dire ça…

— Vas-y, accouche, ne prends pas de gants avec moi, lui réponds-je d'un ton dur.

Je ne sais pas pourquoi, je sens que je vais avoir mal. Très mal. Alors j'installe rapidement une carapace autour de mon cœur.

Carapace qui vole en éclats dès les premiers mots de Meg. Putain, j'avais raison, ça fait mal.

— Je ne suis plus immortelle.

— Quoi ? Mais…

— Tu as vu, Némésis m'a gravement blessée… et j'aurais dû y rester. Bizarrement, j'ai eu le choix. De rester ou de partir.

— Le choix ? Mais qui t'a donné le choix ? J'ai jamais entendu parler de ça…

— Ouais, je sais, c'est chelou. C'était une drôle de voix désincarnée, qui semblait provenir d'une lumière au bout d'un tunnel…

— Hein ? Mais t'es sûre que t'as pas eu une hallucination ?

Ma sœur hausse les épaules, l'air dubitatif.

— Franchement, je n'en ai pas la moindre idée. J'ai pensé aux Grands Anciens, mais ils sont censés vivre au-delà du cosmos…

— S'ils existent, asséné-je.

— Oui, s'ils existent. Mais qui d'autre aurait pu… Enfin, je veux dire, à part eux…

— Peu importe, finalement. Parce que, si tu es là, c'est que tu as fait le choix de continuer, donc je ne vois pas pourquoi…

— Si tu préfères, c'est comme si on m'avait accordé un peu de rab. Mais je ne pourrai pas rester pour toujours.

— Mais… et nous ?

— Écoute, je suis là encore un petit moment, et je ne vais pas vous laisser tomber. Je ne pouvais pas vous quitter comme ça, sans vous dire adieu. Je ne pouvais pas vous abandonner, alors qu'un nouveau monde va renaître de ses cendres, que vous allez devoir faire des choix, tout ça. Je veux être là pour vous, pour pouvoir partir en paix.

Soudain, la lumière se fait jour dans mon esprit.

— Tu es restée pour Julia !

— Aussi, avoue Meg, sans aucune honte. J'ai envie de profiter de chaque minute à ses côtés, j'ai envie d'élever des enfants avec elle, de comprendre à quel point le temps qui passe est précieux… Je veux toute une existence d'humaine avec elle. Je n'aurais pas supporté de perdre une seconde fois l'amour de ma vie.

Je garde le silence, je ne sais pas encore si je suis heureuse pour ma sœur ou anéantie pour ce deuil qui n'est repoussé que de quelques années ou de quelques décennies. C'est-à-dire tellement rien, dans ma vie de Chienne. Quelques grains de sable dans une éternité, c'est tout ce qui me reste avec elle.

— Alex… reprend-elle doucement. Je suis sereine. Pour la première fois depuis si longtemps, j'ai la sensation d'avoir pris la bonne décision. Et vous prendrez les bonnes décisions aussi, je le sais, au plus profond de mon cœur.

Avec un soupir, je caresse sa joue, suis le dessin de ses traits anguleux, me plonge dans son regard sombre comme les abysses, et…

— Euh… Alex ?

— Mmmh ? Tu veux bien arrêter ce que tu es train de faire ? C'est tout à fait malaisant.

— Oh, pardon. Je ne voulais pas…

— T'inquiète, c'est pas grave. Tu sais que je vais pas te lâcher non plus, ces prochaines années. Je vais te suivre partout comme Moisi, m'insérer dans ta vie tel un horrible parasite…

— Mouais, tu vas faire comme d'hab, quoi.

Elle rigole, et ça me fait du bien de la voir comme ça.

— Ouais, c'est ça. Comme d'hab. Pour toujours et à jamais.

Pour toujours et à jamais… Elle n'a pas tort, d'une certaine façon.

Je sens une présence à côté de moi, et un parfum gourmand-fruité-vanillé me titille les narines.

— Les filles, je vous ai fait des cupcakes, ça vous tente ?

Dans un grand éclat de rire, nous accueillons Tess entre nous.

Pour toujours et à jamais.

ÉPILOGUE

Depuis quelques mois, sur la Terre, la chaleur a remplacé le froid, et la lumière l'obscurité.

En ce moment même, j'ai d'ailleurs très chaud, tellement il y a de monde dans le club de Domi. Une foule extatique se presse sur la piste de danse des *Portes de l'Enfer*, et les basses font trembler les murs. J'en ressens les vibrations jusque dans mes os et, pour une fois, ce n'est pas pour me déplaire. Je me gorge de lumières aveuglantes, de stroboscopes, avale goulûment les fumigènes et le jus de fruit posé devant moi, me laisse emporter par les cris et les rires.

Je suis assise au bar, seule. Je me sens en paix. La vie a repris un semblant de normalité, même si plus rien ne sera jamais comme avant. Des regards tantôt dubitatifs, tantôt admiratifs coulent sur moi. Les humains savent qui nous sommes, à présent. Ils savent que nous existons. Et cela a chamboulé le monde. Il faudra bien sûr du temps pour que l'humanité retrouve son équilibre. Il nous faudra du temps, à nous aussi… Mais pour l'une d'entre nous, ce temps est compté. À chaque fois que cette pensée m'effleure, un goût doux-amer envahit ma bouche, et je ne peux empêcher des larmes de monter à mes yeux.

— Hey, Alex ! Qu'est-ce que tu fais là, toute seule ?

Je pivote sur mon tabouret quand j'entends cette voix bien connue et tant appréciée.

— Domi ! Je me demandais où tu étais !

— Partout et nulle part en même temps. Il y a beaucoup de choses à gérer, tu sais ce que c'est !

Je ris.

— Oui, et ce n'est pas fini. Nous avons du pain sur la planche.

— Du quoi ? Attends…

Ça, c'est Meg. Et elle est en pleine forme. Son Wiki aussi, apparemment. Je le vois à ses sourcils froncés. Des mois qu'elle est sortie de stase, et il lui reste encore tant d'expressions à découvrir…

— Ah, oui. Effectivement. Nous avons du boulot, mais… pas ce soir !

Dans un hurlement de joie, elle se transforme en brume scintillante – le seul pouvoir qu'elle ait conservé après sa blessure mortelle sur le champ de bataille –, rejoint la foule qui ondule et se rematérialise à proximité de Julia. Elle l'enlace, et toutes deux se mettent à danser, front contre front, comme si rien d'autre que leur amour n'existait. Et d'une certaine façon, c'est bien le cas.

Je suis heureuse pour elle. J'ai tellement eu peur de la perdre. De les perdre. Je souris, ferme les yeux, sens la présence de Tess, quelque part dans mon cœur. Je sais qu'elle va bien. Elle file le parfait amour dans l'Érèbe, avec Léo, son Prince des Enfers.

Eh oui, ils ont récupéré la petite entreprise familiale. Le Tartare a repris du service et a fait le plein avec les Primordiaux survivants, les Prés sont toujours aussi mornes et désolants, et sur les Champs Élysées… Mon sourire vacille et se fane.

Je sais que je dois m'y rendre bientôt, mais j'appréhende cette visite. Je n'ai pas revu Daddy depuis cette bataille mémorable, sur les Prés, quand il a fait exploser les Némésis, et lui-même, par la même occasion.

Il était ensuite bien trop diminué pour pouvoir reprendre ses fonctions, et il n'en avait de toute façon pas l'envie. Alors, son âme divine s'est mêlée à celle de son épouse perdue et, ensemble, ils ont réenchanté les Champs. Tess m'a dit qu'ils avaient fait un boulot incroyable, et que la terre désolée que nous avions foulée il y a quelques semaines était à nouveau un véritable paradis.

Soudain, des cris hystériques retentissent. Je reporte mon attention sur la scène, tout au fond de la salle, et j'éclate de rire.

Certains Olympiens ont décidé de rester parmi nous. Ou en tout cas, de prendre le temps de réfléchir à leur avenir. Et ils en profitent pour faire la fête, comme ils savent si bien la faire. Pour l'heure, c'est Poséidon, habillé de son éternel bermuda coloré et de ses tongs en piteux état, qui s'amuse et danse comme un fou sous les vivats de la foule.

Et moi, que vais-je faire ? Meg a trouvé sa voie, et ce sera une impasse. Tess aussi a choisi… Pour ma part, je suis toujours indécise.

Le silence se fait brutalement, et la gigantesque salle de danse se retrouve plongée dans l'obscurité.

— C'est le moment, me souffle Domi.

Un écran géant se déploie depuis le plafond jusqu'au sol. Un paysage nocturne s'y étend, un immense désert qui blanchoie sous une lune parfaitement ronde. Et au beau milieu, un étrange véhicule, qui ne ressemble à rien de connu. C'est une espèce de compromis entre la fusée, l'avion et la soucoupe volante de l'imaginaire humain.

Je souris. Héphaïstos a fait un sacré boulot. Son rêve d'explorer l'univers est sur le point de s'accomplir. Dans quelques minutes, il décollera pour rejoindre les étoiles, et il utilisera son éternité à chercher des traces des Grands Anciens. S'ils existent. En moi-même, je fais une petite prière. J'espère qu'ils constituent une sorte de mythologie divine. Je n'ose imaginer ce qu'il se passerait s'ils étaient aussi dingues que nous tous – Olympiens, Infernaux et Primordiaux –, et qu'il leur prenait l'idée de venir s'amuser chez nous…

Sur l'écran, la scène change. On voit à présent l'intérieur de vaisseau et… par Daddy ! Rien n'aurait pu nous préparer à ça. Car Héphaïstos n'est pas parti seul… non, depuis qu'il a sauvé le monde de la malfaisante Némésis, Aphrodite s'est découvert un amour sans bornes pour son mari contrefait. Et manifestement, elle a trouvé des façons très originales de lui prouver la force de ses sentiments.

Un compte à rebours se met en marche, alors que les ébats des deux divinités se déroulent toujours sous nos yeux. Un bruit terrible envahit la salle, en même temps que les cris de plaisir de la déesse de la beauté.

Nouveau changement de caméra. Dans un déluge de flammes, l'engin spatial décolle. Avec majesté, il s'enfonce dans le velours du ciel nocturne, tout piqueté d'étoiles. Rapidement, il disparaît à notre vue.

Voilà, c'est terminé.

— Incroyable, n'est-ce pas ? me dit Domi, mais je ne pense pas qu'elle attende la moindre réponse de ma part.

Avec un soupir, je m'empare du téléphone posé sur le comptoir et compose un message : « J'arrive. »

— Domi, je vais rentrer. Merci pour le verre.

— Tu t'en vas déjà ?

— Oui, j'ai quelqu'un dont je dois m'occuper, maintenant, tu sais.

Elle sourit, et une grande douceur envahit son regard d'un bleu sombre et pur.

— Il va bien ?

— Oui. Très bien. Il pousse à une de ces vitesses… Si tu veux, nous passerons te voir ensemble, demain.

Je m'aperçois que dans ma voix perce une tonalité nouvelle. Elle ressemble à… oui, elle ressemble à la fierté que ressent une mère pour son enfant.

— Je viendrai moi, plutôt, comme ça, je verrai Bloody Hell et Moisi.

Je lui adresse un clin d'œil, puis me ravise et la serre dans mes bras. Je suis heureuse pour elle, aussi. Maintenant, elle ose sortir et s'assumer telle qu'elle est. Une femme, dans tout ce que ce mot a de puissant. Et elle est magnifique.

— Allez, ma belle, rentre bien. Et embrasse ton fils de ma part. Dis-lui que tatie Domi lui fait de gros bisous.

— Merci, je n'y manquerai pas.

Et je file rejoindre ma jolie maison parisienne, dans laquelle m'attend Tom, ce petit humain sorti de nulle part, qui a su toucher mon cœur comme personne.

Finalement, je crois que c'est lui, mon choix pour l'avenir. Je veux lui offrir le meilleur. Je sais bien, évidemment, qu'il vieillira, qu'il mourra, et pas moi. Mais ce n'est pas grave. Il reste tant d'enfants à aider sur cette planète.

Il n'est plus temps de punir les criminels.

Il est temps de secourir les innocents.

ME CONTACTER

Site : emilie-chevallier.com
Instagram : emiliechevallier.autrice/
Facebook : Émilie Chevallier Autrice
Email : ecmautrice@gmail.com

Au plaisir d'avoir de vos nouvelles !

MES ROMANS

Marraine, novembre 2019, aux éditions Noir d'absinthe - Conte de fées revisité

Nous serons les derniers, août 2020, autoédition - Romance post-apocalyptique

A Song for Liberty, mars 2021, avec Sienna Pratt, autoédition - Roman post-apocalyptique

Golem, mars 2022, autoédition - Roman fantastique

Nos âmes cœurs, octobre 2022, autoédition - Romance contemporaine

La trilogie *Fanal*, autoédition, Dystopie :
Tempête & Contre-Jour, juillet 2020
Contre-Jour & Incendie, novembre 2020
Incendie & Constellations, juin 2021

La trilogie *Les Chiennes d'Hadès*, autoédition, urban fantasy :
Meg, janvier 2021
Tess, septembre 2021
Alex, janvier 2022

La trilogie *Witch*, aux éditions Black Queen, avec Sienna Pratt et Laurence Chevallier, Bitlit, Romance paranormale
Witch Wolf, octobre 2021
Witch Vampire, mai 2022
Witch War, février 2023

La trilogie *La légende d'Oregon West*, autoédition, western fantasy :
La voie du coyote, juillet 2022
La danse des esprits, janvier 2023
Sans foi ni loi, à paraître

Printed in France by Amazon
Brétigny-sur-Orge, FR

21562140R00362